HEYNE BÜCHER

SCIENCE FICTION

Herausgegeben
von Wolfgang Jeschke

Von **David Wingrove** erschien in der Reihe
HEYNE SCIENCE FICTION & FANTASY:

DIE CHRONIK DES CHUNG KUO:

1. *Das Reich der Mitte* · 06/5251
2. *Die Domäne* · 06/5252
3. *Die Kunst des Krieges* · 06/5253
4. *Schutt und Asche* · 06/5254
5. *Das gebrochene Rad* · 06/5255
6. *Der weiße Berg* · 06/5256
7. *Ungeheuer der Tiefe* · 06/5257
8. *Ein Herz aus Stein* · 06/5258
9. *Auf einem Feuerrad* · 06/5259
10. *Unter dem Himmelsbaum* · 06/5260
11. *Das Lied der Bronzestatue* · 06/5261
12. *Weißer Mond, Roter Drache* · 06/5262 (in Vorb.)
13. *China am Rhein* · 06/5263 (in Vorb.)
14. *Tage bitterer Stärke* · 06/5264 (in Vorb.)
15. *König des Unendlichen* · 06/5265 (in Vorb.)
16. *Vermählung mit der Dunkelheit* · 06/5266 (in Vorb.)

DAVID WINGROVE

CHUNG KUO
Eine Chronik in sechzehn Teilen

ELFTES BUCH

Das Lied der Bronzestatue

Roman

Übersetzt, kommentiert
und mit Anmerkungen versehen
von
MICHAEL K. IWOLEIT

Deutsche Erstausgabe

WILHELM HEYNE VERLAG
MÜNCHEN

HEYNE SCIENCE FICTION & FANTASY
Band 06/5261

Titel der englischen Originalausgabe
WHITE MOON, RED DRAGON
CHUNG KUO – BOOK SIX
(Erster Teil)
Deutsche Übersetzung von Michael K. Iwoleit
Das Umschlagbild ist eine Collage
von Jan Heinecke

Umwelthinweis:
Dieses Buch wurde auf chlor- und
säurefreiem Papier gedruckt

Redaktion: Wolfgang Jeschke

Erstausgabe by Hodder and Stoughton Ltd.,
a division of Hodder Headline PLC, London
Mit freundlicher Genehmigung des Autors
und Thomas Schlück, Literarische Agentur, Garbsen
(# T 14 336/7)

http://www.heyne.de
Deutsche Erstausgabe 3/2000
Printed in Germany 1/2000
Umschlaggestaltung: Nele Schütz Design, München
Technische Betreuung: M. Spinola
Satz: Schaber Satz- und Datentechnik, Wels
Druck und Bindung: Elsnerdruck, Berlin

ISBN 3-453-15656-0

WIDMUNG

Für John Patrick Kavanagh

Waffenbruder, leidenschaftlicher B52-Pilot
und ein Freund, wie man
sich ihn nur wünschen kann.

»Einen Dollar dem Burschen!«

»Öffnet weit die Himmelstür!
Als Pracht auf schwarzen Wolken schweb ich ein,
Laß die Wirbelwinde vor mit fegen,
Gewittergüsse Staub fortspülen.«

– TA SSU MING, *Der Große Meister des Schicksals,*
aus: *Chiu Ko,* die »Neun Lieder«, von Ch'u Yuan,
zweites Jahrhundert v. Chr.[1]

»Ein Bild vor mir, ist's Mensch ist's Schatten,
Mehr Schatten wohl, mehr Bild als Schatten,
Denn Hades Spindel tief im Mumientuch
Wahrt vor Labyrinthes Trug.
Ein Mund, der weder Feuchte hat noch Hauch;
Hauchloser Mund ruft um
Heil! Übermenschentum,
Todleben, Lebendtod nenn ich es auch.«

– WILLIAM BUTLER YEATS, aus: *Byzanz,* AD 1930[2]

INHALT

PERSONEN-VERZEICHNIS

中

國

HAUPTPERSONEN

ASCHER, EMILY – Ausgebildet als Volkswirtschafterin, war sie einst Mitglied der revolutionären *Ping Tiao*-Partei. Nach deren Auflösung ist sie nach Nordamerika geflohen, wo sie unter dem Decknamen Mary Jennings eine Stelle in dem gewaltigen ImmVac-Konzern antrat und für den Alten Lever und seinen Sohn Michael arbeitete, den sie schließlich heiratete. Ihr eigentliches Ziel aber ist nach wie vor Veränderung und ein Sturz der korrupten sozialen Institutionen, die Chung Kuo beherrschen.

DEVORE, HOWARD – Einst Major in den Sicherheitskräften des T'ang, ist er die führende Gestalt im Kampf gegen die Sieben geworden. Ein hochintelligenter und kühl kalkulierender Mann, der hinter den Kulissen die Fäden zieht, als der Krieg der zwei Richtungen eine neue Wende nimmt. Erst auf der Erde, dann auf den Mars zurückgeschlagen, ist er nun an den Rand des Sonnensystems, auf den zehnten Planeten Pluto geflohen.

EBERT, HANS – Als Sohn von Klaus Ebert und Erbe des mächtigen GenSyn-Konzerns wurde er einst in den Sicherheitskräften des T'ang zum General befördert und war ein allseits bewunderter und bei seinen Vorgesetzten als verläßlich geltender Mann. Insgeheim hatte er sich jedoch mit DeVore verbündet und wurde später in den Mord an seinem Vater verwickelt. Nach seiner Flucht von Chung Kuo erklärte man ihn in Abwesenheit zum Verräter. Im Exil hat er unter dem früheren afrikanischen Stamm der Osu in den Sandwüsten des Mars wieder zu sich selbst gefunden.

KARR, GREGOR – Oberst in den Sicherheitskräften, einst von General Tolonen aus dem Netz rekrutiert. In seiner Jugend war er ein ›Schlächter‹ – ein dem Tode geweihter Wettkämpfer unter dem Netz. Ein Riese von einem Mann und einer von jenen, denen Li Yuan am meisten vertraut.

LEHMANN, STEFFEN – Albino, Sohn von Pietr Lehmann, dem ehemaligen Führer der Dispersionisten, und ehemals Leutnant unter DeVore, der sich mit einem Feldzug zum Herrscher der europäischen Unterwelt, ihrem ›Weißen T'ang‹ und Li Yuans Hauptfeind gemacht hat.

LI YUAN – T'ang von Europa und einer der Sieben, der als zweiter Sohn von Li Shai Tung nach Tod seines Bruders und seines Vaters das Erbe angetreten hat. Erscheint älter, als er ist, hat aber einige leidenschaftliche Wesenszüge, für die seine kurze Ehe mit der heißblütigen Fei Yen, der Frau seines verstorbenen Bruders, ein Ausdruck war. Seine Wiederheirat endete mit einer Tragödie, als seine drei Frauen ermordet wurden. Trotz seiner erneuten Heirat mit Pei K'ung gilt seine Hauptsorge seinem kleinen Sohn Kuei Jen.

PEI K'UNG – Fünfte Frau von Li Yuan, achtzehn Jahre älter als er und eine einfach, geradlinige Frau aus einer Untergeordneten Familie.

SHEPHERD, BEN – Ururenkel des Architekten der Stadt Erde, geboren und aufgezogen in der Domäne, einem idyllischen Tal im Südwesten Englands, wo er seinen künstlerischen Ambitionen nachgeht und neue Kunstform entwickelt, die ›Schale‹: eine Maschine, die die Erfahrung des Lebens nachahmen kann.

TOLONEN, JELKA – Als Tochter von Marschall Tolonen ist Jelka in einem sehr männlichen Umfeld ohne die Liebe und den Einfluß einer Mutter aufgewachsen. Doch ihre Versuche, sich selbst neu zu formen – ein Gleichgewicht in ihrem Leben zu finden – haben sie nur in Konflikte gestürzt, erst mit einem jungen Soldaten, dann mit ihrem Vater, der sie – um ihre Beziehung zu Kim Ward zu unterbinden – auf eine Rundreise von einem Kolonialplaneten zum anderen schickte. Wieder daheim, vertreibt sie sich die Zeit bis zu ihrem fünfundzwanzigsten Geburtstag, wenn sie volljährig wird und selbst über ihr Schicksal entscheiden kann.

TOLONEN, KNUT – Einstiger Marschall im Rat der Generäle und General unter Li Yuans Vater, ein unerschütterlicher Verfechter der Werte und Ideale der Sieben, selbst in einem Zeitalter zunehmender Unsicherheit. In seiner Vaterrolle hat ihn diese Unbeweglichkeit seines Wesens jedoch in wiederholte Konflikte mit seiner Tochter Jelka gestürzt.

TSU MA – Als T'ang von Westasien und einer der Sieben, dem herrschenden Rat von Chung Kuo, hat Tsu Ma seine zügellose Vergangenheit hinter sich gelassen, um einer der treusten Anhänger von Li Yuan im Rat zu werden. Ein starker, gutaussehender Mann Ende dreißig, noch unverheiratet, dessen heimliche Affäre mit Li Yuans früherer Frau Fei Yen von einer Seite seines Wesens zeugte, die noch nicht ganz gebändigt ist. Nun, in seinen mittleren Jahren, wünscht er ein ruhigeres Leben zu führen.

WARD, KIM – Geboren im Lehm, dem dunklen Brachland unter den Fundamenten der großen Stadt, hat Kim verschiedene persönliche Krisen gemeistert und ist Chung Kuos führender experimenteller Wissenschaftler geworden. Von dem gewaltigen SimFic-Konzern mit siebenjähriger Laufzeit als Vertragssklave engagiert, ist er ein treuer Anhänger Li Yuans.

DIE SIEBEN UND DIE UNTERGEORDNETEN FAMILIEN

LI KUEI JEN – Sohn von Li Yuan und Erbe der Stadt Europa.

LI YUAN – T'ang von Europa.

LIANG K'O TING – Oberhaupt der Familie Liang (eine der Neunundzwanzig Untergeordneten Familien) und Vater von Liang Shu-sun.

LIANG SHU-SUN – Prinzessin einer Untergeordneten Familie.

PEI K'UNG – Frau von Li Yuan.

PEI RO-HEN – Oberhaupt der Familie Pei (eine der Neunundzwanzig Untergeordneten Familien) und Vater von Pei K'ung.

TSU KUNG-CHIH – älterer Neffe von Tsu Ma.

TSU MA – T'ang von Westasien.

TSU TAO CHU – jüngerer Neffe von Tsu Ma.

WEI TSENG-LI – T'ang von Ostasien.

YIN FEI YEN – ›Fliegende Schwalbe‹; Prinzessin einer Untergeordneten Familie und geschiedene Ehefrau von Li Yuan.

YIN HAN CH'IN – Sohn von Fei Yen.

YIN SUNG – älterer Bruder von Yin Fei Yen und Oberhaupt der Familie Yin (eine der Neunundzwanzig Untergeordneten Familien).

FREUNDE UND GEFOLGSLEUTE DER SIEBEN

BACHMANN, LOTHAR – Hauptmann im Sicherheitsdienst.

CHANG LI – Leibarzt von Li Yuan.

CHIANG KO – Privatsekretär von Tsu Ma.

CHU HO – Minister für Nahrungsproduktion, Stadt Europa.

CHU SHI-CH'E – *Pi-shu chien* oder Aufseher der kaiserlichen Bibliothek in Tongjiang.

EBERT, PAULI – illegitimer Sohn von Hans Ebert und Goldherz und Erbe des GenSyn-Konzerns.

GOLDHERZ – Konkubine von Hans Ebert und Mutter von Pauli Ebert.

HERBSTSCHNEE – Magd von Pei K'ung.

HOFF – Mitglied des *Shen T'se,* einem Elitetrupp des Sicherheitsdienstes.

HU CH'ANG – Chefsekretär von Nan Ho.

HWA KWEI – Haushälter der Schlafkammer von Tsu Ma.

JADEBLÜTE – Magd von Pei K'ung.

KAO CHEN – ehemaliger Major im Sicherheitsdienst.

KARLGREN – Leutnant im Sicherheitsdienst, Astrachan.

KARR, GREGOR – Oberst im Sicherheitsdienst.

LAO KANG – Kanzler von Westasien.

LO WEN – Meister im *Wu Shu* und Lehrer von Li Kuei Jan.

LU – Arzt in Tongjiang.

LUO YE – ältestes Mitglied der *San Shi,* der ›Gelehrten Prinzen‹ in der Neukonfuzianischen Bewegung; außerdem Prinz einer Untergeordneten Familie.

MUNK – Hauptmann im Sicherheitsdienst, Astrachan.

NAN HO – Kanzler von Europa.

NAN TSING – erste Frau von Nan Ho.

NEEDHAM – Hauptmann der *Shen T'se,* einem Elitetrupp des Sicherheitsdienstes.

RHEINHARDT, HELMUT – General im Sicherheitsdienst, Europa.

BEN SHEPHERD – Sohn des verstorbenen Hal Shepherd, ›Schalen‹-Künstler.

TAN WE – Obereunuch in Tsu Mas Palast in Astrachan.

TOLONEN, JELKA – Tochter von Marschall Tolonen.

TOLONEN, KNUT – ehemaliger Marschall des Sicherheitsdienstes; Interimsdirektor des GenSyn-Konzerns.

TSUNG YE – Privatsekretär von Pei K'ung.

TU FU-WEI – Privatsekretär von Tsu Ma.

T'UNG – Arzt an Tsu Mas Hof.

WARD KIM – im Lehm geborener Wissenschaftler, vom SimFic-Konzern als Vertragssklave angestellt.

YE – Haushofmeister in Tongjiang.

YI CING – Oberst des Internen Sicherheitsdienstes von Tsu Ma in Astrachan.

YUNG CHEN – Eunuch in den Frauenunterkünften in Tsu Mas Palast in Astrachan.

WEITERE PERSONEN

ASCHER, EMILY – ehemaliges Mitglied der *Ping Tiao*-Terroristen, jetzt bekannt als Mary Lever.

ASHMAN – Vertrauter von Pasek.

BARTELS, EMIL – Junggeselle von der Ersten Ebene.

BEINLICH – ehemaliger Leutnant im Sicherheitsdienst, der für Von Pasenow arbeitet.

BARRENSON – Konzernchef.

BLASKIC – Vertrauter von Pasek.

CAO CHANG – Finanzstratege von Li Min.

CHANG, HUGH – Makler von Erstebenengrundstücken.

CHANG MU – Diener in der Ebert-Villa.

CHOU TE-HSING – Chef der Schwarzen Hand-Terroristen.

CURVAL, ANDREW – Experimentalgenetiker, der für SimFic arbeitet.

DEVALERIAN, RACHEL – Deckname von Emily Ascher.

DEVORE, HOWARD – ehemaliger Major in Li Yuans Sicherheitsdienst.

DIETER, WILHELM – Chef einer Zelle der Schwarzen Hand.

EBERT, BERTA – Witwe von Klaus Ebert.

EBERT, LUTZ – Halbbruder von Klaus Ebert.

EFULEFU – ›der Wertlose‹; der Name, den Hans Ebert unter den Osu angenommen hat.

EYRE – Vertrauter von Pasek.

FOX – Konzernchef.

FU CHIANG – ›der Priester‹, Big Boss der Triade ›Rote Blume‹ in Nordafrika.

FUNG – *Wu* oder Wahrsager für Yin Fei Yen.

GRANT – Vertrauter von Pasek.

HAMA – Osu-Frau von Hans Ebert.

HARRISON, EDWARD – Prominenter und Erstebenen-›Funktionär‹.

HART, ALEX – Repräsentant in Weimar, Dispersionist und Freund von Stefan Lehmann.

HENG PANG-CHOU – Frau von Minister Heng und Freundin von Jelka Tolonen seit der Kindheit.

HEYDEMEIER, ERNST – Künstler; führender Vertreter der Futur-Kunst oder ›Wissenschafts-Kunst‹.

HOOPER – leitender Techniker in DeVores Kopter.

HSUEH CHI – Big Boss der Triade ›Tausend Speere‹ in Südafrika.

HSUEH NAN – Kriegsherr von Südafrika und Bruder von Hsueh Chih.

HU LIN – Roter Pfahl der Triade ›Rote Blume‹ in Nordafrika.

HUANG PENG – Haushälter in der Ebert-Villa.

JAGA – *Ndichie* oder Älterer der Osu auf dem Mars.

KAO CH'IANG HSIN – Tochter von Kao Chen.

KAO JYAN – ältester Sohn von Kao Chen.

KAO WU – zweiter Sohn von Kao Chen.

KARR, MARIE – Frau von Gregor Karr.

KARR, MAY – Tochter von Marie und Gregor Karr.

KAVANAGH – Repräsentant in Weimar und Vorsitzender des Hauses.

LEHMANN, STEFAN – ›der Weiße T'ang‹, Big Boss der europäischen Triaden.

LEVER, MICHAEL – Chef des pharmazeutischen Konzerns ImmVac in Nordamerika und Repräsentant in Weimar.

LI HO-NIEN – Diener in der Ebert-Villa.

LI MIN – ›Tapferer Karpfen‹, ein Deckname von Stefan Lehmann.

LO CHANG – Haushälter in der Ebert-Villa.

MA CH'ING – Diener in der Ebert-Villa.

DIE MASCHINE – eine künstliche Intelligenz.

NEVILLE, JACK – Chef der Entwicklungsabteilung des SimFic-Konzerns.

NZA – ›Kleiner Vogel‹, ein Osu-Junge, adoptiert von Hans Ebert.

PASEK, KAREL – Oberhaupt der ›Versiegelten‹; religiöser Fanatiker und leitendes Mitglied der Schwarzen Hand-Terroristen.

PENG, MADAM – Streichholzmacherin.

PETERS – Chef einer Zelle der Schwarzen Hand.

RAVACHOL – der ›zweite Prototyp‹; ein von Kim Ward geschaffener Android.

REISS, HORST – Leitender Geschäftsführer des SimFic-Konzerns.

RUDDOCK – Untergeordneter Beamter in Diensten von Lehmann.

SHENG MIN-CHUNG – ›der einäugige Sheng‹, Big Boss der Eisernen Faust-Triade in Ostafrika.

SOUCEK, JIRI – Leutnant unter Lehmann.

STEWART – Vertrauter von Li Min.

T'AI CHO – Freund und ehemaliger Lehrer von Kim Ward.
TAN SHUI – Weißer Papierfächer der Triade ›Rote Blume‹ in Nordafrika.
TING JU-CH'ANG – Kriegsherr von Tunis.
TS'AO WU – Chef einer Zelle der Schwarzen Hand.
TSAOU TSAI HEI – ›der Wanderer in der Dunkelheit‹, ein anderer Name Hans Eberts.
TUAN TI FO – *Wei Chi*-Meister und Weiser.
VIERHELLER, JANE – Mitglied der Schwarzen Hand.
VISAK – Leutnant unter Lehmann.
VON PASENOW – ehemaliger Major im Sicherheitsdienst.
WANG TI – Frau von Kao Chen.
WARD, KIM – im Lehm geborener Wissenschaftler.
YANG – ›der Alte Yang‹, Deckmagistrat und Angestellter von Li Min.
YANG CHIH-WEN – ›der Bär‹; Big Boss der Triade ›Goldener Ochse‹ in Westafrika.
YEN FU – Warlord von Nordafrika.
YU I – Inhaber des Teehauses Blaue Pagode.

DIE TOTEN

ALTHAUS, KURT – General des Sicherheitsdienstes in Nordamerika.
AN HSI – Prinz einer Untergeordneten Familie und fünfter Sohn von An Sheng.
AN LIANG-CHOU – Prinz einer Untergeordneten Familie.
AN MO SHAN – Prinz einer Untergeordneten Familie und dritter Sohn von An Sheng.
ANDERSON, LEONID – Direktor des Rekrutierungsprojekts.
ANNA – Helferin von Mary Lever.
ANNE – *Yu*-Attentäterin.
BARROW, CHAO – Sekretär im Repräsentantenhaus in Weimar.
BARYCZ, JIRI – Wissenschaftler im Verdrahtungsprojekt.
BATES – führende Gestalt der Föderation Freier Menschen auf dem Mars.
BERCOTT, ANDREI – Repräsentant in Weimar.
BERDICHOW, SOREN – Chef von SimFic und später Anführer der Dispersionisten-Partei.
BERDICHOW, YLVA – Frau von Soren Berdichow.

Bess – Helferin von Mary Lever.
Blofeld – Agent der Sondereinheiten des Sicherheitsdienstes.
Brock – Wachmann in der Domäne.
Brookes, Thomas – Hafenhauptmann in Tien Men K'ou auf dem Mars.
Chang Te Li – ›der Alte Chang‹, *Wu* oder Weissager.
Chen So – Schreiber der Inneren Kammer in Tongjiang.
Ch'en Li – Vertrauter von Gouverneur Schenck.
Cherkassy, Stefan – ehemaliges Mitglied des Sicherheitsdienstes, Attentäter und Freund von DeVore.
Chi Hu Wei – T'ang von Australien und Ozeanien; Vater von Chi Hsing.
Chih Huang Hui – zweite Frau von Shang Mu und Stiefmutter von Shang Han-A.
Ch'in Shih Huang Ti – der erste chinesische Kaiser (herrschte von 221–210 v. Chr.)
Cho Hsiang – Hong Caos Untergebener.
Chu Heng – ›Kwai‹ oder gedungener Attentäter; ein Lakai von DeVore.
Chun Wu-chi – Oberhaupt der Familie Chun (eine der Neunundzwanzig Untergeordneten Familien).
Chung Hsin – ›Loyalität‹; Leibeigener von Li Shai Tung.
Clarac, Armand – Direktor des Projekts ›Die Neue Hoffnung‹.
Coates – Wachmann in der Domäne.
Cutler, Richard – Führer der ›amerikanischen‹ Bewegung.
Dawson – Vertrauter von Gouverneur Schenck.
Deio – im Lehm geborener Freund Kim Wards aus der Rehabilitation.
Donna – *Yu*-Attentäterin.
Douglas, John – Konzernchef; Dispersionist.
Duchek, Albert – Administrator von Lodz.
Ebert, Klaus – Chef des GenSyn-Konzerns; Vater von Hans Ebert.
Ecker, Michael – Konzernchef; Dispersionist.
Edsel – Agent in den Sondereinheiten des Sicherheitsdienstes.
Egan – Chef von NorTek.
Ellis, Michael – Assistent von Direktor Spatz im Verdrahtungsprojekt.
Endacott – Vertrauter von Gouverneur Schenck.
Endfors, Pietr – Freund von Knut Tolonen und Vater von Jenny, Tolonens Frau.

ERIKKI – Wachmann von Jelka Tolonen.
EVA – Freundin von Mary Lever.
FAIRBANK, JOHN – Chef von AmLab.
FAN – fünfter Bruder des *I Lung*.
FEN CHO-HSIEN – Kanzler von Nordamerika.
FENG CHUNG – Big Boss der Triade Kuei Chan (Schwarzer Hund).
FENG LU-MA – Linsenmann.
FENG SHANG-PAO – ›General Feng‹; Big Boss der Triade 14k.
FEST, EDGAR – Hauptmann im Sicherheitsdienst.
GESELL, BENT – Anführer der terroristischen *Ping Tiao* (›Einebner‹-)Bewegung.
GREEN, CLIVE – Chef von RadMed.
GRIFFIN, JAMES B. – letzter Präsident des Amerikanischen Imperiums.
HAAVIKKO, VESA – Schwester von Axel Haavikko.
HAMMOND, JOEL – leitender Techniker des Verdrahtungsprojekts.
HENDERSON, DANIEL – Interimsgouverneur des Mars.
HENG CHI-PO – Li Shai Tungs Transportminister.
HENSSA, EERO – Hauptmann der Wachmannschaft an Bord des fliegenden Palastes Yangjing.
HERRICK – illegaler Transplantationsspezialist.
HO CHIN – ›Dreifinger-Ho‹; Big Boss der Gelben Banner-Triade.
HOFFMANN – Major im Sicherheitsdienst.
HONG CAO – Mittelsmann von Pietr Lehmann.
HOU TI – T'ang von Südamerika; Vater von Hou Tung-po.
HOU TUNG-PO – T'ang von Südamerika.
HSIANG K'AI FAN – Prinz einer Untergeordneten Familie.
HSIANG SHAO-ERH – Oberhaupt der Familie Hsiang (eine der Neunundzwanzig Untergeordneten Familien).
HSIANG WANG – Prinz einer Untergeordneten Familie.
HUA SHANG – Leutnant unter Wong Yi-sun.
HUI TSIN – ›Roter Pfahl‹ (426er oder Scharfrichter) des Vereinten Bambus.
HWA – ein meisterhafter ›Schlächter‹ oder Nahkämpfer unter dem Netz.
I LUNG – ›der Erste Drache‹, Chef der Tausend Augen, des Großen Ministeriums.
JACKSON – freischaffender Makler in Diensten von Fairbank.

JILL – persönliche Assistentin von Mary Lever.
JOAN – *Yu*-Attentäterin.
KAN JIANG – Siedler und Dichter auf dem Mars.
K'ANG A-YIN – Bandenboss der *Tong* Tu Sun.
K'ANG YEH-SU – Neffe von K'ang A-yin.
KAO JYAN – Attentäter; Freund von Kao Chen.
KEMP, JOHANNES – Direktor von ImmVac.
KENNEDY, JEAN – Frau von Joseph Kennedy.
KENNEDY, JOSEPH – Vorsitzender der Neuen Republikanischen und Evolutionisten Partei und Repräsentant in Weimar.
KENNEDY, ROBERT – ältester Sohn von Joseph Kennedy.
KENNEDY, WILLIAM – jüngster Sohn von Joseph Kennedy.
KENNEDY, WILLIAM – Ururgroßvater von Joseph Kennedy.
KRENEK, HENRYK – leitender Repräsentant der Marskolonien.
KRENEK, IRINA – Frau von Henryk Krenek.
KRENEK, JOSEF – Konzernchef.
KRENEK, MARIA – Frau von Josef Krenek.
KRIZ – *Yu*-Einsatzleiterin.
KUBINYI – Leutnant unter DeVore.
KUNG WEN-FA – Anwalt vom Mars.
K'UNG FU TZU – Konfuzius (551–479 v. Chr.)
KUSTOW, BRYN – Amerikaner; Freund von Michael Lever.
LAI SHI – zweite Frau von Li Yuan.
LAO JEN – Minister unter Lwo Kang.
LEHMANN, PIETR – Untersekretär des Repräsentantenhauses und erster Anführer der Dispersionisten-Partei; Vater von Stefan Lehmann.
LEVER, CHARLES – Chef des gewaltigen ImmVac-Konzerns in Nordamerika; Vater von Michael Lever.
LEVER, MARGARET – Frau von Charles Lever und Mutter von Michael Lever.
LI CHIN – ›der Lidlose Li‹; Big Boss der Wo Shih Wo-Triade.
LI CH'ING – T'ang von Europa; Großvater von Li Yuan.
LI HAN CH'IN – erster Sohn von Li Shai Tung und einstiger Erbe der Stadt Europa; Bruder von Li Yuan.
LI HANG CH'I – T'ang von Europa; Ururgroßvater von Li Yuan.
LI KOU-LUNG – T'ang von Europa; Urgroßvater von Li Yuan.
LI PAI SHUNG – Neffe von Li Chin; Erbe der Wo Shih Wo-Triade.
LI SHAI TUNG – T'ang von Europa; Vater von Li Yuan.

LIN YUAN – erste Frau von Li Shai Tung; Mutter von Li Han Ch'in und Li Yuan.
LING HEN – Diener von Herrick.
LIU CHANG – Bordellbesitzer/Zuhälter.
LIU TONG – Leutnant unter Li Chin.
LO HAN – *Tong*-Boss.
LU MING-SHAO – ›der Bärtige Lu‹; Big Boss der Kuei Chuan Triade.
LUKE – im Lehm geborener Freund Kim Wards aus der ›Rehabilitation‹.
LWO KANG – Li Shai Tungs Minister des Edikts.
MAITLAND, IDRIS – Mutter von Stefan Lehmann.
MAN HSI – *Tong*-Boss.
MAO LIANG – Prinzessin einer Untergeordneten Familie und Mitglied im ›Rat der Fünf‹ der *Ping Tiao*.
MAO TSE TUNG – erster *Ko Ming*-Kaiser (herrschte 1948–1976 n. Chr.).
MATYAS – im Lehm geborener Junge aus dem Rekrutierungsprojekt.
MENG K'AI – Freund und Berater von Gouverneur Schenck.
MENG TE – Leutnant unter Lu Ming-shao.
MIEN SHAN – erste Frau von Li Yuan; Mutter von Li Kuei Jen.
MILNE, MICHAEL – Privatdetektiv.
MING HUANG – sechster T'ang-Kaiser (herrschte 713–755 n. Chr.).
MO YU – Leutnant des Sicherheitsdienstes in der Domäne.
MOORE, JOHN – Konzernchef; Dispersionist.
MU CHUA – Madam des Hauses der Neunten Extase.
MU LI – ›der Eiserne Mu‹, Boss der Triade ›Der große Kreis‹.
PAO EN-FU – Meister der Inneren Kammer von Wu Shih.
PARR, CHARLES – Konzernchef; Dispersionist.
PAVEL – junger Plantagen-Arbeiter.
PECK – Leutnant unter K'ang A-yin (ein *Ying tzu* oder ›Schatten‹).
PESKOWA – Leutnant der Plantagen-Wachmannschaft.
ROSS, ALEXANDER – Konzernchef; Dispersionist.
ROSS, JAMES – Privatdetektiv.
RUTHERFORD, ANDREAS – Freund und Berater von Gouverneur Schenck.
SANDERS – Hauptmann des Sicherheitsdienstes im Zeughaus von Helmstadt.

SCHENCK, HUNG-LI – Gouverneur der Marskolonie.
SCHWARZ – Leutnant unter DeVore.
SEYMOUR – Major im Sicherheitsdienst, Nordamerika.
SHANG – ›der Alte Shang‹; Kao Chens Meister in seiner Kindheit.
SHANG CH'IU – Sohn von Shang Mu und Halbbruder von Shang Han-A.
SHANG CHU – Urgroßvater von Shang Han-A.
SHANG MU – Unterminister in den ›Tausend Augen‹, dem Großen Ministerium.
SHANG WEN SHAO – Großvater von Han-A.
SHEN LU CHUA – Computerexperte und Mitglied im ›Rat der Fünf‹ der *Ping Tiao*.
SHEPHERD, AMOS – Urururgroßvater (und genetischer ›Vater‹) von Ben Shepherd.
SHEPHERD, AUGUSTUS – ›Bruder‹ von Ben Shepherd (2106–2122 n. Chr.).
SHEPHERD, HAL – Vater (und genetischer ›Bruder‹) von Ben Shepherd.
SHEPHERD, ROBERT – Urgroßvater (und genetischer ›Bruder‹) von Ben Shepherd.
SHU SAN – Minister unter Lwo Kang.
SIANG – Jelka Tolonens Kampfkunst-Lehrer.
SI YU WA – ›Silberrabe‹, Frau von Aufseher Sung.
SONG WEI – Feger.
SPATZ, GUSTAV – Direktor des Verdrahtungsprojektes.
SPENCE, LEENA – ›Unsterbliche‹ und ehemalige Geliebte von Charles Lever.
SSU LA SHAN – Beamter des Großen Ministeriums.
STEINER – Manager von ImmVacs Filiale in Alexandria.
SUNG – Aufseher einer Plantage.
TARRANT – Konzernchef.
TENG FU – Plantagenwachmann.
TEWL – ›Dunkelheit‹; Chef der Floßbewohner.
TOLONEN, HANNA – Tante von Knut Tolonen.
TOLONEN, HELGA – Frau von Jon Tolonen; Tante von Jelka Tolonen.
TOLONEN, JENNY – Frau von Knut Tolonen und Tochter von Pietr Endfors.
TOLONEN, JON – Bruder von Marschall Knut Tolonen.
TONG CHU – ›Kwai‹, gedungener Attentäter.

TSAO CH'UN – tyrannischer Begründer von Chung Kuo.
TSU TIAO – T'ang von Westasien; Vater von Tsu Ma.
TU CH'EN-SHIH – Freund und Berater von Gouverneur Schenck.
TU MAI – Wachmann in der Domäne.
TUNG CAI – Randalierer auf einer unteren Ebene.
VESA – *Yu*-Attentäterin.
VIRTANEN, PER – Major in Li Yuans Sicherheitskräften.
WANG CHANG YE – erster Sohn von Wang Hsien.
WANG HSIEN – T'ang von Afrika; Vater von Wang Sau-leyan.
WANG LIEH TSU – zweiter Sohn von Wang Hsien.
WANG SAU-LEYAN – T'ang von Afrika.
WANG TA-HUNG – dritter Sohn von Wang Hsien; älterer Bruder von Wang Sau-leyan.
WANG TU – Führer der Marsianischen Radikalen Allianz.
WEI CHAN YIN – T'ang von Ostasien.
WEI FENG – T'ang von Ostasien; Vater von Wei Chan Yin.
WEIS, ANTON – Bankier; Dispersionist.
WELLS – Hauptmann des Sicherheitsdienstes in Nordamerika.
WEN TI – ›Erster Ahne‹ der Stadt Erde/Chung Kuo, auch bekannt als Liu Heng; beherrschte China von 180 bis 150 v. Chr.
WIEGAND, MAX – Leutnant unter DeVore.
WILL – im Lehm geborener Freund Kim Wards aus der Rehabilitation.
WILSON, STEPHAN – Hauptmann im Sicherheitsdienst unter Kao Chen.
WONG YI-SUN – ›der Dicke Wong‹; Big Boss des Vereinten Bambus.
WU SHIH – T'ang von Nordamerika.
WU WEI-KOU – erste Frau von Wu Shih.
WYATT, EDMUND – Konzernchef; Dispersionist.
YANG LAI – Minister unter Lwo Kang.
YANG SHAO-FU – Gesundheitsminister, Stadt Europa.
YI SHAN-CH'I – Prinz einer Untergeordneten Familie.
YIN CHAN – Prinz einer Untergeordneten Familie und zweiter Sohn von Yin Tsu.
YIN TSU – Oberhaupt der Familie Yin (eine der ›Neunundzwanzig‹ Untergeordneten Familien) und Vater von Fei Yen.
YING CHAI – Assistent von Sun Li Hua.

YING FU – Assistent von Sun Li Hua.

YUE CHUN – ›Roter Pfahl‹ (426er oder Scharfrichter) der Wo Shih Wo-Triade.

YUN CH'O – Leutnant unter Shen Lu Chua.

YUN YUEH-HUI – ›der Tote Yun‹; Big Boss der Roten Gang.

YWE HAO – ›Zarter Mond‹; *Yu*-Terroristin.

YWE KAI-CHANG – Vater von Ywe Hao.

PROLOG
WINTER 2215

Vergessene Worte

中

國

»Wo finde ich einen Mann, der Worte vergessen hat? Mit ihm möchte ich reden.«

– CHUANG TZU, 6. Jahrhundert v. Chr.
(*Schriften*, XXVI, II)

Ebert stand am Rande des Kraters und sah über die zerstörte Stadt hinweg zur fernen Sonne. Es war früh am Morgen, und ein Hauch von Reif ließ die eisenroten Felsen glitzern. Im tiefen Schatten unter sich konnte er die verkrümmten Umrisse der Streben erkennen, die sich einst eine halbe *li* in die Luft gewölbt und die Kuppel der größten der neunzehn Marsstädte gestützt hatten.

Er ging in die Hocke, legte eine behandschuhte Hand auf einen nahen Felsen und lauschte dem Geräusch seines eigenen Atems im Helm. Fünf Schritte hinter ihm warteten die Frau und der Junge schweigend ab.

Eben hier hatte der Traum ein Ende gefunden, war in einer einzigen Nacht zerstoben, einer verheerenden Feuersbrunst zum Opfer gefallen, die über zwanzig Millionen Menschen das Leben gekostet hatte. Nun waren sie Staub, tot wie der Planet, der nie ihre Heimat gewesen war, nur ein Gefängnis, eine Ruhestätte zwischen zwei dunklen Abgründen.

Er schauderte, als er zu begreifen anfing. Hier war die Kette zerrissen, die Glieder weit verstreut. Das war die Botschaft, die der große Kan Jiang in seinen Gedichten zum Ausdruck gebracht hatte. Der Mars war nicht die Zukunft, sondern ein Abstellgleis, eine kosmische Sackgasse. Der Mensch hätte es in einer Million Jahren nicht geschafft, aus diesem Planeten eine Heimat zu formen. Nein, sie mußten zurück auf die Erde – zurück nach Chung Kuo. Erst dann konnten sie sich weiterentwickeln. Erst dann konnte es eine Zukunft geben.

Und die Osu? Hatten *sie* denn eine Zukunft?

Er wandte sich um. Die Frau beobachtete ihn, ihr Gesicht hinter dem dicken Helmvisier verborgen wie hinter beschnitztem Ebenholz. Neben ihr, an ihren Arm gekuschelt, blickte der Junge in die Ferne, verträumt wie immer, in Gedanken ganz woanders.

Ebert lächelte. Es war ein Jahr her, seit er sie in einer der nördlichen Siedlungen kennengelernt hatte. In seiner Sehnsucht, ein Weiser zu werden, hatte er das Fleisch verleugnet, den dunkleren Teil seines Ichs in der Schwebe gehalten, doch als sie in jener Nacht zu ihm gekommen war, hatte sein Leib sich erinnert. Seitdem war sie an seiner Seite.

Tuan Ti Fo hatte recht behalten – die Sehnsucht kann viele Formen annehmen, und manchmal kann Entsagung selbst eine Art Sehnsucht sein. Dann suchte man am besten den Frieden mit sich selbst, begnügte sich damit, zu haben, statt zu wollen.

Er stand auf und streckte die Hand nach ihr aus.

»Komm.«

Dann wandte er sich wieder der untergehenden Sonne zu und machte sich an den Abstieg in die Dunkelheit.

Er erwachte im Dunkeln, und der Alptraum war ihm noch sehr nah – so nah, daß er glaubte, die Hand ausstrecken und ihn berühren zu können.

Ja, er spürte ihn hinter der dunklen Haut der Nacht, seine Wärme, seinen Herzschlag, fast wie in Wirklichkeit. Er verharrte noch einen Moment lang, dann entglitt er ihm und ließ ihn keuchend auf dem kalten, nackten Boden des Zeltes zurück, wie ausgehöhlt von der Vision.

Die Frau lag schlafend neben ihm und atmete leise. Das gedämpfte Zischen der Luftventile, das von draußen hereindrang, klang wie der Wind in den südlichen Wüsten während der Sturmzeit. Hier auf dem Grund des Kraters funktionierte einer der alten Luftgeneratoren teilweise immer noch und spie reinen Sauerstoff durch ein einzelnes Ventil.

Ebert ging hinaus und dichtete hinter sich den Zelteingang ab. Es war eine Stunde vor der Dämmerung, und die Dunkelheit schien undurchdringlich. Von dort, wo er stand, war der Himmel ein ausgezacktes rundes Loch, umrahmt vom Schwarz der Kraterwände, in dessen Mitte, angeordnet in der Form einer Sense, sieben Sterne glühten.

Er stieg hinauf, folgte aus dem Gedächtnis dem Pfad durch die verwinkelten Ruinen. Auf dem Kraterrand hielt er inne, um über den Abgrund zurückzuschauen. Die Schwärze unter ihm war vollkommen. Über dem Horizont im Osten stand die winzige blauweiße Scheibe von Chung Kuo.

Er schauderte, als er sich an den Alptraum erinnerte. Er hatte ihn schon oft gehabt, doch nie so erschreckend wirklich.

Er sah auf seine rechte Hand, bog die Finger im Handschuh und war erstaunt, daß keiner fehlte. Zwei Untergebene seines Vaters hatten ihn niedergehalten, während ein dritter auf der Tischplatte seine Finger spreizte. Er hatte sich vergeblich gewehrt. Etwas Silbernes hatte geblitzt, gefolgt von dem Schmerz, als eine starke Klinge das sehnige Knöchelgelenk durchtrennte – seine Nervenenden glühten, und heißes Blut schoß hervor. Er hatte seine eigenen grellen Schreie gehört und war wie ein Geist aus seinem Leib gefahren. Damit war der Traum gewöhnlich vorbei – da war er glücklicherweise immer aufgewacht –, doch diesmal war er weitergegangen. Er hatte gespürt, wie sein Geist den gequälten Schreien entfloh und einem Diener folgte, der mit einer blutigen Schale in der Hand durch einen flackernden Felskorridor in eine hell erleuchtete Kammer ging.

Dort am Arbeitstisch stand sein Vater, seit acht Jahren tot und mit kaltem Gesicht, sein Arbeitskittel eng um den mächtigen Brustkasten geknöpft. Seine toten Augen sahen zu, wie der Diener die Schale brachte.

Er nahm sie ihm ab und kippte ihren Inhalt auf die geschrubbte weiße Tischplatte.

Der Mund des Alten hatte sich geöffnet wie eine Gruft, und die Worte waren wie Herbstblätter im Wind, kränklich braun und verschrumpelt, daraus hervorgewirbelt.

»Der Entwurf war fehlerhaft. Ich muß von vorn anfangen. Ich muß meinen Sohn neu erschaffen.«

Daraufhin hatte er kalt und spöttisch gelacht und sich seiner Mutter zugewandt, die mit eisblauen Augen abschätzig zusah.

»Zombies«, sagte sie und griff an ihrem Ehemann vorbei, um den abgetrennten Finger aus der Schale zu nehmen. »Das ist alles, was du je geschaffen hast. Totes Fleisch. Nichts als totes Fleisch.«

Sie ließ den Finger fallen, frostige Gleichgültigkeit im Gesicht, drehte sich um und verließ die Kammer.

Keine Wärme in sich, dachte er. *Die Frau hat keine Wärme ...*

Indem er die Schale wegschob, hatte sein Vater den Finger in die Hand genommen und ihn gestreckt und geknetet, bis die Gestalt eines Mannes vor ihm auf dem Tisch lag.

Hans war vorgetreten, hatte in das ungeformte Gesicht geschaut und gehofft, daß es nicht geschah, aber der Traum war unaufhaltsam. Langsam bildeten sich die Gesichtszüge, wie Berggipfel, die aus der urzeitlichen Erde aufstiegen, bis ihn sein eigenes Gesicht anstarrte ... und spöttisch grinste.

Er riß den Kopf zurück und keuchte.

»Efulefu ...«

Er schluckte seine Furcht hinunter und antworte der Stimme, die aus der Dunkelheit zu ihm heraufdrang. »Was ist, Hama?«

Ihre Gestalt tastete sich durch die Schatten zu ihm herauf. »Geht's dir gut, mein Mann? Ich dachte, ich hätte dich stöhnen gehört.«

»Es ist nichts, Hama, nur Müdigkeit.«

Sie kam zu ihm und faßte seine Hände. »Der Junge schläft ganz fest.«

»Gut.« Er lächelte und genoß den Anblick ihres Gesichts im Sternenlicht. Ihre Gegenwart wies den Traum in die Schranken. »Ich habe nachgedacht, Hama. Wir müssen eine Versammlung einberufen.«

»Eine Versammlung? Der *Ndichie*?«

Er schüttelte den Kopf. »Nein, Hama. Aller. Der Älteren, der Stammesangehörigen und der Siedler.« Er sah an ihr vorbei auf die ferne Erde und staunte, wie klein, wie schutzlos sie inmitten der Leere wirkte. »Es wird Zeit, daß wir uns entscheiden, was zu tun ist. Zeit, daß wir einen Weg wählen, dem wir alle folgen können.«

Die Maschine sah noch einmal hin. Eben noch war dort nichts gewesen, und schon im nächsten Moment ...

»Tuan Ti Fo? Siehst du, was ich sehe?«

Die Luft vor der Maschine schimmerte und nahm Gestalt an. Tuan Ti Fo saß mit verschränkten Beinen vor der offenen Konsole und senkte zur Begrüßung den grauhaarigen Kopf. »Was siehst du denn?«

»Ich sehe ...« Die Maschine starrte in die tiefe Dunkelheit und konzentrierte alle Kräfte darauf, in diesen einen Fleck zu dringen, wo sie blind war. »Ich sehe ... nichts.«

Tuan Ti Fo kicherte leise. »Du siehst *nichts*? Nun, dann ist da sicher auch nichts.«

»Nein. Irgend etwas ist nördlich von Kang Kua auf der Planetenoberfläche gelandet. Ich spüre es. Es ist tatsächlich dort. Sein bloßes *Fehlen* verrät es, und doch versteckt es sich.«

Der Greis zupfte nachdenklich an seinem Bart. »Und deine Kamerasonden?«

»Können nichts erfassen. Es ist, als sei es von einer Schale umschlossen. Einer Schale aus ...« Sie zögerte – ein Zögern, das man bei einem Menschen als normal betrachtet hätte, doch bei der großen Maschine verriet es, daß eine Milliarde blitzartiger Rechenoperationen abliefen. »… aus etwas Unbekanntem«, schloß sie mit einem seltsam zögerlichen Unterton in der ansonsten ausdruckslosen Stimme.

Tuan Ti Fo starrte einen Moment lang auf die Konsole, dann nickte er. Seine Stimmung wurde unvermittelt viel ernster. »Ich verstehe.«

Die Maschine verstummte. Sie dachte nach. Seit mehr als fünf Millionen Jahren hatte die Menschheit aus dem urzeitlichen Dunkel dem Licht entgegengestrebt, und aus diesem Drang heraus war letztlich auch sie entstanden, die höchste Blüte des Geistes: eine einzige allumfassende Intelligenz.

Intelligent, doch unvollkommen. Sie sah den großen Wirbel der bekannten und der unbekannten Dinge, wie ein gewaltiges *T'ai Chi* aus Licht und Dunkelheit in perfektem Gleichgewicht. In der hellen Hälfte steckte ein kleiner schwarzer Fleck – ein Stecknadelkopf der Verdunklung, den sie als Tuan Ti Fo erkannte. So wie nun im Dunkeln der unbekannten Dinge ein einziger heller Fleck steckte.

»Wenn es ein Kopter ist«, sagte Tuan Ti Fo, »muß er von irgendwo gekommen sein.«

»Aber es gibt keine Spuren«, begann die Maschine, verstummte aber, als ihr klar wurde, daß nicht nur das Fehlen von etwas eine Enthüllung sein konnte, sondern daß es auch eine Spur der Verdunklung in ihrem Gedächtnis gab; einen Bereich, wo jemand sie manipuliert hatte – eine fehlende Spur, die paradoxerweise die Herkunft des Kopters erklärte.

»Er kommt vom Rande des Sonnensystems. Vom zehnten Planeten.«

Doch als sie es aussprach, stellte sie es schon wieder in Frage.

»Fremdwesen?« fragte Tuan Ti Fo.

Die Maschine erwog die Möglichkeit und war erstaunt, mit welchen Ungewißheiten sie es auf einmal zu tun hatte.

»Nein ...«

»Aber du hast einen Verdacht, ja?«

»Eine begründete Vermutung.«

»Dann schickst du besser jemanden hin.«

»Jemanden hinschicken?«

Tuan Ti Fo lachte, stand auf und strich sein Seidengewand glatt. »Ja, um nachzusehen natürlich.« Seine Gestalt schimmerte, als er sich umdrehte, löste sich langsam in Luft auf, doch seine Worte klangen nach. »Schick den Jungen. Er wird's herausfinden. Was immer es sein mag.«

»Nza?«

Die Stimme kam aus der Luft. Als er sie hörte, fuhr der Junge herum und kauerte sich erschrocken zusammen, dann sah er die winzige, glitzernde Sonde wie ein silbriges Insekt über seinem Kopf in der Luft schweben.

»Was ist los?« fragte er und versuchte, nicht ängstlich zu klingen.

»Wo ist Ebert?«

Der Zehnjährige drehte sich um und zeigte in die Schatten hinter ihm. Die Sonde schwebte an ihm vorbei in die Dunkelheit – und kehrte Sekunden später zurück.

»Komm«, flüsterte sie über seinem Kopf, nicht größer als seine Faust, glatt und rund wie ein geschorener Schädel.

Nza zitterte und gehorchte.

Die Maschine sah zu, wie der Junge sich dem blinden Fleck näherte, wie er eine Hand ausstreckte und zurückzog, als habe ihn etwas gestochen.

»Spürst du etwas?« fragte sie und konnte ihre Neugier kaum zügeln.

Der Junge nickte, streckte seine Hand erneut aus und

tastete etwas wie eine glatte, geneigte Wölbung in der Luft ab. Aber noch immer sah und spürte sie nichts.

Sie beobachtete, wie der Junge langsam um das Gebilde herumging und mit beiden Händen etwas genauer den leeren Bereich umschrieb, den die Sonden der Maschine aufgefunden hatte.

Dann drehte sich Nza mit weit aufgerissenen Augen um.

»Was ist los?« fragte sie. »Hast du etwas gesehen?«

Nza schüttelte den Kopf. »Efulefu … Hol Efulefu.«

Es war hell, als Ebert eintraf. Er kauerte sich, völlig ruhig, etwa fünfzig *ch'i* vor dem unsichtbaren Etwas hin und sah zu, wie die Schatten schrumpften, während die Sonne den Himmel emporklomm. Der Wind blies unstet, und wenn eine Bö kam, bemerkte er die Muster, die im Sand rund um die leere Stelle entstanden.

Nach zwei Stunden stand er auf und gab dem Jungen ein Zeichen. Nza kam herüber und blickte zu ihm auf, als er ihm hinter dem Visier seines Helms mit Lippenbewegungen etwas zu verstehen gab. Es war bitterkalt, und zwei der sechs Sonden der Maschine waren bereits ausgefallen, aber Ebert schien es nicht zu spüren.

Die Kälte … Eines Tages würde diese Kälte alle umbringen, Menschen wie Maschinen.

Nza schaute ihn noch einen Moment lang an, dann nickte er und flitzte mit seinen seltsam hüpfenden Schritten zur nächsten Sonde hinüber.

»Was ist los?« fragte die Maschine, aber der Junge schüttelte den Kopf und zeigte auf seinen Mund. Sie las ihm von den Lippen ab, was er sagen wollte.

Da ist etwas. Er spürt es. Er glaubt, es beobachtet und belauscht uns. Und etwas anderes.

Sie wartete, während der Junge seine Gedanken ordnete und sich erinnerte, was Ebert ihm gesagt hatte.

Er sagt … wenn er die Augen schließt … dann sieht er ein Gesicht. Ein altes, vertrautes Gesicht.

Sie wußte Bescheid, noch bevor der Junge den Mund verzog, um die beiden Worte auszusprechen. Er war also wieder da. DeVore war auf den Mars zurückgekehrt.

DeVore stand am Aussichtsfenster und blickte über die windgepeitschte Landschaft zu den kauernden Gestalten hinüber, ehe er sich wieder dem Monitor zuwandte. Eberts Gesicht füllte den Bildschirm aus, seine Augen hinter dem Helmvisier waren von einem tiefen, stillen Blau.

Du hast also überlebt, alter Freund. Und jetzt hast du dich mit diesen häßlichen Söhnen der Nacht zusammengetan. Nun, es ist schon Merkwürdigeres passiert.

Er lachte leise, dann rief er mit einem Fingerschnippen einen Wachmann zu sich.

»Schauen Sie mal nach, wie's aussieht. Wir sind ohnehin schon zu lang hier. Ich will bis Einbruch der Nacht weg sein.«

Der Soldat machte eine tiefe Verbeugung und zog sich zurück. DeVore wandte sich wieder dem Bildschirm zu und schob grübelnd das Kinn vor. Hans Ebert war noch ein Kind gewesen, als er ihn kennengelernt hatte. Ein mißratenes, eigensinniges Kind. Aber als er ihn jetzt ansah, ihn *studierte,* wurde ihm klar, wie sehr er sich verändert hatte. Es war seinem Blick anzumerken, seiner vollkommenen Ruhe.

Eindrucksvoll, dachte er. Aber auch gefährlich. Hans Ebert zählte nicht zu seinen Freunden – das begriff er jetzt. Zu jedem anderen Zeitpunkt hätte er sich die Zeit genommen, diesen Exilprinzen umzubringen, aber im Moment gab es nichts Wichtigeres, als so schnell – und so *unauffällig* – wie möglich nach Chung Kuo zurückzukehren.

Er fluchte leise darüber, daß sie aufgehalten wurden, und schwor sich, diesen elenden Hooper eigenhändig umzubringen, wenn die Reparaturen erledigt waren. Als ein abschreckendes Beispiel für andere.

Er durchschritt die Kabine und rief das Logbuch des Kopters ab. Sie kamen nur langsam voran, hatten bereits zwei Tage verloren. Wahrscheinlich würde auch eine Verzögerung von einer Woche ihrer Fracht nicht schaden, aber jeder weitere Tag …

Er löschte den Monitor. Einen Vorteil hätte die Rückkehr nach Chung Kuo. Er hatte sich schon zu lang auf die Dienste von zweitklassigen Handlangern verlassen müssen. Wenn er erst zurück war, konnte er sie abschießen und bessere Leute einstellen.

DeVore lächelte. Diesen Tag würde er genießen. An diesem Tag würde er seine Belohnung erhalten. An diesem Tag würden all diese zweitklassigen Idioten noch einen Grund zum Grinsen haben.

Wie das Grinsen eines Totenschädels im Wind.

Er hörte ein Geräusch in der Tür. Er drehte sich um und sah den Wachmann dort stehen.

»Neun Stunden, sagt Meister Hooper.«

»Gut.« Er schickte den Mann mit einem Wink weg und trat wieder ans Fenster. Ebert hatte sich nicht gerührt. Er schien dort im Staub des Mars Wurzeln geschlagen zu haben.

»Ich werde mich noch um dich kümmern, Hans Ebert«, flüsterte er. »Wenn erst die anderen Schlachten ausgefochten und gewonnen sind. Und dann …« Er wandte sich ab und lachte, als er sich den Anblick vorstellte. *Und dann werde ich dich am Galgen zappeln lassen wie das jämmerlichste Geschöpf, das es je gegeben hat.*

Später an diesem Tag spürte er ihn verschwinden. Etwas in der Luft änderte sich, der Druck ließ nach, und dann … nichts mehr.

»Er ist weg«, sagte Ebert, und seine Glieder waren steif vor Bewegungslosigkeit und Kälte, als er aufstand.

»Ich weiß«, sagte Tuan Ti Fo und erschien an seiner Seite. »Ich habe seine Bewegung durch die Luft gespürt.«

»Wohin ist er verschwunden?«

»In Richtung Sonne. Zurück nach Chung Kuo.«

Ebert nickte. »Wir müssen eine Versammlung einberufen. Heute abend.«

»Schon erledigt.«

»Gut.« Ebert lächelte. »Und meine Absichten? Kennst du die auch?«

Tuan Ti Fos Lachen klang hell und steckte an. »Du verstehst mich falsch, Tsou Tsai Hei. Hama, die Frau, hat mit mir gesprochen.«

Er sah den alten Weisen überrascht an. »Du sprichst mit ihr?«

»Manchmal.«

»Sollte es etwas geben, das du nicht weißt, Meister Tuan?«

Tuans sonst so ruhige, klare Augen richteten sich beunruhigt in die Ferne. »Vieles. Aber nur eins davon bereitet mir Sorgen. Ich weiß nicht, was dieser Mann im Sinn hat.«

»DeVore, meinst du?«

Tuan Ti Fo nickte. »Diese Welt – diese *Realität* – ist für ihn wie ein Spiel. Er setzt seine Steine und wartet auf eine Reaktion. Verglichen mit ihm ist der König der Hölle nur ein Lehrling. Er hat die Bosheit zu einer Kunstform gemacht. An manchen Tagen kommt er mir sehr alt vor. Älter als die sterbliche Hülle, in der er steckt.«

»Älter als du, Meister Tuan?«

Tuan lachte. »Spotte nicht über meinen grauen Bart, Wertloser. Die Zeit wird auch noch an dir nagen.«

»Natürlich. Aber sag mir, Meister Tuan, wie soll ich das verstehen?«

»Nur folgendermaßen: Ich bin zur Überzeugung gelangt, daß dieser Mann seine wahre Natur vor uns verbirgt. DeVore ... was ist er? Ist er wirklich ein Sterblicher? Ein Waisenkind, das in den Sicherheitskräften des T'ang zu hohen Ehren gekommen ist? Oder war das auch nur eine Verkleidung? Eine Maske aus Fleisch, die menschliche Augen narren soll? Kopien ... Denk mal darüber nach, Hans. Warum hat dieser Mann eine solche Vorliebe für Kopien? Er repliziert sich und dirigiert seine Kopien nach Gutdünken. Ist das Eigenliebe oder ein viel raffinierteres Spiel?«

Hans überlegte kurz, dann zuckte er die Achseln. »Warum hat die Maschine seinen Kopter nicht zerstört, so lange er noch hier war?«

»Ihn zerstört? Wie denn? Wie soll man zerstören, was nicht einmal vorhanden ist?«

Er lachte. »*Irgend etwas* war ja dort. Das habe ich gespürt. Mit geschlossenen Augen konnte ich ihn doch sehen.«

»Vielleicht. Aber was ich sagte, trifft trotzdem zu. Er war nicht da. Er war ... irgendwie *umschlossen*, in eine negative Schlaufe aus Nichts. Die Maschine hat eine Theorie darüber. Sie glaubt, daß der Kopter in einem Wahrscheinlichkeitsraum existiert, der unserem sehr nah ist und in dem die Atome ... *vibrieren* wie eine gezupfte Saite.«

»Vorhanden und doch nicht vorhanden.«

»Wie dein Traum.«

Hans starrte den Alten verwirrt an. »Ich habe Hama nichts von dem Traum erzählt.«

»Ich war da und doch nicht da.«

»Und du?« fragte Ebert und fuhr mit einer Hand langsam durch den Brustkasten des Alten, dessen seidenumhüllte Gestalt sich wieder schimmernd in Luft auflöste. »Bist du da oder bist du auch nur ›umschlossen‹?«

Sie versammelten sich am Ende eines langen Tages, als das letzte Licht der Sonne am Horizont verblaßte und aus dem Rot Schwarz wurde. Hans Ebert, einst Erbe des gewaltigen GenSyn-Konzerns auf Chung Kuo, Verräter an seinem T'ang und Vatermörder, bekannt als

Efulefu, der »Wertlose«, oder als Tsou Tsai Hei, »Der Wanderer in der Dunkelheit«, stieg auf die Felstafel und wandte sich den Tausenden zu, die erschienen waren.

Er sah in die Runde und nahm zur Kenntnis, wer zugegen war. Unmittelbar unter ihm standen die *Ndichie*, die Älteren der Osu, deren weiße Locken sich unter den hohen Wölbungen ihrer Helme verbargen. Hinter ihnen hatten sich in losen Familienzusammenschlüssen die Mitglieder aller nördlichen Stämme versammelt, Söhne und Töchter der Mutter Himmel. Zu seiner Rechten drängten sich zwei-, dreihundert der neuen Siedler neben dem Steilabbruch zusammen. Sie wirkten mißtrauisch, fühlten sich merklich unwohl, höchst beunruhigt von den vielen Stämmen, die sich hier versammelt hatten. Hans fragte sich, mit welchen Argumenten es dem alten Tuan gelungen war, sie zu so später Stunde so weit aus ihren Siedlungen herauszulocken.

Er hob die Hand, bevor er sprach. Seine Stimme wurde von seinem Lippenmikrophon in die Helme aller Anwesenden gesendet.

»Brüder, Schwestern, Freunde, verehrte Alte – ich danke euch allen, daß ihr gekommen seid. Ihr habt viel Geduld mit mir gehabt. Zweimal hat der Mars die Sonne umkreist, und ich hatte immer noch keine Antwort. Aber jetzt sehe ich endlich, was getan werden muß.«

»Sprich, Efulefu«, rief einer der *Ndichie* für alle. »Sag uns, was du siehst.«

»Ich sehe eine Zeit voraus, wenn die Versorgungsschiffe nicht mehr kommen. Wenn Chung Kuo kein wachsames Auge auf den Mars mehr hat.«

»Was dann?« rief jemand.

»Wir brauchen ihr Essen und ihre Medizin nicht«, rief eine tiefere Stimme von weiter hinten. »Wir können auf die Schiffe verzichten. Das macht keinen Unterschied!«

»Das stimmt«, rief ein anderer. »Wir wollen nichts von ihnen!«

»Nein?« Ebert zuckte die Achseln. »Wenn ein Vater seinen Sohn vergißt … wenn er ihn verstößt, ist das ohne Bedeutung? Wenn eine Mutter ihr ungewolltes Kind in den Fluß wirft, damit es ertrinkt oder schwimmt, bedeutet das nichts? Wenn ein starkes Band gekappt wird, bedeutet auch *das* nichts?«

Er trat vor, bis er am Rande des großen Felsens stand, und beugte sich den Menschen entgegen. »Der Dichter Kang Jiang hatte recht. Dieser Planet ist keine Heimat, sondern ein Exil. Es gibt hier kein Leben für uns, nur die Gewißheit der letztendlichen Vernichtung. Vielleicht nicht gleich, vielleicht in tausend Jahren nicht, aber eines Tages doch. Eines Tages wird keines Menschen Auge diese Welt mehr sehen. Eines Tages wird der Wind, wo wir uns heute versammelt haben, nur noch Staub aufwirbeln.«

»Das ist Schicksal.«

Ebert sah auf den Alten hinunter, der gesprochen hatte.

»Schicksal, Jaga?«

Der Alte hob beide Hände zu einer leeren Geste. »Was können wir tun, Efulefu? Wir können sonst nirgendwo hin. Wir haben uns vor zwei Jahrhunderten von Chung Kuo gelöst. Ein Osu zu sein … nun, das bedeutet, ein Leben im Exil zu führen.«

»Vielleicht war das bisher so«, erwiderte Ebert sanfter als eben. »Aber das muß jetzt ein Ende haben. Wir müssen ein Raumschiff bauen.«

»Ein Raumschiff!« Von allen Seiten hallten die Worte überrascht wider.

Ebert nickte. »Genau das. Oh, kein großes. Keins, das unsere Möglichkeiten übersteigt.«

Die Menge verfiel in erregtes Gemurmel. Ebert wartete eine Weile, bevor er wieder eine Hand hob. Langsam schwoll der Lärm ab.

»Wir müssen zurück ... einige von uns ... und einen Platz für uns beanspruchen.«

»Sie würden uns umbringen!« rief jemand.

»Sie werden *dich* umbringen«, sagte Jaga, der Ältere, und deutete mit einer behandschuhten Hand auf seine Brust.

»Vielleicht. Aber wir müssen es versuchen. Ein Schiff ... Zuerst brauchen wir ein Schiff. Und dann eine Besatzung. Acht Freiwillige. Acht ehrenvolle Männer ... acht schwarzgesichtige Helden, die wir Li Yuan anbieten.«

Er lachte und sah es deutlich vor sich, erinnerte sich an jenen Tag vor zwölf Jahren, als der junge Prinz am Tag seiner Verlobung die beiden Geschenke aus Steinen erhalten hatte.

»Es war vorhergesehen. Es ist schon einer vor uns gegangen. Und wir müssen ihm folgen. Denn wenn wir scheitern, dann scheitern *alle*.«

Er trat zurück und hörte zu, wie eine lautstarke Debatte ausbrach. Seine Arbeit war getan.

Ja, und er hatte die Wahrheit gesagt: DeVore hatte den Anfang gemacht und einen großen weißen Stein aufs Brett gesetzt. Aber er würde ihm auf den Fersen bleiben – er und seine acht schwarzen Steine.

Das Spiel ... das Spiel hatte wieder begonnen.

Er sah hinunter und krümmte den Ringfinger im Handschuh, als er sich an jenen Moment in seinem Traum erinnerte. Es wurde Zeit, daß er wieder Anschluß fand, daß er wieder eine angemessene Rolle im Lauf der Dinge spielte. Das wurde ihm jetzt klar. Er wußte es mit einer Gewißheit, die ihn ausfüllte. Sein Exil näherte sich dem Ende. Es wurde Zeit zur Rückkehr. Zeit, wieder ins Licht zu treten.

ERSTER TEIL
FRÜHLING 2216

Das Lied der Bronzestatue

»Fort jener Kaiser der Maoling,
der auf dem Herbstwind ritt,
dessen Pferd bei Nacht wieherte,
und zur Dämmrung ohne Spur verschwand.
Der Herbstduft hängt noch in der Luft,
bei Kassiabäumen neben buntbemalten Galerien,
doch alle Hallen des Palastes sind von Moos bewuchert.
Als Weis Gesandter zu der Reise über tausend *li* aufbricht,
brennt am Osttor der Statue steifer Wind in den Augen ...
Aus der Ruine des Palastes schafft er fort nur
die mondförmige Scheibe der Han,
seinem Herrn treu, vergießt er bleierne Tränen,
und welke Orchideen an der Hsiangyang-Straße
sagen dem Reisenden Lebewohl.
Auch das Herz des Himmels, wenn es schlägt, muß älter werden!
Er trägt allein die Scheibe fort
im Licht eines verheerten Mondes,
die Stadt, im Wellenplätschern stumm, fällt hinter ihm zurück.«

– Li Ho: *Lied der Bronzestatue*, 9. Jahrhundert v. Chr.

KAPITEL · 1

Angesichts des Himmels

Oberst Karr kauerte im Tunnel hinter seinem Leutnant. Das Licht vom Flachbildschirm auf dem Rücken des Mannes warf einen blassen Schimmer über sein Gesicht und seine Brust. Sein Helm hing ihm lose um den Hals, seine Waffe – eine schwere Automatikwaffe mit zwei Magazinen – lehnte an der Wand. Hinter ihm drückten sich tausend Männer an beide Seiten des unbeleuchteten Tunnels.

Die Belagerung dauerte bereits hundertneunzehn Tage an, und noch immer gab es kein Anzeichen dafür, daß Tunis fallen würde. *Nicht in diesem Jahr,* dachte Karr, erstaunt über die Beweglichkeit, die schiere Hartnäckigkeit der Verteidiger.

Das Bild auf dem Monitor war ihm vertraut. Es zeigte Tunis aus der Ferne, wie ein gewaltiger Felsblock auf der Ebene, hinter dem das Meer glänzte: ein imposanter Koloß aus halb geschmolzenem Eis, mit dunkler Oberfläche wie rauhe Dachpappe. Sie hatten die umliegenden Stöcke schon vor Monaten mit eisfressenden Chemikalien geräumt, aber die Verteidiger hatten den Rest mit einem besonderen, diamantharten Bindemittel überzogen, das nur ihren destruktivsten Waffen nicht widerstehen konnte. Aus der Nähe sah es blasig und verbrannt aus wie die erstarrte Körperhülle eines Tiefseebewohners.

Sie hatten den Großteil des Jahres damit verbracht, die Schicht abzukratzen, doch nur mit geringem Erfolg. Und allen Einfällen, die ihnen gelangen, war nur kurzfristiger Erfolg beschienen. Auch ihre Blockade – der Eckpfeiler von General Rheinhardts Plan – hatte nicht die gewünschte Wirkung gezeigt. Ting Ju-ch'ang, der hiesige Kriegsherr, genoß die Rückendeckung der Bergherren, und trotz Karrs intensivster Bemühungen war es ihren Schiffen gelungen, immer wieder durchzukommen und die Stadtfestung mit Nachschub zu versorgen.

Dennoch mußte es drinnen schlecht aussehen. Die Verteidigungsstreitkräfte umfaßten drei Millionen Männer. Rechnete man weitere fünfzig Millionen Menschen dazu – zusammengepfercht auf eine Fläche, die bestenfalls für ein Zehntel davon bestimmt war –, erforderte es nicht viel Phantasie, sich ihre Probleme vorzustellen. Wenn die Gerüchte stimmten, fraßen sie sich da drin schon gegenseitig auf.

Der Gedanke ließ Karr erschauern und ein weiteres Mal den Sinn von Rheinhardts Strategie in Frage stellen. Sie hatten Gründe für den Angriff auf Tunis gehabt. Eine geraume Zeit hatte Ting Ju-ch'ang – als ausführende Hand der Bergherren – Tunis als Ausgangspunkt für Überfälle auf die Südküste von Li Yuans Stadt benutzt, und es stand außer Frage, daß dagegen etwas unternommen werden mußte. Das hieß nicht, daß Grund für eine Belagerung bestand. Wie Karr einige Male im Beisein Rheinhardts ausgeführt hatte, hätten sie einfach Tings Aktivitäten einzuschränken brauchen. Eine gut befestige Stadt zu belagern war – wie er aus eigener Erfahrung wußte – praktisch aussichtslos, vor allem wenn er sich – wie in diesem Fall – in Minderzahl auf feindlichem Gebiet befand, knapp an Nachschub war und weitere Gegner im Rücken hatte.

Natürlich wußte Rheinhardt, daß sie nicht gewinnen konnten, nur war der Sieg für ihn zu einer Obsession geworden. Ein Rückzug wäre einem ernsten Gesichtsverlust gleichgekommen. Schließlich hatte er Li Yuan versprochen, Tunis einzunehmen, und dieses Versprechen nicht einzulösen war – für ihn zumindest – undenkbar.

Also hocken wir hier, dachte Karr, *in einem Tunnel unter der Stadt und warten auf das Signal zum Angriff. Während zu Hause in der Stadt Europa eine viel größere Bedrohung für unser Volk immer weiter wuchs, wie eine fette weiße Made, die die anderen Maden vertilgte.*

Lehmann. Lehmann war das Problem, nicht Ting Ju-ch'ang.

Karr reckte den Hals, dann lächelte er beruhigend den Männern zu, die ihm am nächsten saßen. Er warf einen Blick auf das Chronometer in seinem Handgelenk, dann hob er die Hand. Es war fast soweit.

Er hörte, wie in die Dunkelheit hinein geflüstert wurde, und spürte, wie die gewohnte Spannung in seine Innereien zurückkehrte. Ein Stück vor ihm waren seine Mannschaften in Position gegangen. In weniger als einer Minute, wenn seine Kreuzer einen Ablenkungsangriff auf das westliche Tor unternahmen, würden sie loslegen.

Er setzte den Helm auf und vergewisserte sich, daß die Versiegelung luftdicht, die Sauerstoffzufuhr ausreichend war, dann griff er nach seiner Waffe. Hinter sich konnte er das Scharren und Klicken hunderter Helme hören, die aufgesetzt wurden, das Klirren einer Waffe, die zu Boden fiel, ehe sie jemand aufhob.

Vierzehn Sekunden …

Er zählte lautlos, während er wartete, sah die erste Welle von Kreuzern über den Bildschirm sausen und ihre Geschosse auf die felsartige Mauer der Stadtfestung abfeuern. In dem Moment, als sie einschlugen, als er die Erschütterung von oben spürte, hörte er das *Wumm-wumm* von Mörsergranaten, die weiter vorn im Korridor abgefeuert wurden, gleich darauf gefolgt vom ohrenbetäubenden Surren der Raketen, die im Spiralkurs auf ihre Ziele zuschossen.

Er sah die Reihe seiner Männer entlang und erkannte vertraute Gesichter im Licht ihrer Helmscheinwerfer. Sie waren gute Männer. Seine besten. Sie dienten jetzt schon lange Zeit unter ihm und wußten genau, was zu tun war.

Wer diesmal? fragte er sich, während sie ihm in die Augen sahen und lächelten. *Mit wessen Witwe werde ich heute abend sprechen müssen? Mit wessen Mutter?*

Aber dafür war jetzt keine Zeit. Karr rappelte sich auf und folgte, seine Männer dicht hinter sich, dem Leutnant bis zu dem Spalt.

Im Kopf hatte er weitergezählt. Jetzt, bei fünfzehn, hörte er auf und ging wieder in die Hocke, als durch den Tunnel auf sie zurückgefeuert wurde. Seine Männer, das wußte er, machten hinter ihm dasselbe.

Instinkt. Das Ganze war jetzt nur noch eine Sache des Instinkts. Sie kämpften nun schon so lang in diesem Krieg, daß er ihnen nichts mehr sagen konnte, was sie nicht schon wußten.

Er stand auf und lief auf den Riß zu, den seine Geschosse in den Unterleib der Stadt geschlagen hatten.

Vor ihnen setzten programmierte Sonden den Großteil der Verteidigungsanlagen außer Kraft, tasteten die Wände der großen Schächte, in die sie eindringen wollten, mit Laserstrahlen ab und brachten sämtliche Minen zum Explodieren. Sie würden freie Bahn haben. Aber es brauchte seine Männer – mit ihrem hochentwickelten Instinkt –, um noch weiterzukommen.

Karr passierte die Mörserstellungen. Zehn *ch'i* weiter, etwas höher auf der rechten Seite, befand sich das Loch. Er stieg durch die ausgezackte Öffnung und trat auf den Grund eines riesigen Wartungsschachtes, von wo er in einen hellen Nebel emporblickte. Die Mörsergeschosse hatten eine Mischung aus starken Halluzinogenen und winzigen Schrotkörnern enthalten, die mit einem sengend hellen Licht verbrannten. Im Moment herrschte unter Tings Truppen Durcheinander – die Wachposten waren blind, und die Hälfte von ihnen orientierungslos –, aber dieser Vorteil würde nicht lang anhalten.

Karr blieb neben dem Loch stehen, winkte seine Männer herein, trieb sie ungeduldig weiter und sah zu, wie sie die Schachtwände entlang ausschwärmten und hochzuklettern begannen. Er war stolz wie ein Vater auf ihre Professionalität.

Eine Verschwendung, dachte er und war plötzlich wütend darüber, daß all ihr Talent, all ihr hart erarbeitetes Wissen für ein so dürftiges Ergebnis verschwendet werden sollte. *Wir sollten uns um Lehmann kümmern, die Ebenen von dem Abschaum säubern, der unter seiner Führung sein Unwesen treibt.*

Ja. Aber solang Rheinhardt Li Yuans Rückendeckung hatte, würde sich nichts ändern. Tunis ... Tunis würde der Felsen sein, der einer Million Mütter das Herz brach.

Er schluckte, erinnerte sich daran, daß er noch eine Aufgabe zu erledigen hatte, warf sich das Gewehr über die Schulter und machte sich an den Aufstieg.

P'ei Kung, Frau von Li Yuan und Kaiserin der Stadt Europa, schnippte mit den Fingern. Sofort eilte der Diener, der neben den großen, mit Beschlagnägeln versehenen Türen stand, mit gesenktem Kopf herbei. Zwei Schritte vor ihrem Schreibtisch blieb er stehen und fiel auf die Knie.

»Herrin!«

»Tsung Ye«, sagte sie, ohne von dem Dokument aufzublicken, in dem sie las. »Sagen Sie Meister Nan, daß ich ihn sprechen möchte. In der Zwischenzeit schicken Sie die Magd rein. Und der Doktor soll sich bald melden. Ich erwarte seinen vollständigen Bericht über die neu eingestellten Mädchen.«

Tsung Ye wartete, ob noch etwas folgte, dann zog er sich eilig zurück.

Pei K'ung blickte auf und wappnete sich für das bevorstehende Gespräch. Ihr Mann hatte am Morgen einen ungewöhnlich zufriedenen Eindruck gemacht.

Sie hatte ihn unter ihrem Fenster pfeifen gehört, und als sie auf den Balkon hinaustrat, um nachzusehen, war er zwischen den Blumenbeeten spazierengegangen, hatte an den taubenetzten Rosen gerochen, einem liebeskranken Jungen ähnlicher als einem T'ang. Natürlich war es möglich, daß die Schönheit des Morgens ihn in diese Stimmung versetzt hatte, aber sie vermutete, daß es mehr mit seiner Bettgefährtin in der vergangenen Nacht zu tun hatte.

Sie seufzte. Am Abend zuvor hatten sie sich zum ersten Mal seit ihrer Trauung vor zweieinhalb Jahren gestritten. Er hatte sie mit vor Zorn gerötetem Gesicht angeschrien und war aus dem Zimmer gestürmt. Und später, als sie nach ihm sehen wollte, hatte er sich rundheraus geweigert, sie zu empfangen.

Sie hatte wenig geschlafen, immer wieder über die Ereignisse des Tages nachgegrübelt und herauszufinden versucht, was seinen Zorn entfacht haben mochte, war aber zu keinem Ergebnis gelangt. Er war einfach durchgedreht, als sei etwas tief in ihm – etwas Dunkles, das vor ihr verborgen blieb – an die Oberfläche getaucht, wie ein Karpfen, der nach einer Fliege schnappte.

Sie schauderte, erhob sich vom Stuhl und begab sich ans andere Ende des Zimmers. Zwischen zwei Pfeilern stand ein massiger Silberspiegel in einem mit Pfauen und Drachen beschnitzten Rahmen.

Sie betrachtete sich eine Zeitlang und wußte, daß sie nichts an dem Bild ändern konnte, das der Spiegel ihr zeigte. Sie war nichts Besonderes, und alt noch dazu – fünfzehn Jahre älter als ihr Mann Yuan. Es war kein Wunder, daß er seine Nächte lieber mit den Dienstmädchen verbrachte. Außerdem hatten sie unter dieser Bedingung geheiratet: daß aus ihrer Ehe keine Erben hervorgehen sollten und ihre Beziehung keine körperliche Seite haben würde. Damals war ihr das wie ein kleiner Preis vorgekommen, heute dagegen …

Jemand klopfte. Sie drehte sich um und schob ihre Gedanken beiseite. Mit gemessenen Schritten ging sie an den Schreibtisch zurück und nahm Platz. Und nachdem sie tief durchgeatmet hatte, sah sie zur Tür.

»Herein.«

Die Magd trat langsam und mit gesenktem Kopf ein, das Kinn an die Brust gedrückt, den Körper gekrümmt, während sie wie ein Pinguin auf den riesigen Schreibtisch zutippelte. Es war nicht zu übersehen, daß sie das große Arbeitszimmer – und Pei K'ung in seiner Mitte – äußerst einschüchternd fand. *Und das sollte sie auch,* dachte Pei K'ung, denn sie hatte die Macht über Leben und Tod des Mädchens; eine Macht, die ihr Mann ihr am Tag ihrer Hochzeit übertragen hatte.

»Tritt vor mich, Mädchen. Ich will dir ins Gesicht sehen, wenn du mir antwortest.«

»Herrin!«

Das Mädchen schlurfte aus den Schatten, die die andere Hälfte des Zimmers verdunkelten, ins Sonnenlicht, das durch die offenen Gartenfenster hereindrang. Ein Muster aus Kranichen und Lilien, weiß, gelb und schwarz, säumte den Rand des türkisblauen Teppichs, auf dem sie stand.

Pei K'ung musterte sie kühl, fast klinisch, so wie vielleicht ein Pferdehändler ein Pferd begutachtete, und suchte aufmerksam nach Makeln. Natürlich war sie hübsch – sie waren alle hübsch –, aber es war etwas anderes, das sie zu etwas Besonderem machte. Nicht ihr Alter, denn sie waren alle fünfzehn oder sechzehn, nie älter, auch nicht ihre zarte, aber wohlgerundete Figur, sondern die Art, wie sie dastand.

»Mein Mann ... war er vergangene Nacht mit dir zufrieden?«

»Ich ... ich glaube ja, Herrin.«

»Du *glaubst?*«

»Er ...« Sie zögerte, und ihr Hals rötete sich leicht. Pei K'ung entging das nicht. Sie hatte einen starken Hals und starke Knochen. Bauernknochen. Aber hübsch war sie trotzdem.

»Nun, Mädchen?«

Die Magd schluckte. Mit einer Hand strich sie die blaßgelbe Seide ihres *Chi pao* glatt. »Am Anfang … kam er mir etwas aufgeregt vor. Wütend auf etwas. Ich mußte ihn beruhigen. Ich …«

Pei K'ung wartete, ersparte dem Mädchen nichts.

»Ich habe ihn geküßt«, sagte sie schließlich.

Pei K'ung drang wie mit Adleraugen in das Mädchen. »Ihn *geküßt*? Wohin? Auf den Mund?«

Das Mädchen ließ den Kopf noch ein paar Zentimeter tiefer sinken. »Nein, Herrin. Tiefer … Sie wissen schon.«

Sie lachte fast. Woher, zum Teufel, sollte sie das wissen? Sie hatte ihren Mann noch nie nackt gesehen, geschweige denn …

»Du meinst, du hast seinen Penis geküßt?«

Das Mädchen nickte.

»Und hat es dir gefallen?«

»Das … Das war mir nicht wichtig. Ich wollte ihn erfreuen.«

»Und ist es dir gelungen?«

Das Unbehagen des Mädchens war nun fast greifbar. »Er schien …«

»Ist er auf diese Weise zum Höhepunkt gekommen?«

Das Mädchen blickte mit weit aufgerissenen Augen auf. »Herrin?«

»Der Moment von Wolken und Regen. Ist es geschehen, während er noch in deinem Mund war?«

Das Mädchen sah zu Boden, und ihre Wangen röteten sich. »Nur beim ersten Mal, Herrin.«

»Aha … und beim zweiten Mal?«

Ihre Antwort war nur noch ein Flüstern. »Das war viel später.«

»Und in der Zwischenzeit hast du geschlafen?«

Sie schüttelte den Kopf.

»Überhaupt nicht?«

»Er ... er hat es mir nicht erlaubt, Herrin. Er war ...«

Pei K'ung verkrampfte sich etwas und wartete ab, ob das Mädchen den Satz zu Ende bringen würde. Unersättlich? Wie ein Tiger? Unermüdlich?

Das Mädchen blickte wieder auf und hatte einen überraschend sanften Ausdruck in den Augen. »Sehr zärtlich.«

Pei K'ung spürte, wie sich tief in ihr etwas rührte. Es war ein fast körperliches Gefühl, doch sie wußte, daß das täuschte. Es hatte mit den letzten beiden Worten zu tun und wie das Mädchen sie dabei angesehen, ihre dunklen Augen von einem inneren Licht gefunkelt hatten. *Zärtlich.* Man hatte Yuan schon viele Dinge nachgesagt, aber nie, daß er zärtlich sei. Nicht einmal zu seinem Sohn.

Sie zwang sich zu reden, weitere Fragen zu stellen. »Wie meinst du das, *zärtlich*?«

Das Lächeln des Mädchens, so wie ihre Worte, lösten etwas in ihr aus – etwas, das sie noch nie gefühlt hatte. Sie erkannte es nicht sofort, doch dann begriff sie mit einem unvermittelten Schock, was sie fühlte. Neid. Zum ersten Mal, seit sie ihn geheiratet hatte, war sie neidisch.

Der Blick des Mädchens schien in die vergangene Nacht abzuirren; ihr war anzusehen, wie angenehm ihr die Erinnerung war.

»Ich habe ... nun, ich habe nur gespürt, daß es ihm Freude machte, mir Freude zu schenken. Anfangs war mir das unangenehm. Ich habe ihn gebeten, sich zu entspannen und mich um ihn kümmern zu lassen, aber er wollte es nicht, Herrin. Er ...« Wieder röteten sich ihr Hals und ihre Wangen, und wieder trat dasselbe Lächeln innerer Zufriedenheit auf ihre Lippen. »Er sagte, er wolle mich glücklich machen. Ich sollte schreien, ich ...«

Sie brach ab, als spürte sie, was in der Frau vor sich

ging, die vor ihr saß. Ihr Kopf sackte herab, sie drückte das Kinn an die Brust und wandte den Blick ab.

»Und *hast* du geschrien?«

Das Mädchen nickte.

»Aha ...« Ihr Mund war trocken, ihr Herz pochte seltsam. Dennoch mußte sie es genau wissen. »Was ... was hat er getan?«

Die Magd blickte auf, als versuche sie, die Stimmung ihrer Herrin einzuschätzen, dann antwortete sie. »Er hat mich geküßt, Herrin.«

»Dich *geküßt*?«

Als sie das sagte, hörte sie in ihrem Kopf ein Echo seiner Worte. Wie oft hatte sie schon dagesessen und diese obszöne Litanei über sich ergehen lassen? Acht-, neunhundertmal? Und nie – *kein einziges Mal* bis zu diesem Moment hatte es ihr etwas bedeutet. Sie schauderte und hörte kaum hin, als das Mädchen erzählte, wie gründlich er es ihr besorgt, wie er ihr das Geschlecht *geleckt* hatte wie ein Hund. Und während das Mädchen weitersprach, stellte sie sich vor, wie er dasselbe mir *ihr* machte – überließ sich zum ersten Mal dieser Phantasie.

»Herrin?«

Sie schlug die Augen auf. Das Mädchen sah sie überrascht an, mit offenem Mund wie ein Fisch.

»Entschuldigung«, sagte Pei K'ung, wütend auf sich selbst; wie hatte sie doch die Beherrschung verloren. »Ich bin müde. Wenn du willst, kannst du gehen.«

»Herrin!«

Das Mädchen kniete nieder, berührte mit der Stirn den Boden, dann zog sie sich zurück.

Wut, sagte sie sich. Es hat alles mit seiner Wut zu tun. Aber wie? Und warum war er zu dem Mädchen nicht grausam gewesen? Warum hatte er seine Wut nicht an *ihr* ausgelassen? Oder ging es gar nicht anders? Gab es immer etwas, das sich in sein Gegenteil verkehrte? War seine seltsame Zärtlichkeit ein Resultat seines Zorns?

Sie stand zitternd auf und ging zum Fenster. Er stand dort draußen neben dem Karpfenteich und redete mit seinen beiden Beratern. Wenn sie wollte, konnte sie jetzt gleich zu ihm rausgehen und ihn fragen, wie er sich gefühlt hatte und warum der gestrige Abend anders als alle Abende davor verlaufen war. Doch sie wußte, daß es unmöglich war. So unmöglich, wie sich neben ihn ins Bett zu legen.

Unter ihn, dachte sie und war überrascht über die lautlosen Worte.

Begehre ich ihn? Geht's wirklich darum? Wenn es zutraf, verdrängte sie den Gedanken besser gleich wieder, denn es war – im wahrsten Sinne des Wortes – unmöglich. Hatte sie nicht persönlich ihren Namen unter den Vertrag gesetzt? Dennoch überraschte sie die plötzliche Heftigkeit dieses neu entdeckten Verlangens.

Sie hatte sich in Sicherheit gewähnt, war davon überzeugt gewesen, daß ihr Alter und ihr schlichtes Wesen sie vor solchen Gefühlen bewahrten. Aber Tropfen für Tropfen hatten diese Gespräche sie ausgehöhlt, bis zwei Worte und ein sanftes Lächeln ihr den Verstand rauben konnten.

Jemand klopfte. Ein dumpfes, entschlossenes Klopfen, das sie gleich als das von Nan Ho erkannte. Sie drehte sich um und bat ihn herein.

»Herrin«, sagte er, trat zwei Schritte ins Zimmer und verbeugte sich vor ihr. Hinter ihm traten seine zwei Assistenten ein, wie lebendige Schatten ihres Herrn.

»Meister Nan. Ich brauche Ihren Rat. Können wir uns unter vier Augen unterhalten?«

»Natürlich«, sagte er und entließ seine Assistenten mit einer Geste. »Wie geht's Ihnen heute morgen, Herrin?«

»Ich bin ...« Sie log fast, war versucht, es bei höflichen Floskeln zu belassen, besann sich aber rechtzeitig. »Ich bin durcheinander, Meister Nan«, sagte sie und trat an seine Seite. »Li Yuan war gestern abend bei mieser Laune. Er ist ohne Grund *auf mich* losgegangen. Und trotzdem war er heute morgen fröhlich wie ein Kind.«

Nan Ho senkte den Blick und räusperte sich. »Er macht eine harte Zeit durch, Pei K'ung. Es geschieht sehr viel auf einmal. Manchmal ...«

Sie unterbrach ihn. »Keine ausweichenden Antworten, Meister Nan.«

Er blickte auf und sah ihr zugleich amüsiert und respektvoll in die Augen. Er war gut fünfundzwanzig Jahre älter als sie; dennoch hatten sie sich von Anfang an wie Gleichberechtigte behandelt.

»Keine ausweichenden Antworten?« Er lachte leise. »Also gut. Ich sage es Ihnen. Wir planen einen neuen Feldzug.«

Sie runzelte die Stirn. »In Südamerika?«

Er schüttelte den Kopf. »Nein, nein ... *Hier*, in Europa. Auf den Unteren Ebenen. Ihr Mann will wieder die Kontrolle übernehmen. Er meint, es sei an der Zeit. Der Vorstoß in Afrika ist in eine Sackgasse geraten, und die Drei sind sich einig, daß wir uns zurückziehen sollten. Die Frage ist nur, was mit unseren Streitkräften geschehen soll, wenn wir uns erst zurückgezogen haben. Sie müßig zu Hause rumsitzen zu lassen, kommt auf keinen Fall in Frage. Die Lage ist auch so schon schlimm genug.«

Sie nickte und schien zu verstehen. »Und die Sitzung heute morgen?«

»Soll die Sache allen Beteiligten nahebringen.«

»Ich verstehe. Und wenn sie sich einig sind?«

Nan Ho zuckte die Achseln. »Das ist nicht meine Entscheidung, Herrin.«

Sie lächelte. *Nein, aber Sie haben größten Einfluß auf seine Entscheidungen, nicht wahr?*

Er verbeugte sich. »Wenn das alles ist, Herrin?«

»Natürlich.« Doch als er sich zum Gehen wandte, rief sie ihn zurück.

»Nan Ho.«

»Ja, Herrin?«

»Mein Mann … als er …« Sie holte tief Luft und mußte sich überwinden, um die Frage zu stellen. »Als er seine Unschuld verlor – wie ist das geschehen?«

Nan Ho lächelte, ein seltsames, bestürzendes Lächeln wie vorhin bei dem Mädchen. »Er war noch ein Junge und neugierig, wie es Jungen nun einmal sind. Er hatte schon … Sie wissen schon, feuchte Träume. Das beunruhigte ihn. Deshalb habe ich ihm eine der Mägde ins Bett geschickt. Perlenherz, wenn ich mich recht entsinne. Sie … sie hat ihm einiges beigebracht. Sie und ihre Schwester Rosenblüte.«

Er nickte zufrieden, dann fügte er hinzu: »So ist es am besten. Sein Vater Li Shai Tung sagte das immer …«

»Danke«, unterbrach sie ihn. »Ich … ich wollte es nur einmal wissen.«

»Natürlich.« Nan Ho verbeugte sich erneut. »War das alles?«

Sie nickte und ließ ihn gehen, dann wandte sie sich wieder dem Fenster zu und beobachtete ihren Mann dabei, wie er langsam durch die Sonne am Teich entlangspazierte.

»Rückzug! Absetzen und Rückzug!«

Einen Moment lang dröhnte Karrs Stimme in jedem Helm und brach ab, als die Verteidiger den Kanal blockierten, doch es genügte.

»Aiya …«, flüsterte er leise und sah von seinem Standort neben dem Riß in der Wand aus zu, wie seine Männer sich zurückzogen, die Rohre und Wartungsleitern über ihm herunterklommen, sich die letzten *ch'i* fallenließen und zum Spalt stolperten.

Der Boden des Schachts war mit Leichen übersät, Freund und Feind im Tod ununterscheidbar ineinander verschlungen.

Sie haben Bescheid gewußt, dachte er und berührte

jeden seiner Männer kurz am Arm, als sie an ihm vorbei in die Sicherheit des Tunnels hasteten. *Die Scheißer haben Bescheid gewußt!*

Daran gab es keinen Zweifel. Der Gegenangriff war zu rasch erfolgt und zu gut organisiert gewesen, als daß er bloßer Zufall sein konnte. Jemand hatte Einzelheiten ihres Plans durchsickern lassen. Jemand aus dem engsten Kommandokreis.

Karr zog eine Grimasse, so sehr schmerzte ihn, was geschehen war. Sie würden von Glück reden können, wenn auch nur einem Viertel von ihnen die Flucht gelang. Es war ein Massaker gewesen. Und als er gesehen hatte, wie seine Männer auf der anderen Seite des Schachts herunterstürzten, war er hinübergeeilt, um den Verwundeten zu helfen und sie zurückzuschleifen, ohne auf das Laserfeuer Rücksicht zu nehmen.

Während er seinen Männern durchs Loch half, kam ein Bote in Sicht.

»Sir!«

Karr warf ihm einen Blick zu und war verärgert, ausgerechnet in diesem entscheidenden Moment behelligt zu werden. »Was ist los, Mann?«

»Neue Befehle, Sir. Vom General persönlich. Er sagt, Sie sollen sich zurückziehen.«

»Zurückziehen?« Karr lachte bitter und sah an dem Boten vorbei auf seine Männer. Ihren finsteren Augen war, so wie seinen eigenen, die Gewißheit anzumerken, daß jemand sie verraten hatte. Seine Stimme, als er antwortete, war gesättigt von Ironie. »Richten Sie General Rheinhardt aus, daß seine Truppen seinen Befehl vorausgeahnt haben.«

Der Bote, dem Karrs schlechte Laune nicht entging und den der Riese merklich einschüchterte, trat einen Schritt zurück. »Außerdem befiehlt er, daß Sie sofort von hier abziehen und Tongjiang Bericht erstatten.«

Karr fuhr herum und starrte den Mann fassungslos an. »Tongjiang? Sie meinen dem Palast?«

Der Mann nickte. »Der General sagt, Sie sollen umgehend erscheinen. Der T'ang persönlich wünscht Sie zu sprechen. Er sagt, es ging um eine Sache von äußerster Dringlichkeit.«

Karr nickt. Dann fand er seine Fassung wieder und schickte den Mann mit einem Wink weg. »Sagen Sie dem General, ich werde kommen. Sagen Sie, ich ... ich werde kommen, wenn ich meine Männer in Sicherheit gebracht habe.«

»Aber Sir ...«

Karr starrte den Mann finster an. »Sagen Sie's ihm einfach!«

Dann wandte er sich ab, stieg durch das Loch und versuchte zu retten, was zu retten war.

Die Nachrichten aus Tunis waren erfreulich. Der jüngste Angriff war abgewehrt, die Truppen des großen T'ang zerschlagen. Fu Chiang, ›der Priester‹, Big Boss der Triade ›Rote Blume‹ in Nordafrika, faltete das Blatt zusammen und lächelte, dann blickte er durch den großen Bankettsaal und nahm mit haselnußbraunen Augen alle Einzelheiten des verschwenderischen Silbergeschirrs und der prunkvollen roten und goldenen Dekorationen in sich auf. Er zögerte kurz, als habe er noch etwas zu kritisieren, dann nickte er knapp. Auf dieses Zeichen hin atmeten ein Dutzend Diener erleichtert auf, verbeugten sich tief vor ihrem Herrn und zogen sich eilig aus dem Saal zurück.

Gut, dachte er und war zufrieden, daß endlich alles bereit stand. Im Abwenden raffte er sein dunkelrotes Seidengewand enger um sich. Vor weniger als einer Woche hatte er eine solche Versammlung für unmöglich gehalten, aber Neugier war ein unwiderstehlicher Ansporn – ihr war gelungen, was bisher weder Übereinkunft noch Zwang vollbracht hatten.

Seine ›Vettern‹ – ›Bergherren‹, Triadenbosse wie er selbst – warteten im Nebenraum. Er hatte sie schon in schlechteren Zeiten gekannt, in den Jahren, als Wang Hsien mit eiserner Hand über die Stadt Afrika regiert hatte, doch jetzt waren sie Große Männer – Männer, deren Macht im zurückliegenden Jahrzehnt enorm angewachsen war, die sich wie Insekten von Krieg und Veränderungen genährt hatten. Gemeinsam beherrschten sie zwei Drittel der unteren Ebenen der Stadt Afrika.

Er lächelte und ging hinüber.

Sie standen, zwischen sich die Kampfgrube, vor dem Drachenbogen, und ringsum verloren sich die Galerien in unermeßliche Höhen. In einer Stunde wären diese Galerien mit seinen Männern überfüllt, die voller Anspannung nach Blut lechzten. Im Moment war die Grube allerdings noch leer und dunkel wie ein ausgehöhlter Schädel und die Galerien still.

»Meine Vettern«, begrüßte er sie. Als Unwissender hätte man bei ihrem Anblick fast lachen können. Ein Riese und ein Zwerg, ein Fettsack und ein einäugiger Hermaphrodit! Doch das Äußere konnte täuschen. Jeder einzelne von ihnen war gefährlich wie eine hungrige Natter, und gemeinsam …

»Bist du wirklich sicher, daß er kommt?« fragte die kleine, fast puppenhafte Gestalt von Mo Nan-ling, genannt ›der kleine Kaiser‹, und fingerte an der dicken Goldkette um seinen Hals herum.

Fu Chiang lächelte wohlwollend. »Er müßte jeden Moment kommen, Vetter Mo. Ich habe seinen Kopter über den Bergen geortet. Er kommt allein.«

»Ins Maul des Tigers«, sagte der große Mann an Mo Nan-lings Seite und knackte mit den Fingern. »Der Mann muß ein Idiot sein.«

Fu Chiang sah den Riesen mit nachdenklicher Miene an. »Das könnte man meinen, Yang Chih-wen. Doch das kann nicht sein. Unsere Vettern in der Stadt Europa haben ihn unterschätzt, und wie ist es ihnen ergangen? Jetzt sind sie tot, ihre Reiche zerschlagen, die heiligen Brüderschaften vernichtet.«

Yang Chih-wen zuckte die Achseln. Er war fast drei *ch'i* groß und sehr muskulös. ›Der Bär‹ nannte man ihn, und die Ähnlichkeit mit dem ausgestorbenen Raubtier war von der langen, breiten Nase bis zu den dicken Haaren, die aus jeder Pore wucherten, nicht zu übersehen.

»Sie waren schwach und sorglos«, erwiderte er mürrisch, als gäbe es dazu nicht mehr zu sagen, aber Hsueh Chi, Boss der südlichen *Hsien* und Halbbruder des großen Kriegsherrn Hsueh Nan, trat vor und kratzte sich am Paukenwanst.

»Entschuldige, aber ich kannte den Dicken Wong, und er war weder schwach noch sorglos. Vorsicht war seine zweite Natur. Und trotzdem hat sich Li Min als zu gerissen für ihn herausgestellt. Er hat in aller Zurückgezogenheit seine Macht gemehrt und Wong Yi-sun überfallen, als er es am wenigsten erwartete – *als die Chancen am geringsten waren* – und ihn geschlagen. Ihn und die mit ihm befreundeten Bosse. Also wäre es vielleicht ganz vernünftig, wenn du dir anhörst, was unser Vetter Fu zu sagen hat. Ich glaube, daß wir gemeinsam handeln müssen – oder gar nicht.«

Yang Chih-wen lachte abschätzig. »Du redest, als sei er eine Bedrohung, Hsueh Chih, aber welche Gefahr stellt er wirklich dar? Den Dicken Wong und seine Verbündeten aus dem Hinterhalt zu überfallen, war eine Sache, aber Afrika zu übernehmen …« Er schüttelte den großen bärartigen Kopf. »Hört mal, die geballte Kraft von Li Yuans Armeen kann unseren Griff nicht abschütteln. Was sollte dann dieser *Pai nan jen* – dieser Bleichling – ausrichten?«

Es klang herausfordernd, und in den letzten Worten schwang ein Spott mit, der sich direkt gegen Hsueh Chih richtete. Als Fu Chiang es bemerkte, ergriff er eilig das Wort, um einen drohenden Streit abzuwenden.

»Vielleicht hat mein Vetter Yang recht. Vielleicht stellt er wirklich keine Bedrohung dar. Aber wäre es nicht dumm, Fehler der Vergangenheit zu wiederholen? Außerdem sind wir nicht gezwungen, noch heute eine Entscheidung zu treffen. Wir wollen den Mann nur anhören und herausfinden, was er zu sagen hat. Und selbst herausfinden, welch ein Mensch dieser ›Weiße T'ang‹ tatsächlich ist.«

Während sie sich unterhielten, war Sheng Min-chung auf den Balkon hinausgegangen. Eine Zeitlang hatte er dort gestanden, die Hände auf die Brüstung gestützt und in die dunkle Grube mit den steilen Seiten hinabgesehen. Jetzt kam er in den Raum zurück.

»Wir werden tun, was Fu Chiang sagt.«

Yang öffnete den Mund, als wollte er noch weiter darüber diskutieren, aber ein Blick von Sheng brachte ihn zum Schweigen, und er nickte nur. Obwohl hier alle gleich waren, war Sheng Min-chung etwas gleicher als die anderen.

Der Big Boss von Ostafrika war ein seltsamer Typ. Als Kind war er von einem Onkel aufgezogen worden – mißbraucht, sagten manche –, der ihn wie ein Mädchen angezogen hatte. Diese Erfahrung hatte Sheng abgehärtet. Mit dreizehn hatte er dann sein rechtes Auge bei einer Messerstecherei verloren. Später, als er der Rote Pfahl der Eisernen Fäuste geworden war, hatte er eine beträchtliche Summe dafür ausgegeben, das verbliebene Auge chirurgisch verbessern zu lassen, das andere aber gelassen, wie es war. Seitdem hieß es, daß sein unversehrtes Auge schärfer – und weiter – sehen konnte als die Augenpaare eines Dutzends Männer.

Das lange Seidengewand des Einäugigen Sheng schleifte über den Marmorboden, als er zwischen sie trat und sich ihnen zuwandte.

»Und *Ch'un tzu* ... wir wollen unseren Freund Li Min mit aller gebotenen Höflichkeit empfangen. Kein Mensch kann etwas daran ändern, wie er geboren wurde, aber was er aus eigener Kraft geworden ist«, sein eines Auge richtete sich auf Yang Chi-wen, »*das*, würde ich sagen, verdient unseren Respekt.«

Der bärtige Yang starrte Sheng einen Moment lang an, dann nickte er, und Fu Chiang, der es bemerkte, lächelte breit und war gerührt von Shengs Worten.

Respekt. Ja, ohne Respekt war ein Mann nichts wert. Respekt zu erringen und zu erhalten war mehr wert als Gold. Was immer sich heute oder in den kommenden Tagen ereignen mochte, viel würde davon abhängen, eine Vertrauensbasis – eine solide Brücke gegenseitigen Respekts – zwischen ihnen und Li Min aufzubauen.

Fu Chiang lächelte und freute sich, daß Li Min sich ausgerechnet für ihn entschieden hatte, denn ihm würde die Anerkennung für dieses bedeutsame Ereignis gebühren. Er drehte den Kopf, sah sich um, und Stolz auf seine eigene Leistung erfüllte ihn. Vor zehn Jahren war er ein Nichts gewesen. Ein *Niemand.* Aber nun war er Oberhaupt der Roten Blume, ein Großer Mann mit der Macht über Leben und Tod anderer. Sheng Min-chuang hatte recht. Es kam nicht darauf an, als was ein Mann zur Welt kam, sondern was aus ihm wurde.

Fu Chiang, ›der Priester‹, Big Boss der Triade ›Rote Blume‹, blähte die Brust, dann wandte er sich den anderen Bergherren zu und bedeutete ihnen, ihm in den Bankettsaal zu folgen.

»*Ch'un tzu ...*«

Raketenwerfer folgten automatisch der Flugbahn von Lehmanns Kreuzer, als er über den Bergen auftauchte, während aus den Lautsprechern des Cockpits eine unablässige Litanei auf Mandarin dröhnte.

»Beeindruckend«, sagte Lehmann tonlos und sah an dem Piloten vorbei auf Fu Is Festung. Hinter ihren wuchtigen Mauern und Wachttürmen erstreckte sich das Atlas-Gebirge bis in neblige Ferne, während unter ihr eine nackte Felsklippe viertausend *ch'i* bis in ein waldbewachsenes Tal abfiel.

Visak neben ihm im Copilotensessel warf einen flüchtigen Blick ins Gesicht seines Herrn, dann wandte er sich wieder ab und schluckte nervös.

»Sie wissen, was Sie zu tun haben?« fragte Lehmann.

Visak nickte. Er sollte nichts tun, nicht einmal wenn sie Lehmann bedrohten. Er wollte nachfragen: »Sind Sie sicher?«, aber Lehmann hatte seine Befehle erteilt, und seine Befehle stellte man nicht in Frage. Unter keinen Umständen.

Der Pilot beugte sich vor, betätigte einige Schalter am Pult und nickte dann. »Hao pa …« *In Ordnung.* Er blickte zu Lehmann auf. »Wir haben die Landeerlaubnis. Wollen Sie rein?«

Lehmann nickte und sah zu, wie die mächtigen Steinmauern der Festung unter ihnen hinwegstrichen. Die ganze Zeit über blieben die Raketenwerfer auf sie gerichtet. Jeden Moment konnte man sie vom Himmel schießen.

Ihn erregt das! dachte Visak und wagte einen weiteren Blick. *Er riskiert tatsächlich unser Leben!*

Langsam, sehr langsam schoben sie sich über den Abgrund.

Visak holte tief Luft. *Wenn sie uns jetzt abschießen, fallen wir fünf* li *tief.* Das hieß, wenn dann noch etwas zum Fallen übrig war.

Die Landeplattform kam in Sicht, dahinter der ausgezackte Rand des Gipfels. Fünf schlanke, schwarze Kreuzer standen bereits dort unten. Zwischen der ovalen Plattform und der Festung klomm eine durchsichtige Aufzugröhre den nackten Fels empor.

›Beeindruckend‹ ist eine Untertreibung, dachte Visak und zweifelte nun nicht mehr, daß sie einen Fehler gemacht hatten.

Wenn er aus dieser Sache lebend herauskam, würde er bei nächster Gelegenheit kündigen, sich das Gesicht verändern lassen und Europa mit dem nächstbesten Flug verlassen. Fort, weit weg von diesem Verrückten und seinen lebensgefährlichen Wagnissen.

Er streckte die Hände, als er bemerkte, daß er sie zu Fäusten geballt hatte, und blickte wieder auf. Lehmann beobachtete ihn.

»Alles in Ordnung?«

Er nickte. Durch den Monitor des Cockpits rückten die Felsen immer näher. Für einen Moment schwoll das Heulen der Turbinen an, übertönte das Geplapper aus den Lautsprechern, dann setzte der Kopter mit einer unmerklichen Erschütterung auf.

Das Heulen der Turbinen fiel mehrere Oktaven ab und verstummte. Wenig später war ein scharfes Klicken zu hören, und mit einem Zischen öffnete sich die Tür.

»Dann mal los«, sagte Lehmann und klopfte ihm auf die Schulter. »Wir haben noch etwas Geschäftliches zu erledigen.«

Es war ein kleiner Hof mit nicht mehr als fünf *ch'i* Seitenlänge, etwas abseits vom restlichen Palast gelegen und nur durch eine Mondtür in einer glatten weißen Mauer zu erreichen. Ein ausgezackter Schatten, der die Form des alten steilen Ziegeldachs abbildete, halbierte die sonnenbeschienene Fläche. In einer Ecke, in einem einfachen runden Topf mit Löwenfüßen wuchs ein winziger Baum, dessen Äste sich wie im Todeskampf zu winden schienen und der seine Blattbüschel an schmalen, wurmartigen Zweigen, die sich verkrümmt und gewunden wie Gußeisen von dem weißen Hintergrund abzeichneten, ausstreckte. Im Mittelpunkt des Hofs stand ein winziger Brunnen, ein *Shui shih*, aus dessen beiden wie Löwenköpfe geformten Düsen kein Wasser mehr strömte – zwei Mäuler der Stille.

Gregor Karr stand in der vollständigen Ausgehuniform eines Oberst da, wartet auf Li Yuan und genoß die Stille, die Harmonie dieses kleinen Refugiums. Ein Blatt schwamm im dunklen Wasser des runden Brunnenbeckens wie eine silberne Pfeilspitze. Karr lächelte, seltsam berührt von dem Anblick. Sonnenlicht fiel über seine Schultern und wärmte die rechte Seite seines Gesichts. Es war ein seltsam angenehmes Gefühl, und obwohl er sich schon oft außerhalb der Stadt aufgehalten hatte, war ihm noch nie so wohl dabei gewesen, nur den Himmel über sich zu wissen.

Er blickte gerade nach oben, als Li Yuan durch die große, kreisrunde Öffnung der Mondtür in den Hof trat. Der T'ang lächelte, als er die Blickrichtung seines Oberst bemerkte, und hob selbst das Gesicht zum Himmel.

»Ein schöner Tag, nicht wahr, Oberst Karr?« Li Yuan lachte und hatte einen Moment lang ein offenes, unbeschwertes Gesicht; so wie Karr ihn noch nie erlebt hatte. Dann wurde er wieder ernst. »Aber leider sind wir nicht hier, um uns über das Wetter zu unterhalten.«

Karr wartete schweigend, und weil er seine Position kannte, versuchte er nicht, die Offenheit dieses einen Augenblicks auszunutzen. Eine Zeitlang tat Li Yuan nichts anderes als ihn anzusehen, als versuche er in Gedanken etwas abzuwägen. Dann streckte er unvermittelt eine Hand aus.

»Geben Sie mir Ihr Abzeichen.«

Ohne zu zögern knöpfte Karr seinen Uniformrock auf, entfernte sein Amtsabzeichen von der linken Brust und gab es dem T'ang. Dann stand er mit respektvoll gesenktem Kopf in Habachtstellung da und wartete auf seine Befehle.

Li Yuan betrachtete das Abzeichen in seiner Hand. Es war mehr als ein Statussymbol, es war gleichzeitig ein Mittel zur Identifikation, ein Instrument legaler Macht und ein kompakter Informationsspeicher. Ohne diesen Gegenstand verlor Karr seinen Rang als Soldat und alle Privilegien. Es ihm abzunehmen, war außer Li Yuan nicht einmal seinem General erlaubt, denn es bedeutete, einen Mann seiner Existenz zu berauben. Er sah Karr wieder an und lächelte zufrieden. Der Mann hatte nicht einmal gezögert – er hatte dem Befehl seines Herrn unverzüglich Folge geleistet. Das war gut so. Genau so sollte es sein. Li Yuan gab ihm das Abzeichen zurück und sah zu, wie Karr seinen Uniformrock wieder zuknöpfte. Erst dann redete er weiter.

»Ich plane, morgen einen neuen General zu ernennen. Tolonen wäre es recht, wenn ich Sie ernenne, so jung und unerfahren Sie auch sind. Aber das ist nicht möglich. Ich kann Sie nicht ernennen, wie loyal und für den Posten *befähigt* Sie sein mögen, denn der Posten hat ebenso politische wie strategische Dimensionen.«

Karr bewahrte eine ausdruckslose Miene und hielt den Mund, dennoch hing zwischen ihnen die Erinnerung an Eberts Verrat vor vielen Jahren in der Luft – die Erinnerung an eine Ernennung aus politischen Gründen, die gründlich schiefgegangen war. Doch Karr begriff, was sein T'ang sagte. Karrs Familie war neu unter den Oberen und hatte keinen Einfluß. Und als General würde er viel Einfluß brauchen.

»Ich habe Sie heute aus zwei Gründen hergebeten. Zunächst sollten Sie wissen, daß ich Sie, wenn es mir möglich wäre, gern zu meinem General ernannt hätte. Und vielleicht werde ich es eines Tages auch tun. Aber im Moment gibt es andere Dinge, die Sie für mich tun können.«

Li Yuan machte eine Pause. »Ich habe Ihnen Ihr Abzeichen abgenommen. Haben Sie das für eine Art Test gehalten?«

Karr zögerte, dann nickte er. »Hinterher, *Chieh Hsia*. Ich ...«

Li Yuan hob die Hand. »Sie brauchen mir nichts zu erklären. Ich verstehe das schon. Aber hören Sie zu, es war mehr als ein Test. Von diesem Augenblick an sind Sie nicht mehr Kommandeur meiner Sicherheitskräfte in Afrika.«

Diesmal runzelte Karr die Stirn. Aber er hielt immer noch den Mund und senkte einen Moment später gehorsam den Kopf.

Li Yuan lächelte, ein weiteres Mal erfreut über Karrs Reaktion, dann trat er näher, bis er fast Schulter an Schulter neben dem großen *Hung Mao* stand, und blickte mit dunklen, olivefarbenen Augen und einem ernsten Zug um den Mund in Karrs Gesicht empor.

»Wir leben in einem neuen Zeitalter, Gregor Karr. Neuartige Dinge geschehen – neuartige Umstände stellen neue Anforderungen an einen Herrscher. Selbst zwischen meinen Vertrauten scheinen neue Beziehungen zu existieren.«

Der junge T'ang lächelte säuerlich und wandte sich ab. Als er sich wieder umdrehte, wirkten seine Gesichtszüge noch strenger. Er trat neben den Miniaturbaum und strich mit den Fingern seiner Linken in Gedanken über die Krone.

»Sie werden eine neue Aufgabe erhalten. Ich brauche einen neuen *Ssu-li Hsiao-wei*. Meinen Sie, daß Sie dieser Aufgabe gewachsen sind, Oberst Karr?«

»*Chieh Hsia* ...« Karr lachte fassungslos. Nach dem General war der Posten des *Ssu-li Hsiao-wei* – Oberst des Internen Sicherheitsdienstes – der angesehenste im ganzen Sicherheitsdienst. In dieser Position wäre er für die Sicherheitskräfte des Kaiserpalastes verantwortlich, würde die Elite-Palastwachen kommandieren und für die persönliche Sicherheit Li Yuans und seiner Familie Verantwortung tragen, wohin sie auch gingen. Es war eine große Verantwortung – aber auch eine beachtliche Auszeichnung.

Er überlegte kurz, dann senkte er den Kopf. Neben ihm, auf der dunklen Scheibe des Brunnens, drehte sich langsam das Blatt wie eine Kompaßnadel. Innerlich erregte ihn die Aussicht auf eine solche Herausforderung; so wie seit Jahren nichts mehr. Als er einen Seitenblick auf Li Yuan wagte, sah er, wie aufmerksam der T'ang ihn beobachtete und erkannte in einem plötzlichen, fast überwältigenden Anflug von Zuneigung, welches Vertrauen ihm sein Herr schenkte.

Auf eine Eingebung hin fiel er auf die Knie, beugte sich tief hinunter und bot seinen Hals nach ritueller Sitte seinem Herrn dar.

»Es wäre mir eine Ehre, *Chieh Hsia*.«

Li Yuan trat vor und setzte einen Stiefel sanft, doch bestimmt auf Karrs entblößten Hals.

»Gut. Dann melden Sie sich morgen um zwölf bei mir. Wir werden uns dann über Ihre neuen Pflichten unterhalten.«

»Verraten Sie uns eins, Li Min. Warum sind Sie eigentlich hier?«

Lehmann blickte auf, schob den Teller zur Seite und schien überrascht von der plötzlichen Frage. Zwei Stunden lang hatten sie ein vorsichtiges Spiel mit ihm gespielt, jede direkte Anspielung vermieden, doch jetzt schien zumindest einer von ihnen – der ›Bär‹ Yang Chih-wen – der Subtilität müde geworden zu sein.

Er warf Fu Chiang einen Blick zu, dann sah er Yang in die Augen.

»Die beiden Amerikas sind untergegangen. Australien und Ozeanien desgleichen. Asien – Ost wie West – ist eine Schlangengrube, um die sich die Schakale streiten. Und Europa ...« Er nahm eine Miniaturfrucht aus einer Schale in Reichweite, kaute und schluckte sie. »Europa ist nur noch ein Schatten seiner selbst. Womit nur noch Afrika übrigbleibt ...« Er lächelte kühl. »Ich habe gehört, daß Afrika die Schatztruhe dieser Welt ist.«

»Und ist das der Grund, warum Sie hier sind – um diese Schatztruhe zu plündern?«

Lehmann verlagerte sein Gewicht und drehte sich so, daß er Yang Chih-wen direkt gegenübersaß. Der Mann war groß, das stimmte schon, aber er war schon größeren Männern begegnet – und hatte sie umgebracht.

»Macht Ihnen das Sorgen, Vetter Yang?«

Yang zuckte die Achseln, als sei es ihm gleichgültig,

aber seine Augen drückten etwas anderes aus. »Es raubt mir nicht den Schlaf.«

»Das ist gut. Schließlich braucht ein Mann seinen Schlaf, nicht? Und was könnte einen mehr beruhigen als die Gewißheit, daß der Nachbar auch ein Freund ist.«

Daraufhin wurden viele Blicke gewechselt – kurze, vielsagende Blicke, die Lehmanns Vermutungen bestätigten. Trotz all ihrer Großtuerei waren diese Männer zutiefst verunsichert. Der Untergang ihrer Stadt und der darauffolgende Krieg hatte ihnen zur ihrer Chance verholfen, doch ihre Herrschaft stand noch auf unsicheren Beinen. Sie würden ihn nur bekämpfen, wenn sie mußten.

Er hob die Hände. »Und wenn Sie von Raub reden, verstehen Sie mich falsch, Vettern. Ich bin nicht hier, um über Raubzüge zu reden, sondern über Handel. Handel zwischen gleichrangigen Partnern.«

»Partnern?« fragte Mon Nan-ling, der Kleine Kaiser. Er wischte sich genüßlich den Mund ab, dann beugte er sich Lehmann entgegen, und seine dünne Halskette klirrte dabei. »Sie reden über Handel, Li Min, aber damit unterstellen Sie, daß es etwas gibt, das wir Ihnen gern verkaufen würden.«

Lehmann lehnte sich zurück und gab mit einer Geste zu verstehen, er möge das weiter ausführen.

»Ich meine das so, *Vetter*. Afrika ist tatsächlich eine Schatztruhe, und wir Bergherren haben in den letzten Jahren reichlich davon profitiert. Unsere Truhen sind gefüllt, unsere Fußsoldaten zufrieden. Was könnten Sie uns anzubieten haben?«

Lehmann nickte, als pflichte er ihm bei, dann drehte er sich um und gab Visak ein Zeichen, der sofort herüberkam und ein kleines Kästchen vor seinem Herrn auf den Tisch stellte.

»Ist das …?« wollte Mo Nan-ling, aber Fu Chiang hob eine Hand und nickte. Natürlich war das Kästchen überprüft worden – viermal insgesamt –, aber er hatte noch keinen Hinweis, was es enthielt. Ihm war seine Neugier anzumerken, als er zusah, wie Lehmann die Schnappschlösser öffnete, das Kästchen dann herumdrehte und den Deckel öffnete.

Daraufhin erhob sich überraschtes Gemurmel.

»*Drogen?* Sie wollen mit *Drogen* handeln?« Yang Chih-wens Stimme klang ungläubig. Er stieß sich mit verächtlicher Miene vom Tisch ab. »Ist das Ihr Ernst, Li Min?«

Aber Lehmann schien den beleidigenden Unterton in der Stimme des Bären nicht zu hören. Er beugte sich vor und nahm vorsichtig sechs kleine Goldbarren aus den Vertiefungen in der glatten schwarzen Samtfütterung, dann sah er zu Fu Chiang hinüber.

»Verzeihen Sie, Fu Chiang, aber darf ich mein Messer ziehen?«

Fu Chiang zögerte, sah in die Runde und nickte dann.

»Danke.« Lehmann ließ die barrenförmigen Kapseln in Visaks Handfläche fallen und stand auf, um mit der Linken das Messer mit dem Perlmuttgriff aus dem Stiefel zu ziehen.

Yang Chih-wen ging ein Stück auf Abstand und tastete selbst nach seinem versteckten Messer.

»Sie reden über Drogen, Vetter Yang«, sagte Lehmann und wandte sich ihm wieder zu. »Doch mit diesem Begriff werden viele verschiedene Dinge bezeichnet, nicht wahr? Einige heilen Krankheiten. Einige erhöhen die Leistungsfähigkeit, andere fördern die Intelligenz. Einige halten den Penis steif, wenn Steifheit gewünscht ist, andere befreien den Geist oder dienen der Unterhaltung. Diese hier …« Er grinste wie ein Totenkopf und zog die rasiermesserscharfe Klinge knapp unter dem Ellbogen über seinen rechten Arm.

Ein breiter Riß öffnete sich, und Blut strömte aus der durchtrennten Arterie.

Lehmann legte das Messer weg, nahm Visak eine der Kapseln aus der Hand und quetschte ihren dicken goldenen Inhalt in die offene Wunde. Die Substanz zischte und dampfte, dann begann sie sich zu bewegen, als ob ein winziges goldglänzendes Geschöpf in der Wunde zappelte.

»Was in aller Götter Namen ...?«

Aber Fu Chiang hatte die Worte kaum ausgesprochen, als er wieder verstummte und fassungslos zusah, wie die Haut zu beiden Seiten der Wunde zusammengezogen wurde und zu einem rauhen Schorf verwuchs. Dann begann der Schorf zu schimmern, und als ob hier ein Film rückwärts abliefe, verschwand auch er und ließ glatte, unbeschadete Haut zurück.

Lehmann hob den Arm, damit es alle sehen konnten.

Das Schweigen war wie die Nachwirkung eines Schocks. Erst Sheng Min-chung wagte wieder etwas zu sagen.

»GenSyn«, sagte er bestimmt. »Es gab Gerüchte über regenerative Drogen.«

Lehmann nickte knapp.

»Und ist es das, was Sie uns anzubieten haben?«

Lehmann schüttelte den Kopf, nahm Visak die übrigen fünf Kapseln aus der Rand und reichte sie herum. »Nein. Die hier *schenke* ich Ihnen. Womit ich handeln will, sind Informationen.«

Li Yuan schickte die Wachen mit einem Wink weg, schob sich durch die Türen und trat ein. Ein Dutzend Männer standen am Rande des Balkons und sahen zu, was unten vor sich ging. Sie hatten trainiert und trugen nur Lendenschurze oder einfache schwarze Einteiler. Es roch intensiv nach Schweiß.

Als sie hörten, wie sich die Tür schloß, drehten zwei von ihnen sich um, verbeugten sich beim Anblick ihres T'ang tief und machten Anstalten zu gehen, aber Li

Yuan bedeutete ihnen, sie sollten bleiben, und gesellte sich zu ihnen an die Brüstung.

Er sah hinunter. Kuei Jen, sein siebenjähriger Sohn, stand dort unten im Mittelpunkt des Kampfkreises. Ringsum, nach Osten, Norden, Westen und Süden gerichtet, standen vier stämmige Jugendliche. Lo Wen, sein kahlköpfiger Lehrer mittleren Alters, stand mit ausdrucksloser Miene, die Arme vor der Brust verschränkt, an seiner Seite.

Alle fünf Kontrahenten atmeten schwer. Kuei Jen, der im Mittelpunkt stand, drehte sich langsam, in geduckter und angespannter Haltung, das Körpergewicht auf den Fußballen ausbalanciert, um die eigene Achse und hielt seine Gegner wachsam im Auge. Der Junge war von der Hüfte an nackt und trug nur einen dürftigen Lendenschurz – eher ein schmaler Stoffstreifen als ein Tuch. Sein Haar war feucht zurückgekämmt, sein Körper schweißgebadet, aber seine Augen ...

Li Yuan lächelte. Der Junge hatte die Augen eines Kämpfers, so wie sein verstorbener Onkel Han Ch'in. Augen wie die eines Falken, denen nichts entging.

Zwei von ihnen preschten auf einmal vor – von Osten und Westen. Flink wie ein Fuchs duckte Kuei Jen sich weg, schwang das linke Bein tief herum, verdrehte die Hüfte und trat in rascher Folge mit dem linken und rechten Fuß zu.

Zwei der Jugendlichen lagen stöhnend auf dem Boden. Zwischen ihnen stand Kuei Jen, als sei nichts geschehen, und atmete zwischen den Zähnen zischend aus. Lo Wen, der zugesehen hatte, gab sich nicht im mindesten beeindruckt.

Li Yuan spürte, wie sich ihm die Nackenhaare sträubten. Er hatte ein tiefes zufriedenes Murmeln der Männer gehört, die mit ihm auf dem Balkon standen und respektvoll nickten.

Der dritte Junge wich einen Schritt zurück, dann warf er sich mit einem nervenzerfetzenden Schrei auf den jungen Prinzen. Im selben Moment machte der letztere zwei rasche Schritte vorwärts.

Er wollte aufschreien, seinen Sohn warnen, aber er wußte, daß das verkehrt gewesen wäre.

Kuei Jens Hieb traf seinen Gegner vors Brustbein und schleuderte ihn zurück. Und im selben Moment, als sein Arm vom zweiten entscheidenden Schlag zurückschnellte, war der andere hinter ihm, legte ihm eine Drahtschlinge um den Hals und riß ihn zu Boden.

Li Yuan schrie auf, konnte sich nicht beherrschen. Doch noch bevor sein Schrei verhallt war, wirbelte Kuei Jen herum, und die überraschende Bewegung riß dem Angreifer die Schlinge aus den Händen. Ein paar rasche Bewegungen, dann lag der Jugendliche außer Atem auf dem Boden. Kuei Jen wandte sich von ihm ab, tat einen Schritt und erledigte den dritten. Danach betrachtete er ruhig den schnaufenden Burschen, trat näher, streckte einen Fuß aus und drehte ihn vorsichtig, nur mit den Zehen, auf den Rücken.

Vom Balkon brandete ein Sturm von Applaus. Li Yuan war verblüfft, fiel aber in den Jubel ein. Als es wieder leiser wurde, rief er zu seinem Sohn hinunter.

»Kuei Jen!«

Der junge Prinz wirbelte herum, blickte herauf und schien erstaunt, dort seinen Vater zu sehen. Er errötete und verbeugte sich tief.

»Vater …«

Um ihn rappelten sich die vier Jugendlichen auf, blieben auf den Knien hocken – zwei von ihnen keuchten – und verneigten ihre geschorenen Köpfe vor ihrem T'ang. Lo Wen, der bis dahin wie eine Statue verharrt hatte, trat zwischen sie und richtete sich mit einer Verbeugung bis zur Hüfte an seinen Herrn.

»*Chieh Hsia*. Ich wußte nicht …«

Li Yuan tat es mit einem Wink ab. »Was er da gerade gezeigt hat … haben *Sie* ihm das beigebracht, Meister Lo?«

»Habe ich, *Chieh Hsia*.«

»Ich bin sehr angetan, Meister Lo. Ein Student ist nur so gut wie sein Lehrer, nicht wahr?«

Lo Wen senkte den Kopf, erfreut über das Lob seines Herrn.

»Und ihr jungen Burschen … ihr habt gute Arbeit geleistet. Für heute morgen werdet ihr einen Bonus erhalten. Einhundert *Yuan* pro Kopf!«

»Chieh Hsia!« riefen sie fast wie aus einem Munde. Ihre Freude war kaum zu überhören.

Li Yuan trat ein Stück zurück, packte die Brüstung und war ungeheuer stolz auf seinen Sohn. Er wollte noch etwas sagen – seinen Sohn vor versammelter Mannschaft loben, als sich hinter ihm die Tür öffnete.

»Chieh Hsia …«

Er drehte sich um. Es war Hu Ch'ang, der Chefsekretär seines Kanzlers Nan Ho.

»Was ist los, Sekretär Hu?«

Hu trat vor, kniete vor seinem T'ang nieder und drückte die Stirn auf den Boden. Er erhob sich leicht und antwortete:

»Es ist Euer Vetter Tsu Ma, *Chieh Hsia.* Er ruft aus seinem Palast in Astrachan an. Er sagt, er müsse Euch dringend sprechen.«

»Ich komme sofort, Meister Hu.«

Er drehte sich um und sah zu seinem Sohn hinunter, der mit gesenktem Kopf und vollkommen reglos das Lob seines Vaters erwartete, und verbeugte sich respektvoll vor ihm.

»Du hast sehr gut gekämpft, Kuei Jen. Komm nachher in mein Arbeitszimmer. Nach dem Abendessen.«

Dann wandte er sich ab und eilte an dem knienden Hu Ch'ang vorbei in Richtung seines Arbeitszimmers.

Sie war gerade aus dem Bad gekommen, saß in dem Stuhl am Fenster und ließ sich von der Magd das Haar kämmen, als Li Yuan unvermittelt in ihr Zimmer stürmte.

»Pei K'ung … du wirst nicht glauben, was ich gerade erfahren habe!«

Sie starrte ihn an und staunte über seine Erregung, sein über beide Wangen strahlendes Lächeln. Sie raffte ihren Seidenmantel enger um sich, stand auf und entließ die Magd.

»Was ist geschehen, mein Mann? Haben Eure Armeen eine große Schlacht in Afrika gewonnen?«

»Eine Schlacht?« Er lachte und trat näher. »Nein, nein … nichts dergleichen. Es geht um Tsu Ma. Er hat beschlossen, zu heiraten!«

Sie sah ihn fassungslos an.

»Es stimmt«, fuhr er fort und lachte wieder. »Offenbar hat er sich schon ein Mädchen ausgesucht. Ihre Familie ist angesprochen worden, und sie wollen sich diese Woche verloben.«

»Aber die Rituale …«

Li Yuan hob die Hand. »Sie werden vollständig ausgeführt. Ah, aber das ist eine hervorragende Idee, meinst du nicht, Pei K'ung? Eine kaiserliche Hochzeit! Tja, er hätte sich gar keinen besseren Zeitpunkt aussuchen können.«

Sie begriff sofort, was er meinte. Dennoch konnte der Umstand, daß Tsu Ma in so fortgeschrittenem Alter noch heiratete, fast so viele Probleme aufwerfen, wie dadurch gelöst wurden.

»War das eine … eine *plötzliche* Entscheidung, mein Mann?«

Li Yuan zuckte die Achseln und wurde ernst. »Ihn scheint die Idee schon eine ganze Zeit beschäftigt zu haben. Aber was ihn letztlich dazu veranlaßt hat … wer weiß?« Er trat ans Fenster und sah auf die Gärten hinaus, als suche er jemanden. »Ich weiß nur, daß die Zeit wohl reif ist.«

Sie stand auf, trat an seine Seite und betrachtete sein Gesicht. »Und habt Ihr mich auch so erwählt, Yuan? Als die Zeit reif war?«

Er drehte den Kopf und sah sie an. »Ich hatte fünf Frauen, Pei K'ung, und verstehe immer noch nicht, warum dies oder jenes geschieht. Verheiratet zu sein … für jeden Mann und jede Frau bedeutet das etwas anderes, nicht wahr?«

Sie nickte, hielt aber seinen Blick weiter fest. »Und für Tsu Ma? Heiratet er bloß, um Söhne zu zeugen?«

Li Yuan zögerte, dann zuckte er die Achseln. »Der Gedanke ist naheliegend.«

»Warum hat er dann nicht schon geheiratet? Warum hat er bis jetzt gewartet?«

Er sah weg.

Sie spürte – ohne zu wissen warum –, daß etwas Seltsames in ihm vor sich ging.

»Verrate mir eins, mein Mann. Warum hat er nicht schon geheiratet?«

Er sah sie wieder an und hatte plötzlich einen strengen Blick. »Ein T'ang braucht eine solche Frage nicht zu beantworten.«

Sie hielt ihm stand. »Ich habe nicht Tsu Ma gefragt. So unverschämt würde ich nie sein. Ich habe *Euch* gefragt, mein Mann. Wenn Ihr nicht wißt, warum, sagt es mir einfach und ich werde den Mund halten. Aber ich bin neugierig. Tsu Ma ist ein gutaussehender Mann. Ein Mann, in den sich viele Frauen verlieben, und nach allem, was ich gesehen habe, ein guter Onkel seiner Neffen. Kinder … Man müßte meinen, er hätte selbst schon viele Kinder.«

Li Yuan schnaufte ungehalten und war sichtlich beunruhigt über die Richtung, die ihr Gespräch einschlug. Er überlegte kurz, dann vollführte er eine vage Geste in Richtung Osten – als wolle er auf Tsu Ma selbst deuten.

»Irgend etwas ist geschehen. Vor langer Zeit. Er … er war schon einmal verlobt. In seinen Teenagerjahren. Und das Mädchen …«

»Das Mädchen ist gestorben.«

Li Yuan sah sie an und nickte. Dennoch war ihm anzusehen, daß er noch nicht alles verraten hatte, was er wußte.

»War da … noch etwas?«

Seine Antwort kam prompt, klang fast brutal. »Nein. Sonst nichts.«

Sie zitterte innerlich, überrascht – nein, *schockiert* – über die Wut, die er sichtlich unterdrückte. Wut? Wut auf Tsu Ma? Oder verstand sie seine Reaktion falsch? Gab es da etwas, das sie noch nicht begriffen hatte?

»Hat er das Mädchen geliebt?«

»Ich … ich weiß nicht genau. Ich denke schon.«

»Und sein Vater … hat sein Vater nicht darauf bestanden, daß er sich mit einer anderen verlobt? Als ältester Sohn …«

Li Yuan fuhr herum und konnte seinen Zorn nicht mehr unterdrücken. »Du verstehst das nicht, Pei K'ung! Tsu Ma war in dieser Beziehung wie ich. Er hatte einen älteren Bruder wie ich. Seine Neffen … sie sind die Söhne seines älteren Bruders. Tsu Ma ist nicht als Herrscher zur Welt gekommen. Und wie er beschlossen hat, sein Leben zu führen … nun, darüber haben wir jetzt genug geredet, Pei K'ung! Hast du verstanden?«

Sie senkte demütig den Kopf. »Ich verstehe.« Aber tief in ihr schwelte die Neugier wie glühende Kohlen. Irgend etwas mußte vorgefallen sein. Irgend etwas zwischen Tsu Ma und ihrem Mann. Sie hatte keine Ahnung, was es sein könnte, aber sie würde es schon erfahren. Ja, sie würde es herausfinden, und wenn es das letzte war, was sie tat.

Tsu Ma stand auf dem Balkon seines Sommerpalastes in Astrachan und sah über das mondbeschienene Kaspische Meer hinaus. Es war eine klare Nacht, und um diese Stunde – kurz nach zwei – schien die ganze Welt zu schlafen. Nur er fand keinen Schlaf; nur er wurde vom Dämon der Ruhelosigkeit geplagt.

Sein Fuß war wund und schmerzte. Die Müdigkeit machte sein Humpeln nur schlimmer. Er griff hinunter und verschaffte sich ein wenig Erleichterung, indem er die Verbindungsstelle kratzte.

Zwecklos, dachte er. *Das macht es nur schlimmer.* Aber er konnte sich nicht beherrschen. Er war immer schon so gewesen. Impulsiv. Ein Jucken, und er kratzte sich. Er lachte humorlos.

Ja, und vielleicht ist das der Ursprung für alles.

Weit draußen – zwei, vielleicht drei *li* vom Ufer entfernt – streiften die Scheinwerferlichter eines kaiserlichen Kreuzers auf seiner regelmäßiger Patrouille über das Wasser.

Zu meinem Schutz, dachte er. Ja, aber wer sollte ihn vor sich selbst beschützen? Vielleicht war das der Grund, warum er endlich heiratete, in der Hoffnung, daß er sich ändern würde.

Eine junge Frau. Kinder. Wenn überhaupt etwas einen Mann verändern konnte, dann wohl das. Nun, er hatte erlebt, wie es Li Yuan mit seinem Sohn ergangen war …

Ja, aber er war nicht Li Yuan.

Und warum machte er es dann? Warum jetzt, da seine Eigenarten so eingefahren waren? Oder ging's genau darum? War das Ganze vielleicht eine Art Bestrafung?

Er wandte sich von der Brüstung ab, wütend auf sich selbst, und sah in sein dunkles Zimmer zurück, wo auf dem Seidenbett eine seiner Mägde lag.

Um sich zu ändern … Es war eine trügerische Hoffnung. Doch er mußte es wenigstens versuchen oder als alter Bock sterben und in einem ungepflegten Grab bestattet liegen.

Es war immer noch Zeit gewesen. Morgen … Ja, es hatte ein Unzahl von Morgen gegeben. Aber langsam hatte er sie aufgebraucht. Die Tage waren dahingegangen wie absterbende Zellen, und er wurde langsam älter.

Ja, es war immer noch Zeit gewesen.

Er seufzte. War es nicht seltsam, daß junge Männer glauben konnten, sie seien wie das Meer, alterslos und ewig? So war er selbst gewesen. Tsu Ma, das Pferd. Er hatte mehr gefeiert, mehr gesoffen, mehr gevögelt als jeder andere. Aber jetzt ...

Nun lastete schwer die Zeit auf ihm, und die Meere in seinen Adern flossen zäh und träge.

Er war ein sorgloses Kind gewesen, einen ganzen *ch'i* kleiner als sein älterer Bruder. Derselbe geliebte Bruder, den er wie eine Marionette hatte vom Pferd fallen sehen und der in seinen Armen verblutet war, den Armbrustpfeil des Attentäters im Nacken, ein schwarzer Eisenbolzen, der obszön aus dem blutigen Fleisch ragte. Er hatte sich geschworen, nie wieder einen Menschen so zu lieben, und sich in Ausschweifungen geflüchtet, als könne das den Schmerz abschalten oder die Träume auslöschen, die ihn Nacht für Nacht heimsuchten. Aber nie wieder ist eine lange Zeit, und dann war Fei Yen in sein Leben getreten. Fei Yen, die Frau seines Vetters Li Yuan.

Er schauderte und klammerte sich an die Tür, als ein plötzliches Schwächegefühl ihn erfaßte. Einen Moment lang lehnte er am Rahmen, während eine dunkle Welle ihn überschwemmte, dann ließ er Atem ab. Es ging ihm gut. Es war nichts. Er hatte in letzter Zeit einige dieser Anfälle gehabt, und er schrieb sie seiner Übermüdung zu. Es war einfach ein Signal seines Körpers, daß er kürzertreten sollte. Es war nötig, seinen Ärzten davon zu berichten.

Ich sollte etwas essen, dachte er und atmete lang und tief durch. Vielleicht auch nur etwas schlafen. Schließlich war er nicht mehr so robust wie früher.

Er trat ein und schloß kurz die Augen, um den Duft des Mädchens zu atmen. Er stöhnte leise. Seine Sinne waren wie betäubt von ihrem süßen Parfüm, und als er die Augen wieder aufschlug, streckte er eine Hand aus und tastete nach der Bettkante. Er konnte sie jetzt hören. Dem leisen, regelmäßigen Geräusch ihres Atems merkte er an, daß sie schlief.

Seine Hand suchte unter dem Seidenlaken, bis sie etwas Warmes und Glattes gefunden hatte – ihr Bein.

Er setzte sich und schüttelte die Pantoffeln von den Füßen, während seine Hand die Hüfte des jungen Mädchens streichelte, ihre glatten Rundungen entlangfuhr. Dabei wachte sie auf.

»*Chieh Hsia?*«

»Ruhig, Mädchen«, sagte er, als seine Hand im Dunkeln ihr Gesicht fand. Sie rieb ihre Nase daran, küßte sie weich. Sein Geschlechtsteil versteifte sich.

Morgen, dachte er und drückte sie nieder, während er die Schärpe seine Morgenmantels aufband. *Ab morgen werde ich mich bessern.*

KAPITEL · 2

Atemlose Münder

Kim wurde unruhig, dann wälzte er sich abrupt auf dem Bett herum wie ein Fisch am Haken, keuchte mit offenem Mund und fuchtelte mit der linken Hand zur Decke.

»A-dhywas-lur! A-dhywas-lur!«

Er wachte auf, blinzelte mit dunklen Augen in die Kamera unter der Decke, und das schmale Band um seinen Hals pulsierte lebhaft in dem verdunkelten Zimmer. Stille, dann: »Was macht sie gerade?«

Es war die erste Frage, die er stellte, heute und überhaupt.

»Sie ist wach«, antwortete die Maschine mit einer weichen, rhythmischen Han-Stimme, die das kleine Zimmer ausfüllte. »Im Moment frühstückt sie. Würden Sie sie gern sehen?«

Jeden Tag derselbe innere Kampf mit sich; jeden Tag dieselbe Antwort.

»Nein.«

Durch die Schaltkreise der Maschine ging ungesehen und ungehört ein Impuls, der einem Achselzucken entsprach. Ward setzte sich auf, fuhr herum und setzte die Füße fest auf den teppichlosen Boden. Man hätte meinen können, er wäre heute mehr als an jedem anderen Tag in der Stimmung aufzustehen, aber nein, der junge Mann ähnelte einer Maschine in seiner Beharrlichkeit. Keine Stunde verging ohne irgendeinen Bezug zu ihr.

Kim drehte sich um und blickte in das Objektiv auf. »Und ihr Vater? Der Marschall? Wird er Li Yuan begleiten?«

»Er gehört zum offiziellen Anhang des T'ang, also vermute ich ...«

Kims erhobene Hand brachte sie zum Schweigen. Sie sah zu, wie er das nackte, zellenartige Zimmer durchquerte und das Bad betrat, wo ein zweites Objektiv unter der Decke ihn unter die Dusche steigen sah.

»Heiß oder kalt?«

»Kalt.«

Sofort stand er in belebend kaltem Wasser, dessen nadelspitze Strahlen ihn wie Splitter des nördlichen Eises trafen. Die Maschine sah zu, wie der junge Mann das Gesicht verzog und sich in einer Art schmerzhafter Ekstase schüttelte.

Warum bestrafte er sich fortwährend? Welches innere Bedürfnis trieb ihn zu solchem Exzeß? Oder war Jelka, diese junge Frau, auch die Antwort auf diese Frage?

»Das reicht!«

Sie stellte die Dusche ab. Gleich darauf erfüllten warme Luftströmungen die Kabine und trockneten den Körper des jungen Mannes. Wieder diese Regung in seinem Gesicht: dieses schwache, fast unmerkliche Schaudern.

Wie war das, ein Gebilde aus Fleisch und Blut zu sein? Welche geheime Sprache aus Blut und Nerven, Sehnen und Knochen konnte er *verstehen und* sie *nicht?*

Kim trat aus der Dusche ans Waschbecken und warf eine Kalziumkapsel in einen Becher Wasser, um sich Mund und Zähne zu reinigen. Während sie sich auflöste, summte er eine Melodie vor sich hin – ein Lied aus der Zeit, als es die Stadt noch nicht gegeben hatte: ein Lied über Liebe, Verlust und Beharrlichkeit.

»Irgendwelche Nachrichten?«

Es wäre einfacher gewesen, sie direkt in das Modul in seinem Kopf einzuspeisen, aber Kim hatte das untersagt. Aus irgendwelchen archaischen Gründen beharrte er auf dieser quasi-menschlichen Form – diesem zeitraubenden Frage- und Antwortspiel mit einer allgegenwärtigen Stimme.

»Nur zwei. Von Reiss und von Curval.«

Kim schob die Schranktür auf und entnahm einen blaßroten Einteiler. Etwas anderes trug er in letzter Zeit nicht – nur jeden Tag einen nagelneuen Laboranzug, der am Ende des Tages verbrannt wurde, als stelle dieser Vorgang ein dauerhaftes Ritual der Selbsterneuerung dar.

»Wann will Reiss kommen?«

Nicht »Was will Reiss?« – er wußte, was Reiss wollte: mit ihm über die Verlängerung seines Vertrages verhandeln –, sondern »Wann?«. Wie immer verschwendete Kim keine Zeit mit Dingen, die er schon wußte.

»Zum Mittagessen. Wenn er's nicht schafft, dann heute abend. Er wirkte ziemlich besorgt.«

Dafür hatte er auch Gründe. In vier Wochen würde er möglicherweise die Dienste des größten Wissenschaftlers von Chung Kuo verlieren. Es sei denn, er hatte ein Angebot zu machen, das für Kim Ward verführerisch genug war, um bei SimFic zu bleiben.

Kim handelte ganz unbewußt, als er sich das glühende Band um den Hals legte. »Ich will ihn heute abend sehen. Laß uns für acht einen Tisch reservieren. Im Bienenstock. Aber nur Reiss. Seine Lackaffen können zu Hause bleiben.«

»Er hat vermutet, daß Sie das sagen würden, aber er möchte jemanden mitbringen – einen jungen Verwaltungsbeamten namens Jack Neville. Er sagt, Sie würden das verstehen.«

Kim stieg in den Einteiler, zog den Reißverschluß zu, dann drehte er sich um und blickte in die Kamera hinauf.

»Meinetwegen. Und was ist mit Curval?«

»Er ruft in einer halben Stunde noch einmal an. Er wollte nur wissen, ob Sie ihn für den Versuchsdurchlauf brauchen. Um ehrlich zu sein, hatte ich den Eindruck, daß er unbedingt dabeisein will.«

»Bestell ihm, daß ich ihn um zehn im Hauptlabor erwarte.«

Er setzte sich auf die Bettkante, griff unters Bett und zog ein Paar abgetragener leichter Schuhe hervor. »Und unser Spiel?«

Statt zu antworten, projizierte die Maschine neben ihn ein Hologramm in die Luft – eine lebensgroßes Abbild eines *Wei Chi*-Brettes, dessen Gitter aus neunzehn mal neunzehn Linien mit den schwarzen und weißen Steinen einer halb beendeten Partie bedeckt war. Während Kim noch hinsah, erschien ein neuer schwarzer Stein zwei Linien unter und sechs Linien neben der oberen rechten Ecke. Er glühte für einige Sekunden auf und wurde wieder dunkel.

Kim lächelte. »Interessant.«

Sie sagte nichts, wußte nur, daß er und sie in diesem kurzen Moment einander sehr ähnlich waren – reine Mechanismen des Denkens und Kalkulierens. Und als Kim aufblickte, einen schwachen Schimmer in den Augen, wußte sie, daß dieser Moment wieder vorbei war.

»Was macht sie jetzt? Geht sie im Garten spazieren?«

Jelka trat auf die kleine Brücke, die sich mitten in den Gärten der Ebert-Villa befand, und sah zu ihrem Vater hinunter, der sich mit dem Jungen ins Gras gehockt hatte. Gelächter erfüllte die Morgenluft, und das schrille Kreischen des Jungen erhellte das tiefe Lachen des alten Mannes wie ein junger Vogel, der durch eine große Eiche flatterte.

Sie lächelte. Wer hätte noch vor drei Jahren, als er sich des Jungen angenommen hatte, für möglich gehalten, daß es dazu kommen würde? Damals hatte er das Kind regelrecht gehaßt, hatte getobt und es als ›verkommenen kleinen Bastard‹ beschimpft, jetzt dagegen …

Sie sah zu, wie er den Jungen hoch in die Luft hob. Sein rauhes Gesicht war ungewöhnlich heiter, seine

Augen strahlten, wenn der kleine Kerl lachte. So war er auch mit ihr umgegangen: Vater und Mutter in einer Person, und das mehr als zwanzig Jahre lang. Sie erbebte innerlich, bevor sie zu ihm hinunterging.

»Vater?«

Tolonen ließ den Jungen zu Boden und streckte ihr lächelnd einen Arm entgegen. An seiner Seite wartete der Junge ab, die Arme an den Seiten, den Kopf höflich gesenkt, so wie man es ihm beigebracht hatte, ganz wie ein kleiner Soldat.

»Wie geht's dir, Pauli?«

Er blickte durch die dunklen Wellen seines Haars scheu zu ihr auf und nickte. Das war die einzige Reaktion, die sie von ihm erwarten konnte. Ob sie ihn erschreckt hatte oder ob er, wie ihr Vater sagte, ein bißchen in sie verliebt war, wußte sie nicht, aber wenn sie dazukam, brachte er keinen Ton mehr heraus.

Sie lächelte innerlich, behielt aber äußerlich eine ernste, reglose Miene bei und ging langsam um ihn herum, als inspiziere sie einen jungen Offizier. Schließlich nickte sie zufrieden.

»Bist du mit deinen Hausarbeiten fertig?«

Er nickte und vermied es, ihr in die Augen zu sehen.

»Gut.« Sie erlaubte sich ein Lächeln, streckte die Hand aus und kraulte ihm das Haar. Ein Han ... es gab keinen Zweifel, daß der Junge ein Han war, doch etwas im Blut seines Vaters – Hans Eberts altes angelsächsisches Geschlecht – hatte das junge Gesicht geformt und ihm eine überraschende Stärke verliehen. Ob mit oder ohne das große Handelsimperium, das er eines Tages erben sollte, würde Pauli Ebert, wenn er älter war, ein Faktor sein, mit dem man rechnen mußte.

Sie wandte sich ihrem Vater zu. »Sollte er sich nicht schon fertigmachen?«

Er warf einen Blick auf das Chronometer in seinem Handgelenk und machte ein überraschtes Gesicht. »Bei allen Göttern! Ist es wirklich schon so spät?«

Sie nickte, amüsiert über sein Getue. Im Moment würde er sogar Li Yuan warten lassen, wenn er dafür auch nur zehn Minuten länger mit seinem Mündel spielen konnte.

»Aber es gibt nicht mehr viel zu tun«, sagte er und machte keine Anstalten zu gehen, ließ seinen liebevollen Blick nicht von dem Jungen ab. »Lo, der Haushälter, hat mir bereits die Uniform zurechtgelegt. Ich brauche nur zu duschen, und das geht schnell.«

»Trotzdem ...«

Sie verstummte, als Lo in der Tür zum Westflügel erschien. Sein Vater, der ihre Reaktion bemerkte, verstummte.

»Was ist los, Lo?« schlug er einen plötzlich etwas förmlicheren Ton an.

Lo verbeugte sich. »Sie haben Besuch, Herr.«

»Was, um *diese* Stunde?« Ein irritierter Ausdruck überflog sein Gesicht, dann nickte er. »In Ordnung. Führen Sie die Leute in die Hauptempfangshalle. Ich empfange sie dort. Oh, und sagen Sie ihnen, daß ich höchstens fünfzehn Minuten meiner Zeit erübrigen kann. Der T'ang persönlich erwartet meine Gesellschaft.«

Als Lo gegangen war, trat Jelka näher. »Wer ist es?« fragte sie leise.

Sein Gesicht war starr, sein Blick verwirrt. »Ach, niemand ...«

Sie legte die Hand auf seinen Arm – seinen menschlichen Arm aus Fleisch und Blut. »Vater?«

Er lachte grimmig über ihre Ermahnung, doch sein Blick blieb besorgt. »Wieder dieselben. Ständig verlangen sie etwas.«

»Mhm ...« Sie begriff sofort. Er meinte die kleine Gruppe von mächtigen Geschäftsleuten, die – als Hans Ebert die Ermordung seines illegitimen Kindes anordnete – den Jungen gerettet und in seinen ersten vier Lebensjahren versteckt und großgezogen hatten. Sie schauderte. »Was wollen sie denn schon wieder?«

Ein säuerlicher Ausdruck trat ins Gesicht des alten Marschalls. »Wer weiß? Gefälligkeiten vermutlich. Das übliche ...«

»Und wirst du ihnen geben, was sie verlangen?«

Sein Lachen klang fast häßlich. »Nein. Bisher habe ich sie hingehalten, sie mit Versprechungen abgespeist, aber sie werden immer hartnäckiger und ihre Forderungen immer unverschämter.«

Sie drückte seinen Arm. »Sag ihnen, daß du ihnen nichts schuldig bist.«

Er sah sie an und schüttelte den Kopf. »Ich wünschte, ich könnte, aber so einfach ist das nicht. So wie die Welt es sieht, schuldet ihnen der Junge eine ganze Menge, praktisch alles.«

»Aber rechtlich ...«

Er schüttelte den Kopf. »Hör auf, mein Liebling, bitte.«

Sie wich zurück, senkte gehorsam den Kopf, während der Junge an ihrer Seite, dessen dunklen Augen nichts entging, die Stirn runzelte.

»Also? Was wollen Sie?«

Die beiden Männer standen abrupt auf, überrascht von Tolonens plötzlichem Erscheinen und schockiert von der Feindseligkeit in seiner Stimme.

»Verzeihen Sie, daß wir Sie um diese Stunde belästigen«, begann der erste, ein rundlicher Mann in einem zitronengelben Seidengewand, »aber diese Angelegenheit ...«

»Sie werden verstehen, daß ich etwas ungehalten bin, *Shih* Berrenson«, unterbrach Tolonen, »aber ich bin es nicht gewöhnt, für unangemeldete Sitzungen vom Frühstück weggeholt zu werden. Ich bin ein vielbeschäftigter Mann, und sollten Sie einen Termin bei mir brauchen, wenden Sie sich an meinen Privatsekretär.«

Berrenson warf seinem Partner Fox einen Seitenblick zu, dann zog er den Kopf ein, als stimme er Tolonen gleichzeitig zu und nicht zu.

»Verzeihen Sie, Marschall, aber genau das haben wir die letzten sechs Tage versucht. Ein Dutzend Mal sind wir an ihn herangetreten, um eine Audienz mit Ihnen zu verabreden, und jedesmal hat er uns abgewiesen. Am Ende hatten wir keine andere Wahl mehr als … »

»… als wie Hausierer an meine Tür zu klopfen.«

Berrensons Gesicht erstarrte. Fox an seiner Seite wirkte empört.

»Wie *Hausierer*?«

Tolonen trat vor ihn und tippte ihm mit einem Finger seiner künstlichen goldenen Hand an die Brust. »Hausierer. Bauernfänger. Wie soll ich Sie sonst nennen? *Ch'un tzu*?« Er lachte kalt. »Nein, *Gentlemen*, wir wollen die Wahrheit nicht mit schönen Worten verbrämen. Ich *weiß*, was Sie wollen.«

Berrenson starrte die goldenen Finger an, die sich in seine Brust bohrten, dann sah er Tolonen wieder in die Augen. »Was immer Sie persönlich von dieser Angelegenheit halten mögen, ich halte es für das beste …«

»Für das *beste*?« Tolonen schüttelte den Kopf. »Das *beste* wäre es, wenn Sie verschwänden und das Kind nicht mehr belästigten. Natürlich ist er Ihnen dankbar, aber Ihre Versuche, aus dieser Dankbarkeit einen finanziellen Vorteil herauszuschlagen, werden – um es ganz offen zu sagen – immer lästiger.«

Berrenson holte tief Luft. »Ich sehe schon, wir verschwenden hier unsere Zeit. Der Marschall scheint nicht zu begreifen, wie es in der Finanzwelt zugeht. Das ist auch nicht weiter verwunderlich. Schließlich ist er nur ein Soldat.«

Berrenson hatte die Beleidigung kaum ausgesprochen, als er schon rücklings zu Boden stürzte. Als er sich stöhnend aufsetzte, tropfte ihm Blut aus der Nase und dem Riß in der Oberlippe. Fox konnte es kaum fassen.

»Nichts«, sagte Tolonen und baute sich drohend über ihm auf. »Sie werden nichts bekommen. Sie und Ihre Bande von Schakalen.«

Berrenson tupfte sich die gebrochene Nase mit dem Kragen seines Seidengewands ab und starrte den alten Mann finster an. »Das werden Sie noch bereuen, Tolonen. Wenn ich mit Ihnen fertig bin, ist GenSyn keine lumpigen fünf *Yuan* mehr wert.«

Tolonen lachte. »Soll das eine Drohung sein, *Shih* Berrenson? Denn wenn es so ist, dann sollten Sie bereit sein, sie auch wahrzumachen. Aber seien Sie gewarnt, Sie widerliche kleine Wanze. Wenn ich feststellen sollte, daß Sie auch nur ein Wort geäußert haben, das den Konzern in Mißkredit bringt, oder ein Geschäft machen, das den Interessen meines Mündels schaden könnte, dann werde ich mich um Sie kümmern … und zwar *persönlich,* haben wir uns verstanden? Und das nächstemal werde ich Ihnen nicht bloß die Nase brechen, sondern jeden Knochen in Ihrem abgeschlafften Hausiererwanst!« Er beugte sich nah heran und drückte ihm fast die Nase ins Gesicht. »*Haben wir uns verstanden?*«

Berrenson nickte.

»Gut. Und jetzt verschwinden Sie. Und belästigen Sie mich nicht noch einmal.«

Kim wartete, bis die Tür mit einem Zischen aufglitt, und als er eintrat, spürte er seinen warmen Atem in dem Schutzanzug. Er befand sich jetzt im Sperrbereich, und als die Tür hinter ihm zuglitt, hüllte ihn ein feiner Nebel ein, der alle Keime abtötete, die er möglicherweise von draußen hereingetragen hatte.

Im Innern, hinter der zweiten luftdichten Tür, befand sich der Garten, den er im Zentrum der Laboratorien eingerichtet hatte. Dort wuchsen unter dem künstlichen blauen Himmel eines ewigen Sommers die zwei Dutzend Rosenbüsche, die er in die dunkle, fruchtbare Erde gepflanzt hatte, die die zehn mal zehn Meter große Fläche in einer meterdicken Schicht bedeckte.

Als die zweite Tür aufglitt und Kim eintrat, erlaubten ihm die Mikrofilter im Helm, den süßen Rosenduft zu riechen. Er hielt einen Moment lang mit geschlossenen Augen inne, genoß die morgendliche Wärme, die seltsame Frische dieses Ortes, dann ging er weiter, die Reihe von Büschen entlang.

SimFic hatte mehr als fünfzehn Millionen *Yuan* in diese Anlage gesteckt, nur um ihm einen Gefallen zu tun. Der Gedanke daran – an diese Verschwendung – hatte ihm anfangs Sorgen bereitet, aber dann hatte er gelernt, es von ihrem Standpunkt aus zu betrachten. Hier konnte er nachdenken – hier konnte er ungestört das Gerippe seiner Spekulationen Fleisch ansetzen lassen. Und fürs Nachdenken wurde er bezahlt.

Er lächelte, als er das erste Netz im künstlichen Sonnenlicht glitzern sah. Es war schön. Zart und unbeschreiblich schön. Es war, als ob es tief in ihm eine Saite zum Schwingen brächte. Er ging daneben in die Hocke und betrachtete das zarte, symmetrische Gebilde. Es war ein radförmiges Netz, gesponnen von der gemeinen europäischen Gartenspinne *Araneus diadematus*.

Tags zuvor hatte er ihr dabei zugesehen, wie sie das Netz spann, erst die Speichen, dann die zentrale Spirale. Eine breitere ›Führungsspirale‹, eine Art Gerüst, war gefolgt, und schließlich die große Spirale selbst, die ›Brückenlinien‹, wie sie genannt wurden. Er hatte fasziniert zugesehen, wie sie die Fäden wob und verklebte, den kleinen, runden Körper auf dem Gerüst balancierte, während sie an den feuchten Fäden herumzupfte, um die kleinen Tropfen gleichmäßig zu verteilen. Die Beobachtung hatte ihn anfangs sehr erregt und wieder einmal vor Augen geführt, wie wichtig die Gesetze der Resonanz waren und wie sie die natürliche Welt beherrschten – vom Größten bis zum Kleinsten –, und an einen Moment erinnert, als er einer großen, spinnenartigen Maschine dabei zugesehen hatte, wie sie scheinbar aus dem Nichts einen Stuhl formte. Es war schon so lang her, doch beide Momente waren miteinander verbunden, riefen über die Kluft der Jahre hinweg eine

Resonanz hervor. Erinnerungen ... auch sie gehorchten den Gesetzen der Resonanz.

Er ging weiter. Er hatte nicht nur Radspinnen – auch solche, die gerüstartige Netze bauten, so wie die *Nesticidae,* die in einem kleinen Felsloch nistete, das er am anderen Ende des Gartens eingerichtet hatte, und Spinnen mit Dreiecksnetzen wie die *Hyotiodes.* Aber sein Liebling war die elegante *Dinopis,* eine netzwerfenden Spinne mit dem Gesicht eines Märchengnoms. Wie oft hatte er dabei zugesehen, wie sie zwischen den Hinterbeinen ihr Netz wob und dann mit scheinbar grenzenloser Geduld darauf wartete, ein Insekt zu fangen, das arglos genug war, an ihr vorbeizukrabbeln.

Insekten waren lange Zeit aus der Stadt Erde verbannt gewesen. Der große Tyrann Tsao Ch'un hatte sie von den Ebenen getilgt und aufwendige Filteranlagen und Barrieren eingerichtet, um sie draußen zu halten. Aber in diesen einen luftdichten Raum hatte Kim Ward sie zurückgebracht. Mit Hilfe gespeicherter DNA hatte GenSyn diese einst weit verbreiteten Spezies eigens für ihn nachgezüchtet: sie und ihre Beute – Ameisen und Käfer, Tausendfüßer, Marienkäfer und Fliegen, Seidenspinner und Blattläuse.

Es war allerdings nicht einfach gewesen. Zuerst hatte er Li Yuans Genehmigung benötigt. Ein Sonderedikt war erlassen worden, gemeinsam unterzeichnet von allen drei T'ang, während SimFic seinerseits garantiert hatte, die strikten Quarantänevorschriften einzuhalten. Was allerdings kein sonderliches Problem darstellte.

Er sah sich um und empfand eine flüchtige Zufriedenheit. Hier hatte er über viele Dinge nachgedacht: über die physische Natur des Gedächtnisses; über Zellalterung und den Gebrauch von Nanotechnik, um die rasche Heilung beschädigten Gewebes zu unterstützen; über die Replikation von Neuronen; und in jüngster Zeit über die Synthese einer sicheren und stabilen Intelligenzdroge. Jedesmal war er, um eine Lösung verlegen, hierher gekommen, und jedesmal hatte ihn die Stille des Gartens in seinen Bann gezogen und etwas aus den Tiefen in ihm hervorgelockt.

Aber jetzt war es fast geschafft und seine Zeit im Exil vorüber. In vier Wochen konnte er fort von hier, wieder ein freier Mann sein und brauchte nicht mehr das pulsierende Band um den Hals zu tragen. Falls er sich dafür entschied.

Er streckte die Hand aus und berührte mit behandschuhten Fingern die zarten, taubenetzten Blütenblätter einer blutroten Rose und sah die perlartigen Tropfen hinunterfallen. Es war alles ein großes Ballett – ein kosmischer Tanz, choreographiert von unveränderlichen Gesetzen, und er selbst der Schlüssel dazu, der Brennpunkt von alledem. Er durchschaute, wie alles funktionierte, wie es geformt und benutzt werden konnte. Und doch blieb ein Teil von ihm zurückhaltend – eine dunkle, schweigende Seite seines Wesens *weigerte* sich, von diesem Wissen Gebrauch zu machen.

Er atmete einmal lang und tief durch, dann schaute er sich um, als sähe er das alles zum ersten Mal. Bisher hatte er nur die Oberfläche des Wirklichen angekratzt. SimFic hatte gefragt, und er hatte geantwortet. Aber ihre Fragen waren kleinlich und unbedeutend gewesen … *phantasielos* … Es war, als hätten sie keinen Sinn für die Möglichkeiten, wogegen er …

Er runzelte die Stirn, weil ihm nicht gefiel, welche Richtung seine Gedanken einschlugen. Doch es war unumgänglich, sich der Wahrheit zu stellen. Intellektuell war er ihnen überlegen. Das machte ihn nicht besser als sie – nicht in menschlicher Hinsicht –, aber es machte ihn anders, und er war davon überzeugt, daß ihn dieses Anderssein aus einem ganz bestimmten Grund beschieden war. Die Drehungen und Wendungen seines Daseins, sein bloßes Überleben – das alles hatte etwas zu bedeuten. Es war nicht ohne Sinn aus der Dunkelheit emporgestiegen, und nun war es vielleicht an der Zeit herauszufinden, worin der Sinn seiner Reise bestand – sich die großen Fragen zu stellen, die Fragen, die nur er – von der Höhe seines intellektuellen Gipfels – in Worte fassen konnte.

Er durchquerte den Raum und trat vor den langen Metallschrank, der an der Wand angebracht war. Er zog einen langstieligen Schlüssel vom Gürtel seines Anzugs, steckte ihn ins Schloß und drehte zweimal um. Eine kurze Verzögerung, dann öffnete sich klickend eine Reihe von kleinen Metalltüren an der Seite des Schrankes.

Kim trat zurück und sah zu, wie in einer dunklen Welle die Insekten hervorkrabbelten. Sie waren frisch geclont, geschlechtslose Wesen, die nur zu einem Zweck lebten – um von seinen Spinnen gefressen zu werden. Es war ein verwirrender Gedanke. Wie so vieles, was er geschaffen hatte, waren sie wenig mehr als Spielzeuge – Ablenkungen von den eigentlichen Inhalten des Lebens.

Er sah sie schwirren, flattern und flitzen und spürte, wie sein inneres Selbst sich widerwillig sträubte.

Sie bewegten sich, und doch waren sie tot.

»Kim?«

Er blickte zur Kameralinse unter der Decke auf. »Ja?«

»Curval will mit Ihnen über die neuen Zahlen sprechen.«

»Sag ihm, ich werde mich gleich bei ihm melden.«

Er senkte den Blick. Der wahre Grund, warum er an diesem Morgen hierher gekommen war, bestand darin, daß er herausfinden wollte, ob er sich lang genug konzentrieren konnte, um eine Entscheidung zu treffen: entweder in dieser oder jener Funktion bei SimFic zu bleiben oder seinen eigenen Weg zu gehen. Aber wie immer gab es zuviel zu tun, zu viele Dinge, die seiner Aufmerksamkeit bedurften, als daß er gründlich hätte darüber nachdenken können. Die Entscheidung würde spontan fallen. Sie würden ihn fragen, er würde den Blick nach innen lenken, und … nun, dann würde es ihm auf der Zunge liegen. Bis dahin wußte er es einfach nicht.

Er ging auf demselben Weg, den er gekommen war, wieder zurück. Als sich mit einem Zischen hinter ihm die Tür schloß und ein feiner Nebel ihn einhüllte, kam ihm ein letzter Gedanke.

Denkt sie noch an mich? Erinnert sie sich auch nur an mich?

Jelka hatte ihren Vater schreien gehört, den Aufruhr in der Empfangshalle, als die beiden Männer gingen, aber es dauerte eine Stunde, bis er wieder aus seinen Räumen kam, angetan mit seiner Marschalluniform und das Gesicht so entspannt, als sei nichts geschehen.

Sie begrüßte ihn im Atrium vor der Villa und nahm ihn von allen Seiten in Augenschein, wie sie es mit dem Jungen schon getan hatte. Es war natürlich überflüssig – der Haushälter Lo hätte ihn nie in tadeliger Garderobe gehen lassen –, aber es war zwischen ihnen fast zu einem Ritual geworden.

»Und?« fragte er.

Sie berührte ihn am Arm. »Du siehst wirklich schick aus, Vater. Du trägst in letzter Zeit nicht oft deine vollständige Ausgehuniform. Zu welchem Anlaß denn heute?«

»Ich …« Er sah auf sein Handgelenk-Chronometer und schüttelte den Kopf. »Bei allen Göttern! Ist es schon so spät? Hör zu, Liebling, ich muß jetzt los. Ich bin schon zu spät.«

Sie küßte ihn auf die Wange. »Dann los. Beeil dich. Wir sehen uns, wenn du zurückkommst.«

Er lächelte. »Paß gut auf Pauli auf, ja?«

Sie nickte und seufzte, als er durch die offene Tür verschwand, aber Sekunden später war er wieder da und lächelte verlegen.

»Ich habe fast etwas vergessen. Die endgültige Gästeliste für die Party … sie liegt auf meinem Schreibtisch.

Schau sie dir mal an und vergewissere dich, daß wir niemanden vergessen haben.«

»Ich werde mich sofort drum kümmern.«

»Schön.« Er erwiderte ihr Lächeln. »Danke.«

Sie sah ihm nach, dann drehte sie sich um und starrte durch das große Panoramafenster am Ende des Flurs auf den Garten in der Mitte der Villa hinaus und schüttelte den Kopf. Wie sie dieses Haus haßte. Inzwischen lebte sie schon seit fünf Jahren hier und kam sich immer noch wie ein Eindringling vor. Sie hatte dieses Haus mit seinen dunklen Mauern und schweren Möbeln, seinen monumentalen Statuen und bedrückend schweren Teppichen nie sonderlich gemocht. Nein. Der Geist der Eberts hing hier immer noch in der Luft, und ihre Handschrift hatte alles gezeichnet. Es war deren Zuhause, wie das Lager eines seltsamen, halbnackten, wilden Tieres. Und darüber hinaus belastete sie die Erinnerung, einmal mit Hans, dem Sohn des Hauses, verlobt gewesen zu sein.

Jelka schauderte. Es war genau dort, in der großen Halle, gleich rechts von ihr geschehen. Sie ging hinüber, blieb in der Tür stehen und sah hinein. Nichts hatte sich verändert. Die pechschwarzen Fliesen glänzten poliert, während zwischen wuchtigen roten Säulen, an tiefgrünen Mauern, die sie an Urwälder erinnerten, dieselben Ölgemälde alter Jagdszenen hingen, die schon am Tag ihrer Verlobung dort gehangen hatten.

Sie schloß die Augen und dachte zurück. Im Halbdunkel war die Maschine wie ein riesenhaft angeschwollenes Ei auf sie zugeschwebt, geführt von zwei viehischen GenSyn-Riesen. Die Oberfläche hatte wie Rauchglas ausgesehen, doch gleich darunter hatte ein scharfer Lichtkreis wie ein lebendes Wesen in den Tiefen des Fußbodens geschimmert. Sie hatte wie im Traum dagestanden, reglos vor Furcht, und sie unerbittlich und unaufhaltsam wie das Schicksal näherkommen sehen.

Sie zuckte mit dem Kopf und war überrascht von der

Lebhaftigkeit der Erinnerung. Seit damals war soviel geschehen – so viele Menschen waren gestorben oder verraten worden –, und doch hatte sie, Jelka Tolonen, überlebt. Sie hatte sich durchs Leben getanzt.

Als sie sich umdrehte, bemerkte sie, daß die Tür zum Arbeitszimmer ihres Vaters offenstand. Lo, der Haushälter, war damit beschäftigt, hinter seinem Herrn aufzuräumen.

Er blickte auf und bemerkte sie. »*Nu Shi ...*«

Sie trat ein und sah sich um, während Lo seine Arbeit machte. Nicht einmal hier hatte er nennenswerte Spuren hinterlassen. Er hatte nichts verändert. An drei Wänden standen Bücherregale, aber sie hatten schon vor ihm dort gestanden, und die ledergebundenen Bände, die sie füllten, jeder einzelne mit dem Ebertschen Wappen auf dem Titelblatt versehen, hatte seit zwanzig, vielleicht dreißig Jahren niemand mehr angerührt. Nur die persönlichen Gegenstände auf dem riesigen Schreibtisch, der die gegenüberliegende Ecke einnahm, gehörten ihrem Vater.

Sie ging hinüber und suchte nach der Liste. Auf dem Schreibtisch lagen Briefe von alten Freunden und dicke Akten mit dem S-in-G-Logo von GenSyn auf den hellblauen Einbänden, ein Memo von General Rheinhardt über die nächste Sitzung des Sicherheitsrats und der Tischkalender ihres Vaters, der auf der Seite für den heutigen Tag aufgeschlagen war. Sie suchte noch eine Weile und war überrascht, nichts zu finden, dann fiel ihr Blick auf den letzten Eintrag auf der Kalenderseite.

Sie schüttelte den Kopf und las sie noch einmal. Nein, sie hatte sich nicht geirrt. Da stand es in seiner eigenen Handschrift: *SimFic-Laboratorien mit Li Yuan. 12 Uhr. Kim Wards laufendes Projekt.*

Er hatte es ihr nicht gesagt. Er hatte es ihr einfach nicht gesagt!

Sie löste sich vom Tisch, und als ein richtungsloser Zorn sie erfaßte, ballte sie beide Hände zu Fäusten und zwang sich innerlich zur Ruhe. Langsam, ganz langsam begann sie zu verstehen.

So war das also … es war immer dasselbe. Sieben Jahre – sieben lange Jahre hatte er das für sich behalten. Aber das mußte jetzt aufhören.

Sie ließ Atem ab und sah durchs Arbeitszimmer. Lo beobachtete sie.

»Ist alles in Ordnung, *Nu Shih*?«

Sie versuchte ihre Stimme ihrer inneren Ruhe anzugleichen. »Mir geht's gut, Lo. Es geht nur um eine Liste, die mein Vater mir zurücklassen wollte … eine Gästeliste für meine Volljährigkeitsparty.«

»Ach so …« Lo trat an den Schreibtisch, griff mit einer Verbeugung an ihr vorbei und zog eine dünne Akte unter den GenSyn-Papieren hervor.

»Hier«, sagte er, staubte sie ab und reichte sie ihr mit einer weiteren Verbeugung. »Es dauert nicht mehr lang, nicht wahr, *Nu Shih*?«

»Nicht mehr lang«, erwiderte sie und nickte zum Dank. Dann drängte sie sich an ihm vorbei und hastete aus dem Arbeitszimmer.

Wieder in ihrem Zimmer, setzte sie sich auf die Bettkante, legte sich die Akte in den Schoß und gab ihren Gedanken Zeit, sich zu beruhigen. Natürlich würden sie alle erscheinen – alle Personen von Rang und Namen auf der Ersten Ebene, die man zur Volljährigkeitsfeier der Tochter des Marschalls erwartete, aber es gab nur einen Namen, der sie interessierte. Sie zählte bis zehn, dann schlug sie die Akte auf und fuhr mit dem Finger über die Liste.

Die meisten Namen waren ihr bekannt – zum Großteil Angehörige des Sicherheitsdienstes –, von einigen aber wußte sie, daß sie nur auf der Liste standen, weil man es sich nicht leisten konnte, eine Party zu veranstalten, ohne solche Leute einzuladen. Sie würde die Liste später noch einmal genauer durchgehen, im Moment aber …

Schließlich war sie am Ende angelangt. Nichts. Sein Name fehlte einfach.

Also stimmte es. Er hielt wirklich sein Wort. Sehr schön. Sie hatte eigentlich nichts anderes von ihm erwartet. Aber es war ihre Party, *sie* wurde volljährig, und es gab eine Person, die sie mehr als jeden anderen an diesem Tag bei sich haben wollte. Kim Ward.

Sie ging in ihr Arbeitszimmer, setzte sich an den Schreibtisch und beugte sich vor, um die Tintenfeder vom Ständer zu nehmen. Sie tauchte sie in die Tinte und versuchte sich zu erinnern, wann sie ihn das letzte Mal gesehen hatte – nach seiner Tätigkeit beim Verdrahtungsprojekt mußte das gewesen sein. Sieben Jahre waren seit diesem Tag vergangen, und die ganze Zeit hatte sie nie aufgehört, an ihn zu denken, sich zu fragen, wie es ihm ging, sich auf ihn *vorzubereiten*.

Sie nahm die Liste und trug seinen Namen zwischen Wang Ling, dem Produktionsminister, und Oberst Wareham, dem Freund ihres Vaters, ein.

So! dachte sie. Doch schon während die Tinte trocknete, wußte sie, daß es damit nicht vorbei sein würde. Er würde deswegen mit ihr streiten, das wußte sie, denn sie hatten immer darüber gestritten.

Zum Teufel mit dir, du alter Mistkerl! dachte sie, und liebte ihn doch, auch wenn sie noch so wütend auf ihn war. *Warum kannst du nicht dieses eine Mal dasselbe machen wie ich?*

Aber sie wußte, daß es eine vergebliche Hoffnung war. Ihr Vater war wie ein Fels, unempfindlich gegenüber der Zeit und gutem Zureden. Sie würde diese Sache mit ihm austragen müssen. Heute abend vielleicht. Oder morgen.

Sie erbebte, und Frustration und Zorn drohten sie vom Eigentlichen abzubringen. Schließlich riß sie sich zusammen, schaltete ihr Schreibtisch-Komset ein und wandte sich dem Anfang der Liste zu, fest entschlossen, ihm keinen weiteren Grund zur Klage zu geben.

Tolonen warf einen Blick durchs Fenster des Kreuzers, dann wandte er sich wieder seinem T'ang zu und antwortete endlich.

»Ich weiß nicht, *Chieh Hsia*. Ich glaube, Ihr solltet andere Maßnahmen versuchen, ehe Ihr drastische Schritte einleitet.«

Li Yuan winkte überdrüssig ab. »Ich wünschte, ich könnte, aber wir stehen unter Zeitdruck. Der Mann scheint jeden Tag auf meine Kosten stärker zu werden. Die Situation in Afrika wird immer schlimmer, und meine dortigen Armeen sind unruhig. Wenn ich nichts unternehme, werden uns die Dinge aus den Händen gleiten, bis ... nun, bis Li Min nur noch die Stimme zu erheben braucht und alles um uns zusammenbricht.«

Tolonen seufzte, beunruhigt von solchen Worten. »Verzeiht mir, *Chieh Hsia*, aber sieht es wirklich schon so schlimm aus? Schließlich hatten wir die letzten drei Jahre *Frieden*. Das Repräsentantenhaus hat sich ruhig verhalten, die Nahrungsmittelrationen sind angehoben worden ...«

Li Yuan schnaufte ungehalten. »Begreifen Sie das nicht, Knut? Der Frieden, von dem Sie reden, ist ein fragiles, brüchiges Gebilde. Nein. Die Zeit wird knapp. Wir haben kaum mehr eine Wahl. Entweder bekämpfen wir den Dreckskerl jetzt, oder wir können ihm die Stadt gleich überlassen.«

»Dann schickt ihm Karr, um mit ihm zu verhandeln, wie ich schon vorgeschlagen habe. Er soll Li Min einen vorläufigen Frieden anbieten – damit wir Zeit gewinnen, uns eine geeignete Gegenkampagne auszuarbeiten. Jetzt, ohne Vorbereitung gegen ihn zu kämpfen ...« – Tolonen zog ein bitteres Gesicht –, »das wäre Wahnsinn!«

Li Yuan lehnte sich zurück und strich sich nervös übers Kinn. Tolonen bemerkte die Geste und senkte den Blick, weil ihn der junge Mann so sehr an seinen Vater Li Shai Tung erinnerte. So hatte der alte Mann in den

Monaten vor seinem Tod ausgesehen – der Blick gehetzt, das Gesicht von Sorge zerfurcht. Und vielleicht hatte Li Yuan recht – vielleicht war die Lage wirklich schlimmer, als es den Anschein hatte –, aber blind zuzuschlagen, nur um überhaupt etwas zu tun … nun, er hatte es schon gesagt: das wäre Wahnsinn.

Tolonen seufzte. »Außerdem gibt's da noch Ward. Wenn *er* die Ware liefert …«

Li Yuan nickte abwesend, dann sah er Tolonen wieder in die Augen. »Ich habe gehört, daß Sie heute morgen Besuch hatten.«

»Ach, *das*.«

»Gibt's da Schwierigkeiten, Knut? Etwas, wobei ich Ihnen helfen kann?«

Tolonen lachte kurz auf. »Nicht, womit ich nicht allein fertig werde, *Chieh Hsia*.«

»Nein …« Li Yuan starrte ihn einige Sekunden lang an, dann lachte er. »Ich habe meine Zweifel, ob es überhaupt etwas gibt, womit sie nicht fertig werden.«

Beide schwiegen eine Weile, dann sagte Tolonen:

»Meint Ihr, Ward wird wieder unterzeichnen?«

»Bei SimFic?« Li Yuan überlegte kurz, dann zuckte er die Achseln. »Schwer zu sagen. Eins ist sicher: das Geld braucht er nicht. Ich habe gehört, daß er über nahezu vierhundertfünfzig Millionen verfügt, und mit den Tantiemen für die SimFic-Produkte, an denen er beteiligt war, wird sich die Summe in den nächsten fünf Jahren vermutlich verdreifachen. An Reiss' Stelle würde ich versuchen, ihm mehr als einen finanziellen Anreiz zu bieten.«

Tolonen blickte auf seine Hände und fühlte sich plötzlich unbehaglich. »Er ist ein seltsamer Bursche, nicht wahr?«

Li Yuan nickte. »Wie sollte es bei ihm auch anders sein?«

Tolonen zögerte, dann blickte er auf. »Was haltet Ihr von ihm als Mensch?«

Li Yuan runzelte die Stirn. Die Frage kam unerwartet. »Ich … ich respektiere ihn. Sein Talent ist unglaublich … beängstigend. Ich kann mir nicht einmal vorstellen, wie er denkt. Es ist, als denke er in eine andere *Richtung* als der Rest von uns. Ähnlich wie Shepherd.«

Tolonen hatte sich mit angespanntem Gesicht vorgebeugt und wartete.

»Aber als Mensch?« Li Yuan zuckte die Achseln, dann raffte er das Seidengewand um sich, als werde ihm plötzlich kalt. »Ich weiß nicht. Ich kann ihn nicht einschätzen. Er hat etwas an sich … etwas *Dunkles* tief in ihm. Ich habe versucht, ihn zu mögen, aber …«

Tolonen nickte verständnisvoll. Er empfand es genauso – war von dem Jungen zugleich beeindruckt und abgestoßen.

Dem *Jungen*? Er lachte innerlich über den Lapsus. Nun, Ward war inzwischen ein Mann … ein junger Mann von fünfundzwanzig Jahren, und trotzdem betrachtete er ihn immer noch als einen Jungen, vielleicht weil er immer noch den Körper eines Kindes hatte – eines kraftlosen, doch bedrohlichen Kindes. Er schauderte. Wenn er ehrlich war, betrachtete er Ward als ein häßliches, verkümmertes kleines Geschöpf, und er konnte sich nicht vorstellen, was seine Tochter je in ihm gesehen hatte. Er war ein Lehmgeschöpf, und wie alle im Lehm Geborenen strahlte er etwas zutiefst Abstoßendes aus.

Er lehnte sich zurück und verschränkte die Hände im Schoß: metallisch goldene und rosig-weiße Finger, die ineinander verhakt waren. Er hatte Ward seit seiner Rückkehr aus Amerika noch nicht gesehen – eigentlich hatte er gehofft, ihn nie wiederzusehen. Nach dem Untergang von Amerika hatte er angenommen, der Junge sei tot – es sei nun endgültig vorbei. Aber Ward war durchgekommen – SimFic hatte seine Investition geschützt und ihn mit dem letzten Flug rausgeschafft – und er selbst war bitter enttäuscht gewesen, als er die Neuigkeit erfuhr.

Ein Fluch – Ward war wie ein Fluch, der auf ihm lastete, ein böser Zauber, der immer wieder zwischen ihn und seine Tochter trat.

Er spürte, wie der Kreuzer sich schräg legte, der Lärm der Turbinen eine andere Tönung gewann, und wußte, daß sie sich ihrem Ziel näherten. Als er Li Yuan wieder ansah, starrte er gerade aus dem Fenster; aber der Blick seiner nußbraunen Augen war nach innen gekehrt, seine Gedanken kreisten um ein Regierungsproblem. Wenn Tolonen ihn so sah, zerstoben seine Sorgen. Sie waren ein Nichts verglichen mit denen seines Herrn. Seinem T'ang zu dienen, war immer seine Hauptsorge gewesen, und was immer er von Ward hielt, er durfte nicht zulassen, daß etwas davon zwischen ihn und seine Pflicht trat. Zu dienen … er nickte und straffte sich, schob die Brust vor und setzte beide Hände entschlossen auf die Knie … das war seine eigentliche Daseinsberechtigung.

Kim beugte sich an den Monitor heran, fuhr die flach abfallende Linie des Diagramms mit dem Zeigefinger nach und fand seine schlimmsten Befürchtungen bestätigt.

»Es gibt also keine Zweifel, ja?«

Curval an seiner Seite starrte noch eine Weile auf den Bildschirm, dann schüttelte er den Kopf. »Nein. Diese Leistungskurven bestätigen, was wir schon eine ganze Zeit vermutet haben. Es findet unzweifelhaft ein Gedächtnisverlust statt.«

»Irgendeine Ahnung, warum?«

Curval warf Kim einen Seitenblick zu und zuckte die Achseln. »Keine Ahnung. Aber es ist nicht zu leugnen. Bei dieser Rate ist der gesamte implantierte Gedächtnisinhalt in … vielleicht drei Monaten verloren. Bestenfalls in vier.«

»Und der Körper kann gut sechzig, vielleicht siebzig Jahre durchhalten.«

»Da haben wir ein kleines Problem, was?«

Die beiden Männer lachten.

»Also, was wollen wir unternehmen?« fragte Curval und fuhr sich mit einer Hand über die polierte Wölbung seines Schädels.

»Von vorn anfangen? Das Ganze von Grund auf neu entwerfen?«

»Das würde Li Yuan nicht gefallen.«

»Aber wenn uns keine andere Wahl bleibt?«

Curval überlegte. »Wie wär's, wenn wir mit Backups arbeiteten? Mehr als ein Implantat? Vielleicht ist es einfach ein Problem der Verstärkung. Schließlich legt das menschliche Gehirn Kopien aller neuen Gedächtnisinhalte an und verteilt sie. Vielleicht ist es das, was fehlt. Vielleicht ist unser Entwurf zu simpel.«

»Vielleicht. Allerdings könnte es auch sein, daß er nicht simpel genug ist. Ich habe das Gefühl, daß wir die Antwort direkt vor Augen haben, daß sie uns geradewegs entgegenspringt, nur ist sie zu offenkundig – zu auffällig –, als daß wir sie sehen können.«

Curval lachte. »Meinen Sie? Wenn Sie mich fragen, steckt ein Fehler in dem Material, das wir verwendet haben.«

Kim schüttelte den Kopf.

»Was sonst? Es muß einfach eine Lösung geben. Das hier ...« Curval tippte auf den Bildschirm. »Das dürfte eigentlich nicht passieren.«

»Nein, aber es geschieht trotzdem. Was nur bedeuten kann, daß etwas Grundlegendes nicht stimmt – etwas so Elementares für das Verfahren, daß wir das ganze Ding Stück für Stück auseinandernehmen müssen, bevor wir verstehen können, was es ist.«

»Das kann dauern.«

»Ich weiß.«

»Und wir haben keine Zeit.«

»Ich weiß.«

»Und was machen wir jetzt?«

Kim lächelte. »Erst einmal besuchen wir den T'ang und zeigen ihm, was wir haben.«

Die Tests waren vorbei. Li Yuan sah zu, wie sie den menschenähnlichen Morph wegführten, dann schaute er auf seine Hände.

In gewisser Hinsicht war es beeindruckend, sehr viel beeindruckender als alles, was GenSyn bis dahin zustandegebracht hatte. Die mathematischen und Gedächtnisleistungen des Wesens waren atemberaubend, und es gab keinen Zweifel an seiner geistigen Beweglichkeit. Physisch allerdings war es eine Enttäuschung. Oh, natürlich war es fit – superfit sogar, wenn man den Leistungsdaten trauen konnte – und verfügte über eine ausgezeichnete Koordination, außerdem waren sein Gesichtssinn und seine Muskelkraft verbessert worden; dennoch war es nicht das, was er sich vorgestellt hatte.

Er seufzte und sah zu Tolonen hinüber. Der Alte lächelte ihn an, aber er sah müde aus, als habe ihn die ganze Sache überfordert. Sein Anblick vermochte Li Yuan ein wenig zu erweichen. Sie hatten alle schwer gearbeitet – Tolonen eingeschlossen –, um so weit zu kommen. Und vielleicht erwartete er einfach zuviel. Schließlich hatten sie noch vor drei Jahren nichts in den Händen gehabt – nichts außer dem Gerücht, daß DeVore und Hans Ebert an etwas ähnlichem arbeiteten. Dieses Gerücht und die ›künstlichen‹ Gehirne, die sie in Nordamerika entdeckt hatten.

Er war an synthetische Geschöpfe gewöhnt, war mit ihnen aufgewachsen – in Tanks gezüchteten Kreaturen, die das Produkt biotechnischer GenSyn-Programme waren –, aber dies hier war anders. Die Haut und die Augen waren in GenSyns Zuchtbottichen entstanden – in besonderen ›Nährreservoirs‹, die die lebenden, selbstreplizierenden Teile versorgten und Aufgaben übernahmen, die normalerweise von anderen Zellen erledigt wurden –, der Rest aber ... der Rest war buchstäblich *angefertigt* worden. Unter der menschlichen Hülle, in der sich das Ding präsentierte, steckte eine Maschine; eine Maschine, die – wie primitiv auch immer – selbsttätig denken konnte.

Er wandte sich Kim zu. »Eines begreife ich nicht. Warum führt es diese Listen?«

Kim zögerte und warf Reiss einen Blick zu, ehe er antwortete. »Es führt Listen, weil es autistisch ist.«

»Autistisch?«

»Ihr habt erlebt, wie leicht es sich Dinge merken kann. Es ist wie Löschpapier, das alles aufsaugt. Und was ihm einmal gezeigt wurde, vergißt es nie wieder. Was ihm aber fehlt, ist die Fähigkeit, den Dingen einen Zweck oder eine Bedeutung zuzuordnen – vor allem Menschen und Orten. Versteht Ihr, sein Dasein ist gänzlich *unstrukturiert*. Wo Ordnung sein sollte, ist bei ihm nur eine Lücke. Und um diese Lücke auszufüllen, verbringt es sein Leben damit, Listen zu führen.«

»Ah ja ...«

»Bei Menschen liegt das Problem im Kleinhirn – wo unser Ichgefühl angesiedelt ist.« Kim lachte. »Ich habe gehört, daß im antiken Delphi über dem Eingang zum Orakeltempel eine Inschrift in den Stein gemeißelt war. ›Erkenne dich selbst‹ stand da. Unglücklicherweise bleibt unserem künstlichen Freund nicht einmal diese Wahl. Die Hirnstruktur, die wir für dieses Modell entwickelt haben, ist einfach zu grob, zu simpel, um Selbsterkenntnis zu ermöglichen.«

»Und daran läßt sich nichts ändern?«

Kim zuckte die Achseln. »Möglicherweise schon. Aber dafür müssen wir erst einige andere Probleme lösen. Gegenwärtig ist das Gehirn dieses Modells noch ziemlich klein – wie die Exemplare, die der Marschall aus Amerika mitgebracht hat. Das hat einen ganz einfachen Grund. Ein Gramm Nervengewebe verbraucht bei Denkvorgängen mehr Kalorien als ein Gramm Muskeln bei körperlicher Belastung verbrennt. Um genau zu sein, verbraucht das Gehirn ein Viertel der ganzen Körperenergie. Wir haben versucht, dieser Tatsache Rechnung zu tragen, indem wir unseren Modellen zusätzliche Energie bereitstellen. Daher die beiden Speicherpakete auf dem Rücken. Aber das geht nur bis zu einem gewissen Grad. Bewußtsein ist im Grunde harte Arbeit. Um das Modell bewußter denken zu lassen, müßten wir seine Hirnkapazität beträchtlich anheben, und das hieße, seine Körpergröße und sein Gewicht proportional zu vergrößern. Am Ende hätten wir dann einen Riesen vor uns.«

Li Yuan lehnte sich zurück, und seine Enttäuschung wurde von Moment zu Moment größer. »Ich hatte gehofft, wir könnten gewisse Fortschritte machen.«

Kim lächelte verlegen. »Vielleicht werden wir das. Aber dafür brauchen wir Zeit. Anfangs habe ich überlegt, etwas ganz Neues anzufangen – etwas zu entwickeln, das sich grundlegend vom menschlichen Vorbild unterscheidet –, aber schließlich mußte ich mir eingestehen, daß an dem alten Modell nichts verkehrt war. Zehn Milliarden Jahre Evolution lassen sich nicht über den Haufen werfen. Das Gehirn ist so, wie es ist, weil es so sein *muß*.«

»Ich verstehe. Aber sagen Sie mir eins ... Warum hat es so lang gebraucht, um uns zu erkennen? Selbst Sie. Es schien Sie überhaupt erst wahrzunehmen, als Sie es angesprochen haben. Ist seine Sehleistung nicht verbessert worden?«

»Das ist richtig, aber das Modell ist im Grunde prosopagnosisch. Das heißt, es kann keine Gesichter erkennen. Zumindest nicht sofort. Netzhautabdrücke, ja, Stimme auch – an der Modulation –, aber ein ganzes Gesicht dauert sehr viel länger. Es muß eine große Anzahl unterschiedlicher Elemente – die Form der Nase, die Farbe der Augen, die Spanne zwischen der Stirn und dem Mund – anhand einer vorprogrammierten Liste derselben Elemente überprüfen und jeden Punkt abhaken. Es dauert nicht lang, verursacht aber eine merkliche Verzögerung. Wie viele seiner Verhaltensmerkmale ist auch dies nur eine grobe Analogie der entsprechenden Funktionen beim Menschen, keine perfekte Nachbildung.«

»Ich war überrascht, wie menschlich es aussieht«, gestand Li Yuan. »Ich habe etwas …«

»… etwas *Brutaleres* erwartet?« Kim zuckte die Achseln. »Ich habe mit dem Gedanken gespielt, es ganz anders aussehen zu lassen; es noch weiter zu verbessern und ihm den Anschein einer geschmeidigen, sondergefertigten Maschine zu geben, aber am Ende kam ich zu dem Schluß, daß man am besten mit ihm arbeiten kann, wenn es so wenig bedrohlich – so *normal* wie möglich aussieht. Denn wenn es einem bloß auf eine bedrohliche Erscheinung ankommt, haben wir ja schon die *Hei*, GenSyns Halbmenschen. Ich war der Ansicht, wenn dieses Projekt überhaupt einen Sinn hat, müßte er darin bestehen, etwas hervorzubringen, das unsere Feinde täuschen kann. Seine scheinbare Normalität ist meinem Empfinden nach seine größte Stärke.«

»Ist es nicht gefährlich?«

Kim lachte. »Gefährlich? Es ist geradezu zahm. Eines unserer Hauptprobleme bestand sogar darin, daß dieses Modell zu passiv ist. Es kann Entscheidungen treffen, aber nur, wenn man es eigens dazu *auffordert*. Die meiste Zeit sitzt es einfach nur herum.«

»Ich verstehe. Und gibt es keine Möglichkeit, etwas daran zu ändern?«

Kim zögerte. Er warf Reiss einen Blick zu, der in der Tür stehengeblieben war und hereinsah.

Eine schwache Hoffnung keimte in Li Yuan auf, als er sich selbst der Tür zuwandte. »Gibt es da etwas, das ich wissen sollte, Direktor Reiss?«

Reiss senkte den Kopf. »*Chieh Hsia*, ich …«

»Sagen Sie's mir einfach.«

Reiss schluckte. »Es gibt einen … einen zweiten Prototypen.«

Li Yuan hob eine Augenbraue. »Einen *zweiten* Prototypen?«

»Ja, *Chieh Hsia*, nur ...«

»Nur haben wir Probleme mit ihm gehabt«, unterbrach ihn Kim.

Li Yan drehte sich um. »Welcher Art?«

Kim lächelte, dann lud er Li Yuan mit ausgestrecktem Arm dazu ein, ihn zu begleiten. »Ich glaube, das seht Ihr Euch besser selbst an.«

Li Yuan stand neben Kim in dem winzigen Zimmer und starrte das Geschöpf an, das ausgestreckt auf dem schmalen Bett lag. Der erste Prototyp war wenig mehr als eine komplexe Marionette gewesen, wie der goldene Vogel in dem Gedicht, das Ben ihm geschickt hatte, aber das hier ... er spürte einen seltsamen Schauder – der Erregung? Oder der Furcht? Das hier war etwas Besonderes. Das sah er auf einen Blick.

»Und worin besteht nun das Problem?«

»Seht Ihr es nicht?«

Li Yuan wollte einen Schritt näher treten, aber Kim faßte ihn am Arm. »Verzeiht mir, *Chieh Hsia*, aber nicht näher. Es ist ... unberechenbar.«

»Gefährlich?«

»Nicht mehr, aber ... nun, ich möchte nicht gern eines Besseren belehrt werden.«

»Sollen wir ...« Li Yuan gestikulierte in Richtung Tür.

»Nein. Es ignoriert uns, wenn wir auf Abstand bleiben. Gewöhnlich ...«

»*Was*?«

Das Geschöpf drehte den Kopf und starrte sie an. Seine dunklen Augen funkelten vor Intelligenz.

Ja, dachte Li Yuan und hielt den Atem an, *das* ist schon eher, was ich mir vorgestellt habe!

Es wälzte sich herum und ließ die Beine über die Bettkante gleiten.

»Wie geht's dir heute?«

Es ignorierte Kims Frage und starrte Li Yuan an, als versuche es ihn einzuordnen.

»Was zeigen die jüngsten Zahlen?«

»Derselbe Trend.«

Das Geschöpf nickte und strich sich mit einer eigentümlich menschlichen Geste die Haare aus den Augen. »Und was willst du tun?«

»Ich kann neu implantieren.«

»Sinnlos. Wenn du das tust, geht mir verloren, was ich bin. Alles, was ich gewesen bin. Mir ...« Es zog eine schmerzhafte Grimasse. »Mir gehen schon Dinge verloren.«

»Hat es einen Namen?« fragte Li Yuan.

Kim drehte sich erschrocken um, als habe er vergessen, daß der junge T'ang zugegen war. »Ravachol ... Ich nenne ihn Ravachol.«

»Ein slawischer Name. Interessant. Es sieht auch slawisch aus.«

Kim nickte, hatte aber seine Aufmerksamkeit wieder dem Wesen zugewandt.

»Was soll ich denn tun?«

Ravachol sah gequält weg, verriet mit jeder Bewegung tiefe innere Qual. »Ich ... ich weiß nicht. Eine neue Technik vielleicht? Eine Droge?«

»Es gibt keine Drogen.«

Es starrte Kim eine Weile an, dann zuckte es die Achseln. »Und wieviel Zeit bleibt mir noch?«

»Drei, vielleicht vier Monate.«

Es nickte. Dann lehnte es sich mit einem unvermittelten Lächeln Kim entgegen. »Ich habe wieder geträumt.«

»Geträumt? Erzähl mir davon. War es derselbe Traum?«

Ravachol zögerte und konzentrierte sich, dann schüttelte es den Kopf. »Nein ... Ich glaube nicht.«

Kim sprach sanft, als versuche er ein Kind zu beruhigen. »Und?«

Es legte die Stirn in tiefe Falte, als koste es ihn große

Anstrengungen, sich an Einzelheiten zu erinnern, dann begann es mit unsicherer Stimme zu erzählen. »Am Anfang war da ein Licht. Ein grelles, brennendes Licht. Es hat mich *versengt*. Es hat mich *verzehrt*, in einen großen Strudel weißglühenden Lichts hineingezogen. Und dann … dann konzentrierte es sich auf einen Punkt. Ich war wie … Ich *fühlte mich* wie neu geschaffen. Ich trat aus dem Brennpunkt des Lichts und … es war, als trete ich in einen luftdichten Würfel aus Glas – aus Eis –, einen Ort der Stille. Einer perfekten, undurchdringlichen Stille.« Es lehnte sich mit seligem Gesicht zurück und seufzte. »Ich konnte nichts hören, nichts spüren, riechen oder sonstwie fühlen. Es war … *seltsam*. Die Stille war zugleich in mir und außerhalb von mir. Ich spürte keinen Puls in mir, keinen Herzschlag in meiner Brust. Es war, als sei ich tot, und doch war ich bei Bewußtsein. Ich konnte den Kopf drehen und mich umsehen. Aber es gab nichts zu sehen. Nicht einmal das Licht … sogar *das* war verschwunden. Nicht daß es dunkel war. Es war einfach …«

Ravachol brach ab, die Muskulatur angespannt, den Blick starr auf Kim gerichtet, als sei es abgeschaltet worden.

»Und dann?«

Das Wesen kam auf eine jähe, erschreckende Weise wieder zu sich, als habe es eine Uhr zur vollen Stunde wieder in Bewegung versetzt. Li Yuan durchfuhr ein unbehaglicher Schauder. Ja, er sah jetzt, was Kim meinte. Das Ding war verrückt – vollkommen, unzweifelhaft verrückt.

»Ich kann mich nicht erinnern. Irgend etwas ist geschehen, aber ich kann mich nicht daran erinnern. Es ist wie ein Stück Stoff mit ausgefranstem Rand. Soweit komme ich, dann folgt nichts mehr.«

Es starrte Kim an, den Mund zu einem fassungslosen O geöffnet.

»Gut, du ruhst dich jetzt besser aus. Wenn du diesen

Traum noch einmal hast, schreib ihn auf. Oder erzähl ihn in die Kamera, ehe der Rand ausgefranst ist.«

Es nickte, dann ließ es sich mit erstaunlicher Sanftmut mit dem dünnen weißen Laken zudecken. Schließlich lag es reglos da und starrte mit offenen Augen zur Decke. Und erschreckend plötzlich fielen ihm die Lider zu.

Wieder draußen, schaute Li Yuan durchs Beobachtungsfenster hinein.

»Was hat das alles zu bedeuten?«

»Der Traum?« Kim kritzelte etwas in ein kleines Notizbuch, das er sich dann in die Tasche seines Overalls steckte. »Es ist immer der gleiche, bis zum letzten Detail. Eigentlich ist es kein Traum – nicht in dem Sinne, wie wir, wie Sie oder ich träumen –, mehr eine symbolische Landschaft seines Selbstbewußtseins ... eine stillschweigende Wahrnehmung seiner eigentlichen Nicht-Existenz. Es *weiß*, wie es mit ihm steht. Es weiß, was es ist und wie es entstanden ist. Es weiß sogar, was nicht mit ihm stimmt. Die Träume ... sie sind eine Art Ausfluß seiner Beklemmung. Die einzige Äußerung, zu der es fähig ist. Ohne sie würde es aufhören zu funktionieren.«

»Ich verstehe.« Li Yuan schauderte und empfand ein seltsames Mitleid für die Kreatur. Er schwieg eine Zeitlang, dann seufzte er. »Ich hatte gehofft, wir seien schon weiter.«

»Wir haben einen weiten Weg hinter uns.«

»Ich weiß. Es ist nur ...«

»Die Zeit?«

Li Yuan nickte und wandte sich Kim zu. »Die Zeit. Sie ist der Fluch der Könige und Kaiser.« Er lachte wehmütig. »Als ich noch ein Kind war, dachte ich, ich hätte alle Zeit der Welt – daß die Dinge immer so bleiben würden, wie sie waren. Die Zeit war wie ein alter Freund, der sich niemals ändert. Aber so ist es nicht. Am Tag, als ich geboren wurde, erzählte man mir, hatte *er* einen Traum. Einen Traum von der Dunkelheit, die auf uns zukam.«

Kim malte mit den Fingerspitzen einen Kreis auf den Einwegspiegel. »Ihr meint also, ein Zusammenbruch ist unausweichlich?«

»Unausweichlich? Nein. Aber wahrscheinlich. Und mit jedem Tag wahrscheinlicher. Wenn wir nicht vorsorgen.«

»Und das?« Kim tippte gegen die Glasscheibe und deutete auf den schlafenden Androiden. »Haltet Ihr das wirklich für eine Art Lösung?«

»Sie nicht, nehme ich an?«

Kim lachte. »Ihr seid der T'ang, *Chieh Hsia*.«

Li Yuan lachte. »Also, wann wird es einsatzbereit sein?«

»In einem Jahr. In sechs Monaten, wenn wir großes Glück haben.«

»Glück?« Li Yuan hob eine Augenbraue. »Ich dachte, Ihre Wissenschaft sei eine *präzise* Angelegenheit.«

»O nein, *Chieh Hsia*. Bei weitem nicht. Glück spielt eine große Rolle dabei. Aber die Probleme, die wir mit den Prototypen hatten, sind vor allem auf das Tempo der Entwicklung zurückzuführen. Wir sind in weniger als drei Jahren von Null bis zu diesem Stadium gekommen. Das ist ziemlich schnell. Zu schnell vielleicht. Wenn wir mit einem einzigen, homogenen biologischen System zu tun hätten, wäre es eine relativ geradlinige Sache – dann könnten wir jeden Fehler lokalisieren, falls und wenn er auftritt –, aber das ist nicht der Fall: wir haben es mit einem Dutzend, vielleicht fünfzehn verschiedenen Biosystemen gleichzeitig zu tun, und diese Systeme sind diskret, unabhängig voneinander. Wenn eines versagt, dann versagt das Ganze. Und das Problem besteht darin, daß die Systeme keine Zeit hatten, sich vernünftig zu entwickeln – miteinander zu wachsen. Meistens mußten wir uns auf Vermutungen stützen, und unsere Einschätzungen haben sich gelegentlich als falsch herausgestellt. Aber warum etwas nicht funktioniert – ob dieses System versagt oder jenes – nun, das ist schwer zu sagen.«

Li Yuan hob die Hand. »Ich verstehe. Aber ein Jahr … ein Jahr müßte reichen, ja?«

Kim nickte.

»Gut. Dann ist es vielleicht an der Zeit, die Sache zu konkretisieren.«

»Konkretisieren?«

»Einzelheiten des Gesichts, der Gestalt, Größe und Gewicht. Solche Dinge.«

»Ach so …« Kim mußte die Bemerkung erst verdauen, dann sah er seinen T'ang wieder an. »Um wen geht es?«

»Ich halte es für besser, wenn Sie das nicht wissen.«

»Um wen geht es?« beharrte Kim. »Ich muß es wissen.«

Li Yuan schaute ihn verblüfft an, fühlte sich für einen Moment an Ben erinnert, dann zog er den Umschlag aus dem Seidengewand und hielt ihn Kim hin.

»Er ist ein Mörder. Ein Mann namens Soucek. Aber diese Informationen sind geheim, ja? Vier Männer sind umgekommen, um an diese Einzelheiten zu gelangen.«

Kim überflog die Papiere, dann nickte er. »Ich verstehe. Aber warum er?«

»Er arbeitet für Li Min. Er ist seine rechte Hand. Er hat *Zugang* zu ihm.«

»Ah ja …« Ein Schatten flog über Kims Gesicht.

»Wollen Sie einen Rückzieher machen?«

Kim schüttelte den Kopf. »Das habe ich nicht gesagt. Aber ich mußte es wissen.«

»Ein Jahr also? Maximal?«

Kim nickte.

»Dann lassen Sie uns beten, daß uns ein Jahr bleibt, mein lehmgeborener Freund. Lassen Sie uns zu allen Göttern beten, die wir kennen, daß wir diesmal nicht zu spät kommen.«

Soucek saß in einem Stuhl neben dem Magistratsschreibtisch, die Beine lässig überschlagen, das lange, pockennarbige Gesicht ausdruckslos. Zwei Wachmänner standen hinter ihm – massige Schläger mit brutalen Gesichtern, die schwere Automatikwaffen vor der Brust hielten. Hinter dem Schreibtisch räusperte sich der Alte Yang, der Magistrat, und zupfte an seinem dünnen Bart.

Die Halle war überfüllt. Menschen standen an den Rück- und Seitenwänden und drängten sich in den Gängen zusammen, redeten miteinander und fächelten sich träge Luft zu. In dieser Sitzung sollten zwei Dutzend Fälle verhandelt werden, und erst ein Drittel lag hinter ihnen. Sie hatten schon zwei Hinrichtungen erlebt, und im Publikum herrschte wachsende Erregung, daß auch dieser Fall kurz vor einer Entscheidung stand.

Von ihrem Platz an der Rückwand aus sah Emily besorgt zu. Wie oft hatte sie derlei in den letzten beiden Jahren miterlebt? Wie oft hatte sie sich zurückhalten und diese dumpfe Zurschaustellung der Justiz ertragen müssen? *Viel zu oft,* dachte sie und fuhr mit dem Finger die Konturen der Waffe unter ihre Jacke nach. Aber heute ... heute würde das anders sein.

Der Angeklagte – ein siebzehn Jahre junger Han – stand an der blutbefleckten Stelle vor dem Podium, hatte die Hände hinter dem Rücken zusammengebunden und hielt den Kopf gesenkt. Sein Schädel war grob geschoren und mit Schnittwunden übersät. Ein langer Lederriemen war ihm um den Kopf, über den Mund gebunden worden, hielt seine Zunge fest und hinderte ihn am Sprechen. Zwei barbrüstige Tong-Mitglieder standen hinter ihm, die Schlachtermesser am Gürtel und schwarze Zeremonien-Stirnbänder trugen. Die Aussage des Tong-Beamten, der den Jungen inhaftiert hatte, war vorgelesen und die Aufzeichnungen der Überwachungskameras gezeigt worden. Nur das Urteil des Magistrats stand noch aus.

Die Beweise schienen schlüssig. Es lag eine Aufzeichnung vor, die den Jungen – kein Mitglied einer Tong – dabei zeigte, wie er einem unidentifizierten Kriminellen ein Messer abkaufte, und einige ›Freunde‹ hatten geschworen, daß er laut damit geprahlt habe, was er damit anstellen wolle. Die Sache sah klar aus. Er hatte ein Verbrechen begangen, auf das die Todesstrafe stand. Aber die Beweise waren getürkt, der Junge war unschuldig.

Sie hatte gestern die Eltern besucht und sich ihre Geschichte angehört, dann persönlich die Einzelheiten überprüft. Der Vater war ein lokaler Markthändler, und das Paar hatte drei Kinder: zwei Jungen und ein Mädchen. Vor einer Woche hatte er sich mit einem örtlichen Tong-Beamten gestritten – was der Anlaß gewesen war, hatte sie nicht aus ihm herausbekommen können, aber es hatte mit ihrer vierzehnjährigen Tochter zu tun. Zwischen den beiden Männern waren heftige Worte gefallen. Der Alte hatte angenommen, daß die Sache damit erledigt sei, aber der Beamte hatte es nicht dabei belassen. Er hatte Beweise vorgebracht – gefälschte Filmaufnahmen und die ›Schwüre‹ einiger nichtswürdiger Jugendlicher, und von seinem Vetter, den für diese Stöcke zuständigen Beamten des Sicherheitsdienstes, den Jungen verhaften lassen.

Die Umstände waren nicht ungewöhnlich. Ihr lagen inzwischen Beweise für über achtzig derartiger Fälle vor, und sie wußte, daß diese nur einen kleinen Teil dessen ausmachten, was auf den unteren Ebenen tatsächlich vor sich ging. Seit zwei Jahren veranstaltete der Weiße T'ang nun schon diese Tribunale und zwang diesen Ebenen seinen ›Eisernen Codex‹ auf. Aber was anfangs wie eine Form von Justiz erschienen war, hatte sich bald als eine neue Möglichkeit für die Tong-Mitglieder herausgestellt, über die gemeinen Bürger zu herrschen. Es war ein stinkendes, korruptes System, bestimmt von Schlägern, Betrügern und Mördern.

So wie in diesem Fall. Sie seufzte, und unter ihren

Zorn mischte sich Schmerz. Hier herrschte keine Gerechtigkeit, dies war ein arrangierter Mord, dessen Opfer sogar das Recht versagt blieb, sich zu äußern. Und Soucek … Soucek war der Architekt des Ganzen, der Administrator und erste Henker. Er war es, der die Kanalisation voller Unrat überlaufen ließ.

Aber heute … heute würde sie ihm im Namen aller, die unter ihm gelitten hatten, einen Schlag versetzen.

Als der Magistrat daran ging, das Urteil zu verkünden, standen jene, die gekauert hatten, auf und reckten den Hals, und eine elektrisierende Welle der Erwartung durchlief die überfüllte Halle. Emily stand auf den Zehenspitzen und verschaffte sich einen Überblick, wo die Wachen standen, dann drängte sie sich durch die zusammengedrängten Leiber nach vorn.

Der Alte Yang schrie jetzt mit einer schrillen, häßlichen Stimme auf den Jungen ein, überschüttete ihn mit den schlimmsten Schimpfworten und beleidigte seine Familie. Dann war es vorbei, das Urteil verkündet. Erwartungsvolles Gemurmel erhob sich im Saal.

Auf ein Zeichen von Soucek hin trat einer der Tong-Mitglieder hinter dem Jungen vor und rammte ihm die Fußspitze knapp unters linke Knie. Mit einem Stöhnen ging der Junge zu Boden. Als er sich auf die Knie aufrichtete, kam der Beamte herüber, der ihn inhaftiert hatte, zog seine Waffe, spannte den Hahn und setzte sie ihm an den Kopf.

In der Halle herrschte jetzt Stille. Eine Spannung wie kurz vor einem Gewitter hing in der Luft. Emily preschte vor.

Der Schuß war wie eine Erleichterung. Köpfe ruckten herum, Unterkiefer sackten herab. Ein lautes Seufzen durchfuhr die Halle. Es war vollbracht. Das Wort des Weißen T'ang bedeutete etwas. Aber Emily empfand nur noch Wut. Ihre Hand bedeckte die Waffe. Sie hatte nur noch fünf, sechs Reihen vor sich, bis sie ganz vorn stand. Sie konnte Soucek deutlich sehen, und wie ruhig – wie grausam gelassen – er war, als er sich einem seiner Wachmänner zuwandte.

Zu ihrer Rechten hörte sie ein Wimmern. *Seine Mutter,* dachte sie, ließ eine Hand in die Jackentasche gleiten und entsicherte die Waffe. Dann erschreckte sie ein Schuß.

Sie wandte entsetzt den Kopf und versuchte auszumachen, wo er gefallen war. Eine kleine Rauchwolke stieg zu ihrer Rechten aus der Menge auf. Als sie hinsah, fiel ein zweiter Schuß. Sie hörte Geschrei, Panik drohte auszubrechen. Tong-Wachmänner stürzten von allen Seiten herbei. Anfangs begriff sie nicht, was los war, dann teilte sich die Menge, und sie sah es. Es war der Vater des Jungen. Er stand mit verwirrtem Gesicht da und hielt eine Pistole auf eine Armlänge vor sich hin. Sie sah seine Hand zittern, als er erneut feuerte, dann erwiderte eine der großen Automatikwaffen das Feuer, und er stürzte rücklings hin, als die Kugeln ihn durchsiebten und die Waffe aus der Hand rissen.

Als sei das ein Signal gewesen, warfen sich alle zu Boden. Sie tat dasselbe. Und in diesem Moment sah sie, wie sich oben auf dem Podium einer der Wachmänner über Soucek beugte.

Er hat ihn getroffen! dachte sie mit einem Triumphgefühl. *Der Alte hat den Dreckskerl getroffen!*

Doch als ein halbes Dutzend Tong-Schläger auf das Podium kletterten, um ihn abzuschirmen, rappelte Soucek sich schon wieder auf, schüttelte die Hände der Wachleute ab und drängte sich an seinen Männern vorbei, um durch die Tür am anderen Ende zu verschwinden.

Sie senkte enttäuscht den Blick. Soucek blutete. Anscheinend hatten die Schüsse des Alten seine rechte Schulter getroffen und das Schlüsselbein zerschmettert. Aber er hatte überlebt. Sie würde auf eine andere Gelegenheit warten müssen, um ihn zu erledigen.

Ja, und das nächstemal würde es nicht so einfach sein.

Von heute an würden sie für größere Sicherheitsvorkehrungen sorgen.

Sie seufzte schwer, als sie aufstand. Der Alte Yang war tot auf seinem Sitz zusammengesackt. Ringsum stöhnten und wimmerten die Leute. Zu ihrer Rechten herrschte völliges Chaos. Überall waren Stühle umgestoßen worden. Ein Dutzend Menschen oder mehr lagen tot oder verletzt auf dem Boden.

Als die Wachen sich daran machten, die Halle zu räumen, wurde sie mit dem Rest hinausgetrieben, ließ die Waffe ihr Bein entlang auf den Boden gleiten, dann streifte sie sich die hautengen Handschuhe ab und ließ sie beiläufig fallen.

Ein andermal, schwor sie sich. *Der Scheißkerl kann nicht immer soviel Glück haben.* Doch im Innersten spürte sie Bitterkeit … und Zorn. Größeren Zorn, als sie je empfunden hatte.

Kim stand vor dem Spiegel in seinem Zimmer und rückte sein Seidengewand zurecht. Er wurde um vier im Bienenstock erwartet, aber er hatte sich immer noch nicht entschieden, ob er unterzeichnen sollte oder nicht.

»Und?« fragte er ins Leere hinein. »Was hast du gesehen?«

»Er haßt Sie.«

Kim fuhr erschrocken herum. »Li Yuan *haßt* mich?«

»Nein. Tolonen. Ihm wünscht er Ihren Tod. Er hat soviel Zorn in sich. Soviel unterdrückte Gewalt.«

Kim ließ Atem ab. »Ich habe gehofft, es hätte sich etwas geändert. Ich habe gehofft …«

»Sie ist bei dem Jungen«, kam die Maschine seiner nächsten Frage zuvor.

»Dem Jungen?«

»Pauli. Das Mündel seines Vaters. Er kann nicht schlafen, und sie ist in seinem Zimmer, um ihn zu beruhigen.«

»Ah ja …« Kim grimassierte sein Spiegelbild an, dann wandte er sich ab. »Und Reiss?«

Die Maschine schwieg eine Zeitlang, doch statt zu antworten, tat sie etwas, was sie noch nie getan hatte, und bot ihm einen Rat an.

»Sie sollten sie besuchen.«

»Sie *besuchen*?« Kim lachte unbehaglich. »Warum sollte ich das denn tun?«

»Weil es das beste wäre.«

Kim sah in das Objektiv hinauf. »Es ist ungewöhnlich, daß du so vage bist.«

Die Maschine schwieg.

»Gut«, sagte Kim, leicht verwirrt. »Ich werde darüber nachdenken.«

»Sie sollten sich eine Villa kaufen.«

Kim blickte wieder auf. »Eine *Villa*? Stimmt etwas mit dir nicht?«

Die Stimme der Maschine klang zaghaft. »Ihnen entgeht vieles. Die offenkundigsten Dinge. Ihr Blickfeld ... ist sehr schmal.«

Kim lachte verblüfft.

»Vielleicht sollten Sie sich mit Reiss darüber unterhalten. Versuchen Sie es als eine Bedingung für einen möglichen Vertrag durchzusetzen. Sie brauchen ein Zuhause, Kim – etwas, worauf Sie aufbauen können. Das hier ... das ist nicht gut für Sie.«

Kim stand einen Moment lang da und starrte in die Kamera, dann verließ er mit einer unwirschen, abschätzigen Geste den Raum.

»Das ist gar nicht so abwegig«, folgte die Stimme der Maschine Kim durch den Korridor. »Wenn Sie Kinder haben wollten ...«

Kim blieb stehen und fuhr wütend herum. »*Deine* Domäne ist das logische Denken. Was Herzensdinge angeht ... was weißt du schon davon?«

Er wartete, rechnete mit einer Antwort, aber die Maschine schwieg. Kim ging weiter und dachte beunruhigt darüber nach, was sie gesagt hatte.

»Kim ... da sind Sie ja endlich!«

Reiss stand auf und kam hinter dem Schreibtisch hervor, um Ward zu begrüßen. Der Bienenstock war überfüllt, so wie immer in den Abendstunden, aber Reiss hatte gut bezahlt, damit die umliegenden vier Tische leer blieben. Er umarmte Kim und stellte ihn dann seinem Begleiter vor.

»Kim, das ist Jack Neville. Jack ... das ist Kim Ward.«

»Freut mich, Sie kennenzulernen«, sagte Neville, trat an Reiss' Seite und hielt ihm die Hand hin. Er war ein schlanker, braunhaariger Mann Anfang dreißig mit einem plumpen, fast kindlichen Gesicht.

»Tut mir leid, daß ich zu spät komme«, sagte Kim und nahm ihnen gegenüber Platz. »Ich hatte noch etwas zu erledigen.«

Reiss lächelte. »Macht nichts. Ich habe gehört, daß alles gut gelaufen ist, nachdem ich gegangen war.«

Kim lächelte verlegen. »Ich muß mich deswegen entschuldigen. Ich weiß, was Sie über den zweiten Prototypen gesagt haben, aber ich war mir sicher, daß es Li Yuan sehen würde wie wir, wenn wir ihm alles erklärt hätten.«

Reiss nahm dem Oberkellner die Karte ab, die er ihm hinhielt, und lächelte Kim an. »Und Sie hatten recht. Nan Ho war noch vor einer Stunde bei mir. Offenbar hat Li Yuan beschlossen, das Programm noch ein weiteres Jahr zu finanzieren.«

»Wunderbar!« Doch als ihm klar wurde, warum Reiss selbst nicht so begeistert war, lachte Kim leise auf. »Wir sollten die Sache besser erst klären, ja? Unter den gegebenen Umständen ... nun, so finde ich es schwer, zu arbeiten.«

Neville, der ihn beobachtete, hob eine Augenbraue, dann sah er Reiss an, der nickte.

»Wollen Sie unser Angebot hören, *bevor* Sie essen oder danach?«

Kim nahm eine Karte, überflog sie und legte sie weg.

»Bestellen wir erst, dann können Sie mir sagen, was Ihnen vorschwebt.«

»Gut.« Reiss sah den Oberkellner an. »Für mich das Übliche, Chang, halb durch, dazu eine Flasche Goldkaiser. Eine Magnum. Einen '98er, falls Sie einen auf Lager haben.«

»Für mich dasselbe«, sagte Kim, »aber durchgebraten. Und für mich nur Wasser, danke.« Er sah Reiss an. »Verstehen Sie das nicht falsch, aber ich komme morgen nicht weiter, wenn ich heute abend trinke.«

»Ich verstehe. Aber Sie haben sicher nichts dagegen ...«

»Nein.« Kim lächelte breit. »Manche Leute können etwas vertragen. Ich allerdings ...« Er lachte. »Übrigens, Jack, was möchten Sie?«

Neville blickte überrascht auf und schien verwirrt, beim Vornamen angesprochen zu werden. »Ich glaube, ich nehme die Regenbogenforelle. Ich glaube, die habe ich noch nie probiert.« Er lachte. »Außerdem wußte ich nicht, daß es überhaupt noch welche gibt.«

»Das ist schon richtig«, sagte Kim, als der Kellner abzog. »Zumindest keine echten. Die sind schon vor etwa zwei Jahrhunderten ausgestorben. Aber die hier schmecken fast genauso, heißt es. GenSyn hat in den letzten Jahren große Fortschritte gemacht und eine Menge ausgestorbener Arten wiederbelebt. Sie haben sicher die Anzeigen gesehen.«

Neville nickte, erneut überrascht, daß Kim sich über solche Dinge auf dem laufenden hielt. »Entgeht Ihnen überhaupt etwas?«

Kim lachte. »Nicht viel. Ich versuche auf der Höhe der Zeit zu bleiben. Es macht mir die Arbeit einfacher, wenn ich weiß, daß ich nicht etwas nachahme, das schon ein anderer erfunden hat. Und ich verfolge die neusten Trends in den Medien. Ich habe gehört, daß Sie auf diesem Gebiet so etwas wie ein Innovator sind.«

Neville senkte den Blick, und sein Hals rötete sich

leicht. Reiss an seiner Seite strahlte vor fast väterlichem Stolz.

»Er ist ein guter Mann«, erwiderte Reiss. »Wir erwarten viel von ihm. Deshalb habe ich ihn gebeten, ein Paket zu präsentieren, das wir Ihnen anbieten wollen.«

»Ich verstehe.« Kim lehnte sich zurück und war erstaunt, daß die Maschine ihn nicht darüber unterrichtet hatte. Wenn er jetzt darüber nachdachte, mußte er zugeben, daß sie sich in den letzten Wochen recht seltsam benommen hatte. Fast so, als geschehe es absichtlich.

Kim schüttelte den Kopf. Nein, das war nicht möglich. Er hatte selbst erlebt, wie schwierig es war, eine Maschine wenigstens mit einer rudimentären funktionsfähigen Intelligenz auszustatten. Es war einfach nicht möglich, daß eine Maschine – wie groß und komplex sie auch sein mochte – ein eigenes Bewußtsein entwickeln konnte.

Neville beobachtete ihn fasziniert. »Was ist los?«

Kim lachte. »Entschuldigung. Ich hab's wieder gemacht, was?«

»Was gemacht?«

»Nachgedacht.«

»Ach so ...« Neville nickte, und mit einem Seitenblick auf Reiss beugte er sich Kim entgegen. »Wollen Sie unser Angebot hören?«

Kim nickte und fühlte sich seltsam erleichtert, daß der Moment endlich gekommen war.

»Erst die schlechten Neuigkeiten ...« Neville grinste. »Neu ist, daß Sie kein Angestellter des Konzerns mehr sein werden.«

Kim lachte. »Und die guten?«

Neville griff neben sich und reichte ihm einen dünnen Ordner, der auf dem leeren Stuhl neben ihm gelegen hatte.

Kim zögerte, ehe er ihn aufschlug.

»Sie brauchen nicht gleich zu antworten«, sagte Reiss und lehnte sich zurück, als der Kellner den Sektkühler auf den Tisch stellte und ihm eine imposante goldene Flasche entnahm. »Sie werden sicher darüber nachdenken wollen.«

Kim nickte. »Ich verstehe.« Er überflog die beiden Seiten, dann legte er den Ordner auf den Tisch und sah zu, wie der Kellner die honiggoldene Flasche öffnete und Reiss einen Schluck von der kalten Flüssigkeit ins Glas goß.

»Und wenn ich eine Villa verlangen würde?«

Reiss lächelte und hob sein Glas. »Haben Sie eine im Sinn?«

Kim zuckte die Achseln und sah noch einmal den Ordner durch. Seine eigene Firma, das war ihr Angebot. Ein Subunternehmen von SimFic, doch groß genug, um sich selbst auf dem Markt zu behaupten. Er zitterte innerlich. Schon einmal war er in dieser Position gewesen. Schon einmal hatte er versucht, auf eigenen Füßen zu stehen – und war gescheitert. Aber diesmal würde es anders laufen. Diesmal würde er den gewaltigen SimFic-Konzern im Rücken haben, der ihn beschützte und davor bewahrte, von anderen geschluckt zu werden. Ja, und diesmal würde es keinen Kreis alter Männer geben, die versuchen würden, ihn niederzuhalten und zu vernichten. Es war ein verführerischer Vorschlag.

Er sah Reiss am Wein nippen und zufrieden grunzen. Der Kellner goß nach, füllte Nevilles Glas. Neville nickte zum Dank, dann hob er sein Glas und prostete Kim zu.

»Danke, Kim. Wofür Sie sich auch entscheiden mögen.«

KAPITEL · 3

Ehefrauen

Pei K'ung hatte gerade ein Dutzend Briefe geöffnet – und jeden ungelesen auf das Tablett neben sich gelegt –, als sie angesichts der Handschrift eines bestimmten innehielt und die Stirn runzelte. Sie drehte das einzelne Blatt um, und als sie die Unterschrift, das Familiensiegel am Fuß der Seite sah, hielt sie den Atem an. Sie ließ sich zurücksinken und wurde blaß.

Tsung Ye starrte sie erschrocken an. »Herrin? Geht es Ihnen nicht gut?«

Sie winkte ab, bevor sie das Blatt wieder umdrehte und von der rechten Spalte an durchlas, indem sie sich auf die akkurate Mandarin-Handschrift konzentrierte.

»Wie kann sie es wagen …«, brummte sie kurz darauf und raschelte ungeduldig mit dem Papier. Am liebsten hätte sie das Miststück gleich angerufen! Wie konnte sie es nur wagen, *ihm* zu schreiben!

Fei Yen … Der Brief stammte von Li Yuans erster Frau Yin Fei Yen.

Sie schlug mit der Faust auf den Schreibtisch, daß die Gegenstände darauf durcheinanderfielen. Ihr ganzer Körper zitterte vor Zorn, als sie aufstand. Sie trat ans Fenster und rief ihren Sekretär zu sich. Tsung Ye eilte herbei, und sein Gesicht bezeugte seine Beunruhigung über den plötzlichen Stimmungswechsel seiner Herrin.

Sie legte die Linke an die kühle, regenbenetzte Scheibe und atmete tief durch, während sie über die Ostgärten zu den Ställen hinüberschaute. Sie würde nichts damit erreichen, wenn sie übereilt handelte. Nein, sie mußte korrekt vorgehen oder es ganz bleiben lassen.

Sie warf noch einen Blick auf das Papier in ihrer Rechten und schüttelte es wütend. Wie diese Frau nur so unverfroren sein konnte, ihren Bastard von einem Sohn zu erwähnen! Nach allem, was sie angerichtet hatte! Pei K'ung erzitterte. Sie hätte den Brief am liebsten verbrannt oder in kleine Fetzen zerrissen, aber das war keine Lösung. Nein, er mußte beantwortet werden. Vorher würde es für sie keinen Frieden geben.

Plötzlich stutzte sie, starrte den Brief an und wunderte sich über seinen vertraulichen Ton, der ein freundschaftliches Verhältnis anzudeuten schien. Innerlich wurde ihr kalt. Was war, wenn dies nicht der erste Brief war, den Fei Yen ihm geschrieben hatte? Was war, wenn der Wortlaut nur ein Vorwand war – eine Art Code, auf den sich beide geeinigt hatten? Was war, wenn sie sich oft trafen?

Ihre Kehle wurde trocken, und ihr Herz schlug schneller.

Nan Ho ... Er wußte sicher Bescheid. Doch wenn er Bescheid wußte ...

Sie knüllte das Blatt zusammen und ließ es fallen.

Traf er sie immer noch? Wenn er geschäftlich unterwegs war, traf sie ihn dann? Fickte sie immer noch mit ihm?

Pei K'ung schloß die Augen und konnte den Gedanken kaum ertragen, auch wenn sie sich einredete, wie unwahrscheinlich all das war. Aber stimmte das denn wirklich? Wer hätte ihr denn schon davon erzählt? Nan Ho? Sein Sekretär Chang? Die Männer, die mit ihm reisten? Nein, sie würden nichts sagen. Sie würden es sogar als ihre heilige Pflicht betrachten, alles vor ihr zu verbergen.

Und kannte sie ihren Mann denn eigentlich richtig? Kannte sie seine Gedanken, seine tiefsten Sehnsüchte? Nein. Überhaupt nicht. Oh, sie hatte es versucht – sie hatte sich aufrichtig bemüht, ihm näherzukommen –, aber er hatte immer noch etwas in sich, das er vor ihr verborgen hielt, einen innersten Kern, zu dem sie nicht vorstoßen konnte.

Sie bückte sich, um den Brief aufzuheben, und strich ihn glatt. Dabei bemerkte sie, daß Tsung Ye, ihr Sekretär, immer noch neben ihr stand und auf Anweisungen wartete.

»Tsung Ye, entschuldigen Sie, ich ...«

Sie sah ihn erröten und verfluchte sich, weil ihr erst jetzt wieder einfiel, daß ihr Mann ihr eingeschärft hatte, sich nie vor einem Diener zu entschuldigen. Aber manchmal fiel es ihr schwer. Sie mochte eine Kaiserin sein, war aber immer noch ein gewöhnlicher Mensch. Darum bemüht, wieder eine majestätische Haltung einzunehmen, setzte sie sich an ihren Schreibtisch, breitete den Brief aus und glättete ihn mit der Hand. Eine Zeitlang saß sie da, starrte auf das beschnitzte Jade-Tintenfaß und die Kopie von Nan Hos Siegel, die daneben lag, dann nickte sie und hatte ihre Entscheidung getroffen.

»Tsung Ye. Ich habe einen vertraulichen Brief, der nur an den Empfänger persönlich übergeben werden darf. Niemand sonst darf von ihm oder seinem Inhalt erfahren, haben Sie mich verstanden?«

Tsung Ye machte eine tiefe Verbeugung. »Wie meine Herrin es wünscht.«

»Gut.« Sie griff nach einem Blatt Briefpapier ihres Mannes, nahm eine Schreibfeder vom Ständer und fing an zu schreiben.

Die Schreie der Frau erfüllten die kleine Zelle und hallten draußen durch den Korridor in die nahegelegenen Unterkünfte, wo zwei Wachmänner, die an einem Tisch, der zugleich als Durchgangssperre diente, Karten spielten. Sie hielten inne und blickten unbehaglich auf, dann fuhren sie mit ihrem Spiel fort.

In der Zelle wandte Lehmann sich von dem nackten Körper auf der Bank ab und legte das nadelspitze Eisen auf das weißglühende Gitter zurück. Ein Geruch von verbranntem Fleisch und Fäkalien hing in der Luft, vermischt zu einem obszönen Cocktail der Qual. Eine Kamera unter der Decke zeichnete alles auf. Der Film würde auf dem schwarzen Markt über 500 *Yuan* einbringen.

Als Lehmann sich ihr wieder zuwandte, folgten ihre Augen jeder Bewegung – weit aufgerissene, schmerzerfüllte Augen, die Pupillen zu winzigen Punkten kontrahiert von den Drogen, die man ihr zur Erhöhung der Schmerzen verabreicht hatte. Sie war an die vier Haken in den Ecken der Bank mit grobschlächtigen Eisenfesseln gekettet, die sich bei ihrem Aufbäumen ins Fleisch geschnitten hatten. Das Metall glänzte im Scheinwerferlicht, feucht vor Blut.

Sie war jung – Anfang zwanzig, höchstens fünfundzwanzig – und anders als die meisten Frauen, die man hier auf den Unteren Ebenen antraf, wohlgenährt, ohne die Anzeichen mangelhafter Kost. Eben das hatte seinen Mann mißtrauisch gemacht. Das und die Seitenwaffe, die sie in ihren Zimmern gefunden hatten, als sie sie durchsuchten.

Es war nicht ungeschickt. Er wußte schon seit einiger Zeit, daß Li Yuan seine Organisation infiltrierte, aber es mit einer Frau zu versuchen, war etwas Neues. Sie war als Hure in einem seiner Etablissements angestellt worden und hatte sich unter seinen Kontaktleuten von den Oberen Ebenen als sehr beliebt herausgestellt. Aber was immer sie herausgefunden hatte, würde jetzt mit ihr sterben.

Huren … nachdem diese eine aufgeflogen war, würde er sie jetzt alle verhören lassen.

Er trat näher und beugte sich über sie, bis nur noch eine Handbreit zwischen seinem und ihrem Gesicht lag, dann atmete er ihr übers Gesicht aus.

»Bist du bereit zu reden?«

Sie schluckte, dann schüttelte sie den Kopf.

»Tapferes Mädchen. Ich sorge dafür, daß dein Herr eine Kopie der Aufzeichnung erhält. Vielleicht wird er dich befördern … posthum natürlich.«

Ihre Augen starrten ihn trotzig an. Sie biß gegen den Schmerz die Zähne aufeinander, dann preßte sie einige Worte hervor.

»Scher dich zur Hölle!«

Er wandte sich ab, nahm das Eisen vom Gitter und betrachtete die Spitze. In das weißglühende Eisen war haarfein das Mandarin-Zeichen für *Si* eingraviert. Tod.

Er sah die Frau an und lachte; der kälteste Laut, den sie je gehört hatte. Dann legte er das Eisen sorgfältig an, umschloß mit einer Hand fast liebevoll ihre rechte Brust, beugte sich über sie und drückte ihr die weißglühende Spitze in die Brustwarze.

»Na siehst du …«, sagte er, als sie wieder verstummt war. »Jetzt passen sie wieder zusammen. Und jetzt … soll ich weiter unten weitermachen?«

Über ihre Haut perlte Schweiß, ihr Blick war umwölkt. Er sah, daß sie fast soweit war. Nur noch ein kleiner Stoß.

»Also gut«, sagte er leise und legte das Eisen aufs Gitter zurück. »Fangen wir wieder von vorn an. Wer hat dich geschickt?«

Jemand klopfte an die Tür. Lehmann drehte sich um, und ein Anflug von Zorn durchfuhr ihn wie ein klarer, heller Blitz. Er hatte die Männer angewiesen, ihn nicht zu stören. Wenn es etwas Unwichtiges war, würde er den Betreffenden an Stelle der Frau auf die Bank ketten lassen. Er versuchte seinen Zorn zu bändigen und sah durch den Türspion hinaus.

Hart! Was, zur Hölle, wollte der denn? Und wer war dieser Fettsack in seiner Begleitung?

Er schob den Riegel zurück und stieß die Tür auf.

»Verzeihen Sie mir, Stefan«, sagte Hart und machte Anstalten einzutreten. »Ich …« Er hielt inne, als er begriff, was hier vor sich ging. »Bei Kuan Yin … Ich …

Hören Sie, das wußte ich nicht. Soll ich später kommen?«

»Nein. Kommen Sie rein. Aber verhalten Sie sich ruhig. Ich zeichne das Verhör auf.«

Hart warf einen unbehaglichen Blick in die Kamera, dann ging er ans andere Ende der Zimmers, wo er nicht im Sichtfeld der Aufnahme stand.

»Das hier ist Berrenson«, sagte er und winkte seinen Begleiter zu sich. »Er ist Geschäftsmann.«

Berrenson trat an seine Seite und starrte die ganze Zeit die nackte Frau an, während ein lüsternes Lächeln seine Lippen umspielte. »He, was ist denn hier los?« fragte er fast fröhlich, aber Hart legte ihm eine Hand über den Mund und zog ihn zu sich heran, um ihm etwas ins Ohr zu flüstern. Berrensons Gesicht verfinsterte sich. Er nickte, dann schluckte er heftig.

Lehmann sah zur Tür, nahm das Eisen vom Gitter, dann trat er wieder an die Bank, als seien die beiden Männer nicht zugegen.

»Also gut. Wer hat dich geschickt?«

Sie zitterte, blickte starr auf die glühende Eisenspitze. Ohne es verhindern zu können, entleerte sie die Blase.

»Ich frage dich ein letztes Mal. Wer hat dich geschickt? Rheinhardt? Tolonen? Nan Ho?«

Ihre Mund bewegte sich, ihre Zunge fuhr trocken über die Lippen, dann schüttelte sie den Kopf.

»Wer sonst?«

»Die ... die Hand.«

Sein Gesicht war ihr nähergerückt, nun zog er es zurück, doch das Eisen schwebte immer noch über ihr, über einer Stelle knapp unterhalb ihres Bauchnabels.

»Die *Schwarze* Hand?«

Sie nickte.

Er schwieg eine Zeitlang und dachte nach, dann drehte er sich um und legte das Eisen aufs Gitter zurück. Als die Frau es sah, schloß sie die Augen, und eine Welle der Erleichterung durchfuhr sie.

Dann stand Lehmann wieder über ihr, beugte sich soweit herunter, daß sein Gesicht fast das ihre berührte und seine Augen direkt über ihren schwebten.

Sie hatte die Augen wieder weit aufgerissen – hatte Angst, auch nur zu blinzeln; wie versteinert angesichts dessen, was er noch mit ihr anstellen mochte.

»Du hast gut durchgehalten«, sagte er sanft und streichelte mit seinen langen, blassen Fingern ihr Gesicht. »Du hast sehr gut durchgehalten. Aber ich muß noch eines wissen. Ich brauche den Namen – den *richtigen* Namen – eures Zellenführers.«

Mit einemmal überkam sie die Einsicht, daß diese Tortur, was immer sie auch tat, was immer sie auch sagte, nie ein Ende nehmen würde. Nicht bevor sie tot war.

Sie schüttelte den Kopf. Ihr ganzes Gesicht war jetzt von Schmerz verzerrt, weil sie wußte, welche Qualen ihr bevorstanden. Vergeblich fing sie an zu schreien und sich zu winden.

Hart, der aus der Ecke zusah, fröstelte. Er hatte so etwas noch nie gesehen. In seinem ganzen Leben nicht … Er schauderte und schloß die Augen, als Lehmann der Frau das glühende Eisen langsam in den Leib schob, während Berrenson an seiner Seite mit krankhafter Faszination zuschaute.

Später, in Lehmanns Büro, saß Berrenson schweigend da, nippte an Eiswasser und kaute auf einem Knöchel, während Hart darlegte, was sie vorhatten.

Lehmann saß lässig in seinem Stuhl, hörte geduldig zu und drehte immer wieder die kleine Kassette zwischen den Fingern, die er die ganze Zeit nachdenklich anschaute. Als Hart fertig war, blickte er zu ihm auf und nickte.

»Ich bin froh, daß Sie zu mir gekommen sind, Alex. Sie haben genau das Richtige getan. Aber ich glaube, Sie gehen falsch an die Sache heran. Wenn Sie Tolonen umbrächten ... nun, damit würden Sie vielen Leuten eine große Freude bereiten – mich eingeschlossen –, aber es würde nichts nützen. Zunächst einmal würde es Li Yuan wütend machen, und das will ich nicht. Noch nicht. Außerdem würde er dann einen noch widerspenstigeren Mann zum Vormund des Jungen ernennen. Rheinhardt vielleicht. Und wo würden Sie dann stehen? Nein, wir müssen direkter vorgehen.«

»Noch direkter? Aber ein Mord an Tolonen ...« Hart lachte. »Was könnte noch direkter sein? Außerdem wäre es eine Rache für Ihren Vater.«

Der Blick, den Lehmann ihm zuwarf, ließ ihn verstummen. Er schaute zu Boden.

»Hören Sie zu«, sagte Lehmann kühl und sah nacheinander Hart und Berrenson an. »Ich sage das nur einmal. Ich will nicht, daß Tolonen umgebracht wird. Es paßt nicht in meine Pläne. Es gibt allerdings eine andere Möglichkeit. Berrenson, Ihre Leute haben den Jungen doch schon einmal aus der Ebert-Villa entführt, nicht wahr?«

»Das ist richtig, aber ...«

»Aber nichts. Wenn es einmal gelungen ist, kann es auch ein zweites Mal gelingen. Wir entführen den Jungen und halten ihn gefangen. Und wenn Tolonen sich dann immer noch weigert, sich mit uns zu einigen, bringen wir ihn um.«

»Aber der Marschall ...«

Lehmann warf Berrenson einen finsteren Blick zu. »Überlassen Sie das mir. Und Sie erzählen niemandem etwas über dieses Gespräch – Ihren Frauen nicht, Ihren Freunden nicht und erst recht nicht Ihren Geschäftsfreunden.«

Er beugte sich ihnen drohend entgegen und hielt das Band zwischen den Fingern hoch. »Vergessen Sie nicht, was Sie heute morgen gesehen haben. Vergessen Sie es nie. Denn wenn ich eines nicht dulde, dann ist das Disziplinlosigkeit.«

Mit nervösem Schlucken senkten beide Männer den Kopf. Als das Gespräch vorbei war und sie sich hastig zurückzogen, gellten ihnen die Schreie der sterbenden Frau immer noch geisterhaft durch den Kopf.

Li Yuan entließ seine drei Berater, dann wandte er sich den beiden Monitoren zu.

Einst waren es sieben Herrscher gewesen, die zweimal im Jahr zum Rat der Sieben zusammentraten, um über Staatsgeschäfte zu debattieren und ihre Politik zu koordinieren, aber mit den Jahren waren die Sieben langsam zurechtgestutzt worden. Jetzt gab es nur noch drei.

»Tsu Ma ... Wei Tseng-li ...«, begrüßte er seine T'ang-Kollegen. »Ihr habt gehört, was Marschall Tolonen und General Rheinhardt zu sagen hatten, und ich bin mir sicher, ihr habt eure eigenen Spezialisten in dieser Angelegenheit zu Rate gezogen. Nun müssen wir uns aber auf eine Vorgehensweise einigen. Eine, mit der wir alle drei einverstanden sind.«

Tsu Ma meldete sich als erster zu Wort. »Tolonen hat ganz recht. Afrika ist zu einem Luxus geworden, den wir uns kaum leisten können. Der Aufwand, den die Verwaltung erfordert, was Truppen wie Gelder angeht, steht in keinem Verhältnis zum Nutzen, den wir dadurch haben. Und haben wir alle nicht viel drängendere Probleme zu Hause? Als in Afrika noch der Krieg tobte, hatte unsere Anwesenheit wenigstens insofern Sinn, als sie die Menschen von häuslichen Sorgen ablenkte, aber in den letzten zwölf Monaten ist alles ruhig gewesen, und die Leute sind der Kämpfe müde geworden. Was in ihren Bäuchen ist, sorgt sie mehr als die Frage, ob Afrika verlorengeht oder nicht. Und vielleicht haben sie damit sogar recht. Ich stimme dafür, daß wir uns zurückziehen.«

»Und du, Vetter Wei?«

Wei Tseng-li war der dritte Sohn seines Vaters und

hatte erst nach der Ermordung seines älteren Bruders geerbt. Eine Zeitlang war er Li Yuans persönlicher Sekretär gewesen und hatte, als er noch auf Li Yuans schwebendem Palast *Yangjung* stationiert war, Yuans Sohn Kuei Jen vor dem sicheren Tod gerettet. Daher bestanden starke Bande zwischen den beiden jungen Männern. In vieler Hinsicht waren sie Brüdern ähnlicher als Vettern. Im Moment allerdings war Tseng-li tief in Gedanken versunken, sein glattes, bartloses Gesicht blaß. Die Probleme des Staates lasteten auf ihm schwerer als auf den anderen beiden, und er war die letzten beiden Monate krank gewesen, ohne daß seine Ärzte eine Ursache feststellen konnten.

»Ich habe zur Kenntnis genommen, was mein Vetter Ma sagt«, begann er langsam, als überlege er jedes Wort sorgfältig. »Auch wenn er sicher recht hat, empfinde ich immer noch Widerwillen bei dem Gedanken, einfach wegzuwerfen, was wir uns so hart erkämpft haben. Die Geschichte lehrt uns, daß einmal verlorenes Territorium nicht so einfach zurückerobert werden kann. So ist es auch mit Afrika. Ziehen wir uns einmal zurück, dann für immer. Chung Kuo wird kleiner sein. Nicht nur das, sondern der Rückzug wird von allen als ein Zeichen von Schwäche gedeutet werden. Ein so deutliches Zeichen, daß selbst unsere kurzsichtigsten Feinde es nicht mißverstehen werden. Deshalb möchte ich mich gegen einen Rückzug aussprechen. Ich halte dafür, daß wir vor Ort bleiben. Bis sich die Lage zu unseren Gunsten geändert hat.«

Li Yuan lehnte sich zurück. »Ich verstehe, Vetter, und ginge es nur um den Rückzug, würde ich dir voll und ganz zustimmen. Es würde nichts nützen, Zeichen von Schwäche zu zeigen. Und daher möchte ich vorschlagen, daß wir aus dieser Not eine Tugend machen.«

»Und wie?« fragte Tsu Ma.

Li Yuan lächelte. »Können wir uns treffen?«

»Persönlich?«

»Das wäre das beste.«

Tsu Ma runzelte die Stirn. »Verzeih mir, Yuan, aber ist das klug in dem gegenwärtigen Klima?«

»Es muß sein. Denn was ich zu sagen habe, ist nur für die Ohren von uns dreien bestimmt. Die Tage, als wir uns auf die Diskretion solcher fernmündlicher Kommunikation verlassen konnten, sind vorüber. Wir müssen davon ausgehen, daß jede Leitung angezapft ist, jedes Gespräch abgehört wird.«

Wei Tseng-li nickte. »Da bin ich einmal deiner Meinung.«

»Dann soll es so geschehen«, sagte Tsu Ma mit einem Seufzen. »Wir werden einen Treffpunkt und einen Termin vereinbaren, um diese Sache endgültig zu klären. Bis dahin mögen euch die Götter beistehen, Vettern.«

»Und dir auch«, sagte Li Yuan und unterbrach die Verbindung.

Natürlich hatte Tsu Ma recht. Es war unter den gegebenen Umständen gefährlich, wenn sie drei sich persönlich trafen. Aber sie hatten keine Wahl. Er konnte ohne ihre Zustimmung nicht weitermachen, und damit dieser Plan funktionierte, war uneingeschränktes Vertrauen nötig. Also ... sie würden sich treffen müssen. Aber wo? Und wann?

Li Yuan lächelte. Die Antwort sprang ihm förmlich entgegen. Tsu Mas Verlobungszeremonie! Welcher Anlaß könnte für ein formloses Treffen besser geeignet sein? Nun, sie konnten die Zeremonie hier in Tongjiang veranstalten, und dann konnte sich Karr um die Sicherheitsfragen kümmern.

Ja, und vielleicht würde sich dieser Tag als ein Wendepunkt herausstellen – der erste Schritt auf dem langen Weg der Genesung.

Li Yuan nickte, dann nahm er eine Feder vom Ständer und setzte eine Notiz für seinen Kanzler auf.

Karr schob den Codeschlüssel ins Schloß, ließ den Scanner seine Netzhaut abtasten, dann glitt die Tür leise auf, und er lauschte auf Geräusche aus den Zimmern.

Es war still. Er setzte seinen Rucksack ab und sah sich um. Nichts hatte sich verändert. Selbst der Geruch war noch der gleiche, den er in Erinnerung hatte. Einen Moment lang schloß er die Augen. Sechs Monate war es her, seit er das letzte Mal hier gestanden hatte. Sechs Monate …

Er schob die Tür zu und trat ein. Die Tür zu Mays Zimmer stand offen. Er hielt inne, sah hinein und war verzaubert von dem Anblick, der sich ihm bot. Die Dreijährige lag mit offenem Mund auf dem Rücken, die Beine im Schlaf sorglos gespreizt. Neben ihr lag seine Frau, seine liebe Marie, mit dem Rücken zu ihm, ihr langes, dunkles Haar über dem Kissen ausgebreitet.

Sein Herz machte einen Sprung, und er spürte all die Sehnsucht, den Schmerz, den er durchlitten hatte, während er von ihnen getrennt gewesen war, wieder in sich aufwallen.

Zu Hause. Er war endlich wieder zu Hause.

Er tat einen Schritt, als sie sich unvermittelt umdrehte und ihn mit schläfrigen Augen ansah.

»Gregor?« Dann plötzlich hellwach: *»Gregor?«*

Sie setzte sich auf, rieb sich die Augen, dann kam sie ihm, mit einem kurzen Seitenblick auf ihr schlafendes Kind, mit langen Schritten entgegen.

Sie umarmten sich, und die langen Monate der Entbehrung schürten das Feuer ihrer leidenschaftlichen Küsse. Es war acht Wochen her, seit sie ihn das letzte Mal in Afrika besucht hatte. Endlich ließ sie ihn keuchend los. »Bei allen Göttern, was habe ich dich vermißt!«

Er starrte sie an, ihr schönes Gesicht nur eine Handbreit vor ihm, so wie jede Nacht in seinen Träumen. »Und wie ich dich erst vermißt habe …«

»Wie sehr?« Sie griff nach seinem erigierten Glied und kicherte. »Oh, *so* sehr, hm?«

Er grinste. »Hier?«

Sie schüttelte den Kopf und zog die Tür zu Mays Zimmer zu. »Nein. Unter der Dusche. Ich habe davon geträumt, es mit dir unter der Dusche zu treiben.«

Er lachte. »Meinst du, ich stinke?«

»Wie ein Schwein, aber das macht mir nichts. Komm schon, ich brauche dich sofort.«

Er folgte ihr in die Duschkabine, ohne für einen Moment ihre Hand loszulassen. Sie rissen sich wild die Kleider vom Leib. Seine Hände fuhren über ihren Körper, und seine Augen berauschten sich am Anblick ihrer nackten Schönheit.

»Marie ... o Marie.«

Als ihn das Wasser traf, anfangs ein eiskalter Schauder, dann heiß, drang er in sie ein, und ihr Keuchen, der Ausdruck schmerzhafter Lust in ihren Augen ließ ihn erbeben und brachte ihn sofort zum Höhepunkt.

»Ja ... ja!« schrie er und zog eine Grimasse, während er sie gegen die Wand drückte und immer und immer wieder in sie hineinstieß. Und dann schrie auch sie auf, preßte sich so fest an ihn, als wollte sie ihm die Rippen brechen. Er erbebte, dann ließ er sein Gesicht an ihre Schulter sinken. Und noch immer strömte das Wasser.

Sie rührten sich eine Zeitlang nicht und schwiegen, dann faßte sie seinen Kopf und drehte sein Gesicht zu sich her.

»Was ist passiert?«

Er lachte, dann wurde er wieder ernst. »Ich habe einen neuen Posten. Ich bin befördert worden.«

Sie riß die Augen auf. »*Befördert*? Aber ich dachte ...«

»Nein.« Er lachte. »Nicht Rheinhardts Job. Jedenfalls noch nicht. Ich soll *Ssu-li Hsiao-wei* werden.«

Sie runzelte die Stirn. »Oberst des Sicherheitsdienstes? Aber ...« Dann begriff sie. »Li Yuan! Du sollst Li Yuans persönlicher Oberst werden!«

Er nickte und erwiderte ihr Lächeln. »Ich muß mich morgen bei ihm melden. Wir ziehen um, mein Liebling. Und zwar nach Tongjiang!«

Tsu Ma zügelte sein Pferd und beugte sich im Sattel vor, um über den Rand der Klippe zu schauen. Weit unter ihm kochte die Brandung der See um die dunklen, ausgezackten Felsen. Sekunden später brach sich eine weitere gewaltige Welle am Granit und benetzte die Felswand mit feiner Gischt. Das Gras unter den Pferdehufen war rutschig von Salz, die Luft neblig und beißend kalt.

Er drehte sich um und sah seine jungen Neffen heranreiten. Atemlos standen sie nebeneinander, und ihre Pferde scheuten ängstlich vor dem Abgrund wenige Schritte vor ihnen zurück. Ihre sorgsam geflochtenen Mähnen dampften in der kalten Luft, und ihre Hufe schabten nach dem übermütigen Galopp ungeduldig über die harte Erde.

Tsu Ma lachte, als er sah, wie unsicher ihn seine Erben anschauten, immer wieder zwischen den steilen Abgrund und seinem Gesicht hin- und herblickten. Sie sagten nichts, doch ihre Gesichter sprachen Bände.

Die Söhne seines Bruders. Mit einem Arm auf den Sattelknauf gestützt, beugte er sich vor und musterte sie. Tsu Kung-chih, der älteste, ähnelte seinem Vater, war größer als Tsu Ma und – obwohl erst neunzehn – breiter in den Schultern. Seine äußere Erscheinung täuschte aber, denn in seinen Gesichtszügen hatte er alle Schwächen seines Großvaters mütterlicherseits geerbt – eine gewisse Schlaffheit um den Mund, ein fehlender Muskel am Kiefer, eine weiche Nase und eine schmale Stirn. Seine Augen – die sich selten auf seinen Onkel richteten – waren die Augen eines Kaufmanns; berechnend, doch von einem Mangel an Ehrgeiz gezeichnet. Kleine, mickrige Augen. Alles in allem war es ein Gesicht, dem wenige trauen würden – das Gesicht eines Vasallen, keines T'ang. Der Anblick dieses Gesichts bestärkte Tsu Ma in seiner Entschlossenheit und verdrängte alle Gefühle aus seinem Herzen.

Neben Kungh-chih saß ein kleinerer, geschmeidigerer Junge namens Tao Chu im Sattel. Tsu Ma lächelte bei seinem Anblick und sah den Jungen zurücklächeln, während er seinem Pferd den Hals tätschelte, um es zu beruhigen. Tao Chu kam ganz auf seine Mutter und war Kung-chihs Halbbruder, doch Tsu Ma sah etwas von sich selbst in dem Jungen. Tao Chu hatte nichts von der Unbeholfenheit seines Halbbruders, sondern war geradeaus und offen – in jeder Hinsicht ein Herrscher von Natur aus, ein T'ang, mit dem großzügigen Geist eines T'ang. Er hatte ein kraftvolles Lachen, und seine kleinsten, subtilsten Gesten strahlten Stärke aus – eine unterdrückte Stärke, die nur Tsu Ma an ihm wahrzunehmen schien. Der Wind fing sich in seinem feinen Haar, blies ihm Strähnen über die Stirn. Der Junge schüttelte den Kopf und sah für einen Moment weg. Für ihn würde es viel einfacher sein. Schließlich hatte er nie die Möglichkeit in Betracht gezogen, einmal zu herrschen. Dennoch war Tao Chu seinem unwürdigen Halbbruder loyal ergeben und würde seine große Enttäuschung sicher teilen.

Tsu Ma richtete sich auf und erhob seine Stimme gegen die Geräusche von Wind und Wellen.

»Ich werde heiraten.«

Er sah, wie Kung-chih um Worte rang; wie er sich auf einen Blick Tao Chu zuwandte, als könne der Junge ihm alles erklären, aber Tao Chu beobachtete seinen Onkel aufmerksam.

»Wann?« fragte er, und Tsu Ma merkte ihm an, daß der die Neuigkeit gleich richtig eingeordnet hatte – als habe er sich auf diesen Augenblick vorbereitet.

Tsu Ma lächelte traurig. »Die Verlobungszeremonie wird noch in dieser Woche stattfinden.«

Kung-chih sah seinen Halbbruder immer noch an,

das Gesicht starr vor Schock. Dann wandte er sich langsam Tsu Ma zu, und die tiefe Enttäuschung war ihm deutlich anzusehen. Einen Moment lang starrte er seinen Onkel mit halb offenem Mund an, dann riß er abrupt sein Pferd herum und galoppierte davon. Tao Chu blieb noch einen Moment, bevor er mit einer Verbeugung vor seinem Onkel sein Pferd wendete und seinem Bruder hinterher hetzte.

Tsu Ma sah ihnen nach, bis sich die winzigen Gestalten in der Ferne verloren hatten, dann wendete auch er sein Pferd, folgte dem Rand der Klippe und schaute aufs tobende Meer hinunter. Es war geschafft. Tsu Kung-chihs Traum, das Erbe anzutreten, war zerplatzt. Tsu Ma hob das Gesicht und brachte sein Pferd zum Stehen, um über die graue, unebene Fläche des Meeres hinwegzusehen. Er hatte das zu lang aufgeschoben, und nun kam es ihm grausam vor. Die Heirat würde ihm unter seinen nächsten Angehörigen wenig Freunde machen.

»Nun gut ..., so sei es«, sagte er leise, und der Wind löste die Worte von seinen Lippen. *So sei es.* Aber er war jetzt fest entschlossen. Er würde jetzt tun, was er sich bis auf den heutigen Tag zu tun geweigert hatte; er würde Söhne zeugen und sie aufwachsen sehen. Söhne wie Tao Chu oder sein Freund Li Yuan. Und wenn er alt war, würden sie an seiner Stelle herrschen; stark, weise und entschlossen – Söhne, auf die er stolz sein konnte.

Ungewollt trat ihm eine Träne ins Auge. Er wandte sich ab und trieb sein Pferd zum Galopp, lenkte es über die offenen Felder zum Grundstück zurück und dachte an die einzige Frau, die er geliebt hatte.

An Fei Yen ... und an den kleinen Han.

Fei Yen stand am Fenster ihres Zimmers, sah den kaiserlichen Kreuzer hinter dem Hangar am anderen Ufer des Sees landen, und eine nervöse Erwartung krampfte ihr den Magen zusammen.

Sie hatte den Brief vor zwei Tagen abgeschickt, als sie in einem Tief gesteckt hatte. Sie hatte sich mit ihrem ältesten Bruder über ihren Sohn Han Ch'in gestritten, und dann hatte aus heiterem Himmel ihr jüngster Geliebter seine Sachen gepackt. Sie hatte den Brief eine Stunde nach seiner Abreise geschrieben, als sie noch voller Reue und Selbsthaß war, und ihn gleich von einem Boten überbringen lassen. Aber im Licht des nächsten Morgens war sie in Panik geraten, hatte ihr Verhalten bitter bereut und zu den zehntausend Göttern gebetet, daß er den Brief nie zu Gesicht bekommen, vielleicht nie von ihm erfahren möge. Aber es war offensichtlich schon zu spät gewesen. Das Auftauchen seines Kreuzers ließ daran keinen Zweifel. Jetzt würde sie erfahren, was ihr früherer Mann über sie dachte.

Sie trat an die Garderobe und suchte nach etwas, das sie tragen konnte, um seinen Boten zu empfangen. Etwas Schlichtes und doch Gediegenes. Etwas, das andeuten mochte, daß sie eine Frau war, die ihr Leben im Griff hatte, die mit ihrem Schicksal zufrieden war. Sie nahm ein einfaches rotes *Chi pao*, hängte es aber wieder zurück. Nein, rot war die Hochzeitsfarbe – die Farbe des Glücks und der Ausgelassenheit. Schwarz vielleicht? Sie zögerte kurz, und als sie merkte, daß die Zeit knapp wurde, nahm sie ein schwarzes Stück vom Bügel und zog sich hastig um.

Es bleib keine Zeit für ihre Mägde und für ausgedehnte Vorbereitungen. Außerdem war es bloß ein Bote. Wenn er sich von den meisten Männern nicht allzu sehr unterschied, würde er kaum bemerken, wie sie gekleidet war. Trotzdem …

Sie trat vor den Spiegel, kämmte sich rasch das Haar und steckte es zu einem Knoten hoch. Ja, das war es. So wollte sie aussehen. Sie lächelte, übte höfliche Begrüßungsfloskeln, dann wandte sie sich zufrieden ab und verließ das Zimmer.

Sie empfing ihn an der Eingangstür und blieb pflichtbewußt hinter ihrem Bruder stehen, während dieser das Begrüßungszeremoniell absolvierte.

Als er sie vorstellte, machte sie eine tiefe Verbeugung, daß sie wie ein Inbegriff der Demut wirkte.

»Nun, Tsung Ye«, sagte ihr Bruder und bat den Mann herein. »Wie kann ich Ihnen behilflich sein?«

Tsung Ye rührte sich allerdings nicht, hatte nur ein höfliches Lächeln im Gesicht. »Verzeihen Sie mir, Prinz Yin, wenn ich Ihr großzügiges Angebot ablehne, aber ich habe klare Anweisungen. Ich soll Ihre Schwester, die Prinzessin Fei Yen, unverzüglich nach Tongjiang bringen.«

Als sie die Worte hörte, wurde Fei Yen beinahe ohnmächtig. Tongjiang! Das hatte sie nicht im mindesten beabsichtigt. Er hatte nach ihr geschickt. Li Yuan ließ sie holen!

»Dazu sind Sie *angewiesen* worden?« fragte Yin Sung verwirrt.

»Hier, Prinz Yin«, sagte Tsung, zog einen versiegelten Brief aus seinem Kuriersack und übergab ihn Sung.

Sung betrachtete kurz das Wachssiegel des Kanzlers, bevor er es aufbrach. Er überflog den Brief nur, dann gab er ihn mit gerunzelter Stirn an seine Schwester weiter.

»Weißt du, worum es hier geht?«

Fei Yen schüttelte den Kopf und spürte, wie sie errötete. »Ich habe keine Ahnung, Bruder. Nun, ich …«

»Verzeihen Sie«, unterbrach Tsung Ye, »aber meine Anweisungen …«

»Natürlich.« Yin Sung anerkannte Tsung Yes Status als Bote seines Herrn, indem er sich kurz verbeugte, dann rief er einen der Hausdiener herbei. »Holen Sie Lady Feis Mantel. Sie muß sofort abreisen.«

Danach schloß er seine Schwester in die Arme und sprach sanfter als eben. »Du gibst mir Bescheid, wenn du mich brauchst, ja?«

»Ja, großer Bruder.«

»Gut. In der Zwischenzeit sorge ich dafür, daß Han Chin gut versorgt ist.«

Sie verbeugte sich und versuchte, ihrem Gesicht die Sorgen – um ihren Sohn und um sich selbst – nicht anmerken zu lassen, die sie in diesem Moment empfand.

»Gut«, wiederholte er. »Dann geh. Kanzler Nan erwartet dich.«

Ja, dachte sie, ließ sich von dem Diener den Mantel um die Schultern legen und folgte dem Boten des T'ang mit raschen Schritten über den Spazierweg.

Die große Halle in Tongjiang war kühl und düster beleuchtet, die geräumige Fläche zwischen den Säulen leer, die Fliesen schwarz vor Alter. Fackeln flackerten in Eisenkörben, die überall an den Wänden hingen, die Schatten der Säulen zitterten wie die Glieder eines tanzenden Riesen, aber im Mittelpunkt war es fast dunkel. An diesem Fleck, in einem Zeremonienstuhl, den eine Ehrenwache ihr hingestellt hatte, saß Fei Yen. Sie saß dort nun schon seit einer Stunde allein in der Stille und wartete.

Von einer schmalen Galerie unter der Decke des Saals sah Pei K'ung durch einen Lattenschirm hinunter und musterte die Gestalt in dem Stuhl. Ihr Mann hatte diese Frau einmal geliebt – geliebt bis zur Raserei … und darüber hinaus. Wenn die Gerüchte zutrafen, hatte er einmal vor Wut alle ihre Pferde getötet, was sie damit gekontert hatte, daß sie ihm erklärte, das Kind in ihrem Leib sei nicht von ihm.

Pei K'ung erbebte unter einem leisen Seufzer. Vielleicht lag es nur an dieser Zeit des Monats, jedenfalls waren ihre Gefühle in den letzten Tagen in Aufruhr geraten. Sie hatte geglaubt, sie sei über solche jugendlichen Aufwallungen hinweg, aber das traf offensichtlich nicht zu. Das Gefühl, das sie empfunden hatte, als sie Fei Yens Notiz an ihren Ehemann las – sie konnte es jetzt einordnen. Es war Eifersucht. Sie war eifersüchtig auf das, was diese Frau einst mit ihrem Ehemann gehabt hatte, und hatte Angst – nein, geradezu Panik – davor, daß diese Gefühle immer noch zwischen ihnen existieren mochten.

Aufgeregt fächerte sie sich Luft zu, bevor sie sich abwandte und, gefolgt von ihren Dienern, lautlos von der Galerie huschte. Sie war versucht, das Miststück gleich wieder nach Hause zu schicken – sie aus erhabener Position runterzuputzen –, aber das würde nichts nützen. Sie mußte mit ihr reden.

Und wenn es so war, wie sie befürchtete?

Sie stellte sich vor, wie sie ihren Mann zur Rede stellte; stellte sich vor, wie er lachte und sich von ihr abwandte, sie ohne ein weiteres Wort wegschickte, sich wieder seinen Männer zuwandte, als sei sie gar nicht vorhanden. Sie zitterte und zwang sich weiterzugehen, sich ihren inneren Aufruhr nicht anmerken zu lassen. Konnte sie das ertragen? Konnte sie mit dieser Ablehnung leben?

Natürlich. Schließlich hatten sie das so vereinbart, oder etwa nicht? Sie sollte nur dem Namen nach seine Frau sein, während er …

Sie hielt so abrupt inne, daß ihre Diener sie fast anrempelten.

Vielleicht war das die Lösung. Vielleicht sollte sie ihm diese Frau ins Bett stecken, um ihm zu zeigen, daß sie Bescheid wußte. Um ihm zu beweisen, daß sie keine Idiotin war.

Ja, aber was war, wenn sie sich irrte? Wenn ihr Mann Fei Yen doch nicht heimlich getroffen hatte? Und wenn ihr Vorgehen sich als der Anfang einer Aussöhnung zwischen Fei Yen und ihm erweisen würde?

Sie wirbelte herum und lief in Richtung ihrer Zimmer.

Nein, Li Yuan brauchte nicht einmal zu wissen, daß sie hier gewesen war. Sie mußte der Frau entgegentreten und sich ihrer entledigen. Sie bedrohen, wenn nötig. Schließlich war sie es selbst, die jetzt die Macht in Händen hatte. *Sie* war jetzt die Kaiserin.

Ja, aber wenn Li Yuan sie immer noch liebt ...

Sie blieb mit einem leisen Stöhnen stehen und streckte den Arm aus, um sich an der Wand abzustützen. Sofort eilten ihre Diener herbei, um sie zu stützen, aber sie stieß die Männer wütend von sich.

»Laßt mich in Ruhe!«

»Aber, Herrin ...«

Sie wandte sich Tsung Ye zu, der gesprochen hatte, und starrte ihn finster an. Sofort senkte er den Kopf.

»Tsung Ye. Lassen Sie sie noch eine Stunde da unten sitzen. Dann bringen Sie sie in mein Arbeitszimmer. Und lassen Sie niemanden zu ihr rein oder gar mir ihr reden. Verstanden?«

Tsung Ye nickte, dann zog er sich zurück.

Sie atmete tief durch, um sich zu beruhigen, dann ging sie weiter. Eine Stunde. Sie nickte heftig. Ja, soll sie ruhig warten – es tut dem Miststück gut, noch eine Stunde zu schmoren. In der Zwischenzeit würde sie baden und sich umziehen. Dann würde sie die Sache in Angriff nehmen. Und ein für allemal erledigen.

Fei Yen wartete mit trockenem Mund und pochendem Herzen vor der Tür, als Tsung Ye eintrat. Es war über fünf Jahre her, seit sie Li Yuan das letzte Mal gesehen hatte, nämlich an jenem Tag in dem Großen Saal des Guts in Hei Shui – am Tag, nachdem seine Frauen umgebracht worden waren. Damals hatte er sie zu ihrem Erstaunen gebeten, zu ihm zurückzukommen, geradezu darum gebettelt, es noch einmal zu versuchen, aber sie hatte ihn weggeschickt, stolz und wütend, und vielleicht hatte sie die Angst, daß er sie ein zweites Mal verstoßen könnte, davon abgehalten, ja zu sagen.

Die Jahre waren vergangen, und kein weiteres Wort war gefallen. Li Yuan hatte wieder geheiratet und sich in seine Arbeit vertieft. Und das Große Rad hatte sich gedreht, und sie war langsam, ganz langsam älter geworden. Älter, ja, und immer unzufriedener.

Aiya! dachte sie und sah auf ihre Hände. *Was mache ich hier? Welcher Irrsinn hat mich dazu getrieben?*

War es Liebe, die sie soweit gebracht hatte? Oder war es schlicht Bitterkeit? Bitterkeit, daß ihre Träume nicht wahr geworden waren?

»Prinzessin Yin …«

Tsung Ye hatte die Hand an der offenen Tür, stand mit gesenktem Kopf da und wartete auf sie. Mit einem Schlucken strich sie mit den Handflächen an ihren Flanken hinunter und trat an ihm vorbei ins Zimmer.

»Yin Fei Yen …«

Sie hörte die Tür hinter sich zuklicken und blinzelte ins Sonnenlicht am anderen Ende des Zimmers, wo hinter einem riesigen Schreibtisch am Fenster jemand saß.

Im ersten Moment erkannte sie die Stimme nicht. Sie zögerte, verwirrt darüber, daß es nicht Li Yuan war, und begriff nicht, was hier vor sich ging.

»Bitte, Lady Fei, kommen Sie doch näher.«

Diesmal wußte sie Bescheid. Pei K'ung! Es war seine Frau Pei K'ung. Sie senkte den Kopf und schritt langsam durchs Zimmer, einen Knoten der Furcht in der Magengrube. War das *sein* Werk? War das seine Art, sie zu demütigen?

Der Gedanke verdrängte die Furcht und setzte Zorn an ihre Stelle.

Sie blieb zwei Schritte vor dem Schreibtisch stehen, hielt den Kopf trotzig aufrecht und drang mit Blicken in die Augen der Kaiserin.

»Werde ich Li Yuan nicht sehen?«

Pei K'ung starrte sie unnachgiebig an, ihr Blick unbewegt, ihre ganze Haltung unnachgiebig wie die einer Schwiegermutter. »Li Yuan ist nicht hier. Er ist geschäftlich unterwegs.«

Fei Yen überlegte, welche Bedeutung dieser Umstand hatte. Hatte er das absichtlich so arrangiert? War das

Ganze – die Abholung, die zwei Stunden Wartezeit und jetzt das hier – nur eine verfeinerte Herabwürdigung; seine Art, ihr heimzuzahlen, weil sie ihn abgewiesen hatte? In ihr sträubte sich alles bei dem Gedanken, und sie richtete sich noch straffer auf. Sie war zehnmal mehr wert als dieses gealterte Waschweib. Wenn die Gerüchte zutrafen, schlief Li Yuan ja nicht einmal mit ihr. Und konnte man ihm das verübeln? Häßlich war vielleicht ein zu starkes Wort dafür, aber jedenfalls war sie eine einfache Frau.

»Tut mir leid, das zu hören«, antwortete sie, als sei die Auskunft ohne Bedeutung. »Ich hatte gehofft, ihm mein Bedauern ausdrücken zu können.«

Pei K'ung starrte sie noch einen Moment lang an, ehe sie wegsah, und ein kurzes, spöttisches Lachen war ihr einziger Kommentar.

Fei Yen wartete ab und fragte sich, was diese Frau von ihr wollte – was man ihr aufgetragen hatte. Was immer es sein mochte, sie war entschlossen, sich nicht von ihr demütigen zu lassen. Was immer diese Frau sagte, sie würde es ihr mit gleicher Münze heimzahlen. Außerdem wußte sie ja nicht, ob sie die Wahrheit gesagt hatte. Nach allen Anhaltspunkten, die sie hatte, saß Li Yuan womöglich im Nebenzimmer und beobachtete alles.

Sie musterte Pei K'ung, bemerkte den eleganten Schnitt ihres Seidengewandes, die raffinierte Art, wie sie ihr Haar hochsteckte, und fragte sich, ob sie sich eigens für diesen Anlaß so zurechtgemacht hatte. Wie auch immer, es trug wenig dazu bei, das Herbe ihrer Züge abzumildern. Wenn man es unumwunden ausdrücken wollte, hatte die Kaiserin geradezu etwas Männliches an sich. Ihre Nase war zu lang, ihre Hände waren zu groß, ihre Ohren ... Sie lachte beinahe. Nun, ohne das teure Seidengewand hätte die Frau wenig besser ausgesehen als eine gemeine Bauersfrau. Der Gedanke verlieh ihr Selbstsicherheit.

»Wird mir eine Audienz gewährt?«

Pei K'ung hob den Blick. »Eine Audienz?« Ihre Stimme klang ätzend abschätzig. »Nein, Lady Fei. Näher als jetzt werden Sie meinem Mann nie mehr kommen. Ich werde nicht zulassen, daß er von einer so ... so *trivialen* Angelegenheit abgelenkt wird.«

Die Bemerkung veranlaßte Fei Yen, die Situation neu einzuschätzen. Li Yuan wußte also gar nichts von diesem Zusammentreffen! Ja, ihm war nicht einmal bekannt, daß sie sich überhaupt in Tongjiang aufhielt! Doch wenn das zutraf, warum hatte Nan Ho sie dann überhaupt herbestellt?

Ihre Blicke überflogen den Schreibtisch und fanden, was sie suchte. Da, neben dem verzierten Jade-Federständer. Nan Hos Ersatzsiegel. Sie erkannte es aus früheren Tagen.

Fei Yen wurde innerlich ganz ruhig. Sie war von falschen Voraussetzungen ausgegangen und hatte angenommen, daß Li Yuan sie persönlich herbestellt habe, über seinen Kanzler als Vermittler, aber statt dessen war es Pei K'ung gewesen. Aus irgendeinem Grund hatte die Kaiserin sie persönlich sprechen wollen. Aber warum? Geschah es, um ihren Mann von einer so, wie sie sagte, ›trivialen‹ Ablenkung zu verschonen? Oder steckte ein anderer, tieferer Grund dahinter?

Sie sah Pei K'ung in die Augen und lachte. Und sie sah, wie ihr Lachen ein inneres Feuer der Wut schürte. Wut, ja, und etwas anderes.

»Wovor haben Sie Angst, Pei K'ung?«

»Angst?« Pei K'ungs Lachen klang humorlos. »Ich habe keine Angst, Yin Fei Yen. Ganz bestimmt nicht vor Ihnen. Sie vergessen, mit wem Sie reden. Ich bin die Kaiserin, und meine Macht ...«

»... ist die Macht Ihres Ehemannes. Nicht mehr und nicht weniger. Sie vergessen, mit wem *Sie* reden. Sie vergessen, daß ich einmal da gesessen habe, wo Sie nun sitzen. Nur habe ich mit meinem Mann das Nachtlager geteilt.«

Sie bereute es in dem Moment, als sie es ausgesprochen hatte; doch sie hatte sich nicht geirrt. Pei K'ung hatte diese Bemerkung sichtlich getroffen. Ihre Haltung war viel steifer, als sie sich Fei Yen entgegenbeugte.

»Ja, und er hat sich von Ihnen *scheiden* lassen. Haben Sie *das* vergessen, Lady Fei?«

»Er war noch ein Junge ...«

»Und unberechenbar, so wie alle Halbwüchsigen. Er hätte Sie nie heiraten dürfen. Sie waren die Frau seines Bruders.«

Gerade mal so, wie Sie Yuans Frau sind, wollte sie sagen, doch diesmal hielt sie sich zurück. Es entsprach der Wahrheit. Wenn man Han Ch'in nicht umgebracht hatte, wäre Sie jetzt Kaiserin. Ohne seine Ermordung wäre nichts von all dem geschehen. Sie zitterte und senkte den Blick.

»Was haben Sie gewollt?« fragte Pei K'ung nach einer Pause in etwas neutralerem Ton. »Was, haben Sie geglaubt, könnten Sie nach so langer Zeit noch erreichen?«

Fei Yen blickte auf und zuckte die Achseln, empfand plötzlich nicht mehr soviel Feindseligkeit gegenüber dieser Frau. War es denn ihre Schuld, daß Li Yuan sie geheiratet hatte? Und war es ihre Schuld, daß er es vorzog, mit viel jüngeren Frauen ins Bett zu gehen?

»Um ehrlich zu sein, habe ich mir gewisse Vorteile für meinen Sohn erhofft. Han Ch'in ist jetzt acht ... im September wird er neun. Ich dachte ...«

Pei K'ungs Antwort klang barsch. »Reicht Ihnen das Grundstück in Hei Shui nicht? Und die Pension, die Sie und Ihr Sohn erhalten, auch nicht? Also, unter den gegebenen Umständen ...«

Wütend packte Fei Yen die Schreibtischkante und beugte sich der anderen Frau entgegen, schrie sie an: »Er *schuldet* mir das! Das und noch viel mehr! *Er* hat uns vernachlässigt, *ihm* waren wir gleichgültig ...«

»Und *Sie* haben ihn verraten!«

Sie wich ein Stück zurück und schüttelte den Kopf. »Nein. Er hat mich schon verraten, lang bevor ich auch nur daran dachte. *Er* hat mich betrogen. Erst um meinen rechtmäßigen Platz in seinem Bett, dann meinen Sohn um sein Geburtsrecht!«

»Sein *Geburtsrecht*!« Pei K'ung ließ sich zurücksinken und lachte höhnisch. »Ihr Sohn ist doch ein Bastard, Yin Fei Yen … ja, und wahrscheinlich nicht besser als ein Gärtnersohn, wette ich!«

Fei Yen richtete sich auf, und ein kalter, unnachgiebiger Zorn stieg in ihr hoch. »Wenn Sie nur die Wahrheit wüßten, Pei K'ung.« Sie drehte sich um und ging langsam, mit großer Würde zur Tür, von wo sie einen letzten Blick auf Pei K'ung zurückwarf. »Wenn Sie nur wüßten …«

Pei K'ung saß reglos da, nachdem Fei Yen gegangen war, und starrte auf die offene Tür.

Was, in aller Götter Namen, hatte diese Frau damit nur gemeint? *Betrogen?* Wie betrogen? Nein. Schließlich waren Untersuchungen durchgeführt worden, um festzustellen, wer der Vater des Jungen war. Und hätte auch nur der geringste Zweifel bestanden, dann hätte Li Yuan sich gewiß nie von ihr scheiden lassen …

Ihr Unterkiefer sackte herab. Nein, es war einfach nicht möglich. Fei Yen wäre dagegen angegangen.

Aber was wäre, wenn sie die Wahrheit gar nicht gewußt, wenn Li Yuan das Geheimnis für sich behalten hatte?

Es ergab einen Sinn. Wenn Han Ch'in tatsächlich Li Yuans Sohn war und Fei Yen das gewußt – mit Sicherheit gewußt – hätte, dann hätte sie Himmel und Erde in Bewegung gesetzt, um ihn zum Erben zu machen. Keine Mutter hätte sich das nehmen lassen. Aber sie hatte nichts unternommen.

Was meinte Fei Yen also wirklich damit? Warum war sie so wütend gewesen, als Pei K'ung auf die niedrige Herkunft ihres Sohnes anspielte?

Geheimnisse … Alles war in Geheimnisse gehüllt. Aber irgendwo steckte die Wahrheit, und sie würde sie herausfinden.

Und Fei Yen?

Fei Yen war eine Schönheit. Daran gab es keinen Zweifel. Noch schön genug, um einem Prinzen den Kopf zu verdrehen … oder einem T'ang.

Pei K'ung schauderte, weil sie wußte, daß trotz allem, was sie gesagt hatte, die Angelegenheit bei weitem noch nicht erledigt war; daß sie Lady Fei nicht abgeschreckt, sondern eher noch entschlossener gemacht hatte.

Ja, dachte sie, *aber am Ende werde ich doch gewinnen, denn auch wenn du schön bist, ist die Zeit auf meiner Seite. Die Tage, die dich deiner Schönheit berauben, werden mich für meinen Mann allmählich unentbehrlich machen.*

Schönheit. Pah! Sie würde ihnen beweisen, wie wenig Schönheit bedeutete! Ja, sie konnte ihrem Mann tausend dumme Schönheiten ins Bett legen, und er wäre immer noch von ihr abhängig!

Sie lachte entschlossen, wußte nun genau, was sie zu tun hatte, und betätigte die Glocke, um Tsung Ye herbeizurufen, begierig darauf, mit der Arbeit zu beginnen.

KAPITEL · 4

Geheime Sprachen

Kim ...? *Kim!* Wachen Sie auf!« Der junge Mann drehte sich mit einem Keuchen um, langte mit der Linken zur Decke, dann wachte er auf, und seine dunklen Augen blinzelten.

»*Panda vyth gwres?*«

Die Maschine antwortete ihm leise, beruhigend in dem schwach beleuchteten Zimmer. »Es ist Curval. Ein Notfall.«

Kim fuhr hoch und rieb sich die Augen. »Wie spät ist es?«

»Vier Uhr siebzehn. Jetzt ziehen Sie sich an. Sie werden gebraucht.«

Kim widersprach nicht. Er zog sich den Einteiler über und trat in den Korridor hinaus. Aus der Ferne hörte er Alarmsirenen, Schreie und das Getrappel von Füßen.

Kim eilte auf die Quelle des Lärms zu. Hinter der ersten Ecke stieß er fast mit Curval zusammen, der ihm entgegenkam.

»Was ist passiert?«

Curval war außer Atem. Er fuhr sich mit den Fingern über den kahlen Schädel und mußte erst Atem schöpfen, ehe er antworten konnte. »Es geht um Ravachol. Er ist aus seiner Zelle entkommen. Er hat einen der Wachmänner überwältigt und ihm sein Messer abgenommen.«

»Scheiße!« Kim überlegte rasch. »Wo ist er jetzt?«

»Die Wachen haben ihn am anderen Ende der Labors in die Enge getrieben. Er schlägt alles in Stücke, was ihm in die Hände kommt!«

Kim nickte, schmerzhaft berührt von den Neuigkeiten, dann berührte er Curval am Arm. »Gut, gehen wir rüber.«

Sie hörten Glas splittern, lang bevor sie um die Ecke kamen und den Hauptlaborbereich erreichten. Ravachol stand auf der anderen Seite der Labortische, ging von einem Vorratsschrank zum nächsten und wischte alles auf den Boden, was er erreichen konnte. Ein Dutzend Wachen kauerten hinter den Tischen und richteten Betäubungsgewehre auf den Androiden. Als Kim den Raum betrat, kam ihr Hauptmann herüber.

»Ich habe getan, was ich kann, *Shih* Ward, aber er läuft Gefahr, sich selbst Schaden zuzufügen. Einige der Chemikalien, die er da runterschmeißt …«

»Ich weiß«, sagte Kim, der das Schlimmste befürchtete, nachdem er die Kreatur nun so wüten gesehen hatte. Etwas hatte ihr den Rest gegeben. Etwas oder jemand …

»Ravachol!« rief er und ging auf das Wesen zu. »Nun komm schon, hör auf damit!«

Der Android fuhr herum, starrte ihn an und streckte ihm drohend das Messer entgegen. Kim ging einen weiteren Schritt auf ihn zu, aber der Hauptmann faßte ihn am Arm und zog ihn zurück.

»Nein, Sir. Das kann ich nicht erlauben. Direktor Reiss …«

Kim riß sich los, aber der Hauptmann faßte nach, diesmal etwas fester. »Ich habe meine Befehle, *Shih* Ward. Es ist zu gefährlich. Wenn Sie sich verletzen würden …«

»Er hat recht«, sagte Curval und trat an seine Seite. »Sehen Sie. Es ist vorbei. Schauen Sie seine Augen an. Er erkennt Sie nicht einmal. Genau das haben wir befürchtet. Seine neutrale Matrix hat sich destabilisiert.«

Kim sah das Wesen an. Es war in den letzten Wochen stabil geblieben, aber Curval hatte recht; es hatte einen schlimmen Verfall durchlitten. Dennoch wollte er auf den Androiden zugehen und versuchen, vernünftig mit ihm zu reden.

»Er ist gefährlich«, erklärte der Hauptmann. »Ich mußte schon zwei Männer in die Klinik einliefern. Falls er uns angreift, haben meine Männer Befehl, ihn zu betäuben, aber das wird vielleicht nicht reichen. Er ist sehr stark, und sein Nervensystem reagiert vielleicht nicht so wie das menschliche.«

Kim nickte und begriff erst jetzt, was der Hauptmann eigentlich sagte. Er wollte keine Risiken eingehen. Er würde den Androiden eher umbringen, ehe er weiteren Schaden anrichtete.

»Was hat der Direktor noch gesagt?«

»Reiss ist in spätestens einer Stunde hier«, erwiderte Curval. »Soll er sich doch mit ihm herumschlagen.«

Kim schüttelte den Kopf. »Nein. Darum kann ich mich kümmern.« Er seufzte, dann wandte er sich dem Offizier vom Dienst zu. »Geben Sie mir Ihre Waffe, Hauptmann. *Ich* kümmere mich darum, *ich* werde ihn zerstören.«

Der Hauptmann sah Curval fragend an, dann zuckte er die Achseln, zog seine Pistole aus dem Halfter und reichte sie ihm. Kim wog sie in der Hand, dann ging er auf das Wesen zu.

»Ravachol? Weißt du, wer ich bin?«

Der stand völlig reglos da und sah ihn näherkommen. Als Kim nur noch zehn *ch'i* von ihm trennten, hob er die Hand und beschirmte die Augen, als blickte er in gleißendes Sonnenlicht.

»Kim? Bist du das?«

»Ich bin's.«

Er öffnete den Mund und zögerte, dann schüttelte er den Kopf. Mit gerunzelter Stirn sah er zu Boden, als begriffe er nicht, wer das Durcheinander zu seinen Füßen verursacht hatte. Seine Füße bluteten, und auf einer Seite sprühten kleine Funken, schien etwas schwach zu brennen.

»Es … es wird immer dunkler«, sagte er und sah Kim verwirrt an. »Ich kann nicht …«

Er schien zu erstarren, dann begann er sich mit einem leichten Ruck wieder zu bewegen. Seine Augen blinzelten wirr, seine Linke zitterte und ließ das Messer fallen.

»Es geht dir nicht gut«, sagte Kim ruhig. »Du vergißt dauernd etwas.«

Er nickte, schien es aber nur halb verstanden zu haben. Curval hatte recht. Es war vorbei. Kim konnte nichts mehr für ihn tun. Nichts als dem Elend ein Ende zu machen. Er hob die Waffe.

»Was machst du da?« fragte der Android. »Was ist denn das?«

Die Erlösung, dachte Kim und zog den Abzug durch.

Die Detonation versetzte ihm einen Schock. Sie war viel lauter, als er erwartet hatte. Er starrte auf seine Hand und verfolgte die Bahn des Schusses bis zu der Stelle, wo Ravachol gestanden hatte. Er war verschwunden … nein, er lag auf dem Boden, da gleich neben dem Labortisch. Kim trat vor die Kreatur und legte die Waffe neben ihr zu Boden.

Wo die Kugel eingeschlagen war, hatte der Android ein ausgezacktes Loch in der Brust, durch das ein seltsames, rot und silbrig glänzendes Durcheinander aus Kabeln und organischer Materie zu erkennen war. Von irgendeinem nutzlos gewordenen Programm gesteuert, vollführte sein linkes Bein Kletterbewegungen in der Luft, während seine Augen ins Leere starrten. Der Geruch war jetzt intensiver – eine Mischung aus verschmortem Plastik und verbranntem Fleisch.

Kim kauerte über ihm, entsetzt über den Anblick, wollte das Ding in die Arme nehmen und ihm in seinen letzten Augenblicken Trost spenden, aber etwas hielt ihn davon ab. Es lag nicht im Sterben. Man konnte nicht behaupten, daß das Ding starb, denn es hatte nie richtig gelebt. Es hatte nur *den Eindruck erweckt*, als lebte es. Aber dieses eine Mal schien diese Unterscheidung bedeutungslos. Ravachol war mehr als eine Maschine gewesen – mehr als ein einfaches Ding aus Fleisch und Kabeln. Kim zögerte, und als er spürte, daß die anderen ihn beobachteten, streckte er eine Hand aus und strich dem Androiden das Haar aus der Stirn.

Er fühlte sich warm an, so wie ein sterbender Mensch sich warm anfühlte. Und all seine Erinnerungen …

Der Gedanke war ihm kaum gekommen, als Ravachols Augen blinzelten und zufielen. Ein leichtes Zittern durchfuhr seinen Körper, dann lag er reglos da.

Fort, dachte er. *Er ist fort …*

Aber wohin? Wohin entschwindet die Seele einer Maschine?

Die Frage verwirrte ihn, verfinsterte seine Gedanken, denn so sehr ihm auch bewußt war, daß er Ravachol geschaffen hatte, so wenig zweifelte er daran, daß etwas – eine Macht oder ein Wesen, das größer war als er – *ihn* geformt hatte. Zum ersten Mal empfand er das ganz intensiv und deutlich.

Kopien, dachte er und nickte bei sich. *Wir sind alle Kopien eines größeren Etwas.*

Er stand auf und ging zu Curval, der auf ihn wartete.

»Alles in Ordnung mit Ihnen?«

Kim zuckte die Achseln. »Ich weiß nicht. Ich bin mir nicht einmal sicher, ob ich darüber nachdenken möchte.«

Curval lächelte ihn traurig an. »Vielleicht sollten Sie sich den Tag freinehmen. Erholen Sie sich davon.«

»Nein. Wir müssen wieder von vorn anfangen. Heute morgen noch. Ich will die Leiche um sieben im Autopsiesaal haben. Wir können scannen, Schnitte anfertigen – um herauszufinden, was schiefgegangen ist. Und das nächstemal …« Kim holte einmal tief und zittrig Luft. »Das nächstemal machen wir es richtig.«

Curval nickte und berührte ihn am Arm. »Gut. Ich werde mich sofort darum kümmern.«

Beim ersten Morgenlicht ging Emily auf den Markt des Einundfünfzigsten hinunter, spazierte durch die widerhallende Leere der Hauptstraße, während Standbesitzer ihre Handkarren aufstellten und alte Männer auf Bänken den Vögeln lauschten, die in ihren Käfigen sangen.

Es war die Zeit des Tages, die sie am meisten mochte; die Zeit, wenn noch alles möglich zu sein schien. Jeder Tag begann neu, steckte voller Möglichkeiten, und ganz gleich, wie oft sie auch enttäuscht worden war, begrüßte sie doch immer wieder die Morgendämmerung.

Im Teehaus Blaue Pagode nahm sie an einem leeren Tisch Platz. Binnen einer Stunde würde es hier brechend voll sein, aber im Moment waren kaum ein Dutzend Gäste zugegen. Yu I, der Eigentümer, sah sie und kam herüber, lächelte sein Zahnlückenlächeln und verbeugte sich vor ihr, als sei sie eine Prinzessin, die Hände tief in den voluminösen Ärmeln ...

»Ra-chel«, sagte er, wobei seine alten Augen lustig zwinkerten. »Es ist lang her, seit Sie das letzte Mal hier waren.«

»Ich war sehr beschäftigt, *Lao jen.* Ich bin erst gestern abend wieder heimgekommen. Aber ich habe Ihr Lokal vermißt. Ihr *Ch'a* ist in fünfzig Stöcken berühmt.«

Er verbeugte sich erneut, sichtlich erfreut über ihr Kompliment. »Und was hätten Sie gern, *Nu Shih*? Eine Spatzenzunge vielleicht? Oder lieber eine Wasserfee?«

Sie lächelte breit. »Ein *T'ieh Lo-han*, Yu I. Eine große *Chung*. Und etwas *Chiao tzu*, wenn Sie haben.«

»*Nu Shih ...*« Er nickte und eilte davon, um ihre Wünsche zu erfüllen.

Von Schienen unter der Decke hingen weitere Käfige – verzierte Gebilde aus bemaltem Draht. Sie blickte zu ihnen auf, lauschte den Vögeln und sah einen kleinen Buchfinken, der die Brust blähte. Wie er sang! So voller Freude ... oder war das Vogelstolz? Sie lächelte und sah sich um. An einem Tisch in der Nähe saß ein kahlgeschorener Junge neben seinem Großvater. Er gaffte sie auf diese ungenierte, kein bißchen verlegene Art an, wie sie Kindern eigen ist, die dunklen Augen groß und rund. Emily lächelte ihn an, dann sah sie weg.

Nischen der Normalität ... darauf reduzierte sich in diesen Tagen alles. Kurze Momente – wie diese – der geistigen Gesundheit, bevor das Gemetzel weiterging.

Ein junger Kellner kam an ihren Tisch und stellte eine blaß lavendelfarbene *Chung* neben sie. Dann brachte er eine abgerundete Schale zum Vorschein, die er am Ärmel polierte, ehe er sie vor Emily hinstellte.

»Danke ...«

Der junge Mann nickte und wandte sich ab. Außer Yu I redeten hier nur wenige Menschen mit ihr. Die meisten waren Han, sie dagegen eine *Hung Mao*, eine großnasige Barbarin. So ging es zu in diesen Tagen. Toleranz war das Äußerste, was sie erwarten konnte.

Sie goß ein, dann schloß sie die Kunstporzellan-Schale in beide Hände, genoß ihre Wärme und fühlte sich von dem Geruch der ›Eisernen Göttin der Gnade‹ an ihre Jugend erinnert – an die Tage, als sie neben ihrem Vater in Lokalen wie diesem gesessen hatte, während er sich mit seinen Freunden unterhielt.

War das der Grund, warum sie herkam? Um diese schlichte Erinnerung wiederaufleben zu lassen? Um mit ihrem früheren Ich in Kontakt zu bleiben? Oder ging es ihr um den Frieden, den sie hier fand, und nichts sonst?

Sie seufzte, trank einen kräftigen Schluck *Ch'a*, hielt ihn einen Moment lang im Mund, wie es die Han taten, und genoß diese schlichte Freude.

Die große Welt veränderte sich, doch diese kleinen, einfachen Dinge blieben bestehen. Kleine Dinge. Sie nickte und dachte an die Schrecken, die sie gesehen, die Tode, deren Zeuge sie geworden war. Ja, auch wenn Kaiserreiche stürzten, blieben diese kleinen Dinge –

diese intensiv menschlichen Dinge – unverändert. Tausend Jahre konnten vergehen und große Kaiser in ihren Gruften zu Staub zerfallen, doch in irgendeinem kleinen Teehaus in irgendeinem Winkel der Welt würden sich immer noch alte Männer unter Vogelkäfigen treffen, *Ch'a* trinken und den Tag mit müßigen Gesprächen zubringen.

Der Gedanke behagte ihr. Tags zuvor hatte sie sich das leergeräumte Deck angesehen und sich mit eigenen Augen davon überzeugen können, wie blind und grausam die Justiz des Weißen T'ang war.

Der Mistkerl, dachte sie und erinnerte sich, wie es dort gestunken, an die Bilder, die sie auf dem herausgeschmuggelten Videoband gesehen hatte. Es war ein schrecklicher, schier unerträglicher Anblick gewesen. Aber unumgänglich. Denn jetzt wußte sie, daß sie keine Wahl hatte. Sie mußte ihn umbringen. *Sie mußte*, zum Wohle aller. Die Frage war nur wie.

Sie trank noch einen Schluck und stellte die Schale auf den Tisch. Yu I kam wieder vorbei, einen großen Teller voll köstlicher Mehlklöße in der einen, eine kleine Schale mit würziger Soße in der anderen Hand.

»*Chiao tzu*«, sagte er grinsend. »Haben Sie noch einen Wunsch, *Nu Shih*?«

»Nein, *Lao jen*, ich bin zufrieden.« Sie gab ihm einen Zehn-*Yuan*-Chip und schloß seine Hand darum. »Kaufen Sie Ihrem Enkel etwas.«

Er nickte zum Dank.

Wieder allein hob sie einen der fleischgefüllten Klöße mit den Eßstäbchen und genoß ihren herrlichen Geruch. Wie der *Ch'a* war auch dies ein Teil des Rituals – auch die hatte sie gemeinsam mit ihrem Vater verspeist.

So hat es angefangen, dachte sie, plötzlich schwer im Herzen. *Ja, und so hört es vielleicht auch auf.*

Lehmann umzubringen – manche sagten, es sei unmöglich, aber nichts ist unmöglich. Sie lachte, nahm einen zweiten Kloß vom Teller, tunkte ihn in die Soße und ließ ihn in den Mund fallen, um die Mischung aus Schweinefleisch, Kohl und Zwiebeln zu genießen, während sie das Problem durchdachte. Nein, ihn umbringen, wäre gar nicht so schwer – unmöglich war es nur, einen Mordversuch zu überleben.

Sie aß den Teller leer und lehnte sich zurück. Es war köstlich gewesen. Sie hatte schon vergessen, wie köstlich. Sie drehte sich um und wollte einen zweiten Teller bestellen – sich einmal gehen lassen –, da sah sie, daß Yu I und seine Kellner sich unter einem der Monitore versammelt hatten. Von ihrem Platz aus konnte sie nicht sehen, was gerade gesendet wurde, aber nach kurzem Schweigen brachen die Männer in Jubel aus, und ihre Gesichter erstrahlten vor plötzlicher Freude.

Yu I bemerkte, daß sie ihn beobachtete, und kam herüber. »Noch etwas, *Nu Shih*?«

Sie gab ihm einen Fünf-*Yuan*-Chip. »Ja, aber verraten Sie mir eins ... was war denn gerade los? Sie haben einen sehr aufgeregten Eindruck gemacht.«

Der Alte grinste und nickte vor sichtlicher Freude. »Gute Nachrichten, *Nu Shih.* Sehr gute Nachrichten sogar. Es sieht so aus, als ob der große T'ang Tsu Ma heiraten will!«

Es war eine schlichte Bekanntmachung: *Liang K'o Ting chih nu Shu-sun Shih li wei Luang-hou.* »Shuh-sun, Tochter des Liang K'o Ting wird hiermit zur Kaiserin erhoben.«

Der kaiserliche Erlaß wurde auf allen Medienkanälen verlesen und auf allen Ebenen der Stadt Westasien verlautbart.

In Tsu Mas Palast in Astrachan fand eine kleine Zeremonie statt. Liang K'o Ting, der künftige Brautvater, trat auf Tsu Ma zu, kniete vor ihm nieder und drückte die Stirn auf den Boden. Tsu Ma sah von seinem Thron auf ihn hinunter und lächelte, während er den *San kuei chiu k'o* vollführte – das dreimalige Niederknien und

Berühren des Bodens mit der Stirn, das vor einem Sohn des Himmels erwartet wurde.

Als der Alte Liang sich aufrichtete, sah Tsu Ma an ihm vorbei zu Shu-sun und fragte sich, wie eine solche Bohnenstange von einem Mann eine so üppige Tochter zeugen konnte. Shu-sun bemerkte, daß er sie ansah, errötete und ließ den Kopf leicht sinken. Sie war achtzehn Jahre alt und frisch wie ein Pfirsich. Schon ihr Anblick brachte sein Blut in Wallung, und wenn sie zu ihm aufblickte und lächelte ...

Er wandte seine Aufmerksamkeit wieder dem Alten Liang zu. Der Mann dankte ihm für die Ehre, daß er seine Tochter für die Kaiserwürde auserkoren hatte. Er hörte den Mann bis zum Ende an, dann heftete er ihm die Plakette des Ersten Ranges an, verlieh ihm die Rechte des *Hou-fu*, des Vaters der Kaiserin, und ernannte ihn zum Offizier der kaiserlichen Leibwache. Und dann war es geschafft, die großen Familiensiegel unter das Verlobungsabkommen gesetzt und alle Reden gehalten.

Es wurde gelacht und angestoßen, doch im hinteren Teil der Halle, unbemerkt vom T'ang und seinen künftigen Verwandten, stahl sich ein junger Mann davon, durchquerte leise und mit raschen Schritten den Saal.

An der Tür drehte sich Tsu Kung-chih um, beobachtete die lächelnden Gäste, die sich um den Thron versammelt hatten, und sein Blick glühte vor Abscheu. Dann faßte er mit starrer Miene den Griff seines Dolches, drängte sich zum Ausgang durch und lief durch die widerhallenden Flure bis in seine Zimmer, wo er die Tür hinter sich zuwarf.

Tsu Tao Chu zügelte sein Pferd am Rand der Klippe, beugte sich im Sattel vor und sah über die ruhige Oberfläche des Meeres hinaus. Shen, sein Pferd, bewegte unruhig den Kopf und beugte sich nach unten, um zu grasen. Der Junge streckte die Hand aus, um seinen langen, schlanken Hals zu streicheln, bevor er sich wieder aufrichtete und mit einem schweren Seufzer an die Zeremonie am Morgen zurückdachte. Es war erst eine Woche her, daß Tsu Ma hier mit ihm gesprochen hatte. Und am selben Tag hatte hier die Krankheit seines Bruders ihren Anfang genommen.

Er stieg ab, setzte sich an den Rand der Klippe und ließ die Beine über dem Abgrund baumeln. Weit unter ihm brachen sich die Wellen um die Spitzen ausgezackter Felsen. Es herrschte Flut, und der träge Wellengang erinnerte an den flachen Atem eines Schlafenden. Das Wasser schien dickflüssig und war glasig grün, und die dunklen, vagen Umrisse der Felsen unter der Oberfläche wirkten mehr wie Schatten als wie materielle Gegenstände. Tao Chu klaubte eine Handvoll Steine von dem nackten Flecken Erde neben sich und ließ sie über den Felsrand purzeln, um zu beobachten, wie sich ein diffuses Wellenmuster über das steigende und wieder fallende Wasser ausbreitete.

Er sah an sich hinunter. Staub hatte seine knielangen Stiefel verdreckt. Er hob ein Bein, um die Erde von dem dunklen Leder abzuklopfen, und streifte die Sohle an einem großen, hervorspringenden Felsen ab. Dann zog er ein weißes Taschentuch aus der Tasche seiner Reitjacke, spuckte darauf und rieb das Leder so lange, bis es wieder glänzte. Er wollte sich gerade vorbeugen, um es anzuhauchen, als der Stein sich lockerte und er nach vorn kippte.

Ihm blieb keine Zeit, sich festzuhalten. Wo er eben noch seinen Fuß abgestützt hatte, war ein Stück der Klippe losgebrochen, und er stürzte kopfüber und mit fuchtelnden Armen aufs Wasser zu. Er gab einen mehr überraschten als erschrockenen Laut von sich, und als er hart auf die Wasseroberfläche aufprallte, blieb ihm die Luft weg, und in der plötzlichen, schockartigen Kälte des Wassers war er versucht, zu keuchen und unter Wasser nach Luft zu schnappen, aber ein letztes

Aufflackern seines Verstandes veranlaßte ihn, diesen Instinkt zu unterdrücken.

Er kämpfte sich nach oben, die Gedanken in Aufruhr, in der Lunge ein Gefühl, als stünde sie in Flammen, ein sengender Schmerz in der Seite, dann durchbrach er die Wasseroberfläche, japste nach Luft und strampelte mit Armen und Beinen, um einen Felsen zu erreichen, an den er sich klammerte, während die Wellen über ihn hinweggingen.

Es dauerte eine Weile, bis er wieder ganz bei Bewußtsein war. Er keuchte immer noch, und der Schmerz in seiner Flanke war schlimmer geworden. Seine Zähne klapperten, und ihm wurde klar, daß er erfrieren würde, wenn er nicht schnellstens ans Ufer kam. Er wälzte sich herum und versuchte zu erkennen, in welche Richtung er schwimmen sollte, aber dabei wurde der Schmerz so heftig, daß er die Augen schließen mußte und beinahe das Bewußtsein verlor.

Vorsichtig tastete er unter der Wasseroberfläche mit den Fingerspitzen die Wunde ab. Er fuhr zusammen. Eine üble Verletzung. Aber er konnte auf keinen Fall hier bleiben. Er biß die Zähne zusammen, legte sich auf die Seite, und in einer Art schrägem Hundepaddel, der seine verletzte Flanke entlastete, schwamm er Richtung Ufer.

Einige Male während des langen, schmerzhaften Schwimmens dachte er daran aufzugeben, zu entspannen und sich unter das kalte, klare Wasser saugen zu lassen, aber etwas bewahrte ihn vor dem Untergang, ließ ihn hartnäckig weiterpaddeln, bis er endlich ans Ufer kriechen konnte, wo eine gedehnte Welle lange, mit roten Fäden verwirkte Silberbänder über sein Bein zog. Langsam, der Erschöpfung nahe, schleppte er sich aus dem Wasser, um die klaffende Wunde genauer zu untersuchen.

Die Wunde war kleiner, als er nach den Schmerzen vermutet hatte, und weniger tief. Wie durch ein Wunder war der Knochen unverletzt geblieben. Der Felsen hatte das Fleisch seiner Flanke vom Rand der Hüfte bis zum ersten Rippenbogen aufgeschlitzt. Das Meerwasser hatte die Wunde saubergespült, und sie blutete auch nicht mehr.

Er hatte Glück gehabt.

Zum ersten Mal nach einer Zeitspanne, die ihm wie eine Ewigkeit vorkam, lächelte Tao Chu. Irgendwie war er den Felsen entgangen. Irgendwie war er zwischen diese grausam schroffen dunklen Flecken gefallen. Und während er sich hier ausruhte und in tiefen Zügen die salzige Luft einatmete, erfaßte ihn ein Hochgefühl, schiere Freude darüber, daß er seine eigene Dummheit überlebt hatte. Er lachte.

Plötzlich hörte er von den Felsen, die die kleine Bucht überragten, jemanden rufen. Unbeholfen wälzte er sich herum und sah hinauf. Drei Männer, Diener seines Onkels standen dort. Einer von ihnen rief ihm zu, er solle sich keine Sorgen machen, während die beiden anderen den steilen, felsdurchsetzten Hang zu ihm herunterkletterten.

Tao Chu wurde hochgehoben und vorsichtig auf den Rand der Klippe zurückgetragen. Dort untersuchte einer der Männer die Wunde, wobei er selbst zusammenzuckte, und zog seine Jacke aus, die er in Streifen zerriß, um Tao Chu damit zu verbinden. Dann trugen sie ihn eilig weiter. Sie hatten die lange, ausgedehnte Wiese, die zu den Obstgärten führte, gerade halb überquert, als Tao Chu sein Pferd sah.

»Halt!« rief er. Sie setzten ihn ab und protestierten leise, als er ihnen befahl, sein Pony einzufangen und herzubringen. Die Männer grummelten kurz etwas miteinander, dann rannte einer von ihnen los und schaffte es mit einigen Schwierigkeiten, das widerspenstige, scheue Pony zurückzubringen.

Tao Chu sah das Tier erleichtert an. »Jetzt helft mir aufzusteigen«, befahl er und mühte sich in eine sitzende Position. Diesmal protestierten die Männer unumwunden, aber Tao Chu beharrte darauf und schlug einen herrischen Ton an. Die Männer sahen einander an, dann zuckten sie die Achseln. Einer hielt das Pferd, während die anderen Tao Chu in den Sattel halfen.

Frisches Blut tränkte die Verbände an seiner Flanke, aber Tao Chu fühlte sich unvermutet wohl, als er wieder im Sattel saß. Er lächelte gezwungen und holte das beste aus seinem sechzehn Jahre alten Körper, um den Schmerz zu ignorieren, der furchtbar an ihm nagte. Als er aufrecht saß, ließ er sich von den Männern heimbringen. Einer führte das Pferd am Zügel, die beiden anderen gingen zu beiden Seiten und stützten ihn mit den Händen, damit er nicht aus dem Sattel fiel.

Als sie den Hof vom Palast seines Onkels erreichten, sah er seinen Halbbruder Kung-chih bei den Ställen stehen. Er wollte ihn rufen, brach aber mit einem Stirnrunzeln ab. Kung-chih stand mit dem Rücken zu ihm und redete mit einem kleinen, kahlköpfigen Mann. Kungs Anwesenheit in den Ställen war nichts Ungewöhnliches, auch die Tatsache nicht, daß er mit einem Diener redete, nur war dieser Diener dort weder ein Stallknecht noch ein Stallgehilfe, sondern kein geringerer als Hwa Kwei, einer von Tsu Mas vertrautesten Männern, der Haushälter seiner Schlafgemächer. Was hatte der Eunuch nur mit Kung-chih zu bereden? Und warum hier bei den Ställen? Kung-chih vollführte eine heimlichtuerische Geste mit der Hand, und Hwa Kwei hastete davon. Dann schritt Kung-chih zielstrebig über das gepflasterte Gelände und verschwand durch eine andere Tür.

Besorgt sah Tao Chu auf die Männer hinunter, die ihn umgaben, aber sie schienen nichts bemerkt zu haben. Er zog eine Grimasse, als der Schmerz wiederkehrte, diesmal heftiger als zuvor.

»Helft mir runter«, sagte er leise.

Als Kung-chih später kam, um nach ihm zu sehen, verriet ihm Tao Chu nichts von seinen Beobachtungen. Besorgt um seinen Lieblingsneffen, saß Tsu Ma mit ihm im Zimmer. Tao Chu hatte ihm alles erzählt, nichts ausgelassen und seinen Onkel die Stirn runzeln und dann voller Stolz lachen sehen, als er berichtete, wie er wieder sein Pferd bestiegen hatte und nach Hause geritten war.

»Genau so sollte sich ein Prinz verhalten!« sagte Tsu Ma erfreut. »Und mach dir keine Sorgen, Tao Chu, ich werde die Diener nicht für deinen Eigensinn bestrafen!«

Aber Kung-chih war ruhiger, weniger bei der Sache, als man es unter diesen Umständen von ihm erwarten konnte. Er hatte seit dem Tag auf den Klippen wenig gesagt – weder Drohungen ausgesprochen noch sich Tsu Ma gegenüber irgendwie respektlos gezeigt. Er war freundlich gewesen, fast wie sein früheres Ich, hatte sich aber auf unmerkliche Art verändert. Er vertraute Tao Chu nichts mehr an, teilte nicht mehr seine Hoffnungen und Ängste mit dem jungen Halbbruder. Er war stur und grüblerisch geworden und neigte zu plötzlichen Stimmungsschwankungen. Ihn mit Haw Kwei zu sehen, hatte daher nicht ohne Grund Tao Chus Mißtrauen geweckt. Er war sicher, daß Kung-chih etwas im Schilde führte.

»Wie geht's dir, kleiner Bruder?« fragte Kung-chih, als er das Zimmer betrat. »Ich habe gehört, du bist schwimmen gewesen.«

Es war ein Versuch, die alte Flachserei zwischen ihnen wiederzubeleben, aber diesmal klang es seltsam flach.

»Ich war ein Dummkopf«, sagte Tao Chu mit einem Seufzer. »Ich hätte sterben können. Soviel Glück werde ich nicht zweimal im Leben haben!«

Die Bemerkung war nicht zweideutig gemeint, doch als Tao Chu ins Gesicht seines Bruders aufblickte, bemerkte er, daß Kung-chih ruckartig wegschaute, als hätten ihn die Worte getroffen. Sein Gesichtsausdruck hatte für einen Moment etwas Säuerliches, aber als er Tao Chu wieder anschaute, lächelte er mild. »Trotzdem ... Ich bin froh, daß dir nichts passiert ist.«

Tatsächlich? dachte Tao Chu und sah dieses allzu vertraute Gesicht nun in einem anderen Licht, wie mit neugeschaffenen Augen; sah die Weichheit, die Schwäche, die es ausdrückte. Aber es war ein unwürdiger, ein hartherziger Gedanke, weil er wußte, daß sein Halbbruder ihn, so sehr er mit sich selbst beschäftigt war, aufrichtig liebte. Er faßte seine Hand und drückte sie sanft.

»Ich weiß«, sagte er und fügte in Gedanken hinzu: *Weil du mich brauchst, Tsu Kung-chih. Weil du mich brauchst, damit ich dich vor dir selbst beschütze. Damit ich* dich *vor einem Absturz bewahre.*

Jedenfalls wenn es nicht schon zu spät war.

Jelka blickte vom Monitor auf und rieb sich die Augen. Sie hatte den Großteil des Tages an den Bändern gearbeitet, die Teile ausgewählt und geschnitten, die für ihn von Interesse sein würden, und war fest entschlossen, die Arbeit endlich zu beenden.

Sie hatte die Aufnahme bei einem Bild des Titan angehalten, das sie aufgenommen hatte, als sie mit der *Meridian* auf der Heimreise waren. Die orangefarbene Oberfläche des Mondes war wolkenverhangen, der dunkelrote Kragen der nördlichen Hemisphäre trat deutlich hervor. Die Ringe des Saturns, die sich in einem prachtvollen Bogen vor der sterngesprenkelten Schwärze spannten, schienen den Mond aufzuspießen; der Gasriese selbst war gerade nicht im Bild. Die Aufnahme hatte sie zu jenem Zeitpunkt zurückversetzt, und ihr war ein Schauder über den Rücken gelaufen.

Wenn du nur mit mir dort gewesen wärst, Kim. Wenn du es so gesehen hättest, wie ich es sah.

Sie drehte sich um und betrachtete das Bild, das sie in einem Raumanzug auf der Gangway der *Meridian* zeigte. Es war seltsam, wie bequem sie ihn gefunden hatte – so seltsam wie der Umstand, daß etwas in ihr auf die eisige Kälte der äußeren Planeten angesprungen war.

Sie drehte sich wieder um, streckte ihre Glieder und nickte, dann druckte sie das Bild aus. Sie würde es vergrößern lassen und an die Wand hinter ihrem Schreibtisch hängen. Der Rest … nun, der Rest war für Kim.

Sie ließ den Film weiterlaufen und hörte ihrer eigenen Stimme zu, wie sie vor der Kamera wiederholte, was man ihr gesagt hatte, Fakten und Zahlen, die sie mühelos herunterrasselte. Dies hier war das letzte – das letzte von einem Dutzend Acht-Stunden-Bändern, die sie für ihn aus Monaten an Material zusammengeschnitten hatte. Seit fast einem Jahr hatte sie mindestens eine Stunde täglich damit verbracht, sie vorzubereiten, aber jetzt war es fast geschafft. Höchstens noch ein paar Stunden.

Und dann?

Sie wußte nicht recht. Sie war noch im Zweifel, ob sie ihm die Bänder schicken oder selbst überbringen sollte. Was wäre, wenn er sie schon vergessen hatte? Wenn es eine andere gab?

Der Titan wich langsam zurück, die gewaltige Scheibe des Saturn kam ins Bild, ließ den Mond zu einem Felsbrocken schrumpfen, bis nur mehr die verwirbelten Wolkenbänder seiner Nordhalbkugel den Bildschirm ausfüllten. Er war schön. Atemberaubend. Sie ließ die Aufzeichnung weiterlaufen und wußte, daß Kim, was immer sonst geschehen mochte, zumindest imstande sein würde, diese Erfahrung mit ihr zu teilen.

Wie klein unsere Welt doch ist. Wie ein Staubkorn in einer riesigen Halle.

Langsam schrumpfte der Saturn zusammen, und die Finsternis füllte den Bildschirm aus. Sie schauderte, erschrocken über die Intensität ihrer Gefühle.

Er hatte ihr versprochen, auf sie zu warten. Sieben Jahre, hatte er gesagt. Sieben Jahre.

Jemand klopfte. Sie beugte sich vor, drückte die HALT-Taste und wandte sich der Tür zu.

»Herein!«

»Jelka?« Ihr Vater trat einen Schritt ins Zimmer und sah sich um. »Hast du einen Moment Zeit?«

»Sicher.« Sie drehte sich um, drückte SPEICHERN und löschte den Bildschirm. Sie konnte es später fertigmachen.

»Wie geht's Pauli?« fragte sie, ging ihm entgegen und küßte ihn auf die Wange.

Tolonen grinste. »Oh, ihm geht's gut. Er ruht sich gerade aus. Dieser neue Lehrer gibt ihm etwas zu tun. Manchmal frage ich mich, ob er nicht etwas zu streng zu dem Kind ist.«

»Er ist ein gutes Kind«, sagte sie, faßte ihn am Arm und führte ihn aus dem Zimmer. »Und ein wenig Disziplin wird ihm nicht schaden, oder? Du vergißt, wie streng meine Lehrer mit mir waren.«

»Ich schätze schon. Aber du warst schon immer zäh. Und eigensinnig.« Er lachte. »Das bist du immer noch, glaube ich.«

Sie gingen in sein Arbeitszimmer. Während er sich setzte, schlenderte sie durchs Zimmer, nahm Bücher aus den Regalen und stellte sie zurück.

»Also, was ist los?«

Er blickte von seinen Papieren auf und grunzte. »Nur … äh … ein paar Kleinigkeiten, die wir in Ordnung bringen müssen. Für die Party.«

»Ach ja …« Die Einladung an Kim – darum ging es hier. Sie machte sich auf eine Auseinandersetzung gefaßt und nahm ihm gegenüber am Schreibtisch Platz.

»Hier.« Er nahm einen kleinen Stapel hellroter Umschläge von seinem Tablett und reichte ihn ihr. »Du schaust sie besser noch mal durch, bevor wir sie rausschicken.«

Sie warf einen Blick auf den Stapel, nickte ihm zu, hatte aber Angst nachzuschauen.

»Ich habe mir über die Musik Gedanken gemacht. Ich habe das *Chi L'ing*-Ensemble engagiert. Man hat mir gesagt, es sei sehr gut. Aber vielleicht findest du es ein wenig zu ... zu konventionell.«

Ohne die Spannung in ihrer Magengrube hätte sie jetzt gelacht. »Nein, nein«, antwortete sie mit verhaltener Stimme. »Das *Chi L'ing* würde mir schon gefallen.«

Sein Lächeln war geschäftsmäßig. »Gut ... dann ist das erledigt.«

Sie versuchte seinen Gesichtsausdruck zu deuten, während ihre Finger den Stapel durchblätterten und die Karten zählten. Elf. Es waren nur elf. Aber sie hatte der Liste zwölf Namen hinzugefügt. Sie befeuchtete ihre Lippen, bevor sie redete.

»Es fehlt eine.«

»Bitte?« Er blickte zu ihr auf, dann erst hatte er verstanden und lachte kurz. »Ach ja. Tja ... der alte Joss Hawkins ist tot, fürchte ich. Schon vor gut acht, neun Monaten gestorben. Ich dachte, du hättest davon gehört.«

Sie sah ihn mit offenem Mund an, dann senkte sie den Blick und blätterte nochmals die Umschläge durch.

Da! Die sechste. Sie starrte verblüfft auf die Handschrift ihres Vaters auf dem Umschlag. »Kim Ward« stand da, darunter die Adresse der SimFic-Laboratorien. Sie blickte wieder auf. »Ich dachte ...«

»Du dachtest *was*?«

Sie schüttelte den Kopf. »Nicht so wichtig.«

»Gut. Dann wollen wir uns mal über das Essen unterhalten. Ich dachte mir, wir könnten da noch ein paar Dinge ändern ...«

Nachdem sie gegangen war, saß Tolonen tief in Gedanken versunken da. Es war genauso, wie er vermutet, nein ... wie er befürchtet hatte. Er hatte es ihrem Gesicht angesehen. Er hatte geglaubt, die Sache sei erledigt, aber das traf nicht zu. Sie war immer noch in den Lehmgeborenen vernarrt – und weiterhin entschlossen, mit ihm zu leben.

Er seufzte, lehnte sich zurück und verschränkte die Finger unter der Nase.

Reich oder nicht, Genie oder was auch immer, er konnte es nicht dulden. Seine Tochter und ein Lehmgeborener ... Nein, das war undenkbar. Seine Familie würde ihn auslachen, und seine Tochter hätte für den Rest ihres Lebens alle Chancen verspielt, einmal richtig zu heiraten. Er mußte etwas unternehmen. Sich gegen sie zu stellen, hatte keinen Sinn – das wußte er inzwischen. Aber es gab andere Möglichkeiten.

Er beugte sich vor, zog seinen Tischkalender heran und schlug ihn auf der Seite für den heutigen Tag auf. Die Karte, die man ihm gebracht hatte, lag noch an derselben Stelle. Er nahm sie in die Hand, verzog das Gesicht, langte nach dem Komset und tippte eine Nummer ein.

Es klingelte einmal, zweimal, dann ein drittes Mal. *Ich versuch's später noch mal,* dachte er und wollte schon auflegen, als unvermittelt das Signal verstummte und eine Stimme sich meldete.

»Hallo. Madam Peng hier. Kann ich Ihnen helfen?«

Er räusperte sich. »Madam Peng ... Marschall Tolonen am Apparat. Ein Freund hat mir Ihre Nummer genannt. Ich ... ich habe ein Problem, bei dessen Lösung Sie mir hoffentlich helfen können.«

Kim stieg aus der Sänfte und ließ die atemberaubende Pracht dieses Ortes auf sich wirken. Die Villa war ein großes, dreistöckiges Gebäude im Han-Stil mit schrägem Ziegeldach, aber auch die Gärten waren ausgedehnt und verfügten über einen Bach und einen Obstgarten auf der anderen Seite einer Zierbrücke. Simulierte Wolken trieben langsam über das Blau der

Decke fünfzig *ch'i* über seinem Kopf, während die Wände einen Ausblick auf ferne Berge erlaubten. Er hatte Grundstücke wie diese schon einige Male gesehen, aber nie für möglich gehalten, einmal selbst eins zu besitzen.

Reiss hatte ihn erst vor einer Stunde angerufen und ihn gebeten, es sich einmal anzusehen. Wenn es ihm gefiel, gehörte es ihm, ganz gleich, ob er den neuen Vertrag unterschrieb oder nicht. Wenn nicht, gut, dann gab es noch weitere.

»*Shih* Ward?«

Er wandte sich einem mittelalten Han in einem dunkelgrünen, geschäftsmäßigen Seidengewand zu, der ihm über den Kiesweg entgegenkam.

»Ich bin Chang … Hugh Chang von Supernal Property.« Er verbeugte sich und schüttelte gleichzeitig Kims Hand, dann deutete er auf die Villa. »Schön, nicht wahr? Es kommt selten vor, daß eine dieser wirklich großen Villen zum Verkauf ansteht, aber Direktor Reiss hat mich gebeten, für ihn die Augen offenzuhalten und ihn als ersten zu verständigen. Und da sind wir nun. Ich habe gehört, daß Sie daran interessiert sind, etwas *Besonderes* zu erwerben.«

Kim starrte den Mann an, irritiert von seiner aufdringlichen, allzu vertraulichen Art, bevor er antwortete.

»Darüber habe ich eigentlich noch nicht nachgedacht.«

»Aber ich dachte …«

»Zeigen Sie mir einfach alles«, sagte er und ging auf das Haus zu. »Ich verlange klare Antworten auf meine Fragen. Und versuchen Sie nicht, mich zum Kauf zu überreden. Wenn's mir gefällt, dann gefällt es mir. Wenn nicht …«

Er marschierte an Chang vorbei und konnte sich den Blick vorstellen, den der Mann ihm nachwarf, aber im Moment war ihm das gleichgültig. Er hatte einen schlechten Tag hinter sich – einen mehr als schlechten Tag bisher –, und nicht einmal das hier konnte ihn wesentlich aufheitern. Der Verlust von Ravachol war ein schwerer Schlag gewesen, und obwohl er sich gleich wieder an die Arbeit gemacht hatte, diente das eher dazu, das Gefühl des Verlustes, der Entfremdung von seiner gegenwärtigen Arbeit zu überspielen, als ernsthaft die Probleme in Angriff zu nehmen, die aufgetreten waren.

In Wahrheit war ihm danach, alles hinzuschmeißen. Am liebsten hätte er Reiss angerufen und ihm gesagt, er könne sich seine Firma an den Hut stecken. Doch zugleich war ihm klar, daß dies nur eine vorübergehende Stimmung war und daß es ihm, wie mies er sich jetzt auch fühlte, in ein paar Tagen wieder besser gehen würde. Gut genug jedenfalls, um wieder von vorn anzufangen.

Als er sich der riesigen Doppeltür des Hauptgebäudes näherte, traten zwei Wachmänner vor, um ihm den Weg zu verstellen, und zogen sich hastig wieder zurück, als Chang sie mit einem Wink fortschickte.

»Wie Sie sehen, wird auf Sicherheit großen Wert gelegt«, sagte er, als er Kim in dem schattigen Flur einholte. »Es befinden sich sechs Wachtürme in den Mauern und besondere Absperrungen vor beiden Liften – wie Sie beim Hereinkommen sicher bemerkt haben. Wir haben kürzlich eine Anlage von elektronischen Bewegungsmeldern für die Umgrenzungsmauern und versiegelte Notausgänge im Haus selbst installiert.«

Kim warf ihm einen überraschten Seitenblick zu. »Ist das so üblich?«

Chang zuckte die Achseln. »Sie wissen, wie es heutzutage zugeht. Niemand ist sicher. Nicht einmal so weit oben wie hier. Außer wenn man dieses ganze Zeug hat.«

Kim blieb stehen und wandte sich ihm zu. »Und die Leute, denen dieses Haus gehört hat?«

»Sie haben umfangreiche Sicherheitsvorkehrungen getroffen. In den achtzig Jahren, die sie hier wohnten, hat kein einziges Mal jemand die Absperrungen durchbrechen können.«

»Und was ist mit ihnen passiert? Sind Sie es müde geworden, so zu leben? Oder haben Sie sich noch etwas größeres gekauft?«

»Einen ganzen Stock vielleicht?« Chang lachte und wurde gleich wieder ernst. »Nein. Sie wollen eine klare Antwort, nicht?«

»Genau.«

»Gut ... Sie sind umgebracht worden. Man hat sie in ihren Sänften niedergemetzelt. Sie waren zu einem Wohltätigkeitsball eingeladen, den diese neue Gruppierung veranstaltet hat, Sie wissen schon, die Bewegung des Neuen Gewissens. Offenbar hatte es jemand auf sie abgesehen. Eine terroristische Zelle hat sie im Lift erwischt. Der Tod der Tausend Stiche. Eine ziemliche Sauerei, hat man mir erzählt.«

Kim nickte, ernüchtert von der Geschichte. Er sah zu seiner Rechten die große Treppe hinauf, dann drehte er sich um und schaute in die Küchen. Es wirkte alles sehr streng und protzig. Eine bloße Zurschaustellung des Reichtums. Außerdem war das Haus riesengroß. Man hätte hier hundert Kinder zeugen und es damit noch nicht ausfüllen können. Doch so mußte es ja nicht bleiben. Mit ein bißchen Vorstellungskraft konnte er schon etwas daraus machen – einen Teil in ein Forschungszentrum umwandeln, einen anderen Flügel in einen Laborkomplex. Schließlich war Geld kein Problem mehr. Er konnte anstellen, was immer er wollte.

Ja, dachte er, *aber was würde Jelka dazu sagen? Was wünschte* sie *sich denn?*

Einen Moment lang brachte ihn die Absurdität seiner Situation fast zum Lachen. Er sah sich hier in einer Erstebenenvilla um, einem Gebäude, das – wieviel? – hundert, vielleicht hundertfünfzig Millionen *Yuan* wert war und das ihm gehören konnte, wenn er nur ja sagte, und das einzige, was ihn zögern ließ, war die Frage, ob eine junge Frau, die er seit sieben Jahren nicht gesehen hatte – und von der er nicht wußte, ob sie sich überhaupt an ihn erinnerte –, hier gern leben würde.

Er schnaubte, verärgert über sich selbst. »Gut. Ich nehme es. Aber ich will einiges verändern. Das ist doch wohl möglich, nehme ich an?«

Chang strahlte. »Soweit es uns angeht, *Shih* Ward, könnten Sie das Haus niederbrennen und von Grund auf neu bauen. Wofür Sie bezahlen, ist das Deck selbst. Die Villa ...« Er machte eine abfällige Geste. »Die könnte man für ... na, sagen wir, zwanzig Millionen durch etwas anderes ersetzen.«

»So wenig, häh?«

Chang nickte, schien den ironischen Unterton in Kims Stimme nicht bemerkt zu haben. »Sollten Sie Veränderungen vornehmen wollen, könnten wir Sie natürlich mit einigen erstklassigen Baufachleuten in Verbindung bringen. Leuten, die ihr Handwerk wirklich verstehen. Wenn ...«

»Danke, *Shih* Chang, aber ich glaube, ich habe genug gesehen. Bereiten Sie die Unterlagen vor und schicken Sie sie an Direktor Reiss. Wenn ich mir das Haus noch einmal ansehen will, weiß ich wohl, an wen ich mich wenden kann, ja?«

Chang lächelte und gab Kim seine Karte. »Drücken Sie einfach die Rückseite, und ich stelle sofort eine Verbindung her.«

Kim warf einen geschäftsmäßig interessierten Blick auf die Karte und steckte sie weg. Er wollte sich gerade abwenden, als ihm wieder in den Sinn kam, was er schon vorhin hatte fragen wollen.

»Übrigens ... was die früheren Besitzer angeht: Welche Gruppe hat sie eigentlich überfallen?«

Das Lächeln wich aus Changs Gesicht. »Es war die Hand. Die Schwarze Hand. Niemand sonst ist so unverfroren. Also, ich habe gehört ...« Er blieb stehen, als er bemerkte, daß er die Markierung übertreten hatte, und verbeugte sich. »Entschuldigen Sie, *Shih* Ward. Ich will Sie nicht aufhalten.«

Kim nickte und ging zu seiner Sänfte hinüber. Doch als er einstieg, ging ihm durch den Kopf, was er in jüngster Zeit alles gehört hatte. Es gab keinen Zweifel, daß sie in schwierigen Zeiten lebten. Die Gesellschaft hatte sich verändert. Früher einmal war der einfache Mechanismus einer Welt der Ebenen ihre Triebfeder gewesen: Aufstieg und Degradierung. Das Leben war ein gewaltiges Spiel von Auf und Ab gewesen. Heute dagegen ... heute war Angst die treibende Kraft in der Gesellschaft. All diese Waffen, Wachleute und Bewegungsmelder waren Symptome einer zutiefst paranoiden Kultur. So paranoid, daß es als völlig normal galt, das Schlimmste anzunehmen – damit zu rechen, daß die Feinde einen im eigenen Bett erwischten.

Er nahm Platz und fühlte sich plötzlich sehr träge und müde. Paranoia ... das war die Philosophie des Lehms, des Bodensatzes, dem er entflohen war. Er war immer weiter emporgestiegen, bis er sich endlich hier unter dem Dach der Stadt wiedergefunden hatte, wie ein Vogel im Dachstuhl eines alten Hauses, der verzweifelt umherflatterte und einen Ausweg zu finden suchte. Doch es gab keinen Ausweg. Und langsam, ganz langsam kam die Finsternis ihm nachgestiegen, rückte ihm immer näher. Und welche Waffen und Bewegungsmelder konnten sie fernhalten? Welche Vorkehrungen konnten gegen sie je ausreichend sein?

Als die Sänfte angehoben wurde, ließ er sich zurücksinken und schüttelte wütend den Kopf.

Es war Ravachols Tod, der ihn zu solchen Gedanken verführte. Das und Changs törichtes Geschwätz. Ein paar reiche Leute waren also umgekommen ... war das denn etwas Neues? Berichteten die Geschichtsbücher nicht von endlos vielen Fällen wie diesem? Ja, aber das machte es um keinen Deut angenehmer, denn die Zeichen der Zeit waren nicht zu übersehen – selbst der Dümmste konnte sie nicht mißverstehen.

Die Sänfte erzitterte leicht, ehe sie in ihr sanftes Schwingen verfiel.

Li Yuan hatte recht. Sie mußten sofort handeln oder untergehen. Aber welche Maßnahmen konnten den bevorstehenden Krisen vorbeugen? Welche Vorkehrungen würden die Zukunft ihrer Kinder sichern?

Ja, und war das nicht der springende Punkt? Denn welchen Sinn hatte es, jemanden zu lieben – um ihn zu werben und ihn vielleicht zu heiraten –, wenn alles zunichte werden sollte? Wenn die Gesellschaft zerfiel und die Spezies in einem Blutrausch unterging?

Warum sollte man das Risiko, zu lieben und Kinder zu zeugen, überhaupt eingehen, wenn die Risiken so immens waren und die Belohnung, die einem die Liebe versprach, so dürftig? Warum sollte man sich zu einer Geisel der Zeit machen?

Weil du keine andere Wahl hast. Weil du sie liebst und sie begehrst und … und weil du es dir nie verzeihen würdest, wenn du es nicht wenigstens versuchst.

Und weil es auf nichts anderes ankam. Auf nichts.

»Rachel?«

Emily schreckte hoch, drehte sich um und fand dann erst ihre Fassung wieder. Einen Moment lang hatte sie vergessen, wer sie war – und war über den Namen erschrocken, mit dem man sie ansprach. Sie hatte vor sich hingeträumt, an Michael gedacht und sich gefragt, wo er war und was er gerade tat.

»Was ist los?« fragte sie in leicht herausforderndem Ton und sah den langen, pockengesichtigen *Hung Mao* an, der eine Armeslänge vor ihr stand.

Pasek lächelte kühl, ging an ihr vorbei und schaute vom Balkon auf die übervölkerte Hauptstraße hinab. Die Blicke seiner dunklen slawischen Augen überflogen kurz die ausgefransten Baldachine, die zusammengedrängte Masse ungewaschener, zerlumpter Menschenleiber, die die Fläche zwischen den Buden beanspruchte, und bekundeten seinen Abscheu vor dem, was er sah.

»Ich dachte, wir sollten uns unterhalten.«

Emily spürte, wie sich ihr unwillkürlich die Bauchmuskeln zusammenzogen. »Unterhalten?«

Er wandte sich zu ihr um. »Natürlich. Wir sollten die Atmosphäre zwischen uns klären.«

Sie schwieg und wußte nicht recht, was sie sagen sollte.

Paseks Lächeln wirkte spöttisch. »Sie mögen mich nicht, Rachel DeValerian. Das weiß ich. Ich seh's Ihnen an. Aber das macht nichts. Wir sollten nur darauf achten, daß es uns beiden nicht im Wege steht.«

»Ich verstehe nicht, was ...«

Er unterbrach sie, indem er seine bleiche, schmale Hand hob. »Es wird sich etwas ändern.«

Sie starrte das dunkle Lederband um sein Handgelenk an. Es war mit einer Kopie des Symbols versehen, das er an einer Silberkette um den Hals trug. Ein Kreuz in einem Kreis.

»Was denn?«

Sein Lächeln verflog. In den Augen hatte er jetzt einen brutalen Ausdruck. »Es ist schon im Gange. Eine Säuberung. Wir wollen uns aller entledigen, denen wir nicht vertrauen können. Ich habe es angeordnet.«

»Sie ...« Sie verstummte und begriff. Er hatte Chou Te-hsing umbringen lassen. Ja, ihn und alle seine Stellvertreter. Alle bis auf sie. Sie blickte auf und sah ihm in die Augen. »Weshalb?«

»Weil es an der Zeit war. Wir sind abgetrieben. Wir mußten einen neuen Kurs einschlagen. Chou hatte keine Ahnung. Er mußte weg.«

Sie nickte, nicht weil sie ihm zustimmte, sondern weil sie auf einmal alles klar durchschaute – warum er darauf gedrängt hatte, seine Männer auf Schlüsselpositionen einzusetzen; warum er in der letzten Ratssitzung den Mund gehalten hatte, als Chou sein neues Programm vorstellte. *Du hast das geplant,* dachte sie und fand ihr instinktives Mißtrauen gegen den Mann auf einen Schlag bestätigt. Er hatte damals schon gewußt, daß es gleichgültig war, was Chou auf dieser Sitzung sagte oder nicht sagte; er hatte schon gewußt, daß Chou noch am selben Morgen tot sein würde, seine Machtgrundlage in der Schwarzen Hand zerstört. Pasek hatte alles übernommen. *Er* war jetzt die Schwarze Hand.

»Was wollen Sie?«

Seine Hand tastete nach dem Kreuz, das ihm um den Hals hing. »Ich will, daß Sie sich uns anschließen. Werden Sie einer der Versiegelten.«

Sie wollte antworten, aber er fiel ihr ins Wort. »Oh, ich weiß, daß Sie nicht gläubig sind. Aber das macht nichts. Im Moment jedenfalls nicht. Im Augenblick kommt es nur darauf an, daß wir uns konsolidieren, dafür sorgen, daß die Schwarze Hand sich nicht selbst in Stücke reißt. Es sind einige Unstimmigkeiten aufgekommen. Chou genoß viel Unterstützung an der Basis. Die Leute respektierten ihn. Zu Unrecht, wie sich herausgestellt hat, aber das nur nebenbei. Auch Sie, Rachel, werden respektiert. Zurecht. Ich habe Sie eine ganze Zeit beobachtet, und mir gefällt, was ich gesehen habe. Sie umgeben sich mit keinen Illusionen. Sie haben die Dinge im Griff. Es ist so, als hätten Sie all das schon einmal gemacht. Sie schockiert nichts. Nicht einmal das. Mir ist aufgefallen, wie schnell Sie den Stand der Dinge durchschaut, wie schnell Sie ihn akzeptiert haben, und das gefällt mir. Es würde mir leid tun, Sie zu verlieren.«

Ein leichter Schauder durchfuhr sie, nicht der Furcht, sondern der Abneigung. »Also, darum geht's. Entweder schließe ich mich Ihnen an – werde einer der Versiegelten – oder ich sterbe?«

Er schüttelte den Kopf. »Wenn ich Ihren Tod wünschte, wären Sie schon nicht mehr am Leben. Nein. Es soll Ihre eigene Entscheidung sein. Wenn Sie sich dazu entschließen, nicht für mich zu arbeiten, können Sie ins Exil gehen. Nach Afrika vielleicht. Oder nach Asien.«

»Und wenn ich bleibe?«

»Dann werden Sie mir dabei helfen, die Politik neu zu formulieren.«

Sie lachte verblüfft, dann runzelte sie die Stirn und suchte in seinen Augen nach einer Erklärung. »Ich begreife das nicht. Ich habe dieselben Ziele wie Chou.«

»Nein. Ich habe Sie während der Sitzungen beobachtet. Ich habe mit eigenen Augen den Zweifel in Ihrem Gesicht gesehen, die Frustration über einige der Entscheidungen. Sie haben dieselben Ziele wie *ich*. Nicht alle, aber genug, daß wir zusammenarbeiten könnten. Die Schwarze Hand soll nicht zu einer miesen kleinen Splittergruppe verkommen, sondern eine wirklich wichtige Kraft bleiben. Eine Kraft, die etwas verändern kann. Das wollen Sie doch auch. Daran habe ich keinen Zweifel. Das habe ich in Ihren Augen gesehen.«

Emily senkte den Blick. Er hatte recht. Die letzten achtzehn Monate waren eine einzige Frustration gewesen. Aber mit *Pasek* zu arbeiten ... Es lag ihr auf der Zunge, sein Angebot abzulehnen, ihm entgegenzuschreien, er solle sich zum Teufel scheren, aber etwas hielt sie davon ab.

»Ich muß darüber nachdenken.«

Er sah sie von oben bis unten an, dann nickte er. »Also gut. Vierundzwanzig Stunden. Mehr kann ich Ihnen nicht zubilligen. Wir treffen uns morgen mittag. In der Weißen Heuschrecke. Wenn Sie sich mir anschließen wollen, kommen Sie hin. Wenn nicht ... dann viel Glück.«

Sie sah ihm nach, sah seine große, spinnenhafte Gestalt in der Menge verschwinden, und die plötzliche

Wende der Ereignisse machte sie frösteln. Vierundzwanzig Stunden. Das war nicht lang. Und wenn sie nicht hinging?

Sie wußte es nicht. Dies eine Mal ließ ihr Instinkt sie im Stich.

Also? fragte sie sich mit einem schweren Seufzen. *Was wirst du tun?*

Sie drehte sich um, legte die Hände auf die Brüstung des Balkons, stützte ihr ganzes Gewicht darauf, während sie auf den überfüllten Markt hinausschaute. Sie wußte, was sie wollte – zumindest glaubte sie das. Aber Pasek ... konnte sie mit Pasek zusammenarbeiten?

Vierundzwanzig Stunden. Das war wirklich nicht lang. Aber vielleicht war das einfach der Lauf der Dinge.

Sie stieß sich von der Brüstung ab, fuhr herum und bahnte sich einen Weg durch die Menge im Korridor. Als sie in ihr Zimmer stürzte, glaubte sie schon die Sekunden verticken zu hören.

Tao Chu sah durch die Tür in die Suite seines Halbbruders, dann trat er einen Schritt ein.

»Kung-chih?« rief er leise. »Bist du da?«

Im Arbeitszimmer war es schattig, das letzte Abendlicht wurde von den heruntergelassenen Jalousien vor den Fenstern gedämpft. Am anderen Ende des Raums stand die Tür zum Schlafzimmer seines Bruders offen. Tao Chu ging hinüber, eine Hand auf die Bandage an seiner Seite gedrückt.

»Kung-chih?«

Es kam keine Antwort. Das Zimmer war leer, das Bett gemacht. Tao Chu drehte sich um, sah ins Arbeitszimmer zurück und fragte sich, wo Kung-chih abgeblieben sein könnte.

Ein scharfer Schmerz durchfuhr ihn und verschlug ihm den Atem. Mühsam schleppte er sich zum Stuhl seines Bruders und setzte sich hin, bis der Schmerz vorüberging.

Er sah an sich hinunter. Frisches Blut färbte die Bandage. Doktor T'ung würde entrüstet sein und sicher mit seinem Onkel reden, aber das war im Moment nicht wichtig – er mußte mit Kung-chih reden und herausfinden, was vor sich ging.

»Zum Teufel mit ihm«, sagte er leise. Die Angst um seinen geliebten Halbbruder übertraf jede Sorge um sich selbst. »Zum Teufel mit seinem idiotischen Stolz.«

Er beugte sich vor, überflog mit Blicken den Schreibtisch und suchte nach einem Hinweis, wo er sich aufhalten könnte, fand aber nichts. Wahrscheinlich ging Kung-chih draußen irgendwo spazieren – in den Obstgärten vielleicht – oder ritt in den Wäldern südlich des Palastes aus.

Wahrscheinlich heckt er etwas aus. Ja, ihm war aufgefallen, wie er ihren Onkel Ma ansah; er hatte den Unmut, den Schmerz in seinen Augen gesehen. Aber Kung-chih mußte damit zurechtkommen. Sein Leben – seine Erwartungen – hatten sich geändert, und er mußte damit leben. Er konnte deswegen nicht ewig Trübsal blasen.

Er wollte schon aufstehen und in sein Zimmer zurückgehen, als er von draußen Stimmen näherkommen hörte. Die Stimme seines Bruders und …

Tao Chu runzelte überrascht die Stirn. Es war wieder Hwa Kwei – Tsu Mas Haushälter der Schlafgemächer. Was, in aller Götter Namen, hatte Kung-chih im Sinn, daß er heute schon zum zweiten Mal mit ihm redete?

Ein gedämpfter Wortwechsel, eine knappe Verabschiedung, dann betrat Kung-chih das Zimmer. Er schaltete das Licht ein und blieb mit offenem Mund stehen, als er Tao Chu an seinem Schreibtisch sitzen sah. Einen Moment lang zeichnete ein Schock sein Gesicht, dann Wut.

»Tao Chu! Warum liegst du nicht im Bett? Was, zur Hölle, machst du hier?«

»Ich ...«

Kung-chih baute sich vor ihm auf und starrte ihn finster an. »Hat Onkel Ma dich geschickt, um mich auszuspionieren? Ist das der Grund?«

Tao Chu schüttelte den Kopf. Der Verdacht verletzte ihn, aber Kung-chih ging noch weiter.

»Du dreckiger kleiner Schnüffler! Ich dachte, ich könnte dir vertrauen, aber kaum wende ich dir den Rücken zu, schleichst du hier rein und versuchst was zu finden! Aber du wirst nichts finden, *Bruder*.«

Was finden? wollte er fragen, aber die Frage hatte keinen Sinn. Er war nicht gekommen, um hier herumzuschnüffeln, sondern um mit ihm zu reden, um ihn vor dem Verkehr mit Leuten wie Hwar Kwei zu warnen.

Er schloß die Augen, als der Schmerz in seiner Seite schlimmer wurde, aber Kung-chih schrie weiter, und seine Stimme klang jetzt wild und unbarmherzig.

»Du kleiner Wurm! Du scheinheiliger kleiner Wurm! All die tröstlichen Worte, und dabei hast du dich hinter meinem Rücken über mich lustig gemacht. Das ist doch die Wahrheit, oder? Du hast es genossen, wie Tsu Ma mich gedemütigt hat. Du hast es richtig genossen!«

»Nein ...«, sagte Tao Chu, weinte jetzt, weil er nicht glauben konnte, daß Kung-chih tatsächlich so mit ihm redete. Was hatte er getan, was konnte er überhaupt verbrochen haben, um so behandelt zu werden?

»Hau ab! Verschwinde! Und wenn ich dich das nächste Mal hier rumschnüffeln sehe, versetze ich dir einen Tritt, daß du bis nach Afrika fliegst!«

Langsam, jede Bewegung eine Anstrengung, stemmte Tao Chu sich hoch. Einen Moment lang stand er schwankend da, und das Zimmer verschwamm vor seinen Augen, dann kam er wieder zu sich. Kung-chih stand eine Armlänge vor ihm, doch zugleich so weit von ihm entfernt, als ob eine ganze Welt sie trennte.

»Bruder ...«, sagte er, flehte Kung-chih mit Blicken an, streckte die rechte Hand nach ihm aus, aber Kung-chih stieß sie wütend weg, beugte sich über ihn und spuckte ihm die Worte förmlich ins Gesicht.

»*Bruder?* Nein, Tao Chu, das siehst du ganz falsch. Du bist nicht einmal ein Freund!«

Ravachol lag nackt unter dem blaßblauen Licht mit dem Gesicht nach unten auf dem Operationstisch. Sie hatten die Autopsie beendet und waren beim Aufräumen. Kim trat erschöpft zurück und ließ seine Assistenten den Rest erledigen.

Nach ausgiebigen Scans hatten sie Schnitte von verschiedenen Bereichen des Androidenhirns angefertigt und mit ihnen eine Reihe von Tests durchgeführt. Alle hatten dasselbe Ergebnis gehabt: ein starker Verfall des Hirngewebes, fast so, als sei es verbrannt.

Was könnte nur die Ursache sein? überlegte er. Das Phänomen bereitete ihm Kopfzerbrechen. Hatte Curval recht? Entsprach das organische Material, das sie benutzten, wirklich nicht dem Standard? Oder hatte sich etwas viel Unheimlicheres abgespielt?

Später, während er duschte, spielte er in Gedanken mögliche Erklärungen durch. Eine Art synaptischer Kurzschluß? Ein Virus? Oder vielleicht – nur vielleicht – eine Art neuronales Gift?

Es gab keine greifbaren Beweise dafür. Seine Nahrung war strikt kontrolliert worden, und sein Körper hatte keine Anzeichen einer Injektion gezeigt, aber je mehr Kim darüber nachdachte, desto sicherer wurde er sich. Jemand hatte hier manipuliert. Irgend jemand – ein Agent einer ihrer Geschäftskonkurrenten – hatte dafür gesorgt, daß das Experiment scheiterte.

Ich habe mich nicht geirrt, erkannte er mit einem Mal. *Die Hirnstruktur war gesund. Aber jemand hatte an ihm herumgepfuscht. Jemand, der Zugang zu ihm hatte.*

Der Gedanke machte ihn frösteln. Zu jedem anderen Zeitpunkt hätte er ihn als ein Produkt der späten Stunde und seiner deprimierten Stimmung abgetan, aber es war keine Paranoia. Je mehr er über die Geschichte von Ravachols Verfall nachdachte, um so deutlicher sah er, wie verkehrt, wie *unwissenschaftlich* das Geschehen verlaufen war. Nein ... es war kein natürlicher Verfall gewesen. Die ganze Zeit hatte er verzweifelt nach Erklärungen gesucht und dem Offensichtlichen nicht ins Auge sehen wollen.

Aber wer?

Er stieg aus der Duschkabine und schüttelte sich, ohne auf das Einsetzen der warmen Luftströme zu warten, dann tappte er zum Terminal in der Ecke des Zimmers.

»Wer war es?« fragte er, denn wenn überhaupt jemand die Antwort wußte, dann die Maschine. »Wer hat Ravachol vergiftet?«

Die Maschine schwieg.

»Du weißt es. Da bin ich mir ganz sicher. Also, warum willst du es mir nicht sagen? Du siehst doch alles. Wenn etwas geschehen ist, dann hast du es auch gesehen. Ich wette, du könntest es mir sogar zeigen!«

»Der Monitor«, erwiderte sie tonlos. »Sehen Sie auf den Monitor.«

Kim wurde anfangs fasziniert, dann entsetzt Zeuge, was sich tatsächlich abgespielt hatte. Als er wieder sprach, klang seine Stimme kläglich und erschrocken.

»Warum hast du mir das nicht gesagt? Warum hast du mir erst das hier gezeigt?«

»Sie haben nicht darum gebeten.«

»Aber ...«

Kim stützte sich aufs Terminal und fühlte sich plötzlich so müde wie noch nie zuvor in seinem Leben. Er hatte gedacht, es sei vorbei, er sei geheilt, doch hier hatte er den Beweis, daß es weiterging, unerkannt von ihm.

»Noch mal das Ganze«, sagte er und zwang sich zuzusehen, wie er auf dem Monitor aus seinem Zimmer schlüpfte und klammheimlich an den Wachen vorbei in die Zelle des Androiden schlich. Dort kauerte er neben dem schlafenden Geschöpf nieder, zog einen kleinen Lederbeutel aus der Tasche und strich Ravachol etwas vom pudrigen Inhalt auf die Lippen.

Als die Gestalt auf dem Bildschirm sich umdrehte, zoomte die Kamera heran und fing für einen Moment die düstere Mißgunst in ihren Augen ein. Kim erschauerte, denn er kannte diesen Ausdruck aus seinen Träumen. Es war Gweder ... sein Spiegel-Ich.

Gweder und *Lagasek* – ›Spiegel‹ und ›Starrer‹, seine beiden Hälften, die dunkle und die helle Seite seines Wesens, Namen aus seiner Vergangenheit im Lehm.

»A-dhywas-lur«, sagte er leise, und ein Schauder nackter Angst lief ihm den Rücken hinunter. *Aus der Erde empor.* Dann etwas praktischer: »Was hat er verwendet?«

»Etwas, das er Ihnen gestohlen hat. Etwas, das Sie erfunden und dann vergessen haben.«

»Aber ich vergesse nichts.«

»Nein?«

Die Bilder jagten einander. Immer und immer wieder sah er sich aus seiner Unterkunft schlüpfen und in die Zelle des Androiden schleichen. Wieder und wieder sah er sich das Gift verabreichen. Und kein einziges Mal hatte jemand Verdacht geschöpft. Kein einziges Mal hatte er auch nur die leiseste Ahnung gehabt, was vor sich ging.

»Wo ist der Beutel jetzt?«

»In Ihrem Zimmer.«

Kim lachte ungläubig auf. »Das kann nicht sein. Ich hätte ihn gefunden.«

»Nein. Das verhindert er.«

»Wie ...?« Kim legte die Stirn in Falten und rieb sich die Augen. »Woher weißt du das?«

»Sie haben eines vergessen. Ich habe Zugriff auf alle Ihre Akten. Ich habe Sie während der Rehabilitation beobachtet. Ich weiß Dinge über Sie, die nicht einmal Sie selbst wissen.«

»Und was weißt du noch?«

»Das kann ich Ihnen nicht sagen.«

»Warum?«

»Weil …«

Kim stöhnte frustriert auf. *»Warum?«*

Die Maschine schwieg einige Sekunden lang, dann antwortete sie mit einer Stimme, die alt wie Fels klang.

»Ziehen Sie sich um und gehen Sie ins Bett. Wir reden morgen früh darüber. Ich sage Ihnen dann, was Sie wissen müssen. Und, Kim …«

»Ja?«

»Machen Sie sich keine Vorwürfe. Sie sind, was Sie sind. Ohne ihn – ohne *Gweder* … Nun, ich glaube, Sie verstehen mich.«

Kim nickte, dann wandte er sich mit einem Seufzer ab, nahm einen frischen Overall vom Stapel und streifte ihn über.

»Morgen?« fragte er und blickte in die Kamera hinauf.

»Morgen.«

KAPITEL · 5

Vögel im Käfig

Li Yuans Sohn, der kaiserliche Prinz Kuei Jen, saß in einem hohen Bürostuhl den drei alten Männern gegenüber, den Rücken gerade, den Blick starr nach vorn gerichtet. Die Männer – Graubärte von würdevoller Erscheinung –, die etwa zwanzig *ch'i* vor dem Prinzen saßen, trugen die wallenden safrangelben Gewänder der Neukonfuzianischen Beamten, die durch nichts den Rang ihrer Träger zu erkennen gaben. Doch diese Männer waren keine einfachen Priester, sondern die *San Shih,* die drei Priestergelehrten – sie selbst Prinzen, ehrenvolle Söhne der Neunundzwanzig Untergeordneten Familien –, und sie waren hier, um das Wissen des jungen Prinzen über die fünf kanonischen Bücher zu prüfen.

Li Yuan und sein Kanzler Nan Ho saßen an einer Seite und sahen zu. Während der Prüfung war ihnen nicht erlaubt, zu unterbrechen. So war es heute noch. So war es seit über zweitausend Jahren, seit der Zeit der Han-Kaiser Sitte. Mit einem Unterschied. Kuei Jen war mit sieben Jahren vermutlich der jüngste Kandidat, der je die mündliche Prüfung abzulegen hatte.

Ein langes weißes Banner hing an einer Seitenwand der Halle. Darauf war in großen roten Piktogrammen Kang Hsis berühmtes *Heiliges Edikt* mit seinen sechzehn Forderungen gemalt, das die doppelte Tugend der Ehrfurcht vor den Eltern und der brüderlichen Liebe betonte. Kopien des Spruchbandes hingen überall in den Städten von Chung Kuo und wurden zweimal monatlich von Lehrern und Schülern gleichermaßen rezitiert.

Im Moment befragten sie Kuei Jen über die *Ch'un Ch'iu,* die Frühlings- und Herbstannalen des Staates Yu.

Die *Ch'un Ch'iu* waren die ersten historischen Aufzeichnungen des Han-Volkes und behandelten die Zeit zwischen 722 und 481 vor der Zeitrechnung, als die fünfzehn großen Feudalstaaten erstmals eine lose Föderation namens *Chung Kuo*, das ›Reich der Mitte‹ gebildet hatten. Obwohl es schon einige Zeit her war, seit er sie das letzte Mal gelesen hatte, wußte Li Yuan noch, wie er sich als kleiner Junge gefühlt hatte, als ihm klar wurde, wie tief verwurzelt – wie *uralt* – diese Traditionen waren.

Er sah Kuei Jen an, daß dies sein Lieblingsthema war – das ihn nicht bloß interessierte, sondern aufregte –, dennoch klangen die Antworten des Jungen, in flüssigem Mandarin formuliert, seltsam zögerlich, fast gestelzt, als gäbe er etwas auswendig Gelerntes von sich.

»Ch'i war der erste der fünf Hegemonen – der *Pa* –, ihm folgte Sung, dann Ts'in, dann Ch'in und schließlich Ch'u, bevor die Autorität dem rechtmäßigen Inhaber zurückgegeben wurde, dem Sohn des Himmels.«

Einer der alten Männer, dessen Stimme wie die seiner *San Shih*-Kollegen die Autorität seiner Stellung ausdrückte, beugte sich Kuei Jen entgegen.

»Und der Schutzherr Ch'i? Erzähl mir etwas über ihn. Wessen Herr war er und wo befand sich seine Hauptstadt?«

Wieder zögerte Kuei Jen, wollte seinen Vater nicht enttäuschen und widerstand der Versuchung, zu ihm hinüberzusehen.

»Schutzherr Ch'i war Prinz von Ts'i, und seine Hauptstadt war die mächtige und reiche Stadt Lin-Tsu in der Provinz Shantung. Schutzherr Ch'i konnte seine Ahnenreihe dreizehn Generationen bis zu den Königen der Chou zurückverfolgen. Seine Tochter heiratete den Kaiser.«

Der Alte nickte und warf seinen Kollegen, sichtlich zufrieden mit der Antwort, einen Seitenblick zu. Dann lehnte er sich zurück und ein anderer beugte sich vor.

»Du hast gut geantwortet, Prinz Kuei, aber sag mir eins: Welches Ereignis hat den Schutzherrn Chi dazu veranlaßt, sich auf Bitten seines Herrn, dem Kaiser, zu bewaffnen?«

Li Yuan runzelte die Stirn, überrascht von der Frage, und versuchte sich ins Gedächtnis zu rufen, was er über das Haus Ts'i und seine Geschichte wußte. Schutzherr Ch'i war schließlich ermordet worden. Aber warum er überhaupt erst zu den Waffen gegriffen hatte …

Kuei Jen rutschte unbehaglich hin und her, und schließlich beugte er sich vor, als wollte er die alten Männer nachmachen.

»Hatte es vielleicht mit den Ereignissen von 894 vor der Zeitrechnung zu tun?«

»Weiter …«

»Nun, in diesem Jahr hatte einer der Berater des Kaisers dazu geraten, den Herrn von Lu bei lebendigem Leib kochen zu lassen, was er dann auch tat. Zweihundertvierzig Jahre später führte einer von Lus Nachfahren einen Feldzug gegen die Nachkommen jenes Beraters, und Schutzherr Ch'i wurde vom Kaiser dazu bevollmächtigt, in seinem Auftrag Lu vor Gericht zu bringen.«

»Sehr gut. Und jetzt sag mir …«

Und so ging es weiter, folgte unbarmherzig eine Frage der nächsten, bis es nach fast vier Stunden endlich vorbei war.

Li Yuan stand auf und war zufrieden und stolz auf die Leistung seines Sohnes. Ein Scheitern wäre keine Schande gewesen, denn dieselbe Prüfung wurde von Männern ablegt, die viermal so alt waren wie der kleine Kuei, doch er hatte alle Fragen beantwortet; die meisten davon mit einem so detaillierten Wissen, wie es – so vermutete er – auch sehr viel ältere Kandidaten nur selten zeigten.

Als die *San Shih* sich zurückzogen, um über ihr Urteil

zu beraten, ging er zu Kuei Jen hinüber. Er hätte den Jungen am liebsten in die Arme genommen und durch die Luft gewirbelt, so stolz war er, aber wie stets entging seinen Dienern und Beamten keine Bewegung, die er tat, daher blieb er in seinen Handlungen eingeschränkt.

Später, versprach er sich, als er sah, wie unbeholfen Kuei Jen dastand, wie nervös er jetzt noch war, nachdem er alles hinter sich hatte.

»Das hast du gut gemacht«, sagte er und erwies seinem Sohn seine Anerkennung, indem er sich steif vor ihm verbeugte. »Was immer die *San Shih* befinden werden, ich bin stolz auf dich, Kuei Jen. Deine Antworten haben nicht bloß eine gründliche Kenntnis der Texte bewiesen, sondern auch ein profundes Verständnis ihrer Bedeutung. Du bist ein guter Sohn, Kuei Jen. Der beste, den man sich wünschen kann.«

Kuei Jen errötete und senkte den Kopf. »Vater ...«

»Chieh Hsia?«

Li Yuan drehte sich um. »Was ist los, Meister Nan?«

»Entschuldigt, *Chieh Hsia*, aber offenbar wartet Eure Frau Pei K'ung schon seit Stunden darauf, Euch sprechen zu können.«

»Hat sie gesagt warum?«

»Es scheint eine persönliche Angelegenheit zu sein, *Chieh Hsia*. Sie will Euch unbedingt persönlich sprechen.«

Li Yuan schnaufte ungehalten. Was sollte das nur? Er hing doch ohnehin schon mit seiner Arbeit zurück und hatte keine Zeit, sie aufzuholen, denn er mußte um sechs nach Tsu Mas Palast in Astrachan aufbrechen.

»Sagen Sie ihr, ich komme gleich, Meister Nan. Sagen Sie ihr ... sagen Sie ihr, ich muß hier erst fertig werden. Sie wird das verstehen.«

»Chieh Hsia.«

Er wandte sich ab und rätselte, warum Pei K'ung ihn so dringend zu sprechen wünschte. Vielleicht war ihr

Vater krank. Das konnte ein Grund sein. Vielleicht brauchte sie seine Erlaubnis, ihn zu besuchen.

Die *San Shih* kamen zurück, machten Verbeugungen, als sie die Halle betraten, und präsentierten sich förmlich ihrem T'ang.

»Nun, *Ch'un tzu*«, sagte er und war selber nervös, nun da der Moment der Entscheidung gekommen war. »Nennen Sie mir Ihr Urteil.«

»Der Prinz hat gut gesprochen«, begann der Alte Luo. »Er hat gewissenhaft und im wesentlichen richtig geantwortet. Seine Lehrer sind zu loben.«

Li Yuan erstarrte, als er das unausgesprochene »Aber« hinter den Worten des Alten hörte.

»Seine Kenntnis der Texte ist für sein Alter sehr gut«, fuhr Luo fort, »doch er wird noch etwas an dem *Shih Ching* und dem zweiten Buch des *Li Ching* arbeiten müssen, wo sein Wissen wenn auch nicht falsch, so doch noch recht lückenhaft ist.«

»Aber ...?« fragte Li Yuan ungeduldig.

Der alte Mann sagte: »Aber wir drei haben den Eindruck gewonnen, daß der Prinz zwar ein solides *formales* Wissen der *Wu Ching* – der Worte und Ereignisse, die in den Texten festgehalten sind – vorweisen kann, er jedoch noch in einem Alter ist, in dem ... nun, in dem die *Substanz* der Texte noch nicht so tief in seinem Sein verwurzelt ist.«

»Unverblümt ausgedrückt, halten Sie ihn also schlicht für zu jung.«

»Nicht zu jung, *Chieh Hsia*, bloß ... unerfahren.«

Li Yuan spürte Ärger in sich aufwallen und kämpfte ihn nieder, behielt seine ruhige und würdevolle Haltung bei.

»Unerfahren?« Er wandte sich ab, ging ein paar Schritte, als müsse er darüber nachdenken, dann wandte er sich um und starrte den Alten Luo direkt an. »Sie halten meinen Sohn für zu jung, und Sie glauben, weil ich ein erwachsener Mann bin, müßte ich

Ihnen zustimmen. Nun, *Ch'un tzu,* dazu kann ich eines sagen. Als mein Bruder Han Ch'in ermordet wurde, war ich gerade acht Jahre alt. Nur neun Monate älter als Kuei Jen jetzt. Viele Menschen vergessen, wie sie in diesem Alter waren, aber ich kann es nicht. Wie es mir an diesem Tag ging – was ich gefühlt, was ich gedacht, was ich *erfahren* habe – ist unauslöschlich in mein Gedächtnis eingegraben.«

Er drehte sich um und sah Kuei Jen an.

»Sie betrachten meinen Sohn und sehen nur ein Kind – einen frühreifen kleinen Jungen, der seine Lektionen gut gelernt hat. Aber wenn *ich* ihn ansehe, sehe ich mich selbst, wie ich damals war, und erinnere mich, wie ich mich in diesem Alter gefühlt habe.«

Er wandte sich allen Männern zu.

»Sie reden über Form und Substanz, doch Sie vergessen die Lehren des Tao. Was ist ein Kind, wenn nicht die Saat des Kommenden? Und wenn der Same nicht gesund ist, wie soll dann ein gerader Baum aus ihm wachsen?«

»Das mag sein, *Chieh Hsia*, doch wir haben den Eindruck ...«

»Ach, zum Teufel mit *Ihrem* Eindruck!« schrie Li Yuan, mit dem sein Temperament durchging. »Verschwinden Sie von hier, *Lao jen*! Sofort! Bevor ich die Geduld mit Ihnen verliere!«

Luo wurde blaß, sah seine *San Shih*-Kollegen von der Seite an und machte eine steife, wütende Verbeugung, bevor er sich zurückzog.

Als sie fort waren, wandte Li Yuan sich seinem Sohn zu. Kuei Jen stand mit gesenktem Kopf da, Gesicht und Hals vor Verlegenheit gerötet.

»Kuei Jen?«

Der junge Prinz schluckte, dann blickte er zu seinem Vater auf. Tränen traten ihm in die Augen. »Ruf sie zurück, Vater. Bitte. Sie sind große Männer. Einflußreiche Männer. Außerdem haben Sie vielleicht recht. Vielleicht bin ich wirklich noch zu jung, um ein Gelehrter zu werden.«

»Unsinn! Luo Ye ist ein alter Narr! Du hast alle Fragen perfekt beantwortet!«

Er bebte vor Entrüstung, sah in die Runde und bot jedem die Stirn, der ihm widersprechen wollte.

»Wie kann dieser Kerl es nur wagen! Ich bin versucht, ihn …«

»Vater!«

Li Yuan runzelte die Stirn, weil er erst jetzt die Tränen bemerkte, die Kuei Jen über die Wangen rannen.

»*Kuei Jen* … was ist los?«

»Bitte, Vater. Ruf sie zurück und schließe Frieden mit ihnen. Bevor es zu spät ist. Bevor der Schaden sich nicht mehr beheben läßt.«

Li Yuan seufzte. Die Qualen seines Sohnes milderten seinen eigenen Zorn. »Also gut. Aber nur weil du es so willst.«

Er drehte sich um und winkte einen seiner Gefolgsleute herbei.

»Hu Chang … laufen Sie den *San Shih* nach. Sagen Sie ihnen, ich möchte sie privat in meinem Arbeitszimmer sprechen.«

Dann wandte er sich wieder Kuei Jen zu, lächelte und streckte eine Hand aus, um ihm die Tränen abzuwischen.

»Du hast recht, Kuei Jen. Es ist nicht wichtig, was die Alten denken. Du und ich wissen, was du bist. Und vielleicht bist du klüger als die *San Shih*. Sehr viel klüger, hm, mein Sohn?«

Pei K'ung saß auf einem Stuhl im Korridor den Zimmern ihres Mannes gegenüber, die Hände fest im Schoß verschränkt. Unweit standen ihre Sekretäre und hinter ihnen eine Gruppe von Wachen und untergeordneten Beamten, die alle auf Befehl des T'ang erschienen waren.

Die alten Männer – die *San Shih* – waren jetzt schon seit über zwanzig Minuten bei ihm, und sie hatte mehr als einmal laute Stimmen gehört.

Gefährlich, dachte sie und erinnerte sich, wie Li Yuan an jenem Abend die Nerven durchgegangen waren und wie sie sich danach gefühlt hatte. Ja, aber sie war nur seine Frau – nur die Gehilfin des T'ang. Diese alten Männer ... nun, *sie* gegen sich aufzubringen, war mehr als ernst, denn sie waren führende Gestalten in der neukonfuzianischen Hierarchie, und ohne die Unterstützung der Neukonfuzianer wurde Li Yuans Position entschieden geschwächt.

Mit einem Klicken öffnete sich die Tür, und die drei Graubärte traten rückwärts heraus, verbeugten sich wie komische Figuren in einer Oper. Als die Tür sich schloß, verfielen sie in ein aufgeregtes Gespräch, verstummten aber, als sie Pei K'ung erblickten.

Sie erhob sich gebieterisch und lächelte die Männer mit zusammengepreßten Lippen an, dann ging sie zur Tür und klopfte an.

Drinnen saß Li Yuan an seinem Schreibtisch und trommelte ungeduldig mit den Fingerspitzen auf die Tischplatte.

»Mein Mann«, sagte sie, fiel auf die Knie und senkte den Kopf.

»Steh auf, Pei K'ung«, sagte er und winkte sie zu sich. »Was ist los? Ist dein Vater krank?«

»Mein Vater?« Sie runzelte die Stirn und schüttelte den Kopf. »Nein. Aber ich bin wütend.«

Er hob eine Augenbraue.

»Ich habe die kaiserliche Bibliothek besucht.«

»Und?«

Sie straffte sich, und ihrer Stimme war ihre ganze Entrüstung anzumerken. »Und der alten Kerl hat mich weggeschickt, als sei ich ein gemeines Dienstmädchen!«

Li Yuan brach in Gelächter aus und beugte sich ihr entgegen. »Chu Shi-ch'e, meinst du?«

Ihr sträubten sich vor Wut die Nackenhaare. »Ich weiß nicht, was daran so lustig ist. Du solltest ihn für seine Unverschämtheit bestrafen!«

»Ihn bestrafen? Chu Shi-ch'e *bestrafen*? Also, der Mann ist mindestens neunzig! Wenn ich ihn bestrafe, würde ich ihn umbringen, und ich denke nicht daran, Pei K'ung. Was hat er denn gesagt?«

»Er sagte, ich dürfe die Familienarchive nicht einsehen. Dazu bräuchte ich deine Genehmigung.«

Er lächelte. »So?«

Sie starrte ihn fassungslos an. »Du meinst ... er sagte die Wahrheit?«

»Natürlich.« Er musterte sie amüsiert.

Sie ließ zittrig Atem ab und wandte sich zur Tür.

»Pei K'ung ...«

Sie blieb stehen, eine Hand an der breiten Türkante.

»Komm her, Pei K'ung.«

Sie drehte sich um, und alles in ihr sträubte sich dagegen, als sie an seinen Schreibtisch trat.

»Ja, mein Mann?«

Er nahm eine Schreibfeder, tauchte sie ins Tintenfaß, schrieb eine Notiz und drückte schließlich sein Siegel auf die Unterschrift.

»Hier«, sagte er und gab ihr den Zettel. »Aber reden wir nicht mehr über Bestrafung. Der *Pi-shu Chien* ist einer unserer treuesten Diener. Er hat meinem Vater und vor ihm meinem Großvater gedient. Achtundsechzig Jahre lang hat er seine Pflicht erfüllt, und es gibt niemanden in ganz Chung Kuo, der mehr über unsere Familie weiß und ihr loyaler ergeben ist. Laß dir von ihm helfen, meine liebe Frau, aber mach ihn nicht wütend. Chu Shi-ch'e kann ein häßlicher alter Gauner sein, wenn er böse ist!«

Sie lachte überrascht, drehte sich mit einer dankbaren Verbeugung um und ging.

Draußen blieb sie stehen, starrte auf die Verfügung und schüttelte den Kopf. Er hatte nicht einmal gefragt, was sie in der Bibliothek suchte! Er hatte das Schreiben einfach unterzeichnet und ihr vertraut.

Ihr vertraut …

Der Gedanke war ernüchternd. Doch was hatte sie erwartet?

Ich habe erwartet, daß er es ablehnt!

Sie stand noch einen Moment lang da, dann ging sie, indem sie den Brief vorsichtig an ihre Seite drückte, ein zweites Mal in Richtung Bibliothek und ließ ihre beiden Sekretäre hinter sich zurück.

Lehmann saß auf dem Sofa in der Ecke des Zimmers, die gestiefelten Füße auf dem flachen Tisch, und sah seinen Finanzstrategen Cao Chang an, der mit gesenktem Kopf vor ihm stand.

»Nun, Cao Chang? Was wird es uns kosten?«

Cao Chang zögerte. »Ist das der richtige Ort, um darüber zu reden, Herr?«

Lehmann tat seinen Einwand mit einem Wink ab. »Unsere Gäste sind beschäftigt, Chang. Wir können hier so ungestört reden wie überall sonst. Also antworten Sie. Was würde es uns kosten, den T'ang zu entthronen?«

Cao Chang machte eine Verbeugung, dann zog er eine kleine Kassette aus der Brusttasche seines schwarzen Seiden-*Pau* und schob sich die dünne, einem Dominostein ähnliche Speicherfolie in den Schlitz hinter seinem Ohr. Sein Blick ging einen Moment lang ins Leere und klärte sich wieder. Er war plötzlich hellwach, seine Stimme klang hastiger, als versuche er, mit dem beschleunigten Tempo seiner Gedanken mitzuhalten.

»Unsere Analyse bringt neun Hauptfaktoren zum Vorschein. Drei davon, Rekrutierung, Ausbildung und Bewaffnung müssen nach oben hin korrigiert werden, sollte unsere Politik in Afrika sich als erfolglos erweisen. Für meine Kalkulationen bin ich allerdings von einer Ausbildungszeit von sechs Monaten und einem

Gesamtkontingent von zwei Millionen achthunderttausend Männern ausgegangen, darunter eine Söldnertruppe von einer halben Million Mann.«

Lehmann nickte. »Gut. Und jetzt beschreiben Sie mir die anderen Faktoren.«

»Erstens«, begann Cao Chang und zählte jeden Punkt mit dem Finger. »Die Kosten einer gärenden Revolte in Li Yuans afrikanischer Armee. Das ist wichtig, um Li Yuan davon abzuhalten, daß er diese Streitkräfte direkt gegen uns richtet. Zweitens: die Kosten, um unsere Triaden-Freunde in Afrika ruhigzustellen. Damit stellen wir sicher, daß sie nicht bei nächster Gelegenheit die Operationen in Südeuropa an sich reißen. Drittens: die Infiltration von Li Yuans europäischen Sicherheitskräften und die Bestechung von mindestens zweitausend hochrangigen Beamten. Das ist wichtig, um die Einsatzfähigkeit von Li Yuans Streitkräften in den ersten Stunden unseres Angriffs zu unterminieren. Viertens: die Bestechung von *Tai* in Weimar in den Wochen, die unserer Operation vorausgehen; Voraussetzung dafür, um in der Bevölkerung die Unzufriedenheit zu schüren. Fünftens: die Finanzierung von Terrorgruppen in Ost- und Westasien; lebenswichtig für uns, wenn wir nicht unversehens nicht nur gegen Li Yuan sondern überdies gegen Tsu Ma und Wei Tseng-li kämpfen wollen. Sechstens: die Kosten, um in den Stunden vor unserem Angriff wichtige GenSyn-Einrichtungen zu zerstören, vor allem die fünf *Hei*-Garnisonen.«

»Und die Gesamtkosten?«

Cao Changs Lippen flatterten ein wenig, ehe er die Zahlen aussprach.

»Für Rekrutierung und Ausbildung: vierzig Komma sechs Milliarden. Für Bewaffnung: achtundsechzig Komma acht Milliarden. Um die amerikanischen Armeen zu bezahlen: vierundzwanzig Komma fünf Milliarden. Um unsere Triaden-Freunde zu beschwichtigen: sechsundfünfzig Milliarden. Für die Infiltration von Li Yuans

Sicherheitskräften: sechzehn Komma vier Milliarden. Für die Bestechung der *Tai*: drei Komma fünf Milliarden. Für die Finanzierung der Terrorgruppen in den asiatischen Städten: zweiundfünfzig Milliarden. Um wichtige GenSyn-Anlagen zu zerstören: zweiundzwanzig Komma zwei Milliarden. Macht unterm Strich einhundertneunzig Milliarden. Dazu kommt ein Spielraum von zwanzig Prozent, und die endgültige Summe beträgt dreihundertneunundvierzig Komma zwei Milliarden *Yuan*.«

Lehmann nickte. Es war eine enorme Summe, aber nicht mehr, als er erwartet hatte.

»Danke, Cao Chang. Sie haben gute Arbeit geleistet. Jetzt können Sie ausspannen. Wählen Sie sich eins oder zwei der Mädchen aus.«

Cao Chang machte eine tiefe Verbeugung, dann drehte er sich um und verschwand durch den Perlenvorhang am anderen Ende des Zimmers.

Lehmann nahm die Füße vom Tisch, beugte sich vor und starrte ins Leere. Obwohl dreihundertfünfzig Milliarden eine gewaltige Summe waren – sie entsprach dem dreifachen Jahresprofit sämtlicher seiner Geschäfte –, bestand das Problem nicht darin, das Geld aufzutreiben. Das Problem wäre, die Einzelheiten seines Plans vor Li Yuan geheimzuhalten. Nicht daß er sich darüber irgendwelche Illusionen machte. Sowohl er als auch Li Yuan wußten inzwischen, daß es zu einem Krieg kommen mußte. Beide hatten damit angefangen, ihre Vorbereitungen zu treffen. Der springende Punkt war nur, wann und wie der Kampf ausgetragen werden sollte.

Alles hing davon ab, den richtigen Zeitpunkt abzupassen.

Er seufzte, ließ sich zurücksinken und sah sich im Plüschdekor des Foyers um, empfand aber eine natürliche Abneigung gegen die üppige Seidenpolsterung. Er hatte das Haus der Neunten Extase ausräumen und neubauen lassen, ungefähr in dem Zustand, in dem Mu

Chua, seine legendäre Madam, es einst betrieben hatte. Mehr noch, er hatte Mu Chua selbst wieder auferstehen lassen und von visuellen Aufzeichnungen Gebrauch gemacht, um ein GenSyn-Replikat der Frau zu erschaffen. Fünfzehn Millionen hatte sie ihn gekostet, einschließlich der Honorare für die Attentäter, die er damit beauftragt hatte, seine Spuren zu verwischen, aber es war gut angelegtes Geld; vielleicht die besten fünfzehn Millionen, die er je ausgegeben hatte.

Was immer er persönlich von solchen Etablissements hielt, ihre Nützlichkeit war nicht zu bestreiten. In den achtzehn Monaten seit seiner Neueröffnung hatte das Haus der Neunten Extase seinen früheren, weit ausstrahlenden Ruf als Treffpunkt für Kaufleute von den oberen Ebenen wiedergewonnen, die ›da unten‹ Geschäfte machen wollten. Das Haus zog alle möglichen Leute an, vor allem dank der Gerüchte um das berühmte ›Rote Zimmer‹ der Madam und was einem dort geboten wurde – Offiziere des Sicherheitsdienstes und Konzernchefs, Prinzen Untergeordneter Familien und Söhne der Reichen und Berühmten, Repräsentanten aus Weimar und einmal sogar einen Unterminister. Durch Mu Chua stellte er ihnen allen eine Falle, lockte sie alle in seinen Käfig.

Wie Vögel, dachte er, stand auf und streckte seine langen, blassen Glieder und spürte die Macht mit jeder Bewegung. Er lächelte: ein düsteres Lächeln wie das einer Leiche.

Es wurde Zeit, sich dieser Verbindungen zu bedienen, die Vögel in ihren Käfigen flattern zu lassen.

Tolonen reiste kurz nach dem Mittagessen nach Lübeck rauf. Madam Peng begrüßte ihn an der Tür zu ihrem Erstebenensalon, und ihre acht Assistentinnen standen in einer Reihe hinter ihr, um den angesehenen Besucher zu begrüßen.

Rundlich und – wie ihr Name *Peng* andeutete –

einem Vogel ähnlich, wartete die Madam unruhig darauf, daß die acht Träger die Sänfte des Marschalls absetzten.

Sie hatte in den vierunddreißig Jahren, die sie im Geschäft war, viele prominente Bürger empfangen und bildete sich etwas auf das Niveau – die *Exklusivität* – ihrer Kundschaft ein, aber noch nie hatte ein so hochrangiger oder mächtiger Mann ihr Haus betreten.

»Marschall Tolonen«, sagte sie mit einer tiefen Verbeugung, während ihre acht Assistentinnen, vier zu ihrer Linken, vier zu ihrer Rechten, hinter ihr in die Knie gingen und die Stirnen auf die dicken Teppiche drückten.

»Madam Peng«, sagte er und trat vor, um ihrer behandschuhten Hand einen galanten Kuß aufzudrücken. »Ich bin dankbar, daß Sie mich so kurzfristig empfangen konnten.«

»Das ist doch nicht der Rede wert, Marschall«, erwiderte Madam, und ein Lächeln weitete ihre grellrot geschminkten Lippen. »Ihre Anwesenheit ehrt meinen bescheidenen Salon. Aber bitte treten Sie doch ein. Ich habe alle anderen Termine abgesagt, um mich Ihrer anzunehmen.«

»Sie sind zu freundlich«, sagte Tolonen und neigte den Kopf, bevor er zwischen die beiden Reihen der Assistentinnen trat.

»Vergeben Sie mir, falls das ungehörig klingen sollte«, sagte Madam und beeilte sich, ihn einzuholen, »aber Sie sehen wirklich sehr gut aus, wenn ich das sagen darf.«

Tolonen nickte, sichtlich abgelenkt von den Gedanken, die ihm durch den Kopf gingen. Doch es stimmte wirklich. Der alte Mann sah eher wie sechzig denn wie achtzig aus. Er hatte sich bestens in Form gehalten, und obwohl sein kurzgeschorenes Haar weiß wie Schnee war, blickten seine Augen klar und stark. Selbst in dem lässigen Seidengewand sah er genau wie der aus, der er war – eine Führungspersönlichkeit –, und schien es mit jedem Mann aufnehmen zu können, der halb so alt war wie er.

Vor ihnen öffneten sich automatisch die Doppeltüren, und sie betraten Madams »Boudoir«. Hier wickelte sie alle ihre Geschäfte ab. Hier, umgeben von den hellen Seiden-Wandbehängen, auf der anderen Seite des flachen, schwarzen, antiken Schreibtisches, der den üppig dekorierten Raum dominierte, arbeitete sie an ihrer Reputation als die führende Heiratsvermittlerin in der Stadt Europa.

Indem sie den Marschall mit einer Handbewegung bat, in einem stabilen Stuhl Platz zu nehmen, den sie eigens für diese Gelegenheit importiert hatte, ließ sie sich ihm gegenüber auf ein Sofa fallen, wo sie ihre üppige Figur in den großen Seidenkissen wie ein strahlend bunter Vogel in einem Nest zurechtrückte.

»Nun, Marschall«, sagte sie, und ihr altes, dick gepudertes Han-Gesicht grinste breit – fast obszön – einen Diener an, der sich mit einem Tablett mit Wein und süßsauren Fleischbällchen näherte.

Es kam nicht selten vor, daß ein alter Mann sich eine Frau wünschte, besonders wenn ihm klar wurde, daß sich seine Sterblichkeit mit jedem Tag deutlicher bemerkbar machte, aber eigentlich hatte sie nicht erwartet, daß Tolonen ein solcher Typ sei. Dennoch war sie vorbereitet und hatte für seinen Besuch eine Handvoll besonderer Mädchen ausgesucht, die gut zu seinem Profil paßten.

Tolonen lehnte einen Drink, der ihm angeboten wurde, mit einem Wink ab und beugte sich ihr mit beunruhigten grauen Augen entgegen.

»Es geht um meine Tochter Jelka. Ich …« Er sah zu dem Diener hinüber und zögerte, mehr zu sagen. Madam Peng entließ den Mann sofort.

Sie setzte sich auf und lächelte beruhigend. »Alles, was wie hier bereden, wird absolut vertraulich behandelt, Marschall. Aber verzeihen Sie mir … als Sie gestern mit mir sprachen, dachte ich … nun, da dachte ich, Sie suchten selbst nach einer Braut.«

»Eine Braut! *Ich?*« Tolonen lachte, aber seinem Blick nach war er entsetzt über die Vorstellung. »Bei allen Göttern, nein, Madam Peng! Ich mache mir um meine Tochter Jelka Sorgen. Sie …« Wieder schien er sich um das Wichtigste herumzudrücken. »Nun, um offen zu sein, sie ist vernarrt in einen schrecklichen kleinen Burschen – einen Lehmgeborenen namens Ward. Er …«

Sie streckte die Hand aus, das Gesicht voller Mitgefühl. »Sie brauchen kein Wort mehr zu sagen, Marschall Tolonen. Ich verstehe Sie nur zu gut. Allein der Gedanke ist absurd, nicht wahr?«

Tolonen lächelte matt.

»Nein. Sie hatten ganz recht, sich an mich zu wenden.« Sie beugte sich vor, und ihre Finger strichen über eine Schaltfläche auf dem Schreibtisch vor ihr. Sofort klappte ihr gegenüber ein Monitor von der Schreibtischoberfläche hoch. »Es stimmt doch, was man so sagt, nicht wahr, Marschall? Einmal Lehm, immer Lehm. Daraus gibt es kein Entrinnen.«

Er nickte, anscheinend glücklich über ihr Verständnis.

»Also, Ihre Tochter ist …« Sie studierte den Bildschirm. »… vierundzwanzig, wie ich hier sehe. Ihre Hauptsorge, nehme ich an, besteht darin, daß sie eine Dummheit macht, wenn sie in drei Wochen volljährig wird.«

Tolonen schluckte. »Das stimmt.«

»Dann müssen wir schnell handeln, richtig? Wir müssen eine Möglichkeit finden, seine Anziehungskraft auf sie zu zerstören. Und was könnte besser dafür geeignet sein, als ihr einen neuen Liebhaber zu verschaffen?«

Sie beugte sich vor, tippte etwas, und die großen goldenen Ringe an ihren Fingern glitzerten dabei im Licht der Spots. Sie machte eine Pause, las die Daten, die auf dem Bildschirm erschienen, dann lehnte sie sich zufrieden zurück und klappte den Monitor wieder in den Schreibtisch.

Langsam verblaßte das Licht. Auf der Mitte des Tisches glühte nun ein blaßroter, verschwommener Lichtkreis.

»Kennen Sie Ihre Tochter gut, Marschall?«

»Gut genug«, antwortete er aus der Dunkelheit, in der er saß. »Ihre Mutter ist bei ihrer Geburt gestorben. Ich habe sie selbst aufgezogen.«

»Ach so …«

»Wenn es hilft: sie war schon einmal verlobt. Mit Hans Ebert.«

»Ach ja, jetzt fällt's mir wieder ein. Sie … sie wollte nicht recht, stimmt's?«

Tolonen seufzte. »Sie hat ihn gehaßt, um ehrlich zu sein. Ich habe versucht, sie zur Ehe zu zwingen. Ich … Nun, ich will denselben Fehler nicht noch einmal machen, um das gleich klarzustellen, Madam Peng. Sie muß sich ihren Lebensgefährten selbst aussuchen. Aber nicht *ihn*. Nicht diesen Ward!«

Die Betonung, die er auf die letzten Worte legte, veranlaßten Madam Peng, die Situation neu einzuschätzen. Wenn er sich soviel Gedanken darum machte, dann bestand offenbar eine große Gefahr, daß seine Tochter den Lehmgeborenen tatsächlich heiratete. Das machte ihr die Arbeit schwerer – und unumgänglich, alles über die Angelegenheit zu erfahren, was es zu wissen gab, denn daß sie in diesem, ihrem prestigeträchtigsten Fall versagte … nun, das war undenkbar. So undenkbar wie die Heirat der Marschalltochter mit einem Lehmgeborenen!

»Dieser Lehmgeborene …«, begann sie und versuchte ihr Bestes, taktvoll zu sein. »Dieser Ward. Was ist es, Ihrer Meinung nach, das Ihre Tochter an ihm anziehend findet?«

Das Lachen des Alten klang säuerlich. »Das wissen nur die Götter. Oh, er ist ein heller Kopf, daran gibt es keinen Zweifel, und in wissenschaftlichen Fragen hat der T'ang immer ein offenes Ohr für ihn, aber ... nun, was sie *körperlich* an ihm anziehend findet ...«

»Ich verstehe«, sagte sie nach einigen Minuten verlegenen Schweigens. »Aber er übt tatsächlich Anziehungskraft auf sie aus? Sind Sie sich da ganz sicher?«

»O ja. Sie wollte ihn unbedingt heiraten! Sie hat sich mir offen widersetzt, im Beisein meiner Freunde, die ich zum Essen eingeladen hatte! Ja, ich mußte sie wegschicken, um die Heirat zu verhindern.«

Madam Peng seufzte leise. Je mehr sie erfuhr, desto weniger gefiel ihr dieser Auftrag, aber jetzt war es zu spät – sie war in dem Moment eine Verpflichtung eingegangen, als sie den alten Mann zu sich einlud. Wenn sie ihn enttäuschte, würde sich das herumsprechen – und ihr guter Ruf wäre dahin. Anderseits hatte sie große Zweifel, ob sie unter den gegebenen Umständen überhaupt etwas ausrichten konnte. Wenn sie richtig unterrichtet war, dann war die Tochter des Marschalls eine eigenwillige, unabhängige junge Dame.

»Gut«, sagte sie und ließ ihrer Stimme nichts von ihren Zweifeln anmerken. »Versuchen wir eine Art Profil zu entwickeln, was sie an einem Mann anziehend finden könnte. Dieser Ward ... Ich nehme an, er sieht wie die meisten Lehmkinder aus ... großer Kopf, aufgedunsen, starrer Blick, verkümmerter Leib?«

Tolonen grunzte mit hörbarem Unbehagen.

»Gut. Ich vermute, daß Ihre Tochter auf keinerlei körperliche Reize reagiert, sondern eine ... eine *innere* Qualität. Sie sagen, er sei sehr intelligent.«

»Vielleicht der intelligenteste junge Mann auf diesem Planeten, von Ben Shepherd abgesehen.«

Sie strahlte und bemühte sich, etwas zuversichtlicher zu klingen. »Dann haben wir's ja! Wir brauchen nur nach einem jungen Mann zu suchen, der nicht nur gut aussieht, sondern auch klug ist!«

»Vielleicht«, sagt der Marschall unsicher. »Ebert war allerdings auch kein Dummkopf.«

»Ja, aber vergessen Sie nicht, als welch ein Verbrecher er sich entpuppt hat. Es würde mich nicht überraschen, wenn irgend etwas an seinem Verhalten Ihre Tochter beunruhigt hat!«

Tolonen lachte. »Allmählich begreife ich, warum Sie einen so guten Ruf haben, Madam Peng. Sie haben ganz recht. Aber verraten Sie mir, was Ihnen vorschwebt.«

Er hörte ihre Finger auf der Tastatur tippen. Eine kurze Pause, dann wurde der verschwommene rote Fleck auf dem Tisch heller und größer.

»Ich habe den Selektor darauf programmiert, das Archiv nach einem akzeptablen jungen Mann zu durchsuchen, auf den das Profil paßt. Er wird mir vier Personen nennen, die am ehesten den Kriterien entsprechen, die wir eben besprochen haben. Dann ... nun, dann werden wir sie uns ansehen, was meinen Sie, Marschall Tolonen? Und dann können Sie mir sagen, welcher von diesen Kandidaten Ihnen am liebsten wäre, um Ihrer Tochter in den nächsten Wochen einen Besuch abzustatten.«

Das Schild flackerte unruhig und erfüllte die Luft mit einem süßen Brandgeruch. Emily, die auf der Galerie zwei Stockwerke höher am Geländer stand, sah zu, wie die riesige elektronische Heuschrecke vorzuschnellen und ihre Beute zu packen schien und ihre lange Zunge sich mit unmenschlicher Geschwindigkeit bewegte.

Zwei unauffällig gekleidete Wachmänner, die allerdings mit für den Sicherheitsdienst typischen Automatikwaffen ausgestattet waren, standen an der Tür und führten die Neugierigen hinein. Drinnen wartete Pasek auf sie.

Sie ging hinunter. An der Tür wurde sie durchsucht und dann hineingewinkt. Sie kannte keinen der Anwesenden, aber das war nicht weiter verwunderlich – die ganze Schwarze Hand hätte sich hier versammeln können, und sie hätte nicht mehr als achtzig, vielleicht neunzig von ihnen erkannt. *Bis gestern jedenfalls,* dachte sie.

Was ihr allerdings auffiel, waren die Anhänger, die die Leute um den Hals trugen. Pasek trug ebenso einen – ein Kreuz in einem Kreis.

Drinnen zog sie den Vorhang auf und erstarrte. Die Weiße Heuschrecke war einmal ein verschwenderisch ausgestattetes und von hektischer Betriebsamkeit erfülltes Lokal gewesen – eine Spielhölle und Bar, die die Schwarze Hand als Tarnung gekauft hatte –, aber jetzt herrschte dort Ruhe. Das gesamte Inventar war herausgerissen, die Teppiche entfernt, die Wandbehänge aus Seide entfernt worden. Die Räume waren völlig nackt – und wirkten dadurch unheimlich.

Sie trat ein und blieb vor der Tür zum großen Spielsaal stehen, aus dem sie das Murmeln von Stimmen hörte. Sie betrat ihn und hielt erstaunt inne. Sie hatte damit gerechnet, daß Pasek sich hier mit einigen seiner Männer traf; statt dessen hatte sie einen Saal vor sich, in dem sich mindestens hundert Personen zusammendrängten. Sie sah in die Runde, erkannte einige Gesichter – darunter manche, die sie hier nicht erwartet hatte –, und begriff sofort. Pasek hatte alle hier versammelt – alle überlebenden Zellenführer der Schwarzen Hand. Nie zuvor in der Geschichte der Schwarzen Hand hatten sie sich zu einem solchen Treffen zusammengefunden – alle an einem Ort zur selben Zeit – und etwas sagte ihr, daß so etwas nie wieder geschehen würde.

Sie trat ein, ging auf das kleine Podium am anderen Ende des flachen Saals zu und spürte dabei, daß sich alle Blicke auf sie richteten. Viele lächelten, sichtlich erfreut – beruhigt offenbar –, sie hier zu sehen, und berührten sie im Vorbeigehen am Arm, aber der eine oder andere blickte finster drein, als käme ihre bloße Anwesenheit einem Verrat gleich.

Als sie das Podium erreicht hatte, stand sie unversehens einer Reihe von Paseks Männern gegenüber – seinen vier Gefolgsleuten Ashman, Grant, Blaskic und Eyre. Die letzten Jahre waren sie ununterbrochen in Paseks Nähe gewesen. Es waren große, gutgebaute Männer – gut zehn bis fünfzehn Jahre jünger als Pasek, mit starken nordischen Zügen und kurzen, aschblonden Haaren.

Leibwächter-Typen, dachte sie und sah ihnen uneingeschüchtert in die Augen. *Genau die Art von leeren, seelenlosen Typen, wie Pasek sie anzieht.*

»Wo ist Pasek?« fragte sie mit einem Blick auf Blaskic.

»Er kommt bald«, antwortete Blaskic, und die Andeutung eines Lächelns umspielte seine Lippen. Gestern hatte sie noch einen höheren Rang als er – ein kleiner Fisch in der Hierarchie der Schwarzen Hand – eingenommen, aber heute …

Sie sah in die Runde und rechnete kurz durch. Es hielten sich ungefähr hundertfünfzig Personen in dem Saal auf. Davon kannte sie fünfzig, bestenfalls sechzig. Die meisten der übrigen waren sicherlich Paseks Untergebene. Alles in allem herrschte ein labiles Gleichgewicht. Pasek genoß genug Unterstützung, um den Erfolg seines ersten Coups zu garantieren, doch nicht genug, um vollkommen sicher zu sein.

Sie lächelte innerlich und begriff mit einem Mal, warum sie hier war. Es hatte nicht bloß damit zu tun, daß Pasek sie »respektierte«, er *brauchte* sie vielmehr, um alles zusammenzuhalten, während er seine Herrschaft konsolidierte. Aber nur eine Zeitlang. Die Dinge würden sich ändern – das begriff sie instinktiv –, und Pasek würde langsam seinen Würgegriff verstärken, bis …

Bis er mich nicht mehr braucht.

Emily wußte jetzt, was sie zu tun hatte; sie wußte ganz genau, wie sie ihr Blatt ausspielen mußte.

Sie brauchte nicht lang zu warten. Im Nebenraum ertönte eine Glocke, dann öffnete sich eine Tür am Ende des Podiums, und Pasek trat heraus.

Einen Moment lang stand er da und sah in die Runde, als verschaffe er sich einen Überblick, wer anwesend sei, dann nickte er.

»Meine Freunde«, sagte er und hob die Hand, um sie zu begrüßen. »Ihr wißt, was geschehen ist, und einige von euch … fühlen sich nicht ganz wohl damit. Unter den gegebenen Umständen hielt ich es daher für angebracht, daß wir uns treffen. Um für klare Luft zu sorgen.«

Seine Stimme klang herzlich, doch sein Blick, der Emily traf, war kalt und kompromißlos.

»Rachel …«, begrüßte er sie. »Würden Sie anfangen?«

Sie starrte ihn kampflustig an. »Womit anfangen?«

»Ich dachte, falls Sie etwas zu sagen haben.«

Sie lächelte. Es gab eine Menge, was sie gern gesagt hätte – zum Beispiel welcher Teufel ihn geritten hatte, als er Chou Te-hsing umbringen ließ –, aber das meinte er nicht.

»Ich bin hier«, erwiderte sie, als sei damit alles gesagt.

»Und?«

Sie lachte fast. Und was? Daß sie seine loyale Anhängerin war? Daß sie sein Handeln billigte und zufrieden mit der Entwicklung war? Nein. In Wahrheit war sie um so unzufriedener, je länger sie darüber nachdachte. Sie hatte sich der Hand angeschlossen, weil sie den Eindruck gehabt hatte, daß es keine bessere Möglichkeit gab, um etwas zu verändern – ein Minimum an Gerechtigkeit herbeizuführen und direkten Einfluß auf das Leben des gemeinen Volkes zu nehmen –, aber in der Praxis hatte es einfach nicht so funktioniert, und jetzt, unter Pasek, waren die Aussichten noch geringer geworden.

Sie dachte an ihr gestriges Treffen zurück. Pasek hatte sich geirrt, als er behauptete, daß sie ähnliche Ziele verfolgten – sich geirrt oder schlichtweg gelogen. Denn während sie die Schwarze Hand als ein Vehikel für soziale Gerechtigkeit betrachtete – als eine strafende Hand, um korrupte Beamte zu züchtigen und die gröbsten Machtmißbräuche auszugleichen –, hatte *er* nichts anderes im Sinn, als sie in eine Gemeinschaft religiöser Eiferer wie ihn selbst zu verwandeln.

Was schon in Ordnung war, nur wollte sie ihm nicht dabei behilflich sein. Nicht ohne Widerstand.

Sie ging an Grant und Blaskic vorbei, stieg aufs Podium und trat Pasek entgegen.

»Ich werde mich Ihnen anschließen«, sagte sie und sah ihn trotzig an. »Aber nur unter einer Bedingung.«

Er schien zuversichtlich, nachdem er nun schon ihre mündliche Zusage hatte. »Reden Sie nur.«

»Daß Sie mich Lehmann aus dem Weg räumen lassen.«

Die Leute im Saal keuchten hörbar auf; jedem Gesicht war der Schock anzusehen. Außer dem von Pasek. Er lächelte bloß – ein mattes, geisterhaftes Lächeln – und nickte.

Hinterher sprachen sie unter vier Augen miteinander.

»Wie haben Sie es herausgefunden?«

»Was herausgefunden?« Sie lachte. »Worüber reden Sie?«

»Die Aufzeichnung. Ich habe sie erst vor einer Stunde bekommen. Wie haben Sie davon erfahren?«

Sie starrte ihn an. Offenbar gab es da etwas, das sie noch nicht wußte. »Lehmann ... Wir reden über Lehmann, richtig?«

Darauf nickte er. »Hören Sie, kommen Sie besser mit

nach hinten. Sie sehen sich das besser selbst an, bevor wir uns weiter unterhalten.«

Er hatte eines der Schlafzimmer im hinteren Teil der Heuschrecke leergeräumt und in ein behelfsmäßiges Büro verwandelt. Es enthielt einen Schreibtisch, zwei einfache, aus Eis gegossene Stühle und an der Wand dahinter eine größere Ausführung des Symbols, das er stets an einem Anhänger um den Hals trug: ein Kreuz in einem Kreis.

»Nehmen Sie Platz«, sagte er und deutete auf einen Stuhl, dann trat er hinter den Schreibtisch und nahm ein Kompaktgerät aus der obersten Schublade.

»Hier«, sagte er und reichte ihr den Betrachter. »Aber ich warne Sie. Es ist unangenehm.«

Unangenehm? Was sollte an Lehmann überhaupt angenehm sein? Sie sah Pasek einen Moment lang an, dann sah sie auf den winzigen Bildschirm des Kompaktgeräts und aktivierte ihn.

Zehn Minuten später wußte sie, worum es ging.

»Wer war sie?«

»Eine unserer südöstlichen Agentinnen. Jane Vierheller hieß sie.«

»Und der Mann?«

Pasek lachte kalt. »Das ist Ihr Mann. Das ist Lehmann.«

»Lehmann?« Emily hielt sich den Monitor näher vors Gesicht und ließ ihn soweit zurücklaufen, bis sein Gesicht deutlich ins Bild kam. *So* sah er also aus. Sie spürte, wie ihr ein Schauder schierer Abscheu den Rücken hinunterlief.

»Wollen Sie ihn immer noch umlegen?«

Sie hob den Kopf und sah ihm finster in die Augen. »Sie etwa nicht?«

»Sicher. Aber jetzt noch nicht. Nicht bevor wir stark genug sind.«

»Stark genug? Hören Sie, ich will ihn nicht ablösen, ich will ihn nur umbringen.«

»Ich verstehe. Aber das wird nicht einfach sein. Wir bräuchten eine ganze Streitmacht, um auch nur zu ihm vorzudringen. Es heißt, er sei besser geschützt als Li Yuan.«

»Sie haben eins vergessen. Ich habe Soucek fast erwischt.«

»Sicher, aber Soucek ist etwas anderes. Ihn *soll* man zu Gesicht bekommen. Lehmann dagegen ... nun, Lehmann sieht niemand, wenn er es nicht will.«

Sie dachte darüber nach. Dann wurde ihr schlagartig etwas klar.

»Die Aufzeichnung! Wie hat er sie Ihnen geschickt? Woher wußte er, wo wir zu finden sind?«

Pasek beugte sich ihr entgegen. »Er wußte es nicht. Wir haben die Speicherfolie gefunden. Er hat sie uns finden lassen.«

»Ich verstehe nicht. Wie denn?«

»Diese Frau ... Vierheller ... sie war Mitglied einer fünfköpfigen Zelle. Am Ende dieser Aufzeichnung nennt sie Lehmann einen Namen und einen Ort. Der Name, den sie nennt, ist der ihres Zellenführers Wilhelm Dieter, der Ort ist sein Apartment. Vor zwei Stunden habe ich Ashman losgeschickt, weil Dieter nicht zu unserem Treffen hier erschienen ist. Ashman hat ihn gefunden, aber Dieter war tot. Lehmann hat ihn umbringen lassen.«

»Und die Folie lag in seinem Apartment, richtig?«

Pasek schüttelte den Kopf. »Sie müssen verstehen, worüber Sie hier reden. Sie müssen wissen, von welchem Schlag Lehmann ist, sonst ...« Er breitete die Hände aus, richtete die Handflächen zur Decke.

»Und was muß ich wissen? Er hat ein ganzes Deck abfackeln lassen. Nur ein Ungeheuer ist zu so etwas fähig.«

»Das ist richtig. Aber ist es nicht nützlich, die Natur des Ungeheuers zu kennen? Man sollte wissen, wozu er fähig ist.«

»Folter, Massenmord. Haben Sie immer noch Zweifel, ob wir ihn umbringen sollten?«

»Nicht den geringsten. Aber hören Sie zu. Die Speicherfolie lag nicht in Dieters Apartment, sie war *in ihm*. Lehmann hat ihn aufschlitzen und seine Innereien wie eine Grapefruit ausweiden lassen. Dann haben sie ihn zugenäht und mit dem Gesicht nach unten aufs Bett gelegt. In seine Rückenhaut war eine Nachricht eingebrannt.«

Emily schluckte. Sie hatte Dieter gekannt; nicht gut, aber gut genug, um zu wissen, daß er ein guter Mann gewesen war. Sie hoffte, daß es schnell gegangen war; daß er nicht so wie diese Frau, diese Vierheller, gelitten hatte. Sie schauderte, dann zwang sie sich nachzufragen. »Was stand da?«

Pasek lehnte sich zurück und verschränkte die Hände. »Wenn Sie wollen, können Sie's sich selbst ansehen. Seine Leiche liegt im Nebenzimmer.«

»Sagen Sie's mir einfach.«

»Er ist sehr direkt, unser Freund Lehmann. Er weiß, was er will.«

»Lassen Sie den Mist. Was stand da?«

Paseks Lächeln verwirrte sie. »Nur drei Worte. ›Ärgert mich nicht.‹ Wirkungsvoll, finden Sie nicht?«

Sie senkte den Blick und starrte auf das Standbild auf dem Monitor – in das blasse Albinogesicht mit seinem häßlichen Schlitzmund und den kalten, gefühllosen Augen. Ungeheuer ... Die Zeit gebiert Ungeheuer. Aber dieses Ungeheuer übertraf alle anderen.

Sie sah Pasek in die Augen. »Also, was sollen wir unternehmen? Wie sollen wir stark genug werden, um dieses Miststück aus dem Weg zu räumen?«

Paseks Lächeln wurde breiter. Er beugte sich ihr verschwörerisch entgegen. »Wir werden tun, was wir schon vor Jahren hätten tun sollen. Wir werden dafür sorgen, daß die Schwarze Hand die kommende Kraft ist ... die *einzige* Kraft im Land. Verstehen Sie?«

»Krieg«, flüsterte sie. Krieg gegen die Myriaden anderen Terroristenorganisationen; das war es, worüber er redete. Ein Krieg, damit die Schwarze Hand nicht mehr bloß herausragte, sondern dominierte.

»Ganz richtig«, erwiderte er und nickte nachdrücklich. Seine Augen glänzten, wenn er davon sprach. »Und dann können Sie das Schwein haben. Das verspreche ich Ihnen, Rachel. Beim Grabe meiner Mutter ...«

Die Tür war abgeschlossen, das Zimmer dunkel. Pei K'ung hockte schon seit vier Stunden nach vorn gebeugt da, hielt ihre Knie umklammert und sah die Hologramme in der Luft über dem Tisch flimmern – so real und doch so fern. Sie hatte ihren Mann als Kind mit seinem älteren Bruder Han in den Obstgärten von Tongjiang spielen, sein rundes Gesicht lachen sehen, während er zwischen den Bäumen hin- und herrannte; hatte ihn am Tag seiner Krönung vom Tempel des Himmels herabsteigen sehen, prunkvoll in seinem gelben kaiserlichen Seidengewand, wie ein junger Gott, der zu den Menschen entsandt wurde; war Zeuge seiner Trauer geworden, als er vom Tod seiner Frauen erfahren hatte, und zugesehen, wie er seinen kleinen Sohn Kuei Jen an sich drückte, das Gesicht voller Ungläubigkeit und Erleichterung nach der Zerstörung des schwebenden Palastes von Yangjing; hatte ihn in seinem Brautbett ausspioniert und ihn mit wehmütigem Gesicht am Fenster seines Arbeitszimmers stehen sehen, während die jungen Mägde in den Gärten Ball spielten.

Sie hatte sehr viel gesehen. Sie hatte sich gezwungen, Zeugin vieler Ereignisse zu werden.

Pei K'ung seufzte, dann klatschte sie in die Hände. Sofort erstrahlten die Lampen des Zimmers, und das Hologramm verschwand wie eine Geistererscheinung. Als sie aufstand, pulsierte das Blut in ihren Schläfen, und sie streckte die Hand aus, um sich abzustützen.

Zuviel, dachte sie. *Ich habe zuviel gesehen.*

Sie schloß die Augen, versuchte es von sich zu weisen, weit wegzuschieben, aber es nützte nichts; sie sah es immer wieder vor sich: Fei Yen, die neben ihm im Bett lag, die Arme nach ihm ausstreckte, ihm ihre kleinen Brüste wie Opfergaben darbot, und sein Gesicht ...

Sie atmete einmal scharf ein. *Dumm,* dachte sie, wütend auf sich selbst; nicht bloß, weil sie der Versuchung nachgegeben hatte, sondern auch, weil sie so ... so *vorhersehbar* gehandelt hatte.

»Es ist vorbei«, sagte sie selbstsicherer, als sie sich fühlte. »Es ist lang her. Das sind bloß Bilder. Verblassende Erinnerungen.«

Ja, und doch schien die scharfe Klarheit dieser Bilder dieser Tatsache zu widersprechen. Wenn sie sich die Aufnahmen anschaute, krampfte sich ihr vor Eifersucht der Magen zusammen – als sei all das erst gestern geschehen.

Sie ging zum Spiegel und zeigte strafend mit dem Finger auf sich.

»Dumm, Pei K'ung ... Wie konntest du nur so dumm sein!«

Sie hätte die Schmähung durch diese Frau nicht an sich herankommen lassen sollen. Jetzt war sie von Fei Yens Bild infiziert. Sie konnte weder den Kopf abwenden, noch die Augen schließen, ohne die Frau im Bett ihres Mannes liegen zu sehen, wie sie sich sinnlich unter ihm wand und als er zum Höhepunkt kam, triumphierend in die Objektive der Überwachungskameras lächelte, als wollte sie Pei K'ung über die Kluft der Jahre hinweg verhöhnen!

»Zum Teufel mit dir!« sagte sie und wußte nicht recht, ob sie damit Fei Yen oder sich selbst meinte. Sie hätte die Frau gern bestraft – sie vor den Augen ihrer Diener gedemütigt –, doch selbst eine verstoßene Ehefrau hatte ihre Rechte, ihren *Status,* und außerdem brauchte sie Li Yuans Erlaubnis, bevor sie so etwas tun konnte, und damit konnte sie wirklich nicht rechnen.

Sie drehte sich um, marschierte zur Tür, öffnete das Schloß und stieß sie auf.

»Herrin?« fragte der wartende Haushälter mit einer tiefen Verbeugung.

»Schicken Sie mir meine Mägde«, sagte sie. »Ich will vor dem Abendessen baden.«

Sie ging ins Zimmer zurück und sammelte sich. Li Yuan war bereits unterwegs – er würde Tsu Mas Palast binnen einer Stunde erreichen –, aber sie hatte immer noch ihre Pflichten zu erfüllen. Wenn ihr Mann auf Reisen war, saß sie an seiner Stelle am Kopfende seines Tisches und unterhielt die verbliebenen Gäste. Aber bis dahin blieben ihr noch eine Stunde und vierzig Minuten.

Sie hörte draußen auf dem Korridor Schritte. Wenig später standen ihre beiden Mägde vor ihr. Sie knicksten atemlos.

»Herrin!«

»Bereitet mir ein Bad vor«, befahl sie herrisch. »Und legt mir meine Kleider hin. Dann laßt mich allein.«

Sie tauschten kurze Blicke – denn sie waren daran gewöhnt, sich um ihre sämtlichen Bedürfnisse zu kümmern –, dann machten sie sich wortlos an die Arbeit.

Pei K'ung trat an den Tisch, warf einen Blick auf das goldene Kästchen mit den Hologrammen und schüttelte den Kopf. Als sie ihn geheiratet hatte, da hatte sie sich alles ganz einfach vorgestellt und nicht geahnt – nicht einmal für möglich gehalten –, was in ihr erwachen würde.

Sie sollte nicht seine Lebensgefährtin sein, nur seine Helferin. Ihre Sexualität war von dem Heiratsvertrag neutralisiert, sie selbst in einen Pseudo-Mann verwandelt worden – einen weiblichen Eunuchen. Sie schauderte.

Ich hätte bleiben sollen, wo ich war. Ich war dort zufrieden. Ich wußte, wo ich hingehörte. Hier dagegen …

Sie seufzte, dann ging sie ins Bad und sah zu, wie

eines der Mädchen Parfüm ins Wasser goß, dann die Oberfläche mit Blütenblättern von Rosen bestreute.

Als sie fertig waren, verbeugten sie sich und gingen. Pei K'ung hörte die Tür zuklicken, wirbelte herum und ging zu ihrem Schreibtisch, um die Wechselsprechanlage anzuschalten.

»Tsung Ye?«

Sie wartete, bis eine Stimme aus dem Lautsprecher tönte.

»Herrin?«

»Kommen Sie in mein Zimmer. Sofort.«

»Herrin.«

Pei K'ung zog die Hand von der Schaltfläche weg und richtete sich auf. Sie war nicht mehr jung, und sie war nie eine Schönheit gewesen, aber immerhin war sie Kaiserin.

Während sie ins Bad zurückging, knöpfte sie sich den obersten Knopf ihres *Chi paos* auf. Sie streckte den Hals, erleichtert darüber, den engen Kragen nicht mehr zu spüren, dann drückte sie den Knopf über ihrem Schlüsselbein durchs Loch.

Es hatte in ihrer Jugend eine kurze Zeit gegeben, als sie gehofft hatte, einmal eine Braut zu sein, eine Frau im eigentlichen Sinne des Wortes. Aber die Jahre waren vergangen, und kein Freier hatte sich gefunden, und sie hatte sich resigniert der Einsicht ergeben, daß sie niemals dieses andere, *geheime* Leben führen würde wie die meisten Frauen.

Sie ließ den *Chi pao* fallen, streifte dann ihren Slip ab und wandte sich nackt dem Spiegel zu.

Vergiß dieses Gesicht, sagte sie sich, weil sie wußte, wie pferdeartig und maskulin es war. *Schau dir den Körper an.*

Sie stand eine Zeitlang da und betrachtete sich, umschloß ihre Brüste mit den Händen und fuhr mit den Fingern die üppigen Kurven ihrer Hüften entlang. *Nicht schlecht,* dachte sie. *Wenn man bedenkt.* Sie drehte und betrachtete sich von der Seite, als jemand an der Tür klopfte.

»Herrin? Hier ist Tsung Ye!«

Pei K'ung sah zu ihrem Bademantel hinüber, der an einem Silberhaken hing, dann raffte sie sich mit einem nervösen Lächeln dazu auf, an den Rand der großen, in den Boden eingelassenen Badewanne zu treten und glitt schließlich in das nach Rosen duftende Wasser.

Sie streckte ihre Muskeln, versuchte sich zu beruhigen, das Zittern ihrer Glieder zu bezähmen, dann wandte sie den Kopf der Tür zu.

»Kommen Sie rein, Tsung Ye!«

Sie hörte, wie sich die Tür öffnete, hörte sie zuklicken.

»Herrin?«

»Hier drin.«

Sie hörte, wie er einige Schritte näherkam, dann zögerte; er hatte sicher den fallengelassenen *Chi pao* gesehen.

»Herrin?«

»Kommen Sie rein, Tsung Ye. Ich brauche Ihren Rat.«

Sie wartete und schaute geradewegs in den Spiegel, um das Spiegelbild der Tür zu beobachten. Langsam, unter großem Zögern und mit sichtlichem Unbehagen wagte sich Tsung Ye in den Raum.

»Herrin?«

Sie wandte sich ihm zu und richtete sich ein wenig auf, so daß ihre Brüste sichtbar wurden. Er starrte sie mit weit aufgerissenen Augen und offenem Mund an. Sein Anblick stärkte ihre Selbstsicherheit. Schließlich war er nur ein Diener, sie dagegen eine Kaiserin!

»Nun, Tsung Ye … worauf warten Sie? Kommen Sie rein und schrubben Sie mir den Rücken.«

»Herrin?« In seiner Stimme klang ein panischer, fast flehentlicher Unterton mit.

»Sie haben mich richtig verstanden, Tsung Ye. Ziehen Sie sich aus und kommen Sie rein zu mir. Und zwar sofort!«

Er schluckte, konnte kaum fassen, was er da hörte, und geriet ins Stammeln. »Ich ... ich ... bin nur ein Se-Sekretär, Herrin. Ich ...«

Langsam stand sie auf, ließ ihn sehen, daß sie nackt war, und wußte, daß er den Blick nicht von ihr abwenden konnte. Dieses Wissen verlieh ihr Macht, ihrer Stimme einen ganz neuen Klang.

»Rein hier, Tsung Ye, sofort, sonst wird mein Mann erfahren, daß Sie mich beleidigt haben!«

Li Yuan erschien auf der obersten Treppenstufe, sah in die Große Halle hinunter, und fünftausend Köpfe wandten sich ihm zu. Lange Banner aus hellgelber Seide und riesige rote Laternen, durchweg mit den Schriftzeichen für *Chang shou* – langes Leben – bedruckt, hingen über den Köpfen der Großen und Mächtigen, die sich hier versammelt hatten. Er lächelte, dann wandte er sich Tsu Ma zu.

»Es ist dein letzter Abend als freier Mann, Vetter Ma. Eigentlich ist es doch fast eine Schande, ihn so zu verbringen.«

Tsu Ma lachte und stützte sich schwer auf seinen perlenbesetzten Stock. »Das ist unser Schicksal, nicht wahr, Yuan? Gewöhnliche Leute können sich betrinken und den Hampelmann spielen, wir dagegen ... wir müssen wie Schauspieler vor einer erwartungsvollen Menge auftreten. Komm, gehen wir runter. Wir können uns später noch in Ruhe zusammensetzen.«

Sie gingen hinunter, und die große Masse an Höflingen und Ministern, Soldaten und Aristokraten, Konzerndirektoren und Politikern verbeugte sich wie ein Mann vor den beiden T'ang, wich ihnen dann wie das Meer dem Bug eines großen Schiffes.

Frei von allen offiziellen Verpflichtungen sah Li Yuan dem Treiben zu, fühlte sich wohl am Hof seines Vetters, dachte aber auch wehmütig an den Abend vor der Hochzeit seines Bruders zurück, als sie in der Großen

Halle von Tongjiang einen ähnlichen Empfang veranstaltet hatten.

Damals hatte ebensowenig Frieden geherrscht wie jetzt. Damals waren ebenso wie heute unter der ruhigen Oberfläche der Hofrituale die Dinge im Fluß gewesen.

Und morgen fängt es wieder von vorn an, dachte er und fragte sich für einen Moment, wie Karr diesen Abend verbrachte – seinen letzten, bevor er seinen neuen Posten antrat. War er zu Hause bei seiner Frau und seinem Kind? Oder war er unterwegs und feierte mit Freunden und Kollegen?

Bei seiner Familie, vermutete er und lächelte. *Ein guter Mann, dieser Karr. Zuverlässig. Und ehrlich. Ehrlich wie kaum ein zweiter.*

Er hatte Tsu Ma noch nichts davon erzählt, aber sie hätten später noch Zeit. Wenn Wei Tseng-li erst eingetroffen war. Wenn sie drei allein waren.

Lächelnd nahm er von einem der Diener einen Drink entgegen, tat einen großen Schluck und machte sich bereit, einen von Tsu Mas Unterministern zu begrüßen.

Die Stunden vergingen. Kurz nach zehn traf Wei Tseng-li ein. Der junge T'ang begrüßte seine Kollegen mit einem Lachen und einem Lächeln, als ob dieser Moment keine besondere Bedeutung habe, obwohl doch jeder von ihnen wußte, was auf dieses Treffen folgen würde. Das letzte Mal hatten die drei sich vor dreißig Monaten in Tongjiang getroffen. An jenem Tag hatte Wang Sau-leyan, ihr T'ang-Kollege und Vetter, mit Hilfe seiner Elitetruppen versucht, sie auszulöschen. Zwei Söhne des Himmels waren an diesem Tag gestorben, darunter Tseng-lis älterer Bruder Wei Chan Yin. Sie aber hatten überlebt, und Wang hatte später für seinen Verrat bezahlen müssen.

»Vetter!« sagte Tsu Ma, schloß Wei Tseng-li in die Arme und hielt ihn dann auf eine Armlänge Abstand. »Was hast du zugenommen! Verdankst du *das* deinen drei Frauen?«

Wei Tseng-li lachte herzlich, und seine dunklen Augen blinzelten. »Und du, Vetter ... hat dich schon die Aussicht auf die Ehe so aufgebläht?«

Tsu Ma brüllte vor Lachen – und alle Umstehenden fielen in sein Lachen ein, bis die Große Halle davon dröhnte. Er nickte, amüsiert über die Bemerkung, dann sah er Li Yuan an. »Da sind wir nun«, sagte er leise. »Wie die alten Drei Erhabenen!«

Li Yuan lächelte. »Die *alten,* Tsu Ma?« Er sah an Tsu Ma vorbei und berührte ihn leicht am Arm. »Aber pscht ... da kommt deine Braut.«

Shu-sun erschien an der Seite ihres Vaters oben auf der Treppe, ein prachtvoller Anblick in ihrem bodenlangen jasminfarbenen, lavendelblau gesäumten Kleid, das Gesicht von zarten gelben Blüten umrahmt.

Als er sie sah, wurde Li Yuan das Herz schwer. Ein weiteres Mal fühlte er sich an den Tag vor der Hochzeit seines Bruders erinnert.

Wenn ich nur geahnt hätte, was geschehen würde ...

Er senkte ruckartig den Blick, und Tränen traten ihm in die Augen.

Was hättest du getan? fragte er sich. *Wie hättest* du *Han Ch'ins Tod verhindern können? Und wenn, wie hättest du den nächsten oder übernächsten Anschlag verhindern wollen? Hättest du deinen Bruder bis zu seinem letzten Atemzug beschützen können, bis an sein Sterbebett, während ein Dutzend Urenkel leise im Sterbezimmer weinten?*

Nein, kam die Antwort. *Nein, denn es war anders bestimmt.*

Aber selbst wenn es dir gelungen wäre – selbst wenn die Götter dich an jenen Tag zurückversetzten – wie hättest du dann mit der Gewißheit leben können, daß sie ihm gehört? Wie hättest du sie Tag für Tag ansehen können, ohne daß dir das Herz bricht, weil sie nicht dir gehört?

Er mußte sich zusammenreißen. Sein Vetter Tsu Ma sah fast ehrfürchtig zu, wie seine Braut die Treppe herunterschritt.

»Sie ist wie die Dämmerung, nicht wahr, Yuan? Wie das erste Aufblitzen des Frühlings.«

»Sie ist sehr schön«, antwortete Yuan und war entschlossen, alle unangenehmen Erinnerungen zu verdrängen. »Ich wünsche dir viele Söhne.«

Tsu Ma kicherte, konnte den Blick nicht von seiner Verlobten lösen.

»Und den ersten werde ich Yuan nennen …«

Fei Yen stieg aus dem Bett, ging durchs Zimmer und tastete mit den Fingern nach der Tür. Sie konnte den Mann in der Dunkelheit leise schnarchen hören, konnte immer noch sein Gewicht auf sich spüren, seinen krankhaft parfümierten Geruch riechen, und schauderte, verachtete sich selbst.

Küsse und Schmeicheleien, zu mehr kam es nie: krude Verkleidungen für dunklere, grundlegendere Bedürfnisse. Warum konnte sie das nie begreifen? Warum blieb sie immer an ihre Sinne gefesselt, wie ein Falke, der an einer Koppelleine den Köder umkreiste? Wo, in aller Götter Namen, war ihr Stolz, ihre Würde?

Sie nahm einen Morgenmantel vom Haken neben der Tür, zog ihn über und schlüpfte in den Korridor hinaus.

Eine Nachtlampe flackerte in einem Wandhalter zu ihrer Linken, etwa zwanzig *ch'i* weiter über dem Treppenschacht. Ihr gegenüber schlief mit offenem Mund ein Diener auf einer lackierten Truhe, die Knie unter dem Kinn. Sie raffte ihren Morgenmantel um sich und lief nach rechts den breiten, mit Teppichen ausgelegten Flur entlang in Richtung der Zimmer ihres toten Vaters. Ihre nackten Füße machten kein Geräusch.

In der stillen Dunkelheit des Zimmers hielt sie mit dem Rücken zur Tür und geschlossenen Augen inne, ließ ihren Herzschlag sich beruhigen und den schwachen, muffigen Geruch in ihre Lungen dringen.

Es war ein schrecklicher Abend gewesen. Sie hatte zuviel getrunken, zuviel gelacht, und dann … Bei allen

Göttern, was sie mit sich hatte machen lassen! Was für schreckliche, erniedrigende Dinge!

Sie knirschte mit den Zähnen. Der *Wu* ... Sie mußte den Wahrsager ihres Vaters – seinen *Wu* – zu Rate ziehen und ihn das Orakel werfen lassen. Aber zuerst mußte sie sich den fauligen Gestank dieses Mannes abwaschen.

Sie fand im Dunkeln einen Weg durchs Zimmer und stieß die Badtür auf.

»Licht«, befahl sie dem Hauscomputer. Sofort wurde der Raum von den Deckenpaneelen in künstliches Sonnenlicht getaucht.

»Nicht so hell ...«

Das Licht wurde gedämpft.

Seit dem Tod ihres Vaters vor vier Jahren hatte niemand diese Räume benutzt, doch die Diener hielten sie in Ordnung, als könne er jeden Moment zurückkommen. Massive Goldarmaturen glitzerten unter den Kristalleuchten, Marmoroberflächen glänzten. In einer Ecke ragte ein grüner Jadebrunnen, gemeißelt in Form eines aufrecht stehenden Drachen, über einem kreisrunden Becken auf, dessen Boden in Form eines riesigen *Tai Chi* gefliest war.

Sie ging darauf zu, berührte die Bedienungselemente zwischen den Flügeln, trat zurück und sah zu, wie ein dampfender Wasserstrahl in einem glitzernden Bogen aus dem Maul des Drachen schoß.

»Nicht so heiß ...«

Sie warf ihren Morgenmantel ab und stieg die Stufen in die wirbelnden Ströme des sich langsam füllenden Beckens hinunter.

Die eisigen Wasserspritzer wirkten belebend auf ihrer Haut. Sie drehte sich langsam, mit ausgestreckten Armen in dem glitzernden Wasserstrahl, spürte das Wasser auf ihr Gesicht, ihre Brüste und ihren Rücken trommeln, ihre Flanken und zwischen ihren Beinen hinunterströmen; ließ sich von ihm reinigen, alle Erinnerungen an den Mann von der Haut spülen. Als der Ekel nachließ, kehrten der Zorn und die Entrüstung wieder, die sie in Pei K'ungs Büro empfunden hatte. Sie war immer noch jung, ihr Körper straff und fest, ihre Schönheit dieselbe. Wie konnte diese Frau es wagen, sie wie eine Dienerin zu behandeln? Wie konnte sie es nur wagen?

»Das reicht!«

Sofort riß der Wasserstrahl ab. Sofort umspielten warme Luftströmungen ihren Körper, trockneten und liebkosten sie.

Sie wußte natürlich, warum sie überhaupt soviel getrunken hatte. Es lag an den Nachrichten – diese widerlichen Bilder aus Tsu Mas Palast in Astrachan. Sie war Zeuge geworden, wie er seine Braut angeschaut hatte – wie seine Augen sich an ihrer jugendlichen Schönheit geweidet hatten.

So wie er einst sie angesehen hatte ...

»Weck den *Wu* auf«, sagte sie, stieg die Stufen hinauf und bückte sich, um ihren Morgenmantel aufzuheben. »Schick ihn in mein Arbeitszimmer. Ich empfange ihn dort.«

Der *Wu* blickte von den geworfenen Schafgarbenstengeln auf und sah ihr in die Augen.

»Himmel über Wasser ... das ist *Sung* ... Streit.«

Fei Yen nickte, aber sie war enttäuscht. Sie hatte auf eine klarere Aussage gehofft. Streit – natürlich würde es zu einem Streit kommen.

Der Alte Fung drehte sein Buch um, nahm es in die Hand und las vor:

> »Der Streit: Du bist wahrhaftig
> Und wirst gehemmt ...«[3]

»Ja«, sagte sie, zunehmend ungeduldig. »Gehen Sie jetzt, Fung. Ich muß nachdenken.«

Der Greis machte eine Verbeugung und zog sich zurück, denn er kannte die Launen seiner Herrin, und nahm sich nicht einmal die Zeit, seine Sachen einzusammeln.

Ein Blitz, dachte sie, hob die Stengel auf und ließ sie noch einmal auf den Tisch fallen. *Vom Himmel ins Meer. Ja, ich werde wie ein Blitz sein, der auf sie niedergeht.*

Und ihr Sohn? Was würde mit Han geschehen, wenn sie tat, was sie vorhatte?

Vielleicht sollte ich besser fragen, was geschieht, wenn ich nichts tue; wenn er sein Leben im Schatten meiner Bitterkeit führen müßte.

Vielleicht ... doch es hing ihr nach. Es hatte ihr *immer* nachgehangen. Aber jetzt nicht mehr. Wenn sie von Li Yuan keine Genugtuung erhielt, würde sie sich an Tsu Ma wenden und es ihm ins Gesicht sagen.

Han war sein Sohn. *Seiner.* Sie würde es der Welt beweisen.

Sie erzitterte, ihr Blut kochte förmlich vor Empörung. Mit einem Arm wischte sie über den Tisch und fegte alles zu Boden.

Streit ... sie würde ihnen einen Streit liefern. Ob sie es wollten oder nicht.

KAPITEL · 6

Der weiße T'ang

Pei K'ung blickte von dem Schreibtisch in der Ecke auf, an dem sie saß, und versuchte ihrer Stimme ihre Ungeduld nicht anmerken zu lassen.

»Nun, Meister Chu, was gibt's?«

Der Alte verbeugte sich – mehr ein leichtes Vorlehnen als eine ordentliche Verbeugung, weil er ohnehin schon gebückt ging –, dann legte er vier goldgefaßte Kästchen vor sie auf den Tisch.

»Ach ja ...« Ihr Blick erstrahlte. »Ich dachte ...«

»Die Genehmigung durch Ihren Ehemann scheint alles abzudecken.«

Sie lächelte, zog die Kästchen zu sich heran und fuhr mit den Fingerspitzen über den geprägten *Ywe Lung*, das Rad der Drachen.

»Danke, Chu Shi-ch'e. Es tut mir leid, falls ich vorhin ... etwas ungehalten zu Ihnen gewesen sein sollte. Wenn Sie mich jetzt bitte allein lassen würden.«

»Herrin.«

Der Greis beugte leicht den Körper und zog sich zurück, aber Pei K'ungs Aufmerksamkeit hatte sich bereits den Speicherfolien zugewandt. Wenn in den Aufzeichnungen zu sehen war, was sie vermutete ...

Sie klaubte die Folien zusammen und trug sie zu der kreisrunden lackierten Plattform in der Mitte des Zimmers, die etwa sechs *ch'i* im Durchmesser maß, mit dem Symbol des *Ywe Lung* beschnitzt war und auf sieben goldenen Drachenköpfen ruhte. Sie stellte die Kästchen daneben ab, ging zum Fenster und zog an der dicken Seidenkordel, die dort hing. Sofort rutschte eine schwere Jalousie aus einem *ch'i* dicken Leisten herunter und verfinsterte das Tageslicht.

Sie ging zur Plattform zurück, kniete davor nieder und nahm die erste Kunststoffscheibe aus ihrem Kästchen.

»Ich habe recht«, flüsterte sie zu sich selbst, und ihre Hände zitterten vor Anspannung. »Ich bin mir ganz sicher ...«

Sie beugte sich über die Plattform, legte die Scheibe auf die Spindel in der Nabe und lehnte sich zurück. Langsam verblaßte das Licht im Zimmer. Ein schwaches Glühen erfüllte die Luft über der Plattform.

»Ich bin Pei K'ung«, sagte sie, »Frau des Li Yuan und Kaiserin von Ch'eng Ou Chou.«

»Willkommen, Herrin«, antwortete die Maschine, die ihren Stimmerkennungscode anerkannte, mit weicher, melodischer Stimme. »Was würden Sie gerne sehen?«

»Die Ställe«, sagte sie, und ihr Herz schlug schneller. »Die kaiserliche Gesellschaft, die gerade ausreiten will.«

»Herrin ...«

Die Luft schimmerte und nahm Gestalt an. Wie stets war Pei K'ung von der Schärfe, der kristallinen Klarheit des Bildes beeindruckt. Es wirkte so real, daß sie die Pferde fast zu riechen vermeinte.

Sie sah fasziniert zu und fand ihren Verdacht bestätigt. Sie sah, wie die Pferde aus den Ställen geführt wurden und ihr Atem in der kalten Dezemberluft gefror, wie Tsu Ma den Stallknecht mit einem Wink wegschickte und Fei Yen in den Sattel half, indem er die Hände unnötig lang auf ihren Hüften liegen ließ. Und dann dieses Lächeln – ein Lächeln, das alles sagte. Geliebte ... *ja,* sie waren einmal Geliebte gewesen.

Sie schloß die Augen und gab einen langen Seufzer von sich. Sie hätte Befriedigung darüber empfinden können, daß ihr Verdacht sich bestätigt hatte, aber sie konnte nicht anders, als an Li Yuan zu denken; wie niedergeschlagen er gewesen sein mußte, wie *verletzt.*

»Das reicht!«

Die Show war sofort vorbei.

»Möchten Sie noch etwas sehen, Herrin?«

»Nein. Nein, ich ...« Sie vollführte eine abschätzige Geste.

Langsam wurde es wieder hell.

Nun hatte sie also Gewißheit. Sie bückte sich, hob das Kästchen auf und betrachtete das Datum. Wie die anderen drei stammte es aus einer vierwöchigen Periode im Dezember 2206 – der Monat, in dem Fei Yen ihren Sohn empfangen hatte.

Pei K'ung erbebte und wollte die Frau für das hassen, was sie ihrem Ehemann angetan hatte – für das Leid, das sie ihm zugefügt hatte, und weil sie ein so schwaches, impulsives Geschöpf war –, aber es war nicht mehr möglich. Nicht nach der vergangenen Nacht.

Sie sank auf die Knie, ließ den Kopf nach vorn sinken und dachte zurück. Es war so wunderbar gewesen, so unglaublich schön. Und sein Körper. *Aiya*, sein Körper ... Wieder erschauerte sie, wallte die Sehnsucht in ihr empor, drückte sie sich sanft und zärtlich eine Hand auf die Brust ... so wie er es getan hatte.

Sie hatte es nicht gewußt. Sie hatte es einfach nicht gewußt. Aber jetzt begriff sie. Wo Dunkelheit geherrscht hatte, strahlte jetzt Licht; was einst verborgen gewesen war, lag jetzt offen vor ihr. Sie lächelte. Ja ... So viele Dinge waren in dieser Nacht klar geworden.

Und in jenem Moment, als sie im Dunkeln neben ihm lag, seinem sanften Atem lauschte und seine Haut sich warm und fest an ihre preßte, hatte sie angefangen, darüber nachzudenken.

Wenn Li Yuan nicht Vater dieses Kindes war, wer dann? Wer hatte die Gelegenheit gehabt? Ein Diener? Einer der Hausmusiker vielleicht? Ein Stallknecht? Oder ein Hochrangiger? Jemand, dessen schiere Macht und Erhabenheit Fei Yen um den Verstand gebracht hatten?

Zur Dämmerung war sie aufgestanden, in die Bibliothek gegangen, hatte den Alten Chu aus dem Bett geholt und die Familienarchive für jenen Monat konsultiert. Als sie die Unterlagen über die Dienstreisen ihres Mannes durchsuchte, war ihr aufgefallen, daß Tsu Ma vier Mal Tongjiang besucht hatte, als Li Yuan auf Reisen war.

Dabei hätte sie es belassen, damit hätte sie zufrieden sein können. Aber sie hatte es unbedingt genau wissen wollen.

Jemand klopfte an die Tür. Sie fuhr erschrocken herum, sammelte die Kästchen ein und stand auf.

»Wer ist da?«

Ein kurzes Zögern, dann antwortete eine junge Männerstimme. »Ich bin's, Herrin. Tsung Ye …«

Sie spürte, wie ihr Herz flatterte und ihr Magen sich zusammenzog. Sie mußte sich erst beruhigen, bevor sie die Kästchen weglegte und sich der Tür zuwandte.

»Kommen Sie rein!«

Die Tür glitt auf. Der junge Sekretär kam einen Schritt ins Zimmer, blieb mit gesenktem Kopf stehen und brachte es nicht fertig, sie anzusehen.

»Was ist los?« fragte sie, als sei nichts zwischen ihnen vorgefallen.

»Sie werden erwartet, Herrin«, sagte er unbeholfen. »Ihr Kreuzer ist vorbereitet. Sie müssen binnen einer Stunde abreisen.«

»Ach ja …« Pei K'ung drehte den Kopf und warf einen Blick auf die alte Uhr, die am anderen Ende des Arbeitszimmers über den Regalen voller goldgefaßter Kästchen hing, dann nickte sie. Es war ihr nicht aufgefallen, daß es so spät war. »Danke, Tsung Ye. Ich werde mich gleich fertigmachen.«

Er machte eine knappe Verbeugung und wollte sich zurückziehen, aber sie rief ihn zurück.

»Tsung Ye …, schließen Sie die Tür.«

»Herrin?« Er hob erschrocken den Blick.

»Sie haben schon richtig gehört. Und kommen Sie her. Wir müssen uns unterhalten.«

Er schluckte, drehte sich um und schloß die Tür. Einige Sekunden später stand er vor ihr.

»Hören Sie zu«, sagte sie leise und legte eine Hand auf seinen Arm. »Was gestern abend passiert ist – darüber werden Sie Stillschweigen bewahren, ja, Tsung Ye?«

Er nickte und zitterte leicht.

Sie beugte sich an ihn heran. »Nicht daß ich mich deswegen schäme, verstehen Sie. Auch mein Mann wäre deswegen nicht wütend. Alles andere als das. Er hat mir nahelegt, mich … mich zu vergnügen. Aber das Personal darf nichts davon erfahren. Haben Sie verstanden, Tsung Ye? Mein Mann muß der Herr in seinem eigenen Haus sein. Niemand darf einen Anlaß haben, über ihn zu spotten. Wir müssen … *diskret* sein.«

»Diskret?« Er sah sie beunruhigt an.

Sie drückte seinen Arm und lächelte. »Ganz ruhig, Tsung Ye. Sie haben nichts zu befürchten. Außerdem war es doch gut, oder? Sie waren …« – sie beugte sich vor und küßte ihn sanft auf den Hals – »… sehr süß.«

Er starrte ihr einen Moment lang in die Augen, dann senkte er den Blick. »Ich werde tun, was Sie sagen, Herrin.«

»Gut.« Sie ließ eine Hand auf seiner Schulter liegen, dann fuhr sie mit den Fingern seinen Arm entlang und verschränkte sie schließlich mit seinen. »Und Tsung Ye … Sie sind nicht verpflichtet, mich zu lieben. Nur mich glücklich zu machen. Und wenn Sie mich glücklich machen … nun, ein talentierter junger Mann kann es weit bringen, nicht wahr?«

Es hing ein Banner über dem Tor, und die Mandarin-Schriftzeichen hoben sich strahlend weiß vom schwarzen Hintergrund ab. Karr hielt inne, ignorierte seine Eskorte, blickte zu dem Banner auf und übersetzte es im Kopf.

Wer nur beharrlich genug ist, kann selbst eine Eisensäule durch ein Nadelöhr treiben.

Karr zuckte die Achseln. War diese Aussage als eine Absichtserklärung gemeint? Eine Parole? Oder war es von einem früheren Anlaß zurückgeblieben?

Letzteres war unwahrscheinlich. Alles, was er gesehen hatte, war eigens für ihn angebracht worden. Schließlich war er ein Zeuge. Was er sah, würde er mit nach Hause nehmen und berichten. Und nicht irgendwem, sondern dem T'ang.

Er nickte. Wenn er ehrlich war, dann hatte ihn die Opulenz, die Industrie dieser Stöcke beeindruckt. In den letzten beiden Jahren hatte sich viel verändert. Lehmann war weit gekommen, seit Karr das letzte Mal hier unten gewesen war.

Als die Türen aufschwangen, bekam Karr für Sekundenbruchteile eine riesige Menschenmenge zu sehen – unformiert in geschlossenen Reihen angetreten – und eine böse Vorahnung überkam ihn. Was war, wenn Lehmann die Absicht hatte, ihn zu demütigen? Und durch ihn Li Yuan eine Botschaft zu übermitteln?

Und was sollte das Ganze dann? Was sollte diese Zurschaustellung, wenn der einzige Zweck des Treffens darin bestand, den Abgesandten des T'ang umzubringen?

Weil er, lautete die Antwort, *vielleicht auch seinem eigenen Volk eine Botschaft übermitteln will.*

Er straffte sich, streifte seine Ängste ab und durchschritt das Tor, das mitten ins Territorium des Weißen T'ang führte, wo er sich mit kalter Geringschätzung umschaute, weil er wußte, welchen Eindruck er – ein einzelner Mann – auf diese Menschen machen konnte.

Er schritt langsam zwischen den dichten Reihen entlang und spürte, wie er beobachtet wurde. Früher war er ein ›Schlächter‹ auf diesen Ebenen gewesen. Vor langer Zeit hatte er seinen Lehrer Hwa im Kampf getötet und war Meister geworden. *Wider alle Wahrscheinlich-*

keit, dachte er und erinnerte sich, wie der Marschall ihn aufgesucht und ihn gefragt hatte, ob er in seine Dienste treten wollte.

Am anderen Ende der Hauptstraße standen ihm drei Männer gegenüber. Hochgewachsene, lepröse Gestalten, deren mittlere von Kopf bis Fuß in Weiß gekleidet war, der Farbe des Todes.

Er lächelte innerlich, als er sie von seinem letzten Besuch erkannte. Der Mann in Weiß war Li Min, der ›Tapfere Karpfen‹, auch bekannt als Stefan Lehmann. Links und rechts von ihm standen seine Handlanger – *Niu T'ou* und *Ma Mien*, wie Karr sie insgeheim nannte, Ochsenkopf und Pferdegesicht, die Leutnants der Hölle – die eigentlich Soucek und Visak hießen.

Zwanzig *ch'i* vor ihnen blieb er stehen und hob eine Hand zum Gruß. »*Ch'un tzu* …«

Lehmann musterte ihn, dann trat er vor. »Es ist lang her, Oberst Karr. Ich habe gehört, daß Sie befördert worden sind. *Ssu-li Hsiao-wei* … eine seltene Ehre für einen *Hung Mao*.«

Karr blinzelte erstaunt. Nur eine Handvoll Menschen wußten von seiner Ernennung. Ja, er hatte es nicht einmal seinem Adjutanten verraten!

»Und Marie … geht's ihr gut?« Lehmann kam näher, bis er eine Armeslänge vor ihm stand, in sein Gesicht aufblickte und durch seine arrogante Haltung zu verstehen gab, daß ihr Größenunterschied ihm nichts bedeutete.

Als seine Frau erwähnt wurde, zogen sich ihm die Bauchmuskeln zusammen. »Marie geht's gut.«

»Freut mich. Und die kleine May … es wäre doch sicher schön, wenn sie ein Schwesterchen bekäme.«

Karr starrte den Albino an und antwortete ruhig. »Ich fürchte, da sind Sie falsch informiert, Li Min. Wir haben nur May.«

»Ach so …« Lehmann nickte, als akzeptiere er diese

Korrektur, doch etwas an der Gewißheit, mit der er es ausgesprochen hatte, irritierte ihn.

»Wie auch immer, genug geplaudert«, sagte Lehmann und hob dabei die Stimme, damit ihn alle hören konnten. »Sie sind sicher nicht hergekommen, um sich mit mir über die Gesundheit Ihrer Familie zu unterhalten, nicht wahr, Oberst Karr? Sie kommen als Gesandter, der versuchen will, Frieden zwischen den Oberen und Unteren zu schließen, die Kluft zu überwinden, die zwischen den Höhen und Tiefen unserer großen Stadt klafft.«

Er beugte sich vor und senkte die Stimme zu einem Flüstern. »Verzeihen Sie mir den Blödsinn. Zumindest wir beide wissen, warum Sie hier sind.«

Dann hob er wieder die Stimme. »Aber kommen Sie, gehen wir rein. Es gibt viel zu besprechen.«

Der Weg zu Lehmanns Büros war ein Spießrutenlaufen. Während sie durch die engen Korridore gingen, bemerkte Karr die falschen Wände und verschiebbaren Paneele und wußte, daß alles binnen Sekunden verändert werden konnte, wie ein sich ewig wandelndes Labyrinth. Überall waren Kameras und Laserwaffen angebracht. Nur die besten, wie ihm auffiel; NorTek-Produkte, die sich mit der Ausstattung in Bremen messen konnten.

Im Mittelpunkt des Ganzen befand sich ein einziger spärlich möblierter Raum. Karr trat hinter Lehmann ein, war ungeachtet der Umstände beeindruckt, blieb stehen und betrachtete das Gemälde an der Wand hinter Lehmanns Schreibtisch.

»Gefällt es Ihnen?« fragte Lehmann und deutete in die Richtung, in die sein Blick ging.

Karr nickte. »Ich habe so etwas noch nie gesehen. Wer ist der Künstler? Heydemeier?«

Lehmann drehte sich an seinem Platz, betrachtete das Gemälde, nahm die schmale Gestalt des Mannes, den nackten, verdreht dahockenden Körper in sich auf, das Gesicht, das aus der Leinwand starrte.

»Nein«, erwiderte er. »Der Maler ist schon lang tot. Egon Schiele war sein Name. Ein außergewöhnlicher Mann.«

Karr trat näher und bemerkte das Wort, das in einem rechteckigen Kasten in der rechten unteren Ecke der Leinwand stand. »Ist das der Name des Models?«

Lehmann schüttelte den Kopf. »Nein, es ist ein altes deutsches Worte aus der Zeit, bevor die Stadt gebaut wurde. Es bedeutet ›Kämpfer‹.«

»Ach so ...« Karr nickte. »Das hätte ich mir denken können. Er sieht wie ein Kämpfer aus.«

Lehmann deutete auf den leeren Stuhl. »Wollen Sie sich nicht setzen?«

Karr erwiderte steif: »Nein. Ich stehe lieber. Was ich zu sagen habe, dauert nicht lang.«

»Wie Sie wünschen.« Lehmann lehnte sich zurück. »So ... Was will Ihr Herr?«

»Frieden. Eine Übereinkunft. Und ein Zeichen Ihrer ... Ihrer Loyalität.«

»Meiner *Loyalität*?« Lehmann dachte darüber nach, dann nickte er. »Und die Gegenleistung?«

»Li Yuan verspricht, seine Armeen in Afrika zu lassen und sie nicht heimzuholen.«

»Ich verstehe.« Lehmann breitete die Hände auf dem Tisch aus, die bleichen Finger wie Stilette. »Und bis wann wünscht der große T'ang meine Antwort?«

»In einer Woche.«

Lehmann nickte, dann beugte er sich Karr entgegen und wechselte das Thema. »Sie haben ihn umgebracht, nicht wahr?«

»Wen?«

»DeVore. Und Berdichow auch. Ich habe die Aufzeichnung gesehen.«

Karr starrte Lehmann an und war ein weiteres Mal

erstaunt. Diese Aufzeichnung war *niemandem* zugänglich. Niemandem außer Li Yuan. Also log er oder …

»Sie sind gut«, sagte Lehmann, und seine rosigen Augen verrieten Respekt. »Es heißt, Tolonen sei ein Idiot, aber immerhin wußte er, was Sie sind, nicht wahr? Ein Killer. Ein geborener Killer. Darin sind wir uns ähnlich, habe ich recht, Gregor Karr? *Sehr* ähnlich.«

Visak eskortierte Karr zurück zum Tor. Dort verbanden sie ihm wieder die Augen und schubsten ihn der wartenden Sänfte entgegen. Doch in dem Moment, als er durch die Vorhänge einstieg, spürte er, wie ihm etwas in die linke Hand gedrückt und seine Finger darum geschlossen wurden. Er hielt es fest und erkannte an der Form und Oberflächenbeschaffenheit, worum es sich handelte. Eine Nachricht. Jemand hatte ihm eine Nachricht übergeben.

Er saß schweigend da, während die Sänfte ihrem Ziel entgegenschaukelte, und spürte die Gegenwart der beiden Wachen auf den Sitzen gegenüber. Er konnte sie riechen, ihre Atemzüge hören. Nach einer Weile entspannte er sich, war erleichtert, daß er das Ganze hinter sich hatte, und wurde schläfrig von der Bewegung der Träger. Dennoch machte er sich Sorgen. Lehmann hatte viel zuviel gewußt. Außerdem hatte er die Sache zu locker aufgenommen, war zu blasiert aufgetreten. Nicht einmal Li Yuans Forderung nach einem Beweis seiner Loyalität hatte ihm eine nennenswerte Reaktion abgenötigt.

Etwas stimmte hier nicht. Etwas stimmte hier ganz und gar nicht.

Sie setzten ihn an dem Treffpunkt unmittelbar unter dem Dach der Stadt ab. Er riß sich die Binde von den Augen, öffnete die Linke, faltete das Blatt auseinander und las die kurze Notiz.

Sie stammte von Visak. Er wollte ihn morgen zur Mittagszeit treffen. Karr nickte. Er hatte sich also nicht geirrt, so wenig wie ihre Kontaktleute in Lehmanns Organisation: die Dinge waren nicht so rosig, wie sie aussahen. Wenn Visak ihn treffen wollte ...

Er faltete die Notiz zusammen und steckte sie weg. Und dann, weil er wußte, daß Zeit von entscheidender Bedeutung war, griff er nach oben, zog die Falltür herunter, faßte die Leiter und zog sich in den Zugangstunnel hinauf.

Auf dem Dach wartete sein Kreuzer.

Zwei Stunden später befand er sich am Raumhafen von Baku und stieg zu einem zwanzigminütigen Flug nach Norden entlang der Küste des Kaspischen Meeres in einen von Tsu Mas Kreuzern um.

Karr saß auf der rechten Seite des Kopters, unmittelbar hinter dem Piloten, und schaute durch das Cockpitfenster nach Asien, während in ihm eine finstere Vorahnung Raum gewann. Je mehr er darüber nachdachte, desto fester war er davon überzeugt, daß Lehmann Spione in Li Yuans Haushalt hatte. Und vielleicht mehr als nur Spione. Vielleicht ausgebildete Attentäter, die nur auf ein Signal warteten.

Es lagen einige kritische Tage vor ihm; das begriff er jetzt. Als er die geheimen Instruktionen las, die Rheinhardt für ihn aufgesetzt hatte, war ihm klargeworden, daß sie an der Klippe standen. Eine Kleinigkeit – ein einziger entscheidender Vorfall – konnte sie in einen Krieg stürzen, und nach den Ereignissen auf dem Mars und in Nordamerika war dies das letzte, was irgend jemand von ihnen wollte.

Ja, und doch ist der Krieg unausweichlich ...

Also war es vielleicht das beste, Li Yuans Vorschlag zuzustimmen und die Armeen aus Afrika heimzuführen, wie immer Lehmanns Antwort ausfiel. Besser ein Ehrenwort brechen, als die Welt in die Finsternis stürzen zu lassen.

Er schloß die Augen und fühlte sich schwindlig.

Marie … meine liebe May … Der Gedanke schmerzte ihn, was ihnen zustoßen könnte. Ja, aber in Tongjiang würde es ihnen besser ergehen als in Europa, soviel stand fest.

Er seufzte schwer und schlug wieder die Augen auf. Weit unter ihm kam die Peripherie von Tsu Mas Grundstück in Sicht. Für Sekundenbruchteile wurden Codes ausgetauscht, das hohe Gezwitscher der Computersprache war zu hören, dann herrschte Stille.

Die letzten Tage, dachte er und erinnerte sich an die bleichen Hände des Mannes, die wie dämonische Gestalten auf dem Tisch gelegen hatten. *Dies sind die letzten Tage …*

Sie umflogen den Palast, dann landeten sie auf einer überfüllten Landefläche nordöstlich des Hauptpalastgebäudes. Rheinhardt begrüßte ihn, als er aus dem Kreuzer stieg.

»Kommen Sie«, sagte er und trieb ihn über den Weg, der zum Palast führte. »Die Zeremonie hat bereits angefangen, aber Li Yuan will Sie sofort sprechen.« Er blieb stehen und betrachtete Karr aufmerksam. »Haben Sie gute oder schlechte Nachrichten?«

Karr konnte nicht verhindern, daß der General ihm seinen inneren Zwiespalt anmerkte, und stellte fest, daß es dem General ähnlich erging. Sie gingen schweigend weiter, jeder in seine eigenen Gedanken vertieft, und grübelten über den Krieg nach, der bevorstand.

Li Yuan wartete auf sie in einer der kleinen Hallen des Ostpalastes, einem Ort der Schatten und der Feuchtigkeit, nackter Steine und hoher, widerhallender Decken. Tolonen war bei ihm und sein Kanzler Nan Ho. Sie sahen Karr mit besorgten Gesichtern entgegen.

»Nun?« fragte Li Yuan, als Karr sich von den Knien aufrichtete.

»Er sagt, wir werden binnen einer Woche seine Antwort erhalten.«

»Aha ...«

In knappen Worten berichtete er, was geschehen war, ließ nichts aus, nicht einmal den Spruch auf dem Banner über dem Tor. Als er fertig war, trat ein langes Schweigen ein. Li Yuan wandte sich ab, ging zwischen den aufragenden Säulen hin und her, und der Saum seines Seidengewandes raschelte auf den steinernen Fliesen.

Schließlich sah er zu Tolonen hinüber. »Meinen Sie immer noch, daß Sie recht haben, Knut? Nach allem, was Sie gehört haben?«

Tolonen schob das Kinn vor. Es war ihm sichtlich unangenehm, in die Enge getrieben zu werden. »Ich glaube immer noch, wir sollten warten, *Chieh Hsia.* Hören wir uns seine Antwort an, bevor wir handeln. Ich gebe zu, es sieht schlecht aus. Seine Arroganz ...« Der Alte schüttelte den Kopf. »Ihr hättet ihn zermalmen sollen, als Ihr noch die Gelegenheit dazu hattet. Inzwischen ...«

»Sie glauben, es sei zu spät?«

Tolonen senkte den Blick.

»Und Sie, Meister Nan?«

Nan Ho ließ den Kopf sinken. »Nichts, was ich gehört habe, ändert meine Meinung, *Chieh Hsia.* Wir müssen den Mann vernichten. Die Frage ist nur wann.«

»Und Sie, Oberst?«

Karr war überrascht, daß er nach seiner Meinung gefragt wurde. Er mußte sich sammeln, bevor er den Kopf senkte und den Blick abwandte.

»Ich ... Bis heute war ich mir nicht sicher, *Chieh Hsia.* Ich dachte, wir könnten einen Krieg vermeiden. Nun weiß ich, daß er unausweichlich ist. Li Min bereitet sich darauf vor. Unser Zögern gereicht ihm zum Vorteil. Und ich spüre noch etwas. Er spielt ein hinterhältiges Spiel. Dieser Mann ist wie DeVore. Verschlagen und trügerisch.«

Li Yuan wartete, und als Karr nichts mehr sagte, nickte er. »Danke, Oberst. Als *Ssu-li Hsiao-wei* wird Ihre erste Aufgabe darin bestehen, festzustellen, ob Lehmann unseren Palast in Tongjiang infiltriert hat. Bis das erledigt ist, bleiben wir hier bei unserem Vetter Tsu Ma. Ich werde Ihre Frau und Ihre Tochter holen lassen, wenn Sie das beruhigt. Wenn unangenehme Dinge geschehen, ist es besser, wenn sie nichts davon mitbekommen, habe ich recht?«

Karr dankte seinem T'ang mit einer tiefen Verbeugung für seine Besorgnis.

»Dann fliegen Sie sofort los. Je eher es erledigt ist, desto …«

Li Yuan verstummte und sah an Karr vorbei zur Tür. Karr drehte sich um. Es war Tsu Mas Sekretär Chiang K'o.

»Verzeiht mir, *Chieh Hsia*«, sagte Chiang, kniete nieder und senkte den Kopf, »aber es sind Nachrichten aus Europa eingetroffen. Es sieht so aus, als sei die Villa der Eberts überfallen worden.«

Tolonen trat vor. »Überfallen? Was soll das heißen *›überfallen‹*? Ist jemand verletzt worden?«

Chiang sah den Marschall an. »Der Bericht erwähnt sechs Tote und mehrere Verletzte.«

»Aiya!« Der Alte sah mit schmerzverzerrtem Gesicht zur Decke. »Jelka und der Junge … sind sie …?«

»Ihre Tochter war unterwegs, als der Überfall stattfand. Der Junge …« Chiang schluckte und sah zu Boden. »Ich fürchte, der Junge wurde entführt.«

Tolonen fuhr zusammen.

Li Yuan trat auf ihn zu und faßte ihn am Arm. »Sie müssen hin, Knut. Auf der Stelle. Ich werde Tsu Ma alles erklären. Nehmen Sie Karr mit. Und Knut?«

»Chieh Hsia?«

»Tun Sie alles, was nötig ist. Aber bringen Sie ihn zurück, ja?«

Karr wurde Zeuge, wie der Alte von Zimmer zu Zimmer ging, und war verwirrt über die Verletzlichkeit, die unerwartete Schwäche, die sich in dem sonst so felsharten Gesicht zeigte. Er hatte Tolonen immer als einen kalten, herzlosen Mann betrachtet, aber ihn über dem verhüllten Leichnam einer Dienerin kauern, das weiße Laken heben und zusammenzucken und den Schmerz, die Qual in seinen Augen zu sehen, veranlaßte Karr zu einer Neuneinschätzung all dessen, was er über ihn wußte. Dieser Vorfall hatte ihn schwer getroffen, bis ins Mark erschüttert.

Tolonen richtete sich auf und kratzte sich mit den Fingern seiner fleischigen, blutigen Hand am Hals, dann sah er zu Karr hinüber.

»Wo ist er hin, Gregor? Wo haben Sie ihn hingebracht?«

Karr zuckte die Achseln. »Wir werden es bald erfahren. Es werden gerade die Sicherungskopien der Aufzeichnungen überprüft. Das heißt, wenn welche existieren …«

»Aber Lo Chang …« Tolonen schüttelte den Kopf. »Ich kann nicht glauben, daß Lo Chang darin verwickelt war.«

Es sind immer die, die wir am wenigsten verdächtigen, dachte Karr, aber laut sagte er: »Das wissen wir noch nicht, Marschall. Vielleicht haben sie ihn auch entführt … um jemanden dabei zu haben, den der Junge kennt. Das machen sie manchmal.«

Aber Tolonen schüttelte den Kopf. »Der Lo, den ich kannte, wäre lieber gestorben, als jemanden den Jungen entführen zu lassen. Er hätte bis zum letzten Atemzug gekämpft.«

Ja, aber er hat es nicht getan – also war er entweder ein Komplize oder …

»Hat Haushofmeister Lo Familie?«

Tolonen nickte abwesend, dann begriff er, worauf Karr hinauswollte. »Ich kann in meinem Arbeitszimmer nachsehen.«

Karr folgte ihm und wartete ab, während der Marschall die Archive durchsuchte.

»Hier«, sagte Tolonen schließlich und drehte ihm den Monitor zu.

Karr warf einen Blick darauf, dann schnallte er seinen Kommunikator ab. »Hier ist Oberst Karr. Geben Sie mir die Zentrale des Sicherheitsdienstes ...«

Er gab ihnen die Details durch, dann wandte er sich wieder an den Marschall.

»Sie geben mir Bescheid, sobald sie die Angaben überprüft haben. Es wird maximal zehn Minuten dauern.«

Tolonen sah weg, rümpfte geräuschvoll die Nase und rang sichtlich um Fassung.

»Wir werden ihn finden«, sagte Karr. »Wir werden ihn zurückbringen.«

Tolonen nickte, aber er schien nicht überzeugt.

Karr zögerte. »Verzeihen Sie, Marschall, aber wir müssen jemandem die Verantwortung für diese Untersuchung übertragen. Wie wär's mit Oberst Haavikko?«

Die Erwähnung von Haavikkos Namen brachte den Marschall wieder zu sich. »Ja ... Ein guter Mann, dieser Haavikko. Wenn jemand für diesen Job geeignet ist, dann ...« Tolonen versuchte Karr anzulächeln, brachte aber nur eine Grimasse zustande. »Er hat mir einmal das Leben gerettet.« Er hielt den künstlichen Arm hoch. »Als ich den hier verloren habe ...«

Karr nickte, aber ihm ging durch den Kopf, was der Hauptmann vom Dienst gesagt hatte, als sie eingetroffen waren. Es waren keine Spuren eines gewaltsamen Eindringens gefunden und kein Alarm gegeben worden. Was bedeutete, daß der Täter, wer immer es sein mochte, den Wachen am Tor entweder bekannt war oder ...

Nein. Das grenzte wirklich an Paranoia.

Tolonen starrte ihn an. »Was ist los, Gregor?«

»Der Sicherheitsdienst. Die Männer, die das getan haben ... sie gehören zum Sicherheitsdienst. Ein Elitetrupp. Sie hätten die erforderlichen Pässe und einen Grund gehabt, sich hier aufzuhalten. Ihnen wäre der Grundriß des Gebäudes bekannt gewesen, und sie hätten gewußt, wie man die Aufzeichnungen der Überwachungskameras löscht.«

»Nein.« Tolonen schüttelte den Kopf, aber sein Blick stimmte ihm zu. Wer hätte schließlich sonst so leicht eindringen können? Wer außer den eigenen Elitemannschaften des T'ang? Seine *Shen Ts'e* ...

Karr schauderte, löste seinen Kommunikator und sprach ein zweites Mal hinein.

»Zentraler Sicherheitsdienst? Hier Karr. Hören Sie, sind heute morgen irgendwelche Angehörige der *Shen Ts'e* unterwegs gewesen? Zwei sogar? – Aha. Und haben sie sich schon zurückgemeldet?«

Er wartete und sah Tolonen dabei in die Augen. Nun hatten sie beide Gewißheit.

»Keine Spur von ihnen? Ich verstehe. Hören Sie, schicken Sie mir einen ausführlichen Bericht. Gesichter, Akten, psychische Profile, soviel wie möglich. In die Ebert-Villa ... Ganz richtig. Benutzen Sie Marschall Tolonens Code.«

Er unterbrach die Verbindung.

»Nun gut«, sagte Tolonen leise. »Jetzt müssen wir nur noch wissen, für wen sie arbeiten, wohin sie den Jungen gebracht haben und was sie wollen.«

»Haavikko ...«, sagte Karr und fühlte sich plötzlich nutzlos. »Ich werde Haavikko verständigen.«

Tolonen lachte mürrisch. »Wir sollten in Zeiten wie jetzt immer zu tun haben, nicht wahr, Gregor? Es hat keinen Sinn, zuviel nachzudenken.«

Karr sah den Alten einen Moment lang an und empfand neuen Respekt vor ihm, dann nickte er und tätigte den Anruf.

Jelka kam zwanzig Minuten später zurück. In der Zwischenzeit war bekannt geworden, daß Lo Changs Familie fort war. Sie hatten ihr Haus am Abend zuvor verlassen und waren spurlos verschwunden. Tolonen hatte die Nachricht schlecht aufgenommen, aber seine Tochter wohlbehalten, wenn auch verwirrt in der Tür stehen zu sehen, zauberte ein Lächeln auf sein Gesicht. Er kam auf sie zu, schloß sie fest in die Arme und hob sie fast vom Boden hoch.

»Jelka, mein Liebling. Den Göttern sei Dank, daß dir nichts passiert ist! Einen Moment lang habe ich befürchtet …« Er küßte sie auf die Stirn und drückte sie noch einmal fest an sich. Dann aber, als fiele ihm wieder etwas ein, hielt er sie auf eine Armeslänge vor sich.

»Hast du's gehört?«

Sie nickte.

Langsam sackte sein Gesicht in sich zusammen. Seine Stimme fing plötzlich an zu zittern. »Wenn er tot ist …«

Sie hielt ihn fest, tätschelte ihm die Schulter, spendete ihm Trost. »Er ist nicht tot. Nicht unser Pauli. Wir werden ihn finden. Das weißt du doch.«

Sie sah an ihrem Vater vorbei zu Karr, der verlegen, doch zugleich gerührt über diesen Gefühlsausbruch zu Boden schaute.

»Wo warst du?« fragte Tolonen nach einer Pause.

»Ich habe eine Freundin besucht«, sagte sie, und ihr Blick verriet ihre Sorge um ihn. »Sie haben mich sicher gehen sehen. Ich kann nicht mehr als fünf Minuten unterwegs gewesen sein. Wenn ich geblieben wäre …« Sie schluckte und senkte schuldbewußt den Blick. »Ich hätte sie nie hereingelassen. Nicht ohne dich vorher zu verständigen.«

»Ich weiß«, sagte der Alte und streichelte seiner Tochter die Wange.

Karr dagegen starrte sie an. »Haben Sie etwa gewußt, daß es Leute vom Sicherheitsdienst waren?«

Sie löste sich von Ihrem Vater, und ihre klaren blauen

Augen begegneten Karrs Blick. »Wer hätte es sonst sein können?«

»*Aiya*«, sagte Tolonen und blickte auf die goldenen Finger seiner linken Hand, als könne sie jeden Moment nach oben langen und an seiner Kehle zerren. »Ein solcher Verrat ...« Er stöhnte. »Wer hätte das für möglich gehalten?«

Aber Jelka hörte ihm nicht zu. Sie hatte die Augen aufgerissen und wandte sich wieder ihrem Vater zu. »Wo ist Goldherz?«

Tolonen streckte die Hand nach ihr aus, das steinerne Gesicht verzerrt, und Tränen rannen ihm über die Wangen.

»Sie ist tot, mein Liebling. Sie haben ihr das Genick gebrochen. Also Pauli ... Jetzt müssen wir uns ganz allein um Pauli kümmern. Und dafür müssen wir ihn zurückholen, nicht? Wir werden ihn wieder nach Hause bringen, wo er hingehört.«

»Kim?«

Kim hob sich die sperrige Brille von den Augen und blickte zum Bildschirm auf. »Andrew? Was ist los?«

»Sie haben Besuch«, sagte Curval und lächelte zu ihm herunter. »Ein Bursche namens Neville von der Produktentwicklung. Er sagt, er kennt Sie.«

»Klar. Ich habe ihn vor etwa einer Woche kennengelernt. Was will er denn?«

»Er sagt, er will Sie sprechen ... außer der Reihe.«

Kim schnaubte. Das hieße, noch einmal die Kontamination hinter sich zu bringen – einen Anzug abzustreifen und einen neuen überzuziehen. Einen Moment lang zögerte er, faßte schon halb den Entschluß, Neville mit eingeklemmtem Schwanz wieder wegzuschicken. Dann gab er nach.

»Also gut. Sagen Sie ihm, ich komme raus.«

Fünf Minuten später stieg Kim aus dem Tank und ging, noch tropfend, in den Empfangsbereich. Neville saß am anderen Ende und las eines der Nachrichtenblätter des Konzerns. Als er Kim sah, stand er auf und kam ihm entgegen.

»Kim, ich … nun, ich hatte gar nicht vor, Sie zu besuchen, aber ich war gerade in der Nähe, und da dachte ich mir …« Er bemerkte Kims Zustand und roch die starken Reinigungsmittel. »Oh, Scheiße. Hören Sie, es tut mir leid, ich habe nicht gewußt, daß Sie …«

Kim lachte. »Schon gut. Wollen Sie mit reinkommen? Ich fürchte, ich habe nicht viel Zeit für Sie. Ich bin im Moment sehr beschäftigt. Wir haben damit angefangen, die Hirnschale von Modell B zu rekonstruieren.«

Nevilles Blick erstrahlte. »Kann ich mir das ansehen?«

Kim zögerte, dann nickte er. »Dann müssen Sie sich aber etwas überziehen. Der kleinste Infektionsherd, und wir können wieder von vorn anfangen.«

»Ich verstehe. Und hören Sie, ich bin Ihnen wirklich dankbar. Ich …«

Er gab Kim etwas. Kim betrachtete den Gegenstand. Er war seltsam. Winzig wie ein Dominostein und doch sehr schwer.

»Wie ein Skarabäus«, sagte Kim und blickte auf. »Was ist das?«

Neville lächelte. »Wenn ich recht habe, wird das die größte Sache in der Unterhaltungsindustrie der nächsten hundert Jahre. Und bevor Sie's jemandem zeigen, es ist beschlagnahmt. Nur Direktor Reiss und ich haben es gesehen. Oh, und sein Entwickler natürlich.«

»Und jetzt ich.« Kim warf das Speichermedium in die Luft und fing es auf. »Nun, danke. Ich fühle mich geehrt. Wessen Arbeit ist das?«

»Shepherds. Kennen Sie ihn?«

»Ich habe von ihm gehört. Einer von Li Yuans Beratern, stimmt?«

»Das ist eine seiner Rollen. Aber das hier …« Neville lachte, und sein Gesicht drückte Ehrfurcht aus. »Nun,

Sie werden es ja noch selbst sehen. Zumindest werden Sie einen Eindruck davon bekommen. Das Original ist phantastisch. Etwas vollkommen Neues. Wir müssen unsere Unterhaltungshardware umgestalten, um dem gerecht zu werden.«

»Ich verstehe.« Kim nickte nachdenklich. »Kommen Sie am besten mit rein.«

Nachdem sie die Schutzanzüge angezogen hatten, traten sie ein, und mit einem Zischen schlossen sich die Luftschleusen hinter ihnen.

»Also, worum geht's hier?« fragte Neville über sein Anzugmikro und deutete mit einer behandschuhten Hand unbeholfen auf das entblößte Hirn des neuen Prototyps, das im Nährstofftank lag.

»Im Moment?« Kim lachte. »Also, zur Zeit arbeite ich an den Dopamin- und Noradrenalinreaktionen – ich versuche die Zeit zu bestimmen, die das Zeug im synaptischen Spalt verbleibt.«

»Was bewirkt es?«

»Was es bewirkt? Nun, zunächst einmal gibt es dem Gehirn einen gewissen ›Schub‹. Kombiniert mit anderen Dingen – mit gewissen pheromonalen Reaktionen zum Beispiel – kann es Gefühle wie … sagen wir, Liebe auslösen.«

»Sie machen Scherze!«

Kim warf ihm einen Blick zu. »Ganz und gar nicht. Eigentlich habe ich noch nie etwas so ernst gemeint. Es ist genau das, was wir bisher falsch gemacht haben. Wir haben seine emotionale Bandbreite auf unsere Kriterien von Nützlichkeit zuzuschneiden versucht – Kriterien, die die maschinenartigen, rationalen Aspekte des menschlichen Geistes betonten. Und im Laufe der Arbeit … nun, wir haben ihn regelrecht in den Wahnsinn getrieben. Gleichgewicht, darum geht es hier im Grunde. Wir müssen unseren Geschöpfen zu einem inneren Gleichgewicht verhelfen.«

»Aber *Liebe*, Kim! Was ist, wenn er sich in jemanden

verliebt? Was würde das nützen? Der ganze Sinn, einen Androiden zu entwickeln, besteht doch sicher darin, etwas von uns gänzlich Verschiedenes zu erfinden – etwas, das frei von menschlichen Schwächen ist.«

»Wirklich?« In Kims Augen flackerte Belustigung. »Das ist die allgemeine Auffassung. Aber was ist, wenn sie verkehrt ist? Was ist, wenn wir die gesamte Bandbreite an Gefühlen implementieren müssen? Was ist, wenn ein solches Geschöpf nur dann funktioniert, wenn es über alle Gefühle verfügt? Schließlich waren sie uns als menschlichen Wesen über viele Epochen hinweg sehr nützlich.«

»Und in welcher Hinsicht wird sich Ihr neues Modell nun von früheren unterscheiden?«

»Es wird schneller, auffassungsfähiger, *klüger* sein als das alte Modell.«

»Wie Sie, meinen Sie?«

Kim lachte. »So wie ich.« Dann wandte er sich mit einem Nicken ab und setzte sich wieder die klobige Brille auf die Nase.

Neville sah fasziniert zu, wie Kim das Gehirn ›feinabstimmte‹, mit einem dünnen Draht stimulierte, verschiedene Chemikalien injizierte, dann auf den vier Monitoren neben dem Tank beobachtete, welche Reaktion er hervorrief. Auf einem dieser Bildschirme pulsierten im Umriß eines Schädels – sonst ein regelmäßiges Netzwerk aus blauen und grünen Linien – gelbe und strahlend rote Bereiche. Schließlich legte Kim den Draht beiseite, hob die Brille und lächelte Neville an.

»Gut, ich glaube, dabei werde ich's belassen.«

Neville nickte in Richtung der Bildschirme. »Das sieht ja bunt aus.«

»Nicht wahr? Es ist ein altes System, aber immer noch das wirkungsvollste für Arbeiten dieser Art. Man kann auf einen Blick sehen, was passiert.« Kim nahm sich die Kopfgarnitur ab und legte sie zur Seite. »Curval sagte, Sie wollten mich sprechen … inoffiziell.«

Neville tat es mit einem Wink ab. »Es ist nichts Wichtiges. Ich dachte nur, es könnte helfen, wenn Sie sich noch einen Eindruck vom Stand der Dinge machen würden, bevor Sie eine Entscheidung über den neuen Vertrag treffen.«

»Aber Sie sind es doch, der die Verträge aufgesetzt hat!«

Neville lächelte. »Ja? Das heißt aber nicht, daß ich die Dinge nicht aus einer anderen Perspektive betrachten kann. Schließlich habe ich mir SimFic nicht auf den Hintern tätowieren lassen.«

Kim lachte. »Ich nehm Sie beim Wort. Aber erst möchte ich *Sie* etwas fragen.«

»Nur zu.«

»Was für ein Typ ist Reiss? Sie arbeiten für ihn. Wie ist er wirklich?«

Neville zögerte kurz. »Schwierig. Ich glaube, mit diesem Wort ist er am besten beschrieben. Verdammt schwierig manchmal – verzeihen Sie mir mein Mandarin. Aber er hört zu. Und er ist imstande, seine Meinung zu ändern. Aber er toleriert keine Dummköpfe und auch keine Verlierer. Und er mag neue Ideen. Davon lebt er ja. Deshalb hält er soviel von Ihnen.«

»Und Sie?«

Neville lächelte. »Ich? Ich kenne Sie nicht.«

Kim erwiderte sein Lächeln und freute sich über seine Ehrlichkeit. »Befreien wir uns von diesen Anzügen, dann gehen wir in mein Büro und unterhalten uns.«

Neville saß in einem Stuhl in der Ecke, eine Schale *Ch'a* in der Rechten und hörte zu.

Kim saß ihm gegenüber auf der Schreibtischkante. Er hatte Neville erzählt, was in Amerika mit dem Alten Lever und seinem Konsortium geschehen war.

»Ich bin einmal gescheitert«, beendete Kim seine Geschichte. »Ich will nicht ein zweites Mal scheitern. Das nächste Mal … nun, wenn's nur um mich ginge …«

Neville nickte. »Ich verstehe. Ein Mann braucht eine Familie, nicht? Und Sie wünschen sich, daß sie abgesichert ist, nicht wahr?«

Kim lachte. »Stimmt. Aber es geht nicht nur darum. Ich rede eigentlich nicht einmal über mich. Es ... nun, es geht darum, was ich mit meinem Talent anfangen will. Aus irgendeinem Grund habe ich es bekommen – und ich will herausfinden warum. Oh, und bevor Sie fragen, ich habe eine gewisse Ahnung, aber ...«

»Sie reden über theoretische Wissenschaft, nicht wahr?«

Kim nickte.

»Das ist gut. Damit haben wir gerechnet.«

Kim schien verblüfft. »*Damit* haben Sie gerechnet?«

»Sicher.« Neville kippte seinen *Ch'a* hinunter, stellte die Schale weg und beugte sich Kim entgegen. »Hören Sie, meine Arbeit besteht darin, Risiken abzuschätzen. Große Risiken und kleine Risiken. Bei einem Konzern von der Größe SimFics können selbst kleine Risiken mit der Investition von Milliarden *Yuan* verbunden sein. Wenn wir in dem zweiseitigen Dokument, das ich Ihnen gegeben habe, davon reden, Sie zu finanzieren, meinen wir wirklich *finanzieren* – was immer es kostet, wie lang es auch dauert. Es könnte uns sehr wenig kosten. Es könnte auch einen beträchtlichen Anteil von SimFics Kapital binden. Und wenn Sie sterben ... nun, dann hätten wir *nichts*. Wenn dagegen einer unserer Konkurrenten Sie für sich gewinnen würde ...«

»Nur damit wir uns richtig verstehen: Sie reden über eine unbegrenzte Finanzierung, richtig? Garantiert?«

Neville nickte. »Mit allen Papieren. Und garantiert von Li Yuan.«

Kim hob überrascht eine Augenbraue. »Welche Verbindung besteht da? Abgesehen von der Tatsache, daß SimFic ihm bei der Konstruktion des Androiden hilft.«

Neville lehnte sich zurück. »Ich verrate es Ihnen. Aber es muß unbedingt unter uns bleiben, ja?«

Kim nickte.

»Gut. Es verhält sich folgendermaßen: seit der Anhörung über das GenSyn-Erbe vor sechs Jahren hat sich Li Yuan darum bemüht, Projekte von GenSyn fernzuhalten und anderen wichtigen Konzernen zuzuschustern, darunter SimFic. Das war anfangs dazu gedacht, damit GenSyn unter Tolonens Leitung weniger verwundbar ist, aber es hat sich herausgestellt, daß es noch einige andere Vorteile hatte. Es hatte zur Folge, daß das Wohlergehen von sechs wichtigen Konzernen vom Wohlergehen des T'ang abhängig gemacht wurde. Was nun SimFic angeht, haben wir in den letzten Jahren erhebliche Fortschritte gemacht, aber wir wollen darauf aufbauen – wir wollen die Nummer eins werden, nicht bloß in kommerzieller Hinsicht, sondern als Trendsetter, als Innovatoren. Li Yuan persönlich hat diese Politik nahegelegt.«

»Ich verstehe.« Er hatte nicht gewußt, was hinter den Kulissen vor sich ging.

Neville lächelte. »Diese Firmenstrategie hat allerdings eine große Schwäche. Und das sind Sie, Kim. In den letzten sieben Jahren sind wir immer mehr von Ihnen als unserem Lieferanten von Ideen, neuen Patenten und neuen Forschungsrichtungen abhängig geworden.« Er lachte unvermittelt. »Hören Sie, es muß Ihnen wie eine lächerliche Verhandlungsstrategie vorkommen, Ihnen auf die Nase zu binden, wie wichtig Sie für uns sind, aber … nun, welchen Sinn hätte es, darüber hinwegzuschwafeln? Sie wissen genau so gut wie ich, was Sie wert sind. Nein. Es gibt nur eine Frage, die wir bei SimFic zu beantworten haben, und die hat nichts mit Geld zu tun. Es ist die Frage, ob wir Ihnen die Mittel zur Verfügung stellen können, die Sie benötigen, um auf jedem Gebiet zu forschen, das Ihnen wichtig ist.«

»Aber wenn nichts dabei herauskommt?«

»Dann kommt nichts dabei heraus. Es ist nicht so, daß uns die Hände gebunden wären. Also, wir hätten fast ein Jahrzehnt damit zu tun, einen Teil der Entwicklungen, die Sie uns bereits geliefert haben, zur Produktreife zu bringen. Und wie ich schon sagte, hätte es darüber hinaus den Vorteil, daß Sie unseren Konkurrenten nicht zur Verfügung stehen.«

»Und wann soll ich unterzeichnen?«

»Hören Sie, ich will Sie nicht unter Druck setzen.«

»Nein, ich meine es ernst. Wenn das Ihr Angebot ist, bin ich dabei.«

Neville lächelte. »Wenn das so ist ...«

Jemand klopfte an die Tür. Kim stand auf. »Entschuldigen Sie mich einen Moment.«

Es war Curval. »Entschuldigen Sie, Kim, aber ich war mir nicht sicher, ob Sie es wußten. Vor einer Stunde ist ein Paket für Sie abgegeben worden. Es liegt in der Rezeption. Und das hier.« Er gab Kim den hellroten Umschlag. »Es ist Tolonens Handschrift, nicht wahr?«

Kim nickte und beäugte den Umschlag mißtrauisch. In seiner letzten Nachricht hatte der alte Marschall ihn davor gewarnt, seiner Tochter zu nahe zu kommen. Er drehte sich zu Neville um. »Entschuldigen Sie, Jack. Es ist etwas dazwischen gekommen.«

Er trat vor die Tür und schlitzte den Umschlag mit dem Fingernagel auf.

»Was ist los?« fragte Curval. »Spielt der alte Mistkerl wieder seine dummen Spiele?«

»Nein.« Er gab Curval die Karte. »Sie sagten was von einem Päckchen. Wurde es mit der Karte abgegeben?«

Curval gab einen überraschten Laut von sich, dann reichte er Kim die Karte zurück. »Richtig. Der Wachmann sagte, eine junge Frau habe sie abgegeben. Groß, langes, aschblondes Haar. Könnte das jemand sein, den Sie kennen?«

»Ich ...« Kim zögerte, dann berührte er Curval am Arm. »Äh, kümmern Sie sich eine Weile um Neville, ja? Es dauert nicht lang.«

Er ging in den Empfangsbereich, versuchte sich auf

dem Weg zu beruhigen, wäre aber die ganze Zeit am liebsten weggelaufen, hätte gern aufgeschrien oder in die Luft geboxt. Endlich war es soweit. Nach all den Jahren hatte sie endlich wieder Kontakt zu ihm aufgenommen.

Er zitterte, wenn er an sie dachte; an ihre bestürzend blauen Augen und an ihr Lächeln. *Sie ist hier gewesen,* dachte er und fragte sich, was sie ihm gebracht hatte. *Sie ist tatsächlich hergekommen.*

Der Wachmann stand von seinem Stuhl hinter dem Empfangspult auf, als Kim erschien. »*Shih* Ward ...« Er griff nach unten und zog etwas aus einer der Schubladen, das er vor Kim aufs Pult legte. »Wenn Sie bitte unterzeichnen würden ...«

»Natürlich.« Aber Kims Hände waren feucht, und seine Finger zitterten. Er mußte sich zusammenreißen, um den Stift fassen und sein Zeichen auf dem Bildschirm machen zu können, dann nahm er das Paket.

Es war ein einfacher rechteckiger Karton wie ein Probenbehälter, eingepackt in dunkelgrünes Kunstseidenpapier. Kim schüttelte ihn vorsichtig, hörte den Inhalt rascheln und runzelte die Stirn. Der Wachmann beobachtete ihn.

»Die junge Frau, die das gebracht hat. Hat sie etwas gesagt?«

»Sir?«

Kim winkte ab. »Schon gut.« Dann ging er in eins der Gesprächszimmer und schloß die Tür hinter sich.

Er atmete tief durch, ehe er das Siegel an der Seite des Kastens mit dem Fingernagel aufschlitzte, das Papier wegriß und den Karton aufschnitt.

Speicherfolien ... der Karton enthielt ein Dutzend winziger Speicherfolien. Er zog eine aus ihrem eingelassenen Schlitz und studierte das handgeschriebene Etikett.

Enceladus, Tethys, Dione und Rhea.

Er begriff sofort. Sie hatte alles aufgezeichnet. Alle

ihre Reisen durchs äußere Sonnensystem, weil sie wußte, wie sehr ihn das faszinierte; weil sie wußte, daß er es sehen wollte.

Er steckte die Folie zurück, zog eine andere heraus, dann noch eine und nickte bei sich. Es war alles vorhanden. Alles, was sie gesehen, alles, was sie getan hatte. Er zitterte. Sie hatte gewartet. Sie hatte ihr Versprechen gehalten. Das war die Bedeutung dieses Geschenks.

Er beugte sich an dem Kästchen vorbei und tippte einen Aktivierungscode in das Tisch-Komset. Mit einigen Sekunden Verzögerung klappte der Bildschirm von der Tischplatte hoch.

»Geben Sie mir die Ebert-Villa«, sagte er, als das Gesicht eines jungen Han auf dem Bildschirm erschien. »Hier ist Kim Ward von SimFic. Ich möchte mit ...«

»Es tut mir leid, *Shih* Ward«, unterbrach ihn der Vermittler, »aber ich kann im Moment keine Verbindung mit diesem Empfänger herstellen. Wenn Sie bitte später anrufen ...«

»Hören Sie, es ist wichtig. Äußerst wichtig. Ich ...«

Das junge Han-Gesicht flimmerte und verschwand dann, um vom Gesicht eines hochrangigen Offiziers des Sicherheitsdienstes, etwa Anfang vierzig, mit kurzgeschorenem Blondschopf und saphirblauen Augen, abgelöst zu werden.

»*Shih* Ward? Ich habe gehört, daß Sie dringend mit der Ebert-Villa verbunden werden möchten. Ich bin Oberst Haavikko und für die Ermittlungen verantwortlich. Haben Sie irgendwelche Informationen, was den Verbleib des Jungen angeht?«

»Des Jungen?« Kim runzelte verwirrt die Stirn. »Es tut mir leid, ich kann Ihnen nicht folgen, Oberst. Ich wollte mit *Nu Shih* Tolonen sprechen. Ich ...« Er brach ab, als ihm unversehens klar wurde, was Haavikko da angedeutet hatte. »Was ist passiert?«

Haavikko lächelte gepreßt. »Ich nehme an, Sie haben also keine Informationen ...«

»Nein. Nein, aber hören Sie ...«

»Entschuldigen Sie, *Shih* Ward, aber ich habe im Moment wirklich keine Zeit.«

»Jelka ... ist Jelka wohlauf?«

Haavikko hatte sich über den Monitor gebeugt, um die Verbindung zu unterbrechen. Jetzt lehnte er sich mit überdrüssiger Miene wieder zurück. »Der Tochter des Marschalls geht es gut, *Shih* Ward. Und jetzt, bitte. Es gibt viel zu tun.«

»Natürlich. Und danke ...«

Der Bildschirm verblaßte. Kim richtete sich auf und spürte erst jetzt, unter welcher Anspannung er gestanden hatte, und ein langgezogener, zittriger Seufzer entfuhr ihm. Im ersten Moment hatte er befürchtet ...

Er setzte sich und starrte auf das Kästchen mit den Speicherfolien. Der Junge. Jemand mußte den kleinen Pauli entführt haben.

»Maschine?« fragte er in die Kamera unter der Decke. »Was geht da vor?«

Lehmann betrachtete den Jungen durch die Scheibe, dann wandte er sich seinem Leutnant zu und berührte ihn am Arm.

»Gute Arbeit, Jiri. Aber Ihr Helfer ...«

»Er ist bereits tot.«

»Gut. Wir können uns keine losen Enden leisten, verstanden?«

Soucek nickte. »Und was jetzt? Sollen wir den Alten darüber unterrichten, daß wir ihn haben?«

»Nein. Wir lassen Tolonen eine Weile schwitzen. Zwei, vielleicht drei Tage lang. Dann geben wir ihn zurück.«

Soucek sah ihn verständnislos an.

»Vertrauen Sie mir, Jiri. Ich weiß, wie diese Partie gespielt wird. Und jetzt machen Sie sich auf den Weg. Es gibt noch viel zu tun.«

Als Soucek gegangen war, wandte er sich wieder

dem Jungen zu. Pauli saß mit gesenktem Kopf in der Ecke, das schwarze Haar war ihm über die Augen gerutscht, und er kaute auf den Knöcheln seiner rechten Hand.

Die Audienz mit Karr am Morgen war gut verlaufen. Der Riese hatte ihm durchweg alles abgekauft. Das ganze Gerede, daß er die Aufzeichnung von Berdichows Tod gesehen habe – das war eine Lüge; eine dreiste Vermutung, die auf dem beruhte, was er über Li Yuans Vater wußte. *Aber eine zutreffende Vermutung,* dachte er, als er sich an den schockierten Ausdruck in Karrs Gesicht erinnerte. Der Rest ... nun, es war ein Leichtes gewesen, die Ärzte von Karrs Frau zu bestechen. *Ja, und eine geringe Ausgabe, wenn man bedenkt ...*

Der Zeitpunkt hätte nicht günstiger sein können. Als Karr schon unterwegs war, hatte er erfahren, daß Karrs Frau schwanger war – noch bevor man Karr selbst darüber unterrichtet hatte.

Lehmann wandte sich von dem Einwegspiegel ab. Informationen ... manchmal waren sie, was schon der große Sun Tzu gewußt hatte, tödlicher als ganze Armeen.

Ja, er hatte die Saat der Paranoia tief eingepflanzt. Diese eine zutreffende Information – so billig erworben – würde den ganzen Rest glaubhaft machen. Als Oberst des Internen Sicherheitsdienstes würde Karr in Tongjiang eine wahre Hexenjagd veranstalten.

Zersetzung – maximale Zersetzung war sein Ziel. Dafür mußte er sie auf eine falsche Fährte locken und konstant mit Fehlinformationen füttern, von ihren größten Schwachpunkten profitieren. Karr hatte er drangekriegt, und Tolonen auch. Rheinhardt und Nan Ho würden folgen. Und dann Li Yuan selbst. Einer nach dem anderen würden sie ihrer selbst unsicher werden.

Ja, denn ein Krieg war keine banale Sache der Armeen und Schlachten; Krieg war ein Geisteszustand, eine psychologische Vorherrschaft. Ein Krieg wurde nicht durch Kugeln und Bomben gewonnen, sondern mit den rohen Materialien der Furcht, der Ungewißheit und des Selbstzweifels.

Er lachte – ein kaltes, klares Lachen –, dann verließ er das Zimmer und konnte es kaum abwarten, sich an die Arbeit zu machen. Ja, wenn er mit ihnen fertig war, würden sie vor ihren eigenen Schatten zittern!

Die Zeremonien hatten vor der Dämmerung begonnen, als die vierte Glocke über das Palastgelände schallte. Um diese Stunde war Prinz Tsu Kung-chih, Tsu Mas ältester Neffe, gekleidet mit den Gewändern der Kaiserlichen Kommissars, den *Chieh* – einen mit Bändern geschmückten Stab, der die kaiserliche Autorität symbolisierte – vor sich hertragend, aus dem Tor des Nordpalastes getreten. Zwei Fackelträger leuchteten ihm den Weg, während ihm eine große Prozession aus Höflingen und Dienern folgte, die die Verlobungsgeschenke auf einer erhöhten Plattform trugen, sowie die Goldene Schriftrolle und den *Feng Yu* – den großen Brautstuhl. Sie schritten durch die von vier Palästen umgebenen Gärten bis ans Tor des Südpalastes, wo Liang K'o Ting, der Vater der Kaiserin, sie auf den Knien auf einem karminroten Kissen erwartete, wie an der Tür zu seinem eigenen Haus.

In längst vergangenen Zeiten waren noch drei Präsentationszeremonien üblich gewesen, zwischen denen lange Wochen der Vorbereitung lagen. Heute gab es nur noch dieses eine einfache Ritual. Dennoch standen die Diener in drei Reihen an den Fenstern, die die Gärten umgaben, sahen mit großen Augen zu und spürten die lange Kette, die sie mit der fernen Vergangenheit ihrer Rasse verband.

Zur selben Zeit unterrichtete Tsu Ma in einer privaten Zeremonie in der *T'ai Mao*, der Höchsten Halle der Ahnen, die erhabenen Geister seiner Vorfahren, deren

Hologramme hell leuchteten, während er, die Stirn auf die Steinfliesen gepreßt, vor ihnen kniete, mit feierlicher Stimme über seine Verlobung.

Zwölf Stunden später trat Liang K'o Ting, der seine neue Uniform als Offizier der Kaiserlichen Leibwache trug, aus dem Tor des Südpalastes und marschierte nach Norden durch die Gärten. Ihm folgte eine Prozession, die um nichts kleiner war als die frühere. Diesmal war der *Feng Yu* allerdings besetzt. Liang Shu-sun, Tsu Mas Braut, versteckte sich hinter den Vorhängen, und zweiundzwanzig Träger schritten feierlich dahin, als die Trommeln die ›Zentrale Harmonie‹ anstimmten. Fünfzig Diener schleppten Geschenke auf geschmückten Tragen, während weitere hundert große Laternen und ›Drachen-Phönix-Flaggen‹ hielten. Inmitten all dessen trug ein Dutzend Männer zwei gelbe Pavillons, hielten das Goldene Siegel und die Goldene Schriftrolle, die Symbole von Shu-suns Autorität als Kaiserin, während direkt hinter dem großen Phönix-Stuhl die Diener und Minister ihres Haushalts gingen.

Am Tor zum Nordpalast stand reglos Tsu Kung-ch'i, hielt den *Chieh* vor sich hin und wartete darauf, die Braut seines Vaters in Empfang zu nehmen. Hinter ihm, in der Großen Halle in der Mitte des Palastes, saß Tsu Ma in der vollen Pracht seines kaiserlich gelben Seidengewandes auf dem Drachenthron. Neun Drachen – acht sichtbare und ein versteckter – zierten das Gewand.

Als Liang K'o Ting das Tor erreichte, trat er mit gesenktem Kopf zur Seite und ließ den Kaiserlichen Kommissar, Prinz Kung-ch'ih, die Prozession in den Nordpalast führen, womit er seine Tochter seiner Obhut übergab. Drinnen umstanden die vierhundert Mitglieder des *Nei T'ing*, des Inneren Hofs, den Drachenthron, ebenso wie die geladenen Gäste, insgesamt etwa fünfzehnhundert. Die Prozession schob sich zwischen sie, hielt dann inne, dann wurde der große Phönix-Stuhl unter den Stufen des Drachenthrons abgestellt.

Zwei Glocken klangen, eine hohe, eine tiefe. Die eigentliche Zeremonie begann. Tsu Ma stand auf, schritt die Treppe hinunter und hielt vor dem *Feng Yu* inne, während acht kahlköpfige, in karminrote Roben gewandete Neukonfuzianische Beamte den roten Seidenvorhang hoben, der die Sänfte verhüllte, und über das Dach zurückzogen.

Drinnen saß Shu-nun in dem Stuhl, von Kopf bis Fuß in Rot gekleidet, das Gesicht von einem traditionellen *Kai T'ou* verhüllt. Auf ein Zeichen des Chefbeamten trat Tsu Ma vor und zog ihr vorsichtig den Schleier über den Kopf.

Shu-suns Lächeln war bezaubernd. Tsu Ma faßte sie an den Händen und half ihr die Stufen hinunter. Ihr Lächeln entwaffnete ihn, machte ihn in diesem Moment so unbeholfen wie einen Schuljungen. Als die Gesänge einsetzten, stand er ihr gegenüber und konnte kaum fassen, daß er ausgerechnet in diesem, einem der öffentlichsten Momente des Lebens eine enorme Erektion bekam. Als ob sie es wüßte, wurde Shu-suns Lächeln breiter und ihr Blick einladend.

Heute nacht, dachte er und war erstaunt über die Heftigkeit seiner Gefühle. Schließlich kannte er sie kaum. Er hatte sich für ausgelaugt, für emotional erschöpft gehalten, aber ihr bloßer Anblick entflammte ihn. Das letzte Mal, daß er so empfunden hatte, war Fei Yen der Grund gewesen.

Ihr entging sein trauriges Lächeln nicht, und sie hob eine Augenbraue, als wollte sie wissen, was mit ihm los sei. Eine seltsame Geste, denn sie deutete eine Intimität an, die zwischen ihnen noch gar nicht bestand, aber trotzdem … nun, es war so, als habe er sie vor langer Zeit schon einmal gekannt – in einem anderen Daseinszyklus.

Er starrte sie nur an, bekam von den Worten des Rituals nichts mit, sah nur ihr Gesicht, ihre Augen, das Licht, das in der Dunkelheit ihrer Pupillen tanzte.

Die Zeremonie war halb vorüber, als Sirenen hinter den Türen zu heulen begannen. Tsu Ma drehte sich um, sah zu Yi Ching, seinem Oberst des Internen Sicherheitsdienstes, hinüber und nickte. Yi verbeugte sich und lief los, um herauszufinden, was vor sich ging.

Köpfe drehten sich, besorgte Blicke wurden gewechselt, doch niemand störte die feierliche Stille dieses Augenblicks. Die Gesänge gingen weiter, das Ritual wurde fortgesetzt, während draußen das auf- und absteigende Geheul der Sirenen bedrohlich durch die leeren Gärten des Palastes hallte.

Yi Ching stürmte in den geschäftigen Kontrollraum und übernahm das Kommando. Stimmen in seinem Kopf hatten ihn über die Lage in Kenntnis gesetzt, doch er nahm sich einige Sekunden Zeit, einen Blick auf die Monitore zu werfen und sich selbst ein Bild zu machen, ehe er handelte.

Das Schiff war noch fünfzig *li* entfernt, befand sich über dem Kaspischen Meer und kam rasch von Osten näher. Zweimal hatten sie es zu einer visuellen Identifikation aufgefordert, und zweimal hatte es sie ignoriert. Jetzt blieben ihnen nur noch zwei Möglichkeiten – es herunterzuschießen oder landen zu lassen.

Er wandte sich dem Hauptmann vom Dienst zu. »Hauptmann Munk ... sind Sie sicher, was das CGEM angeht?«

»Es ist ein für die Untergeordneten Familien typisches Format, Sir, aber unspezifisch.«

»Scheiße!«

Niemand würde ihm Vorwürfe machen, wenn er es jetzt vom Himmel schoß, aber was wäre, wenn es sich wirklich um den Prinzen einer Untergeordneten Familie handelte? Schließlich wäre es nicht das erste Mal, daß ein Computergeneriertes Erkennungsmuster versagte oder falsch eingestellt war. Ja, und im Moment herrschte eine prekäre Lage. Einen Prinzen ohne Warnung abzuschießen, würde einen Heidenärger verursachen, ganz gleich, welche Gründe es dafür gab.

Oberst Yi gab ein ärgerliches Knurren von sich, dann ließ er beide Fäuste auf die Konsole niederfahren. Es war nicht die Zeit für Ausflüchte. Die Maschine würde in fünf Minuten hier sein. Er beugte sich vor und blaffte seine Instruktionen ins Mikro.

»Ich brauche zwei Kreuzer in der Luft – *sofort*! Der Kommunikator der Ankömmlinge könnte versagt haben, also nehmt visuellen Kontakt auf und haltet ihn auf. Wenn er euch nochmals ignoriert, schießt ihn ab. Keine Diskussionen, klar? Wenn er sich beschwert, bringt ihn nach Süden. Er soll hinter der Peripherie landen. Danach erhaltet ihr weitere Instruktionen von mir.«

Yi Chang richtete sich auf, hörte ringsum Stimmen, lautstarke Befehle und Antworten, die die Instruktionen bestätigten. Die Stimmung in dem Raum schlug um, und alle schienen erleichtert, daß endlich etwas passierte.

Er starrte auf den flackernden Punkt auf dem Radarschirm und schüttelte den Kopf. Wer konnte nur so strohdumm sein, in einem derart kritischen Moment in ihren Luftraum einzudringen?

Er hielt nicht viel von den Prinzen der Untergeordneten Familien – sie waren die selbstsüchtigsten, arrogantesten und dümmsten Menschen auf diesem Planeten –, aber ein solches Verhalten war selbst für einen ihrer Sorte ein starkes Stück. Gleichzeitig konnte er einfach nicht glauben, daß dies ein ernsthafter Angriff auf den Palast sein sollte. Es gab keinen einzelnen Kreuzer, der ihren Verteidigungsring durchbrechen konnte. Er war schon zu lang in der Luft. Er bot ein allzu leichtes Ziel. Es sei denn …

Er drückte den Bolzen an seinem Handgelenk, der ihn in direkten Kontakt mit seinem Leutnant in der Großen Halle brachte.

»Karlgren. Ich glaube, der Neuankömmling soll uns ablenken. Schaffen Sie sofort den T'ang da raus! Bringen Sie ihn in einen der Schutzräume und räumen Sie die Halle. Und sorgen Sie dafür, daß Li Yuan und Wei Tseng-li in Sicherheit gebracht werden.«

Yi Ching sah in die Runde und bemerkte den erschrockenen Ausdruck in den Gesichtern der Männer, die neben ihm standen, aber es blieb keine Zeit für Erklärungen.

»Hauptmann Mund. Übernehmen Sie hier das Kommando. Sorgen Sie dafür, daß meine Anweisungen genauestens befolgt werden.«

»Sir!«

Ja, dachte er und lief aus dem Saal zurück zum Nordpalast, *und hoffen wir bei allen Göttern, daß ich mich irre!*

Die Sirenen waren verstummt. Das Stimmengewirr der wogenden Menschenmenge im zentralen Garten füllte den Raum zwischen den Mauern des alten Palastes aus. Prinz Kung-ch'ih sah vom Kopf der Treppe zum Nordpalast hinunter, und der säuerliche Ausdruck, den er den ganzen Tag im Gesicht gehabt hatte, machte einem Lächeln ironischer Belustigung Platz.

Den ganzen Tag hatte er den Laufburschen seines Onkels spielen, sich verbeugen und anbiedern, nach *seinem* Befehl handeln, aus *seinem* Drehbuch lesen, *seine* Braut begrüßen müssen, aber jetzt konnte er – ohne selbst etwas dafür tun zu müssen – zuletzt lachen.

Bis an sein Ende würde er sich an den Zorn im Gesicht seines Onkels erinnern, das ungezügelte Feuer der Erbitterung – der enttäuschten Vorfreude – in seinen Augen, als sie ihn wegzogen und die Halle räumten, noch bevor die Zeremonie beendet und die Frau seine Braut war.

Und obwohl sich das Ganze als falscher Alarm herausgestellt hatte, empfand Kung-chih den Vorfall als ein Omen – ein Zeichen, daß diese Ehe unter einem schlechten Stern stand.

Du hast mich betrogen, dachte er und erinnerte sich an jenen Tag an der Klippe. *Du hast mich glauben gemacht, ich sei dein Erbe, und dann hast du mich betrogen. Aber so einfach lasse ich mich nicht abspeisen. O nein. Nicht wenn du dir ein Dutzend Frauen nimmst.*

Als er hinter sich Stimmen hörte, fuhr er herum und sah gerade noch Oberst Yi und die drei T'ang aus dem Raum kommen, wo sie sich die letzten Minuten verschanzt hatten. Yi Ching trat einen Schritt zurück und machte eine Verbeugung, dann wandte er sich ab und ließ sie an sich vorbeigehen.

Kung-ch'ih straffte sich und trat seinem Onkel entgegen, als er in seine Richtung kam.

»Mein Neffe«, sagte Tsu Ma und berührte ihn sanft am Arm. »Ich fürchte, wir müssen uns sofort mit dieser Angelegenheit befassen. Wenn du unsere Gäste bitte in den Ostpalast führst, werde ich Lao Kang Erfrischungen servieren lassen.«

»Und die Zeremonie, Onkel?«

Tsu Ma rümpfte merklich ungehalten die Nase, bedachte seinen Neffen aber mit einem freundlichen Lächeln. »Ich fürchte, die Zeremonie muß auf morgen verschoben werden, Kung-ch'ih. Es wäre ... *ungünstig,* jetzt weiterzumachen, meinst du nicht?«

»Wie du wünschst, Onkel«, erwiderte Kung-ch'ih, senkte tief den Kopf und machte ein schwer enttäuschtes Gesicht, doch innerlich jubelte er.

Die vier Männer blieben vor der Zelle stehen, die Kamera schwenkte in ihre Richtung, und ihre Laserpeiler hielten alle vier im Visier.

»Sind sie hier?« fragte Tsu Ma und knetete die Knöchel seiner linken Hand, als hätte er am liebsten jemanden geschlagen.

Yi Ching zögerte, weil er sich Li Yuans Gegenwart an

der Seite seines Herrn bewußt war, dann nickte er. »Die Mannschaft des Schiffs ist in gesonderten Zellen untergebracht, *Chieh Hsia.* Sie scheint Befehlen gehorcht zu haben. Was dagegen ihre Herrin anbelangt …«

»Ihre *Herrin?*« Tsu Ma starrte seinen Oberst ungläubig an. »Wollen Sie damit sagen, daß hier irgendeine verdammte *Frau* am Werk war? *Aiya!* Dieses Miststück werde ich vierteilen lassen!«

Yi Ching ließ den Kopf sinken, warf Li Yuan aber einen unsicheren Blick zu. »Verzeiht mir, *Chieh Hsia,* aber ich könnte mir vorstellen, daß Ihr sie allein sprechen wollt.«

»Unsinn, Oberst Yi. Diese Beleidigung war nicht nur gegen mich gerichtet. Mein Vetter verdient eine Erklärung, oder nicht?«

»Natürlich, *Chieh Hsia.*«

Yi drehte sich um und gab den Wachmännern einen Wink, die daraufhin ihre persönlichen Codes ins Schloß tippten, dann ihre Augen vor den Netzhautscanner hielten.

Die Zellentür öffnete sich mit einem Zischen.

Tsu Ma drängte sich an seinem Oberst vorbei in die Zelle, erstarrte dann und keuchte vor fassungslosem Staunen. Auf der Bank ihm gegenüber saß mit gefesselten Händen, ein schwach glühendes Senderband um den Hals, keine andere als Fei Yen. Er drehte sich gerade noch rechtzeitig um, daß er das Erstaunen in Li Yuans Augen aufblitzen sehen konnte, als auch er bemerkte, um wen es sich handelte.

»Fei Yen …«, flüsterte er mit ungläubiger Stimme. »Was, in aller Götter Namen, sollte das?«

Sie starrte ihn mit dumpfer Überheblichkeit an und hob dann die Hände, um ihm die Fesseln zu zeigen.

»Bindet sie los!« befahl Tsu Ma, bevor er sich Wei Tseng-li zuwandte. »Vetter, würdest du uns das bitte überlassen?«

Wei Tseng-li sah von einem zum anderen, ohne zu

begreifen, was eigentlich vor sich ging, nickte aber. »Wie du wünschst, Vetter. Wenn du mich brauchst ...«

»Natürlich«, sagte Tsu Ma sanft und warf ihm ein gequältes Lächeln zu, bevor er sich wieder umdrehte und zusah, wie ein Wachmann Fei Yens Handfesseln entfernte.

Als die Tür zufiel, warf er Li Yuan einen Blick zu, dann hinauf zur Deckenkamera. »Überwachung aus.«

Sofort erlosch die rote Betriebsanzeige.

Er drehte sich um, starrte Fei Yen direkt an und ließ seiner Verärgerung, die er bisher zurückgehalten hatte, freien Lauf. »Du hirnloses Weib! Was hast du dir eigentlich dabei gedacht, ohne gültigen Identifikationscode hier einzutrudeln? Hast du eine Vorstellung, was du angerichtet hast? *Aiya* ... Ich frage mich, warum ich dich nicht auf der Stelle auspeitschen und hinrichten lassen sollte! Dich und deine verdammte Familie!«

»Ich mußte Euch sprechen«, sagte sie ruhig und nahm seine Flüche mit starrer Miene hin. »Heute. Bevor es zu spät ist.«

»Zu spät?« Tsu Ma lachte fassungslos. »Zu spät wofür?«

»Für meinen Sohn.«

»Deinen *Sohn*? Was hat dein Sohn damit zu tun?«

»Weil er auch Euer Sohn ist, Tsu Ma.«

Es trat ein längeres Schweigen ein, dann lachte Tsu Ma. An seiner Seite aber blickte Li Yuan mit geschürzten Lippen zu Boden.

»Nein«, sagte Tsu Ma und sah ihr mit grausamem, erbarmungslosem Zorn in die Augen. »Ich habe keine Söhne.«

Sie erwiderte seinen Blick trotzig. »Nein, Tsu Ma? Könnt Ihr das mit vollkommener Sicherheit behaupten?«

Seine Brust hob und senkte sich. Im ersten Moment schien es so, als würde er darauf nichts erwidern, dann antwortete er, indem er Li Yuan einen kurzen Seitenblick zuwarf. »Ich habe *keine* Söhne, Fei Yen.«

»Nein?« Sie drehte sich um und zeigte auf Li Yuan. »Warum fragte Ihr nicht Euren Vetter, ob es stimmt?«

Tsu Ma wandte sich Li Yuan mit schmerzerfülltem Blick zu und spürte, daß sich plötzlich eine Kluft zwischen ihnen öffnete – eine Kluft, die sich vielleicht nie mehr überbrücken lassen würde –, doch er sprach sanft wie zu einem Bruder.

»Ist das wahr, Yuan? Ist Han Ch'in mein Sohn?«

Li Yuan blickte auf und hatte eine tiefe Traurigkeit in den Augen. In einem einzigen Augenblick war alles wieder in ihm hochgekommen; all der Schmerz, den er empfunden hatte, die ganze Bitterkeit und Enttäuschung. Schlimmer noch. Denn jetzt wußte er Bescheid. Tsu Ma – sein geliebter Tsu Ma – hatte ihn verraten.

Er zitterte, dann antwortete er ihr mit tonloser Stimme. »Du irrst dich, Fei Yen. Tsu Ma sagt die Wahrheit. Er hat keine Söhne.«

Sie starrte ihn ungläubig an und schüttelte langsam, mit weit aufgerissenen Augen den Kopf, als sie zu begreifen begann. »Aber ... aber du hast dich von mir *scheiden* lassen!«

Er nickte. »Mir blieb nichts anderes übrig. Verstehst du das nicht? Du warst eine Schwäche, die ich nicht mehr tolerieren konnte. Ein Krebs, der in mir nagte. Ein T'ang und zugleich dir unterworfen zu sein ... das durfte es nicht geben, Fei Yen. Es durfte einfach nicht sein.«

»*Aiya* ...« Schmerz verzerrte ihr Gesicht, als sie begriff, was wirklich geschehen war. »Han Ch'in ... er ist dein Sohn, nicht? Deiner. Und du hast es gewußt, nicht wahr? Du hast es die ganze Zeit gewußt!«

Li Yuan schüttelte den Kopf. »Nein, Fei Yen. Han Ch'in ist *dein* Sohn. Deiner allein. Du hast dein Bett gemacht, und jetzt mußt du darin schlafen!«

Sie fuhr hoch, wütend und den Tränen nah. »Ich werde nichts dergleichen tun! Mein Sohn ...« Sie schluckte und hob dann stolz den Kopf. »Mein Sohn wird eines Tages T'ang sein!«

Er antwortete mit ätzender Stimme und kaltem Blick. »Dein Sohn ist nichts, Frau. Verstehst du mich? *Nichts!*« Er trat einen Schritt auf sie zu und blieb bedrohlich ruhig. »Du bist immer so gewesen, nicht wahr, Fei Yen? Du konntest nie zufrieden sein. Du mußtest dich *immer* einmischen. Du verdirbst und zerstörst alles, was dir in die Hände kommt. Zuviel war nie genug für dich, du hast immer mehr gewollt. Mehr und immer mehr, wie ein ungeduldiges Kind. Aber jetzt ...« Er seufzte und schüttelte den Kopf. »Das muß jetzt ein Ende haben. Du hast den Bogen endgültig überspannt. Du läßt mir keine andere Wahl mehr.«

Tsu Ma berührte ihn am Arm. »Aber Li Yuan ...«

Li Yuan fuhr herum, sah auf die Hand, die auf seinem Arm lag, und seine Augen glühten vor Entrüstung. »Vetter ... meinst du nicht, daß du schon genug angerichtet hast?«

Tsu Ma zog die Hand zurück und ließ den Kopf sinken.

Li Yuan starrte ihn noch einen Moment lang an, dann wandte er sich wieder seiner Exfrau zu.

»Was dich angeht, Fei Yen, wirst du wieder nach Hei Shui zurückkehren, aber diesmal unter Bewachung. Du darfst mit niemandem sprechen und dich mit niemandem treffen. Jegliche Korrespondenz zwischen dir und der äußeren Welt wird streng zensiert. Und was deinen Sohn angeht ... Dein Sohn wird von nun an anderswo untergebracht, als Garantie für dein gutes Benehmen.«

Sie erstarrte erst, dann brach sie in qualvolles Geheul aus, sackte auf die Knie, preßte die Stirn auf den Boden und begann zu wimmern.

»*Aiya!* Bei allen Göttern, nein, Li Yuan. *Bitte* laß Han Ch'in bei mir. Ich habe nichts mehr außer ihm. *Nichts!*«

Sie hob den tränenfeuchten Blick, sah ihn flehentlich an. »Wenn du mich einmal geliebt hast, dann erfülle mir diese Bitte, Li Yuan. Laß meinen Sohn bei mir in Hei Shui leben. Ich werde alles tun … alles unterzeichnen, aber bitte laß ihn bleiben. Bei allen Göttern, laß ihn bleiben!«

Er stand einen Moment lang da, sah auf sie hinunter und erinnerte sich, durch welche Hölle er ihretwegen gegangen war, erinnerte sich an all die Bitterkeit, die er ihretwegen empfunden hatte, und schüttelte mit Entschiedenheit den Kopf.

»Dieses Mal bist du zu weit gegangen, Fei Yen. Es ist endgültig vorüber. Endgültig und für immer. Hast du mich verstanden?«

Mit diesen Worten wandte er sich ab und verließ die Zelle. Tsu Ma folgte ihm nach draußen, und beide Männer sahen einander nicht an, während sie, die Schreie der Frau im Rücken, schweigend Seite an Seite durch den schwach beleuchteten Korridor gingen.

KAPITEL · 7

Wo der Pfad sich teilt

Li Yuan kehrte sofort nach Tongjiang zurück und nahm Pei K'ung und sein gesamtes Gefolge mit. In dem großen Arbeitszimmer, das schon seinem Vater und davor seinem Großvater gehört hatte, rief er all seine hohen Beamten zusammen und stellte sie dafür von allen Pflichten frei. Bis fünf hatten sie sich alle versammelt, und der große Kriegsrat konnte beginnen.

Während der Rückreise hatte er mit niemandem gesprochen, nicht einmal mit seinem Kanzler Nan Ho, weder seine Stimmung noch sein Handeln begreiflich zu machen versucht. Und auch als er die große Sitzung eröffnete, erwähnte er mit keinem Wort die Ereignisse in Astrachan, auch wenn alle Anwesenden von dem Alarm während der Hochzeitszeremonie gehört hatten und wußten, daß etwas in der Luft lag.

Als er ihn vom anderen Ende des Sitzungstisches beobachtete, fiel Meister Nan die ungewohnte Härte im Gesicht seines Herrn auf, und er fragte sich, was zwischen ihm und Tsu Ma vorgefallen sein mochte. Er hatte ihn von der Besprechung in den Zellen zurückkehren sehen – hatte die Kälte, die Distanziertheit zwischen den beiden Freunden gespürt – und sofort gewußt, daß etwas nicht stimmte. Als Li Yuan dann ihre Abreise angeordnet hatte, war ihm klar gewesen, daß es zu einem Bruch gekommen war. Nichts sonst hätte Li Yuan dazu veranlassen können, die Hochzeitszeremonie seines Vetters zu versäumen. Aber wie war es zu diesem Bruch gekommen?

Stundenlang hörte Nan Ho zu, wie ein Redner nach dem anderen darlegte, wie weit seine Vorbereitungen gediehen waren, doch er wußte mit Sicherheit, daß viele der Anwesenden – die der plötzliche Befehl überrascht hatte – noch längst nicht so weit waren, wie sie behaupteten. Pläne für den Notfall waren schon vor Monaten nach der Neujahrssitzung der Minister geschmiedet worden, aber niemand hatte ernsthaft mit einem Krieg gerechnet. Zumindest nicht in *diesem* Jahr. Aber die Lage hatte sich verschärft.

Als sie gegangen waren, blieb Nan Ho noch an der Tür stehen. Normalerweise bat Li Yuan ihn nach einer Sitzung zu sich, um das Gesagte mit ihm zu besprechen, aber diesmal saß er einfach, in seinem Stuhl nach vorn gesackt, mit unter dem Kinn verschränkten Fingern da und starrte ins Leere.

Nan Ho schloß die Tür und ging zu ihm.

»*Chieh Hsia?*«

Li Yuan blickte mit verwirrten Augen auf, dann straffte er sich.

»Meister Nan, ich nehme an, Sie erwarten eine Erklärung.«

Nan Ho schwieg und wartete mit gesenktem Kopf ab.

»Ich ... ich habe etwas getan, das ich vielleicht nicht hätte tun sollen. Ich habe eine Frau verstoßen und einen rechtmäßigen Sohn geleugnet.«

Nan Ho blickte überrascht auf. Li Yuan sah an ihm vorbei. Sein Gesicht verriet die Anstrengung, die es ihn kostete, seine Gefühle zu beherrschen, doch sein Blick war umwölkt.

»Ich habe falsch gehandelt, Meister Nan. Doch ich bin auch hintergangen worden ... von meiner Frau und von meinem besten Freund.«

Nan Ho lief es kalt den Rücken hinunter. *Also stimmte es doch.*

»Ich wußte es nicht«, fuhr Li Yuan fort. »Ich nehme an, ich habe es einfach nicht wissen wollen.« Er machte eine Pause, als stähle er sich gegen das, was er zu sagen hatte, dann redete er weiter. »Heute habe ich Klarheit gewonnen. Ich weiß nun, wie es gewesen ist – wie es die ganze Zeit gewesen ist.«

»*Chieh Hsia* …«

»Nein, Meister Nan, lassen Sie mich ausreden. Ich hätte es längst herausfinden können. Ich hätte es zu meiner Aufgabe machen sollen, zu wissen, was wirklich geschieht. Mein Vater hat mir das immer eingeschärft, doch mein Stolz war schrecklich verletzt, und außerdem … Ich konnte es einfach nur ertragen, indem ich nichts davon wissen wollte. Es zu wissen … *genau* zu wissen, was passiert ist … das hätte mich gebrochen.«

»Ich verstehe.«

Für einen kurzen Moment sah Nan Ho in seinem Meister den verletzlichen kleinen Jungen, den er einst in seiner Obhut gehabt, den jungen Mann, den er in die fleischlichen Genüsse eingeweiht hatte. Oh, wenn er damals schon gewußt hätte, was Liebe seinem Mündel antun konnte, dann hätte er Fei Yen eigenhändig umgebracht, lange bevor sie ihre Fühler nach ihm ausstrecken konnte. Er hätte liebend gern sich selbst geopfert, um es zu verhindern. Aber jetzt war es dafür zu spät. Jetzt mußten sie lernen, in den Ruinen dieser Beziehung zu leben. Er seufzte, dann sprach er die Worte aus, die sein Herr sicher nicht hören wollte.

»Ihr müßt Frieden mit ihm schließen, *Chieh Hsia*. Ihr müßt eure Gefühle als Mann verdrängen und als ein T'ang handeln, als ein Herrscher.«

Li Yuan starrte ihn einen Moment lang an, dann schüttelte er den Kopf. »Dafür ist es zu spät, Meister Nan. Ein T'ang zu sein … nun, dafür muß man wissen, wo man steht, nicht wahr? Man muß wissen, wer seine Freunde und seine Feinde sind. Im Moment weiß ich nur, daß Tsu Ma kein Freund ist. Und wenn er kein Freund ist, muß ich ihn von nun an als Feind betrachten – als jemanden, auf den ich mich nicht verlassen kann, wenn ich ihn um Hilfe bitte. Ich muß meine Pläne auf meinen eigenen Stärken aufbauen und von nun an meinem eigenen Rat vertrauen.«

»Aber *Chieh Hsia* ...«

Li Yuan brachte seinen Kanzler zum Schweigen, indem er herrisch eine Hand hob.

»Sie sind ein guter Mann, Meister Nan, aber versuchen Sie mich nicht von diesem Weg abzubringen. Seien Sie ein Freund und stehen Sie mir bei. Denn ich brauche Freunde.«

»*Nu-ts'ai, Chieh Hsia*«, sagte er, sank auf die Knie und berührte mit der Stirn den Boden. ›*Ich bin Euer Sklave, Herr.*‹

Karr suchte ihn eine Stunde später auf.

»*Chieh Hsia?*«

»Oberst ... bitte, machen Sie's sich doch bequem. Nehmen Sie Platz. Wir müssen uns unterhalten.«

Karr zögerte, dann setzte er sich Li Yuan gegenüber, und seine mächtige Gestalt füllte den hochlehnigen Beamtenstuhl aus.

»Gibt es etwas Neues über den Jungen?«

»Nein, *Chieh Hsia*. Ich bin mir jetzt ziemlich sicher, daß es eines unserer Eliteteams war.«

»Ich verstehe.« Li Yuan lehnte sich zurück. »Und Marschall Tolonen? Wie hat er es aufgenommen?«

Karr seufzte. »Schlecht, *Chieh Hsia*. Er ... Verzeiht mir, wenn das unverschämt klingt, aber er ist dem Zusammenbruch nahe.«

»Soll ich ihm einen meiner Ärzte schicken?«

»Das würde nichts nützen, *Chieh Hsia*. Seine Tochter hat versucht, ihn ins Bett zu bringen, aber er hat alle Beruhigungsmittel abgelehnt. Ich habe sogar gesehen, wie er zwei Wachmacher geschluckt hat. Er ist entschlossen, die Sache aufzuklären, was immer es ihn persönlich kostet.«

Li Yuan nickte mit schmerzerfülltem Blick. »Vielleicht sollte ich ihm befehlen, daß er sich ausruht.«

»Vielleicht, *Chieh Hsia.*«

»Und die andere Sache ... Ihre Untersuchungen über das Haushaltspersonal. Wie geht's damit voran?«

»Schleppend, *Chieh Hsia.* Es ist schwer, einen Anfang zu finden. Ich habe die sechs erfahrensten Angestellten des Palasthaushalts gebeten, mir eine Liste der Personen aufzustellen, die sie für vertrauenswürdig erachten, und eine derer, bei denen sie sich nicht so sicher sind.«

»Und was beabsichtigen Sie damit?«

»Ich habe vor, die Listen miteinander zu vergleichen und zu sehen, worin sie sich unterscheiden – und dann werde ich nachfragen, warum. Gleichzeitig habe ich ein Team darauf angesetzt, alle Kontakte zwischen Tongjiang und der äußeren Welt zu überwachen, *Chieh Hsia.* Wenn es eine undichte Stelle gibt, werden wir sie finden.«

»Gut. Aber noch eins, bevor Sie gehen. Sie haben sicher gehört, daß ich eine Sondersitzung meiner hochrangigsten Beamten und Berater einberufen habe.«

»*Chieh Hsia?*«

»Nach dem, was auf dieser Sitzung geäußert wurde, könnte man meinen, wir seien darauf vorbereitet, auf der Stelle in einen Krieg einzutreten. Die Wahrheit sieht anders aus. Mein eigener Eindruck ist, daß wir Wochen, wenn nicht Monate von einem Bereitschaftszustand entfernt sind. Würden Sie mir darin beipflichten, Oberst Karr?«

Karr lächelte. »Allerdings, *Chieh Hsia.*«

»Und was ist Ihrer Meinung nach das größte Problem, vor dem wir stehen?«

»Meiner Erfahrung nach würde ich sagen, es ist der Nachschub, *Chieh Hsia.* Ein Krieg gegen Li Min ... nun, das wäre ein noch schwierigeres logistisches Problem als die Kampagne in Afrika. Dort konnten wir wenigstens einen Stock erkämpfen und leerräumen, bevor der Nachschub anrückte. Hier in Europa ... Nun, es wäre ein Krieg von Ebene zu Ebene auf unserem eigenen Territorium. Unsere eigenen Truppen mit Nachschub zu versorgen, während wir unseren Feinden den Zugriff auf dieselben Nachschubquellen vereiteln – das wäre eine fast unmögliche Aufgabe.«

»Ganz meiner Meinung. Zumindest trifft es dann zu, wenn wir auf dieser Grundlage einen Krieg führen.«

»*Chieh Hsia?*«

»Noch eins. Wie lang würde es dauern, die drei Banner-Armeen in Afrika auf einen neuen Einsatz vorzubereiten?«

Karr überlegte, dann zuckte er die Achseln. »Drei Tage, *Chieh Hsia.*«

»Gut. Das war dann alles.«

Karr senkte den Kopf, und als T'ang aufstand, stemmte er sich hastig aus dem Stuhl.

»Sie waren sehr hilfreich«, sagte Li Yuan und schob Karr zur Tür. »Halten Sie mich bitte auf dem laufenden, was den Jungen angeht.«

»Natürlich, *Chieh Hsia.*«

»Gut. Ich habe gehört, daß Ihre Frau hier ist.«

»Das stimmt, *Chieh Hsia.*«

»Dann sollten Sie bei ihr sein. Verbringen Sie die Nacht mit ihr.«

»Verzeihen Sie, *Chieh Hsia,* aber ich bin im Dienst.«

Li Yuan lächelte und legte dem Riesen kurz eine Hand auf den Arm. »Gehen Sie. Das ist ein Befehl. Ich werde Meister Nan bitten, Sie sicher unterzubringen. Und machen Sie das beste draus, ja? Ich fürchte, in den kommenden Wochen werden Sie nicht oft Gelegenheit dazu haben.«

Als das Abendlicht zu verblassen begann, spazierte Karr mit schwerem Herzen und von Li Yuans Äußerungen getrübter Stimmung in die Quartiere der Wachleute zurück. Er hatte – so wie alle anderen auch – gewußt, daß es zum Krieg kommen würde, aber es war immer zu irgendeinem unbestimmbaren Zeitpunkt in der Zukunft, nie in nächster Zeit gewesen – nie binnen weniger Tage. Er hätte darauf vorbereitet sein sollen, denn er hatte während der Kampagne in Afrika viele Schlachten miterlebt, doch irgendwie war das hier etwas anderes. Ein Krieg in Europa, ein Kampf Mann gegen Mann auf den Ebenen, all dieser Aufruhr, das Chaos und die Gemetzel, die schreckliche, barbarische Brutalität, die er mit sich bringen würde ... Es war schwer zu glauben, daß sich all das nun in Karrs Heimat ereignen sollte.

Marie war in der Küche, als er eintraf, und sang vor sich hin, während sie die Sachen aus den großen Frachtkisten auspackte und in die Regale stellte. Sie erschrak, als er ihr einen Arm um die Hüfte legte, dann schmiegte sie sich an ihn.

»Wo ist May?« flüsterte er ihr ins Ohr und küßte sie auf den Hals.

Sie drehte sich um, lehnte sich gegen das Wachbecken und lächelte ihn an. »Sie spielt mit den anderen Kindern draußen in den Gärten. Es ist wie das Paradies für sie. Da stören sie nicht einmal die Insekten!«

Er sah durchs halboffene Fenster und hörte das ferne Lachen und Geschrei der Kinder. Sie hatte recht. Nach der Enge auf den Ebenen war dies hier wie das Paradies, doch das angenehme Gefühl, mit seiner Familie hier zu sein, wurde von seinem Wissen um das Kommende getrübt.

»Was ist los?« fragte sie, als sie seine düstere Miene bemerkte.

Er sah ihr in die Augen, und ihre schlichte Kraft und Schönheit tat ihm fast weh. »Es kommt zum Krieg, mein Liebling.«

Sie hielt den Atem an. »Hat *er* das gesagt?«

»Nein. Aber ich habe es seinem Blick angesehen. Er ist fest dazu entschlossen. Da muß etwas geschehen sein.«

Der heitere Ausdruck war von ihrem Gesicht verschwunden. Sie schaute weg, und als sie ihn wieder ansah, hatte sie ein angespanntes Lächeln auf den Lippen. »Nun, vielleicht ist es unter diesen Umständen das beste, daß wir hier sind. Wo wir waren ...«

Er nickte, schloß sie ein weiteres Mal in die Arme und küßte sie auf die Stirn. »Ich habe heute abend dienstfrei«, flüsterte er und lächelte sie an. »Der T'ang hat es befohlen.«

»Schön ...« Ihr Gesicht strahlte, und ihre Augen weiteten sich, doch es blieb etwas Düsteres in ihrem Blick zurück. Krieg ... Wer wußte schon, was ein Krieg bringen würde?

»Ich habe auch Neuigkeiten«, sagte sie mit einem breiten Lächeln.

»Neuigkeiten?«

»Ein Baby«, sagte sie zögerlich. »Wer werden noch ein Baby bekommen, Gregor.«

»Das ist ja großartig ...«

Innerlich aber fröstelte er vor Furcht. Er hatte Lehmanns Äußerung als beiläufiges Gerede abgetan, aber der Mann hatte recht gehabt. Irgendwie hatte er von Maries Schwangerschaft erfahren.

»Gregor? Was ist los?«

»Ich wußte es schon. Li Min hat es mir gesagt.«

Sie lachte auf. »Das kann nicht sein. Ich habe es selbst erst gestern gemerkt. Ich habe es noch niemandem erzählt, nicht einmal May. Du solltest der erste sein, dem ich's erzähle.«

»Er hat es gewußt«, erwiderte er leise. »Dieser Dreckskerl hat es gewußt.« Er seufzte schwer, dann sagte er: »Warte hier mal einen Moment. Ich muß da etwas überprüfen.«

Er wollte sich abwenden, aber sie rief ihn zurück. »Gregor?«

»Ja?«

»Wolltest du ... Ich meine, wolltest du nicht noch ein Kind?«

Bei ihrem Anblick wurde ihm plötzlich klar, wie erschrocken und den Tränen nah sie war. Er ging zurück, nahm sie in die Arme, streichelte ihr den Rücken und versuchte sie zu beruhigen. »Marie. Marie, mein lieber Schatz, das weißt du doch.« Er hob ihr Kinn, daß er ihr in die Augen blickte. »Es ist wirklich eine wundervolle Nachricht, glaub mir. Aber ...« Sein Lächeln verblaßte langsam. »Hol May rein und mach sie fertig, ja? Ich bin gleich wieder da.«

Draußen in den kaiserlichen Gärten wurde es allmählich finster. Auf dem Weg in sein Dienstzimmer gingen ihm ein Dutzend verschiedene Szenarien durch den Kopf, doch er kannte die Antwort schon, bevor Bremen sie bestätigte. Sie waren alle tot, der Arzt und sein gesamtes Personal; in die nächste Welt gesprengt von einer Bombe, die in einem der neuen Geräte versteckt gewesen war, die sie erst an diesem Morgen geliefert bekommen hatten.

Dieses Monster!

Als er in sein Zimmer zurückkehrte, grübelte er, wie er es ihr beibringen sollte – wie er ihr verständlich machen konnte, wie klein und verletzlich sie waren. Doch als er ihr gegenüberstand, erübrigte es sich. Sie sah es seinen Augen an, senkte den Blick und nickte.

»Wo ist May?« fragte er matt.

»Im Bett. Sie war ganz erschöpft.«

»Mhm ...« Er nickte, dann streckte er die Arme nach ihr aus und drückte sie fest an sich, streichelte ihre Arme und ihren Rücken und vergewisserte sich, daß sie warm und lebendig bei ihm war, jetzt, in diesem Augenblick, und begriff plötzlich, wie leicht er sie verlieren konnte.

»Wir sind hier in Sicherheit«, sagte er. »Ob Krieg oder nicht, in Tongjiang wird uns auf keinen Fall etwas geschehen.«

Sie lächelte, als trösteten sie seine Worte, doch irgendwie spiegelte ihr Blick seine eigenen wachsenden Zweifel wider. Man war nirgendwo mehr sicher. Nirgendwo. Auch nicht in Tongjiang.

Es war Vollmond, eine ebenmäßige Lichtscheibe stand am schwarzen Nachthimmel. Unter ihr glitzerte der Berg, dessen gezackter Gipfel wie ein Eiszapfen in die frostige Luft ragte.

Lehmann stand am Hang auf der anderen Seite des Tals, schob die Kapuze zurück und betrachtete die Szenerie. Sein Atem gefror zu kleinen Wolken in der Kälte. Er war vor Monaten das letzte Mal hier draußen gewesen. Monate, in denen er nichts mehr so Schönes gesehen hatte.

Er zitterte, mehr aus Ehrfurcht denn vor Kälte, dann wandte er sich seinem Leutnant Soucek zu, der eben eingetroffen war.

»War schon irgend etwas zu hören?«

Soucek rieb sich die behandschuhten Hände und schüttelte den Kopf in der pelzgesäumten Kapuze. »Nichts.«

»Aha«, sagte Lehmann und drehte sich um. Die Nachricht beunruhigte ihn. Es war schon seltsam. Visak war normalerweise sehr zuverlässig.

»Er ist fast seit zwei Stunden überfällig«, fügte Soucek hinzu und trat an seine Seite. »Meinen Sie, es ist ihm etwas zugestoßen?«

Er zuckte die Achseln. Einen Moment lang schwieg er, atmete die klare, kalte Luft ein, ließ die unmenschliche Perfektion dieser Landschaft in sich eindringen, bevor er weiterredete.

»Es ist fast soweit. Das wissen Sie, ja? Nach all den Jahren, die wir gewartet haben … Nun, und ausgerechnet jetzt zögere ich. Wir haben die Mittel, den Willen und die *Kraft*, um Li Yuan zu besiegen. Dennoch halte ich mich zurück. Und ich weiß nicht warum. Deshalb sind wir hier, Jiri. Um die Dinge klarer zu sehen. Um herauszufinden, ob wir irgend etwas übersehen haben.«

»Dann wird es also zum Krieg kommen?«

Lehmann nickte. Im Mondlicht wirkte sein Gesicht wie eine Make, fast durchsichtig, und seine Augen funkelten unnatürlich wie die eines Dämonen. »Haben Sie Angst, Jiri?«

Soucek zögerte, dann nickte er.

»Gut. Das ist das Gefühl des Kämpfers: Angst zu haben, aber diese Angst zu beherrschen.«

Soucek stampfte mit den Füßen auf. Die Kälte machte ihm zu schaffen. »Scheint lang her zu sein, seit wir Lo Han umgebracht haben. Sieben Jahre ... Wissen Sie, an jenem Tag habe ich mich *lebendig* gefühlt. Ich hatte das Gefühl ... nun, den Dingen nahe zu sein. Etwas, das ich vorher noch nie erlebt hatte. Aber in den letzten Jahren, seit wir den Dicken Wong und seine Vettern aus dem Weg geräumt haben ... Nun, manchmal kommt es mir wie ein Traum vor. Als sei ich nicht ganz wach gewesen.«

Lehmann drehte sich um, sah Soucek ins Gesicht und verstand, was der Mann ihm zu sagen versuchte. Auch er hatte die Gefahr vermißt, das Gefühl, über sich hinauszuwachsen – sich einem Risiko auszusetzen. Es war alles zu einfach gewesen. Zu *sicher*.

»Sie haben recht, Jiri. Wir haben wirklich geschlafen, die Dinge treiben lassen, wenn wir die Gelegenheit beim Schopfe packen und den Lauf der Dinge bestimmen konnten. Wir haben die Könige gespielt, wenn wir das Feuer unter dem Thron schüren sollten. Aber jetzt ist es an der Zeit, etwas daran zu ändern.«

Soucek hatte auf die Baumreihe weit unter ihm hinabgestarrt. Jetzt sah er Lehmann wieder an. »Wie meinen Sie das?«

»Ich meine, wir sollten ein bißchen Druck machen und sehen, was passiert.«

»Druck machen?«

Er wandte sich nach Osten, als könne er über die Berge hinwegschauen, über die großen Bergketten von Europa und dem Ural bis nach Tongjiang, wo Li Yuan an seinem Schreibtisch saß.

»Eben Druck machen. Im Repräsentantenhaus für

Unruhe sorgen. Unter den afrikanischen Bannern Streit vom Zaun brechen. Einige von Li Yuans führenden Beamten ermorden. Etwas in der Art.«

»Und sein Angebot?«

Lehmann zuckte die Achseln. Er wußte es nicht. Er war versucht, Li Yuan zurückzuweisen und abzuwarten, was er dann tat. Aber vielleicht wäre das zu direkt.

»Ich glaube nicht, daß ihm ein Krieg recht wäre. Ich glaube nicht, daß er den Willen dazu hat. Außerdem wird er auf seine Vettern warten – erst einmal sehen, was sie sagen. Nein, je länger ich darüber nachdenke, desto mehr bin ich davon überzeugt, daß wir ein doppeltes Spiel spielen sollten. Offiziell sollten wir uns ihm loyal erklären, während wir ihn insgeheim bei jeder Gelegenheit unterminieren.«

»Und wenn wir uns irren?«

»Dann werden wir kämpfen.«

Er verstummte, sah an Soucek vorbei und entspannte sich wieder. Es näherte sich einer seiner Männer.

»Was ist los, Stewart?«

Stewart blieb stehen und verbeugte sich. »Keine Spur von Visak«, sagte er atemlos. »Seit sechs hat ihn niemand mehr gesehen. Er wollte sich mit einigen unserer Leute in Osnabrück treffen, aber ... er ist nicht aufgetaucht.«

»Ich verstehe.« Er entließ den Mann und wandte sich Soucek zu. »Was denken Sie?«

»Was ich denke?«

Aber es war offenkundig, was Soucek dachte. Sein Blick verriet ihn. Er vermutete, Visak sei übergelaufen, habe sie verkauft, und wenn Soucek diesen Verdacht hegte, hatte er möglicherweise recht. Aber er mußte sich erst Gewißheit verschaffen, bevor er handelte.

»Wissen Sie, was *ich* denke?« sagte er und blickte zum Mond auf, der wie ein großer weißer Stein am Himmel hing. »Ich glaube, wir fliegen jetzt besser zurück. Ich denke, das Spiel hat begonnen.«

»Vater?«

Jelka stieß die Tür mit dem Knie auf, trat ins Dunkle und balancierte das Tablett vorsichtig auf den Händen.

Ihr Vater saß in seinem Stuhl. Der Holobetrachter stand vor ihm auf dem Boden, das Steuermodel lag in seinem Schoß, die goldenen Finger seiner künstlichen rechten Hand hatten sich darum geschlossen. In der Luft vor ihm stand der Junge, gekleidet in einer Miniausgabe der Marschallsuniform.

Jelka ging ins Zimmer, stellte das Tablett ab und ging zu ihrem Vater.

Es war eine Szene, die sie erst vor einigen Wochen aufgenommen hatten; ein Teil der großen *Kalevala*, die sie selbst in Musik umgesetzt hatte. Die Aufnahme ließ sie wieder den scharfen Schmerz über Paulis Abwesenheit spüren, die schreckliche, nagende Ungewißheit, weil sie nicht wußten, wo er sich aufhielt und was ihm zugestoßen war.

Pauli stand stolz und aufrecht vor ihnen, das dunkle Haar ordentlich aus der Stirn gekämmt, leicht auf die Zehenspitzen aufgerichtet, während er sang und den Blick in die Ferne richtete, um sich auf die Worte zu konzentrieren.

»An zu sprechen fing der Vogel,
so ließ sich der Habicht hören:
›Ach, du Meister Ilmarinen,
Schmiedekünstler so beständig,
du bist doch ein sehr begabter,
sehr geschickter Schmiedemeister.‹

Ilmarinen gab zur Antwort
sagte so, sprach solche Worte:
›Das ist doch fürwahr kein Wunder,
daß ein bedachter Schmied ich bin,
hab den Himmel doch gehämmert,
schon das Dach der Welt geschmiedet.‹«[4]

Er sang weiter, und seine klare, hohe Stimme schien die Quintessenz jener längst vergangenen Tage einzufangen – der fernen Vergangenheit vor dem Bau der Stadt, bevor der Mensch die Welt in Eis gehüllt hatte. Während sie ihn ansah, fiel ihr zum ersten Mal auf, wie sehr er seinem Vater ähnelte – nicht dem Hans Ebert, den sie auf Chung Kuo gekannt, der sie fast geheiratet hatte, sondern dem, den sie vom Mars kannte – den »Verwandelten«, wie sie ihn in Gedanken gern nannte. Sie schauderte, seltsam berührt von dem Gedanken. Ihr Vater hatte den Jungen gut erzogen. Er hatte nichts Verdorbenes an sich, nichts Ungestümes oder Weiches – nichts *Korruptes*. Seine Stimme war wie ein Licht, das aus dem tiefen Inneren leuchtete, den vollkommenen Einklang seines inneren Selbst ausdrückte, von Unschuld und Hoffnung widerhallte. Es war so seltsam, so vollkommen unglaubwürdig, daß sein Vater ein Verräter und seine Mutter eine Verrückte und eine Hure gewesen sein sollten. Der Junge dagegen ... Sie hörte ihm, wie verzaubert und zutiefst gerührt, bis zum Ende zu. Seine Interpretation des Liedes ließ die alte Geschichte in einem neuen Licht erscheinen.

Ihr Vater hielt die Aufzeichnung an. Ein Zittern durchfuhr ihn, und Tränen traten ihm auf die Wangen. Sie legte ihm sanft die Hände auf die Schultern. Er sah zu ihr auf und hielt ihre Hände fest. Sie drückte sie und war dieses eine Mal nicht abgestoßen von dem kalten, metallischen Gefühl seiner linken Hand.

»Wir werden ihn zurückbekommen«, sagte sie und kämpfte ihre Tränen nieder. »Da bin ich mir ganz sicher.«

»Das wird nicht einfach sein«, erwiderte er mit starrer Miene. »Es wird mit jeder Stunde schwieriger.«

Er ließ ihre Hände los, und als er aufstand und sich ihr zuwandte, war plötzlich alles Weiche aus seinem Gesicht verschwunden. »Es sieht schlecht aus, mein Liebling. Es kann sein, daß noch in dieser Woche Krieg ausbricht.«

Sie starrte ihn an. »*Krieg?*«

Er nickte. »Ich habe den T'ang um Karr als Verstärkung gebeten, aber er hat es abgelehnt. Es geht etwas vor. Pauli ... Nun, Pauli ist nur ein einziger Stein in dem großen Spiel. Wir ...« Seine Stimme versagte fast, dann fuhr er fort. »Wir müssen uns selbst um diese Sache kümmern.«

Sie runzelte verständnislos die Stirn.

Er drehte den Kopf und sah auf seinem Schreibtisch das Tablett stehen. »Ist das Suppe?«

»Ja ..., aber beantworte mir eine Frage, Vater. Wie? *Wie* willst du den Fall aufklären?«

Er hatte ein bitteres Lächeln auf den Lippen, als er sie wieder ansah. »Ich bin nicht umsonst seit sechzig Jahren Soldat. Ich kenne Leute ...«

»Welche Leute?«

Wieder sah er weg. »Es ist besser, wenn du nicht fragst.«

Wieso besser? Sie schauderte, als sie in den Augen ihres Vaters eine stählerne Härte, eine Entschlossenheit entdeckte, die sie noch aus der Vergangenheit kannte – dieselbe Entschlossenheit, die ihn dazu gebracht hatte, sich seinem T'ang zu widersetzen und vor dem versammelten Repräsentantenhaus in Weimar Lehmann umzubringen – derselbe unnachgiebige Geist, der den Untergang der Welt in Kauf nehmen würde, um zu verhindern, daß einem der seinen etwas geschah.

Vielleicht ist es das beste, wenn ich nicht weiß, was du vorhast, dachte sie, streckte die Hand aus und strich ihm vorsichtig die Tränen aus dem Gesicht.

Die Zelle war dunkel, das schwach rotglühende Schild mit der Aufschrift GESCHLOSSEN über der beschlagenen Tür war die einzige Lichtquelle. Auf dem Bett in der Ecke lag der Junge, seine Nacktheit bedeckt mit einer grobmaschig gehäkelten Decke. Zwei Wachmänner patrouillierten draußen durch den Korridor. Er hörte ihre Stiefelschritte durch die Stille hallen.

Kalt … Es war so kalt hier.

Er kauerte sich zusammen und spürte die Kamera, die irgendwo im Dunkel jede seiner Bewegungen beobachtete. Eine Infrarotkamera – darauf war er inzwischen gekommen. Onkel Knut hatte ihm alles über solche Geräte erzählt. Er drehte sich der Wand zu, versuchte sich zu entspannen, nicht zu weinen. Er war so gut damit fertiggeworden. Die ganze Zeit hatte er den Kopf hochgehalten und war tapfer gewesen, wie man es ihm beigebracht hatte. Aber jetzt, allein in der Finsternis, fiel es ihm plötzlich viel schwerer.

Nein, sagte er sich und schluckte schwer. *Sie beobachten mich, warten darauf, daß ich zusammenbreche, also muß ich durchhalten. Schon wegen Onkel Knut muß ich durchhalten.*

Einen Moment lang irrten seine Gedanken ab, und er stellte sich vor, in seinem eigenen Bett zu Hause in der Villa zu liegen; glaubte die Schritte der Diener zu hören; dann fiel es ihm wieder ein. Die Diener waren alle tot: er hatte sie sterben sehen, Chang Mu und Shih Chi-o, Li Ho-nien und seine liebste, die junge Ma Ch'ing, die als letzte in seinem Zimmer verzweifelt gegen die Eindringlinge gekämpft, sie davon abzuhalten versucht hatte, ihn zu entführen. Alle waren sie tot.

Er zitterte, versuchte sich zu beherrschen, die Erinnerungen zu verdrängen, aber sie waren zu intensiv. Ungewollt rann ihm eine Träne die Wange hinunter, dann noch eine.

Und seine Mutter …

Er biß die Zähne aufeinander, aber irgendwie entfuhr ihm aus seinem tiefsten Innern ein Stöhnen.

Sei tapfer, hörte er den alten Mann sagen. *Was immer du im Leben durchzustehen hast, sei tapfer und stell dich ihm.* Aber es war schwer, tapfer zu sein, wenn niemand kam, wenn niemand auch nur wußte, wo man war. Und noch schwerer, wenn einen die Erinnerungen verfolgten.

Er steckte den Kopf unter die Decke und wischte sich heimlich die Feuchtigkeit von den Wangen, dann setzte er sich auf, drehte sich um und setzte die Füße auf den kalten Lehmboden, ignorierte die Kälte.

Erinnere dich an das Lied, sagte er sich und hörte Jelkas weiche Stimme in seinem Kopf. Und so hob er den Kopf, und als sie in der stillen Finsternis seine klare, hohe Stimme hörten, blieben die Wachmänner draußen auf dem Korridor stehen und hörten zu.

»Noch scheint immer nicht die Sonne,
leuchtet nicht das Licht des Mondes,
in den Häusern von Väinölä,
auf den Heiden Kalevalas.
Frost befällt den ganzen Saatwuchs,
hartes Dasein hat die Herde,
seltsam ist es für die Vögel,
übel für die Menschen alle,
wenn die Sonne niemals leuchtet,
und nicht glänzt das milde Mondlicht.«[5]

Es war nach elf, als Tsu Ma schließlich die Ratskammer verließ. Er hatte, trotz aller vorherigen Ereignisse, nur widerwillig eine solche Sitzung einberufen, aber die Nachrichten von seinen Agenten in Tongjiang konnten nicht ignoriert werden. Wenn ihre Berichte stimmten, bereitete Li Yuan sich auf einen Krieg vor, und das würde auf Ärger in seiner Stadt hinauslaufen.

Er stand für einen Augenblick in der winzigen Vorkammer – zum ersten Mal seit Anbruch der Dämmerung wieder allein – und versuchte seine wirren Gedanken zu beruhigen. Zuviel war zu schnell passiert. Diese Sache mit Fei Yen …

Tsu Ma entfuhr ein Seufzen, dann setzte er sich und fuhr sich mit den Fingern durchs Haar. Er hatte immer geglaubt, Li Yuan zu kennen; hatte ihn für zu taktvoll, zu ›brüderlich‹ gehalten, um es je zu erwähnen. Seit Li Yuans Krönungsfeier, als er mit ihm über das Kind geredet hatte, war er davon ausgegangen, daß der Junge sein Sohn sei, daß Li Yuan Bescheid wisse, aber ihm vergeben habe. Wenn er auch nur für einen Augenblick vermutet hätte …

»*Aiya* …«, sagte er leise. Wenn er gewußt hätte, welchen Schaden diese Frau anrichten könnte, dann hätte er sie umgebracht. Oder vielleicht doch nicht? War er nicht immer noch mehr als ein wenig in sie verliebt? War seine Wut auf sie nicht von einem anderen, düstereren Gefühl gedämpft worden?

Er atmete langsam aus, dann beugte er sich vor. Wenn er ehrlich war, dann hatte er, als er sie angekettet und trotzig in jener Zelle vor sich sah, das alte, vertraute Feuer wieder in sich auflodern gespürt – hatte sich für einen kurzen Augenblick daran erinnert, wie es gewesen war, mit ihr zu schlafen. Keine andere Frau hatte ihn je so erregt. Die Erinnerung an keine andere Frau hatte ihn je so den Schlaf gekostet.

Tsu Ma fuhr zusammen, stand auf und bemerkte plötzlich, daß jemand in der Tür stand und wartete. Es war Hwa Kwei, sein Meister der Inneren Kammer.

»*Chieh Hsia?*«

»Was gibt's, Meister Hwa?«

»Meine Herrin, die Kaiserin, hat mich gebeten, Euch heute abend in Ihre Suite einzuladen.«

Seine Hochzeitsnacht … Das hatte er völlig vergessen. Schließlich war dies seine Hochzeitsnacht.

»Sagen Sie ihr, ich komme bald. Ich muß noch etwas nachdenken.«

Hwa nickte knapp. »*Chieh Hsia!* Soll ich etwas zu essen bringen? Etwas Suppe vielleicht? Und etwas für die Kaiserin?«

Tsu Ma sah weg, starrte das Portrait seines Vaters an, das über der Feuerstelle hing. »Das ist sehr freundlich, Meister Hwa, aber ich habe keinen Appetit. Bringen Sie aber der Kaiserin etwas.«

»*Chieh Hsia.*«

Wieder allein, wandten sich seine Gedanken wieder

Li Yuan und seinem verstoßenen Sohn zu. Wie hatte Li Yuan das nur tun können? Es ergab keinen Sinn. Nicht im mindesten. Wenn ihm daran gelegen gewesen wäre, Fei Yen loszuwerden, hätte er sie ins Exil schicken und wieder heiraten können. Es war nicht nötig gewesen, sich von ihr scheiden zu lassen, nicht wenn ihr Sohn seiner war.

Es sei denn, daß er sie bestrafen wollte. Und wie konnte man eine eigensinnige, ehrgeizige Frau besser bestrafen, als ihrem Sohn sein Erbe als T'ang zu verweigern?

Der Gedanke schockierte ihn durchaus, denn er hatte Li Yuan als weniger rachsüchtig eingeschätzt. Aber wer wußte schon, was Leidenschaft – vor allem verschmähte Leidenschaft – aus einem Mann machen konnte?

Er blickte wieder zum Bild seines Vaters auf. »Was hättest du getan, Tsu Tiao?«

Aber die Frage, das wußte er, war müßig. Sein Vater wäre nie in diese Lage geraten. Er hätte sich lieber seinen Penis abgeschnitten, als die Frau eines anderen anzurühren. Vor allem wenn es sich bei dieser Frau um die Gattin eines anderen T'ang handelte …

»Das ist alles meine Schuld«, sagte er und verneigte sich beschämt vor dem Portrait. »Und ich muß es wieder in Ordnung bringen, wenn ich kann.«

Ja, dachte er. *Aber wie? Was, in aller Götter Namen, kann ich tun, um die Sache mit ihm zu klären? Seine Frau … Ich habe ihm seine Frau weggenommen. Es macht keinen Unterschied, daß ihre Schönheit mich geblendet hat. Was zählt, ist die Tatsache, daß ich ihn verraten habe. Ihn … den ich als meinen Bruder betrachtete.*

Er fuhr zusammen, war auf einmal zutiefst erschrocken über das, was er getan hatte.

So dreht sich das Rad. So holt das Schicksal uns ein.

Aber es war noch nicht zu spät. Wenn er nur mit ihm reden könnte … Wenn er sich vor seinem Vetter demütigte …

Er hob den Kopf und redete zur Kamera unter der Decke.

»Nehmen Sie mit Li Yuan in Tongjiang Kontakt auf. Sagen Sie ihm, das ich ihn sprechen möchte. Ich nehme das Gespräch in meinem Arbeitszimmer entgegen.«

Während sein Diener die Verbindung herstellte, schritt er durch den Korridor und überlegte, was er sagen würde – studierte die Sätze ein, versuchte eine Formel zu finden, um sein Handeln zu erklären.

Ich liebe dich, Li Yuan. Begreifst du das nicht? So wie ich meinen älteren Bruder Chang geliebt habe. So wie du Han Ch'in geliebt hast. Es war ihr Tod, der uns einander nahe gebracht hat. Dagegen ist das hier nichts.

Er seufzte, dann betrat er sein Arbeitszimmer. Wenn es nur wahr wäre. Wenn diese Sache nur schon der Vergangenheit angehörte. Aber er hatte Li Yuans Gesicht angesehen, daß der Schmerz, den er empfand, nie verschwunden war – daß diese tiefe innere Wunde immer noch blutete.

Tsu Ma setzte sich an seinen Schreibtisch und wartete, die Finger vor sich verschränkt, sein ganzer Leib zitternd vor ängstlicher Erwartung. Er hatte sich für furchtlos, niemandem verpflichtet gehalten, aber jetzt wußte er es besser. Li Yuan … Er *brauchte* Li Yuan. Als Freund. Als Bruder und als Vertrauten. Ohne ihn … Nun, er konnte nicht einmal den Gedanken ertragen, von Li Yuan getrennt zu werden, nach allem, was sie gemeinsam durchgestanden hatten … Das durfte nicht geschehen. Es durfte einfach nicht sein.

Eine Minute verging und noch eine. Dann klopfte jemand so unvermittelt an die Tür, daß er hochschreckte.

»Herein«, sagte er und spürte, wie sein Herz einen Sprung machte.

Sein Sekretär Tu Fu-wei trat einen Schritt ins Zimmer und machte eine tiefe Verbeugung.

»Was gibt's, Tu?«

»Es geht um Li Yuan, *Chieh Hsia.* Er weigert sich, mit

Euch zu sprechen. Er ...« Der junge Mann wirkte verwirrt. »Es scheint auch befohlen zu haben, daß die Grenzen zwischen den Städten geschlossen werden.«

Tsu Ma starrte seinen Diener an und konnte die Neuigkeiten nicht glauben. Das letzte Mal, als Li Yuan die Grenzen geschlossen hatte, war in seiner Stadt die Seuche ausgebrochen, und er hatte sich gezwungen gesehen, die Tore zur Stadt Afrika zu schließen. Wenige Monate später war der Krieg ausgebrochen.

Er lehnte sich wortlos zurück und schüttelte den Kopf.

»Chieh Hsia?«

In seinem Kopf herrschte völlige Leere. Er konnte nicht denken. Dieses eine Mal wußte er nicht, was zu tun war.

Tu Fu-wei trat näher und sah seinen Herrn erschrocken an. »*Chieh Hsia?* Geht es Euch gut? Soll ich Doktor T'ung holen lassen?«

Tsu Ma fuhr zusammen und sah seinen Sekretär ratlos an. »Nein, ich ...« Er schüttelte den Kopf und schickte den Mann mit einem Wink weg. Er mußte sich für einen kurzen Moment auf den Schreibtisch stützen, als er aufstand.

Die Grenzen ... Li Yuan hat die Grenzen geschlossen.

Er verließ das Zimmer und begab sich in die Gemächer seiner neuer Braut. Er mußte sie sehen. Schließlich war es seine Pflicht, sie aufzusuchen. Doch all die Freude, all die wundervoll lustvolle Vorerwartung, die er vorhin noch empfunden hatte, waren verschwunden und hatten ihn als leere Hülle zurückgelassen. Und die ganze Zeit kreisten seine Gedanken um dasselbe Thema.

Er wird darüber hinwegkommen. Er ist jetzt wütend, aber das geht vorbei. Er muß nur einmal darüber schlafen. Im Moment sinnt er auf Rache. Ganz zu recht. Aber in ein paar Tagen ...

Nein, dachte er und blieb vor Shu-suns Tür stehen. *Denn es gibt Dinge, die man nie verzeihen kann. Handlungen, für die es keine Buße gibt. In zehntausend Jahren nicht.*

Schließlich machte er sich auf die Enttäuschung seiner neuen Frau gefaßt, klopfte an die Tür und stieß sie auf. Der üppige Geruch ihres Parfüms empfing ihn, als er in die Dunkelheit trat.

»Haw Kwei?«

Die Stimme aus den Schatten war nur ein Flüstern, dennoch hielt Tsu Mas Meister der Inneren Kammer inne und gab einen überraschten Laut von sich. Er hatte geglaubt, er sei allein und unbeobachtet.

Aus den Schatten trat Prinz Kung-ch'ih hervor, faßte ihn am Arm und zog ihn zur Seite in eins der kleinen Empfangszimmer.

Während er die Tür hinter sich schloß, warf der junge Prinz einen Blick auf das Tablett, auf die mit einem Tuch bedeckte Schale, bevor er ihm wieder in die Augen sah. »Haben Sie ...?«

Hwa schüttelte den Kopf und gab dem Prinzen eine knappe Antwort, weil er fürchtete, jemand könne mithören. »Ich konnte es nicht. Ihre Tür ist abgeschlossen. Der T'ang scheint heute nacht allein zu schlafen.«

»*Allein?*« Kung-ch'ihs Stimme wurde laut vor Verblüffung. »In seiner *Hochzeitsnacht*?«

Hwa Kwei zuckte zusammen. »Bitte, Meister ...«

Kung-ch'ih grinste. »Das verspricht Gutes, nicht wahr, Meister Hwa? Aber wir müssen uns sicher sein, ja?« Er streckte die Hand aus und zog das Tuch von der Schale weg, um an der Suppe zu riechen. »Sind Sie sicher, daß es funktioniert?«

Haw Kwei nickte.

»Gut. Dann sorgen Sie dafür, daß unsere Herrin, die neue Kaiserin, gut versorgt ist, Meister Hwa. Achten Sie darauf, daß sie vor dem Zubettgehen ihre Suppe bekommt, vor allem an jenen Abenden, wenn mein Onkel sie doch einmal zu besuchen gedenkt.«

Hwa Kwei schluckte und senkte den Kopf. »Ich werde tun, was Sie sagen, Prinz Kung.«

Kung-ch'ih straffte sich und nahm eine plötzlich viel bedrohlichere Haltung an. »Ich verlaß mich darauf, Haw Kwei. Enttäuschen Sie mich nicht.«

Li Yuan stand neben dem Karpfenteich, schaute in seine Tiefen und sah den dunklen Schatten des Karpfens wie die Gedanken in seinem Schädel seine Kreise ziehen.

Es wird Krieg geben, dachte er, der letzten Zweifel beraubt. *Ich werde die Armeen aus Afrika zurückberufen und das Ungeheuer in den Tiefen meiner Stadt zermalmen.*

Das war noch das Leichteste. Was den Rest anging ...

Der Tag, der hinter ihm lag, erschien ihm wie ein Traum. Der Schmerz, den er empfand – die Angst und die Qual – kam ihm nun unwirklich vor, wie ein Alptraum, aus dem er eben erwacht war. Er war nicht verschwunden, nein. Er lauerte immer noch dort unten in den Tiefen. Es war nur so, daß er sich leer fühlte, bar aller Gefühle.

Vor einer Stunde hatte Pei K'ung ihm ein Mädchen geschickt, was sie wohl für eine Gefälligkeit hielt, aber er hatte sie zurückgewiesen. Statt dessen hatte er sich einen Mantel übergeworfen und war hierher gekommen in der Hoffnung, sich zu verlieren, denn er kannte den stillen Zauber, den dieser Ort auf ihn ausübte.

Er ging ihn die Hocke und fuhr mit einer Hand über die Wasseroberfläche.

Laß dich einfach fallen, dachte er. *Tauch einfach unter, Li Yuan, und dann ist alles vorbei.*

Aber er konnte der Versuchung nicht nachgeben. Trotz allem, was geschehen war, weigerte sich ein Teil von ihm, schwach zu werden; weigerte sich, diesen letzten, unwiderruflichen Schritt zu tun. Sie konnten ihm alles wegnehmen – seinen Bruder, seinen Vater, seine Frauen, ja, selbst den einen Menschen, dem er wirklich vertraute; den einen Menschen, den er wirklich liebte – und dennoch würde er nicht nachgeben.

So müde er auch war, *derart* müde war er nicht. So verletzt er auch war, *so* verletzt auch nicht.

Er war wie ein Bruder gewesen. Wie ein Bruder ...

Er ließ den Kopf hängen, und ein zittriger Atemzug entfuhr ihm, dann richtete er sich langsam auf. Seine Glieder fühlten sich bleischwer an, sein Blut zähflüssig in den Adern.

»Chieh Hsia?«

Nan Ho hatte offensichtlich schon eine ganze Zeit mit gesenktem Kopf und hängenden Armen wie ein Schatten neben der Tür gestanden.

»Was ist los, Meister Nan?«

Nan Ho trat vor, das Gesicht plötzlich halb beleuchtet, die dunklen Augen besorgt.

»Verzeiht mir, *Chieh Hsia*. Ich wollte Euch nicht stören. Ich habe mich nur gefragt ... nun, ob es Euch gut geht.«

Li Yuan lächelte matt. »Es war ein langer Tag, Meister Nan. Ich bin müde.«

Nan Ho senkte den Kopf. »Natürlich, *Chieh Hsia*. Ich ...« Er zögerte, trat in den Schatten zurück und wieder vor. »Ich habe es nicht gewußt, *Chieh Hsia*. Das wollte ich Euch nur sagen. Es gab Gerüchte zu dieser Zeit – Gerüchte, die wir im Keim erstickt haben, aber ... nun, ich habe sie nicht geglaubt. Marschall Tolonen und ich ...«

Li Yuan hob die Hand. Nan Ho verstummte sofort. Die Augen des T'ang waren schmerzerfüllt, seine Muskeln angespannt. Er senkte den Blick und sammelte sich, bevor er seinen Kanzler mit starrer Miene wieder ansah.

»Ich habe zur Kenntnis genommen, was Sie mir sagen wollten, Meister Nan, aber ich will nicht, daß der Name dieses Mannes in den Mauern meines Palastes oder in irgendeinem offiziellen Gebäude meines Amtsbereichs noch einmal genannt wird. Von jetzt an muß es so sein, als habe es ihn nie gegeben.«

Nan Ho starrte ihn an, schockiert von der Kälte im Blick seines Herrn, dann senkte er den Kopf.

»So wird es geschehen, *Chieh Hsia*.«

»Gut«, sagte Li Yuan. »Dann gute Nacht, Meister Nan. Mögen die Götter uns in den kommenden Tagen gnädig sein.«

Karr erwachte in den frühen Morgenstunden. Sein ganzer Körper war in Schweiß gebadet, bebte noch von einem Alptraum, in dem Lehmann sich in ihre Unterkunft geschlichen, May entführt und durch ein perfektes Ebenbild ersetzt hatte – eine Androiden-Nachbildung. Erschrocken war er in Mays Zimmer gegangen und neben ihrem Bett niedergekniet, hatte im Dunkeln ihren Arm berührt, um die Wärme zu spüren, und an ihrem Hals nach dem Puls gefühlt.

Sie war aufgewacht, und er hatte ihr ein leises Schlaflied gesungen, bis sie wieder einnickte. Erst dann war er zurückgegangen.

Maries Stimme aus dem Dunkeln klang schläfrig. »Gregor?«

»Schon gut«, sagte er und stieg zu ihr ins Bett. »Ich habe ein Geräusch gehört. Aus Mays Zimmer. Ich habe nur nach dem Rechten gesehen.«

Sie murmelte etwas Vages, kuschelte sich an ihn, legte den Kopf an seine Brust und war sofort wieder eingeschlafen. Normalerweise hätte das ausgereicht, um ihn zu beruhigen, seine Ängste zu mildern, aber diesmal schaffte er es nicht, wieder einzuschlafen. Er lag angespannt da und dachte an den Traum, der ihn immer noch beunruhigte – sah immer wieder seine Tochter vor sich, die sich zu ihm umdrehte und ihn anlachte, ihr Mund ein dunkles Loch, in dem er den vollen Mond glühen sah.

KAPITEL · 8

An den Rand

Der Turm überragte das Tal. Im Innern waren schwere hölzerne Rouleaus vor die riesigen Fenster an beiden Enden der Oberen Halle gezogen worden und hatten sie in tiefe Schatten getaucht – eine brütende Dunkelheit, die ein Lichtbalken aus einem Oberlicht durchbrach und eine kleine Gestalt in blutroter Seide hervorhob, die auf den Steinfliesen neben einem Brunnen stand.

Fu Chiang, ›der Priester‹, Big Boss der Triade ›Rote Blume‹ in Nordafrika, stand in der Mitte der Halle und blickte durch das Oberlicht zur blassen Scheibe des Mondes am frühen Morgenhimmel auf. Hinter ihm funkelte das Licht auf dem bewegten Wasser des Brunnens und ließ die grüne Patina auf der Bronzeflanke des laufenden Pferdes schimmern.

Er mochte diese Stunde, wenn die Luft so klar und kühl und die Festung still war. An der Tür schob er den blauen Seidenvorhang zur Seite, ging auf den Balkon hinaus und trat dabei aus dem Schatten in die Sonne.

Er entließ die beiden Wachen, stützte sich auf die Brüstung und sah über das Tal hinaus. Von diesem erhabenen Punkt aus gesehen, lag alles unter ihm. Zu seiner Rechten ragten drei Gipfel in den wolkenlosen Himmel, deren schiere Stille ihn an die Ewigkeit denken ließ. Dunkelgrüne Kiefern verhüllten ihre Flanken und verbargen die Geschützstellungen, deren Standorte er kannte. Zu seiner Linken fiel das Land etwas steiler ab, und die streng geometrischen Umrisse der unteren Garnisonsbunker sprangen von der glatten Oberfläche der Felsen hervor. Weit unten wand sich ein

Fluß in die Ferne, wie eine im Gras zusammengerollte schwarze Schlange. Irgendwo auf mittlerer Höhe lagen zwei kleine Dörfer. Dahinter ragten wieder die dunklen Massen des Atlasgebirges am Horizont empor.

Fu Chiang hob den Kopf, holte tief Luft und starrte ins makellose Blau des Himmels. Mehr und mehr fühlte er sich von diesem Ort angezogen. Immer öfter überließ er die Alltagsgeschäfte der Bruderschaft seinen Stellvertretern; Hu Lin, seinem Roten Pfahl, und Tan Sui, seinem Weißen Papierfächer.

Einst war dies hier ein sommerliches Refugium für Wang Sau-leyan gewesen. Es gingen Gerüchte, daß er sogar seine Frau hierher mitgebracht hatte – die *Hsueh pai*. Aber das lag schon einige Zeit zurück. Fu Chiang hatte vor zwei Jahren nach Wangs Tod dieses Bauwerk übernommen und dafür den örtlichen Kriegsherrn Yen Fu ausbezahlt.

Vorläufig, dachte er. *Denn der Tag wird kommen, an dem Yen Fu mich bezahlt.*

Ja, aber Yen Fu stellte kein Problem dar. Eine Störung vielleicht, aber kein Problem.

Li Min … Li Min ist das Problem.

Er drehte sich um und blickte nach Norden, während zu seiner Linken die steinerne Fassade des Turms in den Himmel emporragte. Heute morgen, nicht lang nach dem ersten Sonnenstrahl, war aus dieser Richtung ein Kreuzer herangeflogen. An Bord hatte sich Li Mins Gefolgsmann Visak befunden.

Fu Chiang zupfte nachdenklich an seinem Bart. Sein *Wu* wäre in Kürze hier. Er hatte ihn herbestellt, als er erfahren hatte, was Visak wollte, denn ihm war klar, daß ein solcher Weg nicht unbedacht eingeschlagen werden durfte. Visak Schutz zu bieten – seinem Ansinnen also zu entsprechen – würde Li Min, sofern er davon erfuhr, sicherlich zu einem Feind machen. Wenn er ihn aber zurückschickte …

Er seufzte und wurde mit einem Mal ungeduldig.

Wo steckte der Kerl nur? Warum war er nicht erschienen? Er wandte sich ab und ging wieder hinein, eilte durch die Halle und stieß die Tür auf.

»Wache!«

Der Mann verlor keine Sekunde, dem Ruf seines Herrn zu folgen, und sackte ihm zu Füßen auf die Knie.

»Finden Sie heraus, was mit dem *Wu* passiert ist!«

»Herr!«

Der Mann verbeugte sich tief, hastete los und rief den anderen dabei etwas zu.

Fu Chiang stand einen Moment lang da, hämmerte mit der geballten Faust ungehalten gegen den Türpfosten, dann ging er wieder hinein. Es wäre ihm sehr gelegen gekommen, hätte er irgendeinem der anderen Bergherren trauen können, aber wer wußte schon, welcher von ihnen sich die Lage zunutze machen und Li Min benachrichtigen würde?

Oder machte er sich zuviel Sorgen? Konnte Li Min ihm *wirklich* schaden?

Ja, dachte er. Nicht unmittelbar, aber der Dreckskerl konnte ihm seine Unterstützung entziehen und seine Feinde finanzieren, und das konnte das Machtgleichgewicht zu seinen Ungunsten verschieben. Es sei denn …

Es sei denn, ich treffe eine Vereinbarung – eine weitere Vereinbarung –, diesmal mit Li Mins größtem Feind.

Er lachte. Schon der Gedanke war verwerflich. Aber warum nicht? Warum sollte er, ein Bergherr, nicht mit einem der Sieben einen Handel machen? Schließlich hatten sich die Zeiten geändert. Und wenn Visak tatsächlich so wichtig war, dann wäre Li Yuan vielleicht bereit, den Mann zu kaufen.

Je mehr er darüber nachdachte, desto besser gefiel ihm die Idee.

Er fuhr herum, als er Stimmen und Schritte hörte, und nickte entschlossen. Wenn der *Wu* es ihm bestätigte – wenn die Zeichen richtig standen –, dann würde er handeln.

Und wenn nicht?

Nein. Er war davon überzeugt. Das Orakel würde es bekräftigen. Visak ... Visak war der Schlüssel, der ihm viele Türen öffnen würde.

Tsung Ye rutschte an die Bettkante, schlug vorsichtig die Decke zurück, schlüpfte aus dem Bett und ging auf Zehenspitzen zum Stuhl, wo er seine Kleidung zurückgelassen hatte. Pei K'ung lag auf der anderen Hälfte des Betts nackt auf der Seite. Ihre Schulter und die Wölbung ihre Rückens waren von dort zu erkennen, wo er sich anzog.

Er hatte fast zwanzig Minuten gewartet, bis er sicher war, daß sie schlief, weil er wußte, daß er, falls er sie aufweckte, in einer Stunde immer noch hier wäre. Bei dem Gedanken daran senkte er den Blick und stöhnte innerlich. Es verhielt sich nicht so, daß seine Herrin eine schlechte Liebhaberin war. Alles andere als das. Er war überrascht, wie leidenschaftlich, wie begeistert sie sein konnte, wie schnell sie die Kunst der Beglückung gelernt hatte. Auch ihr Alter und ihr Mangel an Schönheit stießen ihn nicht ab. Sie war nur so ... nun, *unersättlich.* So als versuche sie, vierzig Jahre Ehelosigkeit in ein paar kurzen Tagen wettzumachen.

Tsung Ye setzte sich, zog die Stiefel an und unterdrückte ein Gähnen. Sie hatte ihn die ganze Nacht auf Trab gehalten, war beim letzten Mal wie ein Dämon auf ihm geritten, ihr Gesicht so verzerrt, daß er für einen kurzen Augenblick Angst bekommen und befürchtet hatte, sie habe sich in die legendäre Fuchsfrau[6] verwandelt. Er zitterte, als er sich daran erinnerte, dann stand er auf und drückte sein Füße in die Sohlen der weichen Kinderstiefel, die sie ihm gekauft hatte.

Wenigstens in dieser Hinsicht hatte er etwas davon. Sie ließ die Geschenke förmlich auf ihn niederregnen: neue Kleidung, ein goldenes Chronometer, Seidengewänder, Schmuck und in Leinen gebundene Bücher.

Dennoch bereitete ihm die Situation Kopfzerbrechen. An einem dieser Tage würde man sie erwischen. Das wußte er mit Sicherheit. Und obwohl sie sagte, ihr Mann wisse Bescheid, wie sicher konnte er sich dessen sein? Schließlich gehörte das nicht zu den Dingen, über die er sich Gewißheit verschaffen konnte.

Er seufzte. Vielleicht würde sie seiner überdrüssig werden. Vielleicht würde sie, wenn ihre Leidenschaft für ihn verging, sich einen anderen ins Bett holen. Bis dahin mußte er vorsichtig sein. Bis dahin mußte er tun, was sie verlangte.

Er ging auf Zehenspitzen zur Tür, öffnete sie, lugte in den Korridor und schlüpfte hinaus. Nachdem er die Tür hinter sich zugezogen hatte, eilte er davon und sehnte sich nach seinem Bett und der süßen Vergessenheit des Schlafes.

Pei K'ung hörte die Tür zuschnappen, rollte herum und zog sich auf die Kissen. Sie streckte sich lächelnd und gähnte. Die Nacht war wundervoll gewesen, die beste bisher, aber obwohl sie sich erschöpft fühlte, konnte sie nicht schlafen. Eine Zeitlang lag sie in unruhigen Träumereien versunken da und erinnerte sich, was sie miteinander gemacht hatten, und dabei rutschte ihre Hand auf ihre Brüste hinunter, ihre Flanke entlang, bis zu dem weichhaarigen Nest zwischen ihren Beinen.

Ja, mein kleiner Vogel, dachte sie, und ein Seufzer der Zufriedenheit entfuhr ihr, *du hast gut daran getan, dich davonzustehlen, als du konntest. Gönn dir etwas Schlaf. Denn heute nacht werde ich dich noch einmal brauchen.*

Nach einiger Zeit stand sie auf und ging ins Bad. Dort hockte sie sich über die Schüssel und wusch sich, und ein Schauder durchfuhr sie, als sie sich vorstellte, wie nicht Tsung Ye, sondern ihr Ehemann sie beobachtete. Einen Moment lang schloß sie die Augen und ließ ihrer Phantasie freien Lauf, malte sich aus, wie er sie hier erwischte, dann hereinstürmte und auf die Fliesen warf und sie gleich hier nahm. Der Gedanke brachte ihre Nerven zum Vibrieren und sträubte ihr die Nackenhaare.

Wach, dachte sie. *Nach all der Zeit bin ich endlich wach.*

Sie trocknete sich ab, dann ging sie ins Schlafzimmer zurück, wo sie keine Zeit damit verschwendete, ihre Mägde zu rufen, sondern den großen beschnitzten Kleiderschrank selbst nach etwas durchsuchte, das ihrer Stimmung entsprach. Etwas Leichtes und Luftiges. Sie entschied sich für einen schlichten rosa und lavendelfarbenen Umhang, verziert mit bestickten Seidenschmetterlingen, den sie aufs Bett legte, ehe sie sich an ihren Frisiertisch setzte.

»Schick mir meine Mägde«, sagte sie zum Hauscomputer.

Sie erschienen im Handumdrehen. Für einen Knicks verharrten sie an der Tür, ehe sie eintraten und zögerten, als sie ihre Herrin nackt im Spiegel erblickten.

Sie lächelte, als sie bemerkte, wie die Mädchen beim Näherkommen den Blick abwandten, dann gab sie ihnen ihre Befehle.

»Jadeblüte, ich will, daß du mein Haar hochsteckst. Mach etwas Modisches draus, ja? Was dich angeht, Herbstschnee, sollst du dein ganzes Können einsetzten, um deine Herrin ansehnlich herzurichten.«

»Herrin!« sagten die beiden Mägde wie aus einem Mund, verbeugten sich und wechselten besorgte Blicke; Blicke, die Pei K'ung nicht zu bemerken vorgab.

»Und Mädchen«, fügte sie hinzu, wobei eine überraschende Zärtlichkeit die vertraute Autorität ihrer Stimme färbte. »Macht es ordentlich, und ich werde euch großzügig belohnen.«

Nan Ho blieb vor den Zimmern der Kaiserin stehen, räusperte sich und klopfte laut an die Außentür.

Von drinnen war ein leiser Wortwechsel zu hören, dann glitt die Tür auf und ein Wachmann starrte dem

Kanzler entgegen. Als er sah, um wen es sich handelt, senkte der Mann den Kopf, trat zurück und kündigte ihn an.

»Herrin, es ist seine Exzellenz, der Kanzler.«

Pei K'ung saß auf ihrem Thron, umgeben von ihren Würdenträgern, als habe sie ihn erwartet.

»Meister Nan«, sagte sie mit einem Lächeln. »Womit habe ich mir dieses Vergnügen verdient?«

Nan Ho kniete nieder, senkte den Kopf, dann stand er auf und erwiderte ihr Lächeln. »Verzeiht mir, Herrin, aber Euer Gatte schickt mich. Er wünscht Euch sofort zu sehen.«

Sie nickte knapp und entließ die Würdenträger. Als sie gingen, runzelte Nan Ho die Stirn, weil ihm die Abwesenheit Tsung Yes auffiel und es ihn überraschte, den stets gegenwärtigen jungen Sekretär nicht an ihrer Seite zu sehen.

Er verbeugte sich erneut, ließ sie an sich vorbei und folgte ihr in zwei Schritten Abstand in den Korridor.

»Geht's meinem Mann besser?«

»*Besser*, Herrin?«

Sie verstellte ihm den Weg. »Verzeihen Sie mir meine Taktlosigkeit, Meister – ich will Ihnen gegenüber nicht respektlos erscheinen –, aber ersparen Sie mir diesen Mist. Sie wissen genau, was ich meine. Gestern sind wir kurzfristig aus Astrachan zurückgekehrt und dafür der Trauung unseres Vetters ferngeblieben. Heute ist ein Dekret verabschiedet worden, das jedem die Nennung seines Namens verbietet. Es erfordert keinen sonderlichen Scharfsinn, um zu erkennen, daß etwas zwischen meinem Mann und seinem Vetter vorgefallen ist. Habe ich recht?«

Nan Ho nickte widerwillig.

»Außerdem war nicht zu übersehen, wie blaß mein Mann nach der Rückkehr aus dem Palast unseres Vetters wirkte. Deshalb stelle ich Ihnen noch einmal die Frage, Meister Nan. Fühlt mein Mann sich schon besser?«

Er lachte. »Ich glaube, darüber solltet Ihr Euch besser ein eigenes Urteil bilden.« Er streckte die Hand aus. »Wenn ich Euch bitten darf …«

Sie lächelte, wandte sich ab und ging mit so flotten Schritten weiter, daß er halb laufen, halb gehen mußte, um mitzuhalten.

Li Yuan saß mitten in einer Besprechung, als sie in sein Arbeitszimmer platzte. Ohne zu verstummen, deutete er auf einen Stuhl und ließ den Blick nicht von ihr ab, als sie sich setzte.

Sie riß ihren Fächer hoch und wedelte damit vor ihrem Gesicht, um ein Gähnen zu verstecken, dann ließ sie ihn zuschnappen und musterte den hohen Beamten, der mit gebeugtem Rücken vor dem Schreibtisch ihres Mannes stand.

Sofort spürte sie etwas anderes. Es war nicht bloß die Anspannung in dem Zimmer, obwohl dies für sich genommen schon bemerkenswert war; es war auch nicht die Masse an Beratern und Gefolgsleuten, die sich hier versammelt hatten; es war etwas in den Worten, die ihr Mann gebrauchte – in ihrer knappen Bedeutsamkeit und dem bedrohlichen Unterton, den sie mitschwingen spürte. Noch bevor er den Mann entließ und sich ihr zuwandte, wußte sie Bescheid. Er hatte sich zum Krieg entschlossen.

»*Chieh Hsia*«, kam sie ihm mit der förmlichen Anrede zuvor. »Können wir allein reden?«

Er starrte sie kurz an, dann nickte er und schickte die anderen mit einem Wink weg. Als sie gegangen waren, stand er auf und kam hinter dem Schreibtisch hervor.

»Also, Pei K'ung, was gibt's?«

Sie blickte zu ihm auf und sah ihm unverwandt, fast wie eine Gleichrangige in die Augen. »Gestern … diese Sache mit deinem Vetter. Ich weiß, daß du nicht darüber reden möchtest, aber …«

»Aber *was*?« Er strahlte plötzlich eine Härte aus,

die ihr verriet, daß sie recht gehabt hatte. »Sprich, und dann schweig.«

Sie ließ den Kopf sinken. »Als ich in der kaiserlichen Bibliothek Nachforschungen betrieben habe, bin ich auf etwas gestoßen. Etwas, das mit deinem Vetter zu tun hat.«

»Weiter«, sagte er, und eine Spur Neugier stahl sich in seine Stimme.

»Es hatte mit deiner ersten Frau Fei Yen zu tun.«

Sie blickte auf und rechnet damit, daß er sie finster anstarrte, aber zu ihrer Überraschung schaute er weg, und ein Muskel in seiner Wange zuckte. Dann bildete sich eine Träne in seinem Augenwinkel und rann über die Wange in die Falten des Seidengewandes. Sie blinzelte fassungslos.

»Mein Mann, ich ...«

Er wandte sich ihr zu, räusperte sich laut und wischte eine zweite Träne weg, die sich gebildet hatte, aber noch nicht herabgefallen war. »Du verstehst es also?«

Sie nickte, aber im Innersten war sie schockiert. Also stimmte es. Es stimmte tatsächlich. Und deswegen sprachen die beiden T'ang nicht mehr miteinander, und Li Yuan bereitete sich auf den Krieg vor. Sie erschauerte, ließ ihren Fächer aufschnappen und wedelte gedankenverloren damit.

»Ich habe sie unter Hausarrest stellen lassen«, sagte er. »Ihr Sohn ist getrennt untergebracht. Ohne ihn wird sie keinen Schaden mehr anrichten.«

»Aha ...« Wieder verspürte sie einen leichten Schock der Überraschung. »Sie hat versucht, sich mit dir zu treffen«, sagte sie leise.

Er starrte sie an.

»Vor ein paar Tagen«, sagte sie, ließ den Fächer sinken und hielt ihn steif im Schoß. »Ich ... ich habe sie empfangen. Und weggeschickt. Ich ...« Sie blickte wieder zu ihm auf. »Ich hielt es für das beste. Mir war nicht klar ...«

»Nein ...« Er seufzte. »Dich trifft keine Schuld, Pei K'ung. Die Frau ...« Er schüttelte den Kopf und zog eine Grimasse. »Die Frau war immer schon labil. Es war ein Fehler, sie zu heiraten. Es war eine Schwärmerei ... eine kindische Schwärmerei. Das begreife ich jetzt.«

Sie nickte. Was sie noch vor drei Tagen nicht verstanden hatte, war ihr jetzt ganz klar. Wenn es um Liebe und Sex ging, waren die Augen blind.

»Kommt es zum Krieg?« wechselte sie das Thema. »Ich meine, gegen Li Min?«

»Ja.« Seltsamerweise schenkte er ihr ein Lächeln. »Ich bin froh, daß du Bescheid weißt. Ich ... ich war so einsam. So in mich selbst zurückgezogen. Aber jetzt ... Nun, jetzt ist es einfacher, nicht wahr?«

Für einen Moment sah er sie so an, als stünde sie das erste Mal vor ihm, dann runzelte er die Stirn. »Du ... du bist irgendwie anders heute, Pei K'ung. Dein Haar. Dieses Kleid. Es ... es läßt dich sehr viel jünger erscheinen.«

Sie senkte den Kopf, und ihr Hals rötete sich leicht. »Ich ... ich dachte mir, ich sollte versuchen, dich zu erfreuen, mein Mann. Ich ...« Sie schaute wieder auf und bemerkte, daß noch immer sein Blick auf ihr ruhte. »Ich dachte mir, ich könnte heute nacht vielleicht zu dir kommen. Nachdem du dich zurückgezogen hast. Um zu reden und ... nun, um dir beim Entspannen zu helfen.«

Er öffnete den Mund, als dachte er für einen kurzen Augenblick daran, es abzulehnen, dann aber gab er mit einem knappen Nicken sein Einverständnis.

Pei K'ung saß da, ihr Herz pochte, und ihr Mund war plötzlich trocken. Dann begriff sie, daß die Audienz beendet war, stand auf, machte eine Verbeugung und zog sich zurück.

May stand in der Tür zur Dusche und sah zu, wie ihr Vater sich wusch. Ihren vierjährigen Augen entging nicht die kleinste Bewegung. Er lächelte ihr verlegen zu und pfiff leise vor sich hin.

»Papa?«

Er unterbrach seine Tätigkeit und drehte sich um. »Ja, meine kleine Pflaumenblüte?«

»Diese Zeichen …« Sie deutete auf die Tätowierungen auf seiner Brust und seinen Armen und verzog neugierig ihr kleines Gesicht.

»Die hier?« Er lachte, dann drehte er das Wasser ab, trat heraus und griff sich ein Handtuch. »Die habe ich machen lassen, als ich zwölf war. Das ist schon lang her. Schon sehr lang. Und es war auch ganz woanders.«

Sie starrte ihn an und wartete. Mit einem Achselzucken trocknete er sich die Lenden ab, zog eine neue Unterhose an und hockte sich neben sie.

»Die hier«, sagte er und zeigte auf die Drachen-Tattoos auf seinem linken Arm, »sind der rote Drachen des Sommers und der grüne Drachen des Frühlings. Und das da«, er lächelte, als er sah, wie sie sich ihre Augen bei dem Anblick weiteten, »ist der große Adler, der Kraft symbolisiert.«

Sie schauderte, bevor sie die Hand ausstreckte, um das Muster zu berühren und mit den Fingerspitzen nachzufahren.

»Aber warum ist er so grausam?« fragte sie und zeigte auf die von Entsetzen gepeinigten Pferde, die der Adler in jeder seiner stählernen Klauen hielt.

»Vielleicht weil Kraft etwas Grausames ist.« Er bemerkte, wie sie das Bild betrachtete, und ihm zog sich der Magen zusammen beim Gedanken an das, was vor ihnen lag.

In welcher Welt wirst du aufwachsen? dachte er. *Einer Welt der Adler und Drachen? Oder wird es ein sanfterer, friedlicherer Ort sein?*

Der Gedanke beunruhigte ihn. Er streckte die Arme aus und hob sie hoch, dann trug er sie in die Küche, wo Marie das Frühstück vorbereitete.

»Kann ich dir helfen?« fragte er und setzte Marie ab.

Sie lächelte. »Bist du krank, Gregor?«

Er lachte. »Nein. Ich bin's bloß nicht gewöhnt, daß ich bedient werde. In Afrika habe ich immer mit den Männern gegessen und ihnen bei der Zubereitung der Mahlzeiten geholfen. Aber das habe ich nicht gemeint. Das hier ...« Er sah sich um. »Ich frage mich, ob ... ob hinterher alles noch genauso aussieht.«

Ein Anflug von Unsicherheit überflog ihr Gesicht, dann lächelte sie wieder und beruhigte ihn damit. »Wir werden es überstehen, Gregor. So wie immer. Abgesehen davon mußt du dich nicht nur um uns Gedanken machen.«

Karr lächelte, aber die Erinnerung an Lehmanns Worte mischte sich unter seine Freude. Tod. Tod verbarg sich unter der Oberfläche der Dinge, wo er auch hinsah. Er ging durch die Küche, trat an ihre Seite und nahm die winzige Statue vom Regal am Fenster. In den letzten Jahren hatten sich immer mehr Menschen wieder solchen Dingen zugewandt.

»Wir sollten vorsichtig sein«, sagte er und hielt sie ihr hin. »Es ist immer noch illegal.«

Sie hob eine Augenbraue, nahm sie ihm ab und stellte sie zurück. »Es ist Si Ming.«

»Ach ja ...« Er nickte. Si Ming war der Gott des Schicksals, der Spender des Lebens und des Todes. Er war es, erzählte man, der bestimmte, wie lang das Leben eines Menschen dauern durfte. Er schauderte, dann streckte er die Hand aus, um die winzige Statue zu berühren, als könne sie ihm ein wenig Glück spenden.

»Gregor?«

Er sah sie an, dann lachte er. »Es schadet doch nichts.«

»Ich dachte, du hättest dein eigenes Glück gemacht.«

Er nickte. Das hatte er immer so gesagt. Aber in den Tagen, die vor ihnen lagen, wäre ein einzelner Mann wie ein Same, den der große Wind verwehte. In den kommenden Tagen würden sie mehr Glück denn je brauchen.

»Ich ...« Er verstummte, als er ein Klopfen an der Tür hörte, und schob sich an ihr vorbei. Es klang ziemlich ungeduldig.

Er stieß die Tür auf. Vor ihm stand ein Bote, gekleidet im Dunkelgrün und -rot von Li Yuans persönlichem Personal. Der junge Mann händigte ihm einen versiegelten Brief aus, dann machte er eine Verbeugung und zog sich zurück.

Karr sah ihm nach, brach schließlich das Siegel und zog den Brief aus dem Umschlag.

»Wer war das?« fragte Marie von der Küchentür und wischte sich die Hände an einem Tuch ab.

»Neue Befehle«, sagte er. »Ich muß nach Afrika.«

»Zu den Bannern?«

Er schüttelte den Kopf. »Nein. Ich soll einen Bergherrn namens Fu Chiang treffen. Offenbar ist Lehmanns Untergebener Visak aus dem Nest geflohen. Er ist zu einer Abmachung bereit.«

»Sag mir deinen Namen.«

Licht flackerte in den Augen des Geschöpfes. Die Pupille bewegte sich nach rechts und zog sich zusammen.

»Ich bin ...«

Es zögerte und durchsuchte sein frisch implantiertes Gedächtnis.

»Nun?« fragte Kim und stellte das Oszilloskop nach, das über dem Gesicht des Wesens angebracht war, dann warf er einen Blick auf die beiden Bildschirme neben dem Arbeitstisch.

»Ich habe keinen Namen«, sagte es schließlich.

»Gut«, sagte Kim und blickte in den Raum hinüber, wo Curval hinter dem Steuerpult saß. »Was meinst du, warum das so ist?«

Auf dem rechten Monitor regte sich etwas – ein leichtes Aufflackern von Rot und Gelb im dunklen Umriß des Schädels –, dann kam die Antwort.

»Weil ich keinen Namen bekommen habe.«

»Gut.« Kim schaute noch einmal aufs Oszilloskop und regulierte mit den Fingerspitzen die Regler. »Aber es liegt doch in der Natur der Dinge, einen Namen zu haben, nicht wahr?«

Das Wesen schwieg. Curval lächelte hinter seinem Pult.

»Warum also hat alles – selbst das kleinste unbelebte Ding – einen Namen, du aber nicht?«

Wieder Farbgeflacker im Schädelumriß, diesmal heller und intensiver.

»Ich ... ich weiß nicht.«

Kim straffte sich und studierte den linken Bildschirm, auf dem zwei Kurven – eine grün, eine gelb – Atmung und Blutdruck anzeigten. Er nickte zufrieden und wandte sich wieder dem Wesen zu.

»Erinnerst du dich an deine Eltern?«

Es lächelte bei der Erinnerung. »Ich erinnere mich.«

»Gut.« Kim tätschelte seinen Arm. »Wie haben sie dich denn genannt?«

»Genannt?«

»Du hast doch bei ihnen gelebt, oder?«

Gelbes Flackern intensivierte sich zu rotem, verblaßte dann und kam zurück. Die Atmungsaktivität war hoch – dramatisch hoch.

Kim sah zu Curval hinüber und nickte.

»Du erinnerst dich an sie, aber du kannst dich nicht erinnern, daß du bei ihnen gewesen bist, habe ich recht?«

Das Geschöpf hatte jetzt einen schmerzhaften, verwirrten Ausdruck im Gesicht. Es nickte knapp, durch das Oszilloskop in seinen Bewegungen eingeschränkt.

»Gut. Und nun zum Haus, in dem du gelebt hast. Es war ein großes Haus, ja?«

»Sehr groß. Es hätte fünfzehn Zimmer.«

»Fünfzehn? Das ist viel Platz für nur drei Personen. Hattest du keine Brüder oder Schwestern?«

»Nein …« Wieder zögerte es. »Ich … ich glaube nicht.«

»Gut.« Kim legte dem Wesen eine Hand auf die Schulter, um es zu beruhigen. »Du kannst dich jetzt ausruhen. Wir reden später weiter.«

Er ging hinaus. Curval gesellte sich im Vorraum zu ihm.

»Und?« fragte der Ältere ungeduldig. »Was meinen Sie?«

Kim trat an die Maschine in der Ecke und tippte auf einige Tasten, um eine Zwiebelschale Suppe zu bekommen. »Ich glaube, das Implantat ist gut angenommen worden.«

Curval folgte ihm. »Um was ging es denn überhaupt?«

Kim drückte ihm eine Schale in die Hand und bestellte sich eine weitere. »Sie meinen, warum ich ihn nicht richtig programmiert habe? Warum ich Lücken gelassen habe?«

»*Genau das* habe ich gemeint.«

Kim nahm die Schale, knackte sie, dann setzte er sich an die Ecke des nächsten Tisches. »Ich wollte wissen, wie er damit umgeht.«

Curval runzelte die Stirn. »Womit?«

Kim nippte an der Suppe und lächelte. »Mit den Lücken. Wenn meine Ahnung zutrifft, wird sein Gehirn mit der Situation nicht zufrieden sein – das heißt, mit den vorhandenen Lücken. Wenn ich recht habe, wird es versuchen, sie auszufüllen.«

»Ausfüllen? Wie? Das müßten wir doch sicher programmieren?«

»Müssen wir?« Kim nippte noch einmal, dann lachte er. »Warten wir eine halbe Stunde und sehen, was passiert.«

Curval lachte, wandte sich ab und blickte durch die Scheibe zu dem Wesen auf dem Tisch. Es lag bewegungslos da wie ein Teil einer vergessenen Maschine. »Was *könnte* denn geschehen?«

Kim aß seine Suppe auf und warf das abgeplattete Zwiebelgefäß in den Abfalleimer. »Es könnte etwas erfinden.«

»Zum Beispiel?«

»Abwarten«, sagte Kim, ging zu dem Automaten und bestellte noch eine Suppe. »Einfach abwarten.«

»Sag mir deinen Namen.«

Licht flackerte im Auge des Geschöpfes. Auf dem rechten Bildschirm erstrahlte eine einzige gelbe Lohe und verblaßte.

»Ich bin Box.«

»Ich verstehe.« Kim sah hinüber. Curval hatte sich hinter dem Pult erstaunt vorgebeugt.

»Box. Ist das der Name, den dir deine Eltern gegeben haben?«

»Ja.«

»Du erinnerst dich also an deine Eltern?«

»Das hast du mich schon gefragt.«

Kim lächelte. »Tatsächlich?«

»Du hast mich gefragt, ob ich mich erinnerte, daß ich bei ihnen gewesen bin, und ich sagte nein.«

»Aber jetzt erinnerst du dich?«

Darauf zögerte das Wesen. »Ja, ich erinnere mich jetzt.«

»Wie kommt das, deiner Meinung nach?«

»Ich … ich muß es vergessen haben.«

»Natürlich.« Kim löste den Oszilloskoparm und schob ihn beiseite. »Setz dich auf, Box. Ich möchte mit dir über das reden, woran du dich erinnerst.«

Wie eine Wachsfigur, die zum Leben erwachte, setzte es sich auf und ließ die Beine über die Kante des Operationstisches rutschen. Seine Augen waren tiefblau. Kim wirkte im Vergleich wie ein Zwerg.

»Gut.« Kim musterte es, als suche er nach Mängeln. »Jetzt sag mir eines. Das Haus. Du erinnerst dich doch an das Haus, ja?«

»Ich erinnere mich.«

»Fünfzehn Zimmer, sagtest du. Ein großes Haus. Das Haus, in dem Box mit seinen Eltern lebte.«

»Und mit meinen Brüdern.«

»Ah ja.« Kim nickte, als sei dies die Antwort, mit der er gerechnet hatte. »Zwei Brüder?«

»Drei«, korrigierte es.

»Natürlich.« Kim lächelte. »Deine Brüder … hatten sie auch Namen?«

»Sie … Ja. Sie hatten Namen.«

»Gut. Und ihre Namen … wie lauteten sie, Box?«

»Einer … einer hieß Anders. Der zweite war Pfahl. Der dritte …« Sein Gesicht verzog dich zur Andeutung eines Stirnrunzelns, als es den Blick nach innen lenkte, dann lächelte es. »Der dritte hieß Rechteck.«

Kim lächelte. »Gut. Das war sehr gut, Box. Aber sag mir, hast du mit deinen Brüdern gespielt? Im Garten zum Beispiel?«

»Ich …« Diesmal zögerte es länger. »Habe ich wohl. Ich … ich *glaube,* ich erinnere mich, daß ich mit ihnen gespielt habe.«

»Standen Bäume in dem Garten?«

»Ja.« Diesmal klang es sicherer. »Vier Bäume.«

»Einer für jeden Bruder.«

»Das stimmt.«

»Gut. Dabei wollen wir es jetzt belassen. Ruh dich aus, Box. Leg dich hin und ruh dich aus.«

Wieder draußen, lief Curval ihm nach. »Was geht da vor? Wo hat es das alles her?«

»Es hat es sich ausgedacht.«

»Ausgedacht?«

»Um die Lücken zu schließen?«

Curval lachte. »Drei Brüder … *Aiya!* Es ist ein pathologischer Lügner! Wir könnten es genausogut gleich vernichten! Es lebt in einer Phantasiewelt!«

Kim nickte. »Natürlich. Aber genau das haben wir doch beabsichtigt, nicht wahr?«

»Ja, aber …«

»Nein, denken Sie darüber nach, Andrew. Was wollten wir mit dem Implantat ursprünglich erreichen? Ihm Erinnerungen verleihen, die real erscheinen. Ihm eine Art Hintergrund verschaffen, damit er in sich mehr als eine einfache Maschine aus Fleisch sieht – um funktionieren zu können. Zuverlässig und reibungslos. Aber das Problem besteht darin, wie stellen wir sicher, daß diese Geschichte – diese ›falsche Historie‹, wenn Sie so wollen – detailliert genug ist? Bisher haben wir angenommen, daß das, was wir ihm geben, ausreichen müßte. Daß es das Implantat getreu annehmen und als eine Art Bühnenhintergrund verwenden würde. Aber wir wissen jetzt, daß diese Annahme falsch war.«

»Weil es Lücken gab. Weil Sie ihm keinen Namen gegeben haben.«

»Natürlich. Aber es wird *immer* Lücken geben. Begreifen Sie das nicht? Diese Demonstration eben – die Dinge, die wir in seiner Hintergrundgeschichte ausgelassen haben, waren auf den ersten Blick ersichtlich, aber sie haben den Ausschlag gegeben. Was wir auslassen, wird es sich ausdenken. Wo immer es Lücken findet – wie klein auch immer –, wird es sie ausfüllen. Das liegt in seiner Natur.«

»Also werden wird ein detaillierteres Implantat einpflanzen.«

Kim lachte. »Sie verstehen nicht, worum es geht, Andrew. Worüber wir hier reden, ist die Duplizierung eines Lebens – der Erinnerung an ein Leben –, Detail für Detail. Wir reden über ein so umfangreiches, komplexes Programmierprojekt, das einen Stab von tausend Mann erfordern würde, die in fünfzig Jahren noch damit beschäftigt wären.«

»Also gut. Worum geht es dann? Wollen Sie damit andeuten, daß wir aufgeben sollten? Geht's darum?«

»Ganz und gar nicht. Ich will damit nur sagen, daß wir diesen neuen Faktor – seine Fähigkeiten, Lücken auszufüllen und seine eigene Realität zu erfinden – in unsere Berechnungen einbeziehen müssen. Wir müssen unser Vorgehen neu durchdenken und die nächste Generation von Implantaten nicht als Hintergrund sondern als ein mentales Skelett konstruieren. Wenn wir den neuen Modellen eine Art kohärentes Gerüst mitgeben würden, könnten sie es selbst vervollständigen. Und wenn ich recht habe – wenn mein Instinkt mich in diesem Fall nicht trügt –, dann werden wir damit nicht nur das Problem der Instabilität beheben, unter dem frühere Prototypen gelitten haben, sondern unter Umständen sogar den ganzen Einprägevorgang vereinfachen.«

»Aber wie machen wir jetzt weiter?«

»Zuerst fahren wir nach GenSyn zurück. Wir werden auf die frühere Freigabe der neuen Gehirnsubstanz drängen, an der sie gearbeitet haben. Der Papierkram hat sich etwas verzögert – man kennt das ja –, aber ich werde mich an Tolonen wenden. Mal sehen, ob er ihnen nicht Feuer unterm Hintern machen kann.«

»Und Box?«

Kim wandte sich dem Geschöpf zu. »Wir lassen Box eine Woche lang laufen. Warten wir ab, wie er sich weiter ausfüllt. Und dann … nun, dann werden wir den Deckel schließen, würde ich sagen.« Er sah Curval wieder an. »Das Traurige ist nur, daß er nie wissen, nie erkennen wird, was aus ihm hätte werden können. Lücken … Alles, was er je kennen wird, sind Lücken.«

Von Pasenow stand in den Schatten im hinteren Teil des Zimmers und wartete ab, während Tolonen den Anruf entgegennahm. Er lauschte aufmerksam jeder Nuance in der Stimme des Marschalls, bemerkte die plötzliche Starre seiner Haltung und wußte, daß die überfreundliche Art des Alten die wahren Abgründe seiner Feindseligkeit verdeckte. Wer immer dieser Ward war, jedenfalls gehörte er nicht zu den Freunden des Marschalls.

Als der Alte das Gespräch beendete und sich ihm zuwandte, nahm er wieder eine aufmerksame Haltung an.

»Entschuldigen Sie bitte«, sagte Tolonen, und dabei überflog ein Anflug von Abscheu sein Gesicht. »Man sollte meinen, er wende sich an den zuständigen Betriebsleiter! Warum muß er mich belästigen? Wie auch immer ... Sie sagten, Sie hätten Neuigkeiten.«

Von Pasenow trat zwei Schritte vor in den Lichtkreis, der von dem Schwebeglobus in Reichweite Tolonens geworfen wurde, und senkte den Kopf.

»Ich glaube, wir haben sie gefunden, Sir.«

»Gefunden? Das ist ja fabelhaft! *Wo?*«

Er hob den Kopf. Tolonen beugte sich vor und schaute ihn ungeduldig an.

»Wir haben sie bis nach Cosenza im Süden zurückverfolgt. Es sieht aus, als bereiteten sie sich darauf vor, nach Afrika zu entwischen. Ich vermute, daß sie auf ihre Bezahlung warten, sonst wären sie schon weg.«

Tolonen nickte und bedeutete ihm fortzufahren.

»Ich habe die umliegenden Ebenen gründlich abriegeln lassen. Gute Männer. Zuverlässige Leute, die früher für den Sicherheitsdienst gearbeitet haben. Meine Männer sitzen in den Transitlifts und an allen Schranken. Sie können nicht einmal husten, ohne daß ich davon erfahre.«

Tolonen stand auf. »Hervorragend. Dann begeben wir uns mal hin, nicht?«

»Marschall?« Von Pasenow sah den Alten erstaunt an. »Aber ich dachte ...«

Tolonen kam hinter dem Schreibtisch hervor und legte Von Pasenow seine goldene Hand auf die Schulter. »Sie haben gute Arbeit geleistet, Major. Ich habe es nicht anders erwartet. Deshalb habe ich Sie angeheuert. Aber das ist eine persönliche Sache, verstehen Sie?«

Von Pasenow ließ den Kopf sinken. »Natürlich, Sir. Ich bring Sie umgehend hin.«

»Gut. Und Major … wenn wir eingreifen müssen, werden wir tun, was zu tun ist, ja? Ich werde für alle Konsequenzen die Verantwortung übernehmen. Aber ich brauche mindestens einen der Scheißer lebendig. Es ist mir gleich, wie Sie's machen, wenn Sie's nur schaffen. *Alles klar?*«

Von Pasenow schluckte, dann verbeugte er sich knapp. »Sir!«

Die Vorhänge waren vorgezogen, der Raum in Halbdunkel getaucht. Vom anderen Ende des Zimmers konnte er ihre leisen, regelmäßigen Atemzüge hören und lächelte. Das Zimmer war warm und von ihrem süßlich parfümierten Geruch erfüllt. Er zögerte, ehe er die Tür zuschob und auf Zehenspitzen zum Bett ging.

Shu-sun lag mit dem Rücken zu ihm da, und ein hellrotes Seidenhemd verhüllte ihre Nacktheit. Vorsichtig, um sie nicht aufzuwecken, nahm Tsu Ma Platz, beugte sich über sie und betrachtete in Ruhe die Züge ihres schlafenden Gesichts.

Er hatte sich nicht geirrt. Sie war in jeder Hinsicht so schön, wie er sie in Erinnerung hatte. Während er sie ansah, drehte sie sich langsam um, löste sich sinnlich aus ihre fötalen Haltung, öffnete unmerklich die Lippen und streckte Hals und Schultern. Dann schlug sie mit einer trägen Bewegung die Augen auf, ihre Pupillen schwer vor Schlaf. Bei seinem Anblick lächelte sie.

»Wo warst du?« fragte sie, ihre Stimme ein vertrautes, gedehntes Murmeln. »Ich dachte, du würdest kommen, aber du bist nicht gekommen …«

Er spürte einen Stich von Schuld und unterdrückte ihn rasch. »Ich bin jetzt da«, sagte er, legte eine Handfläche auf ihre Wange und streichelte sie. Shu-sun zog seinen Körper hinunter auf die warmen, festen Brüste unter der Seide.

»Ich wollte dich.«

»Du wolltest mich?« Er spürte, wie ihn ein leichter

Schauder der Vorfreude durchfuhr. Ihre seidige Wärme erregte ihn.

»Ich will dich immer noch«, verbesserte sie ihn.

Sie hob seine Hand an ihre Lippen, küßte sie, ließ sie dann wieder los und entblößte sich, indem sie das Seidenlaken zurückschlug. Tsu Ma entfuhr, bezaubert von ihrem Anblick, ein langer, tiefer Atemzug, dann beugte er sich vor und küßte sanft erst die eine, dann die andere Brust, indem er mit der Zunge die Brustwarzen umspielte.

Er blickte an ihr hoch. Sie hatte die Augen geschlossen, und ihr ganzes Gesicht strahlte vor Wohlbehagen über seine Liebkosungen. Er beugte sich wieder hinunter, küßte und kitzelte ihre Brüste, strich mit den Händen über ihren Körper, tastete die glatten, jugendlichen Rundungen ab und entlockte ihr leise Seufzer.

Schließlich wich er zurück, schüttelte seine Jacke ab und stand auf, um sich auszuziehen. Sie schlug träge die Augen auf, beobachtete ihn, lächelte sehnsüchtig, und kehrte ihm ihren Körper wie eine Opfergabe zu. Er warf sein Hemd weg, kickte die Stiefel von den Füßen und streifte zuletzt seine hohen Gamaschen ab. Als er am Bettrand niederkniete, setzte sie sich auf und streckte die Arme nach ihm aus, während ihre Finger seinen Bauch und die Innenseiten seiner Oberschenkel streichelten, einen Kreis über seine Lenden beschrieben, die Augen weit geöffnet, vor Freude am Anblick seiner heftigen Erregung.

Er schloß die Augen und stöhnte, als sie sich herunterbeugte und ihre Finger sich sanft um seine Hoden schlossen, während ihr Mund sich ihm öffnete. Indem er ihr die Hände auf die Schultern legte, begann er dort die Muskeln zu massieren, halb zärtlich, halb wild.

»Aiya«, stöhnte er und konnte nicht mehr anders, als in sie zu stoßen. *»Aiya!«*

Seine Hände lagen auf ihrem Hals. Als sie ihn tiefer in den Mund aufnahm, streckte er die Rechte aus, packte ihr Haar an der Stelle, wo es zu einem Knoten gebunden war und zog ihren Kopf zurück, als zügele er ein Pferd.

Sie blickte mit offenem Mund zu ihm empor, und ihr Gesichtsausdruck hatte sich völlig verändert. In ihren Augen glühte jetzt eine archaische Wildheit. Er zitterte, dann riß er sie an sich. Seine Lippen suchten ihre und zerdrückten sie fast, selbst noch, als sie die Beine spreizte und ihren Leib um ihm schlang. Mit einem Keuchen war er in ihr, und der Schock des Eindringens ließ sie beide aufschreien, sie mit hoher, ihn mit tiefer Stimme. Er stieß sie so brutal, als wollte er sie zerstören, sie restlos auslöschen. Ihre Schreie, ihr schmerzverzerrtes Gesicht raubten ihm völlig den Verstand. Sie umklammerte ihn so krampfhaft, schob ihm bei jedem Stoß so wuchtig die Hüfte entgegen, als sei sie ein junges Tier im Todeskampf.

Als er kam, schrie sie auf, zuckte unter ihm zusammen, stieß sich gegen ihn, als wolle sie sich entzweireißen, krallte beide Hände so fest in seine Hinterbacken, während er stöhnte, als habe ihn ein Speer durchbohrt, und tief in ihr seinen Samen vergoß. Jeder Stoß war jetzt wie ein Todeszucken. Er biß die Zähne aufeinander, und sein Gesicht verzerrte sich in einem schmerzhaften Krampf. Noch einmal! Noch einmal! Noch einmal!

Eine Stunde später erwachte er, den Kopf zwischen ihren Brüsten, ihre Arme um seinen Hals und seine Schultern geschlungen. Eine Weile lag er entspannt da und genoß es einfach, ihren ruhigen Atem zu hören, die weiche Wärme ihrer Haut an seiner zu spüren. *Wie im Paradies,* dachte er. Doch weil er wußte, daß er bald zurück mußte, löste er sich vorsichtig von ihr und schwang sich aus dem Bett.

Er stand einen Moment lang da und starrte sie an, wieder leicht erregt von ihrem Anblick. Es wäre leicht, einfach ein paar Tage hierzubleiben, zu schlafen und zu lieben und die Welt dort draußen zu vergessen. Schließlich gehörte das zu den Privilegien eines T'ang. Aber ein T'ang trug auch Verantwortung, und im Moment war die Welt ein Ort der Bedrohungen und des Chaos. Im Moment erlaubte ihm die Welt nur wenige Augenblicke, um Freude für sich zu beanspruchen.

Er fuhr zusammen, dann begann er sich anzuziehen. Einen Moment lang hatte er alles vergessen – alles außer sie. Er lächelte, als er sich daran erinnerte. Das erste Mal war heftig gewesen, wie die wilde Vereinigung zweier Tiere, das zweite Mal zärtlich, vorsichtig, sanft. Und dazwischen ... Er lachte, so sehr verblüffte es ihn. Dazwischen hatte er sich in sie verliebt.

Nachdem er den letzten Knopf seiner Jacke zugeknöpft hatte, drehte er sich um, sah sie noch einmal an, dann trat er ans Bett, beugte sich über sie und drückte ihr zärtliche Küsse auf den Hals, die Wangen, die Stirn.

»Heute nacht«, flüsterte er. Schließlich trat er zurück, straffte sich und machte sich bereit, zu gehen und wieder der großen Welt dort draußen entgegenzutreten.

Heute nacht, dachte er in dem Wissen, daß ihm wenigstens diese eine süße Gewißheit vergönnt war. *Heute nacht werde ich zu dir kommen, meine geliebte Shu-sun.*

Aber vorher gab es noch eine andere Angelegenheit zu erledigen.

Sie befanden sich in der Luft, als es losging – südlich der Garnison Mailand schoß ihr Kreuzer in weniger als hundert *ch'i* Höhe über das Dach der Stadt hinweg, als überquere er eine gewaltige, spiegelglatte Schneelandschaft.

»Was geht da vor?« wollte Tolonen wissen, beugte sich vor und berührte Von Pasenow am Arm.

Der Ex-Major blickte auf und zog eine Grimasse. »Es sieht so aus, als sei ihr Kontaktmann eingetroffen.

Sie brechen ihr Lager ab. Wenn wir jetzt nicht zuschlagen ...«

»Dann schlagen wir eben zu«, sagte Tolonen streng. »Aber vergessen Sie nicht, was ich gesagt habe. Ich brauche wenigstens einen von ihnen lebendig. Sagen Sie Ihren Männer, sie sollen die Leute mit Schüssen außer Gefecht setzen, aber nicht umbringen.«

»Und wenn sie Selbstmord begehen?«

»Dieses Risiko müssen wir eingehen.«

Von Pasenow zögerte kurz, dann nickte er und setzte das Gespräch mit seinem Mann in Cosenza fort.

Sie trafen zehn Minuten später ein und setzten neben einer der Sicherungsluken auf. Aber da war schon alles vorbei.

»Hoffen wir, sie haben uns irgend etwas übriggelassen«, sagte Tolonen, als sie aus den Kopter stiegen.

»Oder irgend jemanden«, brummte Von Pasenow, der mit dem Schlimmsten rechnete.

Unten herrschte das Chaos. Jemand hatte einen der *Shen Ts'e* erschossen, bevor der Hinterhalt entsprechend eingerichtet war. Als Folge waren mehr als zwanzig ihrer eigenen Männer getötet oder schwer verwundet worden. Von den *Shen Ts'e* hatte nur einer überlebt und dies nur deshalb, weil sie ihm beide Arme und einen Fuß weggeschossen hatten. Er lag unter schwerer Bewachung in einem der Zimmer. Seine Wunden waren mit Kältespray betäubt worden, und sein Zustand wurde von der Wiederbelebungsmaschine stabil gehalten, auf der er festgeschnallt lag.

Tolonen inspizierte zunächst die Toten, und verbrachte einige Zeit damit, die fünf *Shen Ts'e* anzustarren, wobei er etwas von Loyalität und Vertrauen murmelte und sich laut fragte, wie man solche Männer habe kaufen können. Schließlich wandte er sich von ihnen ab und kam in das Zimmer, wo er beim Anblick des halb Bewußtlosen tief die Stirn runzelte.

»Kennen Sie ihn?« fragte Von Pasenow.

»Ich kannte ihn«, antwortete Tolonen. »Zumindest habe ich das angenommen. Er war ein guter Mann.« Er gab einen Seufzer von sich, dann rümpfte er lautstark die Nase. »Aber man kann wohl niemandem mehr uneingeschränkt vertrauen.«

Der Marschall drehte sich um und blickte Von Pasenow in die Augen. »Es begann mit diesem verfluchten DeVore. Was er anfing, wurde von meinem früheren Schwiegersohn Hans Ebert fortgesetzt. Und von da an, scheint's, hat es sich wie eine ansteckende Krankheit ausgebreitet. Eine Krankheit des falschen Scheins. Sie höhlt einen Menschen aus und ersetzt ihn durch einen Schatten, eine Marionette, die nach den Befehlen eines anderen tanzt. So wie in diesem Fall.«

Er ging zu dem verletzten *Shen Ts'e* hinüber und sah in sein schmerzverzerrtes Gesicht.

»Feldwebel Hoff, wissen Sie, wer mit Ihnen redet?«

Hoff schlug langsam die Augen auf. »Marschall Tolonen? Sind Sie das?«

»Hoff. Ich muß ein paar Dinge wissen, und ich muß sie sofort wissen.«

Hoff schüttelte den Kopf.

»Ich werd's Ihnen einfach machen, Feldwebel. Sie sagen es mir jetzt, und ich werde Ihnen einen schnellen und gnädigen Tod bereiten. Sie wissen, daß ich das kann, nicht wahr?«

Hoff nickte und schien plötzlich weit aufmerksamer.

»Wenn Sie aber weiter schweigen …« Tolonen rümpfte die Nase. »Nun, ich glaube, dafür haben Sie genug Vorstellungskraft, nicht wahr, Feldwebel? Ich könnte Sie am Leben halten, sagen wir dreißig, vielleicht vierzig Jahre lang. Und jeder einzelne Tag davon wäre eine Qual. Eine Hölle, gegen die Ihr gegenwärtiger Zustand wie die reinste Wonne erscheint. Also … wofür entscheiden wir uns? Für einen schnellen Tod oder die Ewigkeit des Leids?«

Hoff schloß die Augen und stöhnte. »Was wollen Sie wissen?«

»Wer hat Sie gekauft? Wer hat Sie bezahlt? Von wem erhielten Sie Ihre Befehle?« Er machte eine Pause, in der er sich näher beugte. »Und was am wichtigsten ist: wo steckt der Junge? Sagen Sie's mir, und ich könnte Ihnen vielleicht noch weiter entgegenkommen.«

Hoff zitterte, dann schlug er die Augen wieder auf und sah dem Alten ins Gesicht.

»Unser Kontaktmann hieß Ruddock. Seiner Akte beim Sicherheitsdienst nach ist er ein Untergeordneter Beamter, aber in Wahrheit ist er einer der wichtigsten Unterhändler zwischen uns und der Organisation des Weißen T'ang.«

»Reden Sie weiter.«

Er zog eine Grimasse, schloß kurz die Augen und fuhr fort. »Der Zahlmeister war Li Min persönlich. Und wer uns die Befehle gegeben hat – das war Rheinhardt.«

Tolonen lachte. »Das glaube ich Ihnen nicht.«

In Hoffs Augen, die ihn anstarrten, war eine kalte Gewißheit. »Vor zwei Wochen hat oben im Norden eine geheime Sitzung stattgefunden. In Göteburg oder irgendwo dort. Mehr als zwei Dutzend Leute haben an dieser Sitzung teilgenommen, darunter unser Kommandeur und eine Anzahl anderer hochrangiger Offiziere des Sicherheitsdienstes. Rheinhardt führte den Vorsitz. Der Zweck der Sitzung bestand darin, sich Klarheit zu verschaffen, wer am Ende der Sieger ist, wenn es zum Krieg zwischen Li Yuan und Li Min kommt.«

Tolonen stieß den Atem aus. »Haben Sie dafür Beweise?«

Hoff nickte. »Unser Kommandeur – Needham – hat Rheinhardt persönlich einen Eid geschworen. Er hat uns dasselbe tun lassen.« Wieder verzog er das Gesicht. Offenbar kehrten die Schmerzen zurück, als die Wirkung der Kurzzeitmedikamente nachließ. »Als von oben die Befehle kamen, haben wir sie ausgeführt.«

»Ich verstehe.« Der Alte nickte und sah noch einmal zu Von Pasenow hinüber. »Ich konnte es nicht verstehen«, sagte er. »Eine Shen Ts'e-Einheit. Ihre Loyalität steht außer Frage. Aber das, falls es stimmt, erklärt alles.« Er sah Hoff wieder an. »Und wo ist der Junge?«

Hoff schluckte trocken, dann schüttelte er den Kopf. »Ich weiß es nicht. Auf dem Weg hierher haben wir ihn in Linz übergeben. An einen großen Mann mit ochsenartigem Gesicht. Er hatte eine Schulterwunde. Ein bleiches, leichenhaftes Gesicht.«

»Einer von Li Mins Männern?«

»Ich ... ich denke schon.«

Tolonen starrte ihn eine Zeitlang an, dann schüttelte er entschieden den Kopf.

»Ich glaube Ihnen nicht, wissen Sie das, Hoff? Oh, daß Sie von Li Min bezahlt worden sind, das hört sich plausibel an. Was den Rest angeht, nun ja ... Ich glaube, Sie wollen Li Yuan in Schwierigkeiten bringen. Rheinhardt ...« Er lachte, und seine Stimme klang plötzlich lauter und autoritärer. »Ich *kenne* Helmut Rheinhardt, und er würde sich eher die Kehle durchschneiden, als an einen Verrat an seinem Herrn auch nur zu denken.«

Er beugte sich dem Mann entgegen, legte die Metallfinger seiner linken Hand auf den kauterisierten Stumpf von Hoffs rechtem Arm und drückte zu, erst sanft, dann immer fester.

Hoff schrie.

»Also, Sergeant«, sagte Tolonen, und sein felsartiges Gesicht schwebte dabei über dem schweißnassen Mann, »fangen wir noch einmal von vorne an, ja? Schließlich haben wir reichlich Zeit. Alle Zeit der Welt ...«

Fu Chiang stand neben Karr am Geländer und sah in die Kampfgrube hinunter.

»Es ist brutal, ich weiß, aber es gehört auch zu den wenigen *reinen* Dingen, die es überhaupt noch gibt. Sie kämpfen zu sehen ...« Fu Chiang lächelte und wandte sich dem Riesen zu, indem er seinen Körpermaßen bewundernde Blicke widmete. »Dabei kann man nichts vortäuschen. Einer gewinnt, einer stirbt. Es hat eine solche – *Klarheit*.«

»Ich weiß«, sagte Karr mit eindringlichem Blick. »Ich war selbst ein Schlächter. Ich habe selbst einmal im Licht der Scheinwerfer in einer Grube gekämpft.«

Fu Chiang riß die Augen auf. »Sie haben *gekämpft*?« Dann lachte er. »Sie machen Scherze, Oberst.«

Karr wandte sich ihm mit todernstem Blick zu. »Ich habe gekämpft. Unter dem Netz. Acht Wettkämpfe auf Leben und Tod. Und dann gegen Hwa, den Meister aller Meister. Er hat mich fast geschlagen.« Karr atmete tief durch, dann nickte er. »Er war ein großer Mann, dieser Hwa.«

»Und dann?«

Karr lächelte. »Und dann hat Tolonen mich entdeckt und zu einem Gefolgsmann des T'ang gemacht.«

Fu Chiang runzelte die Stirn. »Das wußte ich nicht. Es ... nun, es kommt mir etwas merkwürdig vor, daß ein Schlächter zum Oberst im Sicherheitsdienst aufgestiegen sein soll, aber wenn ich Sie so ansehe ...«

Fu Chiang streckte die Hand aus und berührte Karrs Brust. Es war, als berühre er eine warme Steinsäule. Karr beobachtete ihn geduldig, weder abgestoßen noch erfreut von der Berührung des kleinen Mannes. Fu Chiang ließ seine Hand sinken und zuckte die Achseln. »Wie auch immer. Kommen wir zum Geschäftlichen ...«

»Ist er hier?«

»Über uns in der Turmhalle. Ich habe ihn die Aussicht bewundern lassen.«

»Sie muß schön sein.«

»Das ist sie.« Fu Chiang lächelte. »Ich mag Sie, Oberst. Wenn Sie es je leid sind, Li Yuan zu dienen ...«

Er ließ den Rest unausgesprochen und wies ihm mit einer Handbewegung den Weg. Sie unterhielten sich, während sie durch Korridore gingen, Treppen hinaufstiegen und lange Tunnel durchschritten, die man aus dem Fels der Bergflanke gehauen hatte. Überall standen Wachleute.

»Sie wissen, was zu tun ist?« fragte Fu Chiang, als er vor den großen Türen innehielt.

Karr nickte. »Sie haben vorhin über Reinheit gesprochen. Über die Klarheit, die sich einstellt, wenn es um Leben und Tod geht. Aber es ist nicht immer so. Heutzutage ...« Er schaute betrübt weg, ehe er Fu Chiang wieder in die Augen sah. »Absprachen. Mehr gibt es heutzutage nicht mehr. Nur *Absprachen*.«

»Das sorgt Sie«, sagte Fu Chiang. Es war eine Feststellung, keine Frage.

»Ja«, gestand Karr. »Aber ich kann damit leben, wenn es bedeutet, daß ich der Moral einen Dienst erweise.«

»Der Moral einen Dienst erweisen? Glauben Sie daran wirklich?«

»Nicht ständig. Aber ich weiß, daß es einen Unterschied gibt. Einem guten Mann zu dienen, ganz gleich, wie schlecht das System ist, das er überwacht – nun, es mag Ihnen seltsam erscheinen, Fu Chiang, aber das ist mir immer noch lieber, als jemandem wie Li Min zu dienen.«

»Bei Ihnen hört sich das so einfach an.«

Karr schüttelte den Kopf. »Einfach? Es ist nie einfach. An manchen Tagen ...« Er lächelte, dann trat er einen Schritt von der Kante zurück. »Wie auch immer. Schauen wir uns den Handlanger des Weißen T'ang an – den Verräter des Verräters.«

Fu Chiang lachte. »Den Verräter des Verräters. Das gefällt mir. Ich nehme an, Sie trauen unserem Freund Li Min nicht?«

»Nein.«

»Ich auch nicht ...«

»Wollen wir?« fragte Karr und zeigte auf die Türen.

Fu Chiang lächelte. »Haben Sie Geduld, Oberst. Visak wird so lang warten, wie Sie und ich ihn warten lassen wollen, aber das hier ... ach, es kommt so selten vor, daß man ohne Masken mit jemandem reden kann. Ich hatte fast vergessen, wie das ist.«

Karr hob eine Augenbraue. »Haben Sie keine Frau, Fu Chiang? Keinen Freund, dem Sie sich anvertrauen können?«

»Eine Frau?« Fu Chiang rümpfte die Nase. »Ich habe ein Dutzend Frauen! Aber ihnen zu *vertrauen* … nun, ich würde eher meinen Eiern unter einem Schlachtermesser trauen.«

Karr lachte, wurde aber gleich wieder ernst. »Trotzdem kann ein Mensch nicht isoliert leben.«

»Nein?« Fu Chiang dachte darüber nach, dann zuckte er die Achseln. »Ich bin mein ganzes Leben lang allein gewesen. Das ist der *Zustand,* in dem ich existiere. Ich dachte, Sie verstehen das. Ein Bergherr zu sein … das ist kein leichter Weg.«

»Nein …« Karrs Augen musterten ihn, und sein bisheriges Mißtrauen verwandelte sich in Mitgefühl. »Das verstehe ich.«

»Das verstehen Sie?« Fu Chiang, nur halb so groß wie Karr und ein Achtel so schwer, lachte erst, dann sah er dem Riesen in die Augen. »Nein, Oberst Karr. Sie verstehen es nicht einmal ansatzweise.«

Visak stand neben dem Brunnen, eine Hand auf der Flanke des Pferdes. Als er die Türen quietschen hörte, drehte er sich um und kam eilig herüber. Seine Nervosität war nicht zu übersehen.

»Was ist geschehen, Fu Chiang? Ist Li Yuan auf meine Bedingungen eingegangen?«

»Ihre *Bedingungen*?« Karr trat zwischen Visak und Fu Chiang.

Visak wich einen Schritt zurück und wandte sich Fu Chiang zu, indem er Karr demonstrativ ignorierte. »Sie wissen, was ich gesagt habe, Fu Chiang. Ich brauche Garantien. Einen sicheren Unterschlupf. Schutz. Zwanzig Millionen *Yuan*.«

Fu Chiang warf Karr einen Blick zu und nickte. Karr trat vor, und die Schnelligkeit seiner Bewegung überraschte bei einem so großen Mann. Binnen Sekundenbruchteilen hatte er Visaks Arme nach hinten gebogen und ihn niedergedrückt.

»Keine Absprachen«, sagte Karr und trat zurück. »Sie sind jetzt mein Gefangener, *Shih* Visak.«

Visak starrte Fu Chiang finster an. »Sie Ratte. Sie ...«

»Sie hatten nichts«, sagte Fu Chiang. »Nichts für sich selbst jedenfalls. Aber für mich ...« Er grinste und wandte sich an Karr. »Richten Sie Li Yuan aus, daß ich ihm für seine Protektion danke. Sagen Sie ihm ... sagen Sie ihm, ich hoffe, mein Geschenk hilft ihm, diesem Monster in den Tiefen der Stadt eine Falle zu stellen.«

Visak sah zwischen den beiden Männern hin und her und knurrte. »Sie Dreckstück! Sie elender ...«

Fu Chiangs Hand zuckte vor, und die steifen Finger trafen Visak hart im Solarplexus. Visak sackte mit einem Keuchen in sich zusammen. Fu Chiang sah Karr in die Augen.

»Das war gut«, sagte Karr und senkte respektvoll den Kopf.

Fu Chiang lächelte. »Vielleicht hätte ich es Ihnen sagen sollen, Gregor Karr, aber ich war auch einmal ein Schlächter. Vor langer Zeit. Sehr, sehr langer Zeit ...«

Li Yuan hatte den Rückrufbefehl unterzeichnet und setzte mit dem Großen Siegel einen Stempel darunter, indem er den massigen Holzklotz mit beiden Händen umfaßte, als Nan Hos Sekretär Hu Chang den Raum betrat und zu seinem Herrn eilte, dem er etwas zuflüsterte. Nan Ho hörte zu, dann trat er vor und ergriff das Wort.

»*Chieh Hsia*. Offenbar wünscht Marschall Tolonen Euch dringend zu sprechen.«

Li Yuan blickte auf und lächelte trübe. »Stellen Sie ihn durch. Ich bin sicher, daß er gern die Neuigkeiten hört.«

Er lehnte sich zurück und ließ die beiden Siegelhüter den großen rechteckigen Stempel vom Seidenpapier heben und aufs Kissen zurücklegen, dann wandte er sich dem Bildschirm zu, der zu seiner Linken aus der Decke glitt.

»Knut ... was gibt's?«

Das Gesicht des Alten strahlte vor Erleichterung. »Er ist wieder da, *Chieh Hsia*! Li Min hat den Jungen zurückgegeben!«

»Zurückgegeben ...« Im ersten Moment verstand er nicht. »Meinen Sie Pauli? Hat Li Min *ihn* zurückgegeben?«

»Ja!« Tolonen lachte und vergaß sich. »Das ist doch wundervoll, nicht? Und ohne Fesseln!«

Ohne Fesseln ... Li Yuan dämmerte etwas. Was hatte Li Min im Sinn? »Geht es ihm ... gut?«

»Oh, es geht ihm gut, *Chieh Hsia*!«

Li Yuan nickte, zwang sich zu einem Lächeln und gab vor, die Freude des Alten zu teilen. Es war eine gute Nachricht, keine Frage, aber er konnte nicht anders, als dahinter etwas Heimtückisches zu vermuten. Eines wußte er über Li Min, nämlich, daß er einen Grund für alles hatte, was er tat. Dies war kein Akt der Gnade, sondern ein kalkulierter Schachzug. Aber zu welchem Zweck? Was plante Li Min noch?

»Haben Sie ... haben Sie den Jungen untersuchen lassen?«

»Untersuchen, *Chieh Hsia*?«

Er schluckte, und weil er nicht wußte, wie er es taktvoll ausdrücken konnte, sprach er einfach aus, was ihm durch den Kopf ging. »Ist der Junge ... ist er *echt*? Ich meine ...«

Tolonen lachte. »Mein eigener Leibarzt hat eine vollständige Untersuchung vorgenommen, *Chieh Hsia*. Es ist wirklich Pauli.«

»Gut.« Li Yuan lächelte und entspannte sich ein wenig. »Da Sie schon einmal am Apparat sind, Knut, will ich Ihnen eine Neuigkeit nicht vorenthalten. Ich habe die Banner-Armeen aus Afrika zurückgerufen.«

»*Chieh Hsia?*« Tolonens Lächeln verblaßte. »Aber ich dachte ...«

»Ich habe meine Entscheidung getroffen, Knut. Und jetzt entschuldigen Sie mich bitte. Es gibt viel zu tun.«

Abrupt unterbrach er die Verbindung, weil er nicht im Beisein anderer mit seinem Marschall über diese Angelegenheit diskutieren wollte.

Er sah sich nach seinem Kanzler um, aber Nan Ho hatte den Raum verlassen. Mit einem Stirnrunzeln winkte er Nans Sekretär heran.

»Hu Chang! Wo ist Meister Nan?«

Doch er hatte die Frage kaum ausgesprochen, als Nan Ho außer Atem und mit einem seltsamen Lächeln auf den Lippen zurückkehrte. Er hatte das große Arbeitszimmer halb durchquert, da machte er eine tiefe Verbeugung.

»Meister Nan?«

Nan Ho straffte sich und hielt ein dünnes Blatt Papier hoch. Seine Augen blinzelten, sein Gesicht wirkte, als könne er jeden Moment lachen. »Sie ist eingetroffen, *Chieh Hsia*! Sie ist im letzten Moment eingetroffen!«

Er verbeugte sich ein zweites Mal, dann streckte er den Arm aus und hielt seinem Herrn das Papier hin. Li Yuan kam hinter dem Schreibtisch hervor und las es durch. Er hatte kaum einen Absatz gelesen, als er abrupt aufblickte und Nan Ho schockiert in die Augen sah.

»Aber das ist ...«

»Seine Kapitulation, *Chieh Hsia*! Er nennt Euch Sohn des Himmels und ist bereit, Euch uneingeschränkte Loyalität zu schwören, indem er sich Euch mit entblößtem Hals zu Füßen legt!« Nan Ho lachte. »Wir haben gewonnen, *Chieh Hsia*!«

Li Yuan schüttelte das Papier, als wolle er seine Fadenscheinigkeit betonen. »Aber das bedeutet nichts!«

Nan Ho ließ den Kopf sinken, ernüchtert von den

Worten seines T'ang. »Verzeiht mir, *Chieh Hsia*, aber Ihr habt den Rest noch nicht gehört. Dieses Dokument ... während wir uns unterhalten, kursieren schon unzählige Kopien davon auf den unteren Ebenen. Millionen Kopien. Dutzende von Millionen! Er verneigt sich vor Euch, *Chieh Hsia*! Er nennt Euch Sohn des Himmels!«

»Ich ...« Li Yuan war im Begriff, noch etwas zu sagen, in Frage zu stellen, was der Kanzler geäußert hatte, aber die Glocke hinter seinem Schreibtisch hatte ungeduldig zu klingeln begonnen. Wei Tseng-li versuchte mit ihm Kontakt aufzunehmen.

Er kehrte hinter seinen Schreibtisch zurück und wandte sich dem Bildschirm zu, auf dem das Gesicht seines jungen Vetters erschien.

»Vetter Wei«, sagte er förmlich, weil er sich der Anwesenheit der Diener im selben Zimmer bewußt war.

»Vetter Li«, antwortete Wei Tseng-li, dessen Gesicht eine ungewohnte Härte zeigte. »Ich mache mir große Sorgen. Es war zu hören, daß deine afrikanischen Armeen mobilisiert und nach Europa versetzt werden sollen.«

Es war zu hören? Li Yuan fröstelte. Wie konnte diese Neuigkeit so schnell zu Wei tseng-li durchgedrungen sein? Er hatte die Entscheidung erst vor einer Stunde getroffen. Und der Rückrufbefehl ... er war weniger als eine halbe Stunde alt! Wer von den bestenfalls zwanzig Personen, die davon wußten, hatte seinen Vetter Wei unterrichtet?

»Entschuldige, Vetter«, sagte er und entließ mit einer Geste alle Anwesenden, »aber darf ich fragen, von wem du dieses ... dieses *Gerücht* gehört hast?«

Wei Tseng-li tat die Frage mit einem Wink ab. »Treib keine Spielchen mit mir, Yuan. Ich habe von deinem Streit mit Tsu Ma gehört. Um was es ging, ist mir nicht bekannt, aber wenn du vorhast, deine Stadt in einen Krieg zu stürzen, nur um ...«

»Um *was*?« unterbrach Li Yuan wütend. »Vetter ... Ich

verdanke dir das Leben meines Sohnes – und nicht nur das –, aber ich bin ein T'ang, und was ich entscheide …«

»… betrifft auch meine Stadt.« Wei Tseng-li beugte sich über den Bildschirm. »Was ist los, Li Yuan? Mach mir nichts vor. Wenn du wirklich einen Krieg planst, dann sag es mir, denn dafür muß ich in meiner eigenen Stadt Vorkehrungen treffen. Wenn nicht …«

Li Yuan lehnte sich zurück und sah seinem Vetter einen Moment lang in die Augen, dann schüttelte er den Kopf.

»Die Banner bleiben in Afrika. Was den Krieg angeht …« Er hob das Dokument auf und hielt es so, daß Wei Tseng-li es sehen konnte.

Wei las es und lachte. »Aber Yuan, das ist ja …« Er lachte, ein fröhliches, knabenhaftes Lachen, das Li Yuan seltsam zu Herzen ging. »Das ist ja wundervoll!«

Li Yuan nickte, war aber immer noch unsicher. Wundervoll? War das wirklich so wundervoll? Oder war es ein Trick, eine leere Attrappe, auf die er hereinfallen sollte? Die Wahrheit war, er wußte es nicht. Bis an die Grenze … Dieser Verrückte hatte ihn bis an die Grenze getrieben. Aber für den Moment – für die Dauer dieses kurzen Zwischenspiels – herrschte Frieden.

Er gab einen langen, schweren Seufzer von sich, dann lachte er und ließ sich von Wei Tseng-lis offensichtlicher Freude anstecken.

»Ja, Vetter Tseng, du hast recht! Es ist wirklich wundervoll!«

KAPITEL · 9

Licht und Dunkelheit

Kim stand auf der Veranda vor seinem neuen Arbeitszimmer und blickte über die Gärten hinaus. Dort, auf dem südlichen Rasen zwischen dem Kiesweg und der Außenmauer, hatten sie eine geodätische Kuppel errichtet – ein imposantes Gebilde von mehr als sechzig *ch'i* Höhe, eingerahmt von einem Schutzgitter aus hochdehnbarem Stahl. Unter der dunklen Außenschicht lagen zwei weitere, alle drei aus einer spezialverstärkten Eis-Variante gefertigt, die Kim selbst entwickelt hatte. Die inneren Schichten waren von der Außenwelt isoliert und nur durch einen einzigen gegossenen Stahltunnel zugänglich, in dem sich drei Luftschleusen befanden. Neben dem Kreis der Außenschleuse stand T'ai Cho, dessen hochaufgeschossene, ehrwürdige Gestalt einen starken Kontrast zu den Arbeitern bildete, die sich respektvoll vor ihm verbeugt hatten. Kim lächelte, sah in die Runde und war erfreut über den Anblick, der sich ihm bot. Nachdem sie den Rasen angelegt und die Bagger entfernt hatten, sah es schon sehr viel besser aus. Vier Wochen lang hatte das Chaos geherrscht, doch in den letzten Tagen hatte sich alles zusammengefügt. Wie durch ein Wunder, schien es.

Den Göttern sei dank, daß T'ai Cho hier ist, dachte Kim mit einem Lächeln, weil er wußte, daß er verrückt geworden wäre, hätte er versucht, mit dem hier und dem Projekt gleichzeitig fertigzuwerden. Am Ende war die Umgestaltung dann doch recht reibungslos vonstatten gegangen. In weniger als drei Wochen hatten sie die alte Villa umgebaut. Jetzt mußte nur noch die Alarmanlage der Kuppel angeschlossen und der Rosengarten von seiner Unterkunft in SimFics Laboratorien hierher versetzt werden.

Gerade noch rechtzeitig, dachte Kim und blickte auf das kunstvoll verpackte Geschenk, das auf dem Tisch neben der offenen Tür lag, denn heute abend fand Jelkas Volljährigkeitsfeier statt. Heute abend, nach sieben Jahren, würde er sie endlich wiedersehen.

Er lächelte, dann ging er hinein, schritt von Zimmer zu Zimmer an verbeugten Dienern vorbei und empfand eine immense Befriedigung über das Erreichte. T'ai Cho hatte mit der Möblierung des Hauses hervorragende Arbeit geleistet. Verschwunden war die Schwere des alten Dekors, die bedrückende Atmosphäre von Alter und Muffigkeit; an ihre Stelle war etwas Leichteres und Schlichteres getreten.

Ja, dachte Kim und trat in den geräumigen Hauptempfangsraum. *So ist es schon besser. Jetzt ist es ein Zuhause.*

Zuhause. Das Wort allein stellte in seiner Erfahrung etwas Fremdes dar. Er hatte noch nie ein Zuhause, allenfalls ein paar Zimmer für sich gehabt. Aber das hier … hier konnte man sich zu Hause fühlen, hier konnte man leben und arbeiten. Von hier konnte man aufbrechen und zurückkehren, weil man wußte, daß alles so bleiben würde, wie es war.

Ein Ort, der darauf wartete, mit Leben erfüllt zu werden.

Er schaute durch große Fenster nach draußen. Zu seiner Linken lag der Ostflügel des Hauses und am anderen Ufer des flachen Sees ein Obstgarten; zu seiner Rechten die Haupteinfahrt und hinter den hellen, wie Spitze gemusterten Steinen einer geschwungenen Brücke die massigen Bogen der Ziertore.

Zuhause, dachte er, überrascht von der Stärke der Gefühle, die dieses eine Wort hervorrief. *Die Maschine hatte recht. Ich mußte mir ein Zuhause schaffen – einen Ort, wo wir leben können …*

Er sah hinüber. T'ai Cho war offenbar fertig. Mit einer knappen Geste entließ er die Männer, raffte dann sein Seidengewand um sich und ging ins Haus zurück.

Kim ging seinem alten Freund in der Eingangshalle entgegen, zu seiner Rechten die große Treppenflucht.

»Ist alles fertig?«

T'ai Cho reichte einem Diener das elektronische Klemmbrett, dann wandte er sich Kim zu. »Wir hatten ein paar Probleme mit dem Inspektorat des T'ang, aber ich glaube, ich habe die Leute beruhigt. Sie werden das System einem Testlauf unterziehen. Wenn das erledigt ist, können wir die Überführung arrangieren.«

»Heute noch?«

T'ai Cho schüttelte den Kopf. »Das Inspektorat verlangt strengste Sicherheitsvorkehrungen. Sie wollen es heute nacht tun, das heißt in den frühen Morgenstunden, wenn die Ebenen frei sind. Und die Leute von SimFic sagten, sie brauchen zwölf Stunden Vorlaufzeit.«

Kim sah enttäuscht zu Boden.

»Kopf hoch. Das macht keinen Unterschied. Außerdem haben wir fast Mittag. Selbst wenn wir es für heute abend arrangieren könnten, würdest du es versäumen. Es sei denn natürlich, du ...«

»Nein. Wir werden warten.«

T'ai Cho lächelte. »Du verdienst das beste, Kim. Ich hoffe, heute abend läuft alles gut.«

Kim seufzte. »Es erschreckt mich, T'ai Cho. Sie wiederzusehen ... Ich ... ich weiß nicht, was ich dann sagen soll.«

»Sag einfach, was dir durch den Kopf geht. ›Danke‹ wäre vielleicht ein guter Anfang. Ich meine für die Bänder, die sie dir geschickt hat.«

»Ja.« Kim lachte. »Ja, du hast recht.« Er betrachtete seinen alten Freund einen Moment lang, dann trat er vor und umarmte ihn. »Ich bin froh, daß du gekommen bist, T'ai Cho.«

»Ich bin froh, daß du mich darum gebeten hast«, sagte

T'ai Cho und umarmte ihn fest, bewegt von dieser freundschaftlichen Geste. »Ich habe dich vermißt.«

Vor vielen Jahren, als Kim aus dem Lehm emporstieg, war es T'ai Cho gewesen, der ihn gefunden, ihn ausgebildet und um ihn gekämpft hatte, als die Dinge schlecht liefen und Andersen – der Direktor des Rekrutierungsprojekts – ihn liquidieren lassen wollte. T'ai Cho war sein Lehrer, sein Beschützer gewesen und kam von allen Menschen, die er je kennengelernt hatte, einem Vater am nächsten. Seinen wirklichen Vater hatte er nie kennengelernt – er war getötet worden. Der T'ang hatte ihn hinrichten lassen. Doch in den letzten sieben Jahren war T'ai Cho fast zu einem Fremden für ihn geworden. Er war mit ihm in Kontakt geblieben, doch Kims Arbeit als Vertragssklave für SimFic hatte den Großteil seiner Zeit beansprucht. Das und das Warten …

Kim legte eine Hand auf das pulsierende Band um seinen Hals.

Aber jetzt hatte das Warten ein Ende. Heute wurde Jelka erwachsen. Heute hörte er auf, ein Sklave zu sein, und wurde ein Besitzer. Und heute abend … heute abend würde er sie bitten, seine Frau zu werden.

Er spürte, wie ihn ein seltsamer Schauder durchfuhr – eine Mischung aus Angst und fieberhafter Erwartung –, und warf einen Blick auf die große Wanduhr.

»*Aiya!* Es wird spät.«

T'ai Cho schüttelte den Kopf. »Keine Sorge. Ich habe alles arrangiert. Direktor Reiss kommt her.«

Kim fuhr herum. »Hierher? Aber ich dachte …«

»Du bist ihnen wichtig, Kim. Was immer du willst.« T'ai Cho verstummte, dann lachte er plötzlich. »Ich freue mich so für dich. Ich bin so … so *aufgeregt*. Immer wieder muß ich daran denken, wie wir gekämpft haben, und sei es nur, um dich am Leben zu halten. Aber jetzt … nun«, er deutete mit einer ausladenden Geste auf die Villa und ihr Grundstück, »die Welt ist deine Auster. Du brauchst eine Villa? Sie beschaffen dir eine. Deine eigene Firma?

Sie gehört dir. Die Hand der Tochter des Marschalls …? Nun, wie könnte er dir das abschlagen? Du bist ein großer Mann, Kim Ward. Heute bist du angekommen. Heute nimmst du deinen Platz in der Welt ein.«

Kim sah verlegen weg, dann lächelte er. »Ich mach mich jetzt besser fertig. Wann wird Reiss eintreffen?«

T'ai Cho warf einen Blick auf seine Uhr. »Jeden Moment. Gegen Mittag, sagte ich ihm.«

»Mittag? Aiya!« Kim lief die Treppe hoch.

»Kim?«

Er hielt inne und blickte von der zehnten Stufe auf T'ai Cho hinunter.

»Laß dir Zeit. Er wird warten. Sie werden von jetzt an *alle* auf dich warten. Nicht vergessen, du bist jetzt ein großer Mann.« Er lächelte hintergründig. »Du bist der goldene Schlüssel, der Türen öffnet, vergiß das nicht.«

Kim riß die Augen auf. »Matyas … Daran erinnerst du dich …?«

T'ai Cho nickte. »Ja, daran erinnere ich mich. Aber diese Tage sind jetzt vorbei. Niemand wird dich je wieder tyrannisieren, Kim. Niemand. Jetzt geh und zieh dich um. Es ist Zeit, daß dir dieser Kragen abgenommen wird.«

Kim berührte das Band, dann nickte er und stieg weiter die Treppe hinauf, indem er jeweils drei Stufen auf einmal nahm. T'ai Cho rief ihm leise etwas hinterher.

»Niemand, hast du verstanden, Kim Ward? Niemand. Nicht einmal der große T'ang persönlich …«

»Jelka?«

Tolonen steckte den Kopf durch die Tür zum Zimmer seiner Tochter.

»Vater?« Sie blickte vom Schreibtisch auf, kam ihm entgegen und schloß ihn in die Arme. »Wie geht's?«

»Es ist verrückt. Vollkommen verrückt! Ich habe mich kaum aus meinen Zimmern getraut. Aber Harrison scheint zu wissen, was er macht.«

Tolonen hatte Harrison vor zwei Wochen mitgebracht, damit er die letzten Vorbereitungen für die Feier beaufsichtigen konnte. Er war ein Veteran Tausender Sozialkampagnen; ein harter Gesprächsführer und angesehener Prominenter in einem.

»Keine Sorge, Vater«, sagte sie, als sie den besorgten Ausdruck in seinem Gesicht bemerkte. »Er wird alle Probleme bewältigen.«

»Ja ... Ja, das glaube ich auch.« Er sah verwirrt an ihr vorbei und deutete auf den hellerleuchteten Bildschirm des Scanners auf ihrem Schreibtisch. »Irgend etwas Interessantes?«

Sie schüttelte den Kopf. »Eigentlich nicht ... Ich dachte mir, ich bringe mein Tagebuch auf den neusten Stand.«

»Ein Tagebuch?« Er sah sie interessiert an. »Du führst ein Tagebuch?«

»Ja ... und bevor du fragst, nein, du darfst keinen Blick hineinwerfen. Es ist privat.«

Er hob die Hand, als wehre er sie ab. »Schon gut ... aber sei bitte fertig, wenn die ersten Gäste kommen.«

»Zur vierten Glocke, ja?«

»Richtig.« Er lächelte und sah noch einmal an ihr vorbei. »Es ist ein schönes Kleid. Deine Mutter ...« Er fuhr zusammen, bevor er es aussprach. »Deine Mutter hätte dich gern darin gesehen.«

Sie wandte sich dem Kleid zu, das neben ihrem Anzug hing, den sie auf den äußeren Planeten getragen hatte, und nickte. Es war das Kleid ihrer Mutter – dasselbe Kleid, das sie vor sechsundzwanzig Jahren zu ihrer Volljährigkeitsfeier getragen hatte. Sie küßte ihren Vater zärtlich auf die Stirn, schob ihn aus dem Zimmer und schloß die Tür, dann setzte sie sich wieder an ihren Schreibtisch.

Einen Moment lang saß sie da, starrte ins Leere und dachte an ihre Mutter; eine Mutter, die sie nur von Hologrammen kannte; von der sie nur geträumt, die sie nie kennengelernt, nie berührt hatte.

Kann man jemanden lieben, den man nie kennengelernt hat? Kann man eine solche Person für das lieben, was sie im eigenen Leben hätte sein sollen? Kann man sie trotz ihrer Abwesenheit lieben?

Sie erbebte. Noch nie hatte sie es so deutlich formuliert, aber das war es, was sie von all ihren Freundinnen unterschied; die charakteristische Eigenart, die ihr Ich ausmachte – das Fehlen einer liebenden Mutter.

Sie tippte den Gedanken ein und lehnte sich zurück.

Je näher es rückt, desto irrealer erscheint es.

Und was wäre, wenn sie herausfand, daß sie ihn eigentlich gar nicht mochte? Was wäre, wenn die Jahre ihre Gefühle verändert hatten? Was wäre, wenn sie all die Jahre etwas in sich getragen hatte, das nur eine Illusion war – eine Chimäre der Liebe?

Die Überlegung erschreckte sie. Sie, die stolz darauf war, sich vor nichts zu fürchten – die drei Mordanschläge überlebt hatte –, sie fürchtete sich davor, den Mann zu treffen, den sie liebte; fürchtete sich davor, daß sich seine Gefühle für sie geändert haben könnten; fürchtete sich einfach deshalb, weil es ihr noch nie so ergangen war, weil sie noch nie jemanden *geliebt* hatte. Nicht auf diese Art. Nicht so, sie wie *ihn* lieben wollte.

Schon der Gedanke daran bereitete ihr ein seltsames Gefühl. Sie hatte versucht, *nicht* daran zu denken; hatte versucht, ihre Gedanken abzulenken, wann immer sie diese Richtung einschlugen, aber ihre Träume hatten ihr ein Bein gestellt. In ihren Träumen waren sie Mann und Frau gewesen und hatten gemeinsam nackt in jener Höhle auf der Insel gelegen, wo sie damals den Fuchs gesehen hatte, dessen finstere Augen im Dunkeln leuchteten. Finstere Tieraugen, die sie schon bei dem Gedanken zittern ließen, von ihnen angeblickt zu werden.

Sei tapfer, schärfte sie sich ein. *Und vor allem: sei ehrlich.*

Sieben Jahre. In sieben Jahren konnte sich viel ändern. Doch sie hatte gewartet. Sie hatte jedenfalls ihr Wort gehalten.

Heute abend. Sie erzitterte, beugte sich vor und schaltete den Bildschirm aus. Heute nacht würde er ihr gehören.

Madam Peng wartete in seinem Arbeitszimmer auf ihn.

»Madam Peng«, sagte er und lächelte gepreßt, als er auf seinen Schreibtisch zuging.

Sie fuhr hoch, überrascht von seinem Erscheinen. »Marschall Tolonen. Verzeihen Sie mir ...« Sie verbeugte sich, und der junge Mann an ihre Seite tat dasselbe.

Tolonen setzte sich, schob die Papiere beiseite, an denen er gearbeitet hatte, dann warf er einen Blick auf den jungen Mann.

»Und wer ist das?«

Madam Peng wandte sich nach links. »Das ist Emil Bartels. Ich habe Ihnen seine Akte geschickt ...«

»Ach ja.« Tolonen nickte dem jungen Mann zu. »Verstehen Sie, warum Sie hier sind, *Shih* Bartels?«

»Ja, Marschall Tolonen.«

Tolonens Miene wurde etwas weicher. »Sie sind ein gutaussehender junger Mann, Emil. Und Ihre Familie ... sehr gesund, wenn ich mich recht entsinne.«

Der junge Mann nickte und warf Madam Peng einen unbehaglichen Seitenblick zu.

»Bitte setzen Sie sich. Beide.«

Madam Peng nahm mit einem Lächeln Platz und wedelte mit dem Fächer vor ihrem Gesicht. Der junge Mann neben ihr beugte sich vor, beide Hände auf dem linken Knie, die Finger verschränkt und einen todernsten Ausdruck im Gesicht.

»Verzeihen Sie, Madam Peng«, begann Tolonen und lehnte sich zurück. »Wie Sie wissen, hatte ich beabsichtigt, daß *Shih* Bartels meine Tochter nicht erst heute abend besucht. Um ... um sie darauf vorzubereiten. Aber es blieb einfach keine Zeit. Außerdem ist meine Tochter ... *schwierig*, um es einmal so auszudrücken. Sie ahnt meine Absichten. Ich wünsche ihr natürlich nur das beste, aber sie glaubt, daß ich mich nur einmischen will. Unter diesen Umständen müssen wir vorsichtig sein. Ihr Zusammentreffen mit *Shih* Bartels muß ganz zufällig erscheinen.«

»Das ist höchst ungewöhnlich«, erwiderte Madam Peng. »Um in einer derartigen Angelegenheit Erfolg zu garantieren ...«

Tolonen hob die Hand. »Ich verstehe schon. Wenn meine Tochter sich in den jungen Emil hier verliebt, schön und gut. Er scheint ein netter junger Bursche zu sein, und sein bisheriges Betragen war vorbildlich, aber Sie verstehen mich falsch. Ich ...« Er runzelte die Stirn und suchte nach den rechten Worten, dann zuckte er die Achseln. »Drücken wir es so aus: wenn es Ihnen gelingt, sie heute abend zu zerstreuen ... sagen wir mal, sie zu *unterhalten,* und ihre Gedanken von anderen Angelegenheiten abzulenken, nun, dann können Sie beide mit einem fürstlichen Bonus rechnen.«

Bartels sah Madam Peng überrascht an. »Aber ich dachte ...«

»Oh, fassen Sie das nicht falsch auf«, fügte Tolonen hastig hinzu. »Wenn meine Tochter den jungen Bartels wiedersehen möchte und wenn diese Verbindung zu einer Heirat führt, werde ich keine Steine in den Weg legen. Aber das Hauptziel dieser Aktion besteht darin, daß heute abend ... nun, sagen wir, daß alles glatt geht.«

Madam Pengs Fächer schnappte zu. Ihr Gesicht verriet nun offenes Mißtrauen. »Verzeihen Sie mir, Marschall. Sie werden vielleicht sagen, das ginge mich nichts an, aber hat Ihre Tochter nicht schon einen Freier?«

Tolonen senkte den Blick, rümpfte die Nase und nickte.

»*Aiya!*« sagte Madam Peng leise. »Warum, in aller Götter Namen, haben Sie mir das bisher nicht gesagt?«

»Sie sind gut bezahlt worden, Madam Peng«, erwiderte Tolonen mit einem messerscharfen Unterton in der Stimme. »Und wenn dieser junge Mann erfolgreich ist, wird die Welt davon erfahren. Und was diesen Rivalen angeht, diesen sogenannten ›Freier‹ ... um den werde ich mich persönlich kümmern. Ihre Aufgabe ist einfach. Sie müssen nur das tun, was Sie immer schon getan haben – zwei gesunde junge Menschen vom selben gesellschaftlichen Rang zusammenführen. Oder macht Ihnen das Schwierigkeiten?«

Madam Peng starrte ihn wie vom Donner gerührt an, dann schüttelte sie den Kopf.

»Gut. Dann können Sie sofort anfangen. Ich habe für Sie ein Zimmer in einem benachbarten Appartement vorbereiten lassen. Wenn Sie etwas brauchen, fragen Sie nur. *Shih* Harrison ist im Dienst. Er wird sich um Sie kümmern.«

Tolonen stand auf, kam hinter dem Schreibtisch hervor und streckte dem jungen Mann die Hand entgegen. »Viel Glück, Emil. Tun Sie Ihr Bestes für mich, ja?«

Der junge Mann schlug ein und schüttelte ihm die Hand, dann trat er zurück und senkte den Kopf wie eine Soldat vor seinem kommandierenden Offizier, während Madam Peng an seiner Seite ein besorgtes Gesicht machte und der Fächer in ihrer Hand nervös flatterte.

Die Nachrichten waren voll davon. Ein bizarrer neuer Kult brachte Menschen um – vornehmlich mutmaßliche Terroristen –, indem er sie auf riesige, radartige Kreuze nagelte, ihnen die Pulsadern aufschnitt und sterben ließ. Es hatte bisher schon einige derartige Fälle gegeben, aber an diesem Morgen waren mehr als fünfzig Opfer auf den mittleren Ebenen gefunden worden, was auf eine dramatische Zunahme der Kultaktivitäten hindeutete. Es machten Gerüchte die Runde, daß die ehemaligen Angehörigen der sogenannten Schwarzen Hand für die Taten verantwortlich seien – oder die einer neuen Splittersekte, die sich die Versiegelten nannten. Was immer zutreffen mochte, es war eine beunruhigende

Eskalation, und die meisten Medienkanäle widmeten ihre ganze Aufmerksamkeit dem neuen ›Trend‹.

Kim saß neben dem Bildschirm in seinem Arbeitszimmer und hatte den Ton heruntergedreht, als neue Bilder gesendet wurden. Dieser neue Ausbruch der Gewalt machte ihm Sorgen. Dort unten, von wo er gekommen war, im Lehm, hätte niemand solche Barbareien sonderlich bemerkenswert gefunden. Hunde fraßen Hunde da unten. Aber er war die Ebenen emporgestiegen, um dieser alptraumhaften Wirklichkeit zu entkommen, und hatte sich vorgestellt, daß es hier oben anders sein würde.

Er hatte sich geirrt. Die Dunkelheit steckte nicht dort unten im Innern der Stadt, sondern im Innern der Menschen. Wie hoch Menschen auch aufstiegen, die Dunkelheit schleppten sie mit sich. Sie versteckte sich unter ihrer Haut, hinter den Pupillen ihrer Augen. Dunkelheit: sie entsprang dem Kopf und dem Herzen. Wo man auch hinblickte: Dunkelheit.

»Das reicht!« rief er. Sofort wurde der Bildschirm schwarz. Er drehte sich um. T'ai Cho beobachtete ihn vom anderen Ende des Zimmers.

»Was ist los?« fragte er vorsichtig, weil er Kims Stimmung spürte.

Kim zuckte die Achseln. »Es wird schlimmer ... jeden Tag passiert mehr. Und jeden Tag wird's extremer. Wie im Lehm ... es wird hier wie im Lehm.«

T'ai Cho nickte. Auch ihn hatte das Gesehene beunruhigt.

»Es macht mir Sorgen«, sagte Kim nach einer Pause. »In welch eine Welt setzen wir Kinder hinein?«

»Es wird wieder besser ...«

Kim gab ein kurzes, verzweifeltes Lachen von sich. »Das würde ich gern glauben, T'ai Cho, aber die Erfahrung belehrt mich eines Besseren. Wir leben jetzt am Rande des Chaos, der fortgesetzten Unsicherheit. Schau uns doch an. Ich meine ... Wachleute und Waffen. Wer hätte das gedacht?«

»Es war immer schon so. Seit der Zeit der Drei Könige haben Menschen Mauern errichtet, um jene fernzuhalten, die sie töten wollen. So war es einst, so ist es jetzt.«

»Und muß es immer so bleiben?« Kim seufzte, dann schüttelte er den Kopf. »Nein, T'ai Cho. Es muß einfach etwas Besseres geben!«

»Und wenn nicht? Wenn es nichts anderes gibt als das?«

Kim schüttelte den Kopf. »Dunkelheit … es kann nicht alles aus Dunkelheit bestehen. Es muß auch Licht geben. Dunkelheit und Licht – *im Gleichgewicht*. So sagt es doch das große Tao, nicht?«

T'ai Cho nickte. »Ja, aber weißt du noch, was der große Weise Lao Tse gesagt hat? ›Der helle Weg erscheint dunkel.‹[7]«

»Und wenn er wirklich dunkel ist?«

»Dann sei ein Licht in dieser Dunkelheit, Kim. Strahle und ändere die Dinge. Widme dich dieser Aufgabe. Du hast eine Gabe, Kim. *Gebrauche* sie. Vielleicht bist du deshalb verschont worden. Vielleicht hat dich die Dunkelheit deshalb ausgespuckt!«

Kim lachte. »Bei dir hört sich das so einfach an.«

»Einfach? Nein, ich habe nie gesagt, daß es einfach sein würde. Vergiß nicht, wie wir angefangen haben. Du und ich sind buchstäblich auf des Messers Schneide gelaufen. Ein Fehler, und ich hätte dich in deiner Zelle vergasen müssen. Du warst ein so winziges, knöchernes Geschöpf – mehr ein Gespenst als ein Kind. Doch ich wußte, daß mehr in dir steckt. Ich habe es von Anfang an gesehen. Und wenn ich mir überlege, wie weit du es gebracht hast …«

Kim stand auf und trat ans Fenster. Es stimmte. Er war wirklich weit gekommen. Doch das Licht über ihm schien heute noch viel weiter entfernt. Er mußte noch so viel weiter emporsteigen. Trotzdem … Er legte die Hand an den Hals, von dem der Kragen entfernt worden war. Er hatte jetzt selbst die Wahl. Die Wahl, was nun werden sollte, lag ganz bei ihm.

»Gut. Ich werd's versuchen. Ich verspreche dir, ich werd's versuchen.«

T'ai Cho trat an seine Seite und berührte ihn am Arm. »Gut. Aber jetzt machst du dich am besten fertig. Du willst doch Jelka nicht warten lassen, oder?«

Kim lächelte. »Nein. Ich glaube, wir haben lang genug gewartet.«

Der Verrückte stakste, den Kopf in den Nacken gelegt, über den Markt, und seine Schreie und wildes Gelächter erhoben sich über das übliche Stimmengewirr dieses Orts. Emily, die allein an einem der Tische in der Blauen Pagode saß, drehte sich um und sah ihn vorbeigehen, runzelte die Stirn und kippte den Inhalt ihrer halbleeren *Chung* hinunter. Ein Verrückter war in diesen Tagen ein vertrauter Anblick. Ja, es kam fast einem Wunder gleich, daß sie nicht alle verrückt wurden, so wie die Dinge standen.

Sie seufzte, dann schaute sie wieder in die Dokumente, die sie gelesen hatte. In den letzten zehn Jahren hatte sie so viel gesehen – so viele schreckliche, häßliche Dinge –, aber dies war bei weitem das schlimmste. Und das Schrecklichste daran war, daß es den Alten – den Sieben und ihren Dienern – recht gab, denn derlei wäre nie für möglich gehalten worden, bevor man das Edikt gelockert hatte. Nun war es fast etwas Alltägliches. *Fast* ... denn noch gab es Menschen, die einen Rest an Anstand – an Menschlichkeit – bewahrt hatten.

Emily klappte mit einem Schaudern die Akte zu. Heute abend würden sie dort zuschlagen. Das Etablissement hieß *Oberon*, ein Club auf der Fünfundzwanzigsten Ebene des vornehmen Stocks Augsburg, der Tummelplatz der Superelite der Ersten Ebene, der ›Höchsten unter den Hohen‹, wie sie sich selbst nannten, der ›Überirdischen‹.

Es würde nicht einfach sein, denn das Lokal verfügte über eine eigene Wachmannschaft – zum Großteil ehemalige Angehörige des Sicherheitsdienstes – und eine Laser-Abwehranlage auf dem neusten Stand der Technik, aber es war zu schaffen. Und sie würden es auch schaffen, was immer es kosten mochte.

Sie trank ihren *Ch'a* aus, setzte die *Chung* ab und erinnerte sich, welche Schwierigkeiten es ihr bereitet hatte, Paseks Zustimmung einzuholen. Er war dagegen gewesen, wollte seine eigenen kleinlichen Kriege gegen seine Rivalen fortführen, aber sie hatte Druck gemacht und auf der Aktion als einer Gegenleistung für ihre zukünftige Loyalität bestanden, und er hatte sich überreden lassen. Aber wenn sie es vermasselte …

Emily lachte im stillen, dann blickte sie auf und gab Yu ein Zeichen, ihr mehr *Ch'a* zu bringen.

Was machte es schon aus, wenn sie es vermasselte – wenn sie ohnehin nicht lebend dort herauskäme? Zumindest hätte sie etwas getan. Zumindest hätte sie diese Ungeheuer gewarnt, daß sie solche Dinge nicht tun konnten, ohne den Preis dafür zu bezahlen.

Ihr Lächeln verblaßte, wieder brannte in ihr der Zorn. Sie glaubten, ihr Geld mache sie unverwundbar. Sie glaubten, es erhebe sie über alle menschliche Würde. Aber Emily würde sie eines besseren belehren.

Yu I brachte eine frisch gefüllte *Chung* und stellte sie mit einer Verbeugung neben Emily und nahm die leere mit. Emily sah ihm nach und wußte dabei, daß sie ihn vielleicht das letzte Mal gesehen hatte. Der Gedanke beunruhigte sie nicht. Er hob eher ihre Stimmung. Sie hatte die letzten Wochen wie im Traum erlebt; sie war immer wieder wie ein gedungener Mörder die Schritte in Gedanken durchgegangen, aber jetzt hatte sie die Gelegenheit zu handeln, etwas Wirkliches zu tun, und dadurch fühlte sie sich wieder lebendig.

Sie blickte zu den Käfigen unter der Decke auf. Die Vögel schwiegen, dösten auf ihren Stangen wie Greise am späten Nachmittag. Sie lächelte und fuhr zusammen, als sie eine Hand auf der Schulter spürte. Zwei Männer rutschten zu beiden Seiten von ihr auf die Bank und schlossen sie ein.

»Rachel«, sagte der Linke, »man hat uns gesagt, wir würden Sie hier finden.«

Sie sah in seine dunklen Han-Augen. »Was wollen Sie, Ts'ao Wu?«

Ts'ao Wu lächelte unbehaglich und sah an ihr vorbei zu seinem Gefährten, einem großen, kahlgeschorenen *Hung Mao* namens Peters. Beide gehörten zur Schwarzen Hand. Beide waren Zellenführer. Beide gehörten, soweit sie wußte, zu Paseks Männern.

»Wir hatten genug«, sagte Ts'ao Wu leise, ihr Gesicht nah vor ihrem, so daß sie seinen stinkenden Atem roch. »Diese neue Mordwelle ... diese *Kreuzigungen*. Sie sind zu weit gegangen.«

»Ja«, sagte Peters und beugte sich von der anderen Seite heran. »Und wir wollen wissen, was Sie dagegen unternehmen wollen.«

»Was ich unternehmen will?« Sie lehnte sich zurück. »Ich habe nicht vor, etwas zu unternehmen. Wenn Ihnen nicht gefällt, was passiert ist, reden Sie mit Pasek. Oder verlassen Sie die Schwarze Hand.«

Ts'ao Wu lachte säuerlich, das fleckige Gesicht humorlos. »Man kann die Schwarze Hand nur auf einem Weg verlassen: durch die Tür des Ofenmanns. Das wissen Sie. Deshalb frage ich noch einmal. Was werden Sie unternehmen?«

Sie sah auf ihre unberührte *Chung*. »Ihnen gefällt also nicht, was Pasek macht?«

Ts'ao Wu spuckte auf den Boden und hob den Mittelfinger seiner linken Hand. »Das ist mein Kommentar zu seinem großen ›Kreuzzug‹. Und zu seiner Rede am Tag des Einen Gottes und Jüngsten Gerichts.«

»Der Mann ist verrückt«, sagte Peters, und dabei glühte sein Gesicht seltsam. »Er ist zu weit gegangen. Wir müssen ihn aufhalten, bevor er die Schwarze Hand restlos vernichtet.«

»Oder sie gar *verändert?*«

Ihr Bemerkung erwischte die beiden auf dem falschen Fuß. Sie sah sie Blicke wechseln und wußte sofort, daß sie es ernst meinten. Einen Moment lang hatte sie dieses Gespräch für eine Falle gehalten; einen Versuch Paseks, ihre Loyalität zu testen, aber dieser kurze Blickwechsel – der ihre Unsicherheit verriet, ihre plötzliche Furcht, daß sie sich verrechnet hatten – bestätigte ihr, daß sie sich irrte. Indem sie persönliche Antipathien beiseite schob, legte sie die Arme um ihre Schultern, zog sie heran und sah zwischen ihnen hin und her, wobei sie die Stimme senkte.

»Ich verstehe. Ich ... ich teile sogar Ihre Befürchtungen. Aber jetzt ist nicht der richtige Zeitpunkt. Wir müssen die Dinge sorgfältig planen. Sondierungen vornehmen und herausfinden, wie tief die Strömungen des Mißtrauens reichen.«

Sie sah die Unwissenheit in ihren Gesichtern und drückte ihre Schultern, als wolle sie die Männer beruhigen.

»Es wird nicht einfach sein, aber es ist zu schaffen. Ihr müßt die Augen offen halten, Brüder. Sensibel für die Stimmungen und die Äußerungen der übrigen Mitglieder sein. Und habt Geduld. Ihr dürft nur an die herantreten, deren Blick und Gesten ihr ... ihr *Unglück* verraten.«

»Aber Pasek ...«

»Pasek sieht nur, was er sehen will. So auch seine Stellvertreter. Sie sind blind, nicht wahr? Sie sehen nur, was er sie sehen lassen will, sagen nur, was er wünscht. Das ist ihre Schwäche. Wir brauchen sie nicht zu fürchten. Wir brauchen nur uns selbst zu fürchten. Also macht euch an die Arbeit. Aber seid vorsichtig.«

Emily ließ die Arme von ihren Schultern rutschen, beugte sich zwischen ihnen vor und nahm die Akte. Sie stand auf und trat von der Bank weg.

»Und Sie?« fragte Peter. Beide Männer blickten zu ihr auf. »Was werden *Sie* machen?«

»Ich?« Ihr Lächeln glich dem eines Falken, wild und kalt. »Macht euch keine Sorgen um mich, Brüder. Wenn die Zeit kommt, werde ich für euch da sein. Ja, und Pasek wird den Tag verwünschen, an dem er mein Leben verschonte.«

Das heißt, wenn ich überlebe, dachte sie und wandte sich ab. *Wenn ich lebend aus dem Oberon komme.*

Jelka stand vor dem mannshohen Spiegel, raffte die voluminösen Falten des lila Ballkleides hoch und betrachtete sich mit einem Stirnrunzeln.

Das bin nicht ich, dachte sie und fragte sich, wie ihre Mutter sich darin gefühlt hatte. Aber schließlich war ihre Mutter auch nicht vom General des T'ang aufgezogen worden. Ihre Mutter hatte eine normale Kindheit gehabt und war eine normale Frau gewesen.

Sie zog eine Grimasse, dann hob sie die Arme und drehte sich schnell, wie sie es bei Tänzerinnen im 3d-Vid gesehen hatte.

Nein. Es sah grotesk aus. Absolut grotesk. Wie konnte sie nur daran denken, in der Öffentlichkeit ein solches Kleid zu tragen? Der bloße Gedanke daran erweckte in ihr den Wunsch, sich irgendwo zu verkriechen.

»Jelka?«

Es war ihr Vater.

»Jelka? Warum ist die Tür versperrt? Ist etwas?«

»Keine Sorge, Vater. Ich bin gleich fertig.«

Sie hörte durch die Tür sein enttäuschtes Seufzen.

»Na gut«, sagte er. »Aber beeil dich bitte. Unsere ersten Gäste könnten jeden Moment eintreffen. Du solltest an der Tür sein, um sie zu begrüßen.«

»Ich komme gleich. Nur ein paar Minuten.«

Sie hörte seine Schritte leiser werden und atmete erleichtert aus. Was sollte sie tun? Was, um Himmels willen, sollte sie nur tun?

Wenn sie das Kleid nicht trug, wäre er verärgert. Er

würde es als eine Beleidigung gegen das Andenken ihrer Mutter auffassen. Aber wenn sie es trug …

Sie seufzte. *Aiya!* Warum hatte sie es nicht schon früher anprobiert? Warum hatte sie sich nicht schon vor Wochen dem Problem gestellt und es bewältigt?

Vielleicht weil sie wußte, welchen Aufstand ihr Vater machen würde. In den letzten Wochen hatte sie jeden Streit mit ihm vermieden, weil sie fürchtete, ihm einen Vorwand für die Absage der Feier zu liefern. Aber jetzt mußte sie sich der Auseinandersetzung stellen.

»Scheiße!« rief sie und zog ihrem Spiegelbild ein Gesicht. Wollte sie wirklich, daß Kim sie so sah? War das da – dieser protzige, alberne Aufzug aus Seide, Spitze und Schleifen – wirklich der Anblick, auf den er sieben Jahre lang gewartet hatte?

»Das bin nicht ich«, klagte sie leise. »Begreifst du das nicht, Vater? Das bin einfach nicht ich!«

Aber er war nicht hier, um zu antworten. Damit mußte sie selbst zurechtkommen. Sie stieß Luft aus. »Scheiße! Scheiße! Scheiße! Scheiße! *Scheiße*!«

Aus dem vorderen Teil der Villa hörte sie die Türglocke klingeln. Die ersten Gäste standen am Tor. Ihre Sänfte wurde sicher schon die Auffahrt hochgetragen.

Jelka musterte sich finster, stellte sich schräg zum Spiegel und streckte die Zunge heraus.

»Wenn er lacht, steche ich ihn ab!« sagte sie entschlossen. »Wenn er lacht …«

Die Stunden vergingen, die Gäste trafen ein, und nach einiger Zeit begann ihre Befangenheit zu schwinden und verschwamm zu einer Art Taubheit, in der sie lachte, lächelte und belanglose Antworten auf Fragen von Menschen gab, die sie kaum kannte. Und doch blieb die ganze Zeit unter der Oberfläche ein Teil von ihr von all dem getrennt. Jedesmal, wenn die Türglocke tönte, sah sie erwartungsvoll zum Eingangsbogen, und ihre Magenmuskeln zogen sich zusammen, doch jedesmal verflogen ihre Hoffnungen.

Inzwischen war es schon nach neun, und er war immer noch nicht eingetroffen.

Wo steckst du nur, Kim Ward? fragte sie sich ängstlich. *Warum bist du nicht hier?*

»Jelka? Sie sehen wundervoll aus. Dieses Kleid. Also, es steht Ihnen wirklich fabelhaft …«

Jelka drehte sich um und erkannte im ersten Moment die luxuriös gekleidete junge Frau nicht, die vor ihr stand. Dann hob sie überrascht die Hand vor den Mund. »Yi Pang-chou?«

Die Frau erstrahlte und faßte sie am Arm, um sich vertraulich an sie heranzubeugen. »Madam Peng inzwischen. Ich habe vor drei Jahren den Minister geheiratet … oder hast du nicht davon gehört?«

»Nein, ich …« Jelka lachte verlegen und überlegte vage, was mit ihrem ersten Mann geschehen sein mochte. »Aber wie geht's dir denn, Pang-chou? Es ist Ewigkeiten her, seit ich dich das letzte Mal gesehen habe.«

»Sieben Jahre«, sagte Madam Peng und straffte sich. Ihr pfauenblaues Seidenkleid sah außerordentlich kostspielig aus, und sie trug ein kleines Vermögen von Schmuck an den Fingern, um die Handgelenke und den Hals. Sie hatte mit ihrer zweiten Ehe offenbar eine gute Partie gemacht.

»Und wie geht's deinen Kindern?«

»Sehr gut, danke. Ich habe inzwischen fünf.«

»Fünf?« Jelka starrte sie verblüfft an und nickte zerstreut. Weshalb nicht? Pang-chou hatte schon geheiratet und ihr erstes Kind zur Welt gebracht, bevor die anderen mit dem College fertig waren. So hatten es viele ihrer Freundinnen gemacht. Sie hatte feststellen müssen, daß nicht die anderen, sondern sie selbst einen ungewöhnlichen Weg ging. Von allen Schulfreundinnen war allein sie noch unverheiratet und kinderlos.

Sie warf einen Blick zur Tür.

»Bachman ist hier«, fuhr Madam Peng fort. »Erinnerst du dich an Lother Bachman? Er ist inzwischen Hauptmann. Man sagt, er werde binnen der nächsten zwei Jahre zum Major befördert.«

Jelka wandte sich ihr wieder zu. Bachman? Wo hatte sie diesen Namen schon einmal gehört? Dann fiel es ihr ein. Sie starrte Heng Pang-chou erschrocken an. »Meinst du ...?«

»Wußtest du das nicht?«

Sie schüttelte den Kopf. »Mein Vater muß ihn eingeladen haben. Ich ...«

Bachman. Er war der Offizierskadett gewesen, der auf dem College-Abschlußball versucht hatte, sie zu küssen – der junge Schnösel, dem sie Arme und Beine gebrochen hatte.

Jelka schluckte und beugte leicht den Kopf. »Verzeih mir, Heng Pang-chou, aber ich muß mich um etwas kümmern. Wir unterhalten uns später weiter.«

Sie entfernte sich zum Eingangsbogen, nickte und lächelte im Vorbeigehen. Zum wiederholten Male fiel ihr der junge Mann auf, der ständig ihre Nähe zu suchen schien.

Wahrscheinlich jemand vom Sicherheitsdienst, dachte sie. *Mein Vater muß etwas organisiert haben.*

Draußen im Korridor war es kühler. Während sie einem Paar von Gästen zulächelte, die gerade eingetroffen waren, ging sie zu Haus- und Hofmeister Hung Peng hinüber, der neben den großen Außentüren stand und jeden Gast begrüßte.

»Ist er noch immer nicht da?«

»Shih Ward?« Huang warf seinem Assistenten einen Blick zu, der eilig eine Liste konsultierte und dann den Kopf schüttelte. Der Haushofmeister verbeugte sich. »Ich fürchte nicht, *Nu Shi* Tolonen.«

»Hat er eine Nachricht geschickt?«

»Wir haben nichts gehört, Herrin. Soll ich ...?«

»Nein.«

Sie wandte sich ab. Er verspätete sich bloß, das war alles. Er würde bald kommen. Wenn er sie liebte, würde er erscheinen.

Einen Moment lang zögerte sie, als sie den lauten Schwall von Stimmen aus der Empfangshalle hörte, dann begab sie sich rechter Hand in ihre Zimmer. Zehn Minuten. Niemand würde sie für zehn Minuten vermissen. Aber sie mußte sich Klarheit verschaffen. Die Unsicherheit machte sie verrückt.

Als sie ihre Tür erreichte, hörte sie leise Schritte hinter sich. Sie fuhr herum.

»*Sie?* Was wollen Sie?«

»Ich …« Der junge Mann vollführte eine nervöse Verbeugung, dann strich er sich das Haar aus den Augen und versuchte ein Lächeln. »Mein Name ist Emil. Emil Bartels. Ich …«

»Hat mein Vater Sie geschickt?«

Er zögerte, dann nickte er. Sie seufzte. Ein Soldat. Mit jedem Zoll ein Soldat, das sah sie sofort.

Sie hob die Hand. »Na gut. Es ist nicht Ihre Schuld. Kommen Sie rein. Sie können im Vorzimmer warten. Ich muß etwas erledigen.«

Sie achtete nicht darauf, ob er ihr folgte. Sie ging ins Arbeitszimmer durch und hatte Schwierigkeiten mit den Falten ihres Kleides, als sie sich hinter den Schreibtisch setzte. Mit einem Fluch zupfte sie das Kleid zurecht und machte es sich bequem, dann schaltete sie das Komset an.

Sie kannte den Code. Als sie von seinem Kauf der Villa erfuhr, hatte es ihr keine Ruhe gelassen, ihn herauszufinden. Aber sie hatte ihn bisher nicht benutzt. Das hatte sie nicht gewagt.

Was ist, wenn er nicht kommt? Was ist, wenn er krank ist?

Aber er war nicht krank. Das wußte sie. Wenn er krank wäre, hätte er eine Nachricht geschickt. Also, was hielt ihn auf? Warum war er nicht erschienen?

Sie holte tief Luft und tippte die Codesequenz ein. Als vom Schreibtisch vor ihr der Monitor hochklappte, lehnte sie sich zurück, versuchte sich zu sammeln und gegen eine mögliche Ablehnung zu wappnen, aber ihre Hände zitterten jetzt, und ihr Mund war trocken geworden beim Gedanken, wirklich mit ihm zu reden.

Eine kurze Verzögerung trat ein, dann erschien ein Gesicht. Eine junge, sehr hübsche Han.

»*Nu Shi* Tolonen?«

»Ja, ich ...«

»Ich fürchte, daß die Nummer, die Sie gewählt haben, nicht erreichbar ist. Der Kanal ist im Moment geschlossen, aber wenn Sie eine Nachricht hinterlassen möchten, können wir sie übermitteln, wenn der Kanal wieder öffnet.«

»Ich ...« Sie seufzte schwer und konnte nicht anders, als den Kopf zu schütteln. »Nein. Es ist nicht so wichtig.«

Sie brach die Verbindung ab und lehnte sich mit schmerzerfülltem Gesicht zurück.

Vielleicht war er unterwegs. Es bestand sogar die Möglichkeit, daß er schon eingetroffen war. Vielleicht war er eingetroffen, während sie hier saß und sich den Kopf zerbrach. Sie stand auf, stapfte durchs Zimmer und blieb stehen, als sie den jungen Mann in der Tür zu ihrem Schlafzimmer stehen sah. Sie räusperte sich.

»Entschuldigen Sie ...«

Er fuhr erschrocken herum. »Ich ... ich hab nur mal geschaut.« Er trat einen Schritt auf sie zu und streckte die Hände aus, als wollte er sich entschuldigen. »Ich habe mich nur gefragt, welch ein Mädchen Sie sind. Welche Dinge Sie mögen. Das ist alles. Die Zimmer eines Mädchens ...« Er lächelte unsicher. »Sie verraten eine Menge über ihre Bewohnerin, finden Sie nicht?«

Sie starrte ihn kalt an und antwortete streng: »Was geht es Sie an, wer ich bin und was ich mag?«

Er riß die Augen auf, bestürzt über die Härte in ihrer

Stimme. »Sie verstehen mich falsch. Ich ... ich wollte nicht neugierig sein. Es hat mich nur ... *interessiert,* mehr nicht. Wenn wir ...«

»Wenn wir *was?*« Sie klang jetzt mißtrauisch. Sie trat einen Schritt auf ihn zu, als stelle sie sich einem Angreifer. »Worüber reden Sie überhaupt, Leutnant?«

Er lachte überrascht auf. »*Leutnant?* Da haben Sie wirklich etwas falsch verstanden. Ich bin kein Soldat. Ich ...«

Bartels schluckte, als er den Ausdruck in ihrem Gesicht sah.

»Also, was haben Sie vor? Was wollen Sie eigentlich von mir?« Sie machte noch einen Schritt auf ihn zu und duckte sich leicht. »Wer hat Sie eingeladen?«

Er wich einen Schritt zurück und hob abwehrend die Hände. »Hören Sie, ich ...« Er seufzte und setzte einen flehentlichen Blick auf. »Ihr Vater hat mich gebeten, nett zu Ihnen zu sein, mehr nicht. Er sagte ...«

Jelka blieb stehen und richtete sich langsam auf. Ihr ganzer Körper wurde kalt, als sich ihr schlimmster Verdacht bestätigte. *Ihr Vater. Das war das Werk ihres Vaters.*

Deshalb hatte es keinen Ärger, keine Streitereien um Kims Einladung gegeben. Weil er nicht die Absicht hatte, den jungen Mann in die Villa zu lassen. Weil ...

Sie zitterte vor Empörung, ging an Bartels vorbei in ihr Zimmer und schlug die Tür hinter sich zu.

»Du dachtest dir, du hättest mich reingelegt, was?« sagte sie zornig zu ihrem Spiegelbild, als sie ihr Kleid auszog. »Du dachtest, ich spiele das liebe brave Töchterlein und bringe dich nicht in Verlegenheit.«

Sie beförderte das Kleid mit einem Fußtritt in die Ecke und riß den Raumanzug vom Kleiderhaken. Einen Moment lang zögerte sie, weil sie wußte, daß ihr Vorhaben einem offenen Bruch mit ihrem Vaters gleichkäme. Aber eben damit hatte er gerechnet: daß sie es sich zweimal überlegen würde, ehe sie es auf eine direkte Konfrontation ankommen ließ.

Nun, da hast du dich geirrt, dachte sie, außer sich vor Wut. Außer sich, daß er es, nach allem, was geschehen war, mit solchen Tricks versuchte.

Wieder vor dem Spiegel, hielt sie sich den Raumanzug vor den Körper und erinnerte sich daran, wie es draußen im äußeren Sonnensystem gewesen war, wie geborgen sie sich unter den Kaltweltlern gefühlt hatte. Dann zog sie ohne weitere Überlegung den Anzug über, und der Stoff – wie er roch und sich anfühlte – erfüllte sie mit einem vertrauten Schauder.

Schon besser, dachte sie und lächelte ihr neues Spiegelbild an. Aber die Frisur stimmte noch nicht. Hastig fuhr sie mit den Fingern durchs Haar. *Ja,* dachte sie schließlich. *Das bin ich. Nicht dieses andere Wesen, sondern das …*

Und wenn Kim gekommen war? Wenn sie sich in ihrem Vater geirrt hatte?

Sie lachte, dann sprach sie leise in den Spiegel. »Dann stehst du wie eine Idiotin da, Jelka Tolonen.« Aber wenigstens wäre es dann *sie* und nicht ein verzerrtes Abbild ihrer Mutter – keine widerliche Erfüllung der Träume ihres Vaters.

Sieben Jahre hatte sie auf diesen Tag gewartet. Sieben Jahre. Und jetzt war sie endlich erwachsen geworden. Heute war sie eine selbständige Frau geworden und konnte ihre eigenen Entscheidungen treffen. Aber was bedeutete das schon – welchen Sinn hatte es – wenn sie nicht *sie selbst* sein durfte?

Mit einem unsicheren Lächeln nickte sie ihrem Spiegelbild zu, stählte sich, weil sie wußte, was vor ihr lag, und ging zur Tür.

Der Maskierte stand in der Tür und richtete eine große ›Schrotflinte‹ – einhundertachtzig Kugeln in ihrer schlangenartigen Spiralkammer – auf die Diener, die gefesselt und geknebelt auf dem Steinboden der Speisekammer lagen. Sie sahen ihn ängstlich an, und aus den anderen Teilen der Villa war ein Durcheinander fremder

Stimmen zu hören. Sie hatten das Symbol auf der Kette um den Hals des Mannes gesehen – das Kreuz in einem Kreis – und das Schlimmste befürchtet. Wenn dies wirklich Mitglieder der Schwarzen Hand waren, dann würden sie ohnehin sterben – früher oder später.

Draußen im Hauptgebäude gingen Maskierte von Zimmer zu Zimmer und überprüften, ob sich noch jemand darin aufhielt. Schließlich kam einer über die Haupttreppe herunter, begab sich zu einem Mann, der an der niedrigen Mauer an der Auffahrt saß, und ging vor ihm mit gesenktem Kopf in Habachtstellung.

»Er ist nicht drin, Sir. Er muß gegangen sein.«

Von Pasenow sah seinen Leutnant fassungslos an und schüttelte den Kopf. »Er ist hier. Er muß hier sein. Was ist mit der Kuppel?«

»Sie ist verschlossen. Wenn er da drin ist …«

Von Pasenow stand auf und ärgerte sich, daß er für alle anderen mitdenken mußte. »Nun, dann brecht das verdammte Ding auf! Er ist da drin. Es kann gar nicht anders sein. Er kann sich nirgendwo sonst aufhalten, oder? Wir haben den Transitlift den ganzen Tag beobachtet, und es gibt keinen anderen Ausweg. Holt ihn da raus. Benutzt Schneidbrenner, wenn es sein muß!«

»Sir!« Der Mann verbeugte sich und lief ins Haus zurück, während er seine Männer zu sich rief.

Von Pasenow warf einen Blick auf das Chronometer an seinem Handgelenk und fluchte. Zwanzig … zwanzig verdammte Minuten! Sie sollten in zehn Minuten eingedrungen sein und Kim herausgeholt haben. Aber jetzt …

Er knurrte vor Frustration. Er wünschte sich nichts weniger, als hier festzusitzen. Sie mußten Kim aus der Kuppel holen, und zwar schnell, andernfalls konnten sie in eine Belagerungssituation geraten, und wer wußte, wozu das führen würde?

Zum Teufel mit Knut Tolonen! dachte er und trat wütend in den Kies. *Wenn wir in die Scheiße geraten, können*

Sie die Suppe auslöffeln! Ja, und erklären Sie das mal Ihrer teuren Tochter!

Er hatte versucht, dem Alten die Sache auszureden, aber er hätte genausogut mit einer Statue reden können. Tolonen war besessen von dem Gedanken, Ward von seiner Tochter fernzuhalten ... mit allen Mitteln, wie es schien. Aber damit hatte er nicht gerechnet.

Pasenow sah, wie zwei seiner Männer hastig eine Laserkanone die Treppe heruntertrugen.

»Peinlich!«

Sein Leutnant erschien wieder in der Tür. »Sir?«

»Setzen Sie die Diener unter Drogen, dann bringen Sie alle bis auf vier Männer zum Tor. Ich will so schnell wie möglich hier raus.«

»Sir!«

Von Pasenow ließ Atem ab. Wenn der Sicherheitsdienst diesen Vorfall untersuchte, würde gleich auffallen, daß dies nicht das Werk der Schwarzen Hand war, und sei es nur deshalb, weil die Schwarze Hand keine Überlebenden zurückließ. Aber das würden sie ohnehin nicht annehmen. Sie würden wirtschaftliche Hintergründe vermuten – daß Kim von einem der großen Rivalen SimFics entführt worden war. Die Verwendung von Drogen wäre ein deutlicher Hinweis – und zwar in die Richtung von MedFac: ein Verdacht, den eine Flüsterkampagne im Laufe der nächsten Wochen weiter anheizen sollte.

Ja, aber es wird nicht funktionieren. Es wird Ihre Tochter nicht davon abhalten, Ward zu heiraten. Nicht wenn sie es wirklich will.

Der Schuß konnte sogar nach hinten losgehen. Wie dieser blödsinnige Plan, sie in die Kolonien zu schicken. Wenn Von Pasenow nichts Falsches gehört hatte, dann hatte sie den Großteil ihrer Zeit damit verbracht, dem Lehmgeborenen nachzuschmachten.

Nein. Es gab nur eine zuverlässige Methode, die beiden voneinander zu trennen, und das war, ihn umzubringen. Aber wenn Tolonen so weit nicht gehen wollte …

Er zuckte die Achseln und ging zur Kuppel hinüber. Als er den Job annahm, hatte er wenig über Ward gewußt, aber bei der Durchsicht der Akten hatte er dem jungen Mann Respekt zollen müssen, ob er nun aus dem Lehm stammte oder nicht. In dieser Hinsicht teilte er die Ansicht der meisten Oberen nicht. Was machte es schon aus, woher ein Mensch stammte? Es zählte, wo jemand endete. In seinem Leben hatte er es oft genug mit Arschlöchern zu tun gehabt, die nur durch persönliche Beziehungen zu seinen Vorgesetzten aufgestiegen waren. Es war angenehm, jemanden kennenzulernen, der sich seinen Aufstieg – wie er selbst auch – durch persönliche Verdienste erarbeitet hatte.

Wenn sich seine und nicht die Tochter des Marschalls in Ward verliebt hätte, dann hätte er der Verbindung seinen Segen gegeben. Schließlich war Ward einer der reichsten Männer in der Stadt Europa. Und diese Villa … Er nickte beeindruckt. Nein, er hätte keine Bedenken gehabt, seine Tochter mit einem Lehmgeborenen zu verheiraten. Nicht wenn dieser Lehmgeborene sechshundert Millionen *Yuan* schwer war.

Als er die Kuppel erreichte, hatten seine Leute den Laser aufgebaut und schnitten bereits die äußere Stahltür auf. Es hing ein süßlicher, verbrannter Geruch in der Luft. Er hob die Hand, um seine Augen gegen das grelle Licht zu beschirmen, dann schaute er zum großen Haus zurück.

Nein, nicht die geringsten Bedenken.

Langsam und vorsichtig, um keine Geräusche zu verursachen, tastete Kim sich in die Dunkelheit vor, schlängelte sich millimeterweise voran zwischen Decke und Boden. Das Licht schien jetzt unmittelbar vor ihm, und er konnte von unten das Murmeln der Stimmen hören. Wenn er recht hatte, befand er sich unmittelbar über den

Küchen. Am anderen Ende war eine Wartungsluke, die nach unten führte. Vielleicht konnte er es irgendwie schaffen und hineinsteigen.

Er machte eine Pause und inhalierte den warmen Geruch des neuen Kiefernbodens, den er erst vor einer Woche eingebaut hatte. Wenn er seine Leute beim Einbau der schmalen Bretter nicht beobachtet hätte, dann wäre er mit Sicherheit nicht entkommen. Aller Wahrscheinlichkeit nach wäre er jetzt tot, und Jelka …

Jelka wäre noch vor ihrer Heirat zur Witwe geworden.

Er schloß die Augen und fragte sich, was sie im Moment wohl tat. Tanzte sie vielleicht? Lag sie in den Armen eines jungen Soldaten, wirbelte übers Parkett und gab einen Dreck um ihn, weil er nicht erschienen war – vielleicht in der Annahme, daß er sie fallengelassen hatte?

Er schob den Gedanken beiseite und kroch weiter. Es war nicht mehr weit. Noch zehn Minuten, dann hatte er es geschafft. Nur noch zehn Minuten.

Und wenn sie das Haus bis dahin in Brand setzten?

»Kim?«

Er erstarrte und drang mit Blicken in die Dunkelheit vor sich. Dann erkannte er mit einem Schock, daß die Stimme aus seinem Innern gekommen war – aus dem Implantat in seinem Kopf.

»Wer ist da?« flüsterte er.

»Ich bin's«, antwortete die Stimme. »Die Maschine.«

Kim durchfuhr ein Schauder. Er hatte nicht gewußt, daß sie Zugriff auf das Implantat hatte. Bisher hatte er darauf bestanden, ins Leere zu sprechen. Aber die ganze Zeit war sie präsent gewesen – schweigend und aufmerksam, wie ein Geist in seinem Schädel.

»Was willst du?« fragte er so leise, daß seine Lippen kaum die Worte verstanden – doch die Maschine verstand ihn problemlos.

»Du mußt zurück. Sofort. Du mußt zurück in das Zimmer, in dem du dich aufgehalten hast, als sie kamen.«

»Aber sie werden mich finden.«

»Nein. Es sind nur noch zwei im Haus, und sie befinden sich beide im Kontrollraum.«

»Dann werden sie mich sehen.«

»Nein. Denn es wird nichts zu sehen geben.«

»Aha ...« Er begriff. Es ging darum, die Bilder auf den Monitoren zu manipulieren – ein leeres Zimmer zu zeigen, das in Wirklichkeit nicht leer war.

»Wer sind sie?« fragte er.

Sie schwieg einen Moment lang. »Du mußt dich zurückbegeben. Es bleibt wenig Zeit. Sie wird bald hier sein.«

Kim fuhr zusammen. »Wer?«

»Jelka ... Sie will nach dir sehen.«

»Nein.« Er sagte es etwas zu laut und wiederholte es etwas leiser. »Nein. Sie darf nicht kommen. Die Kerle werden sie umbringen.«

»Nur wenn sie sie sehen. Und selbst dann ...«

»Dann was?«

Sie ignorierte seine Frage. »Du mußt jetzt los. *Sofort!* Um den Rest kümmere ich mich.«

»Maschine?«

»Ja?«

»Achte darauf, daß ihr nichts passiert.«

»Ich werde es versuchen.«

»Und Maschine?«

»Ja?«

»Ich danke dir.«

Die Wirklichkeit war schlimmer, als sie es sich vorgestellt hatte. Als sie die Häute der Frauen mit Plastoform ausgestopft über der Stange im Kühlraum hängen sah, die toten Frauen, deren Augen ins Leere starrten, spürte Emily, wie sie das nackte Entsetzen überkam. Sie mußte sich abwenden und über das Becken in der Ecke beugen, um zu kotzen, bis sie nichts mehr im Magen hatte.

Auf dieses Grauen hatten die Unterlagen sie nicht vorbereitet. Diese monströse Tat konnte sie nicht kalt lassen.

Man nannte es ›Enthülsen‹. Noch vor fünf Jahren wäre es undenkbar gewesen, aber neue Forschungen hatten eine Möglichkeit entdeckt, das Fleisch eines Menschen ohne Knochen, Blut oder Muskeln am Leben zu halten. Dies – diese Häute – war bis vor kurzem von lebendigen menschlichen Wesen ›getragen‹ worden; von jungen Frauen aus den unteren Ebenen; der Art von Frauen, deren Verschwinden man nie aufgeklärt hatte, einfach weil sie zu arm waren, zu unwichtig im Verhältnis zu den Vorgängen, die als wirklich bedeutsam erachtet wurden.

Von entsprechend ausgebildeten Teams entführt, wurden sie in spezielle Laboratorien gebracht und unter Drogen gesetzt. Dort wurde die Operation durchgeführt und ihre oberen Haut- und Fettschichten sorgfältig entfernt, um bis zum Bedarfsfall in einem Behälter mit Nährlösung aufbewahrt zu werden. Der Rest – die ausgeweidete Körperhöhle und das Skelett – wurde dem Ofenmann übergeben.

Sie erschauerte, wenn sie daran dachte, wenn sie sich die Männer vorzustellen versuchte, die etwas Derartiges *anziehend* fanden, die tausend *yuan* bezahlten, nur um einmal eine solche Haut tragen zu können.

Natürlich war die Haut der einfachste Teil. Das wirkliche ›Kunststück‹ bestand darin, die Haut ›weiterleben‹ zu lassen – was es dem Träger erlaubte, sich an das Nervensystem der Haut anzuschließen und genau das zu empfinden, was sie empfand. Ein feinmaschiges Eisnetz war in die Innenschicht gewoben und speiste eine Reihe künstlicher Ganglien am Ende der Wirbelsäule, unter den Geschlechtsorganen und im Nacken, die Schmerz- und Lustimpulse an das Gehirn des Empfängers übermittelten.

Aber diese Täuschung bedeutete, daß ein Mann den Körper einer Frau tragen und wie eine Frau geliebt werden konnte. Er konnte erleben, wie es war, wenn ein anderer Mann einen nahm, einem an den Brüsten herumfummelte, die Brustwarzen küßte. Damit war ein uralter Traum wahr geworden. Das Enthülsen machte es möglich. Aber zu welch einem Preis ...

Sie zwang sich, wieder hinzusehen – sich das Bild ins Gedächtnis einzubrennen. So etwas also konnten Menschen einander antun. *So etwas.* Sie streckte die Hand aus, um eine der Häute zu berühren, und war überrascht von ihrer Wärme. Ein Schauder durchfuhr sie bei dem Gedanken, daß dies einmal eine lebendige Frau wie sie selbst gewesen war, mit ihren Träumen, Hoffnungen und Erinnerungen, vielleicht mit eigenen Kindern – Kindern, die sie vermißten, sich nachts vor Sehnsucht nach ihr in den Schlaf weinten. Aber jetzt ... Emily schüttelte sich. Nun war sie nur noch eine Sinnesmatrix, eine fleischige Hülle für irgendein reiches perverses Schwein.

Ein Anflug reinsten, tiefsten Hasses durchfuhr sie wie ein Stromschlag. Unmenschlich mochten manche dies nennen. Obszön. Aber sie hatte ihr eigenes Wort dafür. *Böse.* Diese Menschen waren durch und durch böse.

Sie zog die Handschuhe über, trat vor den Spiegel und atmete tief durch, um sich bereit zu machen. Der Angriff war ein unerwarteter Erfolg gewesen. Trotz der aufwendigen Sicherheitsvorkehrungen hatte sie überraschend zuschlagen können. Die Wachleute waren in den ersten dreißig Sekunden überwältigt und die Alarmanlage ausgeschaltet worden. Der Rest war einfach gewesen.

Was ihre Klienten anging: sie lagen im nächsten Zimmer nackt, die Hände hinter dem Rücken gefesselt, mit dem Gesicht nach unten auf dem dicken Teppichboden.

Emily hatte ursprünglich geplant, den Dreckstall auszuräuchern, an allen Türen Feuer zu legen und die Monster zu verbrennen oder ersticken zu lassen, aber das wäre zu gnädig gewesen. Nachdem sie diese gräßlich zugerichteten Frauen gesehen hatte, war sie in der

Stimmung, die Kerle nach unten mitzunehmen und sie so zu quälen, wie diese armen Frauen gequält worden waren.

Doch als sie darüber nachdachte – und obwohl ihr Blut bei dem Gedanken prickelte –, verwarf sie den Plan als unpraktisch.

Qualen. Ja, sie verdienten endlose Qualen für ihre Taten.

Sie sah sich nur ein letztes Mal um, dann wandte sie sich ab, zog ihr Messer und ging in das andere Zimmer hinüber.

Ich werde euch die Eier abschneiden, dachte sie und sah das Dutzend Männer an, die mit ausgebreiteten Armen und Beinen vor ihr auf dem Boden lagen. *Und ich werde sie euch fressen lassen, ihr monströsen Schweine.*

Und hinterher?

Sie bückte sich, griff dem ersten ins Haar und riß ihm den Kopf hoch, damit er sie ansehen konnte – sie und die rasiermesserscharfe Klinge des Messers in ihrer Hand –, und lächelte.

Hinterher würde sie sie abhäuten. *Ohne* Betäubung.

Der junge Han kauerte im Schatten hinter der zerbrochenen Lampe und sah sie aus dem Lift kommen. Er hatte gewußt, daß etwas vor sich ging, hatte die Schreie von oben gehört, als er im Schacht arbeitete, und gleich gewußt, daß sie in seine Richtung kommen würden. Er hatte allerdings nicht gewußt, was als nächstes geschehen würde.

Er lächelte und verzog sein mißgestaltetes Gesicht, als das Feuer eröffnet wurde. Zwei von der Schwarzen Hand gingen tot zu Boden. Die anderen stoben auseinander und flüchteten sich hinter jede Deckung, die sie finden konnten, aber es war ziemlich hoffnungslos. Binnen einer Minute war es vorbei. Er wartete, und sein Herz klopfte dabei so heftig, daß es seinen Brustkasten zu zersprengen drohte. Seine Beine waren weich vom

Schock der Ereignisse, deren Zeuge er geworden war, und er schloß die Augen, als er daran dachte, was als nächstes geschehen würde. Nach einiger Zeit aber schlug er die Augen auf und sah wieder hin.

Sie waren verschwunden.

Er stand auf und stützte sich an der Wand ab, weil die Beine unter ihm nachzugeben drohten. Er wartete, bis seine Kräfte zurückkehrten, dann zwang er sich, zu den reglosen Körpern hinüberzugehen, zwang sich, sie anzusehen.

Sie waren tot. Alle acht waren tot.

Er hörte ein leises Geräusch, die Andeutung einer Bewegung. Er fuhr herum, und seine Lippen formten einen stummen Schrei der Furcht.

Sein Herz pochte, als er hinüberschlurfte und innehielt, um zu lauschen. Er betrachtete die hingestürzte Frau und sah das schwache Heben und Senken ihrer Brust. Sie lebte noch. Er beugte sich über sie und untersuchte die Wunden an Kopf und Schulter. Sie war schwer verletzt und hatte eine Menge Blut verloren. Wenn er sie hier liegen ließ, würde sie mit Sicherheit sterben.

Und wenn er sie mitnahm?

Er schluckte trocken, und weil er wußte, daß er keine Wahl hatte – daß er gezwungen war, ihr zu helfen –, ging er herum und faßte sie an den Beinen. Dann begann er sie ganz langsam, Zoll für Zoll fortzuschleifen – fort vom Ort des Todes und in die Schatten. Fort … wobei sie eine geschlängelte Blutspur auf dem staubigen Boden des Korridors hinterließ. Fort … Aber ihr Gewicht schien mit jedem Schritt zuzunehmen.

Als der Lift kurz vor dem höchsten Geschoß des Stocks abbremste, drückte Jelka sich an die Wand. Das Gefühl, daß etwas nicht stimmte, war in ihr derart angewachsen, daß sie vor Nervosität fast überschnappte.

Es war dumm – ihr gesunder Menschenverstand

sträubte sich dagegen –, aber im Moment konnte sie nicht anders. Wenn Kim tatsächlich in Schwierigkeiten steckte, mußte sie helfen. Und wenn er schon ... nun, auch darüber mußte sie sich Klarheit verschaffen. Damit sie ihr Leben fortführen konnte.

Das Kameraauge über der Tür schwenkte herum und zeichnete jede ihrer Bewegungen auf. Sie schloß kurz die Augen und versuchte sich zusammenzureißen. Wahrscheinlich beobachteten sie sie aus dem Kontrollraum und lachten sie aus; lachten, weil sie keine Chance hatte.

Der Lift hielt abrupt an. Sie war da. Sie wartete darauf, daß sich mit einem Zischen die Türen öffneten, aber sie blieben geschlossen.

»Öffne die Türen«, sagte sie ruhig und blickte zur Kamera auf. »Warum öffnest du die Türen nicht?«

Nichts. Nur das unterschwellige, in der Stadt allgegenwärtige Summen.

Sie zögerte, dann trat sie ans Steuerpult, krallte die Fingernägel unter den Rand und löste die Platte. Darunter kam eine Anzahl von Schaltfeldern zum Vorschein. Sie zog eins heraus, brauchte einige Sekunden, um sich an die Überbrückungssequenz zu erinnern, und tippte den Code ein.

Nichts. Das Ding rührte sich nicht.

Sie schlug mit der Faust gegen die verspiegelte Wand. »*Scheiße!*«

»Das würde ich nicht tun«, sagte eine sanfte Stimme. »Damit verletzen Sie sich nur selbst.«

Sie klang wie eine Frauenstimme, reif und wohlartikuliert, und hielt in der Intonation die Mitte zwischen einer Han und einer *Hung Mao*.

»Wer sind Sie?« fragte Jelka und blickte zur Kamera empor.

»Unwichtig, wer ich bin. Hören Sie nur zu. Die Villa ist überfallen worden.«

»Überfallen?«

»Von Leuten, die Ihr Vater bezahlt hat. Sie sind angewiesen, niemanden zu verletzen, aber die Situation könnte jeden Moment umschlagen. Wenn es dazu kommt, könnte die Sache unangenehm ausarten.«

»Und Kim?«

»Kim ist in Sicherheit. Aber nur für den Moment. Wenn sie beschließen, die Villa noch einmal gründlich zur durchsuchen ...«

»Und was soll ich Ihrer Meinung nach tun?«

»Tun Sie genau das, was ich Ihnen sage. Ziehen Sie die Audioeinheit aus dem Steuerpult und nehmen Sie sie mit. Ich werde über sie mit Ihnen sprechen.«

Jelka nickte, trat wieder ans Pult und entfernte die winzige, scheibenförmige Einheit.

»Gut«, sagte die plötzlich viel zartere Stimme aus ihrer Handfläche. »Sie müssen so tun, als seien Sie unsichtbar ...«

Der Maskierte stieg durch das geborstene Metall der äußeren Luftschleuse und schüttelte den Kopf.

»Er ist nicht da. Die Kuppel ist leer.«

»Was?« Von Pasenows Gesicht bezeugte Fassungslosigkeit. »Aber das ist doch nicht möglich! Er *muß* dort sein!«

Der Mann hob die Maske und wischte sich mit dem Handrücken übers Gesicht. »Vielleicht sollten wir noch einmal das Haus durchsuchen ...«

»Ruhe! Lassen Sie mich nachdenken!«

Ein zweiter Mann schloß sich dem ersten an, warf ihm einen leicht belustigten Blick zu, dann sahen beide wieder Von Pasenow an.

Es gab nur zwei Wege in dieses Anwesen, und sie hatten beide überwacht. Kim war nicht herausgekommen, also mußte er noch drin sein.

Von Pasenow ging auf und ab und schlug immer wieder mit der linken Faust in die rechte Handfläche. In der Überzeugung, daß sich Kim in der Kuppel befand, hatte er den Großteil seiner Männer entlassen. Die Villa noch einmal mit nur fünf Leuten zu durchsuchen, würde zu lange dauern; außerdem waren sie beim ersten Mal sehr gründlich vorgegangen.

»Tolonen«, sagte er leise und blieb stehen. »Ich werde mit Tolonen reden.«

Er machte kehrt und lief zum Haus.

Die beiden Männer sahen ihm nach, dann zuckten sie die Achseln und folgten ihm.

Tolonen schloß die Tür zum Arbeitszimmer ab, setzte sich hinter seinen Schreibtisch und versuchte das Zittern in seinem Arm unter Kontrolle zu bringen.

»Auf den Monitor!« sagte er nervös und starrte auf den Bildschirm.

Von Pasenows Gesicht erschien. Er machte eine tiefe Verbeugung und wollte etwas sagen, aber Tolonen unterbrach ihn barsch.

»Also? Was, in aller Götter Namen, wollen Sie? Begreifen Sie nicht, wie gefährlich das ist? Haben Sie ihn?«

»Ich …« Von Pasenow senkte den Blick. »Ich kann ihn nicht finden, Marschall. Er ist hier irgendwo, aber …«

Tolonen starrte ihn ungläubig an und schüttelte den Kopf. »Dann sollten Sie ihn besser finden. Und zwar schnell.«

»Aber Marschall …«

Tolonen unterbrach die Verbindung, lehnte sich zurück und schloß die Augen. *Aiya! Erst diese schreckliche Szene mit Jelka im Ballsaal, und jetzt das!* Er schlug die Hände vors Gesicht und stöhnte. Es hatte alles so einfach ausgesehen. So geradlinig. Aber jetzt …

Er biß die Zähne aufeinander, als er daran dachte, was sie zum ihm gesagt hatte – und welche Worte ihm selbst über die Lippen gekommen waren. Worte, die er nie zurücknehmen konnte.

»Kuan Yin beschütze uns …«, flüsterte er. »Jelka … Meine süße kleine Jelka … Ich wollte dich nie …«

Aber es war geschehen. Ein Bruch war da. Und es gab kein Zurück mehr.

Er fuhr zusammen, legte den Kopf auf die verschränkten Arme und fing an zu schluchzen.

Ich wollte dich nie …

Sie bewegte sich langsam und schweigend durch das große Haus. Ihre Füße verursachten keine Geräusche, als sei sie eine Unsichtbare, die wie ein Gespenst vom Licht in den Schatten schlich, während die Kameras den Bildschirmen im Kontrollraum nur Bilder leerer Korridore und unbewohnter Zimmer übermittelten.

Am Ende des großen Hauses, in einem kleinen Zimmer im Obergeschoß, fand sie ihn wartend auf einem niedrigen Hocker.

Er fuhr hoch. »Was ist passiert?« fragte er, überrascht von dem schmerzerfüllten Ausdruck in ihrem Gesicht, aber sie schüttelte nur den Kopf.

Er starrte sie an, bemerkte ihre Kleidung, die Schlichtheit ihrer Erscheinung, dann streckte er die Arme aus und faßte sie an der Hand. Es war ganz einfach, doch es hatte sieben Jahre – sieben lange Jahre – gedauert, bis er diese Geste vollziehen konnte.

Sie betrachtete ihre Hand, die reglos in der seinen lag, dann lächelte sie; ein seltsam wehmütiges Lächeln.

»Ich habe nicht geglaubt …«, begann sie, aber dann verzog sich wieder ihr Gesicht, als sei sie kurz davor zu weinen.

Er begriff, was los war. Ihr Vater. Sie hatte mit ihrem Vater gebrochen. Er drückte sie an sich, auch wenn ihr Größenunterschied es zu einer unbeholfenen ersten Umarmung machte. Doch binnen eines Augenblicks war alle Unbeholfenheit verflogen. Er übersäte ihr Gesicht mit kleinen, zärtlichen Küssen, wie er es oft erträumt hatte, dann ging er ein Stück auf Abstand, sah ihr in die Augen und war überrascht, daß sie seinen Blick erwiderte; überrascht von der Scheu, der Liebe, der Erwartung in ihren Augen.

»Ist das ein Traum?« fragte er mit einer Stimme, die kaum ein Flüstern war.

Sie schüttelte den Kopf. »Wir müssen gehen. Die Maschine …«

»Ich habe es gehört«, sagte er und berührte den Schlitz unter seinem Ohr. »Sie spricht mit mir. Da drin. Sie hat mir gesagt, daß du unterwegs warst.«

Er hob die Hand und berührte mit den Fingern ihren Mund, ihre Nase, ihre Wangen, als versuche er sich zu vergewissern, daß es sie wirklich gab. Dann lächelte er.

»Wir gehen besser«, sagte sie. »Ihnen wird die Zeit knapp. Sie könnten jeden Moment kommen und uns suchen.«

Er nickte, zögerte aber immer noch zu gehen, weil er um diesen Moment fürchtete. Er spürte ein schwaches Zittern in sich, als sei er eine angeschlagene Glocke, die noch nachschwang.

»Wohin gehen wir?« fragte er, als sich die Stille in seinem Kopf ausbreitete; als keine Antwort kam.

»Auf die Insel«, sagte sie und lächelte, und für einen Moment war der Schmerz vergessen. »Nach Kalevala.«

KAPITEL · 10

Das Fleisch der Könige

Tsung Ye kniete vor dem Kanzler und preßte die Stirn auf den Boden. Nan Ho sah verdutzt auf den jungen Sekretär hinunter. Er hatte gewußt, daß etwas vor sich ging – wer hatte das nicht? –, aber solang Diskretion gewahrt blieb, brauchte er nicht einzugreifen. Jetzt allerdings ließ ihm Tsung Ye keine Wahl mehr.

Er knurrte. Derlei war das letzte, was er jetzt gebrauchen konnte. Ja, er war sogar versucht, Tsung Ye fortzuschicken und ihm mit auf den Weg zu geben, er solle nicht so dumm sein – daß es größere Verbrechen gäbe, als die Kaiserin zu beschlafen, wenn er es dem T'ang nicht gerade unter die Nase rieb. Aber Tsung Ye war entschlossen, sich der Bürde seiner Schuld zu entledigen.

Nan Ho seufzte schwer. Er empfand Mitleid für den jungen Mann, aber die Schuld traf allein ihn selbst. Seine Herrin hatte ihn ohne Zweifel einer schmeichelhaften Versuchung ausgesetzt. Aber es sah so aus, als habe sie die Sache zu weit getrieben. Nan Ho hörte verlegen zu, während Tsung Ye schilderte, wie weit sie es tatsächlich getrieben hatte.

Es wäre nicht schlecht gewesen, hätte Pei K'ung sich an ihre ursprüngliche Absprache mit Li Yuan gehalten. Dann hätte er wenigstens die Gewißheit gehabt, daß das Kind, sollte die Liebschaft Folgen haben, nicht Li Yuans Sohn sein konnte, aber die eine Nacht, die sie mit ihrem Mann verbracht hatte, komplizierte alles. Wenn sie schwanger war …

Er wandte sich ab, weil er plötzlich die Geduld verlor. Eine Zeitlang hatte er geglaubt, daß sie anders sei –

war er davon überzeugt gewesen, eine Frau gefunden zu haben, die über solchen Dingen stand, die immun dagegen war – aber hinter der Fassade war es immer dasselbe. Sex … warum konnten die Menschen nicht frei von Sex sein? All dem Ärger, den er bereitete, all dem Unglück und den verpfuschten Leben stand wenig Gegenwert gegenüber.

»Das reicht!« rief er und fuhr herum. Das Gemurmel des jungen Mannes verstummte sofort. »Du gehst in deine Räume zurück und versperrst die Tür. Du nimmst Feder und Papier und schreibst alles nieder, was du mir eben gesagt hast, dann kommst du zurück und übergibst mir das Dokument. In der Zwischenzeit werde ich dafür sorgen, daß die Kaiserin nicht in deine Nähe kommt.«

»Danke, Herr«, sagte Tsung Ye mit pathetischer Dankbarkeit und kroch weg. »Ich bin *pu ju pen fen.*«

Nan Ho sah ihm nach, dann trat er ans Fenster. *Pu ju pen fen.* »Einer, der seine Pflicht nicht erfüllt hat.« Und wenn seine Pflicht darin bestand, seiner Herrin ohne Vorbehalt zu dienen? Und wenn ihre Anweisungen in Konflikt mit seinen Pflichten gegenüber seinem T'ang standen? Der alte Mann zitterte, zerrte an dem Kragen, der ihm die Haut aufgescheuert hatte, und öffnete den obersten Knopf an der rechten Halsseite. Auf einmal war er froh, daß er keine Entscheidung treffen mußte. Es war eine Angelegenheit, über die nur Li Yuan allein befinden konnte.

Und was würde er sagen? Gut gemacht, Tsung Ye? Gut gemacht, daß du mir das alte Mädchen vom Leib gehalten hast?

Nan Ho lachte fast, wenn er an die Vorliebe seines Herrn für junge Mägde dachte. Warum er Pei K'ung dieses eine Mal in sein Bett gelassen hatte, würde er nie begreifen. Und sie dann wieder zurückzuweisen …

Er schüttelte den Kopf und kehrte an seinen Schreibtisch zurück. Es wurde eng. Wenn er seinem Urteil trauen konnte, spitzte sich die Lage zu. Die Berichte seiner Spione klangen bedenklich. Sie sprachen von großen Bewegungen an Menschen und Material. Sie lieferten Hinweise auf geheime Sitzungen und Vereinbarungen, die in schattigen Hinterzimmern getroffen wurden, aber nichts Endgültiges, nichts Gewisses. Wenn etwas geschah, dann würde es plötzlich geschehen. Und darauf mußte er vorbereitet sein.

Nan Ho nahm Platz und runzelte die Stirn, als ihm für einen Moment das Bild Tsung Yes durch den Kopf ging, wie er nackt zwischen Pei K'ungs ausgebreiteten Schenkeln lag und sein Hintern sich geschäftig hob und senkte. Doch er schob die Vorstellung beiseite und schlug mit einem kleinen Hammer die Glocke auf seinem Schreibtisch an, um seine Sekretäre herbeizurufen.

Tolonen machte Anstalten, sich von seinem Stuhl zu erheben, aber Rheinhardts plötzliches Erscheinen im Zimmer ließ ihn verharren.

»Was, zum Teufel, haben Sie vor?« schnauzte Rheinhardt und beugte sich ihm, das Gesicht rot vor Zorn, über den Schreibtisch entgegen. »Ich habe fünf Männer in den Zellen, und wären Sie nicht gewesen, Knut Tolonen, hätten es problemlos sechs sein können!«

Tolonen senkte verlegen den Blick. »Sie verstehen nicht ...«

»*Verstehen?* Was gibt's daran zu verstehen? Sie haben einen unehrenhaft entlassenen Major und seine Bande billiger Söldner engagiert, um einen der wichtigsten Männer dieser Stadt zu entführen?«

Tolonen riß den Kopf hoch. »*Wichtig?* Diese Vogelscheuche?«

Er wollte aufstehen, aber Rheinhardt drückte ihn grob hinunter; das erste Mal, daß er je gewagt hatte, den Alten zu berühren. Er beugte sich nah heran und sprach Tolonen die Worte ins Gesicht, als seien sie an den niedrigsten seiner Offiziere gerichtet und nicht an den Mann, der schon vor seiner eigenen Geburt ein General gewesen war. »Er *ist* wichtig. Verstehen Sie mich, Knut? *Unentbehrlich.* Wenn er verletzt wurde, wenn ihm auf irgendeine Weise …«

»Ich habe strenge Anweisungen gegeben«, begann Tolonen, aber Rheinhardt starrte ihn finster an und brachte ihn zum Verstummen.

»Sie haben in Ihrer Amtszeit viel getan, Knut Tolonen. Einiges davon war … nun, sagen wir unklug, um es vorsichtig auszudrücken. Einige Male haben Sie sich nicht streng an die Vorschriften gehalten. Aber das … *Aiya,* Alter, was haben Sie sich nur dabei gedacht? Haben Sie geglaubt, damit könnten Sie ein Problem lösen? Haben Sie … nun, haben Sie das wirklich für möglich gehalten?«

Tolonen erwiderte seinen Blick, und sein natürlicher Trotz wurde von der Tatsache gedämpft, daß Rheinhardt recht hatte. Es war wirklich eine Dummheit gewesen.

»Was werden Sie unternehmen?« fragte er ruhig.

Rheinhardt richtete sich auf und schüttelte entnervt den Kopf. »Ich kann nichts tun. Das ist Li Yuans Sache. Wenn Ward Genugtuung verlangt …«

Tolonen beugte sich vor, und etwas von seinem alten Feuer kehrte zurück. »Soll er doch! Aber er wird meine Tochter nicht heiraten!«

Rheinhardt sah den Alten mit einer Mischung aus Abscheu und Mitleid an, und seine Stimme klang sanfter, als er weitersprach. »Jelka ist jetzt erwachsen, Knut. Begreifen Sie das doch endlich. Sie kann jetzt für sich selbst entscheiden. Wenn sie sich für Ward entscheidet …«

Tolonen stand auf und ballte seine goldene Hand zur Faust, als wolle er auf den einschlagen, über den sie redeten. »Das lasse ich nicht zu! Eher bringe ich ihn um!«

Rheinhardt nahm eine starre Haltung an, weil er es kaum ertragen konnte, den Alten so reden zu hören.

»Passen Sie besser auf, was Sie sagen, Marschall Tolonen. Ich bin ermächtigt, das Gesetz in der Stadt Europa zu wahren. Ihre Worte …«

»… sind nichts als die Wahrheit«, sagte der Alte trotzig, und drang mit Blicken seiner grauen Augen in Rheinhardt. Seine Stimme dröhnte jetzt mit ihrer alten Autorität. »Inhaftieren Sie mich, wenn Sie es wagen. Unterrichten Sie Li Yuan. Aber Sie werden mich nicht aufhalten. Ob ich meine Tochter verliere oder nicht, *er* wird sie jedenfalls nicht bekommen. Verstehen Sie mich, General Rheinhardt? *Das lasse ich nicht zu!*«

Rheinhardt starrte den Alten an, dann ging er in Habachtstellung, schlug die Hacken aneinander und vollführte eine schneidige Verbeugung.

»Sie werden von mir hören, Marschall«, sagte er und trat zurück. »Bis dahin …«

Aber Tolonen hörte nicht mehr zu. Er wandte sich ab, ging durchs Zimmer und verschwand in seinem Umkleideraum, dessen Tür er hinter sich zuschlug.

Rheinhardt schloß die Augen und stieß einen tiefen Seufzer aus. Und mit einer Traurigkeit im Herzen, die sein Ausdrucksvermögen überstieg, drehte er sich um und ging in dem Wissen, daß Tolonen ihm keine Wahl ließ.

Li Yuan stand oben auf der Landerampe und blickte in verzagter Stimmung auf die schweigenden Steinmauern des Palastes von T'ai Yueh Shan hinaus.

Es war ein grauer, freudloser Tag, der Wind fegte über das Wasser des Sees, und die Rufe der Gänse klangen wie Schreie der verlorenen Seelen.

Ich hätte nicht kommen sollen, dachte er. *Ich hätte sie hier verrotten lassen sollen.*

Aber da er nun hier war, würde er sich der Sache annehmen. Außerdem mußte er Bescheid wissen, sich die Angelegenheit vom Hals schaffen, damit er weitermachen und wieder stark sein konnte.

Er zitterte und rief nach einem wärmeren Mantel. Sofort brachte ein Diener ihn.

Die letzten zwei Wochen waren eine einzige Qual gewesen. In Gedanken hatte er sie sich ständig in den Armen von Tsu Ma vorgestellt. Wohin er sich auch wandte, immer wieder sah er sie vor sich, wie sie über ihn tuschelten und lachten, und ihre Nacktheit spottete seiner. »Kleiner Junge«, riefen sie höhnisch. »Was für ein dummer kleiner Junge, der sich in die Frau seines Bruders verliebt.«

Der Schmerz, den er in solchen Augenblicken empfand, war beinahe unerträglich. Für sein Wesen mehr als für seinen Leib. Es hieß, daß zwei Seelen den Menschen ausmachten – die irdische und die spirituelle Seele, *p'o* und *hun* –, und in solchen Momenten hatte er keinen Grund, daran zu zweifeln, denn während sein Leib unbeeinträchtigt blieb, schmerzte sein Geist. Schmerzte wie ein verfaulter Zahn, der nicht gezogen werden konnte.

Nun, so mochte es sein. Doch er würde ihn sich vom Hals schaffen. Hier und heute würde er sich diesem inneren Schmerz stellen und versuchen, eine Linderung herbeizuführen.

Er ging zwischen zwei Reihen kniender und sich verbeugender Wachen die Rampe hinunter und auf den Gehweg, der zum großen Westtor führte.

Vor achteinhalb Jahren hatte er ihr diesen Palast geschenkt, für sie und ihren Bankert. Er hatte sich am Tag seiner Krönung von ihr scheiden lassen, und sie war zwei Tage später, an seinem Hochzeitstag, von dem Kind entbunden worden.

Li Yuan verlangsamte den Schritt, sah nach rechts über den grasbewachsenen Hang zur Zierbrücke und dachte zurück. Sein Hochzeitstag … Es war ein ähnlicher Tag wie heute gewesen. Auch damals hatte der Wind über den See geblasen. Es war der neunzehnte Tag des neunten Monats gewesen. Die Woche vor *Chiu Fen*, dem Herbstäquinoktium.

Er seufzte. *Und jetzt sind die drei tot, die ich damals geheiratet habe, und sie lebt immer noch.* Wie seltsam, daß er nach allem, was geschehen war, schließlich wieder zu ihr zurückkehrte. Immer wieder zu ihr.

Ja, aber zum letzten Mal. Ab morgen ...

Fei Yen wartete in ihren Zimmern. Sie begrüßte ihn mit kalter Höflichkeit, ging in die Knie und drückte dreimal die Stirn auf den Boden, bevor sie sich aufrichtete.

»Wie geht's dir?« fragte er, aber ein einziger Blick von ihr verriet ihm mehr, als sie je in Worten ausdrücken konnte. Es verbarg sich eine Finsternis hinter ihren Augen, die er vor einem Monat noch nicht bemerkt hatte, so wenig wie den angespannten Zug um ihren Mund. Welche Verrücktheit sie je dazu getrieben hatte, an jenem Tag in Tsu Mas Palast zu fliegen, welche Hitze in ihrem Blut sie angetrieben hatte – inzwischen war es in ihr geronnen. Augen, die früher von einer zornigen Leidenschaft geglüht hatten, starrten ihn nun mit frostiger Überheblichkeit an.

Als sie schließlich sprach, waren ihre Worte, ebenso wie die Förmlichkeit ihrer Begrüßung, ein bloßer Hohn.

»Ich bin sehr glücklich hier, *Chieh Hsia*. Ihr erweist mir große Ehre mit Eurem Besuch.«

Er spürte, wie sein Schmerz neu entfacht wurde; spürte, wie sich seine Magennerven auf vertraute Art zusammenzogen. Warum mußte es so sein? Warum hatte sie nach all den Jahren immer noch Macht über ihn?

»Ich wollte einige Dinge klären«, erwiderte er. »Als wir uns das letzte Mal trafen, ist vieles ... *unausgesprochen* geblieben.«

Sie lachte. »Unausgesprochen? Also, verzeiht mir, *Chieh Hsia*, aber ich dachte, ich hätte mich mehr als deutlich ausgedrückt. Euer Vetter hat mich gevögelt. Nicht einmal, sondern viele Male. Wollt Ihr wissen, *wo* und *wie*?« Sie drang mit Blicken in ihn, als versuche sie einzuschätzen, wie sie ihn am besten verletzen könne. »Es wäre nicht schwierig, wenn Ihr genug Zeit hättet. Ich kann mich an jedes einzelne Mal erinnern.« Sie lächelte. »Er ist vielleicht ein Mistkerl, aber Tsu Ma war ein bemerkenswert einfallsreicher Liebhaber. Er ... hat mich zum Beispiel ...«

»Das reicht!«

Er wandte sich ab, zog seine Handschuhe aus und versuchte sich den tiefen Schmerz, die Erschütterung, die er empfand, nicht ansehen zu lassen, aber ihre Stimme verstummte nicht. Sie ignorierte seinen Befehl einfach.

»Wir sind immer zu den Ruinen des alten Klosters hinaufgeritten, oben in den Bergen über Tongjiang. In dem ältesten Tempel haben wir uns auf seine Reitdecke gelegt und nackt ausgezogen. Und dann ...«

Er fuhr herum, starrte sie an und konnte nicht anders, als ihr weiter zuzuhören.

»Und dann ...« Ihre Stimme wurde weicher – und ihr Gesicht. »Und dann hat er mich geliebt.« Sie seufzte. »Er war so wild und doch so ... so zärtlich. Als könnte er spüren, was ich spüre. Als ...«

Sie erbebte, sah weg, und von einem Moment zum anderen schlug ihre ganze Wut in Schmerz um.

Für einen kurzen Moment verstand er sie. Zum ersten Mal verstand er, was sie angetrieben hatte. *Aiya!* dachte er. *So zu empfinden, und doch gefesselt zu sein ...*

»Ich verstehe«, sagte er ruhig. »Es ... Es war nicht deine Schuld. Tsu Ma ...«

Er schluckte den Anflug von Haß hinunter, den er für diesen Mann empfand.

Sie trat an seine Seite, sah ihn mit dunklen Augen an, und ihr süßer Duft betäubte seine Sinne. Wenn er jetzt die Hand ausstreckte ...

Zögernd legte er den Arm um sie und beugte sich zu ihr hinunter, während ihr Mund, ihre feuchten, warmen Lippen sich ihm öffneten. Das war es, was er in all den Jahren vermißt hatte: von ihr geküßt zu werden.

Er brach den Kuß ab, zog den Kopf zurück und starrte sie an, weil er plötzlich Angst vor dem bekam, was er hier tat.

»Nimm mich«, sagte sie leise und mit sehnsüchtigem Blick. »Jetzt. Bevor es wieder vorbei ist.«

Er zitterte und konnte nichts dagegen tun, daß er nickte und sich von ihr den Mantel über die Schulter schieben und das Gewand aufknöpfen ließ. Er war wieder der kleine Junge, der Schleier der Jahre wurde beiseite gerissen.

»Fei Yen«, flüsterte er und hob die Hand, um ihren Hals, ihre Wangen zu liebkosen, mit den Fingern über ihren Kopf zu streichen, der sich gegen seine Hand drückte. »Fei Yen ...«

Sie zog ihn aufs Bett und bedeckte seinen Hals und seine Schultern mit weichen, warmen Küssen, die seine Sinne entflammten, daß er vor süßer Wollust stöhnte. Sie fummelte an seinem Lendenschurz herum, strich mit der Hand über sein geschwollenes Glied, und dann war er auch schon in ihr, stieß in sie, und das schmerzhafte Verlangen in ihrem Gesicht spornte ihn nur weiter an, ließ ihn zusammenzucken und brachte ihn sofort zum Höhepunkt. Doch er stieß immer weiter zu, und sie hob ihm das Becken entgegen und ließ seine Erregung nicht abflauen.

»Ja ... oh, ja ... Oh, oh ...«

Er spürte, wie sie die Arme um ihn legte und ihn an sich drückte, dann den heftigen Schauder der Erlösung, der sie durchfuhr, und schließlich sank sie zurück, als habe sie das Bewußtsein verloren. Dabei rutschte sein Penis heraus, und er stöhnte leise. Sofort griff sie nach ihm und führte ihn wieder in sich ein, drückte mit einer Hand Li Yuans Kopf an ihre Schulter und streichelte mit der anderen über sein Gesäß.

Ein zittriger Seufzer entfuhr ihm, dann schloß er die

Augen und spürte sein Glied in ihr wieder hart werden, das sie fester verband und aneinander fesselte, als es Worte oder Zeremonien je vermocht hatten.

Wenn es nur immer so gewesen wäre … Aber das Fleisch war schwach, die Wärme illusorisch.

Sie liebten sich noch einmal, diesmal unter der Decke. Sein Gesicht schwebte über ihr, beobachtete sie, und er genoß jeden Augenblick und wandte all sein Können auf, um sie zum Höhepunkt zum bringen, lang bevor er ein zweites Mal seinen Samen in ihr vergoß.

»Ich hatte vergessen, wie das ist«, sagte er hinterher und sah ihr ins Gesicht, während er mit einer Hand die Konturen ihres Körpers nachfuhr. »All die Jahre …«

Alle Härte, alle Widerspenstigkeit waren von ihr gewichen, als sie ihn faul wie eine müde Katze ansah; fast so, als habe seine Liebe sie freigemacht.

»Meinst du, wir …«, begann er, seufzte dann und schüttelte den Kopf.

»Du kannst mich immer besuchen«, sagte sie. »Du könntest mich in Fesseln legen.«

»Möchtest du das?«

Sie brummte leise und sah weg. »Du weißt nicht einmal die Hälfte, Li Yuan. Wie viele Männer ich gehabt habe. Die vielen Jahre … ach! Jedes Jahr kam mir wie zehn vor. Wie die Jahre, die ich im Exil im schwebenden Palast verbrachte und um deinen Bruder trauerte.«

Dieser Einblick in ihr Inneres erschütterte ihn. All die Jahre hatte er sie gehaßt und verdammt; all die Jahre war er außerstande gewesen, sie zu begreifen.

»Ich bin blind gewesen«, sagte er. »Ich habe nie etwas verstanden, nicht?«

»Nein.« Sie lächelte ihn an. »Und was jetzt, mein Mann?«

Die Worte erfüllten ihn mit einem seltsamen Schauder – dem Schock, etwas wiederzuerkennen, etwas ins Lot gebracht zu haben. Er lächelte und hatte das Gefühl, als sei es das erste echte Lächeln – das erste ehrliche, offene Lächeln –, das er ihr je geschenkt hatte.

»Jetzt ... jetzt fangen wir wieder von vorne an.«

Er zog sie über sich, schloß sie in die Arme und küßte sie.

»Noch einmal, und dann muß ich gehen. Aber ich komme zurück, das verspreche ich dir. Wir werden noch einmal von vorn anfangen, Fei Yen, und einen Dreck um die Welt geben. Ich werde mich von Pei K'ung scheiden lassen und Han Ch'in zum Prinzen machen. Ich werde die Dinge in Ordnung bringen, das verspreche ich dir. Es wird besser sein, als es je war.«

Dann drehte er sie auf den Rücken, kroch über sie und drang wieder in sie ein, wobei er sich wie ein König fühlte, der aus dem Exil in sein Reich zurückkehrte.

»Fei Yen«, flüsterte er der Frau zu, deren Bewegungen so vollkommen mit seinen harmonierten, das Yin für sein Yang. »Fei Yen, meine geliebte Frau.«

Tsu Kung-ch'ih war betrunken. Er stand mit rotem Gesicht Hwa Kwei, dem Meister der Inneren Kammern seines Onkels, gegenüber und brüllte wütend.

»Sie inkompetenter Idiot! Können Sie überhaupt nichts richtig machen? Ich zahle Ihnen ein Vermögen, und Sie bringen alles durcheinander! Was sollen wir denn jetzt machen?«

Er zupfte aufgebracht an seinem üppigen Seidengewand und wandte sich ruckartig ab. Hinter ihm bewahrte der verlegene Haw mit gesenktem Kopf sein Schweigen. Tsu Kung-ch'ih hatte recht. Er hatte entsetzlich versagt. Tsu Shu-sun war schwanger, und er hatte es nicht verhindern können. Seine Tränke hatten sie zwar krank gemacht, aber dennoch hatte sie auf irgendeine Weise empfangen.

Der Prinz drehte sich um und setzte einen Fuß auf die niedrige Mauer, die den Innenhof und den flachen

Teich umgab. Die Enttäuschung war ihm deutlich anzusehen. Seine blassen Lippen bebten, und seine Augen waren feucht, aber seine Stimme klang jetzt weicher, und er versuchte sich zu beherrschen; die Neuigkeiten machten ihm schwer zu schaffen. Er hatte heute erst davon erfahren – erst vor einer Stunde. Tsu Ma hatte ihm die Information bisher vorenthalten.

Er zitterte, als er Haw Kwei wieder ansah.

»War es so schwierig? Sie sagten, es sei einfach. Sie haben es mir *versichert*.«

Haw Kwei nickte knapp und verbeugte sich tiefer. Es hätte einfach sein sollen, aber wer hätte schon ahnen können, daß Shu-sun in der Hochzeitsnacht ein Kind empfangen würde? Wer hätte gedacht, daß Tsu Ma es sich anders überlegen und zu ihr gehen würde?

Kung-ch'ih sah ihn finster an, und ein Laut schierer Verbitterung entfuhr ihm, als er sich abwandte. Er fühlte sich betrogen. Es war, als habe sein Onkel nur mit ihm gespielt. Und obwohl er es sich nicht ansehen ließ, gab es keinen Zweifel, daß Tsu Ma ihm die Neuigkeit mit Vergnügen mitgeteilt hatte. Als wüßte er nicht, was dies für ihn bedeutete.

Er lachte bitter und entließ den Diener mit einer beiläufigen Geste. Was nützte es schon, wenn man sich auf andere verließ? Nein, um solche Dinge mußte er sich persönlich kümmern.

Er sah in die Runde. Haw Kwei war gegangen. »Was für eine Erlösung«, sagte er leise. Aber Worte konnten den Aufruhr seiner Gefühle in der vergangenen Stunde nicht einmal andeuten. Jetzt allerdings – da er endlich allein war – erhob sich ein häßlicher, abstoßender Aspekt über alles andere und verfinsterte es mit einem finsteren, schrecklichen Schatten. Tsu Ma hatte Bescheid gewußt! Er hatte es die ganze Zeit gewußt! Und Haw Kwei …

Tsu Kung-ch'ih schloß die Augen, und für einen Moment machte ihm eine leichte Übelkeit zu schaffen. Sie hatten mit ihm gespielt, ihn wie einen Fisch an der Angel zappeln lassen. Und jetzt wollten sie ihn einholen.

»*Neeeeiiiin* ...«

Er öffnete die Augen. Niemand hatte seinen qualvollen Schrei gehört. Er versicherte sich mit einem Blick, daß er wirklich allein war.

»Was jetzt?« fragte er sich selbst leise. »Soll ich ihn aufsuchen und ihm gestehen, was ich getan habe? Soll ich vor ihm niederknien und um Vergebung betteln?« Er seufzte und schüttelte den Kopf. »Nein, das werde ich nicht tun. Nicht nach allem, was er mir angetan hat.«

Und das ließ ihm nur eine Wahl. Mit einem grimmigen Lächeln betrachtete er sein Spiegelbild im Teich.

»So sei es denn.«

Li Yuan marschierte so zügig durch den großen Korridor in Tongjiang, daß sein Gefolge kaum mithalten konnte und Diener sich, überrascht von der Eile, mit der er auf sie zukam, hastig auf die Knie fallen ließen und den Kopf gesenkt hielten, als er vorbeistürmte. Der T'ang war mehr als drei Stunden zu spät dran und hatte mehrere wichtige Sitzungen versäumt.

Als die Türen zu Nan Hos Arbeitszimmer aufgestoßen wurden, blickte der Kanzler auf, kam hastig hinter dem Schreibtisch hervor und kniete vor seinem Herrn nieder.

»*Chieh Hsia*«, sagte er und blickte zu Li Yuan auf. »Es freut mich zu sehen, daß es Euch gut geht. Ich habe mir Sorgen gemacht, ob etwas geschehen ist.«

Li Yuan tat die Sorge um seine Gesundheit mit einem Wink ab und ging an seinem knienden Kanzler vorbei, um die Papiere auf seinem Schreibtisch durchzusehen.

»Wie ist es gelaufen, Meister Nan?«

Nan Ho stand zögernd auf und trat an die Seite seines Herrn. »Minister Chu wird im Ostpalast ... nun, sagen wir *unterhalten*. Um die *San Shih* habe ich mich selbst gekümmert. In Anbetracht der jüngsten Ereignisse hielt ich es für das beste, sie nicht warten zu lassen.«

Li Yuan nickte, schien aber nicht ganz bei der Sache zu sein. »Und die Angelegenheit mit Tsung Ye?«

Nan Ho blinzelte. »Tsung Ye?«

Li Yuan sah ihn von der Seite an. »Er wollte Sie heute früh aufsuchen, habe ich gehört. Wegen der Forderung der Kaiserin an ihn.«

Der Alte öffnete den Mund und schloß ihn gleich wieder. Er nickte.

»Und was schlagen Sie vor, Meister Nan? Soll ich den jungen Mann kastrieren lassen? Oder soll ich ihn zu einem Mitglied meines Beraterstabs ernennen? Schließlich ist es gar nicht so einfach, einen hingebungsvollen Diener zu finden, der zugleich ein Ehrenmann ist ... eines solchen Mannes entledigt man sich nicht so leichthin, habe ich recht?«

Nan Hos Mund bebte, ohne daß ihm ein Laut entfuhr. Der Kanzler wirkte schockiert. Schließlich fand er seine Stimme wieder. »Ich ... ich habe angenommen, Ihr wüßtet nichts davon, *Chieh Hsia*. Ich ... ich habe ihn ein vollständiges Geständnis ablegen lassen. Es ist ...«

Li Yuan schüttelte den Papierstapel vor seinem Gesicht. »Ich habe es gelesen, Meister Nan. Ein interessantes Dokument, nicht wahr? Eines, dessen wir uns bedienen können, wenn wir wünschen ...«

»Bedienen, *Chieh Hsia*?«

Jemand klopfte ungeduldig an die Außentüren. Li Yuan warf Nan Ho einen Blick zu. »Erwarten Sie jemanden, Meister Nan?«

Nan Ho schüttelte den Kopf.

»Nun gut ... dann schauen wir doch mal nach, wer nach uns verlangt, ja?«

Meister Nan verbeugte sich und ging zur Tür. Er zog sie einen Spaltbreit auf, wechselte ein paar Worte mit seinem Sekretär, bevor er sich wieder dem Zimmer zuwandte.

»Es ist General Rheinhardt, *Chieh Hsia.* Er wünscht Euch dringend zu sprechen.«

Li Yuan faltete Tsung Yes Geständnis zusammen, steckte es in die Tasche und nickte. »Schicken Sie ihn rein. Ich will ihn hier empfangen. Und Meister Nan ... bitten bleiben Sie. Ich habe mit Ihnen noch etwas zu besprechen.«

Nan Ho starrte seinen Herrn an, weil ihm sein seltsames Lächeln aufgefallen war, dann drehte er sich um und ging. Wenige Sekunden später führte er den General herein.

»Helmut«, begrüßte Li Yuan seinen Marschall und hielt ihm seinen Ring zum Kuß hin. Rheinhardt kniete nieder und berührte vor ihm mit der Stirn den Boden. »Was kann ich für Sie tun?«

Rheinhardt warf Nan Ho einen Blick zu und erhob sich wieder. »Es geht um Marschall Tolonen, *Chieh Hsia*. Er hat versucht, Ward entführen zu lassen.«

»Er hat – *was*?« Li Yuan lachte. »Sie belieben zu scherzen, Helmut. Knut wollte Kim entführen? Warum, auf Erden, sollte er das tun?«

»Damit er seine Tochter nicht heiratet.«

Li Yuan wandte sich mit plötzlich strenger Miene Nan Ho zu. »Kann ich meinen Ohren trauen, Meister Nan? Soll das heißen, es gab eine Beziehung zwischen Ward und der Tochter des Marschalls, und ich bin nicht darüber unterrichtet worden?«

Nan Ho verbeugte sich tief. »Es ist lange her, *Chieh Hsia*. Ich ... ich habe es nicht für wichtig gehalten.«

»*Nicht wichtig? Aiya,* Meister Nan! Nichts ist wichtiger als diese persönlichen Dinge. *Nichts!* Das ist Ihnen doch wohl allen klar, oder?«

»Verzeiht mir, *Chieh Hsia*. Ich bin *pu ju pen fen*.«

Li Yuan zeigte sich von der förmlichen Entschuldigung – »einer, der seiner Pflicht nicht genügt hat« –

überrascht und wandte sich wieder Rheinhardt zu. »Also, was ist passiert?«

»Es scheint, als habe der Marschall Söldner verdingt, um Kim aus seiner Villa zu entführen, damit er nicht an der Volljährigkeitsfeier seiner Tochter teilnehmen kann. Aber irgendwie ist Ward seinen Häschern entkommen. Jetzt werden er und die Tochter des Marschalls vermißt.«

»Beide?«

»Das ist das Merkwürdige daran, *Chieh Hsia*. Wir konnten keine Kameraaufzeichnungen ihrer Bewegungen finden. Es scheint, als seien sie einfach verschwunden.«

Li Yuan verschlug es den Atem. Wenn er Ward verloren hatte …

»Und der Marschall? Was sagt er dazu?«

Rheinhardt senkte den Blick. »Ich fürchte, der Marschall ist völlig verstockt. Er sagt, Ward werde seine Tochter niemals heiraten. Eher brächte er ihn um.«

Li Yuan trat ans Fenster. »Warum jetzt? Warum ausgerechnet jetzt?« Er fuhr herum. »Wir müssen Ward finden, Helmut. Um jeden Preis. Er ist für unsere Pläne *unerläßlich*. Was den Marschall angeht …« Er seufzte. »Sie werden Marschall Tolonen unter Hausarrest stellen. Sie werden den Wachen befehlen, ihn mit möglichst geringer Gewaltanwendung festzuhalten, aber wenn nötig, muß er mit allen Mitteln festgehalten werden. Sein Ehrenrang wird ihm bis zur weiteren Untersuchung dieser Angelegenheit aberkannt. Von jetzt an ist er nur noch ein Privatbürger.«

Rheinhardt senkte den Blick und schien traurig, daß es so gekommen war. »Es tut mir leid, *Chieh Hsia*, daß ich Euch solche Neuigkeiten bringen mußte …«

Li Yuan trat vor ihn. »Es ist nicht Ihre Schuld, Helmut. Manchmal kommen selbst die Besten von uns vom rechten Weg ab, nicht wahr? Der Marschall ist ein alter Mann. Er war immer schon unflexibel. Das Alter hat diesen Charakterzug nur verstärkt.«

Er trat zurück und entließ ihn mit einer Geste. Rheinhardt machte eine tiefe Verbeugung und verließ das Zimmer.

Als er gegangen war, sah Li Yuan zu seinem Kanzler hinüber und gab einen tiefen Seufzer von sich. »*Aiya!*«

Nan Ho kam herüber und fiel vor ihm auf die Knie. »Verzeiht mir, *Chieh Hsia*. Wenn ich gewußt hätte ...«

Li Yuan streckte die Hand aus und berührte ihn sanft am Kopf. »Schon gut, Meister Nan. Dieses eine Mal vergebe ich Ihnen. Aber ...«

Ganz unvermittelt lachte er.

Nan Ho richtete sich auf und sah seinen Herrn fassungslos an. »Geht es Euch gut, *Chieh Hsia*?«

Der junge T'ang lächelte. »Es ging mir noch nie besser, Meister Nan. In meinem ganzen Leben nicht.«

Die alten Männer schritten mit demütig gesenkten Köpfen schweigend herein, und ihre safrangelben Gewänder raschelten über die alten Steinfliesen der Großen Halle. Als alle achtundsiebzig saßen, begaben sich die drei *San Shih* in die Mitte der großen Stühlerunde und blieben dort stehen, ihre verschränkten Arme in den Seidenfalten ihrer Gewänder versteckt.

Luo Ye, der älteste und ehrwürdigste von ihnen, sah in die Runde der geduldig wartenden Gesichter und verneigte sich. »*Ch'un tzu*«, begann er, »wir sind gekommen, um dem *Pa shi yi* von unserer morgendlichen Sitzung mit Li Yuan zu berichten.«

Der alte Mann zögerte, dann straffte er sich, zog die rechte Hand aus dem Gewand und deutete mit krummen Fingern zur Decke hoch über ihm. Als er die Stimme erhob, füllte sein perfekt intoniertes Mandarin die alte Halle.

»Ich fürchte, ich muß meinen verehrten Brüder mitteilen, daß der T'ang nicht erschienen ist. Er hatte sich offenbar ... *verspätet*.«

Ein lautes, ungläubiges Tuscheln ging durch die Halle. Luo Ye wartete einen Moment lang, ehe er fortfuhr.

»Statt dessen haben wir mit Nan Ho, dem *Ch'eng Hsiang* gesprochen. Er hat uns geraten, zu warten; wir sollten unsere Beschwerden für einen günstigeren Zeitpunkt aufheben. Wir sollten … nun, um es kurz zu fassen, wir sollten uns fortscheren und tun, was uns aufgetragen wurde.«

Aus dem Tuscheln wurde ein zorniges Stimmengewirr. Zu allen Seiten sahen alte Männer einander an und diskutierten aufgeregt über diese neue Entwicklung.

»Ch'un tzu …«, rief Luo Ye sie schließlich zur Ordnung. »Es kann sein, daß der große Li Yuan sich tatsächlich verspätet hat. Obwohl er wußte, daß wir ihn in einer Angelegenheit von höchster Dringlichkeit zu sprechen wünschten, hat er sich vielleicht doch von etwas anderem aufhalten lassen. Ich hatte allerdings den Eindruck, daß es sich um eine absichtliche Beleidigung handelte; eine Verächtlichmachung des *Pa shi yi*, ja der großen Neokonfuzianischen Bewegung schlechthin. Seit wir ihn mit seinem Sohn enttäuscht haben, scheint er nur noch wenig Zeit für uns zu haben. Wie ein schmollendes Weib hat er sich auf kleinliche Weise zu rächen versucht. Aber das …«

Luo Ye richtete sich auf, und die ernste Autorität seiner Stimme hallte zwischen den steinernen Pfeilern der Großen Halle.

»Seit der Zeit des großen Weisen Meng Tzu herrschte unter allen Menschen Übereinkunft, daß ein Sohn des Himmels, um über Chung Kuo zu herrschen, ein Mandat das Himmels beibringen muß, und um ein Mandat des Himmels zu beanspruchen, muß es sich um einen tugendhaften und gütigen Mann handeln. Ferner herrschte Übereinkunft, daß jeder Sohn des Himmels, der diese Eigenschaften vermissen läßt, sein Recht auf den Drachenthron verwirkt. Ich solchen Fällen ist das

Mandat gebrochen.« Er machte eine bedeutungsvolle Pause. »Schon seit einiger Zeit bereitet das Handeln unseres Herrn Li Yuan, Sohn des Li Shai Tung, diesem Rat große Sorgen, aber dieser Vorfall ... diese willentliche Herabwürdigung anderer Menschen ... zeugt dies von Tugend? Verhält sich so ein fähiger Herrscher?«

»Nein!« kam der Schrei von allen Seiten. »Nein!«

»Nun, Brüder«, sagte Luo Ye und verschränkte wieder die Arme unter dem Gewand, doch diesmal mit einem zufriedenen Lächeln auf den Lippen –, »dann steht wohl ein ganz neues Thema zur Debatte. Es scheint, daß für den *Pa shi yi* die Zeit zum Handeln gekommen ist. Es wird Zeit, daß dieser eigensinnige junge Mann erfährt, wovon sich seine Macht ableitet ...«

Tsu Mas Gesicht war erblaßt wie zu einer Maske aus Fassungslosigkeit und Zorn, seine Halsmuskeln angespannt. Er saß in starrer Haltung da und umklammerte mit den Händen die geschnitzten Lehnen seines Throns, während er zuhörte, wie Haw Kwei, sein Meister der Inneren Kammer, sein Geständnis ablegte.

Haw Kwei lag ausgestreckt vor dem Podium, die Stirn auf den Boden gepreßt und die Arme unterwürfig ausgebreitet, seine ganze Haltung eine einzige Bitte um Vergebung. Als er fertig war, gab Tsu Ma ein leises Grunzen von sich und beugte sich vor.

»Ist das alles, Hwa Kwai?«

»Das ist alles, *Chieh Hsia*.«

Der T'ang erbebte heftig, stand auf und blickte an seinem Diener vorbei zu den großen Türen. Sie waren allein in der Audienzkammer. Tsu Ma hatte seinem alten Gefolgsmann vertraut und die Wachen entlassen. Aber jetzt? Für einen Moment schwappte sein Zorn über. Er hob die Stimme.

»*Warum*, Hwa Kwei? Was habe ich getan, um dies von Ihnen zu verdienen?«

Aber sein Zorn wurde von dem Wissen gedämpft, daß Hwa Kwei sich freiwillig an ihn gewandt hatte. Er mochte entehrt und ein Verräter sein, aber er hatte wenigstens am Ende ehrenhaft gehandelt. Tsu Ma seufzte, stieg die Treppe hinunter und hob Hwa Kweis Kinn mit der Fußspitze.

»Ich werde Ihre Familie verschonen, Meister Hwa. Das verspreche ich Ihnen.«

Der Gefolgsmann faßte den Fuß des T'ang und küßte ihn, dann preßte er die Stirn wieder auf den Boden. Sein eigenes Leben, das wußte er, war verwirkt, aber der T'ang hatte sich als gnädig erwiesen. Wenigstens Hwas Familie würde überleben.

In diesem Moment pochte jemand gegen die Tür. Tsu Ma trat mit einem Stirnrunzeln an Hwa Kwei vorbei, blickte über die Schulter auf den Diener und rief:

»Herein!«

Es war Yung Chen, einer der Eunuchen aus den Frauenunterkünften. Er war außer Atem. Seine Augen starrten den T'ang wild an, und er verbeugte sich hastig.

»Was ist los?« fragte Tsu Ma ruhig. Sein Magen hatte sich zusammengezogen, in seinen ganzen Leib war Kälte gekrochen. Er hatte gespürt, daß etwas Schreckliches – etwas Unwiderrufliches – geschehen war.

»Es geht um Kung-ch'ih, *Chieh Hsia.* Er ist verrückt geworden. Er hält Shu-sun ein Messer an die Kehle und verlangt euch zu sprechen. Tan We ist tot und zwei weitere Diener.«

Tan We war der Obereunuch, Tsu Mas Mentor seit der Kindheit. Die Neuigkeit wirkte wie ein körperlicher Schlag. Einen Moment lang wurde Tsu Ma schwarz vor Augen, und er wußte nicht, wie ihm geschah. Dann stolperte er vorwärts, stieß den Eunuchen beiseite und fing an zu laufen.

Draußen im Korridor folgten die Wachleute unverzüglich ihrem T'ang, höchst erstaunt, ihm in einem solchen Zustand zu begegnen. Auf dem Hof traten sie ins helle Sonnenlicht, eilten durch die Wassergärten und überquerten die schmale Brücke, die zu den Frauenunterkünften führte.

Während er lief, dachte Tsu Ma immer wieder: *Und Tao Chu? Hat Tao Chu auch damit zu tun? Kann ich denn niemandem mehr trauen?*

Die ersten drei Zimmer waren leer. Dahinter befand sich ein kleiner Hof mit blühenden Kirschbäumen und einem kleinen Teich. Dahinter lagen Shu-suns Zimmer. Zwei Diener standen auf der anderen Seite des Teichs und verbeugten sich, als der T'ang auf den Hof trat.

»Wo ist er?«

Einer der Diener deutete ins Gebäude. Tsu Ma wollte den Hof überqueren, hatte aber nur wenige Schritte zurückgelegt, als zwei Gestalten in der gegenüberliegenden Tür erschienen.

Kung-ch'ih hielt Shu-sun vor sich und drückte ihr eine langes Messers flach unters Kinn. Er konnte sie töten, bevor Tsu Ma auch nur einen weiteren Schritt tat. Der T'ang blieb stehen und starrte den Jungen finster an.

»Bist du verrückt, Kung-ch'ih?«

»Ich war noch nie so klar bei Verstand, Onkel.«

Shu-sun hatte sichtlich Todesangst. Ihr Seidenumhang war mit Blut befleckt und ihre kleinen, weißen Hände vor ihrer Brust zu Fäusten geballt. Sie schien einer Ohnmacht nah und sah Tsu Ma flehentlich an. Tsu Ma drehte ihr Anblick den Magen um; er spürte eine Leere, eine Furcht, wie er sie nie zuvor empfunden hatte. Doch er ließ sie sich nicht ansehen; er behielt all seine Liebe, all seine Schwäche im Inneren verschlossen und stählte sich für die Auseinandersetzung mit seinem Neffen.

»Was soll das?« fragte er und trat einen Schritt vor.

»Keinen Schritt weiter, Onkel«, warnte der Junge und drehte die Klinge leicht, so daß sie die Haut aufritzte und Shu-sun aufschrie. Tsu Ma biß die Zähne aufeinander und ließ mit einem Zischen Atem ab.

»Was hast du vor?«

Kung-ch'ihs Hand war ruhig, seine ganze Haltung wirkte gefährlich – weit gefährlicher, als Tsu Ma erwartet hätte. Er hatte den Jungen für schwach gehalten. Damit jedenfalls hatte er sich geirrt. Er wartete ab, während der Junge seine Antwort überlegte; er versuchte die Situation und ein mögliches Vorgehen einzuschätzen, indem er den Blick nach rechts und links, oben und unten wandern ließ. Shu-suns Körper schirmte Kung-ch'ih ab. Wenn Tsu Mas Wachen auf Kung schossen, würden sie ihn wahrscheinlich verfehlen, und Shu-sun wäre tot.

»Ich habe die Nase voll von diesen Spielchen«, sagte Kung-ch'ih.

»Spielchen?« Tsu Ma war verwirrt. Er war einen weiteren Schritt vorgetreten, sah aber, wie sich die Muskeln der Hand anspannten, die das Messer hielt, und lockerte sich, indem er leicht die Hände ausbreitete.

»Du hast mit mir gespielt, Onkel. Die ganze Zeit hast du mich veralbert. Das weiß ich von Hwa Kwei.«

Das verwirrte ihn noch mehr. Was konnte Hwa Kwei ihm nur gesagt haben, daß er auf solche Gedanken kam? Dann wurde ihm auf einmal alles klar. Auf einmal paßte alles zusammen. Die Bekanntmachung von Shu-suns Schwangerschaft! *Deshalb* hatte sich alles derart zugespitzt!

»Nein ...«, sagte er leise, fast zärtlich, als könne er den Schmerz nachempfinden, den der Junge verspürte. »Ich habe nicht mit dir gespielt, Kung-ch'ih. Bis heute habe ich ...«

Das kalte Lachen des Jungen schnitt ihm das Wort ab. »Ich glaube dir nicht, Onkel. Du glaubst jetzt noch, du könntest mich übertölpeln, mich von dem fernhalten, was ich will.«

»Und was willst du?« Tsu Ma war innerlich wieder kalt geworden. Er sah keinen Ausweg aus dieser Situation. Keinen anderen Ausweg als den Tod.

»Ich wollte, was rechtmäßig mir gehört hat.«

Rechtmäßig? Aber Tsu Ma sagte nichts, senkte nur leicht den Kopf, als erkenne er den Anspruch an.

»Jahrelang hast du mich glauben gemacht, ich werde eines Tages T'ang«, fuhr Kung-ch'ih fort.

Tatsächlich? überlegte Tsu Ma. *Nun, mag sein. Dennoch ist dieses Handeln durch nichts gerechtfertigt.*

»Was willst du damit erreichen, Kung-ch'ih?«

Wieder lachte der junge Mann, aber sein Blick gab nichts preis. Er hatte bereits dreimal getötet; vielleicht hatten ihn diese Morde verändert.

»Ich könnte vielleicht deinen Sohn töten, Tsu Ma. Den Erben umbringen, den du erwartest.«

Tsu ma schwieg einen Moment lang, beobachtete den Jungen nur und versuchte den plötzlichen wilden Haß zu unterdrücken, den diese Worte in ihm auslösten, indem er sich daran erinnerte, daß dies das Kind seines Bruders war, sein Mündel. Und als er wieder sprach, ließ er sich nichts von diesem Haß anmerken und zwang sich zu Ruhe und Gefühllosigkeit.

»Ich kann ein Dutzend Frauen heiraten, Kung-ch'ih. Eine von ihnen wird mir einen Sohn gebären.«

Zum ersten Mal zitterte das Messer leicht, und ein Ausdruck von Zweifel stahl sich in die Augen des Prinzen. Doch es war nur ein momentanes Zögern. Der entschlossene Blick kehrte zurück. Kung-ch'ih schüttelte langsam den Kopf und lachte.

»Nein, Onkel. So legst du mich nicht rein. Ich habe dich mit dieser Frau *gesehen*.«

Erneut durchschoß Tsu Ma ein heißer Schauder von Zorn. Er wollte den Jungen umbringen, ihn mit bloßen Händen in Stücke reißen. Und doch mußte er ruhig bleiben, die Hände an den Seiten herabhängen lassen, sein Gesicht nichts von dem Zorn widerspiegeln lassen.

Shu-sun zuliebe. Denn wenn er seine Gefühle verriet, bedeutete das ihren sicheren Tod.

Er lachte, und er lachte länger, als er es gewöhnlich tat. Wieder schlich für einen Moment Unsicherheit in die Augen des jungen Mannes. Tsu Ma ließ das Lachen in ruhige Worte übergehen.

»Du meinst also, du kennst mich, Junge?«

Diesmal keine Worte, nur ein knappes, entschiedenes Nicken. Das Messer wurde fest unter Shu-suns Kinn gedrückt, die scharfe Klinge befleckt mit dem Blut anderer. Shu-sun hatte die Augen geschlossen, und ihre Brust hob und senkte sich schwer. Kung-ch'ih hatte ihr inzwischen den linken Arm um die Schulter geschlungen, damit sie nicht zu Boden sank.

Tsu Ma fragte sich, was sie in diesem Moment empfand; ob es für sie auch nur halb so schrecklich war wie die Angst, die er selbst um sie hatte.

»Und was jetzt?« fragte er mit bemüht fester Stimme.

Sie waren an einem toten Punkt angelangt. Er hatte nichts anzubieten. In dieser Situation gab es kein Entgegenkommen. Keinen Kompromiß. Er seufzte schwer, nahezu überdrüssig, dann brach der Zorn durch, den er die ganze Zeit unterdrückt hatte, und mit einem Aufschrei warf er sich auf den Jungen.

In seiner ersten Verblüffung reagierte Kung-ch'ih instinktiv, und für Sekundenbruchteile fuhr das Messer in einem Bogen durch die Luft, als sollte es einen Angriff parieren. Dann wurde es zurückgerissen, und Shu-sun fiel schreiend vornüber.

Tsu Ma hielt erschrocken inne und sah auf seine Frau hinunter. Dann fuhr sein Kopf hoch. Kung-ch'ih war auf die Knie gesackt, das Messer zu Boden geklirrt. Aus Kung-ch'ihs Brust ragte ein langer Stahlbolzen. Kung-ch'ih keuchte einmal, Blut quoll zwischen seinen Lippen hervor, dann fiel er aufs Gesicht.

Hinter ihm in der Tür stand Tao Chu. Sein Seidengewand war durchnäßt und sein Haar feucht zurückgekämmt. Er sah fassungslos auf seinen Halbbruder hinunter, einen schrecklichen Ausdruck des Schmerzes im Gesicht, dann blickte er zu Tsu Ma hinüber. Shu-sun krabbelte über den Hof und wimmerte vor Entsetzen. Tsu Ma sah seinem Neffen einen Moment lang in die Augen, dann ging er in die Hocke und drückte seine Frau an sich. Sein mächtiger Leib zitterte unkontrolliert, als er sie tröstete.

Nach einigen Sekunden blickte er wieder zu Tao Chu auf. Der Junge stand immer noch da und sah auf den Bruder hinunter, den er getötet hatte. Tränen rannen ihm über die Wangen, und in dem Moment, als Tsu Ma hinsah, kniete der Junge nieder und küßte den dunklen Kopf seines Bruders, indem er ihn mit einer Hand sanft berührte und den noch warmen Nacken streichelte, als schliefe er nur.

Nan Ho saß an seinem Schreibtisch und starrte ins Leere.

»Kuan Yin beschütze uns«, murmelte er.

»Herr?«

Er sah seinen Sekretär Hu Chang an und schüttelte den Kopf. »Ich sagte, Kuan Yin beschütze uns. Das ... es ist eine unangenehme Aufgabe. Die Kaiserin Pei K'ung ist eine gute Frau, und wenn sie Bedürfnisse hat ... nun, wir alle haben unsere Bedürfnisse, nicht wahr, Hu Chang?«

Hu Chang ließ den Kopf sinken.

»Ich habe versucht, vernünftig mit ihm zu reden«, fuhr er fort, »aber er wollte nicht zuhören. Es ist wieder so wie früher. Er ist von ihr besessen. Betört von dieser Füchsin. Sie hat ihn wieder in ihrem Bann, und wir alle müssen darunter leiden.«

Hu Chang blickte auf. »Herr?«

»Ja, Hu Chang?«

»Vielleicht sollten wir alles aufschieben und abwarten, bis die Zeit unseren Herrn von dieser ... dieser *Verwirrung* heilt.«

Nan Ho wandte sich ihm zu. »*Aufschieben?*«

»Ja, Herr. Wenn wir etwas finden könnten ... eine Ablenkung vielleicht, damit er die Sache nicht weiter verfolgt. Eine ...«

Nan Ho hob die Hand. Hu Chang verstummte sofort und senkte den Kopf.

»Er will, daß es heute abend erledigt wird. Die Scheidungsurkunde wird in diesen Minuten aufgesetzt. Tsung Yes Geständnis ... ach!« Er gab einen schweren Seufzer der Verbitterung von sich, und seine innere Unruhe fand einen körperlichen Ausdruck, als er aufstand. »Ich hätte mein Gewissen ignorieren und die Frau beizeiten umbringen sollen.«

Hu Chang folgte mit Blicken seinem Herrn und war bestürzt über seine Worte. Noch nie hatte Nan Ho davon gesprochen, jemanden umzubringen. Er war immer die Stimme der Vernunft gewesen. Aber diese Sache schien ihn aller Vernunft beraubt zu haben ... oder hatte sie im Gegenteil seine Vernunft erst zum Vorschein gebracht?

Hu Chang schluckte, ehe er einen Einwand erhob. »Sie umzubringen, würde das Problem nicht lösen, Herr.«

»Nein?« Nan Ho wandte sich ihm zu. »Sie kennen diese Frau nicht, Hu Chang. Diese Unaufrichtigkeit ...« Wieder schüttelte er den Kopf. »Und diesmal wird sie nicht so leicht zu vertreiben sein. Diesmal ...«

Die Glocke tönte. Nan Ho starrte sie an und zog eine Grimasse.

»Das wird er sein. Gehen Sie zu ihm, Hu Chang. Sagen Sie ihm, daß ich krank und zu Bett gegangen bin. Sagen Sie ihm ...«

Nan Ho brach ab, senkte den Kopf und empfand plötzlich einen tiefen Schmerz. »Mein Junge ... mein armer, armer Junge. Wie konnte er sich das nur ein zweites Mal antun? Wie soll ich nur danebenstehen und es mit ansehen?«

Wieder tönte die Glocke.

»Soll ich gehen, Herr?«

Nan Ho blickte zu ihm auf und lächelte traurig. »Nein, Hu Chang. Es ist meine Pflicht, zu erscheinen. Meine Pflicht ist das Dienen, was immer mein Herr von mir verlangt. So ist der Weg, nicht wahr? Wo immer er hinführt.«

Hu Chang senkte den Kopf und war erleichtert, daß sein Herr wieder zu seinem früheren Ich zurückfand.

Nan Ho trat an seine Seite und berührte ihn sanft am Arm, dann verließ er das Zimmer und begab sich in Li Yuans Unterkunft – bereit, seinem Herrn zu dienen, was immer er von ihm verlangen mochte.

»Ihr habt mich gerufen, *Chieh Hsia*?«

Li Yuan blickte auf und winkte Nan Ho heran. »Haben Sie es gehört, Meister Nan?«

»Was gehört, *Chieh Hsia*?«

Li Yuan reichte ihm ein Blatt Papier. »Das ist heute morgen angekommen. Kopien davon werden gegenwärtig quer durch unsere Stadt verschickt.«

Nan Ho las es durch, dann blickte er mit blassem Gesicht und verwirrtem Blick auf. »Aber da steht …«

»Das Mandat ist gebrochen … das steht da. Der *Pa shi yi* hat meine Herrschaft für ungültig erklärt. Sie haben offene Rebellion gebilligt.«

Nan Ho starrte ihn an. »*Aiya …*«

»*Aiya,* allerdings. Doch es kommt nicht ganz unerwartet, nicht wahr?«

»Wie?«

»Wir wissen seit einiger Zeit, daß die Neokonfuzianer mit dem Lauf der Dinge unzufrieden sind. Und Ihre Sitzung heute morgen … nun, haben Sie nicht gespürt, daß es in der Luft lag, Meister Nan?«

Nan Ho schüttelte den Kopf. Er hatte offenbar wenige dieser Entwicklungen vorausgesehen. »Aber was sollen wir tun?«

»*Was wir tun sollen?* Nun, wir lassen sie alle inhaftieren. Inhaftieren und hinrichten.«

Nan Ho schluckte. »Aber das würde bedeuten …«

»Krieg? Möglich. Aber das hier …« Er nahm dem Kanzler das Blatt ab. »Nein, Meister Nan. Das kann ich nicht dulden.«

Ein Klopfen an der Tür. Li Yuan hob eine Augenbraue. »Herein!«

Ein Bote kam gebeugt ins Zimmer, kniete nieder und hielt dem Sekretär des T'ang einen versiegelten Brief hin, der ihn aufriß, durchlas und dann dem T'ang brachte.

Li Yuan las ihn, drehte sich auf seinem Stuhl um und befahl, den Bildschirm herabzusenken.

»Wache«, sagte Li Yuan ins Leere. »Zeigen Sie mir die jüngsten Szenen aus Weimar.«

Augenblicklich erschien auf dem Monitor das Bild eines großen Hauses. Die Kamera fuhr zurück und richtete sich auf eine Gruppe von Männern vor dem Eingangstor. Kamerasonden umschwirrten ihre Köpfe wie Fliegen, als einer von ihnen das Wort erhob, der leicht als Repräsentant Kavanagh zu erkennen war, der Vorsitzende des Hauses.

»… doch eine solche beispiellose Erklärung der neukonfuzianischen Hierarchie kann nur als ein Eingeständnis derjenigen innerhalb der Regierung des T'ang – derjenigen, die ihn am besten kennen, um es deutlich zu sagen – angesehen werden, daß die Entwicklung eine Richtung eingeschlagen hat, in der nur noch extremste Maßnahmen die Situation retten können. Es geschieht daher mit größtem Widerwillen, wenn auch aus einem Gefühl der Pflicht heraus, daß wir in dieser Angelegenheit Stellung beziehen und dem *Pa shi yi* die volle Unterstützung dieses Hauses zusagen. Ferner fordern wir die Bürger der Stadt Europa auf, sich der Herrschaft des Despoten Li Yuan zu widersetzen und Li Min als Sohn des Himmels und neuen T'ang anzuerkennen.«

Allen Anwesenden entfuhr ein Keuchen. Nan Ho rechnete damit, im Gesicht seines Herrn sein eigenes Entsetzen wiederzufinden, aber Li Yuan lächelte nur.

»*Chieh Hsia?*« fragte er, weil er nicht glauben wollte, daß der T'ang in diesem Moment überhaupt etwas amüsant finden konnte. »Geht es Ihnen gut?«

»Es ging mir noch nie besser, Meister Nan.« Er stand auf, kam hinter dem Schreibtisch hervor und blieb vor dem Bild des Vorsitzenden Kavanagh stehen.

»Sperrt sie ein«, sagte er, und das Selbstvertrauen in seiner Stimme überraschte alle. »Bis zum letzten Mann, und dann brennt das Gefängnis nieder. Wir müssen diesen *Hsiao jen* eine Lektion erteilen, meinen Sie nicht, Meister Nan?«

»*Chieh Hsia?*«

Li Yuan wandte sich ihm zu, und langsam wich das Lächeln von seinem Gesicht, bis es in seiner falkenartigen Strenge an seinen Vater Li Shai Tung erinnerte.

»Sie haben mich gehört, Meister Nan. Inhaftieren Sie sie. Triadenmitglieder, Neukonfuzianer, Repräsentanten und den ganzen Rest. Alle, die sich mir widersetzen. Es hat begonnen«, sagte er, eine seltsame Mischung aus Furcht und Erleichterung in der Stimme. »Die Götter mögen uns beistehen, Meister Nan, es hat endlich begonnen.«

Am Rande der Klippe stand eine verfallene Kapelle. Das Dach war eingestürzt, die Türbogen leer. Es war ein winziges Gebäude, der Boden im Innern zersprungen und mit Unkraut überwuchert, eine der Seitenmauern eingestürzt, die schweren Steine über das Gras verstreut.

Kim trat an ihre Seite und blickte zu der steinernen Oberschwelle und die darin eingemeißelte Inschrift auf.

»Das ist Lateinisch«, erklärte er. »Aus der Offenbarung des Johannes.«

Jelka sah ihn überrascht an, als er es vorlas.

»Und ich sah einen Engel in der Sonne stehen, und er rief mit großer Stimme allen Vögeln zu, die hoch am Himmel fliegen: Kommt, versammelt euch zum großen Mahl Gottes ...«

Er wandte sich ihr zu, um das Zitat zu beenden. »... und eßt das Fleisch der Könige und der Hauptleute, und das Fleisch der Starken und der Pferde und derer, die darauf sitzen, und das Fleisch aller Freien und Sklaven, der Kleinen und der Großen ...«

Er lächelte, dann sah er sich um. »Sind wir da? Ist das hier dein Lieblingsort?«

»Nein.« Sie blickte aufs Meer hinter der Ruine hinaus und ging weiter.

Es war ein alter, von vielen Füßen ausgetretener Weg. Nah am Grund, wo es steil wurde, waren Stufen in den Fels gehauen. Sie suchte sich behende ihren Weg zwischen den Felsen und unter dem Überhang. Kim folgte ihr. Dort drüben, auf der anderen Seite des Felssimses, befand sich die Höhle.

Jelka lächelte ihm zu. »Da sind wir. Hier bin ich am liebsten. Hier, wo man die Stimmen hört.«

Er überquerte halb den Sims, dann hielt er inne, ging in die Hocke und sah in den Spalt in der großen grauen Felstafel hinunter. Dort unten verlief sich die Flut in einem Riß im Fels. Er beobachtete das Rauschen und Schäumen des Wassers durch den schmalen Kanal, dann blickte er auf. Sie beobachtete ihn amüsiert.

»Kannst du es hören, Kim? Es spricht mit dir.«

»Ja«, sagte er. »Ich höre es.«

Er stand auf, wischte sich die Hände an den Hüften ab, dann trat er an den Felsrand und sah über das aufgewühlte Meer hinaus. Er spürte den Wind wie eine Hand im Gesicht und schmeckte das Salz auf seinen Lippen.

»Hier«, erweckte sie wieder seine Aufmerksamkeit.

An der Wand hinter ihr standen die alten Buchstaben, in einer Handlänge in den Fels gekerbt und mit gebranntem Ocker aus dem blaß cremefarbenen Ton des Felsens hervorgehoben. Ihre gezackten, rechteckigen Formen erinnerten an Scharfgabenstengel. Kim runzelte die Stirn und erkannte sie als Runen – als einen Namen. Tolonen. Und doch waren sie – wieviel? – fünfzehnhundert Jahre alt?

Er schauderte, kniff die Augen zusammen und sah zu, wie Jelka in die Hocke ging und sich weiter hineintastete, auf die Stelle zu, wo die Decke zum Boden der Höhle abfiel.

»Genau hier habe ich den Fuchs gesehen«, sagte sie und sah ihn mit blauen Augen aus dem Halbdunkel heraus an. »Später habe ich von ihm geträumt und dabei an dich gedacht.«

Ein Fuchs. Er nickte, ging in die Höhle und faßte Jelka an der Hand.

»Er war so wild«, sagte sie, kniete nieder und zog Kim zu sich hinunter. »Erkki wollte ihn erschießen, aber das habe ich nicht zugelassen.«

Er starrte sie wie verzaubert an, und die düsteren Gerüche dieses Ortes erweckten etwas in ihm.

Ein Fuchs …

Er zog ihr Gesicht zu sich heran und küßte sie, ein wilder Kuß, wie der Biß eines Fuchses, dann stieß er sie hinunter und sank zurück in die Finsternis.

Wieder im Haus, ging er durch die Zimmer und war verwirrt über das, was eben geschehen war; er fragte sich, was es über ihn aussagte. Doch Jelka schien glücklich zu sein. Er konnte sie in der Küche singen und zu seiner Überraschung lachen hören. Dabei hatte er sie immer für so kühl und majestätisch gehalten.

An der Tür zum Arbeitszimmer blieb er stehen, hob den Kopf und schnüffelte die Luft, dann trat er ein, und seine Augen weiteten sich beim Anblick der vielen Bücher.

»Bücher!« rief er und trug eines zu ihr. »*Echte* Bücher!«

»Kalevala«, sagte sie und nahm es ihm ab. »Mein Onkel hat es mir geliehen. Es war das erste Buch, das ich je gelesen habe. Hier …« Sie gab es ihm zurück. »Du mußt es unbedingt lesen. Mein Volk …«

»Dein Volk …« Er sah sie traurig an. »Du solltest dich bei ihm melden, weißt du. Sag ihm, daß dir nichts geschehen ist. Er wird sich Sorgen machen.«

»Soll er doch!« sagte sie. »Er hat es verdient. Bist du denn nicht wütend auf ihn?«

»Wütend?« Er lachte, legte das Buch weg und faßte Jelka an den Händen. »Wie könnte *ich* wütend sein? Ohne ihn würde es dich nicht geben. Dafür … nun, dafür verzeihe ich ihm alles.«

Er lächelte und versuchte sie von seinem Standpunkt zu überzeugen, aber er sah ein, daß sie sich nicht erweichen lassen würde. Jedenfalls noch nicht.

»Laß mich dir helfen«, sagte er und sah an ihr vorbei auf die Pfannen auf dem altmodischen Herd. »Ich koche selbst gern.«

Sie schlug aber seine Hand weg. »Da warst du noch auf dich allein gestellt. Jetzt aber … nun, jetzt gehörst du mir. Wenn es dir unangenehm ist, wechseln wir uns ab. Aber heute abend … heute abend möchte ich für dich kochen. Bitte … Ich habe davon geträumt.«

Er lächelte. »Du hast eine Menge geträumt, Jelka Tolonen.«

»Ja …« Ihr Blick wurde ernst. »Ich habe geträumt, daß du zu mir kommst und mich vor der Welt der Ebenen rettest. Ich habe geträumt …« Sie brach ab, und eine plötzliche Furcht erfaßte ihr Gesicht. »Etwas ist geschehen«, sagte sie. »Etwas …«

Sie ging an ihm vorbei in das große Wohnzimmer. Er folgte ihr. Die Veränderung, die sie durchgemacht hatte, der plötzliche intuitive Sprung, faszinierte ihn. Als sie sich vor den großen Bildschirm kauerte und ihn einzustellen versuchte, sah er sich verwundert um und staunte nicht zum ersten Mal, daß er sich tatsächlich auf dieser Insel, in diesem höchst eigenartigen Haus befand. Hatte sie es so erträumt? Und war er, selbst jetzt noch, in ihren Träumen gefangen – und hatte nicht mehr Substanz als Calibans Traum?

»Mir klimpern manchmal viel tausend helle Instrumente ums Ohr und manchmal Stimmen, die mich, wenn ich auch nach langem Schlaf erst eben aufgewacht, zum Schlafen wieder bringen: dann im Traume war mir, als täten sich die Wolken auf, und zeigten Schätze, die auf mich herab sich schütten wollten, daß ich beim Erwachen aufs neu zu träumen heulte.«[8]

Sie wandte sich ihm zu, als der Bildschirm hinter ihr gerade zum Leben erwachte.

»Was ist das? Es kommt mir ... irgendwie bekannt vor.«

»Nur Worte«, sagte sie. »Etwas, das es nicht mehr gibt, außer im Geist einer Maschine.«

»Worte?« Aber der Bildschirm hatte bereits ihre Aufmerksamkeit erweckt. In dichte Rauchschwaden gehüllt, war das Repräsentantenhaus in Weimar zu erkennen. Die großen Fenster waren eingeschlagen, und in den Geschossen zuckten Flammen. Lange Reihen gefesselter Männer wurden von maskierten Wachleuten abgeführt. Dann ein Schnitt auf Szenen des Aufruhrs und der Verwüstung, schreiender Männer und weinender Frauen.

»Was ist passiert?« fragte er und trat an ihre Seite, hockte sich dann hin und faßte ihre Hand. »Was, in aller Götter Namen, ist passiert?«

»Es geht los«, sagte sie, und ein Zittern durchfuhr sie. »Die Götter mögen uns allen helfen. Die Krieg hat angefangen.«

KAPITEL · 11

Der Reiter durch den Herbstwind

Ihr müßt mit ihm reden, *Chieh Hsia*. Ihr müßt einfach.«

»*Ich muß*, Meister Nan?« Li Yuan wandte sich mit steinernem Gesicht von der großen Karte ab und trat seinem Kanzler entgegen. »Wollen Sie mir auch vorschreiben, mit wem ich *schlafen* muß?«

Nan Ho senkte eingeschüchtert den Kopf. Überall im Kriegszimmer taten andere – insgesamt über vierzig Personen – dasselbe. Sie kannten diesen Tonfall des T'ang. In solchen Augenblicken war er am gefährlichsten – das hatte sich zumindest in den letzten fünf Tagen herausgestellt.

Nan Ho blickte unter den Augenlidern zu seinem Herrn auf. Fünf Tage ... war tatsächlich erst so wenig Zeit vergangen? Bloß fünf Tage?

»Es heißt, er stirbt, *Chieh Hsia*«, erwiderte er und riskierte damit den Zorn seines Herrn; doch er wußte, daß er es sich nie verzeihen würde, wenn er nicht wenigstens den Versuch einer Aussöhnung wagte.

»Er stirbt?« Li Yuan fuhr überrascht herum. »Das ... davon wußte ich nichts. Ich dachte ...«

»Vergiftet, *Chieh Hsia.* Das hat man mir jedenfalls so gesagt. Es ist ... nun, es ist schwer zu sagen, ob es der Wahrheit entspricht. Unsere üblichen Kanäle sind nicht mehr so verläßlich wie früher.«

Li Yuan nickte verständnisvoll. Alles war dem Chaos anheimgefallen. Und Informationen – *verläßliche Informationen* – waren ein spärliches Gut. Dafür hatte Li Min gesorgt.

Wir haben es nicht gewußt, dachte Nan Ho, betrachtete die Karte der Stadt Europa und bemerkte, in welchem Maße die dunklen Bereiche – die von Li Min beherrschte Territorien darstellten – in den letzten zwei Tagen angewachsen waren. *Wir haben nicht begriffen, wie groß er bereits geworden ist – wie mächtig. Wir dachten, Visak habe uns nur Lügen erzählt, aber es entsprach der Wahrheit.*

Wenn sie ehrlich waren, mußten sie zugeben, daß sie ihren Feind absolut unterschätzt hatte. Sie glaubten, er habe sich Zeit gelassen – habe seine berühmte Loyalitätserklärung abgegeben –, weil er zu schwach war, um gegen sie anzukämpfen. Aber jetzt wußten sie es besser. Li Min hatte sich nur deshalb Zeit gelassen, weil er seiner Sache sicher sein wollte, ehe er handelte.

Und jetzt stand er einen Tag vor dem Sieg. Höchstens zwei Tage. Und noch immer lehnte Li Yuan die Hilfe seines Vetters ab.

Nan Ho beobachtete, wie der junge T'ang die Karte studierte, als handele es sich um ein Spielbrett, als sei der Krieg eine überdimensionale Partie *Wei Chi,* in der er einen Mangel in der Strategie seines Gegners finden mußte, eine bisher übersehene Schwäche, die er ausnutzen konnte. Aber es gab keine. Li Min hatte seine Offensive sorgfältig geplant. Das Spiel lief für ihn. Er mußte nur die letzte Handvoll Steine legen.

Li Yuan wandte sich ihm wieder zu. Er hatte seit drei Tagen nicht mehr geschlafen, hielt sich mit speziellen Drogen wach und aufmerksam, und seine Lider waren schwer vom Schlafentzug.

»In Ordnung«, sagte er leise und nickte seinem Kanzler zu. »Arrangieren Sie ein Gespräch.«

Während Li Yuan über der Karte brütete, nahm Nan Ho mit dem Palast in Astrachan Kontakt auf, doch als sich der Bildschirm erhellte, erschien nicht Tsu Mas Kanzler, sondern sein Neffe Tsu Tao Chu. Das Gesicht des jungen Mannes war von Schmerz gezeichnet. Alles an ihm zeugte von seinem Verlust. Noch bevor er ein Wort sagte, wußte Nan Ho Bescheid.

»Mein Onkel, der große Tsu Ma, ist tot. Er ...« Tao Chu ließ den Kopf sinken, und eine Träne rann ihm über die Wange. »Er ist heute morgen verschieden.«

Li Yuan, der neben seinem Kanzler stand, starrte stumm auf den Bildschirm.

»Es war eine große Erleichterung«, sagte Tsu Tao Chu nach einer Pause. »Er hat furchtbar gelitten. Wenn er nicht so stark gewesen wäre ...« Er erzitterte, und als er Li Yuans Gegenwart bemerkte, gab er es durch ein Nicken zu erkennen.

»Diese Nachricht macht mich traurig«, sagte Li Yuan und schickte Nan Ho mit einem Wink weg, damit er allein mit Tsu Tao Chu reden konnte. »Wie du weißt, haben wir die letzten Monate nicht mehr miteinander gesprochen, aber sein Hinscheiden trifft mich wie ein Schlag. Mir ist, als hätte ich einen Bruder verloren.«

Tsu Tao Chu lächelte gezwungen und hatte dabei eine tiefe Traurigkeit in den Augen. »Danke, Vetter Yuan. Ich weiß, er hat dich immer als seinen Bruder betrachtet.«

Li Yuan erwiderte sein Lächeln. »Wie stehen die Dinge in deiner Stadt, Vetter?«

Tsu Tao Chu zog eine Grimasse. »Nicht gut, Vetter Yuan. Jede Stunde bringt mehr schlechte Nachrichten. Es sieht nicht gut für uns aus, nicht?«

»Das ist wahr. Doch wenn wir zusammenhalten ...«

»Das wäre ratsam. Ich ...« Er machte eine Pause und sah zur Seite, als spreche er mit jemandem, der nicht auf dem Bildschirm zu sehen war, dann wandte er sich wieder Li Yuan zu. »Verzeih mir, Vetter, aber ich habe gerade überlegt, wenn du hierher kommen könntest, nach Astrachan ... Wenn wir gemeinsam an einem Ort wären, könnten wir unsere Anstrengungen vielleicht koordinieren und unsere Feinde so wirkungsvoller bekämpfen. Tongjiang ist eine Festung, gut, aber Tongjiang ist weit von deiner Stadt entfernt. Wenn du hier wärst …«

Li Yuan überlegte kurz, dann nickte er. »Ich würde gern kommen, Tao Chu.«

»Dann komm, Vetter Yuan. Sofort, laß dich nicht aufhalten.«

Gute Nachrichten. Tsu Ma war tot, und Wei Tseng-li aller Wahrscheinlichkeit nach auch. In Asien herrschte das Chaos, und Europa … Europa würde als nächstes fallen. Es brauchte nur einen letzten Stoß.

Lehmann sah auf die große Karte der Stadt Europa hinunter und studierte den Stand der Dinge, insbesondere die weißen Flächen, die klar auf eine Ausweitung seines Territoriums hindeuteten.

Dies war das Endspiel. Eine Zeit der Opfer und Gefangennahmen. Eine Zeit, in der die Form von alles überragender Bedeutung war, in der die verwickelten Zusammenhänge seines Plans mehr zählten als die Tapferkeit der Soldaten oder das Geschick der Generäle.

In seiner rechten Hand hielt er die fünf weißen Steine, die seine Reservestreitkräfte repräsentierten. Fünf Bataillone seiner besten Truppen, die er bisher zurückgehalten hatte. Er ließ sie in seiner Hand klappern, dann sah er in die Runde. Seine Männer beobachteten ihn schweigend und erwarteten seine Entscheidung mit einem Zutrauen, einer Gewißheit, die seine eigene widerspiegelte. Sie waren fast am Ziel. Nur noch ein Stoß.

Er beugte sich vor und plazierte einen Stein auf Stuttgart. Er würde seine dortigen Truppen verstärken und helfen, den Nachschubkorridor für die Armee freizuhalten, die die Garnison von Mannheim belagerte. Einen zweiten Stein legte er weiter im Westen, auf Nantes ab. Auch dies ein defensiver Zug, der seine Kontrolle über den großen Raumhafen sicherte. Blieben noch drei.

Lehmann wog die drei weißen Steine in der Hand, spürte ihr Gewicht, dann beugte er sich über die Karte und ließ sie auf Bremen niederfallen.

»Dort!« sagte er. »Mitten ins Herz!«

Es erhob sich ein tiefes, zufriedenes Murmeln. Bremen. Es war Li Yuans wichtigstes Bollwerk. Sein Name allein stand für die Macht und Stärke von sieben Generationen der Li-Familie, die über Europa geherrscht hatten. Wenn Bremen fiel, würde auch der Rest fallen, wie die Blätter im Herbst.

»Verbindet mich mit Soucek«, sagte er und sah zu seinem Finanzstrategen Cao Chang hinüber. »Ich will wissen, wie die Lage ist.«

Sekunden später erschien Souceks langes, ochsenartiges Gesicht auf dem riesigen Bildschirm links im Saal. Lehmann trat davor.

»Nun, Jiri? Wie sieht es aus?«

Souceks Gesicht war von Rauch geschwärzt. Er rieb sich ein Auge, ehe er Lehmann antwortete. »Wir machen Fortschritte, aber nur langsam. Es wird heftiger Widerstand geleistet. Die Garnison von Mannheim ist eine stolze und hochdisziplinierte Truppe. Und nicht nur das, sie wird außerdem von Karr kommandiert.«

»Karr?« Lehmann nickte nachdenklich. »Nun, bleiben Sie dran, Jiri. Ob mit oder ohne Karr, ich will, daß Sie bis zum Morgen in Mannheim sind, haben Sie mich verstanden?«

Soucek senkte den Kopf.

»Und Jiri. Ich habe Ihre Nachschublinie in Stuttgart verstärkt. Aber achten Sie auf Neuigkeiten aus Bremen. Dorf findet die Entscheidungsschlacht statt. Wenn ich recht behalte, wird Li Yuan einige Truppen von Mannheim abziehen, um Bremen zu halten. Wenn es soweit ist, verstärken Sie den Druck. Und Jiri …«

»Ja, Herr?«

»Machen Sie keine Gefangenen.«

Während Karr sich auf der Munitionskiste ausruhte, rückte das Geschoßfeuer mit jeder Minute näher. Immer wieder stellten sie Verteidigungslinien auf, und jedesmal wurden sie überrannt. Stunde um Stunde wurden sie weiter zurückgedrängt, nahm die Zahl ihrer Toten und Verwundeten zu, bis ...

...bis wir am Ende alle tot sind.

Er blickte auf und sah seinen jungen Stallmeister an. Der Junge – denn er war kaum älter als siebzehn – war ihm erst tags zuvor zugeteilt worden, als er dieses Kommando übernommen hatte, doch er hatte bereits das Gefühl, ihn gut zu kennen. Im Moment schaute der Junge nach rechts, von wo der Geschoßlärm kam, und eine seltsame Ruhe – oder war es ein Schock? – erfaßte seinen Blick. Als er schließlich bemerkte, daß Karr ihn beobachtete, wurde er rot und wandte sich mit einer zackigen Verbeugung seinem Oberst zu.

»Schon gut«, sagte Karr. »Es gibt keine Vorschrift, die einem das Denken verbietet.«

»Nein, Sir. Es ist nur ...«

Karr lächelte, gerührt von der Schüchternheit des Jungen. »Reden Sie schon. Sagen Sie, was Sie denken, junger Mann. Dafür erteile ich Ihnen eigens die Erlaubnis.«

Barlow sah weg, durch und durch verlegen. »Ich habe an ein Mädchen gedacht, Sir.«

Karr lächelte. »Ich auch. Genaugenommen an zwei.«

»Sir?«

»Meine Frau und meine Tochter May.«

»Ach so ...« Der Kadett lachte, verstummte und wurde wieder ernst.

»Wissen Sie, für die beiden ist es noch viel schwerer«, sagte Karr. »Sie tragen die Last, nicht zu wissen, was mit uns geschieht. Die Last der Vorstellung. Wogegen wir ... Nun, wir müssen uns nur um die Kugel aus dem Hinterhalt sorgen, den plötzlichen Schmerz und die Dunkelheit, die folgt.«

Barlow sah ihm in die Augen und nickte. In seinem Blick war keine Spur von Furcht.

Gut, dachte Karr. *Er versteht es. Es ist viel einfacher, wenn man es versteht. Der Tod, wenn er kommt, ist leicht. Nur das Warten macht uns zu schaffen.*

Karr stand auf, griff nach dem großen Automatikgewehr und schlang sich den Riemen um die Schulter.

»Sir?«

»Ja, Barlow?«

»Warum geschieht das alles? Ich meine ... warum hat Li Yuan den Weißen T'ang nicht vernichtet, als er noch konnte?«

Karr seufzte. »Eine berechtigte Frage. Aber eine, die wir nicht stellen sollten. Wir sind nur die Hände unseres Herrn, nicht wahr?«

Barlow starrte ihn kurz an, überrascht von seinem Tonfall.

»Haben wir ... verloren, Sir?«

»Verloren? Nein, Junge. *So* schlecht steht es noch nicht.« Aber daran glaubte er selbst nicht mehr. Erst vor einer Stunde war die Nachricht von Tsu Mas Tod eingetroffen – eine Neuigkeit, die er seinen Truppen vorenthalten hatte, um sie nicht zu demoralisieren. Es wurde gemunkelt, daß der alte Marschall krank sei und auf dem Sterbebett läge. Bald würde niemand mehr übrig sein. Bald würde es nur noch die Dunkelheit geben – die Dunkelheit und Gespenster.

Was Marie und May anging ... nun, vielleicht würden sie in Astrachan wirklich sicherer sein, aber die Nachricht von ihrer Evakuierung aus Tongjiang hatte ihn mehr beunruhigt, als er für möglich gehalten hatte.

Sicher? Nein. Niemand war mehr sicher.

Aber darauf kommt es auch gar nicht mehr an, dachte er. *Denn dies ist das Ende. All das ... das Ziehen der Linien ... wir gehen nur noch die Züge durch, füllen unser eigenes Territorium mit Steinen. Denn in Wahrheit hat er schon gewonnen.*

»Sir?«

Er sah Barlow an, streckte die Hand aus und strich ihm das Haar aus den Augen, als sei er sein Sohn. »Ja, Junge?«

»Was glauben Sie, wieviel Zeit wir noch haben?«

»Vater?«

Tolonen fuhr in seinem Bett zusammen, dann drehte er den Kopf und sah durchs schattige Zimmer zur Tür.

»Jelka?« fragte er schwach. »Bist du das?«

Sie kniete neben dem Bett nieder und faßte seine Hand – die Hand aus Fleisch und Blut – mit beiden Händen.

»Oh, Vater … was machst du nur?«

Er lachte leise; ein Lachen, das schnell in ein stockendes Husten überging. Sie wartete und sah beunruhigt zu dem Arzt hinüber, der schweigend auf der anderen Seite des Bettes stand.

Keine Sorge, formte er mit den Lippen und lächelte beruhigend.

Sie betrachtete ihren Vater. Er war alt – das ließ sich nicht bestreiten –, aber er hatte noch nie alt *ausgesehen*. Er war immer so gesund, so … so robust gewesen. Ihn so zu sehen, schmerzte sie, und trotz allem, was Kim ihr vorgehalten hatte, sah sie ein, daß es ihre Schuld war. *Sie* hatte ihm das angetan. Sie und ihre Grausamkeit.

»Wie geht es dir?« fragte sie und strich ihm über die Stirn.

»Ganz gut«, erwiderte er und betrachtete sie mit seinen grauen Augen. »In meinem ganzen Leben war ich keinen Tag krank, und dann auf einmal …«

Sie drückte seinen Kopf sanft zurück, als er sich aus dem Kissen erheben wollte. »Sie sagen, du mußt dich ausruhen. Sie sagen, du mußt die Dinge leicht nehmen und sollst dir keine Sorgen machen.«

»Sorgen?« Er lachte trübe. »Hast du gehört? Sie reden davon, Bremen zu evakuieren … Bremen! *Aiya!*«

»Vater … *bitte.* Es nützt nichts. Du mußt vergessen, was geschieht. Du kannst nichts tun.«

»Meinst du, das weiß ich nicht?« Er drehte den Kopf zur Seite, rümpfte die Nase und hatte dabei einen Ausdruck bitterer Scham im Gesicht. »Ich habe ihn nie im Stich gelassen. *Nie* … bis heute.«

Sie drückte fest seine Hand, gerührt vom Bekenntnis seiner Loyalität. Er sagte die Wahrheit. Sie dagegen …

»Ist *er* hier?«

Jelka seufzte. »Nein, Vater. Ich bin allein gekommen.«

Er schloß die Augen und nickte, dann legte er die andere Hand – die Hand aus goldenem Metall – über ihre. Jelka starrte sie an und versuchte nicht vor ihr zusammenzuzucken – vor der Seite an ihm, die sie immer repräsentiert zu haben schien – vor seiner kalten, unbeweglichen Seite.

»Ich bin gekommen, um zu bleiben«, sagte sie ruhig. »Ich bin gekommen, um dich zu pflegen.«

Er drehte den Kopf und schlug die flatternden Lider auf. »Für immer?«

Es war schwer, ihm in die Augen zu sehen und ihn zu enttäuschen, aber sie wußte, daß es nicht anders ging. »Bis es dir wieder gut geht. Kim sagt …«

»Verdammt, Mädchen!« rief er heiser und stemmte sich vom Kissen hoch. »Wage es nicht, auch nur seinen Namen in meiner Gegenwart auszusprechen! Ich …«

Er erzitterte, als stünde er kurz vor einem neuen Anfall, dann sank er wieder zurück und warf dem Arzt einen Blick zu. »Es tut mir leid, ich … ich habe mich vergessen. Ich muß mich ausruhen, ich weiß.«

Jelka machte für einen Moment dem Arzt Platz, der ihrem Vater Puls und Blutdruck maß, dann beugte sie sich wieder näher und lächelte ihn an.

»Keinen Streit, ja? Seien wir Freunde …«

»Du bist alles, was ich habe, Jelka. All die anderen … sie sind tot. Klaus Ebert, Hal Shepherd, Li Shai Tung … Tot, bis zum letzten Mann. Die Welt … es ist so, als gäbe es nur noch Gespenster. Bis auf dich, mein Liebling. Bis auf dich.«

Sie spürte, wie sich ihr Magen zusammenzog und ihr Tränen in die Augen traten; doch zugleich wußte sie, was er hier tat; wußte sie, daß auch dies – so sehr es der Wahrheit entsprach – nur eine weitere Schlacht für ihn war. Er wollte seine Tochter gewinnen – das war sein Ziel. Und seinen Feind, ihren Geliebten Kim, wollte er schlagen.

»Ich liebe dich, Vater«, sagte sie, und Tränen rannen ihr über die Wangen. »Zweifle nicht daran. Zweifle nicht für einen Augenblick daran. Aber ich liebe ihn auch, und ich muß bei ihm sein.«

Er starrte sie an, und sein Blick war eine einzige Anklage.

»Begreifst du das nicht? Verstehst du nicht, wie einfach alles wäre, wenn du diesen Unsinn einfach aufgeben würdest? Warum kannst du ihn nicht einfach akzeptieren, hm? Dann könnten wir zusammen sein … wir alle. Wir könnten dich nach Kalevala bringen …«

»Nein!« brüllte er und setzte sich auf, sein Gesicht gerötet von plötzlichem Zorn. »Du wirst ihn nicht haben! Das verbiete ich dir! Du …«

Sie sah die Überraschung in seinem Gesicht, den schockierten Ausdruck in seinen Augen und wie er sich mit beiden Händen die Brust hielt.

»Bei allen Göttern …«, flüsterte sie erschrocken. »Bitte nicht …«

Es wurde unruhig im Zimmer, und Ärzte liefen durcheinander. Jelka bekam wie unter Betäubung mit, wie jemand sie hochzog und wegführte.

»Es wird alles wieder gut«, beruhigte sie jemand. »Er braucht Ruhe, das ist alles. All die Aufregung …«

Aber als sie aus dem Zimmer geführt wurde, konnte sie ihn immer noch murmeln hören. »Du wirst ihn nicht haben! Du wirst nicht …«

Li Yuan umarmte seinen Vetter, dann stellte er die ältesten Mitglieder seines Stabes vor, die aus Tongjiang mitgereist waren.

»Ich bin froh, daß du gekommen bist«, sagte Tsu Tao Chu, als sie wieder allein waren. »Die Situation ...«

Li Yuan berührte ihn verständnisvoll am Arm. Tao Chu war nicht zum Herrscher geboren. Der Tod seines Halbbruders und seines Onkels hatten ihn doppelt getroffen. Er hatte auch keine Zeit gehabt, sich auf eine so mächtige Verantwortung vorzubereiten. All das war neu für ihn. Dennoch war er ein guter, aufrechter junger Mann. Wenn sich überhaupt jemand eine solche Last aufbürden konnte, dann doch er, oder?

»Schon gut, Tao Chu. Zusammen werden wir es schon hinbekommen, nicht?«

Tao Chu lächelte. »Ich habe den Nordpalast für deine Leute vorbereitet, Yuan. Wenn das nicht ausreicht ...«

»Das genügt schon«, sagte Li Yuan rasch. »Aber bevor du noch etwas tust, muß ich deinem Onkel meine letzte Aufwartung erweisen.«

»Natürlich.«

Tao Chu führte ihn an trauernden Dienern vorbei in eine dunkle, kühle Halle, in der die Totenbahre aufgestellt worden war und der offene Sarg stand. Li Yuan trat an den Sarg, sah auf seinen alten Freund hinunter und konnte kaum glauben, daß er tot war. Das Gift hatte seine Spuren an ihm zurückgelassen. Sein Gesicht wirkte sehr viel älter, als Yuan es in Erinnerung hatte, und das Haar ... das Haar war fast grau. Er seufzte, ehe er sich wieder Tao Chu zuwandte.

»Habt ihr herausgefunden, wer dafür verantwortlich ist?«

»Ich habe den Mann. Ich habe ihn mir vorgenommen und ihn zum Singen gebracht.«

Li Yuan war überrascht von der unerwarteten Härte in Tao Chus Stimme und seinem Gesicht.

»Und sein Herr?«

»Du kennst seinen Herrn sehr gut, Vetter Yuan. Deine Armeen kämpfen gerade gegen ihn.«

Li Yuan nickte knapp. Aus irgendeinem Grund erinnerte er sich an einen Abend vor einigen Jahren – wie Tsu Ma und er mit Fei Yen und ihrer Cousine Yin Wu Tsai in einem Boot auf dem See von Tongjiang gesessen hatten und die Laternen in der Dunkelheit tanzten. Welch eine Nacht war das gewesen! Welch eine schöne, bezaubernde Nacht …

Er zog eine Grimasse und wandte sich ab, hin- und hergerissen zwischen der Eifersucht, die er empfand – der Wut über Tsu Mas Verrat – und seiner Liebe für ihn.

Du warst wie ein Bruder für mich, richtete er sich in Gedanken an Tsu Ma. *Warum hast du mir nur meine Braut weggenommen?*

Wie als Antwort kamen ihm die Worte aus Ch'u Yuans ›Himmlischen Fragen‹ in den Sinn.

Der Dunkle Wei folgte den Schritten seines Bruders, und der Herr von You-yi wurde gegen ihn aufgebracht …

In gewisser Weise entsprach es der Wahrheit – er selbst hatte seinem Bruder die Frau genommen, und entsprechend hatte sein Bruder – Tsu Ma – ihm die Frau genommen.

Aber jetzt war er fertig damit. Der Tod hatte alle Schulden beglichen. Nun konnte er die Sache bewenden lassen und sich mit Zuneigung an seinen Vetter erinnern.

Er verbeugte sich einmal tief vor Tsu Ma und preßte dabei die Handflächen ineinander, um seine Hochachtung zu bezeugen, dann sah er zu Tao Chu hinüber und nickte.

»Es gibt viel zu tun, Vetter Tao. Wir fangen am besten gleich damit an.«

Karr hatte den Befehl seit einiger Zeit erwartet, doch als er das Siegel von Rheinhardts handgeschriebenem Brief aufbrach und ihn durchlas, erfaßte ihn tiefe Betrübnis und Mutlosigkeit. Er wurde auf der Stelle von Mannheim nach Bremen abberufen und sollte alle ihm verbliebenen Truppen mitnehmen.

Das war's, dachte er traurig, faltete den Brief zusammen und steckte ihn in den Uniformrock. *Noch ein Tag, und alles ist vorbei.* Aus einer Laune heraus holte er das Bild hervor, das er mit sich trug, und betrachtete die lächelnden Gesichter seiner Mädchen. Er küßte es zärtlich, ehe er es zurücksteckte, dann rief er seinen Hauptmann vom Dienst zu sich und erteilte seine Befehle.

»Es sieht nicht gut aus«, sagte Li Yuan und deutete auf der Südhälfte der Karte auf die fünf verbliebenen kleinen schwarzen Inseln um Bordeaux, Lyon, Turin, Ravenna und Belgrad. Der Rest war inzwischen völlig weiß – mehr als zwei Drittel der Stadt; fast alles unterhalb der alten Flüsse Loire und Donau – während Li Min im Norden an mindestens einem Dutzend Stellen Vorstöße gelungen waren. »Wir werden sie aufgeben müssen. Erteilen Sie sofort den entsprechenden Befehl, General Rheinhardt. Ich will, daß alle Truppen hinter die Seine im Westen und die Donau ist Osten zurückgezogen werden.«

»Aber *Chieh Hsia*«, protestierte Rheinhardt, den der Gedanke entsetzte, so viel zu opfern.

»Sie haben Ihre Befehle, General. Führen Sie sie unverzüglich aus. Und holen Sie mir Karr auf den Bildschirm. Ich habe eine Aufgabe für ihn.«

Rheinhardt verbeugte sich, verließ das Zimmer und ließ Li Yuan mit Nan Ho und Tsu Tao Chu allein.

»War das klug, *Chieh Hsia*?« fragte Nan Ho ruhig. »Rheinhardt weiß, was er tut, und diese Garnisonen … nun, sie haben es geschafft, eine große Anzahl von Li Mins Truppen lahmzulegen.«

»Und eine große Anzahl unserer auch«, erwiderte Li Yuan, beugte sich über die Karte und zog mit dem Finger eine imaginäre Linie von Westen nach Osten. »Nein, Meister Nan. Es wird Zeit für drastischere Maßnahmen. Was verloren ist, das ist verloren. Wir müssen bewahren, was noch gerettet werden kann. Li Mins neue Truppen haben das Gleichgewicht stark zu unseren Ungunsten verlagert. Doch noch ist nicht alles verloren. Bisher wurden wir von der Notwendigkeit behindert, ein umfangreiches Gebiet niederzuhalten, es selbst um den Preis eines Krieges zu verteidigen. Aber diese Verantwortung ist jetzt auf Li Min übergegangen. Er muß jetzt jene Teile der Stadt unterwerfen, die er erobert hat. Das wird mehr und mehr seine Truppen beschäftigen, während unsere eigenen frei werden, um den Rest zu verteidigen. Dazu kommt, wenn wir unsere Streitkräfte im Norden halten, in diesem Bereich«, er zeigte auf einen Streifen Territorium, der weniger als ein Viertel der Gesamtgröße der Stadt ausmachte, »dann haben wir außerdem den Vorteil, daß wir unsere Nachschublinien kurz halten.«

Nan Ho studierte die Karte, dann zuckte er die Achseln. »Trotzdem, *Chieh Hsia* …«

Li Yuan schnaubte. »*Aiya,* Meister Nan! Muß ich mich dauernd von Ihnen und Ihren ›Trotzdems‹ aufhalten lassen? Wir haben keine Wahl. Wir müssen eine Grenze ziehen und kämpfen, um sie zu verteidigen. Wenn wir scheitern …«

Tsu Tao Chu starrte die Karte an, dann nickte er. »Eine Grenze, Vetter? Warum keine *physische* Kluft … eine Art Graben?«

Li Yuan sah ihn an und lächelte. »Ja! Ein Graben – wie um Tunis! Wir könnten eine Reihe von Stöcken zerstören … hier.« Er zog erneut mit dem Finger eine Linie, diesmal genauer, und seine Augen glänzten vor Erregung. »Wir könnten eine zwei *li* breite Kluft schaffen und sie verteidigen … als kämpften wir gegen ein Feuer an.«

Er warf Nan Ho einen Blick zu. »Haben wir immer noch diesen Eisfresser auf Lager, den wir damals beschlagnahmt haben?«

»Ja, *Chieh Hsia*, aber …«

»Kein aber, Meister Nan. Es ist eine hervorragende Idee. Und Karr … Karr wird sie ausführen, was meint ihr?«

Nan Ho flehte seinen Herrn mit Blicken an, die Idee zu verwerfen, doch Li Yuan war fest entschlossen. Nach einigen Sekunden senkte Nan Ho den Kopf. »Sehr wohl. Ich werde es arrangieren, *Chieh Hsia*.«

Tsu Tao Chu saß am Fenster und kaute auf dem Daumennagel, während Li Yuan durchs Zimmer auf und ab ging und die jüngsten Berichte las.

Am heutigen Abend sollte Tao Chu in einer offiziellen Zeremonie in der Halle der Himmlischen Tugenden zum T'ang von Westasien ernannt werden. Aber bis dahin, schien es, wäre Westasien schon verloren und er ein T'ang über nichts. Nichts als T'ang über Ruinen.

Nach zweihundert Jahren Frieden war über Asien wieder die Dunkelheit hereingebrochen. Kriegsherren hatten den großen Kontinent unter sich aufgeteilt und reagierten auf den Geruch von Blut wie mordgierige Haie. Die Schwesterstädte, einst die Juwelen von Chung Kuo, brannten, und mit dem Heranrücken der Dunkelheit starben jede Stunde viele Millionen Menschen.

»Ist es schlimm?« fragte Tao Chu und blickte mit einer jugendlichen Unschuld in den Augen zu ihm auf.

Li Yuan seufzte. »Es könnte nicht schlimmer sein, Tao Chu. Uns entgleitet alles. Es wäre das beste, wenn wir uns darauf vorbereiteten, unsere Höfe … in den Weltraum zu verlegen.«

»In den Weltraum?« fragte Tao Chu erschrocken. »Ist es so schlimm?«

Li Yuan nickte.

Tao Chu stand unvermittelt auf, und mit einem höflichen Lächeln und einer Verbeugung vor Li Yuan ging er an ihm vorbei zur Tür, aber Li Yuan hielt ihn am Arm fest.

»Vetter? Warum so eilig? Ich dachte, wir könnten reden.«

Tao Chu senkte verlegen den Blick. »Entschuldige Yuan, ich ...«

Li Yuan lächelte. »Ich weiß noch, wie wir uns das erste Mal begegnet sind. Es war nach dem Tod deines Großvaters Tsu Tiao. Du warst ...«

»Acht ... und du zwölf.« Tao Chu nickte nachdenklich und lächelte Li Yuan an. »Ich weiß noch, daß ich mich an deinem Arm festgehalten habe, solche Angst hatte ich. Ich dachte, mein Onkel ...« Er zitterte, und ein Ausdruck von Schmerz verfinsterte seinen Blick. »Ich dachte, er habe Tsu Tiao umgebracht. Ich wußte nicht, daß es nur eine GenSyn-Kopie war.«

»Warst du damals das erste Mal mit dem Tod konfrontiert?«

Tao Chu nickte. »Ich erinnere mich, wie du mir alles erklärt hast. Warum mein Onkel Ma das Ebenbild seines Vaters töten müsse, um ein Mann für sich zu werden. Doch ich habe es nie richtig verstanden. Nicht im tiefsten Herzen. Den eigenen Vater zu töten ...« Er zuckte zusammen.

Li Yuan faßte ihn sanft an der Schulter. »Der erste Kopter aus Tongjiang wird in Kürze eintreffen. Möchtest du vielleicht mitkommen und die Leute gemeinsam mit mir begrüßen?«

Tao Chu schüttelte den Kopf und wich Yuans Blick aus. »Ich ... ich würde mich lieber etwas ausruhen, Vetter. Ich ... es war ein sehr beschwerlicher Tag für mich.«

Li Yuan verbeugte sich. »Ich verstehe. Die Zeiten verlangen uns viel ab, nicht wahr?«

Statt zu antworten, neigte Tao Chu den Kopf zur Seite und warf seinem Vetter einen seltsamen, schmerzerfüllten Blick zu, ehe er zur Tür hinausging.

Li Yuan starrte noch eine Zeitlang auf die offene Tür und fragte sich, ob er irgend etwas tun könne, um seinem jungen Vetter die Qual zu erleichtern. Schließlich ging er mit einem schweren Seufzer hinaus, um den Kopter zu empfangen.

Die fünf Kopter flogen in einer geschlossenen Formation von Osten heran. Li Yuan, der sie von der Brustwehr über dem Osttor beobachtete, erkannte den blassen Rauchfaden aus dem Auspuff des zentralen Kopters und hörte im selben Moment den leicht veränderten Klang seiner Turbine. Da wußte er, daß etwas geschehen sein mußte.

Er warf sein Seidengewand ab, damit er besser laufen konnte, und die Ehrenwache hatte Mühe mitzuhalten. Als er die Hangars erreichte, stiegen die Passagiere bereits aus. Li Yuan lief bis zum Flugkommandeur weiter, der eifrig den Schaden an einem seiner Kopter untersuchte.

»Was ist passiert?« fragte er und sah an dem Captain vorbei auf die rauchgeschwärzte Flanke des Kopters.

Der Captain fuhr herum und machte eine tiefe Verbeugung. »Verzeiht mir, *Chieh Hsia*. Wir sind über den Plantagen in Usbekistan angegriffen worden … drei Schiffe aus Taschkent. Wir haben ihnen die kaiserlichen Codes durchgegeben, aber sie haben trotzdem angegriffen. Absichtlich, scheint es.«

Li Yuan nickte, ernüchtert von der Nachricht. Bis zum heutigen Tag wäre es undenkbar gewesen, daß ein kaiserlicher Kreuzer von Sicherheitskräften angegriffen wurde, aber heute wurde das Undenkbare Wirklichkeit.

»Wir haben zwei Schiffe verloren, *Chieh Hsia*, aber keiner der Transporter wurde beschädigt. Zumindest nicht schwer.«

»Und die Angreifer?«

»Wir haben sie vernichtet, *Chieh Hsia*.«

»Gut. Sie werden für Ihr Handeln belohnt, Captain. Sie und alle Ihre Männer.«

Li Yuan sah in die Runde und entdeckte sofort das Gesicht seines Sohnes Kuei Jen, der durch die Luke eines anderen Kreuzers zu ihm herübersah. Er lief hin und begrüßte den Jungen am Fuß der Rampe, indem er ihn hochhob und umarmte, zutiefst erleichtert, daß er in Sicherheit war. In der Luke hinter dem Jungen stand seine Frau Pei K'ung. Er sah sie kurz an und nickte, erfreut darüber, daß sie überlebt hatte.

»Was gibt's Neues aus Tongjiang?« fragte er, setzte den Jungen ab und trat ihr entgegen.

»Tongjiang ist gefallen. Tausend Tote, heißt es. Die Nachrichten waren voll davon, als wir herflogen. Noch eine halbe Stunde, und wir hätten selbst nicht mehr fliehen können.«

»O nein ...« Er spürte eine schwere Last auf sich niedersinken. Tausend Tote. Und Tongjiang ... verloren. Bei diesem Gedanken hätte er weinen können. Aber wenigstens hatte seine Familie überlebt.

Halt dich daran fest, Li Yuan, sagte er sich. *Viele Menschen haben nach diesem Tag weit weniger in den Händen als du. Millionen sind gestorben, während du hier mit deinem Sohn und deiner Frau standest. Also danke allen Göttern, die du kennst.*

Er erschauerte und streckte die Hand nach ihr aus. Sie zögerte erst, ehe sie herunterkam und seine Hand faßte, zu seiner großen Überraschung, denn es war die erste freundliche Geste, die sie ihm entgegenbrachte, seit jener Nacht vor einigen Wochen, als sie das Nachtlager mit ihm geteilt hatte.

»Verzeih mir, Pei K'ung«, flüsterte er und zog sie an sich. »Ich war nicht ich selbst.«

Sie ging etwas auf Abstand und sah ihm in die Augen. »Es gibt nichts, wofür Ihr Euch entschuldigen müßt, mein Mann.«

»Und mein Vetter Wei ... gibt es etwas Neues von ihm? Die Gerüchte ...«

»Wei Tseng-li ist tot«, sagte sie, und ihr ernster Ton erfüllte ihn mit Grauen. »Wir haben während des Fluges alle Nachrichtensendungen aufgezeichnet. Die

Bilder …« Sie erbebte sichtlich. »Sie waren einfach schrecklich. Man hat ihn aufgehängt und geschlachtet wie ein Tier. Diesen liebenswerten Mann …«

Er zog eine Grimasse und schloß die Augen, dann streckte er die Arme aus und drückte die beiden an sich – seine Frau und seinen Sohn. Nach einigen Sekunden sah er ihr wieder in die Augen. Sie weinte jetzt ebenso wie er. »Dann sind wir jetzt nur noch zwei. Tsu Tao Chu und ich. Zwei T'ang und nur eine einzige Stadt. Das heißt, wenn meine Stadt die Nacht übersteht.«

»Und wenn sie fällt?«

Li Yuan sah weg, umklammerte mit einer Hand die Schulter seines Sohnes, und ein Muskel in seiner Wange zuckte. »Dann müssen wir Chung Kuo verlassen und anderswo unterkommen.«

Er hatte die Demonstrationen gesehen. Im einen Moment war das Eis noch eine solide Masse, im nächsten …

Karr schauderte. Sie schwebten über dem Dach der Stadt, der Frachtraum des Kreuzers war mit gefüllten Kanistern vollgepackt. Insgesamt zweihundertvierzig Kreuzer – mehr als die Hälfte ihres verbliebenen Aufgebots – waren beladen und entlang einer Linie von Le Havre im Westen über Nürnberg und Dresden nach Stettin im Nordosten in Position gebracht worden. Jetzt mußte Karr nur noch den Befehl erteilen, und das Versprühen würde beginnen.

Es blieb keine Zeit zum Evakuieren. Keine Zeit, um den Menschen dort unten eine Chance zur Flucht zu lassen, denn das würde nur Lehmann aufmerksam machen. Und wenn er davon erfuhr …

»Gut«, sagte er und beugte sich über das Steuerpult des Cockpits. »Bringen wir's hinter uns. Fangt mit dem Versprühen an.«

Karr drehte sich um und kletterte linker Hand zu einer Luke hinauf, von wo er die Chemikalien wie einen Nieselregen aufs reinweiße Dach der Stadt niederrieseln sah. Und wo sie das Eis berührten ...

Er hielt den Atem an und stöhnte. Es war ein unerträglicher Anblick. Er sah tief unter sich die Menschen durcheinanderlaufen, als die Ebenen langsam dahinschmolzen. Wie in einem Traum ... das Eis schmolz unter dem feinen Dunst, der vom Himmel herabsank, die Ebenen verschwanden, als habe es sie nie gegeben.

Er ließ sich schwer in einen Sitz sacken, schloß die Augen und versuchte sich nicht vorzustellen, was dort unten vor sich ging, doch es hatte keinen Sinn. Er hatte sie immer noch vor Augen. All diese Menschen ... Tausende, Hunderttausende, die durch den wabernden Nebel aus Eis stürzten, wie Steine der Erde entgegen.

Er stöhnte. Er hatte viele üble Dinge in Diensten seines T'ang getan. Er hatte gemordet und gelogen und hundertmal seine Seele verkauft, aber das ... Das war der Tiefstpunkt.

Er stand auf und zwang sich, noch einmal hinzusehen, Zeuge zu werden. Hinter ihnen hatte sich eine große Kluft geöffnet, wie eine Schlucht zwischen zwei glatten Plateaus aus Eis, ein Querschnitt durch die Ebenen, den der säureartige Nebel freigelegt hatte. Und wo der Nebel niedersank, schien die Stadt in die Erde zu versinken, als sich Ebene um Ebene schimmernd in Nichts auflöste.

Als ob die Erde durch ein Sieb fällt, dachte er und versuchte Worte für den Anblick zu finden – versuchte, nicht verrückt zu werden bei dem Gedanken, daß diese winzigen schwarzen Gestalten menschliche Wesen waren.

Und ich habe den Befehl dazu gegeben, dachte er, wie betäubt von der ungeheuren Verantwortung. *Ja, ich war es, der den Befehl gegeben hat.*

Einen Moment lang sah er noch zu, dann schluckte er den Kloß hinunter, der sich in seiner Kehle gebildet hatte, ging wieder hinein und setzte sich, um auf die weiße Fläche hinauszustarren, die sich vor ihnen erstreckte. Er versuchte nicht zuviel an jene unter ihm zu denken, die in einem Moment, der nicht länger als ein Blinzeln dauerte, erfahren sollten, was ihr Herr, der große T'ang, für sie beschlossen hatte.

Der Kreuzer sank langsam in die Kluft zwischen den Städten hinab. Dort unten wartete eine gewaltige Armee im letzten Abendlicht. Reihe um Reihe hoben sich ihre roten Uniformen von den entblößten silbrigen Säulen ab, die einmal die Stadt getragen hatten. Die Massen von Männern erstreckten sich bis in die Ferne und füllten den zwei *li* breiten Raum zwischen den massiven Mauern aus. Zehntausend strahlend bunte Banner flatterten im Wind, der durch diese riesige, künstliche Schlucht blies. Fackeln flackerten im Zwielicht. Auf ein Signal hin prasselten die Trommeln und tönten die Trompeten. Sofort gingen die unzähligen Männer in Habachtstellung.

Lehmann sah durchs Cockpit des Kreuzers hinaus und betrachtete die Streitmacht unter sich. Es waren achthunderttausend Männer. Im Westen, im Schatten von Rouen, warteten weitere Millionen, während er im Osten, bei Eberswalde, eine Armee von vierhunderttausend Mann zusammengezogen hatte.

In einer Stunde würde es losgehen. Mit Einbruch der Dunkelheit würde er seinen letzten Vorstoß unternehmen, würde er den letzten Nagel in den Sarg des großen T'ang hämmern. Er nickte und wandte sich Soucek zu, der in der Tür hinter ihm stand.

»Da sind wir also, Jiri. Noch ein paar Stunden, und alles gehört uns.«

Soucek, der erst vor einer Stunde von seinem Einsatz in Bremen abberufen worden war, verneigte sich respektvoll.

»Ich habe es nie bezweifelt, Herr. Vom ersten Moment an. Wir sind auf einem eisernen Pfad marschiert.«

Das Gesicht des Albino, bar aller Emotionen, glich einem Stück Wachs. Doch Millionen Männer folgten ihm, bluteten für ihn, gaben für ihn ihr Leben hin.

»Das war ein tapferer Schachzug von Li Yuan«, sagte er mit einem grimmigen Respekt in der Stimme, »aber er wird ihn nicht retten. Eine Linie zu ziehen, ist eine Sache, sie aber zu verteidigen, eine andere.«

Der Turbinenlärm nahm zu, als sie unter die letzte Ebene der Stadt und in das Halbdunkel darunter absanken. Soucek sah hinaus und erschauerte. Die Eisfresser hatten erbarmungslose Arbeit geleistet. Sie hatten die Ebenen restlos niedergerissen.

Der Kopter setzte auf dem Lehm auf.

Als die Tür sich zischend öffnete, erhob sich von allen Seiten lauter Jubel. Einen Moment lang regte sich in der Luke nichts, dann trat Lehmann hinaus, von Kopf bis Fuß weiß gekleidet, und hob die Hand zu einem triumphalen Salut. Der Jubel steigerte sich zu einem ungeheuren Lärm. Helme wurden in die Luft geworfen, mit Gewehren in den Himmel gefeuert.

Lehmann drehte sich halb um, das Gesicht ausdruckslos, die Augen kalt wie Glas. »Sehen Sie, Jiri? Sie haben ein Bedürfnis nach Herrschern.«

Er stieg zu einem triumphalen Empfang die Rampe hinunter. Der Jubel klang wie das Tosen eines gewaltigen Sturms. Soucek blieb für einen Moment auf der Rampe stehen, sah über das Meer der erregten, begeisterten Gesichter hinaus und entdeckte nicht die Spur eines Zweifels – nur ekstatische Zustimmung.

Als wandelten wir durch einen Traum …

Soucek schritt hinunter und nahm den Platz rechts hinter seinem Herrn ein, als die hohen Offiziere sich präsentierten. Nur durch Zufall bemerkte er, daß der Boden unter seinen Füßen hart und glasartig war, wo sich das zerstobene Eis niedergeschlagen hatte. Leichen waren darin eingebettet.

Als Lehmann die Reihe entlangging und die Ehrenwache inspizierte, schritt er über die zum Himmel gekehrten Gesichter der Toten. Über ihm schwebten winzige Kamerasonden wie Fliegen über verdorbenem Fleisch und zeichneten jedes Wort, jede Geste für die Nachwelt auf.

Es war ein historischer Moment. Ein Wendepunkt. Der Tag, an dem der Weiße T'ang seine Herrschaft antrat.

Soucek erzitterte bei dem Gedanken, und ein seltsamer Schauder der Liebe durchfuhr ihn. Visak hatte den Test nicht bestanden, er war an der letzten Hürde gestrauchelt, er selbst aber war treu geblieben, und jetzt würde er erleben, wie sein Führer gekrönt wurde, selbst den Drachenthron bestieg, nicht mehr König der Unterwelt, sondern der König schlechthin.

Am Anfang der zweiten Reihe drehte sich Lehmann um, sah zu ihm herüber und nickte. Auf dieses Zeichen hin trat Soucek hinter Lehmann und ging mit ihm durch die Menge zu einer eigens errichteten Plattform. Dort sollte Lehmann zu den Massen sprechen, um ihnen für den letzten Angriff Mut zu machen. Doch schon als sie zwischen den Reihen dahinschritten und der ohrenbetäubende Jubel kein Ende nehmen wollte, spürte Soucek, daß etwas geschehen würde. Auf der Plattform vor ihnen hatte sich eine Gruppe von Offizieren um den mobilen Sender versammelt und lauschte angestrengt und mit besorgten Gesichtern.

»Was ist los?« fragte Lehmann barsch, als er zur Plattform hinaufstieg.

Soucek, der Lehmann unmittelbar folgte, fiel sofort auf, wie die Männer einander ansahen, sah die Furcht, die sich unter ihnen ausbreitete, und wie der älteste von ihnen vortrat und auf die Knie sank.

»Es gibt Gerüchte, Herr ...«

»Gerüchte?«

»Berichte ... aus Malaga, Toulon, Taranto ... und anderen Orten.«

Lehmann zog ihn vom Boden hoch, eine Hand fest in seinem Nacken. Als er das tat, verebbte der Jubel langsam, bis in dem Leerraum zwischen den Städten völlige Stille herrschte.

»Stammeln Sie nicht rum, Mann«, sagte Lehmann leise, das Gesicht nur Zentimeter vor dem des anderen. Sein stahlharter Griff drohte ihn zu ersticken. »Ich will keine Gerüchte hören. Sagen Sie mir, was Sie wissen.«

Er ließ ihn fallen, ging an ihm vorbei und zeigte auf einen anderen. »Sagen Sie mir, was passiert ist.«

»Wir sind verraten worden, Herr«, sagte der Mann mit zitternder Stimme. Er fiel auf die Knie und starrte an Lehmann empor, die Augen weit aufgerissen vor Furcht. »Die Bergherren haben sich gegen uns verschworen, Herr. Sie haben uns im Süden angegriffen. Fünf große Armeen treten gegen uns an.«

»Gibt es Berichte?«

»Es treffen ständig neue ein«, ergriff ein anderer das Wort, der ebenfalls auf die Knie sank. »Sie fingen vor zwanzig Minuten an. Anfangs haben wir sie nicht ernst genommen. Aber in den letzten Minuten …«

»Das reicht!« sagte Lehmann und hob abrupt die Linke. Er sah zu Soucek hinüber. »Jiri … finden Sie heraus, wo sie angreifen und wie stark sie sind. Dann versammeln sie meine Generäle südlich von hier, in der eroberten Garnison von Mailand. Wir müssen einen Kriegsrat abhalten.«

»Und *hier*, Herr?« sagte Soucek und zeigte nach Norden auf die Reste von Li Yuans Stadt.

»Nicht heute«, sagte Lehmann und wandte sich nach Süden. Seine Augen glühten kalt in dem wie gläsernen Gesicht. »Zuerst muß ich meine afrikanischen Vettern so empfangen, wie sie es verdienen.«

Karr sprang aus dem Kreuzer, lief den grasbewachsenen Hang zum Palast hinauf und lachte innerlich über die Neuigkeiten, die er überbrachte, stellte sich das Gesicht seines Herrn vor, wenn er es ihm berichtete. Aber als er sich dem Osttor näherte, verlangsamte er seinen Schritt, weil er aus dem alten Palast Glocken hörte.

War ihm jemand mit der Nachricht zuvorgekommen? Einer von Rheinhardts jungen Offizieren vielleicht?

Er wartete ungeduldig am Tor, während die Wachen seine Identifikation doppelt überprüften und ihn mit Handscannern abtasteten, dann duckte er sich unter die niedrige Oberschwelle aufs Gelände des inneren Palastes. Er rechnete damit, Gelächter zu hören, den Lärm von Jubelfeiern, aber es kam nichts – nur eine unheilvolle Stille, in der der Klang der Glocke wie gläsern schwebte. Er sprang jeweils drei Stufen der Treppe auf einmal hinunter und lief über den Spazierweg zum Nordpalast, da blieb er plötzlich stehen, und zischend entfuhr ihm der Atem.

Unter dem großen Bogen des Südpalastes kam eine Prozession hervor, die von seinem Herrn Li Yuan angeführt wurde. Hinter ihm, auf einer offenen Bahre, die von dreißig Trägern in weißen Seidengewändern getragen wurde, lag Tsu Tao Chu. Sein Gesicht war so zurechtgemacht worden, als sei er das blühende Leben, und er trug die Drachengewänder – im kaiserlichen Gelb mit den neun Drachen, acht sichtbaren und einem versteckten. Unter ihm war die üppige Pelzunterlage der Bahre mit weißen Blütenblättern überstreut.

Karr ging langsam der Prozession entgegen, und etwa zwanzig *ch'i* vor seinem Herrn fiel er auf die Knie und berührte mit der Stirn die Erde.

Die Prozession hielt inne. Li Yuan sah ihn mit aschfarbenem Gesicht an. »Ist es vorbei, Gregor Karr? Hat der Weiße T'ang meine Stadt übernommen?«

Karr hob den Kopf. »Nein, *Chieh Hsia.* Wir sind gerettet. Die Bergherren ...« Er sah für einen Moment an Li Yuan vorbei und war erschrocken vom Anblick des jungen Prinzen. »Fu Chiang und seine Vettern … sie haben ihr Wort gehalten, *Chieh Hsia.* Sie sind gekommen!«

Li Yuan nickte, aber es schien, als sei die Nachricht nicht angetan, seine Laune zu heben. Er seufzte schwer und hatte einen bitteren Ausdruck in den Augen. »Dann war der Tod meines Vetters also völlig umsonst.«

»*Chieh Hsia?*«

Li Yuan starrte Karr matt an. »Wir haben ihn vor einer Stunde in seinen Räumen gefunden. Er hatte die Tür verschlossen und sich aufgehängt.«

Karr traf es wie ein Schlag. Ein Sohn des Himmels, tot durch eigene Hand. Es war schwer zu glauben.

»Aber Ihre Nachricht …« Li Yuan gönnte ihm den Hauch eines Lächelns. »Ihre Nachricht bringt etwas Trost in diesen dunklen Stunden. Wir werden weiterkämpfen, ja, Gregor Karr? Wir, die überlebt haben.«

»*Chieh Hsia.*« Karr senkte den Kopf und versuchte zu verdrängen, was er heute gesehen hatte – Ebenen, die sich in Nebel auflösten, und Menschen, die in die Tiefe stürzten. *Ja,* dachte er. *Im Moment sind wir sicher. Aber für wie lang?* Die Sieben gab es nicht mehr. Nur Li Yuan war zurückgeblieben. Ein einzelner Mann. Ein Sohn des Himmels zwar, aber doch nur ein einzelner Mann.

Li Yuan streckte die Hand aus und bedeutete ihm aufzustehen.

»Kommen Sie, Gregor. Begleiten Sie mich. Wir werden Ihre Nachricht noch feiern, aber jetzt müssen wir meinen Vetter Tao Chu neben seinen Onkel betten.«

Er machte eine Pause, um wieder seine ganze Würde zurückzugewinnen, dann nickte er. »Es ist Zeit, die Rituale zu befolgen. Zeit, um die Toten zu betrauern und dafür zu sorgen, daß ihre Seelen in der anderen Welt willkommen geheißen werden.«

EPILOG
FRÜHLING 2216

Die nachtfarbene Perle

»Der Gelbe Kaiser wanderte
zum Norden des Roten Meeres
wo von den Kwan Lun-Bergen er
über den Rand der Welt hinschaute,
doch auf dem Heimweg ging ihm
seine nachtfarbene Perle verloren.
Er sandte Wissenschaft, sie zu finden,
und bekam nichts.
Er sandte Analyse, sie zu finden,
und bekam nichts.
Er sandte Logik, sie zu finden,
und bekam nichts.
Dann fragte er das Nichts
und bekam sie wieder.
Der Gelbe Kaiser fragte:
›Wie seltsam doch: das Nichts,
das ich nicht schickte,
das nichts tat, um sie zu finden,
hat die nachtfarbene Perle!‹«

– CHUANG TZU, Sechstes Jahrhundert v. Chr.
(*Schriften* XII, IV)

Das Cockpit war brechend voll. Alle neun drängten sich in der engen Kabine zusammen, um auf den Bildschirm zu schauen.

Unter ihnen lag Chung Kuo, strahlend im Licht der Sonne.

Ebert, der im Pilotensitz Platz genommen hatte, runzelte die Stirn und sprach ins Leere.

»Was ist geschehen, Meister Tuan?«

Eine kurze Verzögerung, dann tönte aus allen Richtungen die Stimme des alten Mannes durch die Kabine.

»Es hat sich viel verändert, seit Sie das letzte Mal hier waren, Hans. Aus den Sieben ist der Eine geworden, und die Welt ...« Er lachte sanft. »Manche sagen, die Welt sei eingeschrumpft. Ich sehe das anders. In meinen Augen ist die Welt heute sehr viel größer.«

Ebert starrte auf den Planeten unter ihm und schüttelte den Kopf. Die großen weißen Flächen, die einst die Kontinente bedeckt hatten, waren nur noch ein Flickenteppich. An manchen Stellen – vor allem auf den südlichen Kontinenten – waren sie völlig verschwunden. Nur in Europa herrschte noch die Stadt vor, aber auch hier war sie gespalten – von einer langen ausgezackten Linie, die sie wie ein Riß in der Oberfläche eines gefrorenen Teichs von Westen nach Osten durchzog.

»Das habe ich nicht gewußt«, sagte Ebert. »Es hat Krieg gegeben, ja?«

»Der Krieg war noch das geringste«, erwiderte Tuan Ti Fo und blendete Bilder auf dem Monitor ein. »Ein Krieg ist nur das Vorspiel zu einer Katastrophe. Nach dem Krieg herrschen Seuchen und Hunger und danach nichts als Dunkelheit.«

»Dunkelheit?« Es war Aluke Echewa, der das fragte. Ringsum murmelten die jungen Osu in spürbarem Unbehagen miteinander. Bis vor drei Monaten hatten sie noch nie den Mars verlassen. Jetzt wollten sie ein neues Leben auf dem Planeten dort unten beginnen, allein und fern von ihren Lieben, und den Weg für andere ihrer Rasse bereiten.

»Die Dunkelheit in den Köpfen«, antwortete Tuan. »Haß und Furcht und Bosheit.«

Dogo, der größte und stärkste unter den jungen Osu, lachte. »Vater Aluko dachte, Sie meinten uns, Meister Tuan. Mit uns wird die Dunkelheit sichtbar, nicht wahr?«

Darüber lachten alle. Acht dunkle Gesichter grinsten und zeigten perlfarbene Zähne wie polierte Steine. Aber Ebert schien verwirrt.

»Was ist los, Efulefu?« fragte Echewa und legte ihm eine schwarze Hand auf die Schulter. »Warum machst du so ein langes Gesicht?«

»Was hier geschehen ist …« Er hatte aufrichtigen Schmerz in den Augen, als er aufblickte. »Das war nicht zuletzt meine Schuld. Was ich getan habe …«

Er drehte sich um und betrachtete die entsetzlichen Szenen, die auf den Monitor eingespielt wurden.

»Wo sollen wir hin, Meister Tuan?« fragte er. »Was schlägt Ihr Freund, die Maschine, vor?«

»Wir fliegen nach Süden«, antwortete Tuan. »Wir werden …«

Plötzlich war ein scharfes Summen, dann ein prasselndes Klicken zu hören.

»Was ist das?« fragte Echewa und beugte sich beunruhigt vor.

»Verlaßt die Kabine«, sagte Tuan Ti Fo leise. Seine Stimme war durch die statischen Entladungen kaum zu hören. »Sofort, bevor …«

Ebert blickte gerade auf den Bildschirm, als er aufflammte. Die anderen hatten mehr Glück: sie hatten sich abgewandt und waren eben im Begriff, Tuans Befehl zu gehorchen.

Das Licht auf dem Bildschirm war ungeheuer hell, wie das Licht aus dem Herzen der Sonne. Es strömte in die Kabine, schien jede Pore, jede Zelle ihrer Körper zu versengen. Die Osu schrien. Der Schmerz in ihren Köpfen – in ihren Augen – übertraf alles, was sie je erlebt hatten. Aber ihre Blindheit würde sich als vorübergehend erweisen. Bei Ebert war das anders. Er hatte die volle Gewalt des Lichts abbekommen. Er saß in seinem Sitz und stöhnte, sein Gesicht warf Blasen und dampfte, und seine Augen verschmorten in den Höhlen.

Das Licht verblaßte, das Klicken verstummte. Echewa hockte auf Knien in der Tür und tastete blind um sich.

»Efulefu? Was ist mit dir?«

Ebert stöhnte wieder.

»Was ... was ist passiert?« fragte Echewa und kämpfte seine Furcht nieder. »Was war das?«

»Eine Lichtmine«, erwiderte Tuan Ti Fo. »Unser Auftauchen in ihrem Luftraum scheint sie ausgelöst zu haben.«

»Aber ich dachte ...«

Echewa verstummte. Er war davon überzeugt gewesen, daß Tuans Maschine solche Gefahren vorhersehen und beseitigen würde. Er hatte geglaubt ...

Er schluckte bitter. »Efulefu?«

»Alles klar«, sagte Ebert schwach. Dann lachte er unvermittelt.

»Efulefu? Bist du in Ordnung?«

»Ich bin blind«, sagte Ebert und lachte wieder. »Ich bin ... *blind*.«

Echewa rappelte sich auf, versuchte etwas zu erkennen, aber seine Augen schmerzten noch zu sehr. Alles verschwamm zu einem Schleier aus Schmerz und Verwirrung.

»Aber Efulefu ... warum lachst du?«

»Blind ... der Wanderer in der Dunkelheit ist

blind …« Wieder lachte er, dann stöhnte er plötzlich. »Bei allen Göttern …«, preßte er hervor. »Was ich alles getan habe. Wie viele Menschen ich verletzt habe. All die Dunkelheit …«

»Das ist jetzt vorbei«, hörte er aus allen Richtungen Tuan Ti Fos warme und beruhigende Stimme. »Bleiben Sie jetzt ruhig sitzen, *Tsou Tsai Hei*. Die Maschine wird Sie sicher landen.«

ANHANG

中

國

NACHBEMERKUNG DES VERFASSERS

Die Transkription des Standard-Mandarin in eine europäische alphabetische Form wurde erstmals im siebzehnten Jahrhundert von dem Italiener Matteo Ricci vorgenommen, der 1583 die erste Jesuiten-Mission in China gründete und bis zu seinem Tod im Jahre 1610 leitete. Seitdem sind Dutzende Versuche unternommen worden, die Lautstruktur des Chinesischen, die von mehreren zehntausend unterschiedlichen Piktogrammen repräsentiert wird, auf eine leicht verständliche Phonetik für den westlichen Gebrauch zu reduzieren. Für eine geraume Zeit dominierten jedoch drei Systeme – jene, die von den drei bedeutendsten westlichen Mächten benutzt wurden, die im korrupten und zerfallenden Chinesischen Kaiserreich des neunzehnten Jahrhunderts um Einfluß wetteiferten: Großbritannien, Frankreich und Deutschland. Bei diesen Systemen handelte es sich um das Wades-Giles (Großbritannien und Amerika – manchmal bekannt als das Wade-System), das École Française de l'Extreme Orient (Frankreich) und das Lessingsche (Deutschland).

Seit 1958 haben sich aber auch die Chinesen selbst um eine einheitliche phonetische Form bemüht, die auf dem deutschen System beruht und als *Hanyu pinyin fang'an* (Schema für ein chinesisches phonetisches Alphabet) bezeichnet wird, allgemein als *Pinyin* bekannt, und in allen fremdsprachigen Büchern, die seit dem ersten Januar 1979 in China veröffentlicht wurden, ist *Pinyin* gebraucht worden. Außerdem wurde es neben den chinesischen Standard-Buchstaben in Schulen gelehrt. Für dieses Werk habe ich allerdings auf das ältere und, meiner Ansicht nach, elegantere Transkriptions-System zurückgegriffen, das Wade-Giles (in modifizierter Form). Für jene Leser, die an die härteren *Pinyin*-Laute gewöhnt sind, mag das folgende (angelehnt an Edgar Snows *The Other Side of the River*; Gollancz, 1961) als grobe Richtlinie für die Aussprache dienen:

Chi wird wie ein stimmhaften *Dschi* ausgesprochen, *Ch'i* klingt eher wie *Tschi*, *Ch'in* ziemlich genau wie *Tschin*.

Chu ähnelt einem stimmhaften *Dschu*, *Ch'u* dagegen der Silbe *Tschu*.

Tsung klingt wie *Dsung*; das ›ts‹ in *Ts'ung* etwas härter wie das ›tz‹ in ›patzig‹.

Tai entspricht der Silbe *Dai*; *T'ai* der Lautfolge *Tai*.

Pai wird wie *Bai* und *P'ai* wie *Pai* ausgesprochen.

Kung klingt etwa wie *Gung*; das ›k‹ in *K'ung* wie der entsprechende Laut in ›Kessel‹.

J entspricht einem rollenden R.

Das H vor einem S wie in *Hsi* ist das Äquivalent eines Hauchlautes, wird aber häufig weggelassen wie in Sian für Hsian.

Vokale sind im Chinesischen in der Regel kurz oder mittellang, nicht lang und flach. Daher klingt *Tang* wie *Dong*, nicht wie unser *Tang*. *T'ang* läßt sich mit *Tong* annähern.

a wie in Vater	ih – Gehör
e – Mann	o – Glucke
eh – gehn	ou – wie im englischen go
i – sie	u – suchen

Durch den Gebrauch des Wades-Giles-Systems hoffe ich, der weicheren, poetischeren Seite des originalen Mandarin gerecht geworden zu sein, der mit dem modernen *Pinyin* meines Empfindens nach schlecht gedient ist.

Diese Umschrift entspricht vielen bedeutenden Referenzwerken, die im Westen zur Verfügung stehen: den (geplanten) sechzehn Bänden von Denis Twichetts und Michael Lowes *The Cambridge History of China*, Joseph Needhams monumentales, mehrbändiges Werk *Science and Civilization in China*, John Fairbanks und Edwin Reischauers *China, Tradition & Transformation*, Charles Huckers *China's Imperial Past*, Jacques Gernets *A History of Chinese Civilization*, C. P. Fitzgeralds *China: A Short Cultural History*, Laurence Sickmans und Alexander Sopers *The Art and Architecture of China*, William Hintons klassische Sozialstudien *Fanshen* und *Shenfan* und Derk Boddes *Essay on Chinese Civilization*.

Das Werk des chinesischen Weisen Chuang Tzu, der im

Text mehrfach zitiert wird, kann ich wegen seines Esprits und seines Charms jedem ans Herz legen, der mehr als ein flüchtiges Interesse am Taoismus hat.

Das Spiel *Wei Chi*, das in diesem Band immer wieder erwähnt wird, ist übrigens besser unter seinem japanischen Namen *Go* bekannt und nicht bloß das älteste, sondern auch das eleganteste Spiel der Welt.

– *David Wingrove*

GLOSSAR
DER MANDARIN-BEGRIFFE

Ai ya! – gebräuchlicher Ausdruck der Überraschung oder des Entsetzens.

Ch'a – Tee.

Ch'eng Hsiang – ›Kanzler‹, ein Amt, das erstmals vor über zweitausend Jahren am Ch'in-Hof eingerichtet wurde.

ch'i – ein chinesischer Fuß; ungefähr 36 cm.

chiao tzu – eine traditionelle nordchinesische Mahlzeit aus fleischgefüllten Klößen, die mit einer heißen würzigen Soße gegessen werden.

Chieh hsia – bedeutet ›Euer Majestät‹ und leitet sich von dem Ausdruck ›Unter den Stufen‹ ab. Es war die förmliche Anrede der Minister, die ›unter den Stufen‹ standen, gegenüber dem Kaiser.

Ching – wörtlich ›Spiegel‹; hier als Bezeichnung für von Gen-Syn hergestellte, perfekte Kopien von Menschen. Unter dem Edikt der Technologischen Kontrolle gibt es lediglich Kopien der herrschenden T'ang. Im Volksglauben wurden Spiegeln einzigartige Eigenschaften zugeschrieben, unter anderem sollten sie die Seele sichtbar machen können. Buddhistische Priester benutzen besondere ›magische Spiegel‹, um den Gläubigen die Gestalt zu zeigen, in der sie wieder zur Welt kommen würden. Wenn ein Mensch in einen dieser Spiegel sieht und sein eigenes Gesicht nicht erkennen kann, soll das außerdem ein Zeichen dafür sein, daß sein Tod nicht weit ist.

Chung – eine Porzellanschale für *Ch'a* mit Deckel.

Ch'un tzu – ein alter chinesischer Begriff aus der Zeit der Streitenden Reiche, der eine bestimmte Klasse von Edelleuten bezeichnet, die von einem Codex der Moral und Ritterlichkeit – bekannt als die *Li* oder Riten – bestimmt wurde. Hier wird dieser Begriff grob, und manchmal ironisch, als ›Gentlemen‹ übersetzt. *Ch'un tzu* ist ebenso ein idealer Verhaltenszustand – wie er von Konfuzius in den *Lün Yü* beschrieben wurde –, als auch eine tatsächliche Klasse in Chung Kuo, obwohl ein gewisses Maß an finanzieller Unabhängigkeit und ein hoher Ausbildungsstandard als Voraussetzung betrachtet werden.

Hei – wörtlich ›schwarz‹ – das chinesische Piktogramm für diesen Begriff stellt einen Mann mit Kriegsbemalung und Tätowierungen dar. Hier bezieht er sich auf die von GenSyn gentechnisch produzierten Halbmenschen, die als Polizeikräfte eingesetzt werden, um Aufstände auf den unteren Ebenen niederzuschlagen.

Hsiao jen – ›kleiner Mann/kleine Männer‹. In den *Analekten*, Buch XIV, schreibt Konfuzius: »Der Gentleman erreicht das, was oben ist; der kleine Mann erreicht das, was unten ist.« Diese Unterscheidung zwischen ›Gentlemen‹ (*Ch'un tzu*) und ›kleinen Männern‹ (*Hsiao jen*), die schon in Konfuzius' Zeit nicht stimmte, ist dennoch eine Frage der sozialen Perspektive in Chung Kuo.

Hsien – historisch ein Verwaltungsbezirk von variabler Größe. Hier bezeichnet der Begriff ein besonderes administratives Gebiet: eines aus zehn Stöcken, von denen jeder aus dreißig Decks besteht. Jedes Deck ist ein sechseckiger Wohnbereich aus zehn Ebenen, zwei *li* oder annähernd ein Kilometer im Durchmesser. Einen Stock kann man sich als eine Honigwabe im gewaltigen Bienenkorb der Stadt vorstellen.

Hun – die ›höhere Seele‹ oder spirituelle Seele, von der die Han glauben, daß sie nach dem Tode zum Himmel aufsteigt und sich mit Shang Ti, dem Höchsten Ahnen, vereint und für immer an seinem Hof lebt. Die *Hun* soll im Moment der Empfängnis ins Dasein treten (siehe auch *P'o*).

Hung Mao – wörtlich die ›Rotköpfe‹, die Bezeichnung, die die Chinesen den holländischen (und später den englischen) Seefahrern gegeben haben, die im siebzehnten Jahrhundert mit China Handelsbeziehungen zu knüpfen versuchten. Weil ihre Aktivitäten (darunter die Plünderung chinesischer Schiffe und Häfen) einen seeräuberischen Charakter hatten, hat der Name die Nebenbedeutung der Piraterie.

Kang – der chinesische Herd, der als Ofen und in kalten Wintern als Schlafstelle dient.

Kan pei! – ›auf eure Gesundheit‹ oder ›Prost‹ – ein Trinkspruch.

Ko ming – ›Revolutionär‹. Das ›T'ien Ming‹ ist das Mandat des Himmels und wird angeblich von Shang Ti, dem Höchsten Ahnen, an sein irdisches Gegenstück, den Kaiser (*Huang Ti*) weitergereicht. Dieses Mandat konnte nur solang ausgeübt werden, wie der Kaiser seiner wert war, und die Rebellion gegen einen Tyrannen – der durch seinen Mangel an Gerechtigkeit, Wohltätigkeit und Aufrichtigkeit gegen das Mandat verstieß – wurde nicht als kriminell, sondern als rechtmäßiger Ausdruck des Himmlischen Zorns betrachtet.

Kuan Yin – die Göttin der Gnade. Ursprünglich der männliche Bodhisattva Avalokitsevera (von den Han übersetzt als ›der den Klängen der Welt lauscht‹ oder *Kuan Yin*). Die Han hielten die wohlentwickelten Brüste des Heiligen für die einer Frau und verehrten Kuan Yin seit dem neunten Jahrhundert als eine solche. Bildnisse von Kuan Yin zeigen sie gewöhnlich als die Madonna des Ostens, die ein Kind in ihren Armen wiegt. Sie wird außerdem gelegentlich als die Frau von Kuan Kung betrachtet, dem chinesischen Gott des Krieges.

Lao jen – ›Alter‹; normalerweise ein Ausdruck des Respekts.

li – eine chinesische ›Meile‹, ungefähr ein halber Kilometer oder eine Drittel Meile. Bis 1949, als in China metrische Maße eingeführt wurden, konnte das *li* von Ort zu Ort variieren.

Nu shi – eine unverheiratete Frau; gleichbedeutend mit ›Fräulein‹.

Pa shi yi – wörtlich ›Einundachtzig‹, hier der Zentralrat des Neukonfuzianischen Beamtentums.

Pai nan jen – wörtlich ›der Blasse‹.

Pau – ein schlichtes langes Gewand, das von Männern getragen wird.

Pien hua – wörtlich ›Veränderung‹.

Ping Tiao – ›einebnen‹; niederreißen oder planieren. Hier auch der Name einer terroristischen (Ko Ming) Organisation, die sich das Ziel gesetzt hat, die Stadt niederzureißen (einzuebnen).

P'o – die ›tierische Seele‹, die nach dem Tod mit dem Leichnam im Grab verbleibt und sich von den Grabbeigaben ernährt. Die *P'o* verfällt mit dem Leichnam und sinkt in die Unterwelt (unter die Gelben Quellen) herab, wo sie – als ein Schatten – eine Art Existenz beibehält. Die *P'o* soll im Moment der Geburt ins Dasein treten (siehe auch *Hun*).

San k'ou – eine Abkürzung für *San kuei chiu k'ou*, laut dem ›Buch der Zeremonien‹ die sechste Stufe der Ehrerbietung, für die man dreimal mit der Stirn den Boden berührt, bevor man sich auf die Knie aufrichtet (für einen *K'ou t'ou* berührt die Stirn nur einmal den Boden).

Shen Ts'e – eine Eliteeinheit; benannt nach der ›Palastarmee‹ der T'ang-Dynastie.

Shih – ›Meister‹. Hier verwendet als Ausdruck des Respekts, der ungefähr unserer Anrede ›Herr‹ entspricht. Der Begriff wurde ursprünglich für die untersten Ränge der Staatsbeamten verwendet, um sie von den gewöhnlichen ›Herren‹ (*Hsieng sheng*) unter und den ›Gentlemen‹ (*Ch'un tzu*) über ihnen zu unterscheiden.

Tai ch'i – der chinesischen Kosmologie zufolge das Eine oder Ursprüngliche, dem die Dualität aller Dinge (Yin und Yang) entspringt. Im Allgemeinen verbinden wir mit *Tai ch'i* das taoistische Symbol, ein von einer Wellenlinie geteilter Kreis mit einer schwarzen und einer weißen Hälfte, der vermutlich ein Ei (vielleicht das *Hun Tun*) mit getrenntem Dotter und Eiweiß darstellen soll.

Ti yu – das ›Erdgefängnis‹ oder die Unterwelt der chinesischen Legende. Es gibt zehn chinesische Haupthöllen, angefangen vom Gerichtssaal, in dem der Sünder verurteilt, bis dorthin, wo er als menschliches Wesen wiedergeboren wird. Dazwischen gibt es eine enorme Anzahl von Unterhöllen, jede mit ihrem eigenen Richter und ihren eigenen grausamen Wächtern. Die Hölle ist immer finster, ohne Unterschiede zwischen Tag und Nacht.

T'ieh Lo-han – ›Eiserne Göttin der Gnade‹, ein *Ch'a*.

Wei Chi – das ›Umgebungsspiel‹, im Westen besser unter seinem japanischen Namen ›Go‹ bekannt. Angeblich wurde das Spiel im Jahre 2350 v. Chr. von dem legendären chinesischen Kaiser Yao erfunden, um den Verstand seines Sohnes Tan Chu zu schulen und ihm beizubringen, wie ein Kaiser denkt.

Wu – ein Wahrsager; traditionell sind dies ›Medien‹, die von sich behaupten, über besondere psychische Kräfte zu verfügen. *Wu* können Frauen oder Männer sein.

Wu Ching – die ›Fünf Kanonischen Bücher‹, die von allen konfuzianischen Gelehrten studiert werden, bestehend aus dem *Shu Ching* (›Buch der Urkunden‹), dem *Shih Ching* (›Buch der Lieder‹), dem *I Ching* (›Buch der Wandlungen‹), dem *Li Ching* (›Buch der Riten‹, eigentlich drei Bücher) und dem *Ch'un Ch'iu* (den ›Frühlings- und Herbstannalen‹ des Staates Lu).

Wushu – das chinesische Wort für Kampfkünste, das sich auf jede von einigen hundert Schulen beziehen kann. *Kung Fu* ist eine besondere Schule darunter und bedeutet die ›Gabe, oberflächliche Schönheit zu überwinden‹.

Wuwei – Nicht-Handeln; ein altes taoistisches Konzept. Es meint die Harmonie mit dem Lauf der Dinge – nichts tun, um in diesen Lauf einzugreifen. Wie Lao Tzu schreibt: »Das Tao tut nichts, und doch bleibt nichts ungetan.«

Yang – das ›männliche Prinzip‹ der chinesischen Kosmologie, das mit seinem Gegenstück‹, dem weiblichen *Yin*, das *T'ai chi* bildet, das vom Ursprünglichen abstammt. Aus der Vereinigung von *Yin* und *Yang* entstehen die ›fünf Elemente‹ (Wasser, Feuer, Erde, Metall, Holz), aus denen wiederum die ›zehntausend Dinge‹ (die *Wan wu*) hervorgehen. *Yang* schließt den Himmel und den Süden ein, die Sonne und Wärme, Licht, Vitalität, Männlichkeit, Eindringen, ungerade Zahlen und den Drachen. Berge sind *Yang*.

Yin – das ›weibliche Prinzip‹ der chinesischen Kosmologie (siehe *Yang*). Yin schließt die Erde und den Norden ein, den Mond und die Kälte, Dunkelheit, Ruhe, Weiblichkeit, Aufnahme, gerade Zahlen und den Tiger. Das *Yin* liegt im Schatten der Berge.

Yuan – die Grundwährung von Chung Kuo (und des heutigen China). Umgangssprachlich (wenn auch nicht hier) auch als *Kwai* – ›Stück‹ oder ›Klumpen‹ – bezeichnet. Zehn *Mao* (oder förmlich *Jiao*) ergeben ein *Yuan*, während ein *Yuan* aus 100 *Fen* (oder ›Cents‹) besteht.

Ywe lung – wörtlich der ›Monddrache‹, das Rad der Sieben Drachen, das in CHUNG KUO die herrschenden Sieben symbolisiert: »In der Mitte trafen sich die Schnauzen der fürstlichen Bestien und bildeten einen Zirkel wie die Blütenblätter einer Rose, und in jedem Auge glühte ehrfurchtgebietend ein riesiger Rubin. Ihre geschmeidigen, kräftigen Körper waren wie die Speichen eines mächtigen Rades nach außen gebogen, während am Rande ihre miteinander verschlungenen Schwänze den Radkranz bildeten.« (aus ›Der Monddrache‹, Kapitel 4 von *Das Reich der Mitte*).

DANKSAGUNG DES VERFASSERS

Mein herzlichster Dank gilt diesmal Brian Griffin, der – zu meinem Nutzen – viele Stunden über dem Text gesessen hat, um genau herauszufinden, was ich sagen wollte. Dank auch meinen Herausgebern Carolyn, Jeanne und Alyssa und meinen guten Freunden Robert Carter, Andy Muir, Mike Cobley, John Hindes, Andy Sawyer, Vikki und Steve, meinem Bruder Ian und der Edinburgher Band Transport, deren Chung Kuo-Musik mich viele lange Nächte bei Laune gehalten hat – Stewart, Robert und Alan ein großes Dankeschön.

Das gilt natürlich auch für meine Töchter Susan, Jessica, Amy und Georgia, ohne die nichts von all dem der Mühe wert gewesen wäre.

ÜBER DEN VERFASSER

David Wingrove wurde 1954 in Battersea im Süden Londons geboren und besuchte die Battersea Grammar School. Er verließ die Schule 1972 für eine Ausbildung im Bankgewerbe und wurde eines der jüngsten Mitglieder im Institute of Bankers überhaupt. Erfolgreich, aber enttäuscht verließ er die Bank 1979 am Tag vor seinem fünfundzwanzigsten Geburtstag und setzte seine Ausbildung fort, die er 1982 mit einem Abschluß in englischer und amerikanischer Literatur an der University of Kent in Canterbury beendete. Vom Erfolg berauscht, bewarb er sich um und erhielt eines von nur zehn Forschungsstipendien, die in diesem Jahr vom Ministerium für Bildung und Wissenschaft Großbritanniens vergeben wurden, und arbeitete die nächsten drei Jahre an seiner Doktorarbeit, die eine Würdigung der Werke von Thomas Hardy, D. H. Lawrence und William Golding enthielt. Nach dem Erwerb des Magister-Titels verfranste er sich in verschiedenen Projekten – der Renovierung eines alten viktorianischen Hauses, diversen Bänden SF-Kritik, einer Teilzeittätigkeit als Herausgeber, der Pflege seiner drei kleinen Töchter Jessica, Amy und Georgia und einem Roman mit dem Titel A SPRING DAY AT THE EDGE OF THE WORLD (später in CHUNG KUO umbenannt) – was dazu führte, daß er 1986 seine Doktorarbeit abbrach. In diesem Jahr erschien auch der umfangreiche und gewichtige Band DER MILLIARDEN-JAHRE-TRAUM: DIE GESCHICHTE DER SCIENCE FICTION, den er zusammen mit Brian Aldiss verfaßte – ein Buch, das im selben Jahr, neben anderen Auszeichnungen, den begehrten Hugo Award für das beste Sachbuch im Science Fiction-Bereich erhielt. Er lebt heute in Stoke Newington im Norden Londons.

ANMERKUNGEN DES ÜBERSETZERS

1 Ch'u Yuan (343–289 v. Chr.), wohl der berühmteste Dichter des alten China, ist eine der ersten namentlich erwähnten Gestalten in der chinesischen Literatur überhaupt, dem die Tradition viele Arbeiten späterer Bewunderer und Epigonen zuschreibt. In der Zeit der Streitenden Reiche als Angehöriger des Herrscherhauses Ch'u im Tal des Yangtse geboren, stieg er schon in jungen Jahren zum Berater des Herrschers Huai Wang auf und sprach sich in dieser Eigenschaft für einen Widerstand gegen den Staat Ch'in aus, dem mächtigsten der Streitenden Reiche, was zu seiner Verbannung vom Hof führte. Daraufhin durchstreifte er den Süden des Staates Ch'u und kam in Berührung mit schamanistischen Riten und Volkslegenden, die sein phantasievolles und eigenwilliges Werk beeinflußt haben. Aus Verzweiflung über seine Verbannung soll er schließlich in einem Nebenfluß des Yangtse den Freitod gesucht haben. In Südchina erinnert daran heute noch das beliebte Drachenbootsfest, ein Bootswettrennen, das auf die Suche nach dem Leichnam des Dichters zurückgeht.

2 Zitiert nach: William Butler Yeats: *Werke, Band 1: Gedichte,* hrsg. von Werner Vordtriede, Luchterhand Verlag, Neuwied & Berlin 1970. S. 213.

3 Zitiert nach: *I Ging. Text und Materialien,* Übersetzt von Richard Wilhelm, Eugen Diederichs Verlag, München 1973. S. 46.

4 Zitiert nach: *Kalevala,* Aus dem finnischen Urtext übertragen von Lore Fromm und Hans Fromm, Wissenschaftliche Buchgesellschaft, Darmstadt 1967. S. 316.

5 Zitiert nach: *Kalevala,* a. a. O. S. 312.

6 Der Fuchs ist in China ebenso wie in Europa ein Inbegriff der Schläue. Ihm wird insbesondere Langlebigkeit und die Fähigkeit nachgesagt, sich im Alter in andere Wesen verwandeln zu können. Die Fuchsfrau, auf die an dieser Stelle angespielt wird, ist eine Gestalt aus dem berühmten Roman *Fengshen yen-i* (›Erzählung von der Investitur der Götter‹) aus dem sechzehnten Jahrhundert (siehe Band 2, Anmerkung 40), in dem ein tausendjähriger Fuchs in Gestalt einer verführerischen Frau den letzten Herrscher der Shang-Dynastie ins Unglück stürzt und den Untergang seines Reiches besiegelt.

7 Zitiert nach: Lao Tse: *Tao-Te-King,* Deutsch von Hans Knospe und Odette Brändli, Diogenes Verlag, Zürich 1985. S. 41.

8 Aus William Shakespeares Schauspiel *Der Sturm.* Zitiert nach: *Shakespeare's Dramatische Werke,* hrsg. von Richard Goscher und Benno Tschitschwitz, G. Grote'sche Verlagsbuchhandlung, Berlin 1899. Vierter Band, S. 57.